"十四五"国家重点出版物出版规划项目

国家社科基金重大项目（21&ZD269）阶段成果

新中国少数民族文学史料整理与研究（1949—1979）

学术委员会

主　任：朝戈金

委　员：（按姓氏笔画排序）

丁　帆　丁克毅　王宪昭　文日焕　包和平

刘　宾　刘大先　刘亚虎　汤晓青　李　瑛

李晓峰　吴　刚　邹　赞　汪立珍　张福贵

哈正利　钟进文　贾瑞光　徐新建　梁庭望

韩春燕

国家出版基金项目
NATIONAL PUBLICATION FOUNDATION

新中国少数民族文学史料整理与研究

古代作家（书面）文学卷

（1949—1979）

李晓峰　王微　张慧◎编著

辽宁师范大学出版社
·大连·

© 李晓峰　王　微　张　慧　2024

图书在版编目 (CIP) 数据

新中国少数民族文学史料整理与研究：1949—1979.
古代作家（书面）文学卷 / 李晓峰, 王微, 张慧编著.
大连：辽宁师范大学出版社, 2024. 11. -- ISBN 978-7-
5652-4514-5

Ⅰ. I207.9

中国国家版本馆CIP数据核字第2024YA4174号

XINZHONGGUO SHAOSHU MINZU WENXUE SHILIAO ZHENGLI YU YANJIU（1949—1979）· GUDAI ZUOJIA（SHUMIAN）WENXUE JUAN

新中国少数民族文学史料整理与研究（1949—1979）·古代作家（书面）文学卷

策划编辑：王　星
责任编辑：齐树友　王　硕
责任校对：杨斯超
装帧设计：宇雯静

出　版　者：辽宁师范大学出版社
地　　　址：大连市黄河路850 号
网　　　址：http://www.lnnup.net
　　　　　　http://www.press.lnnu.edu.cn
邮　　　编：116029
营销电话：0411 – 82159915
印　刷　者：大连图腾彩色印刷有限公司
发　行　者：辽宁师范大学出版社

幅面尺寸：170 mm × 230 mm
印　　　张：31.5
字　　　数：514千字

出版时间：2024年11月第1版
印刷时间：2024年11月第1次印刷
书　　　号：ISBN 978-7-5652-4514-5

定　　　价：188.00 元

出版说明

　　本书所收均为少数民族文学研究领域的珍稀史料，其写作时间跨越数十年，不同学者的语言风格不同，不同年代的刊印标准、语法习惯及汉字用法也略有差异，个别文字亦有前后不一、相互抵牾之处，编者在选编过程中，为了尽量展现史料原貌，尊重作者当年发表时的遣词立意，除了明显的误植之外，一般不做改动。对个别民族的旧称、影响阅读的标点符号用法及明显错讹之处进行了勘定。

　　同时，为了保证本书内容质量，在选编过程中，根据国家出版有关规定，作者和编辑在不影响史料内容价值的前提下，对部分段落或文字做了删除处理，对个别不规范的提法采用"编者注"的方式进行了说明，对于此种方式给读者带来的阅读困扰，敬请谅解。

目录

全 书 总 论

"三交"史料体系中的新中国少数
民族文学史料

　　各民族文学史料是中华民族共同体史料体系的重要组成部分,文学史料的整理和研究,在中华民族共同体研究的话语体系、理论体系建设中,具有不可替代的作用。习近平总书记在 2023 年 10 月 27 日中共中央政治局第九次集体学习时提出"加快形成中国自主的中华民族共同体史料体系、话语体系、理论体系",这对民族文学史料科学建设具有重大历史意义。

　　在"三大体系"中,史料体系是基础。犹如一栋大厦,根基的深度、厚度和坚实程度,决定着大厦的高度和质量。而中华民族共同体史料体系的完整性、系统性、科学性,在"三大体系"建设中至关重要。对现代学科而言,完整的史料体系,包括政治、经济、社会、法律、文化各个方面,缺一不可,否则,就难言史料体系的完整性、系统性、科学性。正是从这一意义上,将各民族文学史料纳入中华民族共同体史料体系之中,就显得尤为必要。

一、民族文学史料在"三交"史料体系中的地位和价值

　　各民族文学交往交流交融史料,在中华民族共同体史料体系中具有举足轻重的地位,在中华民族共同体话语体系、理论体系建设中,具有不可替代的作用。这是由文学自身的特点,以及文学史料在还原中华民族多元一体格局形成的历史,全面总结和评价新中国成立以来,少数民族文学以文学的方式,在宣传党的民族

政策、促进各民族团结、培养各民族国家认同中发挥的不可替代的作用决定的。

首先，文学是人类最广泛、最丰富的活动，是人类情感与精神最多样、最全面、最生动、最直接的表达方式，是人类历史最生动、最形象、最全面、最深刻的呈现形式，所以文学经常被认为是人类的心灵史、民族的命运史、国家的成长史。

文学诞生于人类最早的生产活动和精神活动。《吕氏春秋·古乐》云："昔葛天氏之乐，三人操牛尾，投足以歌八阕：一曰载民，二曰玄鸟，三曰遂草木，四曰奋五谷，五曰敬天常，六曰达帝功，七曰依地德，八曰总万物之极。"在学界，一般认为这是对中国原始诗歌和舞蹈起源的史料记载，对人们了解原始诗、歌、舞三位一体的形态和内容具有重要的史料价值，同时也是文学起源于劳动学说的最好例证。鲁迅先生在《门外文谈》中也说："我们的祖先的原始人，原是连话也不会说的，为了共同劳作，必需发表意见，才渐渐的练出复杂的声音来，假如那时大家抬木头，都觉得吃力了，却想不到发表，其中有一个叫道'杭育杭育'，那么，这就是创作；大家也要佩服，应用的，这就等于出版；倘若用什么记号留存了下来，这就是文学；他当然就是作家，也是文学家，是'杭育杭育派'。"这里谈的也是文学起源、作家与作品的关系、文学流派的产生，其观点与《吕氏春秋·古乐》一脉相承。

从文学发展历史来看，文学是人类对外部客观世界、人类的生产生活实践和人的内在精神世界的直接反映。口头文学是早期人类文学生产、传播的主要形式。口头文学的口头性、集体性、变异性、传承性，一方面使大量的文学经典一直代代相传地活在人们的口头上，同时，在传承中出现了诸多的变异和增殖；另一方面，人类口耳相传的口头文学具有综合性，不仅与劳动生活融为一体，而且和其他艺术门类综合在一起，所谓诗、歌、舞、乐一体即是对其综合性的概括。中国活态史诗《格萨（斯）尔》《江格尔》《玛纳斯》便是经典例证。

文字产生以后，有了书面文学。但口头文学与书面文学并行不悖且同步向前发展，二者之间的关系复杂多样。

从史料的角度来说，文字的产生，使人类早期口头文学得到记录、保存和流传。可以确定的是，文字产生之后相当长的时期，文字一方面成为文学创作的直接手段,即时性地记录了人们的文学创作活动,另一方面也成为口耳相传的口头文学向书面文学转换和固化的唯一媒介和符号。在早期被转化的文学,就包括人类代代相传的关于人类起源、迁徙、战争等重大题材和主题的神话传说。历史学已经证实,人类早期的神话传说包含着丰富的历史信息、文化信号和精神密码。例如,殷商时期的甲骨文,记录了商人的生活情形,使后人约略获取一些商朝历史发展的信息。而后来《尚书》《周礼》中关于夏、商、周及其之前的碎片化的记载,以及后来知识化的"三皇""五帝"的"本纪",其源头无一不是口头神话传说。

也正是口头文学的口头性、集体性、变异性、传承性,使这些口头神话传说在不同的典籍中有了不同样态,五帝不同的谱系就是一个例证。司马迁在《五帝本纪》中对五帝的记叙,仅仅是其中的一个谱系。即便是目前文献记载最早的中华民族创世神话三皇之一的伏羲也是如此。吕振羽在《史前期中国社会研究》中,认为伏羲神话是对渔猎经济的反映,具有史前社会某一个时期的确定性特征。刘渊临在《甲骨文中的"虵"字与后世神话中的伏羲女娲》中,骆宾基在《人首龙尾的伏羲氏夏禹考——〈金文新考·外集·神话篇〉之一》中,都将目光投向早期文字记载中的伏羲,是因为,这是最早的关于伏羲的文献史料。有意味的是,芮逸夫在《苗族的洪水故事与伏羲女娲的传说》中,认为伏羲女娲神话的形成可追溯到夏、商;杨和森在《图腾层次论》一书中,又认为伏羲是彝族的虎图腾及葫芦崇拜。他们的依据之一便是这些民族代代相传的神话传说的口头史料和文献史料。这些讨论,一是说明早期文献典籍对人类口头文学的记载,既多样,又模糊;二是说明对中国早期文明形态、文明进程的研究,离不开人类口头文学;三是说明对中国早期文明的研究应该有中华文明起源"满天星斗"的视野;四是说明同一神话传说在不同民族传播的表象下呈现出来的各民族文化交流交融是一个值得从中华民族共同体角度研究的历史现象。

从文献史料征用的角度来说,作为人类口头文学的神话传说,后来被收进了各种典籍,作为历史文献被征用。此后,又被文学史家因其文学的本质属性从历史文献中剥离出来，纳入文学史的知识体系。文学独立门户自班固《汉书》首著《艺文志》始，在无所不包的宏大史学体系中，文学有了独立的归类和身份，但仍在"史"的框架之中。至《四库全书》以"集部"命名文学，将其与经、史、子并列，文学身份地位进一步确定和提升。但子部所收除诸子百家之著述外，艺术、谱录、小说家等无不与文学关涉，这又说明历史与文学的关系是盘根错节、难以分割的。这种特性，也造就了中国古代历史和古代文学史的"文史不分"——没有"文学"的历史与没有"历史"的文学，都是不可想象的，这也充分说明文学史料在整个史料中的地位、价值和意义。文学描写的是人类活动，表达的是人类情感和思想，传递的是人们对美好生活的向往，是人类诗意栖居的共有家园。这是历史学其他分支学科所无法做到的。而人是活在具体的历史之中的，正如"永王之乱"之于李白，《永王东巡歌》作为李白被卷入"永王之乱"的一个文字证据而被使用。因此，历史学的专门史，是文学史的基本定位。如此，文学史料在史料体系中的地位和价值就是不容忽视的存在。

其次，在马克思主义理论中，文学艺术与哲学、政治、法律、道德、宗教一起，构成了马克思主义社会意识形态的主体要素。文学被视为意识形态的原因在于，它是社会意识形态的一种表现形式，并且具有意识形态的属性。

我们知道，意识形态是人对于事物的理解和认知，是人的观点、观念、概念、价值观等的总和。意识形态也是一定的政治共同体或社会共同体主张的精神思想形式，是社会意识诸形式中构成思想上层建筑的组成部分。文学作为人类一种精神活动及其产品，是由人们对人类社会发展的历史和社会现实的认知所决定的。就文学与历史、文学与生活的关系而言，文学以不同的形式，表现或传达人们对历史和现实生活的认知和内心情感。一是"文以载道""兴观群怨"，说明文学并不是社会生活在人们头脑中的简单重现，而是包含着创作者的世界观、人生观、价值观等意识形态元素，这些元素通过作品的人物塑造、情节安排等方式，向读者传达出来。二是文学是审美的意识形态，它既是一种创造美和欣赏美的社会活动，同时也是一种以美为创造对象和欣赏对象的意识层面的活动，这种活动伴随着什么是美和美是什么的追问，也伴随着人类情感、精神和思想境界的升华。因此,习近平总书记在《在文艺工作座谈会上的讲话》中指出:文艺事业是党和人民的重要事业,文艺战线是党和人民的重要战线。文艺是时代前进的号角,最能代表一个时代的风貌,最能引领一个时代的风气。这说明,党和国家对文学的意识形态属性高度重视。而事实上,在意识形态之中,文学正是以对历史的重构、现实的观照,人类对美的追求的表达,承担着其他意识形态无法替代的社会功能,这也决定了文学史料在整个史料体系中的特殊价值。

再次,文学上的交往交流交融,对推动中华民族从多元走向一体的历史进程,推动中华民族凝聚力的形成和中华文化认同,影响深远而巨大。这是由文学的巨大历史载量、巨大思想力量、巨大情感力量、巨大审美力量所决定的。没有什么是文学所不能承载的,所以文学在各民族交往交流交融中,既是显性的交往(如文化层面的交流互动、文学作品的跨民族、跨文化传播),又是精神、情感和心灵层面的属于文学接受和影响范畴的隐性的深度渗透。作为文化的直接载体和表现符号,文学具有先天优势。正因如此,在中华民族交往交流交融历史上,留下了浩如烟海的文学史料。例如,根据历史文献的记载,文成公主入藏时,所携带的书籍中不仅有佛经、史书、农书、医典、历法,还有大量诗文作品。藏区最早的汉文化传播,就是从先秦儒家经典和《诗经》《楚辞》开始的。再如,辽代契丹人不但实行南面官北面官制,还学汉语习汉俗,更是对《诗经》、《楚辞》、汉赋、唐诗、宋词照单全收。辽圣宗耶律隆绪对白居易崇拜有加,自称"乐天诗集是吾师"。耶律楚材在西域征战中习得契丹语,将寺公大师的契丹文《醉义歌》翻译成汉语,不仅使之成为留存下来的契丹最长诗歌作品,也使我们从中领略到契丹人思想领域中的多元状态——既有陶渊明皈依自然的思想,又有老庄思想与佛教的思想观念。而这种多元的思想是契丹基本的思想格局,它不仅反映了契丹社会的开放性和包容性,更显示了契丹文化与其他民族文化的交融,特别是对汉族文化的吸收。这些生动丰富的文学史料,从生活出发,经由文学,抵达人的思想和精神层面,共鸣并升华为中华民族的向心力和凝聚力,极大地促进了各民族交往交流交融,成为中华民族从多元走向一体的文学记录。

也正因如此,党和国家对各民族文学史料高度重视。早在1958年,党和国家在全国各民族社会历史调查和语言调查取得丰硕成果的基础上，决定由中华人民共和国国家民族事务委员会主持编写《中国少数民族》《中国少数民族简史丛书》《中国少数民族语言简志丛书》《中国少数民族自治地方概况丛书》《中国少数民族社会历史调查资料丛刊》（简称"民族问题五种丛书"），这一系统而浩大的国家历史工程历经艰辛，于 2009 年修订完成，填补了中国历史研究的空白，成为研究中华民族从多元走向一体的基础文献。

而同年，由中共中央宣传部直接领导，各省区党委负责，中国科学院文学所主持的中国少数民族文学史（概况）编写工程启动。

中国少数民族文学史（概况）编写与"民族问题五种丛书"作为社会主义意识形态重大工程和国家重大历史文化工程的同时启动，说明党和国家对少数民族文学的重视，也说明各民族文学史料之浩繁、历史之悠久、形态之特殊，是"民族问题五种丛书"无法完全容纳的，须独立进行。例如，《蒙古族简史》在"清代蒙古族的文化"一章中，专设"文学作品"一节，但这一节仅介绍了蒙古族部分作家作品，没有全面总结蒙古族文学与汉族、满族等民族文学交流融合的历史进程。其他民族的"简史"存在同样的问题。

事实证明，正是新中国成立后对各民族文学的有组织的全面调查、搜集、整理、研究，使我们掌握了各民族文学的第一手史料，摸清了各民族文学的"家底"，尤其是在搜集、整理过程中发掘出来的各民族文学关系史料，为揭示中华民族从多元走向一体的思想、情感、文化动因，提供了重要的支撑。1983 年中国社会科学院毛星主编的三卷本《中国少数民族文学》第一次呈现了中国少数民族文学发展的历史，绘制了中国少数民族文学版图。此后，马学良、梁庭望等也陆续推出通史性质的中国少数民族文学史。而这些通史性的少数民族文学史，正是以各民族文学史料的整理、各民族文学史（概况）的编写为基础的。

特别需要说明的是，20 世纪 90 年代，梁庭望、潘春见的《少数民族文学》，立足于各民族交往交流交融的理念，拓展和深化了少数民族文学研究，也为中国特色的比较文学学科体系、学术体系、话语体系建设做出了积极努力。2005 年，郎樱、扎拉嘎等人的国家社科基金重大项目"中国各民族文学关系研究"立足

"关系"研究,通过对始自秦汉,止于近代的各民族关系研究,得出了"你中有我,我中有你"的历史结论,成为中华各民族交往交流交融关系研究最早、最系统、最宏观的成果。而这一成果也是作者们历时数年,对各民族文学交往交流交融史料进行的最全面的梳理和展示。

事实上,自少数民族文学学科建立以来,对各民族文学交往交流交融研究就是重点领域,特别是 20 世纪 90 年代以来,各民族文学关系研究成为少数民族文学研究的分支学科。相应地,对各民族文学交往交流交融的史料整理也自然成为研究的基础。《中国各民族文学关系研究》《20 世纪中华各民族文学关系研究》《元代蒙汉文学关系研究》等都是具有代表性的成果。这些成果,不仅重新梳理、发掘了一大批各民族文学交往交流交融关系的史料,同时也进一步揭示了中国各民族自古以来的交往交流交融的历史发展规律。

因此,在"三交史料"体系中,各民族文学交往交流交融史料的重要地位是不能忽视和不可替代的。剥离了文学史料,各民族交往交流交融史料体系是不完整的。

二、新中国少数民族文学史料的性质和价值

少数民族文学史料,既是少数民族文学发展、学科建设历史的足迹,也是少数民族文学史知识生产的基础材料。

新中国少数民族文学史料是新中国文学史料体系中重要而独特的组成部分,是各少数民族文学史料的集成。这是新中国少数民族文学的性质决定的。

新中国成立后,少数民族文学被纳入社会主义新文学的整体之中,被赋予了社会主义新文学的性质。同时,少数民族文学还被党和国家赋予了宣传党的民族政策,维护国家统一,促进民族团结,促进各民族之间的了解和文化交流,反映各民族人民社会主义新生活、新面貌、新形象、新精神、新情感、新思想的社会功能和政治使命,受到党和国家的高度重视。少数民族文学因此成为国家话语的组成部分,从而与党的民族政策、各民族经济和社会发展保持密切关系。因此,无论从社会主义意识形态角度观之,从统一的多民族国家的角度观之,还

是从新中国社会主义文学的角度观之，少数民族文学的性质、功能、使命和作用
都决定了少数民族文学史料国家性的特殊属性。

例如，1949 年 7 月 14 日中国第一次文代会通过的《中华全国文学艺术界联合会章程（草案）》，首次提出在即将成立的中华人民共和国的文学艺术事业中，要"开展国内各少数民族的文学艺术运动，使新民主主义的内容与各少数民族固有的文学艺术形式相结合。各民族间互相交换经验，以促进新中国文学艺术的多方面的发展"。这里的"各少数民族文学艺术"概念以及对少数民族文学的定位和发展规划，虽然与 1934 年《苏联作家协会章程》有一定联系，但重要的是，为什么在规划新中国文学时，就已经充分考虑到各少数民族文学艺术。显然，这与即将建立的新中国是一个不同于苏联的统一的多民族国家的国家性质直接相关。这样，"促进新中国文学艺术的多方面的发展"，显然超越了《苏联作家协会章程》中对各苏维埃联邦共和国中不同民族文学翻译的重视和发展各兄弟民族的文学——《苏联作家协会章程》在第四项任务中称："实行相互帮助，交换各兄弟共和国作家和批评家的创作经验，有组织地将艺术作品从一个民族的语言翻译成其他民族的语言——借此尽量地发展各兄弟民族的文学。"也就是说，《中华全国文学艺术界联合会章程（草案）》中统一的多民族国家的立场和对少数民族文学发展目标的确定明显不同于《苏联作家协会章程》。这一点在《人民文学》发刊词中得到了更直接的体现。在发刊词中，少数民族文学的国家文学、国家学科、国家学术的国家性被正式确定，各民族文学共同发展的国家意识，也都指向了统一的多民族国家，指向了统一的多民族国家中各民族一律平等，指向了反对大民族主义和地方民族主义的国家意识，指向了在统一的多民族国家的社会主义新文学的整体格局中定位少数民族文学的性质，指向了在国家文学和国家学科中通过推动少数民族文学的发展，落实党和国家的民族政策，指向了党对少数民族文学在统一的多民族国家建设中的作用的重视、规范和期待。

所以，国家在启动"民族问题五种丛书"编写的同时，也启动了少数民族文学史编写以及"三选一史"的国家工程。1979 年，少数民族文学史编写工程再次

启动，《光明日报》发表述评《重视少数民族文学》，再一次发出国家声音。故而，在对少数民族文学发展和对少数民族文学史编写的重视方面，只有从建构统一的多民族国家历史知识的角度，从中华民族共同体历史知识生产的角度，才能理解和认识党和国家的良苦用心。而少数民族文学史料所呈现的历史现场也是如此。老舍在《关于兄弟民族文学工作的报告》和《关于少数民族文学工作的报告》中，从统一的多民族国家的高度，提出少数民族作家的文学创作要达到汉族作家的水平，清楚地表明了以平等为核心，共同发展为目标的民族政策在少数民族文学事业上的国家顶层设计。

历史地看，新中国少数民族文学以积极主动的姿态实现了国家对少数民族文学性质、功能、作用的定位和期待。例如，玛拉沁夫的《科尔沁草原上的人们》在《人民日报》的短评中斩获了五个"新"，从作家角度说，是因为其对少数民族文学性质、功能、作用的实践；从国家层面说，是因为党和国家对少数民族文学所承担的责任和使命得到了很好践行的充分肯定。再如，冰心的《〈没有织完的统裙〉读后》也是一个典型案例。冰心从"云南边地自然风光和民族风情""新人新事""毛主席伟大民族政策在云南的落地生根"三个观察点进行分析，这三个观察点同样也来自国家赋予少数民族文学的功能和使命。与《科尔沁草原上的人们》不同的是，在冰心这里，少数民族文学在促进各民族之间的了解和文化交流方面的功能得到强调。冰心说，"那些迷人的、西南边疆浓郁绚丽的景色香味的描写，看了那些句子，至少让我们多学些'草木鸟兽之名'，至少让我们这些没有到过美丽的西南边疆的人，也走入这醉人的画图里面"。而且，民风民俗同样吸引了冰心，特别是作为民族智慧结晶的民族谚语，更引起她的注意："还有许多十分生动的民族谚语，如：'树叶当不了烟草'，'老年人的话，抵得刀子砍下的刻刻'，'树老心空，人老颠东'，'盐多了要苦，话多了不甜'，'树林子里没有鸟，蝉娘子叫也是好听的'……等等，都是我们兄弟民族人民从日常生活中所汲取出来的智慧。"所以，冰心"兴奋得如同看了描写兄弟民族生活的电影一样"[①]。

① 冰心：《〈没有织完的统裙〉读后》，《民族团结》1962年第8期。

冰心的评价既表现了国家对少数民族文学的期待和规范，同时也呈现了少数民族文学在增进各民族了解和文化交流方面的作用和少数民族文学独特的美学特质。正如老舍 1960 年在《兄弟民族的诗风歌雨》中所说："各民族的文学交流大有助于民族间的互相了解与团结一致。"①

少数民族文学史料的国家性，使之成为新中国文学史料体系中具有独特价值的不可或缺的组成部分。

首先，少数民族文学史料真实客观地记录了党和国家从统一的多民族国家和中华民族共同体建设的高度，发展少数民族文学的国家立场和实际举措。

其次，少数民族文学史料真实客观地呈现了少数民族文学对党和国家赋予的功能、使命的践行，真实客观地反映了各民族社会生活的历史性巨变。

再次，少数民族文学史料忠实记录了少数民族文学自身的发展历程，记录了不同历史时期政治文化语境的变化对少数民族文学创作、文学批评和理论研究的深刻影响。

最后，少数民族文学史料真实客观地反映了少数民族文学对中国文学做出的巨大贡献。各民族民间文学的搜集整理，少数民族古代作家作品的研究，当代各民族文学发展研究，不仅渗透到中国语言文学的各个学科，而且高度体现了中国文学史的多民族共同创造的属性。各民族文学史料对中国文学史料的丰富、完善，不仅为少数民族文学史研究，也为新中国文学史研究提供了基础材料。

所以，少数民族文学史料的性质和政治价值、社会价值、历史价值、文化价值、文学价值都是值得重视和研究的重要课题。

三、新中国少数民族文学史料形态

"形态"一词通常指事物的形式和样态、状态。在这里，笔者更倾向于从研究生物形式的本质的形态学角度来认识新中国少数民族文学史料，借鉴形态学

---

① 　舒舍予：《兄弟民族的诗风歌雨》，《新华半月刊》1960 年第 9 期。

注重把生物形式当作有机的系统来看待的方法,不仅关注部分的微观分析,也注重总体上的联系。

史料基本形态无外乎文献史料、口述史料、实物史料、图片史料、数字(电子)史料五种。专门研究史料形态及其演变规律的史料形态学,关注的重点是史料的形态、结构、特征以及它们在不同历史时期和文化背景下的变化,史料形态与社会、政治、文化等因素的相互关系,以及这些因素如何影响史料的形成、传播和保存等。通过深入研究史料形态学,我们可以更好地理解史料的本质、来源、传播和保存方式,从而更准确地解读历史信息,揭示历史事件的真相。这样,史料形态学的研究就要从史料的形态入手。新中国少数民族文学史料也是如此。

从有机的系统性角度来看,无论是对新中国少数民族文学整体评价的文献史料,还是微观形态的作品评论史料,乃至一则书讯、新闻报道,都指涉着特定历史语境中的意识形态、社会思潮、社会生活、文学创作、文学评价所构成的彼此关联和指涉的有机系统的整体性和内部的丰富性、复杂性。这些要素各有特定的内涵和不同话语形态,但其内在价值取向的指向性却具有一致性和共同性的特点。至于对社会生活反映的话语的不同,对不同问题的阐发的不同,学术观点的争论甚至某一人观点前后的矛盾,也都是一体化的政治文化语境下,不同的文学观念与社会价值观念的对话、冲突、调适,并且受控于国家意识形态规范的结果。因此,对史料系统的有机性的重视,对史料系统完整性程度的评估,对不同史料关系的梳理,对具体史料生成原因的挖掘,直接关系到真实、客观、全面还原少数民族文学的历史现场。

从史料留存的基本情况看,1949—1979年少数民族文学史料形态涵盖了前述五种形态,但各形态史料的数量、完整性极不平衡。其中,文献史料最多且散佚也最多,口述史料较少且近年来也未系统开展收集工作,图片史料少而分散,故更难寻觅,实物史料则少而又少。因此,以文献史料特别是学术史料为主体的史料形态是本书史料的主要特征和重点内容,这也是由目前所见少数民族文学史料的主体形态和客观情况所决定的。

文献史料在史料形态中的地位自不必言，而文献史料存世之情形对研究的影响一直作为无法破解的问题，存在于史料学和各学科研究之中。孔子在《论语·八佾篇》中言：夏礼，吾能言之，杞不足征也；殷礼，吾能言之，宋不足征也。文献不足故也，足，则吾能征之矣。在这里，孔子十分遗憾地感叹关于杞、宋两国典籍和后人传礼之不足，十分清楚地说明了史料与传承的重要性。孔子尚感复原夏殷之礼受史料不足的局限，后人研究夏殷之礼的难度就可想而知了。正如梁启超所说："时代愈远，则史料遗失愈多而可征信者愈少，此常识所同认也。"同时，他还说："虽然，不能谓近代便多史料，不能谓愈近代之史料即愈近真。"①这也是梁启超在研究中国历史时，对晚近史料之不足与史料之真伪情形的有感而发。他的感想，也成为所有治史料之学人的共识。傅斯年所说的"有一分材料说一分话"，指出了远古史料、近世史料的基本状况、形态以及使用史料的基本规范和原则，但从中也不难体察出治史者对史料不足的无奈。

少数民族文学史料也是如此。本书搜集整理的是 1949 年至 1979 年间的少数民族文学史料。其起点距今不过 70 多年，终点不过 40 多年。按理说，这30 年间，国家建立了期刊、报纸、图书出版发行体系，建立了国家、省、市、县、乡镇的体系化图书馆。早在 20 世纪 50 年代，许多工厂、机关、学校、街道在极其艰难的条件下，陆续建立了图书阅览室。另外，从国家到地方，也有健全的档案体系，文献史料保存的系统是较为完备的。但是，史料的保存现状却极不乐观。以期刊为例，即便国家图书馆，也未存留 20 世纪 50 年代出版的少数民族文学的全部期刊。已有的部分期刊，断刊情况也非常严重。特别是 20 世纪 80 年代后期，因为种种原因，许多地区和基层图书馆期刊、报纸文献遭到大面积破坏，20 世纪 50 年代至 60 年代的许多珍贵史料，被当作废纸按"斤"处理掉。对本地区期刊、报纸文献保存最完整的各省级图书馆，也因搬迁、改造、馆藏容积等使馆藏文献被"处理"的情况极为普遍。因此，许多文献已经很难寻找，文献史料的散佚使这一时期文献史料的珍稀性特点十分突出。

---

① 　梁启超：《中国历史研究法》，上海人民出版社，2014 年版，第 39 页。

例如,在公开发行的史料中,《新疆文艺》1951 年创刊号上柯仲平、王震撰写的创刊词,我们费尽周折仍无缘得见。再如,关于滕树嵩的《侗家人》的讨论,是以《云南日报》为主要阵地展开的,但是,《边疆文艺》《山花》也参与其中,最终的平反始末的史料集中在《山花》。其中还有《云南日报》的"编者按"以及同版刊发的批判周谷城的文章,其所呈现出来的一体化的时代政治文化语境中,边疆与中心的同频共振给我们深入分析这些史料的价值提供了第一手材料,也还原了特定的历史语境。是不是将这些史料"一网打尽"后,关于《侗家人》发表、争鸣、批判、平反的史料就完整了呢? 当然不是。因为,这些仅仅是公开发表的,或者在社会公共空间生产和传播的史料,还有另一类未在社会公共空间公开生产和传播的珍稀史料存世。例如,云南省委宣传部的《思想动态》上刊发的《小说〈侗家人〉讨论情况》《作协昆明分会同志对讨论〈侗家人〉的反映》《部分大学师生对批判〈侗家人〉很抵触》《〈侗家人〉作者滕树嵩的一些情况》,这些未公布于世的内部资料,与公开发表的史料汇集,才能真实地还原《侗家人》由讨论到批判的现场。因此,未正式刊行史料中的这类史料的价值是难以估量的。

未正式刊行的珍稀史料除了内部资料外(如各种资料集),还有各种文件、批示、作家手稿、书信、日记、稿件审读意见、会议记录、发言稿等。这类史料散佚更多,搜集整理更难,珍稀程度更高。

例如,1958 年首次启动,至 1979 年第二次启动,其间有大量史料产生的少数民族文学史史料编撰,目前我们所见的成果仅有中国社会科学院 1984 年选编的《中国少数民族文学史编写参考资料》这一内部刊行资料。其中收录了中共中央宣传部关于少数民族文学史编写工作座谈会纪要,关于少数民族文学编写原则、分期等讨论稿,以及李维汉、翦伯赞、马学良等人的信件等。事实上,在 1961 年关于少数民族文学史编写座谈会召开及对已经编写的少数民族文学史进行讨论时,中国科学院文学研究所曾编印了《一九六一年少数民族文学史讨论资料》和少数民族文学史编写、审读、讨论的"简报"等第一手资料,但这些珍贵史料已经不知去向。我们只能从《中国少数民族文学史编写参考资料》的断简残章中去捕捉当时的宝贵信息,还原历史现场。

　　再如，1955 年玛拉沁夫为繁荣和发展多民族国家的少数民族文学"上书"中国作协。中国作协领导班子经过讨论给玛拉沁夫的回复和玛拉沁夫的"上书"，一并发表在中国作家协会的《作家通讯》上。但是，"上书"的手稿，中国作协领导层如何讨论，如何根据反映的情况制定了对少数民族文学发展起到重大影响的"八个措施"的会议纪要等，已湮没在历史之中。

　　再如，少数民族文学概念的提出是一个"元问题"。目前有人追溯到公开发表的第一次文代会通过的《中华全国文学艺术界联合会章程（草案）》。但是，本来是有记录的《中华全国文学艺术界联合会章程（草案）》的起草过程，各代表团、各小组对大会报告和《中华全国文学艺术界联合会章程（草案）》的讨论情况的第一手材料，已经无处可觅。近年来，王秀涛、斯炎伟、黄发有等人对第一次文代会史料的钩沉虽然有了不小的收获，其艰难程度却渗透在字里行间，仅第一次文代会代表是如何产生的这样重大问题，"目前学界的研究却仍然是笼统和模糊的"[①]。至于是谁建议将少数民族文学艺术纳入《中华全国文学艺术界联合会章程（草案）》，是谁修改了《苏联作家协会章程》中的"各兄弟民族文学"的表述，却没有一点记录留存。因为，从《苏联作家协会章程》中的"实行相互帮助，交换各兄弟共和国作家和批评家的创作经验，有组织地将艺术作品从一个民族的语言翻译成其他民族的语言——借此尽量地发展各兄弟民族的文学"，到《中华全国文学艺术界联合会章程（草案）》中的"使新民主主义的内容与各少数民族固有的文学艺术形式相结合。各民族间互相交换经验，以促进新中国文学艺术的多方面的发展"，显然进行了本土化创造。这种本土化创造的立足点是中国共产党和尚未正式宣布成立的新中国的文学发展的国家构想。那么，是哪些人参与了讨论并提出修改意见？特别是，两个月后《人民文学》发刊词中，才对少数民族文学概念有了真正意义上的命名，而且确定了少数民族文学的社会主义新文学和国家学术、国家学科的性质和地位。在这短短两个月中，少数民族文学发生变化的历史信息，都成为消逝在历史时空中的电波。而消逝在历

---

① 　王秀涛：《第一次文代会代表的产生》，《扬子江评论》2018 年第 2 期。

史时空中的电波，又何止于此。这一时期的作家手稿、书信，作品的编辑出版过程，期刊创办的动意、刊名的确定、批文等，或尘封在某一角落，或早已消失。而这一点，也是我们在寻找一些民族地区期刊创办史料、作品出版史料、作家访谈时得出的结论。

再如，已有的史料整理，也存在着缺失或差错的问题。例如，20世纪80年代初，吴重阳、赵桂芳、陶立璠三位先生编辑整理并用蜡纸刻印过《当代少数民族作家作品研究资料索引》，该索引于1983年由中国社会科学院民族文学研究所作为内部资料印刷。这是目前所见最为全面的1949年至20世纪80年代初少数民族文学创作与研究文献目录索引。但是，其中仍有无法避免的诸多疏漏和差错。例如包玉堂的《侗寨情思》（组诗），该索引仅收录了《广西日报》刊登的第二首，而未收《南宁晚报》刊登的一首，包玉堂发表在《山花》上的《侗寨情思》（五首）不仅对原作进行了修改，而且具体篇目也作了取舍和调整。这些在《当代少数民族作家作品研究资料索引》中都没有呈现。而追寻这一源流，呈现《侗寨情思》从单篇、"二首"到"组诗"的扩大、修改、更换的历史现场，本身就是一件非常有价值和意义的史料甄别和研究工作。

至于少数民族文学的其他史料形态，如图片史料，我们所见更多的是一些文献史料的"插图"，而第一手的图片更难搜寻。第一手的实物史料、数字（电子）史料就更加稀缺。所以，本书的史料形态只能是文献史料以及部分文献史料中的部分图片。从这一意义上说，本书用十年时间从各种渠道搜集整理出来的这些文献史料，虽然不是这一时期少数民族文学史料的全部，但这些史料的珍稀性是确定的，它以这样的方式呈现的这一时期的少数民族文学史料形态上的残缺，提示我们应该加强这方面的工作和研究。

四、少数民族文学史料的结构体系

少数民族文学史料有文学史料的共性特征，也有少数民族文学史料的独特性，这一独特性，主要体现在史料的内容体系、空间结构和学科体系、学术体系、话语体系的特征上。

　　在内容体系上，少数民族文学史料分宏观性史料、中观性史料、微观性史料三个层次。

　　宏观性少数民族文学史料是指 1949—1979 年间少数民族文学宏观性、全局性的史料，包括新中国少数民族文学政策、制度，少数民族文学发展的宏观性、全局性总结，宏观性的文艺评论与理论概括等。如费孝通、马寿康、严立等人的《发展为少数民族服务的文艺工作》《开展少数民族的艺术工作》《论研究少数民族文艺的方向》等关于少数民族文学功能、性质和发展方向的论述，1959 年黄秋耕等人对新中国成立十年来少数民族文学发展的整体性评价的《突飞猛进中的兄弟民族文学》，华中师范学院、中国社会科学院、山东大学等高校和科研机构在中国当代文学格局中对少数民族文学发展的宏观总结，老舍关于少数民族文学发展的两个报告，中宣部关于少数民族文学史编写工作座谈会纪要，《光明日报》关于《重视少数民族文学》的述评，还有对民族形式、特点等少数民族文学重大理论问题的讨论等。这类史料的数量不多，但代表着特定历史时期国家对少数民族文学发展的规划、设计，对少数民族文学的社会功能、使命、作用的定位，对少数民族文学发展方向的指导和规范，对少数民族文学发展的总体评价，对少数民族文学发展中存在问题的分析及解决办法和具体措施。

　　在宏观性史料产生的时间上，1956 年老舍《关于兄弟民族文学工作的报告》是第一篇关于少数民族文学全局性、整体性情况介绍、评价和改进措施的报告。1959 年至 60 年代初，是宏观性史料产生最多的时期。其间，三部当代文学史对少数民族文学的宏观评价，标志着少数民族文学第一次进入中国文学史知识生产，意味着中国多民族文学的整体架构初步建立。

　　中观性少数民族文学史料是指 1949—1979 年间，以单一民族文学为单位形成的文学史料，包括某一民族文学史的编写、某一民族文学发展的整体评价、某一民族文学期刊创办等史料。

　　在这三十年中，伴随着党和国家民族政策的落实，中国各民族文学有了较快发展，特别是各民族民间文学资源的系统发掘，为全面评价各民族对中国文化的历史贡献提供了强大支撑，其意义远远超过文学本身。因此，这部分史料的价值不言而喻。

中观性少数民族文学史料有三个基本特征。

其一,各民族民间文学搜集整理、文学史编写、作家培养和作家文学的发展,党的民族政策、文化政策、文学政策的落实情况。

例如,国家对各民族社会历史情况调查和"三选一史"的编写,作为国家历史知识、民族文学谱系的"摸底"工作,覆盖了每一个民族。这种覆盖是有组织、有计划进行的。客观地说,各地方党委、政府的重视程度是高度一致的,这是一体化的意识形态规约和特定的政治文化语境中,国家、地方、个人意志、行动高度契合的生动表现。在民族平等政策的制度设计中,国家把各民族文学的发展纳入各民族经济、社会、文化教育发展的整体格局之中,并将其视为重要标志。这种无差别的顶层设计,具有文学共同体建设的鲜明指向。

其二,各民族民间文学史料多于作家文学史料,且其分布呈现出与该民族人口不对等的不平衡状态,这种不平衡是各民族民间文学发展历史的不平衡、文学积累的不平衡的真实样貌的客观反映。

例如,《纳西族文学史》《白族文学史》最早问世,是由云南各民族民间文学的丰厚积累和大规模的集中搜集整理决定的。云南各民族民间文学宝藏的惊人程度,可以用汪洋大海来形容。1958年、1962年、1963年、1981年、1983年云南进行了五次大规模的民族民间文学调查。特别是前三次调查,为云南各民族文学史提供了第一手丰富而珍贵的史料。1956年云南人民出版社就出版了《云南民族文学资料》。1959—1963年,中国作家协会昆明分会民间文学工作部以内部资料的形式,编辑出版了《云南民族文学资料》18集。这还不包括云南大学1958—1983年民间文学调查搜集整理的18个民族的2000多件稀见的作品文本、手稿、油印稿、档案卡片和照片。其文类包括神话、传说、民间故事、歌谣、史诗等。而楚雄对彝族文学史料搜集整理后稍加梳理,就编写出《楚雄彝族文学史》。相比之下,满族、蒙古族、藏族、维吾尔族这些人口较多的民族,民间文学搜集整理的状况就远不及云南各个民族。当然,这些民族一些经典的民间文学作品首先被"打捞"上来。如在科尔沁草原广为流传的《嘎达梅林》,维吾尔族的

《阿凡提故事》等。

此外，各民族民间文学史料的搜集整理也不平衡，以三大史诗为例，青海最早发现和相对系统地整理了《格萨尔》。1962年，分为五部二十五万行的《玛纳斯》已经完成整理十二万行。1950年，商务印书馆已经出版了边垣自1935年赴新疆后整理的291节、1600多行的《洪古尔》（《江格尔》），但《江格尔》大规模的整理并未能及时跟进。

其三，各民族民间文学与作家文学发展状况复杂多样。民间文学发达的民族，在新中国成立后，作家文学并不一定发达；书面文学发达的民族，在进入新中国后，民间文学并不一定同步发展。这种复杂多样的文学格局也决定了史料的格局和形态。

以文字与文学发展关系为例。我国现在通行蒙古族、满族、维吾尔族、哈萨克族、朝鲜族、彝族、傣族、纳西族、壮族等19种民族文字，不再使用的民族文字有17种。有文字的民族书面文学发展相对较早，但新中国成立后，文学发展差异较大。如蒙古族涌现出一大批汉语、双语、母语作家，各文类作家作品保持了较高的水平。同时，民间文学也保持着旺盛的生命力。以玛拉沁夫、纳·赛音朝克图、巴·布林贝赫、安柯钦夫、敖德斯尔、扎拉嘎胡为代表的蒙古族作家群，游走在汉语与母语之间，为把蒙古族文学推向新中国社会主义文学共同体做出了杰出贡献。而傣族虽然有自己的民族文字，且产生过《论傣族诗歌》这样的古代诗歌史、诗歌理论兼备的著作，但是，新中国成立后，作家文学却并不发达，民间歌手"赞哈"仍是创作主体。当然，许多民间歌手在这一时期是具有双重身份的——傣族的康朗英、康朗甩、温玉波，蒙古族的毛依汗、琶杰等，他们创作的口头诗歌被广泛传颂，同时也被翻译成汉语并发表，实现了从口头到书面的转换。

然而，另一种情形是，诞生了伟大史诗《格萨尔》和发达的纪传文学、诗歌、戏剧的藏族，在新中国成立后，除了云南的饶阶巴桑的汉语诗歌创作外，无论藏语创作还是汉语创作都鲜有重要作家和作品产出。而维吾尔族、哈萨克族、朝鲜族，则以母语文学创作为主，民族文字文学史料类别、数量远远超过汉语文学创作及其史料。

微观性少数民族文学史料,是指 1949—1979 年间少数民族作家作品史料。这部分史料占比较大,既反映了少数民族民间文学、书面文学的发展状况,也反映了少数民族文学批评、研究的基本格局。特别是,我们在介绍少数民族文学史料形态时所强调的有机系统性、宏观史料与微观史料的关联性,在微观性史料中得到了更加具体的体现。例如,前文所列举的《科尔沁草原上的人们》在《人民文学》发表后斩获的"五个新"的高度评价,表明该小说很好地实践了国家赋予少数民族文学的功能、使命、作用。同时,这种评价也对少数民族文学创作方向产生了巨大的引领作用。因此,正如史料显示的那样,这一代少数民族作家的心是与祖国同频共振的,他们的作品成为新中国少数民族翻天覆地的深刻变化的忠实记录,关于这些作品的评论,也规范、引导了各民族作家的创作。

值得一提的是,在微观性史料中,还有一类容易被忽视的简讯、消息或者快讯类的文献史料。这类史料文字不多,信息量却很大。例如,《新疆日报》1963年 4 月 12 日发表的《自治区歌舞话剧一团演出维吾尔语话剧〈火焰山的怒吼〉》一则简讯不足 300 字,但该文却涵盖四个方面的信息:一是《火焰山的怒吼》是维吾尔族作家包尔汉创编的维吾尔族革命历史题材的汉语话剧;二是该话剧由中央实验话剧院在北京演出后,又由新疆歌舞话剧院话剧二团在乌鲁木齐演出;三是包尔汉对汉语剧本进行了修改并转换成维吾尔语;四是新疆歌舞话剧院话剧一团排演了维吾尔语的《火焰山的怒吼》并在新疆各地巡回演出,受到了各族群众的热烈欢迎。那么,这些信息背后的信息又有哪些呢?其一,这部原创汉语话剧反映了辛亥革命后维吾尔族、汉族共同反抗阶级压迫的革命斗争,揭示了"汉族人民同维吾尔族人民自古以来的兄弟般的情谊",在革命斗争中,新疆各族人民的命运同汉族人民的命运紧密地连接在一起,在今天看来,这里蕴含的正是共同体意识。那么,包尔汉为什么选择这个题材?而中央实验话剧院又为什么选择这部话剧?其二,新疆话剧团是一个多语种的话剧演出团体,这种体制设置和演出机制的背后,传达出什么信息?其三,维吾尔语革命历史题材话剧的演出,对宣传民族团结,增强维吾尔族人民对中国共产党革命历史的认识起到了重要作用。那么,包尔汉的选材,是自我选择还是组织安排?其四,由汉语转译为维吾尔语的《火焰山的怒吼》的排演,说明当时话剧团的领导和创编人员有高度的政治觉悟。那么,这种觉悟在 1963 年的政治文化语境中,究竟是自觉意识还是体制机制规约? 因此,这则微型文献史料让我们回到 20 世纪 60 年代的新疆政治文化语境,看到了各民族作家的可贵的国家情怀和共同体意识。

在空间分布上,本时期少数民族文学史料空间广阔性和区域性特征十分鲜明。如《促进云南文学艺术的发展和革新》《云南民族文学资料》《内蒙古文学史》《积极发展内蒙古民族的文化艺术》《关于内蒙古自治区民间音乐、舞蹈、戏剧会演的几个问题》《十五个民族优秀歌手欢聚一堂　昆明举行庆丰收民歌演唱会》《新疆戏剧工作的一些新气象》《西南少数民族艺术有了新发展》《少数民族艺术的新发展——在西南区民族文化工作会议期间观剧有感》等,这些史料,大都是对某一区域性少数民族文学历史、现状和文学艺术发展的评价、分析和总结,在空间上呈现出了中国多民族文学丰富多彩的文学版图,是少数民族文学史料体系最为独特的体系性特征。

在少数民族文学史料的学科体系、学术体系和话语体系上,1949 至 1979 年的少数民族文学史料的体系性特征十分突出。

首先,已有的史料形成了文学理论、民间文学、古代书面(作家文学)、现当代文学、戏剧电影文学的学科体系,尽管各学科的史料数量不等,但学科体系的确立已经被史料证明。

其次,从学术体系而言,少数民族文学在各学科的框架中同样以大量的、丰富的史料为基座,初步形成了各个学科的学术体系。例如,在少数民族当代文学学科中,形成了包含诗歌、小说、散文等文类和相关文类作家作品批评和研究的史料体系。在民间文学学科中,形成了以各民族史诗、叙事诗、神话、传说、故事、谚语搜集、整理、研究为主体的学术体系。而且,因研究对象的不同,各民族文学形成了特色鲜明、丰富多样的学术体系。

最后,从话语体系而言,新中国少数民族文学史料话语体系的国家性、时代性、民族性相融合的特征十分鲜明。

在国家性上,少数民族文学史料是新中国社会主义文学话语体系的重要组成部分,也是最具中国特色的文学话语体系。这表现在,统一的多民族国家、中国共产党的领导、民族平等政策、民族团结是少数民族文学史料最核心、最关键的共同性和标识性的话语。在所有宏观性、全局性的史料中,统一的多民族国家、民族平等、民族团结、社会主义是少数民族文学话语生成和发声的国家语境,少数民族文学总是在这一语境中被强调、阐释和评价。

在时代性上,"兄弟民族文学""兄弟民族文艺""新生活""新人""新面貌""新精神""对党的热爱""突飞猛进"等话语,无不与"团结友爱互助""民族大家庭"这一对中华民族的全新定义高度关联,无不与新中国成立后的各民族生活发生的历史性巨变高度关联,因此,各民族之间的关系,各民族文学中的新生活、新气象、新面貌成为具有鲜明时代辨识度的评价少数民族文学的关键词。特别是,在共同性上,社会主义新文学、社会主义新生活、社会主义新人,各民族文化遗产,以及作为国家遗产的各民族民间口头文学、书面文学、文学史的编写原则等,是少数民族文学各学术体系共同的标准和话语形态。

在民族性上,社会主义内容与各民族传统艺术形式的结合,使少数民族民间文学、作家文学的民族形式和民族特点的表现,成为少数民族文学的标志性的合法话语被提倡。各民族丰富多彩的民间文学文类和样式,如蒙古族的祝赞辞、好来宝,哈萨克族的阿肯弹唱,藏族的藏戏、拉鲁,维吾尔族的十二木卡姆,白族的吹吹腔等各民族丰富而独特的艺术形式被发掘并重视。前述冰心在评价杨苏小说《没有织完的统裙》时称赞的边疆风光、民族风情作为少数民族文学的民族文化和地域文化特征,在统一的多民族国家的中华民族文化多样性和国家文化集体性的高度上被认同。如何正确反映民族生活,如何正确评价少数民族文学的民族特点等理论问题,也在新中国社会主义文学的框架下被提出、讨论并得到规范。取其精华,去其糟粕不仅广泛运用于民族民间文学整理,也用于民族风情的描述和展示。可以说,这一时期少数民族文学民族性话语范式和评价标准基本确立。

尤其要说明的是,少数民族文学史料话语的国家性、时代性、民族性是融合在一起的。这一点在各类文学批评史料中都得到充分体现。而且，这些史料也清楚地表明，1949—1979 年间，是少数民族文学全面发展的第一个黄金期，因此，这一时期少数民族文学史料的历史价值、社会价值、文化价值、文学价值都弥足珍贵。

五、问题与展望

如前所述，史料是学科大厦的基座。这个基座的广度、厚度、深度，决定学科大厦的高度和生命长度。

应该看到，与中国文学其他学科相比，中国少数民族文学学科的历史并不长，史料学建设还相当薄弱。少数民族文学史料整理从 20 世纪 50 年代各地民间文学大规模的搜集整理时就已经起步，"三选一史"和"三套集成"都是标志性成果。1979 年中央民族大学整理编辑过《中国少数民族作家作者文学作品目录索引》《中国少数民族民间文学作品目录索引》。20 世纪 80 年代中国社科院民族文学研究所成立后，于 1981 年、1984 年将吴重阳、赵桂芳、陶立璠合作辑录的《当代少数民族文学作家作品研究资料索引》纳入《中国少数民族当代文学研究资料丛书》，还有《中国少数民族文学史编写参考资料》等以内部资料方式刊行的文学史料。全国各地在少数民族文学史料方面也做了大量工作，如云南多种版本、公开与非公开刊行的《民间文学资料》，广西的《广西少数民族当代作家作品目录索引》，玛拉沁夫、吉狄马加主编的《中国少数民族文学经典文库》，中国作家协会编辑的多种少数民族文学作品选（集），以及纳入"中国当代文学研究资料"丛书中的少数民族作家专集，等等，成果是显而易见的。特别是近年来，各民族学者依托各类项目对少数民族文学专题性史料的系统整理，形成了点多面广的清晰格局。

尽管如此，史料学意义上的少数民族文学史料系统整理和研究尚没有真正展开。本文所述的少数民族文学史料形态中，文献史料占据主体地位。这也意味着，除中国社会科学院民族文学研究所积几代学人之功建立的口头文学数字史料库外，其他形态史料整理还尚未起步。

　　本书选择 1949--1979 年少数民族文献史料作为整理对象,一是基于文献史料在所有史料形态中的主体地位;二是基于目前文献史料散佚程度日益加剧的现状,本书带有抢救性整理的用意;三是这一时期的史料在少数民族文学发展史上具有重要价值,特别是在少数民族文学学科发展处于转型升级阶段的今天,这些史料不仅还原了这一时期少数民族文学的历史现场,同时对少数民族文学发展也具有重要的历史参考价值;四是在少数民族文学研究中,面向少数民族文学历史的研究,必须以史料为支撑,面向未来的研究,同样要以史料为原点。

　　本书对文献史料特别是以文学批评和文学研究文献为主体的史料的整理与研究,仅仅是少数民族文学史料学建设的一个开始,本书所选也非这一时期史料之全部。只有当其他形态的史料也受到重视并得到系统发掘、整理和研究,当少数民族文学史料学体系真正建立起来,各形态史料构成的有机系统所蕴含的历史、社会、文化、文学等丰富的思想信息被有效激活时,我们才能在多元史料互证中走进少数民族文学发展的真实的历史空间。在此,笔者想起洪子诚先生在《问题与方法——中国当代文学史研究讲稿》的封面上写的一句话:"对 50—70 年代,我们总有寻找'异端'声音的冲动,来支持我们关于这段文学并不单一,苍白的想象。"那么,这个寻找和支持来自哪里?——史料。

从史料看 1949—1979 年少数民族古代作家(书面)文学研究

少数民族古代作家(书面)文学是指少数民族古代作家创作的文学,包括少数民族早期创作并较早用各种文字记录下来的文学文本,也包括各民族碑铭石刻文学。

相对于当前的研究和史料整理,1949—1979 年间,少数民族古代作家(书面)文学史料仅限于蒙古族、藏族、维吾尔族、回族、满族等几个少数民族,文学史料整理与研究极不均衡,少数民族古代作家(书面)文学研究尚处于起步阶段。这种情形与少数民族文学作为独立的学科确立较晚有关,与少数民族古代作家(书面)文学整体研究实力较弱有关,历史地看,也与民族识别以及中国文学史观念有关,其原因较为复杂。因此,现有史料具有一定稀缺性。

一、天空中不均衡的星斗

少数民族古代作家(书面)文学史料的整理与研究使那些有文字并早已使用本民族文字进行文学活动记录和文学创作的民族以不在场的在场方式发出的声音被我们听到,更使那些在场的少数民族古代作家(书面)文学史料更加熠熠生辉,如蒙古族的尹湛纳希、哈斯宝、梦麟,藏族的《诗镜论》、《萨迦格言》、仓央嘉措,维吾尔族的《福乐智慧》《突厥语大词典》,回族的萨都剌、李贽,满族的纳兰性德、永忠、文康,《白狼歌研究综述》等,这些作家作品是少数民族古代文学的巨大宝藏，并显示出可预期的研究空间。例如，在蒙古族古代作家及文学史料中，尹湛纳希、哈斯宝和梦麟颇具盛名，对《蒙古秘史》《蒙古源流》《成吉思汗传》等历史文本的研究也开始努力地向文学方向倾斜。产生于(约)13世纪，早已被记录下来并以手抄本的形式在蒙古高原流传的民间叙事诗《成吉思汗的两匹骏马》的喀尔喀本和鄂尔多斯本，完成了类似《诗经》的由口头到书面的定型和固化，为其传播插上了另一双翅膀。

白景林的《尹湛纳希——纪念我省杰出的蒙族作家诞生125周年》展示了另一幅图景——尹湛纳希诞辰125周年的纪念活动，将这位"十九世纪蒙古族杰出的批判现实主义作家"的《青史演义》《一层楼》《泣红亭》"丰富并提高了蒙古族文学的内容和形式，促进了蒙汉兄弟民族的文化交流"的历史价值呈现在世人面前。与尹湛纳希堪称蒙古族古代文学"双璧"的哈斯宝及对其《新译红楼梦》的研究文献同样值得注意。而关于优秀的蒙古族古典诗人梦麟的一则史料，则暗示着蒙古族古代文学史料整理有值得期待的研究空间。

《萨迦格言》《猴鸟的故事》《诗镜论》以及藏族古代格言诗和仓洋嘉错诗歌研究史料，也意味着在汉语世界里，藏族古代作家书面文学研究一开始就进入经典研究层面，尽管空间尚未完全打开，但最耀眼的星光已经被捕捉。此外，与蒙古族一样，民族团结的研究视角也被藏族古代文学研究者开启。

值得一提的是藏族、蒙古族诗学理论的标志性成果《诗镜论》，本时期仅有对藏族文学十分用力且卓有成效的王沂暖的《〈诗镜论〉简介》，藏族《诗镜论》和蒙古族《诗镜论》都局限在本民族语言环境中，因此，只能说露出了少数民族文论的冰山一角。

维吾尔族、满族古代文学与蒙古族、藏族的情形类似。

《福乐智慧》、《突厥语大词典》与纳瓦依是维吾尔族古代文学的三个高峰。但前两者受到重视，而纳瓦依仅在维吾尔语语境中被注目。李国香从历史打捞出来的十八世纪诗人赫尔克提、翟梨里、诺比德，也让我们看到维吾尔族古代文学史料整理和研究的广阔空间。

满族古代文学最辉煌的时期是清代，留存丰厚史料。但由于诸多原因，满族古代文学史料整理与研究起步较晚。本卷呈现的几则史料颇有意味。著名文物鉴定专家史树清《曹雪芹和永忠小照辨析》在考证鉴定曹雪芹小照为伪作时,说明了"真像伪款"和"伪画真跋"两种常见的真假复合形态,无意间却呈现了满族诗人永忠之照。特别是其"作于乾隆三十三年(1768年)的《因墨香得观〈红楼梦〉小说吊雪芹》七绝三首手稿,以及这三首诗上其叔父弘旿的批语,都是《红楼梦》研究者经常引用的资料",对满族文学研究者而言,在"有心栽花花不开,无心插柳柳成荫"的错位中,提出了作为皇室后裔的永忠为何会"吊雪芹"、为什么会出现曹雪芹小照"伪画真跋"的问题。史树清对永忠生平的考订,正如其所说,对"了解当时满族上层文人的思想和生活都有相当重要的价值"。只可惜曹雪芹和永忠的话题,在学界并没有延续下去。不仅如此,《曹雪芹和永忠小照辨析》在呈现珍贵的文物史料的同时,也打开了我们史料学的视野——将文物学、考古学与文学综合起来的全观史料学新视野。

在回族古代(书面)作家文学史料中,本卷仅择取了李贽、萨都剌两人的相关史料文献。萨都剌的族籍问题,至今也有争议,但天平是向回族一方倾斜的。将李贽作为回族文艺理论家进行讨论的做法不被主流学界所认同的情形也发生在其他民族作家的身上,如元好问、法式善、曹雪芹等。

上述史料如点点星光,分布在少数民族古代(书面)文学的星系中,这些星斗般的史料后面,是浩淼广阔的文学历史空间。

二、"双形态文本":口头文本与书面文本的转换与固化

口头文学向书面文学发展,集体创作向个体创作转化,是人们对文学发展的基本认识。但是,在中国多民族文学史中,口头文本与书面文本共生并存,口头创作与书面创作同行并进,口头向书面流动,书面向口头转化是一种普遍现象。这种现象形成了"双形态文本"移形换位的奇特景观。

《艺术形象的魅力——简评〈成吉思汗的两匹骏马传〉》是内蒙古大学梁一孺根据白歌乐翻译发表在1962年《内蒙古日报》上的《成吉思汗的两匹骏马传》撰写的评论,而早在1958年,同在内蒙古大学的额尔敦·陶克陶整理发表了在

鄂尔多斯流传的蒙古文《成吉思汗的两匹骏马》。这说明，尽管《成吉思汗的两匹骏马》早已经完成了书面文本的固化或定型，但仍在蒙古高原传承和生长。故此，《成吉思汗的两匹骏马》在民间文学中讨论，也在书面文学中讨论，就像《诗经》一样。将之放在本卷肯定会引发争议，但这并不是一件坏事。因为，梁一孺将《成吉思汗的两匹骏马》视为蒙古族古典文学经典，而笔者更重视文中注释的描述——伊克昭盟很多老年人都能活龙活现地说出两匹骏马的行踪去向。这种口头文学与书面文学并行流动传播的图景更值得玩味，"双形态文本"在各民族文学中，本来就是一个挑战传统口头文学与书面文学分立的文学观的既特殊又普遍的现象。

毕业于云南大学，长期在西藏工作的李佳俊，在《民族团结的热情颂歌——藏族长篇寓言〈猴鸟的故事〉初探》中，对《猴鸟的故事》究竟是文人创作还是民间集体创作的问题，谈了自己的看法，这一点与上文的"双形态文本"相同。在大多数民众不识字的集体语境中，口耳相传是唯一选择。书面文本在识字阶层中流布和传承，但并不拒绝对口头文本的接受。口头文本与书面文本的互访或许是最佳的文学接受情境。

《〈白狼歌〉研究述评》所呈现的则是另一幅图景。《白狼歌》创作者究竟具体是谁，创作的语境究竟是哪儿，白狼部落究竟是哪个部族，后又融入或成为哪个民族，事实上是没有坐实的。在创作上，是口头创作还是书面创作？一说是白狼王唐菆赴洛阳朝贡，在明帝举行的宴会上，现场用自己部族的语言亲口唱给东汉明帝的三首歌，包括《远夷乐德歌》《远夷慕德歌》《远夷怀德歌》，由通晓其言的犍为郡掾田恭译之，后由刘珍将其辑入《东观汉纪》。一说是以白狼夷为首的西南夷各族用"夷语"创作、传唱的一首民间歌谣，后汉译进入汉文古籍。这里面的信息编码是较难破译的。一是"夷"向来是中原对四方之民的统称，用作白狼人的自称，需要解决的是白狼人对他称"夷"的认同，这一"他称"—"自称"在其他民族存在，但是否白狼人也是如此？二是歌的题目中的"远夷"应是译者加的，否则就成为"远方的我们"，显然与语境不符。三是"乐德""慕德""怀德"具有现场感，是当面倾诉心中的"乐""慕""怀"。四是"夷语"无论是何种民族语言,但始初应为语言而非文字。五是无论是集体创作还是现场即兴创作,都说明白狼部族和西南夷有发达的口头诗歌传统,人人能歌善舞在今天也是西南少数民族的重要传统。但是,我们重点关注的是,《白狼歌》是由"通晓其言"的犍为郡掾田恭翻译的。这说明当时汉语与白狼语已经发生接触并能够互译了,而语言的"交往"说明中原与西南民族交流已经深入到文化层面。再者,可以肯定的是,经过汉译,《白狼歌》较快地固化为汉文书面文学文本。但《白狼歌》以汉文书面的形式沿时间之轴向未来传播的同时,也以口头的形式,在"西南夷"中传播。而且,史料显示,虽然白狼部落消失在历史的烟波中,其族属问题和文字源属也有不同说法,但《白狼歌》被"西南夷"各族代代传唱也是事实,《白狼歌研究综述》以比较语言学的方式,呈现了《白狼歌》在普米族、彝族、纳西族口头传承的情况。这说明《白狼歌》已经是口头文本的多语种与书面文本的多文字(汉文、英文)的双形态。这种形态使《白狼歌》是不是氐羌语显得不那么重要。因为,这种双形态和多语种蕴含的少数民族口头文学与书面文学双向流动和并行传承的现象,对我们认知中国多民族文学多语种、多文本形态、多种传播和影响方式的重要特征,具有重要意义。

三、文学的流动与民族的"三交"

文学的流动在各民族的交往交流交融中具有重要作用,但文学是不会自然流动的,无论是口头文学还是书面文学。口头文本的携带者通过自己的空间位移,在不同的空间场域中通过声音将文本信息传递出去,人、语言、声音缺一不可。书面文本首先要书写下来,兽骨、竹片、绢帛、贝叶等都曾是人类早期的文字的物质载体,这使传播受到极大限制。在印刷术发明后,书面文学的传播速度和广度空前扩张,书写者本人不再是唯一的文学携带者或者传播者。在这种情况下,各民族文学与文学的"交往"可能就是文本与文本的"交往",然后才深入到我们正常理解的"交流"和"交融"。也就是说,各民族文学之间的"三交"情形会更加特殊和复杂。作为文学研究者,发现和阐释这种特殊而复杂的情形就需要特殊的视镜。

　　例如，早在 1959 年额尔敦·陶克陶就指出尹湛纳希的作品不仅受到了《红楼梦》的影响，而且还有爱国主义因子和蒙汉文化交流的内容。这样，汉族、满族、蒙古族三个民族由文学作品的"交往"构建的交流、交融机制，与其他形式的交往交流交融，就十分不同。再如，李佳俊在对藏文版《猴鸟的故事》进行的解读中，开篇就将自己的视野框定在《猴鸟的故事》"是祖国各民族文化遗产中的一颗闪烁着灿烂光华的明珠"和"民族的团结，国家的统一已经成为不可阻挡的历史潮流，广大劳动人民最迫切的心愿"之下，指出《猴鸟的故事》就是"在这样的时代里，在经历了统一——分裂—统一漫长的生活道路之后，藏族劳动人民采用文艺形式所进行的历史经验的总结"。如果结合《猴鸟的故事》在藏族流传广泛的客观历史，那么，可以想见，在培养藏族的祖国认同和民族和谐相处方面，《猴鸟的故事》发挥的作用可能需要重新评估。而作者将之视为各民族文化遗产中的明珠，其中所体现出来的共同体意识，对《猴鸟的故事》在各民族"三交"中的意义再生产，具有重要启发。

　　再如，《后汉书·南蛮西南夷传》中的《白狼歌》本身携带的信息，显示白狼部族对汉代中原地区先进文化的向往，这其中隐含着当时中原文化和王朝巨大的内聚力。本卷《白狼歌研究综述》与李文一样，开篇即表现了自己的多民族国家和多民族文学视野："我们伟大的祖国是一个统一的多民族国家。悠久辉煌的祖国文化，是国内各兄弟民族自古以来共同缔造的。著名的《白狼歌》就雄辩地反映了这种情况。"这样，《白狼歌》不仅被纳入了中华多民族文学的视野，而且形成了该史料特定的思维路向。从中，我们不仅会思考宋代《册府元龟》、郑樵《通志》，明代《永乐大典》《嘉定府志》，清代《云南备徵志》为什么会转录该歌，思考为什么《白狼歌》还在普米族、彝族、纳西族、嘉戎藏族中广为流传，为什么在 19 世纪还被译成英文。从时间的纵向看，历代典籍的转录，既说明对该诗内容的认同，又说明《白狼歌》经久不衰的生命力是有其内在历史逻辑的。而横向的传播和接受，也说明《白狼歌》文本自身的信息（对中原政治文化的认同），也是被其他部族认同和解码的。至于英译的出现，或许有以此观察中华民族多元一体的内在肌理的用意。因此，《白狼歌》对研究边疆民族对中原汉族的政治、文化、经济认同,以及中心与边缘的互动融合,都留有相当大的再阐释空间。

总之,本卷虽只收入31则史料,且仅有研究论文、简介、纪念活动、作品选译、研究综述等类型,但这些史料所谈论的问题和史料本义,标志着在统一的多民族国家框架下,少数民族文学古代(书面)作家文学史料整理、研究和知识生产已经具备了外部环境,这是以往任何一个时代所没有过的。

第一辑

蒙古族古代文学

本辑概述

　　本辑收录了蔡美彪、额尔敦·陶克陶、孟和博彦、格日勒图、巴雅尔、宝音贺希格、梁一儒撰写的 7 篇蒙古族古代文学研究论文，托门、白景林、温广义、卢明辉、乌丙安撰写的 5 篇介绍性文章，梁一儒、色音巴雅尔撰写的 2 篇评论以及周清澍撰写的 1 篇阅读札记。这些文章分别发表在《历史教学》《文学评论》《内蒙古日报》《辽宁日报》《草原》《内蒙古大学学报》《光明日报》《内蒙古师范学院学报》《红楼梦学刊》《中国民族》等报刊上，涉及成吉思汗，蒙古族古典文学作品中的英雄形象，《蒙古秘史》《蒙古源流》《新译红楼梦》，尹湛纳希，《一层楼》和诗人梦麟。孟和博彦对蒙古族古典文学作品中为什么会迭次出现英雄人物形象和怎样描绘英雄人物形象进行了探讨分析；巴雅尔对蒙古族第一部书面著作《蒙古秘史》的作者及译者的分析具有重要价值；卢明辉认为道润梯步的《新译简注"蒙古秘史"》的出版发行对于研究《蒙古秘史》的人来说是一个喜讯；格日勒图、梁一儒与色音巴雅尔对哈斯宝的《新译红楼梦》进行了较为中肯的研究和分析，指出其价值与局限；额尔敦·陶克陶、托门、白景林、乌丙安都对尹湛纳希的生平、作品等进行了介绍，其中额尔敦·陶克陶的介绍最为详尽；温广义从五个方面表达了对蒙古族天才诗人梦麟的惊美和惋惜。

　　从蒙古族古代文学研究的整体高度看，这 16 篇文献主要关注点集中在成吉思汗、尹湛纳希，《蒙古秘史》《蒙古源流》《新译红楼梦》等影响深远、久负盛名的作家和作品，对蒙古族古典文学作品中的英雄形象和诗人梦麟也有所提及。但总体上说，这一时期蒙古族古代文学研究对象较少，研究范围较小，研究方法比较单一。从文献载体看，《光明日报》《文学评论》等重要报刊对蒙古族古代文学研究成果的刊发，说明蒙古族古代文学具有较大的影响力。

对于《成吉思汗传》中译本的几点意见

（伍拉祺米尔索夫著　余元庵译）

蔡美彪

史料解读

该史料为论文，原载《历史教学》1951 年第 6 期。著名历史学家蔡美彪对余元庵翻译的苏联科学院院士、著名蒙古学家伍拉祺米尔索夫所著《成吉思汗传》提出批评意见。蔡美彪认为余元庵先生把《成吉思汗传》翻译成中文这件事值得尊敬，且译文朴素而生动，但是只用了元秘史作为主要材料进行综合叙述，并没有充分依据当时的社会经济基础，使得该书价值远不如同著者晚年著作《蒙古社会制度史》。同时译者添加了不少注解，对于帮助读者理解和介绍伍氏著作方面起到很大作用，但是还有信息不实、对音不准确、成果描述不清晰、语音存疑、依据有误、前后异辞等个别问题。该史料对研究蒙古族史传文学具有重要价值。

原文

本书是著名的蒙古学家，一九二九年当选为苏联科学院院士的伍拉祺米尔索夫氏的名著。在一九二二年出版后，法国和英国都有了译本（Les grauds figures de L'Orieut，Paris 1926. The Life of Chingis Khan by Professor Wlediwirtzov Traualated firom the Russiau by Priuce D. S Missky London，1930）后来小林高四郎又把它译为日文。但在本书出版已近三十年的岁月里，却一直没有中译本。

去年春天，余元庵氏把这本书翻译出来，并加了许多注解，由上海巨轮出版社出版，列为苏联史学丛书第一种。这无论在研究蒙古学或蒙古史，以及介绍苏联著作方面，都是件极可庆幸的事。我们该首先向译者致以最诚挚的敬意。

关于原书的批判，Barthold 和 Poppe 诸氏都曾发表过专文（东洋志第五卷及 Asia Mojor，1924)伯希和氏也曾指摘过几点（见 Notes sur le 'Turkestau' de M. W. Barthold，Tóung Pao Série IJ. 1630 文内）。我们在这里不想再说什么，只是笼统的指出一点：即本书的价值，似远不如同著者晚年的巨著——蒙古社会制度史(从日译名)。因那本书才是充份的运用了马列主义的方法，以辩证的，唯物的历史观点，根据生产力和生产关系的基础，详细的，清楚的说明了蒙古社会的发展过程。而本书则只是以元秘史为其主要材料，加以综合的，系统的叙述而已，并没有，至少没有充分依据当时的社会经济基础，予以深刻的解释。

关于中译本朴素而生动的译文，是值得我们称赞的。虽然译者在序中自谦的说"译者的写作技巧太差，不能把原文里的神态风格完全表达出来"，但事实并不如此。我们对于译文的本身，的确没有什么可以苛责的。

译者加了不少注解，"使得一般人能够容易懂得"并"注明了一些个出处"。这种辛勤的工作，在介绍伍氏著作方面，对读者起了很大的作用。但也有些少数的个别问题，愿在这里举出几个例子来提出讨论，并盼译者指正。

注中引用参考书部分：如页四注一，注解剌失德丁（R shid-u'd-Din）集史时说："有译本数种如下"，下面列有"伯劳舍（Blochet, E.）校注的剌失德集史"。案本书收于 Gibb Memorial Series XVIII，是伯氏校的波斯文原文，不过伯氏加了一些法文的注解而已，并非译本。注者把它列为译本之一，似是疏忽了。

又页五注二，注解元朝秘史时，把外国人对此书的译注，写的很多，而反倒忽略了原书的性质，写译时代，以及版本方面一些应给予读者的必要的知识，对于国人注解和研究本书的成绩，也全未提到，似乎有些详略失宜。又这注中提到"日人白鸟库吉神谷衡平等皆有还原为拉丁化蒙古文的计划，且闻已积稿累累,惟迄今似尚未见问世"。其实白鸟的这部书已早在昭和十八年由东京东洋文库印行,注者或尚未见到。

页六注六,注解尢外尼(Juwayni)世界征服者传时说:"此书原名 Tarikh Djibau-kushai,密萨,谟罕默德(Mirza Muhammed)曾译此书第一卷为英文,收于 Gibb Memorial Series XVI 中,一九一六年出版。"这里,注者与注解集史时,犯了同样的疏忽。实际上此书并非译为英文。而且此书也不是只出版第一卷,其第二卷和第三卷已在一九一六和一九三七分别出版了。又第一卷出版似在一九一二年,注中所谓一九一六年,恐也有误。

关于注中的一些对音问题:如页七九注三:"'怯薛'(Keshik)元秘史作'客失克',它的音译似乎比较'怯薛'为正确,但是因为'怯薛'的对音常常见到,所以本书依从元史的音译。"又页九四注六:"怯薛丹(Keshiktan)元秘史作客失克田……就是怯薛的复数。"案 Keshik 或 Keshiktan 用来对客失克或客失克田,倒还可以。但注者既然"因为怯薛的对音常常见到",而拿来对"怯薛",就不大妥当了。这里抄录伯希和氏的一段话,来回答这个问题(据冯译西域南海史地考证译丛三编伯氏蒙古侵略时代土耳其斯坦评注):

元史的汉译名作"怯薛",核以薛字的音读,似可假定他的对音是 Kaesaek Kaesaktaeu 或是 Kaezaek, Kaezaektaen 而非 Kaesik, Kaesiktaen,此外我们应该追忆者,元史所本之源,是 i 音前之 s-仍作 s-的读法,而不像元朝秘史之 s-始终变作 s-的读法……此字在畏吾儿语中实训作"番真",并由此转出"命运"之义(Radlov II 1172—1176;Müller Uignurica II 22,68),在别的方言中,比方在乞儿吉思语中,也见有 Kajak 的读法,我以为蒙古人借用此字之时,曾有若干时间,踌躇于 Kaezik 或 Kaczaek 两种读法之间。可是蒙古语等无 z 声母,曾以 j 或 s 代替,由是 Kazek 读法转为 Kaesaek 读法。元代汉译"怯薛"所代表的,就是后一个字的对音。至者 Kaezik 的读法,在察合台语同若干波斯著作家的撰述之中,当然仍旧存在。可是先用 Kaesik,后在十四世纪中转为 Kaesik 的今读。

又页三九注八:引原注云:"Jaty-su(俄语为 Sarnirchie)——七河地方——

就是包含着天山山脉的西北面,和准噶尔隘口(Dsungarian Gate)的地方。实际上就是包含着现在的哈萨克斯坦(Krzakstan)和乞儿吉思(Kirghizia)二共和国里面。"案伍氏此注,本来是用近代的地名,来说明"七河地方"的所在,Jety-su 原是近代的地名,我们翻开近代的外交史,便不难发现和 Jety-su 总督办交涉的事。但注者却向元秘史等等元代的史料里面,去寻求此字的对音,这就不免徒劳了。注者在页一〇二注四十是这样说的:"案 Jety-su 的名称,前已数见,现在尚未能得其适当的对音,今据元秘史二三五节蒙文所纪忽必来征服该地的事情,纪录于下,以资参考……(略)。据上所纪,可见 Jety-su 或许不是元时所称的地名,不知伍拉祺米尔索夫根据何书,希望高明者的教正。"

页一〇二注三九:"案亦都护本书音译本作 idikut,这一定是俄文原本根据贝烈津(Berezjn)书从波斯文里转译过来时候所犯的错误,因为它将波斯语母音点的 u 写成 i 了。"这里注者极其肯定的指出了原著者"所犯的错误"。但是从波斯语到蒙古语的中间,i 和 u 的变化乃是一个极常见的事实,伯希劳的论文中,时常在考证语源时以此解释。因此我们可以否决注者的意见,说这不一定是,甚至一定不是原著者"所犯的错误",也不是什么"母音点"的关系。

此外,有一些前人已经考订的史实,被注者疏忽了。如页十四注七在注解"敢不"时,引用小林高四郎的话来向原著者提出异议:"西藏语的王叫 Gyal-po 或 Djal-po 不是 Gambo。"案小林所说的 Gyal-po 或 Djal-po,就是中国旧史里所译的"赞普",和这个"敢不"毫无关系,小林这个说法当然是不对的。其实这也不是小林说的,屠寄的蒙兀儿史记王罕传里,就把扎合敢不的敢不认作"赞普"。屠氏错了,小林错了,注者又把它引来而未加辩证。案伯希和氏曾在元史卷一二二见有昔里钤部(亦云甘卜),冯承钧先生在元史卷一二三见有也蒲甘卜,我在元史太宗纪里也见到一个达海绀卜,这些名字恐怕就是元秘史的敢不,也就是伍氏所说的 Gambo。剌失德把此字解作"大将军"或"受尊敬者"是对的,与藏语的赞普无涉。伯希和氏曾考此名号来自西夏,注者似未及注意。

页三一注一四和页九四注三中的"九脚白纛",伯希和氏也有过考证,注中未提及。

页五二注十引秘史："再巴阿邻（Baarin）种的豁儿赤兀孙（Korchi Usun）老人和阔阔搠思"。案豁儿赤，兀孙，本为两人，明译误连作句，屠敬山柯绍忞都误作一人，那珂通世实录也错了，王静安先生曾考证出来豁儿赤为一人，兀孙额不干为一人。本注中的对音，仍然误作一名，不知是否由于过信那珂氏的原因，而把静安先生的考证疏忽了。

页一三一注三："案这一段引文乃是根据本书英文译本来的，就中所述'皇帝'，显然是国王（就是指木华黎）的误译（案伍氏系受欧译之误）。"伍氏这一点错误，伯希和氏已经较详的指摘过了，且已究出他的根源。

页一六二注九，对于伍氏原书中说成吉思汗享年七十二岁一事，作了如下的注："案成吉思汗的享年，据元史太祖本纪，亲征录和蒙古源流卷四所载都作六十六岁。"关于太祖的年寿问题，早在光绪时，洪侍郎文卿便做过一篇《太祖年寿考异》，附在他的元史译文证补太祖纪的后面。文中根据剌先德的纪载和蒙鞑备录，杨维桢正统办等材料，考证出太祖年寿为七十三岁。这个说法近代的蒙古史家包括伍氏在内大皆承认，柯蓼园的新元史太祖纪，和冯承钧先生成吉思汗传，也都采用了这个说法。伍氏此说，是有他的根据的。不采元史的旧说，也正是他的谨慎处。但注中没能把伍氏的根据注出，反而注了一些与此相异的旧材料，似隐有反对伍氏此说的意思，但又没有根据史料说出注者本人的意见，也没有对洪钧以下的说法加以驳证。这样，对注者自谓的"两重任务"，就不能完成了。

此外，引用日本人的论文，如页一二六注五引"箭内亘元代三阶级考"，页一七〇注四又称"箭内亘元代社会三阶级"。注者既不取中文旧译的名称，而自行重译，同是一篇文章，而竟前后异辞，似乎也是不大妥当的。

总之，本书的一些注解，引据了很多史料和论文，给予读者很大的便利，其功绩是不可抹煞的。本文只是"吹毛求疵式"的本着"知无不言，言无不尽"的精神提出一些不成熟也不一定正确的意见，愿与注者和读者共同讨论。对于全书来说，是"大掩不醇"的。

一九五一、四、十五、于北京大学文科研究所

　　译注者写来的意见：

　　批评各点，其中除 Jety-su 条尚拟保留外，大体上都可接受，并对蔡美彪先生指出注者的错误处谨致感谢。

元庵谨志

尹湛纳希及其作品

额尔敦·陶克陶

史料解读

　　该史料是一篇作家作品论述,原载《文学评论》1959 年第 6 期。额尔敦·陶克陶从生平、思想、创作态度、主要作品和艺术贡献对尹湛纳希及其作品进行介绍。尹湛纳希于 1837 年出生于卓索图盟土默特右旗一个地主家庭,聪敏好学,掌握多门语言,游历经历丰富,二十九岁后将注意力转移到了社会问题上,亲近农民抗拒权贵,一生不仕。尹湛纳希续写《青史演义》,以文艺形式书写了成吉思汗诞生至窝阔台即位后八年共七十四年历史,在现实的基础上加以想象,塑造了形象生动饱满的各种人物形象,暴露了统治阶级内外的尖锐矛盾,在艺术创造方面达到了蒙古近代文学的巅峰。但也存在着神化成吉思汗、民族主义思想浓厚、带有迷信色彩等局限性。《一层楼》及其续篇《泣红亭》是蒙古族社会现实题材创作中的里程碑,创作时受《红楼梦》及《镜花缘》影响,在爱情以外还描写了当时社会制度的黑暗、下层人民群众的真实生活,他的作品具有爱国主义思想,思想内容进步、艺术技巧高超、语言丰富。当然,他的作品中也存在着改良主义思想、宿命论观念等消极因素。但是,他的现实题材创作充满人道主义思想,促进了蒙汉文化交流,丰富了蒙古族文学语言。作为马克思主义者,我们应当用批判的眼光看待尹湛纳希及其作品,取其精华,去其糟粕,古为今用。

原文

一

　　尹湛纳希是蒙古族杰出的作家，他是蒙古文学遗产的继承者和发展者，他的创作吸收了汉民族古典文学的精华，丰富了蒙古族文学的内容和形式。他是蒙汉两族文化交流的先驱者。一九五六年和一九五七年，我们曾两次派专人到尹湛纳希的故乡进行访问，搜集了近百件的文物遗产，在专门机构里进行了研究整理。一九五七年重新出版了他的几部著作。

　　尹湛纳希，乳名哈斯朝鲁，汉名宝衡山，于鸦片战争前三年的一八三七年五月二十三日（前清道光十七年丁酉四月十六日），生于"文武兼资、钟鼓之家"的卓索图盟土默特右旗（今辽宁省北票县下府乡）协理台吉旺钦巴勒家——"忠信府"，排行第七。戊戌维新运动前六年的一八九二年二月二十五日（前清光绪八年壬辰正月二十七日），殁于锦州，享年五十六岁。"忠信府"是当时内蒙古南部地区的一个比较大的地主家庭。那时土默特右旗已经经营农业，由内地移来了大量汉族农民，因此已成了蒙汉杂居地区。他经历过一八四〇年的鸦片战争（当时年岁小，主要是战后的影响）和一八五〇年的太平天国革命运动等中国近代史上的巨大变革，这种变革正如毛泽东主席所说："帝国主义列强侵略中国，在一方面促使中国封建社会解体，促使中国发生了资本主义因素，把一个封建社会变成了一个半封建社会；但是在另一方面，它们又残酷地统治了中国，把一个独立的中国变成了一个半殖民地和殖民地的中国。"[①]这就是尹湛纳希生活的时代背景。

　　他的父亲旺钦巴勒是一个爱国将领，鸦片战争时统领本旗蒙古军，在担任沿海地区的防守工作中，曾经因消灭了一支英国侵略军而建立战功，获得了朝廷的嘉奖。旺钦巴勒不仅有军事才能，他还是一个喜好藏书，致力于历史研究

---

① 　见《毛泽东选集》第二卷第六〇〇页。

的学者。他研究过蒙古①历史，撰写过《大元盛世青史演义》，写至第八章时，投笔从戎。一八四七年他服完役后一次军差归来，于当年去世，享年五十三岁。协理台吉的官职，由尹湛纳希的大哥古拉兰萨继承。尹湛纳希虽有弟兄八个，成人的只有他大哥古拉兰萨、五哥贡纳楚克和六哥嵩威丹精。古拉兰萨和贡纳楚克写了不少社会讽刺诗，嵩威丹精赋诗鼓舞过尹湛纳希的创作，当尹湛纳希续撰《青史演义》时，嵩威丹精为他蒙译过《通鉴纲目》等参考书籍。

尹湛纳希禀赋优异，聪敏好学，他在幼年时期跟学问渊博的塾师们学习了蒙、汉、满、藏文，尤其对蒙汉民族的古典文学和中国历史的造诣很深，并有绘画才能。据有关记载，二十九岁以前，他的社会活动很少，主要是读书和练习写作。在这一时期，他除了专心研读外，并写过处女作——爱情小说《红运泪》（没有完成）。这一时期他还过着"淡饮深论，名茶一杯，古书一部"的游闲生活。一八七〇年，在该旗发生了以箭丁常明、进宝等为首的农民暴动。他们反抗重税和兵役，夺取了该旗的地租，殴伤了该旗的官吏。此时，尹湛纳希因开采扎兰煤矿亏损而折卖了田地，家庭因此破产没落，正如他自己所说的："妻死儿亡，凡事均不顺利。"上述这些变化，对尹湛纳希的思想有着深刻的影响。因此，他才感到"这种闲散生活，时间与金钱之消耗甚大。况今日之环境恶劣，赌钱、斗促织、吸鸦片之恶习弥漫天下。若不从事正业，修身正心，易沾染恶习，悔之不及。故余择此笔墨生涯。"由于现实的逼迫，他于是觉醒过来，注意力转到社会问题上。这样，他的思想有所转变。

尹湛纳希大约花费了二十余年的时间，续撰他父亲未完成的《青史演义》，写到了一百二十回（后五十一回还未找到）。他从事这项庞大的著作的时候，耗费了很大的精力，熬到"脸面发皱、头发发白、筋肉松弛、骨髓半干"的地步。他"虽遇天灾人祸，未曾停笔"，以坚强毅力，克服各种困难，辛勤地进行写作。这中间他还著成《一层楼》《泣红亭》两部长篇小说。翻译作品现存的只有《红楼梦》的几个章节和《中庸》等。现在已经发现的尹湛纳希全部存稿共约一百五十

---

① 编者注：根据前后文，文中"蒙古"应为"蒙古族"或"内蒙古"，全书不做统一修改。

万言。

尹湛纳希游历过内蒙古各盟旗和国内各名胜地带，访问过很多的名士学者，这对于他的思想感情的变化和丰富他的社会生活、积累经验等方面起了很大的作用。

尹湛纳希在他的一生中，从未任过官职。除从事写作之外，有时年终替家里下乡收租，因为他怜悯穷苦的老百姓，常常用蠲免租粮和施舍钱财的办法，接济他们，所以农民称他为"佛心的人"，家里人骂他是"败家子"。

据他家乡人的传说，平时，他很喜欢接近农民，和农民谈天，给农民画象。他画过许多反映农民生活和劳动生产的画，可惜大部分已失散。

尹湛纳希拒绝和高官权贵们来往。他非常鄙视本旗王公，称他们为"无德无才的庸人"。因此，老百姓对他有"不惧权贵、不欺百姓的善人"的评价。

尹湛纳希生于封建贵族的剥削家庭，曾过过富贵荣华的公子哥儿的生活，但在他的中年时期，家业没落，后半生过着清苦生活。据记载，他寄居锦州时曾向别人借过三十吊钱做房租，并典当过祖传宝器。他在后半生所以接受了当时进步思潮的影响，也是与他的物质生活的变化分不开的。

二

《青史演义》的著作年代大约是一八三〇至一八九一年的六十余年间，尹湛纳希是一八七〇年开始继其父着手撰写，一共花了二十余年的时间。据记载，他逝世的前一年还对这本书做着修改的工作。

《青史演义》写了一一六二年成吉思汗诞生起直到他统一各部落，成立统一的军事封建帝国，以及一二二七年成吉思汗逝世及窝阔台继位后八年止的历史事情，总共写了七十四年间的历史。现存《青史演义》共六十九回，前五十九回是成吉思汗生前的历史，后十回是窝阔台继位后的历史。尹湛纳希为了探索蒙古民族的历史，曾阅读了包括蒙、汉、满、藏文的各种有关蒙古的历史文献和蒙文零星札记以及汉文史书如《通鉴纲目》《元史》等。他花费了巨大的劳动。他说："废寝忘食，日以继夜，竭尽愚才，将十部史书做过精心考究，寻来找去几乎达到头昏目眩之地步。"如他对历史年代的考证,重要历史事件发生年月的探讨,以及通过故事所描写的古代蒙古民族劳动生活和风俗习惯的情况等,对研究历史均有宝贵的参考价值。

《青史演义》是一部文艺作品,是蒙古历史的演义,作者把蒙古历史以文艺形式进行描写,将历史人物在史实的基础上加以想象和形象化,塑造了历史英雄人物和反面人物的形象,历史事件中间穿插民间传说,创造了许多引人入胜的故事。所以《青史演义》可以说是编年体和演义体相结合的独特形式的历史长篇小说。

《青史演义》描写了成吉思汗及其诸将领统一当时相互间纷争掠夺,连年混战的蒙古各部落的过程。成吉思汗用征战的手段统一当时分散的各部落,成立了统一的国家,使当时连年遭受战祸的各部落人民能够安定地生活下来,从而使生产力得到发展,推动了社会的进展,它对蒙古民族的形成具有积极意义,因此有一定的进步性。

作者曾经借成吉思汗的口在《青史演义》中表示过自己对成吉思汗统一蒙古各部落的积极意义的看法。阿尔斯郎汗问成吉思汗:"你为什么无缘无故地杀掉那些汗?"成吉思汗答道:"在北方残暴无道的汗太多了,他们连年互相争夺,战火连绵,使得民不聊生,人民象深秋的黄叶一样死亡,因此我一定要统一蒙古。"

作者还把成吉思汗描写成为能够经常采取民主方式来处理问题的人物,一旦因主观行动而犯了错误,他便主动的处罚自己,他与士兵有衣同穿,有马同骑,祸福同当,牺牲自己,帮助别人。他奖励有战功的官兵,并用国库的马、牛、羊、皮、毛、布、茶来赈济遭受扎木合军祸的苦难百姓。

作者根据历史记载,用文学概括方法把成吉思汗写成了理想人物的典型。这是说:作者希望能够有一个象成吉思汗那样的英雄人物出来,使当时的蒙古民族摆脱民族压迫。这也就表现了他的民族主义思想。

他除了描写以成吉思汗为首的诸将领之外,也赞扬了普通老百姓的高贵品德和超人的智慧。如当成吉思汗与他的诸将领谈论酒的利害关系时,大家争论不休,谁也作不出正确的结论,这时候,在门旁站着的孤儿乌优图斯钦却做了正确的结论:"纵酒过度成疾,小饮则赛甘露;适量而饮有趣,酩酊大醉则受罪。"他并且能巧妙地揭穿敌方"哑使节"的阴谋。还有,牧羊童出身的赛罕索尔塔勒图是一个通晓四种语言,胜任主管皇宫文书工作的优秀青年。当成吉思汗的敌人耶拉古蓄意毒害成吉思汗,请成吉思汗赴喀鲁连河畔的宴会,向他再三敬鸩酒时,同去的两个青年侍卫——赛罕索尔塔勒图和乌优图斯钦,不但非常巧妙地揭露了敌人的阴谋诡计,而且用耶拉古的鸩酒毒死了耶拉古的岳父特莫勒吉根,保护了成吉思汗的安全。

同时,《青史演义》中还描写了反对战争、力求和平的索伦高娃;在战场上使木华黎元帅吃惊的花木兰式的人物洪古尔珠兰;能断奇案、为国捐躯的月亮公主等巾帼英雄。作者歌颂了她们的那种胜过男人的英雄行为和超人的智慧。这表现了作者尊重妇女的社会地位的思想。以上这些男女青年英雄大都是蒙古民间故事中的人物,作者把这些优美动人的传说,非常巧妙地安排在作品中,更加丰富了作品的戏剧性和思想内容。

《青史演义》暴露了广大人民和统治阶级间的深刻矛盾,同时暴露了统治阶级内部各集团间的各种矛盾。因此它间接地反映了蒙古人民反对清朝封建统治者和外国帝国主义者的殖民统治,憧憬民主平等的美好生活以及反对分裂,力图团结的理想和愿望。在这方面,《青史演义》具有一定的民族主义和民主主义思想。

《青史演义》作为一部文艺作品,在艺术创造方面已达到蒙古近代文学的高峰。它对战争场面的描写,吸收了许多汉民族古典文学作品的描写手法,如把《左传》中的曹刿论战,《三国演义》的草船借箭、七擒孟获等故事,一一运用在自己的作品里,使得整个作品显得异常绮丽多彩了。

人物的刻划方面,把正面人物的形象——成吉思汗和他的将相,尤其对其四杰——木华黎、索翰尔台、勃罗忽勒和赤老温的机智、英勇的性格给予了突出的刻划。

当成吉思汗大宴诸将领向木华黎斟酒时,这样赞扬:

当叛变的仇人返来暗算时，你预先提起我警惕，

当备受塔塔儿、泰亦赤兀惕欺凌时，你曾为我出力，

当向敌人冲锋陷阵时，你象发狂的猛象，

当试探敌人的虚实时，你的智慧顶到天际，

当遇到严寒的大雪时，你为我遮毡搭席，

当敌人设下阴险的陷阱时，你能够首先预计，

你是天父赐予我的军师！

作者用这一首诗鲜明的刻划了木华黎和成吉思汗之间的互相尊重、相互信任的关系。

作者在提到姑娘索伦高娃时写道："像月亮般的皎洁，鲜花一样美丽。彩虹似的姣艳，玉白般的坚贞。"同时对伊迪尔道布的那付鲁笨、坦率的性格也作了鲜明的刻划。作者创造的人物形象，比历史记载更充实、更完美了。与此相反，在刻划反面形象——扎木合、耶拉古的形象时，把扎木合写成："背短腿长，黄面獠牙、蛇眼、鼠目。"把耶拉古写成："豆鼠子头、五道眉眼、狐狸步态、狼的眼神。"他把历史人物，描写成有血有肉的现实人物，人们读到他笔下的这些历史人物时，感到他们都栩栩如生。

作品情节的发展是通过扎木合与成吉思汗，成吉思汗与金国之间的矛盾而展开的。全书大致是以每一年的史实作为一章来进行的，故事情节就在历史事实的限度内活动，作者在这个限度内抓住两个最生动的故事，创造了活泼多趣的场面。这样在以每一年的史实做骨头架子的每一章中都有两个中心故事。要讲什么故事，可以从每一章的回目对子中明显地看到。如："索郎格部月亮公主千金一笑拯救国家；郭尔罗部太阳汗一时疏忽失掉土地。"(第十六回)作者还安插了几场恋爱的故事，使得全书更增加了生活气息。这些恋爱故事都有一定的政治意义，通过它们，突出了这些青年男女的爱国主义热情。作者没有局限于历史细节的真实，而只是采用了蒙古历史的主要轮廓，创造了典型环境和典型人物，并在内容上富有作者的主观见解和艺术上的夸张、想象。

《青史演义》中人物的对话大部分是用的诗体语言，这些诗句生动的表现出

蒙古文学语言的美丽和丰富。如：成吉思汗在庆祝战胜赫烈特部的大宴上向其部下斟酒的赞词中，一连用了二十二个"哈"字韵，这是作者语言极其丰富的表现之一，在历来优秀诗人的作品中都是罕见的。

《青史演义》是根据民间艺人的口头文学的那种通俗易懂的富于幽默感的体裁写的。作品中采用民间故事和民歌形式的地方颇多。同时也吸收了许多好来宝、赞词，谚语和成语。

《青史演义》从其问世的时代开始，在蒙古人民中起过唤起民族觉醒的积极作用。《青史演义》过去由于出版条件限制，虽然未能得到现在这样广泛的流传，但在七十多年间，在蒙古知识分子中有着相当的影响，它给予他们以反对封建制度，反抗外来侵略的教育。

由于作者所处的时代和家庭出身的局限，《青史演义》也有不少的消极因素。一、作者在有些地方过分夸大了英雄人物在历史上的作用，把成吉思汗描写成十全十美的人物，而对他的消极一面没有充分的揭露和批判。这和作者以"成吉思汗第二十八代直系子孙"自居的正统观念和封建贵族阶级的立场是分不开的。二、因为作者有较浓厚的民族主义思想，他对成吉思汗所进行的战争的性质没有分析。作者对成吉思汗为统一各部落而进行的有进步意义的战争大加赞扬是可以理解的，但对成吉思汗的对外侵略战争就不应该寄予同情和加以美化了，这些地方是应该受到批判的。三、作者对历史发展规律，是用唯心主义历史循环观点来观察的，书中还有些迷信色彩。

一八九二年尹湛纳希逝世之后，《青史演义》的手抄本流传于蒙古各地。三十九年后，一九三八年由北京蒙文书社曾经用油印印刷过前三十回。一九三九年由开鲁蒙文学会用石印印刷，将全部六十九回分为十二卷出版。全国解放后，在中国共产党民族政策的光辉照耀下，民族文化遗产受到重视，一九五七年由内蒙古人民出版社将全书分为三部，用铅印精装本出版。

《一层楼》和《泣红亭》是尹湛纳希的第二部长篇小说，它是蒙古族文学脱离民间传说和历史故事而以当时现实社会为题材独立进行创作的里程碑，因此在蒙古族文学史上占有重要地位。

　　《一层楼》《泣红亭》是它的下部,以下单称《一层楼》)写成于鸦片战争后的三十多年间。那时由于帝国主义打开了中国的门户,外国资本主义侵入中国而使中国变成了半封建、半殖民地社会。因此在当时的中国文坛上出现了一些反对封建制度,渴望民主、平等的进步思潮。《一层楼》是在这样一个新的思潮的影响下产生的,它是一部现实主义作品,对清末的社会作了尖锐的批判和揭露。

　　《一层楼》的故事情节是沿着璞玉和炉梅、琴默、笙汝的爱情线索而发展的。书中描写了他们的爱情如何遭到封建制度的无情摧残。这部小说除了描写恋爱故事而外,还反映了在封建社会土地制度下贫苦农民的悲惨生活和封建社会科举制度下穷苦潦倒的知识分子的生活。同时,通过贲侯任盐运使节巡逻海防的故事,表现了防御帝国主义侵略、保卫国家安全的爱国主义思想。

　　炉梅和琴默是璞玉的大母亲金夫人的侄女,笙汝是贲侯的外甥女。通过这些关系,三个姑娘都在忠信府寄居过很长时间。这些姑娘,跟璞玉从小在一起,互相建立了深厚的感情。那时璞玉的祖母看中了琴默的敦厚谨慎,含蓄而善于应付大人心情的性格;贲侯看中笙汝的诚实、质朴的美德;而金夫人看中了炉梅洒脱直爽的性格和美丽的容貌,所以他们三人各个私下给璞玉订下了三个婚约,而璞玉原来是专爱炉梅的。这样就造成了他们爱情上的悲剧。最后贲侯为了巴结大官僚,推翻先订下的婚约,给璞玉娶下了一个姓苏的节度使的女儿苏姬。璞玉"既在矮檐下"不得不与苏姬结婚。不到一二年的功夫,这个患着严重宿疾的苏姬便夭折了。这样《一层楼》便以悲剧告终。续篇《泣红亭》是从璞玉梦中寻访炉梅、琴默、笙汝三个姑娘的踪迹开始描写的。这时候这三个姑娘的家庭已经给她们订了亲,炉梅的未婚夫是年达半百专营海外贸易的富贾,外号叫"洋商人",琴默的未婚夫是姓宋的知县的儿子,也是一个年达半百的"百万富翁",驼背而又耳聋,形貌丑陋得几乎不可想象的人。由于炉、琴二人一方面都对璞玉抱着希望,另一方面对家庭替她们订下的亲事又不满意,所以她们在成亲之前,一个女扮男装,星夜逃走,另一个投江遇救脱离了这个"火坑"。后来都在苏杭一带巧遇璞玉。笙汝则未婚先寡,后来重又遇着了金夫人,由金夫人作主,给璞玉订了婚。《泣红亭》便以璞玉梦中同时娶三个妻子的喜剧告终。一夫多妻的现象是封建制度的恶果，是由于不让男女青年为自己的婚事做主的缘故，《泣红亭》是一出对封建婚姻制度进行嘲笑的讽刺喜剧。作者同情了旧社会妇女的痛苦，批判了封建官僚贲侯的巴结大官，破坏青年们幸福生活的勾当，也嘲讽了那些用金钱买卖奴婢的"洋商人"和"富翁"，并给他们安排了可耻的失败的命运。

《一层楼》的思想内容，最突出地表现在作者通过璞玉下乡收租时所反映的一系列的社会情况上。

璞玉亲眼看到置身于残酷的封建剥削下的农民的悲惨生活，以及他们不堪沉重的地租剥削而过着卖儿鬻女、盗窃为生的悲惨景象；与此同时他对清朝地方官僚皮瑃的贪污腐化糜烂透顶的堕落生活进行了嘲笑和批判。作者通过皮瑃为"肃清盗窃"，"靖国安民"而贴出的一张布告来揭露了他的丑恶本质。另外也写出了"忠信府"与农民生活之间的天壤之别。璞玉说："罪孽也！罪孽也！此次目睹穷苦人家缺衣少食之困难处境，与吾家之奢侈生活相比，颇有所惊，谚语所云：富家一桌餐，穷人半年粮之真正意义，如今才有所体会：休言吾家一桌席，即奴仆人之残羹剩饭亦足乡间农民几日之所食矣。"这些话便是这方面的真实写照。因此璞玉便写了一首悯农歌：

> 一位老汉如患重病，满面憔悴，
>
> 身着褴褛的衣衫，好像个瘦鬼。
>
> 每日清晨双手抱胸，赶到路旁，
>
> 向来往的行人拜跪讨钱。
>
> 那时我正赶上去查田，
>
> 看到这种困苦的情景，心痛难忍，
>
> 把车上的粮食施舍五升。
>
> 我问他为何落得这步悲境？
>
> 老汉回答："请您听我说明，
>
> 可怜我，家住东村，本姓甄，
>
> 只因没有本钱无力行商，

仅仅租下三十亩熟田度生。

"'佳仁'①三年三月初，
典尽了衣褥购买犁锄，
起早贪黑耕地力尽精疲，
一心想要付上私债和官租。
不觉六月已过直到七月，
滴雨未降，豆秧旱黄，荞麦半枯，
想要寻找盆底剩的一滴水呀，
难得像寻一颗珍珠。

"按规定八月去向官府报灾情，
只怕手无分文，缴不上地租吊胆提心。
跟东邻西村的租户一同前去报灾，
向官府哀求免收今年的租粮。
这一年的收获情况不均衡，
山地遭旱灾，水田好收成。
贪官那管你山地颗粒未进，
全按水田的产量平摊平征。
催租的公文一封接着一封势如火急，
百姓们被逼得只好上缴租税。
不幸，官家硬说我有意不随众人之尾，
怪恨我，将我的租额加了一倍。
癸亥年九月里国库收租粮，
因为我一贫如洗无力缴上，

---

① "佳仁"——就是'假仁'，影射清朝仁宗年号"嘉庆"。

只好把儿子汗头和女儿娥珠，

寻婆家，找买主——顶上了粮租。

把妻子卖给了村塾师，

没有等回家告诉，孩子便被人拉走。

可怜的女儿娥珠呀，年方八岁，

许给强汉当童养媳沦为幼奴。

"我老汉今年七十有余，

饿了没饭吃，冷了更无衣。

东爬起，西爬起，讨饭充饥，

一心盼死也不咽气。"

看到他泣语吞声，擦拭眼泪，

我不禁通身冒汗，浸透了脊背。

老汉啊，你不必再往下述说，

今年的讨租者就是我。

　　这简直是对封建制度的控诉书。在这首诗里，把清朝的官吏和地主阶级狼狈为奸、涂炭民生的罪行做了彻底的谴责和揭露。

　　贫苦农妇白老寡是一个被侮辱、被损害的形象。她以"当年做过璞玉的干妈妈"的关系，在忠信府的一次宴会上乘饮酒的机会，说：现今从京城的皇帝直到一般的官吏，都跟小指头（小指头即坏蛋的意思）一样。同时她还通过讲故事，讽刺了伪善者们，说他们象用自己的身躯喂养着野兽的故事里所描写的那样虚伪。白老寡还说："这儿的毛房比我们的屋子好。"

　　《一层楼》对于阶级剥削方面的揭露是相当尖锐的。

　　百年来，《一层楼》之所以为广大青年们热烈欢迎，这是因为它有一定的进步思想内容和艺术技巧上的一定成功的缘故。这部作品，首先是一切故事在矛盾中发展，结构严密、复杂、变化多端、情节细致；人物刻划上逼真、鲜明；语言方面，精彩而丰富。随着璞玉等恋爱事件的发展，《一层楼》里出现了不少曲折动人的场面。人物性格的塑造,也是鲜明而细致,栩栩如生的。例如作者通过琴默这一人物,分析了封建社会青年女子在婚姻问题上的种种矛盾心理。琴默是封建社会大家庭的标准的贤慧女子,她年岁虽小,却通晓封建伦理道德的一套理论。她在"悲欢离合"的争论中能大发议论,博得众人的赞叹,她善于迎合大人的心理,能讨老太太的欢心。她对璞玉虽然有意图,但不能明白的去与炉梅争夺,而暗地里进行三项重要活动。一、用她连绵的情丝套住了璞玉,并且常常用一打一拉的手段去折磨他,使他陷入迷魂阵里,熬得他坐卧不安;二、通过对老太太生病时候的殷勤服侍,讨她的欢心,获得金耳环的赏赐,得到了和璞玉订亲的象征;三、挑拨炉梅和璞玉的关系,告诉炉梅:不要接近璞玉,他将来不会成一个有出息的人。作者通过全书,细腻的分析了琴默的心理状态之后,最后给了她一个"此路不通"的教训,严厉地批判了她那投靠封建制度来寻求幸福的错误道路。后来琴默知道了不能与璞玉结合,愤恨得投长江自尽了。幸亏得到搭救,她没有死。从上面所述,可以看出尹湛纳希具有描绘人物内心活动的出色的才能,而且他的艺术技巧是常常与思想内容紧密地结合在一起的。又如炉梅的丫环——画眉的聪慧、倔强、不调和的斗争意志,以及反面形象皮琏的奸诈和无赖的流氓习气,都活灵活现的呈现于读者眼前。

《一层楼》里的语言非常丰富,作者充分发挥了他的抒情诗式的语言才能,所运用的语言,有显著的地方色彩。同时《一层楼》在吸收汉族文学的传统上也有卓越的成就:一、他的蒙文诗的行数、句式和对仗等手法是来自汉族格律诗的,其中有七律和五律。二、不但如此,把汉族的词也用蒙文写出来,如书中的〔点绛唇〕等。这是一种扩大蒙文诗歌的体裁范围的一种极其重要的贡献。三、对汉族章回体小说传统的运用,这不仅《一层楼》运用了,《青史演义》也是用的章回体。所有这些对蒙、汉两族的文化交流和丰富蒙族[1]文学的内容形式都具有重大的意义。

《一层楼》中还采用了不少民间的民歌和谜语等。

---

① 编者注:"蒙族"应为"蒙古族",后同。

　　尹湛纳希在《一层楼》的创造中受过《红楼梦》的不少影响，作者在《一层楼》的序言中曾说："在这部书中，除了没有奸媳刁妾掌理家权过失之外，琴、炉二人遭遇很象钗、黛二人的命运；璞玉的境遇也象宝玉。"但是，《一层楼》并不是《红楼梦》的续作或翻版。它是作者根据自己的观察和体验反映当时内蒙古南部农业区社会生活的创造性的著作。

　　作者又说："这部书，虽然运用了些艺术技巧，但并非凭空捏造，它是近百年间社会生活的真实写照。"《一层楼》里的好多情节、人物、地点、景物都是作者自家的真实材料，"忠信府"在《一层楼》里也是"忠信府"，书中对"八角井"的描写也取材于自家的实物，这口井现在还有，更是证明了这一点。

　　尹湛纳希对《红楼梦》的许多地方有着正确的理解。他说："宝玉跟着贾兰出考场，便跟随道士出家。不知者云：宝玉受和尚道士的影响而出家，然知之者则云：是因他与黛玉的爱情受人破坏而愤然出走的。"尹湛纳希吸收了《红楼梦》的精华部分，做了自己创作的思想内容和艺术技巧的借鉴。因此，《一层楼》在某些情节上与《红楼梦》有点相似或有些模仿的地方是可以理解的。

　　《一层楼》另外还受了李汝珍的《镜花缘》的某些影响。总之，《一层楼》创作的成功，是由于接受了汉族古典现实主义文学的优秀传统，并通过作者对当时现实社会的深刻观察而写成的。

　　《一层楼》里也有些消极方面。一、最突出的是作者对腐朽的封建制度只主张改革，而不主张推翻，这表现了作者的改良主义思想。尹湛纳希对曹雪芹的《红楼梦》有正确理解的一面，这在上边已经说过，但也有错误理解的一面，他认为贾府崩溃的主要原因是王熙凤一流人没有掌理好家产的缘故，因此把这个教训反映在《一层楼》中，把贾府的主人尽力写成了一个善于理家的能手，所以"忠信府"总没有失去"富饶之乡"的地位。这在客观上帮助了封建制度，告诉他们一项维护封建制度的方策。其实这也并不能挽救封建制度的死亡。这些思想主要是通过贲侯这个人物来表现的。二、作品中还存在比较浓厚的因果报应等宿命论观念。

　　《一层楼》的创作年代大约在一八四八——一八五五年间。相传尹湛纳希把书写完后，很长时间没有发表，后来传播在离家很远的东土默特一带。这些传说的真实性究竟如何，尚待考查。

三

尹湛纳希的思想和作品，虽有上述消极因素，但他用毕生的精力作出的成绩，对蒙古民族文学艺术的发展是有很大贡献的。

第一、尹湛纳希第一个创造了脱离民间传说和历史故事而以社会生活为题材的蒙古民族的长篇小说——《一层楼》。他从少年时期起就有大胆创作的精神，在二十几岁时的处女作《红运泪》中，曾歌颂过一位不留恋未婚妻，为了消灭海盗（帝国主义侵略者）而为国从戎的爱国英雄。以后他通过《一层楼》的创作，经过大胆的探索和艰巨的劳动，丰富和充实了蒙古民族文学的内容，提高了艺术技巧。尹湛纳希的这个贡献是与当时中国社会的先进思潮分不开的，是作者继承了蒙古古典文学的优秀传统和吸收汉民族文学的精华的结果。

第二、尹湛纳希使蒙族人民更进一步接触到了伟大的汉民族的文化，他的作品对于两个民族的文化交流起了积极作用。在尹湛纳希所著的《青史演义》、《一层楼》里，合理地继承了蒙古民族的优秀文学传统，并吸收了汉民族文化的遗产。他仅仅咒骂过汉民族某些御用学者对于蒙古历史研究中的某些歪曲的描写，他对汉族人民从来也没有歧视过。在他的作品中，歌颂了两个民族的友谊关系。例如：《一层楼》的主人公璞玉的老师，举人史登云便是汉人（天津人），他非常喜欢璞玉，教给了他许多有益的知识。他赞叹过璞玉下乡回来写的《悯农歌》，说"璞玉此次下乡确实体会到穷苦人的灾难了"，因而他高兴。璞玉也很尊重自己的老师。璞玉的父亲贲侯的画友斯天仁、诗友李宪章的家乡是在江南，他们也都是汉族。他们之间有深厚的友谊，他们成了知己之交。所以，尹湛纳希不只是沟通了两个民族的文化，而且对于人民之间的真挚的友谊也做了正确的反映。这点非常可贵。

第三、尹湛纳希是富于人道主义的有才华的作家，在蒙古民族的学术研究和文学创作上树立了典范，留下了宝贵的遗产。在蒙古民族备受内外敌人的双重压迫下，经济文化处于落后状态的年代里，尹湛纳希能研究蒙古民族的历史，又能将其写成文学艺术作品。同时在汉族优秀作品影响下，著成了具有人民性的几部长篇小说，这在文学史上应当给予重要的评价。尹湛纳希不仅是杰出的文学家、历史学家，并且是一个思想家。他在当时是一个关心民族命运的觉醒的蒙古知识分子，是一位民主主义者。尹湛纳希有强烈的反封建思想，他在《青史演义》序篇里对清朝在蒙古实行怀柔政策和他们的爪牙——蒙古王公，提出严重的抗议和抨击。他写道：有这么一种活宝：说文，他们并未读过书；说武，他们从未下操场……这些活宝，头带珠宝花冠，帽插缤纷的花翎，身穿锦绣蟒袍，看起来象个什么"神佛"，闻起来却是死猫般的恶臭。他还认为清朝在蒙古利用喇嘛教，使民族发展受到危害，影响了人口繁殖。

出于他所处时代的局限，他对社会和历史发展的看法多属于唯心主义，但也有不少唯物主义的成分，如他对宗教的虚伪性的揭露，研究工作中强调事物的内部联系，反对孤立的观察问题，以及反对主观臆测，重视实际根据等。他的思想感情和政治主张在一定程度上代表了当时人民群众的理想和愿望。

第四、尹湛纳希认真地研究了蒙古民族的文学语言，融合了南北地区的方言。他的语言虽然还带些土默特地区的方言特点，但基本上是蒙古通用的文学语言。尤其是他通过《青史演义》的著述过程，大量吸收了民间文学中人民的活的语言，这样便大大提高和丰富了蒙古民族的文学语言。这对于我们来说，现在仍然有着很大的学习价值。他还把汉族古典作品进行了出色的翻译，给我们积累了宝贵的翻译经验。尹湛纳希提出了翻译工作中内容的准确和形式的优美相结合的翻译原则，他说："把蒙古小说译成汉文时应该注意汉语的特点，多音节的蒙古地名人名可以适当的压缩，力求合乎汉人的发音习惯；将汉诗译成蒙文时要忠于汉文的原意，选择词汇一定要作到准确，同时也注意音调的和谐，文学语言十则，应以和谐为首。"

四

生活在十九世纪末叶的中国半封建半殖民地社会的人，在世界观和创作实践中当然有一定的局限性,他不可能用历史唯物主义观点,完全正确地估价人民群众在推动社会前进的过程中的伟大作用,同时也不可能辩证地看待伟大的英雄人物在历史发展中的地位和他们同人民群众的关系。因此尹湛纳希的作品在这些方面反映了一些不合乎我们今天的要求的思想观点和消极因素,对于这些,我们应当采取批判的态度。我们是马列主义者,评价历史人物和他们在历史上的作用时,绝不能违背历史唯物主义的观点去粗暴地否定一切或无批判地肯定一切。我们主要看他们在当时对人民态度怎样,他们的作品在当时历史条件下是否起过进步作用。同时也要对他们的作品中的消极因素进行全面细致的分析批判。我们必须遵循去其糟粕、取其精华的原则来对待文学遗产,提取它们中间对今天的社会主义建设有用的精华部分,使它为今天的现实生活服务。

以上是蒙古族杰出的现实主义作家尹湛纳希的生平、思想、创作态度、几部作品以及他一生对蒙古文学事业上所作出的贡献的概要论述。因为我对这位作家的研究工作还很不够,希望读者多加指正。

杰出的蒙古族文人——尹湛纳希

托　门

史料解读

　　该史料为作家及创作介绍，原载 1961 年 6 月 4 日《内蒙古日报》。托门主要介绍了尹湛纳希的生平和创作。蒙古族杰出文人尹湛纳希，1837 年出生于卓索图盟土默特右旗的一个地主家庭，于 1892 年逝世。他自幼聪明好学，所掌握的文学、史学、民间文学以及多种语言知识都在他的作品中得到体现。尹湛纳希的主要作品是续写其父的《青史演义》、独创的长篇小说《一层楼》及其续篇《泣红亭》等，还钻研民族文化遗产和翻译。《青史演义》既是一部文学巨著，又是一部历史演义，揭示了尖锐的阶级矛盾，具有反抗精神；《一层楼》及其续篇《泣红亭》是以当时生活为题材的现实主义作品，语言优美、手法细腻、形象生动，深刻地反映了当时尖锐的阶级矛盾和真实的社会生活。虽然尹湛纳希的创作中也有一些糟粕，例如狭隘民族主义、无条件赞扬成吉思汗、消极颓废思想和宿命论思想，但是也不能磨灭他对蒙古族文学的巨大贡献。

原文

　　蒙古族近代杰出文人尹湛纳希,1837 年诞生于卓索图盟土默特右旗(今辽宁省北票县)一个地主家庭。他自幼刻苦学习,后来掌握了蒙、汉、满、藏等语文,对蒙、汉古典文学很有研究,历史知识尤为渊博。他经常接触贫苦农民,同情他们的生活,并学习了许多民间文学的知识。这些,在他的作品里都有所反映。

　　他的主要作品有续其父的遗著《青史演义》,长篇小说《一层楼》、《泣红亭》等。《青史演义》反映了从成吉思汗诞生起至建立统一的封建帝国,以及成吉思汗逝世、窝阔台即位八年的事迹,共写了七十四年的历史重大事件。作者为研究蒙古族的历史,曾阅读了各种历史文献,付出了巨大的劳动。《青史演义》是一部巨大的文学巨著,也是一部历史演义。作者在史实的基础上塑造了许多英雄的艺术形象,同时也歌颂了劳动人民的崇高品德和惊人的智慧。作者在这部巨著中,穿插了许多抒情部分、丰富的民间故事和传说。他通过一系列的艺术形象,充分地揭示了广大人民同统治阶级之间的矛盾,统治阶级内部的矛盾,表达了对清朝统治者和帝国主义的反抗和对自由民主的渴望。

　　《一层楼》和它的续篇《泣红亭》是尹湛纳希的第二部小说,是一部以当时生活为题材的现实主义作品。作者通过一个婚姻悲剧,不仅暴露了在封建社会中男女婚姻不自由的现实情况,而且反映了穷苦农民悲惨、痛苦的生活,以及呻吟在科举制度下的知识分子的不幸命运。作者以细腻的手法,在描写贵族大家庭丑恶生活的同时,把视线转向辽阔的乡村,通过贵族下乡收租等情节,描绘了尖锐的阶级矛盾,抒发了作者对劳动人民的同情。因此,这部作品有一定的进步的思想倾向,而且在艺术技巧上有着相当的成就。此书的结构庞大而严密,塑造的典型人物璞玉、炉梅、琴默、圣如等均栩栩如生,语言优美而洗练。

　　在尹湛纳希的创作中也有一些糟粕。如在《青史演义》里作者散布了一些狭隘的民族主义情绪,同时毫无分析地赞扬了成吉思汗所进行的一切战争。其次,在《一层楼》和《泣红亭》里,也宣扬了一些消极颓废思想和宿命论观念。虽然如此,尹湛纳希却以自己的创作丰富了蒙古族文学,给我们的祖国留下了珍贵的文化遗产。这是和他精心钻研民族文化遗产,善于学习汉族优秀著作和顽强地辛勤创作分不开的。另外他用汉语翻译过不少作品,积累了丰富的翻译经验,对祖国文化交流上有过一定的贡献。他一生从未担任过任何官职,从三十岁起就把精力贯注在艰辛的创作活动里,历时二十年如同一日,于1892年逝世。

艺术形象的魅力

——简评《成吉思汗的两匹骏马传》
梁一儒

史料解读

　　该史料为评论,原载 1962 年 12 月 25 日《内蒙古日报》。梁一儒从艺术形象和典型意义视角以批判的眼光对《成吉思汗的两匹骏马传》进行了评论。《成吉思汗的两匹骏马传》是蒙古族文学史上独树一帜的古典作品,塑造了大、小两匹骏马两个艺术形象,带着作者世界观的烙印:小骏马性格倔强刚烈,敢于反抗和斗争却不彻底;大骏马怯懦和妥协,但也深沉敦厚。作者表达了“哀其不幸,怒其不争”的态度。两匹骏马的形象可以看作是受压迫的两类人物代表,一种是“顺民”,安分守己、与世无争;另一种选择反抗,还可能武装暴动,但是结局不容乐观。作品中成吉思汗是一个犯了过失的君主,而不像后世作品中的成吉思汗被神化成完美无缺的君主形象,作者也敢于对其进行嘲讽和揶揄。该作品也在民间文学范畴内讨论。

原文

　　《成吉思汗的两匹骏马传》①(以下简称《两匹骏马》)是蒙古族文学史上独树

————————

① 　见《内蒙古日报》1962 年 9 月 7 日,白歌乐译文。

一帜的古典作品。它赞美反抗和斗争,渴求理想与自由;艺术风格明快秀美,语言凝炼而富于韵律。特别是在形象的塑造上,它取得的成就尤为突出。

作品中的大小骏马是两个相互比较而存在的艺术形象。小骏马的性格倔强刚烈,桀骜不驯,对于生活具有敏锐的观察力和感受力。它和大骏马在相同的环境中长大,和别的许多马同样受到主人的骑乘和吊练,但是,对于这种境遇,一般马都习而不察,心安理得;大骏马虽然有所觉察,甚至"哭出了眼泪",但是却从来不思反抗。唯有小骏马,它第一个喊出了反抗的呼声,并坚决地走上了叛逆的道路。在逃亡的三年中间,由于渴望自由的心愿得到了满足,它吃得膘肥体壮,心情坦然,准备在阿尔泰山麓长久地生活下去。后来,虽然由于哥哥的牵扯,最后它还是不得不舍弃掉得之非易的自由,重新回到了成吉思汗的治下,象历史上无数次人民起义斗争那样,它的反抗没有而且也不可能得到彻底胜利的结局。但是,通过这次逃亡,总算使成吉思汗表示了悔过和让步,两匹骏马的处境也得到了改善。在这里,作者表现出一个十分可贵的思想:本来,在现实生活中人和马的关系是确定了的,一方是站在支配地位的驭者,而另一方则是被动的仆役和工具,正象在当时的历史条件下人们看待君主和臣民、诺彦和奴隶之间的关系一样,这种隶属关系是天经地义的,不可变易的。但是这篇作品的作者却一翻传统的观念,带着明显的倾向性描写了马的苦难和反抗,通过形象的感人力量迫使读者不得不放弃现实生活中固有的认识,从而站到马的一边去向成吉思汗争生存,争自由。小骏马的反抗和逃亡,正是作者这种叛逆思想的形象体现。

在艺术上,美和丑、真和伪的对立,总是通过比较而愈益鲜明,"两匹骏马"的作者很懂得这条艺术规律。小骏马的反抗和斗争,正是通过大骏马的怯懦和妥协来加以衬托和对照,因而发出了眩目的光彩。就现实社会中人同马的关系而论,大骏马的恭顺和驯服无疑更符合人的要求,它的驰骋本领也并不比小骏马为逊,但是,作者对它却采取了完全不同的态度,主要是对大骏马软弱卑下的精神面貌给予了突出的刻划,使人感到这实质上是一匹可怜而又可笑的"驽马",同人们所想象的骏马是绝然不同的。当然,粗看起来,作者还是让它得到了幸福的结局,并被封成了神马。可是这幸福和荣誉是从何而来的呢?如果没有小骏马的带头反抗,成吉思汗不会减轻对它们的苛待,更不会答应它们放群八年的要求,所以事实上是大骏马分享了弟弟的胜利成果,作者对它是采取了讥讽和嘲弄的态度的。

两匹骏马的形象具有相当广泛的典型意义。十四世纪前后,蒙古封建制度得到了巩固和发展,阶级压迫日渐严重。社会上的阿拉特(平民)在更大程度上丧失了自由,变成为汗和诺彦的属民;同时奴隶压迫依然普遍存在。这样,要求恢复自由放牧和减轻剥削奴役的思想意识便日趋高涨,阿拉特和奴隶开始愈来愈多地以个人或集体的方式逃亡反抗。与此同时,统治阶级内部各阶层由于利益的冲突也互相倾轧,某些诺彦、小贵族往往脱离自己的汗主而迁徙出走,去归附别的汗主。这些复杂的社会关系和思想意识,在文学作品中不能不得到相应的表现。其次,在当时的历史条件下,劳动牧民对待社会现实大致会采取两类态度:有些人安分守己,与世无争,默默地在汗和诺彦的奴役下度过一生,做一个“顺民”;而另外一些人则进行了各种形式的反抗和斗争,甚至揭起了武装暴动的大旗。最常见的形式是逃亡,有的逃进寺庙脱俗为僧,有的投奔了另外的诺彦,而更多的人则是终年流浪在草原上,或者落草为寇,或者沦为乞丐,或者做一名放浪不羁的行脚僧。可是,他们所得到的斗争结局却总是非常悲惨的,许多人在斗争中壮烈地牺牲了,而另外一些人则接受了统治者的“招安”,重新回到主人的治下。《两匹骏马》正是以生动的形象反映了这种具有普遍意义的历史现实,大骏马和小骏马可以看做是受压迫、受歧视者当中两类人物的代表。可是,由于寓言故事本身的特点,作品中形象的阶级属性往往是难以十分确定的,所以,即使把两匹骏马看成是在政治上受到大封建主压抑排挤而具有某种反抗思想的小贵族小官吏的代表,也不是绝对不行的,因为下层统治者对上层当权派的反抗和叛离,正表明了统治阶级内部矛盾的激化,预示着固有社会秩序即将发生动摇,这在客观上是有利于被压迫者的斗争的,因此具有一定的积极意义。

《两匹骏马》最为突出的艺术成就并不在于它塑造了两个性格鲜明的对立

形象，而是在于它严格地从现实生活的丰富性和多样性出发，赋予了形象以饱满的血肉和复杂而统一的个性。譬如，反抗斗争、倔强不屈是小骏马性格的主导面，从逃亡到返乡，他一直是"横劲儿没有收抑，刚气没有消尽"，即使心情难过，也还是"迎脸笑，背脸哭"，绝不轻易流露自己的感情，让哥哥看到自己的眼泪。但是，在斗争过程中，他又表现出渴求荣誉的虚荣心和软弱妥协的一面。在逃走之初，他埋怨十万猎人没有称赞他的本领；逃走以后，他没有积极地鼓舞大骏马坚持斗争，反而为大骏马的软化所征服，一时的同情心压倒了对美好理想的信念，最后终于返回了故乡。归群之后，成吉思汗答应了他放群八年的要求，满足了他的虚荣心，这样，暂时的利益竟使他忘记了先前的理想，从此又心安神定地做了成吉思汗的坐骑。从小骏马斗争的经历上，我们可以看出作者的时代局限性，同时在这里也反映出当时阶级斗争的艰巨和曲折。但是在小骏马身上，斗争性和妥协性，反抗性和软弱性这些相互对立的品质又是和谐地统一在一起的，正是从这个矛盾而又统一的性格身上，读者窥见了他那丰富复杂的内心世界，因而对他的反抗和终于不得不归群也就寄予了更加深切的同情。

同样，我们来研究大骏马的性格，也觉得在他那懦弱苟且的表现背后，仿佛还隐藏着一种深沉、厚实的素质，给人留下亲切难忘的印象。固然，他的软弱和卑贱会使人嫌恶，可是他对故土的怀恋，对亲朋故友的真挚感情，不也能使人为之感动吗？在历史上，象小骏马那样勇于反叛的人总是少数，而象大骏马这类安分守己、安土重迁的忠厚牧民，数量却是相当多的，正因为如此，所以作者没有把他当做反面形象来加以完全否定，而基本上是对他采取了"哀其不幸、怒其不争"的态度。

《两匹骏马》中的成吉思汗是作者嘲讽和揶揄的人物，但仅仅止于嘲讽和揶揄，而没有进行口诛笔伐式的鞭挞和暴露，这里同样表现出作者掌握艺术剖刀的精确和允当。我们阅读蒙古族古典文学可以发现一种有趣的现象，就是凡属接触到成吉思汗其人的作品，往往都是对他采取了与《两匹骏马》相同的态度。这种现象的产生并非偶然，而是有其一定的历史根据的。在作品产生的那个时代，成吉思汗在人们头脑中还是现实中的人物：他是雄才大略的政治家，杰出的军事将领,在统一蒙古的事业中建立了丰功伟绩;而同时,他做为一个封建贵族的首领,又不可避免地表现出恃强任性,耽于安乐等统治阶级的本质。当时,人民群众以自己的观点来评物这个历史人物的功过,在文学作品中把他描写成一位有缺点有过失的明智圣主,在肯定他的历史功绩的同时,对他的统治阶级的恶习和偏见也敢于进行毫不掩饰的讽刺和嘲弄。后来,随着时代的演进,成吉思汗身上逐渐染上了浓厚的理想色彩,人们把他神化了。这样,后世的文学作品中一旦有成吉思汗出现时,他就变成了一个完美无缺的好皇帝。由于社会习惯的日趋巩固,到了近代,舆论就再也不容许对他稍加贬斥了。

《两匹骏马》中的成吉思汗是一个犯了过失的君主,他象一般封建统治者那样惯于驱使和压榨别人,最后终于受到了惩罚,不得不去改善两匹骏马的处境。在这个人物身上,明显地打着作者世界观的烙印,同时也带有特定的社会历史色彩。

《两匹骏马》是蒙古族人民家喻户晓的一篇名作,在鄂尔多斯高原上,至今还流传着两匹骏马的种种佳话①。一篇如此短小的文学作品居然会传诸百代而不变,在人民中发生这样深远的影响,如果不是在思想和艺术上具有强烈的吸引力量,那简直是难以想象的事。

---

① 伊克昭盟很多老年人都能活龙活现地说出两匹骏马的行踪去向。据说,大骏马死后,马头被埋在鄂托克旗的一个敖包上,民国初年被一个喇嘛掘出,马头已变绿色,状如翡翠,不久便被他盗窃而去,又说,小骏马逃跑归群后,复被一相马者偷走,成吉思汗立刻派遣一个部落的人随后追去。并敕命不追上马贼不准返回。由于小骏马奔跑迅疾,追捉的人终于未能追及,因此这个部落便常住到西北地方,没敢回来见成吉思汗复命。此外,伊盟至今还流行着一首"圣主可汗力大无比的两匹骏马之歌",据说一位老人可以演唱整整的一天。

尹湛纳希

——纪念我省杰出的蒙族作家诞生 125 周年

白景林

史料解读

　　该史料类型是介绍，原载 1962 年 9 月 9 日《辽宁日报》。白景林介绍了辽宁省第一个蒙古族作家尹湛纳希的一生。1837 年尹湛纳希出生于北票县下府乡，家中文学和史学氛围浓厚，他从小聪明好学，精通多种语言，阅历丰富，一生不仕。二十九岁以前的尹湛纳希生活宁静闲雅，作品思想性不高；后期尹湛纳希耳闻鸦片战争和太平天国运动，经历家道中落、妻死儿亡，思想发生了变化，也开始投身于创作，续写了《青史演义》，独创了《一层楼》和续篇《泣红亭》，对封建制度进行揭露、讽刺和批判，这些作品都具有民主主义思想。尹湛纳希不仅仅是作家，还是诗人、历史学家，并有精湛的翻译才能，1892 年死于锦州，全部存稿共约 150 万言。虽然尹湛纳希的作品中有时代的局限，但是不能影响其巨大的成就和在蒙古族文学史上的重要地位。

原文

　　一八三七年五月二十三日，在北票县下府乡（过去称卓索图盟土默特右旗）诞生了我省的第一个蒙族作家，这就是十九世纪蒙族杰出的批判现实主义作家尹湛纳希。尹湛纳希的乳名哈斯朝鲁,汉名宝衡山,出生于"文武兼资,钟鼓之家"的封建贵族大家庭里。父亲协理台吉旺钦巴勒(宝景山),学问渊博,藏书甚多,是研究蒙古历史的学者,并撰写过《青史演义》,写至第八回,弃笔从戎。

尹湛纳希从小聪明好学,精通蒙汉文,谙满文藏文。他一生从未出仕作官,曾拜访过名士,游历过国内名胜古迹,饱览了祖国的锦绣河山。尹湛纳希的生活和创作可分为两个时期。

二十九岁以前,尹湛纳希过着"淡饮深论,名茶一杯,古书一部"的宁静闲雅的生活。这时期,他致力于研读古籍,写过寄情于自然风光的山水诗,早期写的诗篇有一定的艺术成就,思想性并不高。这时期尹湛纳希还写了处女作——《红运泪》。这部未完成的爱情小说,讴歌了一位离妻从戎,歼灭外国海盗的爱国英雄。

尹湛纳希耳闻了中国近代史上两次最大的事件:鸦片战争和太平天国运动。在他三十岁以后,家庭又开始没落,妻死儿亡,精神孤寂,生活清贫,又目睹该旗发生的农民暴动,思想有了新的变化。从三十岁直到死,尹湛纳希"废寝忘食,夜以继日"埋头创作,完成了一百二十四回的蒙古族文学史上最长的历史小说《青史演义》(从第九回续撰)和结构庞大、情节吸引人的反映社会现实的长篇小说《一层楼》、《泣红亭》。

《青史演义》是一部编年体和演义体相结合的长篇巨著。现存的六十九回(后五十一回已佚失)写了从成吉思汗诞生起直到他统一各部落,建立统一的封建帝国以及成吉思汗的逝世到窝阔台即位前后七十四年的历史。这时期尹湛纳希还创作了《一层楼》和它的姊妹篇《泣红亭》。前者以爱情的悲剧告终,后者以爱情的喜剧结束。《一层楼》、《泣红亭》对吃人的封建制度,尤其对封建社会的婚姻制度作了深刻的揭露、尖锐的批判和辛辣的讽刺;同时还反映出贫苦农民的悲惨生活、知识分子在死亡线上的呻吟。

《青史演义》和《一层楼》《泣红亭》是具有民主主义思想的进步作品,在艺术上也造诣很高。作者继承了蒙古族的优秀文学传统,并吸收了汉民族文化的优秀遗产。这两部小说除合情合理地运用蒙古文学的传统手法外,形式上都采用了章回体。《青史演义》在章节的排列、战争的描写上深受《左传》和《三国演义》的影响。《一层楼》、《泣红亭》则吸取汉民族古典名著《红楼梦》和《镜花缘》的精华。

尹湛纳希是多才多艺的作家。他不仅是小说家，还是擅长写抒情律诗的诗人，写过同情人民疾苦的《悯农歌》，这是对封建制度提出的血泪控诉书，是他所有诗作中最著名的一首。尹湛纳希也是研究蒙古历史、汉文史书《通鉴纲目》、《元史》的历史学家；并且是译过《红楼梦》、《中庸》的翻译家，对翻译也有理论上的阐述。可惜，这些译文大部分散失了，但是从保留下来的译稿中也可看出尹湛纳希的精湛的翻译才能。尹湛纳希还是一位画家，对着镜子画的自画像还保存到现在。另外还画了反映农民生活的作品。

一八九一年，尹湛纳希去锦州避乱。次年二月二十五日，在穷困潦倒中病死于锦州，享年五十六岁。现在已发现的尹湛纳希的全部存稿共约一百五十万言，不久将译成汉文与广大读者见面。

尹湛纳希在一生中，以他锋利的笔抨击封建社会，反抗封建的婚姻制度，对下层劳动人民寄予同情。他对蒙古族文学有巨大的贡献，丰富并提高了蒙古族文学的内容和形式，促进了蒙汉兄弟民族的文化交流。当然，由于时代的局限，家庭的影响，在他的作品中也反映出一些消极颓废的因素。但他思想和创作上的局限，绝不能磨灭其巨大的成就，也不能减弱这位才华横溢的作家在蒙古族文学史上的重要地位。

优秀的蒙古族古典诗人梦麟

温广义

史料解读

　　该史料为介绍,原载 1962 年 6 月 27 日《内蒙古日报》。温广义对蒙古族天才诗人梦麟的文学创作表示敬佩,对其短暂的一生表示惋惜,该文分为五个部分。第一部分作者用简练的语言介绍了诗人如昙花般精彩绝艳却短暂的一生;第二部分写诗人二十七岁前的前期创作生涯,这一时期诗人写作技巧高超,却因任职而写作素材匮乏,随着为官期间的历练,其创作日趋成熟;第三部分是诗人创作生涯的后半段,其间因督办河工走南闯北,这一时期的创作不仅技巧有了显著提升,表现内容也明显多了民间疾苦,社会意义显著;第四部分总结诗人的创作成就,诗人的古体诗和汉魏乐府部分最受人推崇,五言七言都有,七言诗最佳,留下了许多非常出色的作品,诗中形象刻画细致、句式灵活、主题突出;第五部分从清代统治阶级的民族政策宏观视角出发,突出展现了诗人熟悉汉族文化,精通文史,又能够在诗歌创作方面达到很高的水平。该史料高度肯定了诗人在满、汉民族文化融合中所做出的突出贡献,对诗人短暂的一生表示惋惜。

原文

　　在十八世纪五十年代的中国诗坛上，在一系列辉煌的诗人姓名中间，我们发现了一位颇富才华的蒙古族诗人——梦麟。这位天才的作家，在当时虽然由于名位不够尊隆，又加之以去世太早而没有引起人们更多的重视，但是考察诗人的一生，研读诗人的作品，我们都会觉得他是一位值得肯定的，在诗歌创作方面有着相当造诣的作家。这位诗人，不仅在运用中国传统的古典诗歌形式方面达到了无比纯熟的地步，而尤足珍贵的是，在他的作品中间所具有的非常显著的社会意义。这两方面，对于一个青年诗人来说都是十分难得的。因此，我们认为诗人梦麟在今天的蒙古族文学史中应该占有一个重要的位置，应该得到充分的重视，同时，公开的提出来予以表扬并适当的给以评介，也是十分需要的事。据我们了解，这位诗人，比起同族知名的文学家尹湛纳希（汉名宝衡山）大约还早有九十年的样子。

（一）

　　诗人梦麟（1728—1758）字文子，号午塘，姓西鲁特氏，蒙古正白旗人。诗人出生在一个官僚的家庭中，他父亲宪德是清朝的一个官吏。当诗人降生的时候，宪德正在四川任上，因此诗人的幼年有一段时间是在成都度过的。诗人六岁的时候，宪德被调回北京供职，因此他也跟随家人到了北京。从此也便开始了学习生活。由于诗人的聪慧素质和刻苦向学，所以他的学习成绩是比较优秀的，其中尤以对中国古典诗歌的学习，诗人表现了比一般学童更为浓厚的兴趣，这就为日后诗人的创作生活奠定了巩固的基础。十七岁的时候，诗人参加了省一级的考试（乡试），十八岁的时候，参加了全国性的考试（会试等等）。在这几次的考试中，诗人的成绩都是比较突出的，因此当他中进士之后就被选入翰林院做了一名"庶吉士"，继续深造。三年之后，诗人又参加了"散馆"的考试，然后就被留到翰林院供职了。此后，由于诗人在文学方面具有过人的才能，所以他的职位升迁的很快，甚至就在二十三岁那年竟被拔擢为国子监的满洲祭酒。

诗人二十三岁以前这一阶段的经历在封建社会时期是使人艳羡的。譬如他的少年高中,在近人商衍鎏的《清代科举考试述录》"弱冠而登进士入翰林"一项中,便列入了"(乾隆)十年乙丑科蒙古梦麟"(见原书第八章第四节)一条。而他的以二十三岁年纪便荣任国家最高学府中最尊荣的教职,在清人法式善的《陶庐杂录》(卷二,第二十七条)中也郑重的被登录过。以上种种,都充分说明了这位青年诗人不仅在诗歌创作上表现了才气横溢这件事实,而且在学识品德方面也具备许多优点,不愧为人师表。

二十三岁以后,诗人先后又担任过"礼部侍郎"(1751)、"户部侍郎"(1753)、工部侍郎(1755)等官职。在同一时期中,他还曾经几次被委以学差,典试各地,如曾担任过广西乡试副考官、江南正试官以及提督江苏学政等等。在那对科举异常重视的年代里,地方性的考试往往也被视为抡才大典,仪式相当隆重,甚至连考官也要经过皇帝亲自任命。二十六岁的少数民族诗人担当了这个职位,自然更被看作是异乎寻常的事,因此清人福格在《听雨丛谈》中说,"江南正式官阁学梦麟,字午塘,蒙古正白旗人,名士也。蒙古人典试外省,自午塘始"(卷十,乡会试掌故二)。尤其被时人目为殊荣的是,三年之后,诗人又被指定为"军机处学习行走",这是一个被允许参与朝廷机密的职位,当然也是一般官吏所不敢向往的。所以《清史稿》的编者也认为是值得在本人传记中大书一笔的,"大臣在军机处资望少浅者,曰学习行走,自梦麟始"。但是诗人似乎无意于这种殊荣,因此在仅仅四个月之后,便借着清高宗乾隆南巡江浙(二十二年正月)的机会督办河工去了。

从督办河工到诗人逝世,其间不过一年零几个月,但是由于诗人在有他参加的几项难巨的任务上,率先督后,认真负责,终于因劳致疾,最后不治而死。诗人死时才仅仅三十一岁。

诗人一生写出过不少篇诗歌,也曾经几次编定成集,如十岁前后的少作名《行余堂诗》,在翰林院时期有《红梨斋集》,任学官时又删订为《梦喜堂集》,最后一次增订题名《大谷山堂集》(或作《大谷山人集》,误)。原集六卷,存诗三百余首。

（二）

诗人梦麟一生的创作历程大约可以分作前后两期。二十七岁以前，诗人是在词馆和充任学官的时间居多，这是诗人的成长和进一步提高的阶段。在翰林院的时候，诗人经常生活在一个狭小的天地里，是一个文学侍臣的地位，眼界不够开阔；在写作技巧上虽然得到了充分的锻炼，但是创作素材的积累并不十分充分，其间偶有佳作，也大半是属于个人情怀的抒发，此外则是些应酬性质的篇章，社会意义是不十分大的。及至充任学官之后，诗人走出宫廷，在生活阅历、社会接触方面都逐渐多起来了，于是作品的表现范围也逐渐在扩大。这时，虽然有些作品同样仍是属于个人心情上的抒发，但是无论在表现情感的深刻程度上，或是在对古典诗歌形式的熟练运用上，都比以前有不少提高。例如：

兄弟相送至芦沟返

送者联镳旋，兄弟弃我去。林隙辨归人，时见一回顾。停立瞻长桥，犹是见君处。层城隔暮烟，楚雨暗寒渡。贱子一片心，长江千里雾。何当为轻尘，冉冉京华路。

中元旧县驿夜歌三首(之二、三)

去年南顿月之日，白六来闻吾母卒。惊回泪断哭无声，仰睇皇天白日失。仓卒翻疑前月书，书上平安谁所笔。怜儿或恐儿心伤，儿归更绕何人膝。濒危知复欲云何，未亲含殓凭谁说。归来一恸儿今还，呼天不应心如割。朝来浆酒陈应同，楸梧肃肃生灵风。五子罗立独不见，灵魂应到东阿东。

我妻嫁我十年半，十日啼饥九无饭。苦忆严冬一破裳，嫁我奁尽供炊爨。年余饱暖抵几何，奄歘销沉魂已断。肝摧隐痛弥留时，肠牵儿女泪被面。流连知尔意无限，到头何日重泉见。月来数女知何如，凄飙渐沥吹裳裾。朝携祭榼缘青芜，秋坟呼母母则无，觅爷中夜声呜呜。

这几首便是一个很好的例子。尽管我们可以公允的说，类乎这样的作品对一般读者是没有什么教育意义的，但是我们也很难否认，透过这几篇诗作，可以加深我们对这个作家的思想状况以及他的生活方面的理解。如果退一步仅就作品本身来讲，这些诗，一篇写兄弟友谊，一篇写母子慈爱，一篇写夫妻恩义，相互之间的亲属关系不同，处境不同，因此感情的抒发自然也应当有所不同，而诗人在他的作品中，也恰好是鲜明的体现出来这种细致的情感上的差异，同时却又非常真实的表露了作者对家人的深厚情感。这样的作品，其所以能够使读者发生共鸣，同样感到生离的惆怅，死别的惨痛，这是和诗人饱含着血泪的诗的语言紧密相关的，也是和诗人的创作日趋成熟这一事实分不开的。

几次的出任学官，的确使诗人增加了历练的机会，这对他的创作生活是很有益处的。特别值得称道的是，在他担任学官期间，诗人表现出比一般官吏更为忠于职守的精神。他没有辜负国家的委托，孜孜的以为国家甄录人材为重，他的门生，《春融堂集》的作者王昶，当时曾经写过一封"荐士书"给他："今执事心乎爱士，为天下第一，又得在上位，适当学政、衡文校士之任，而执事之词章若火始然，若风始发，若川之方至，足以雄视一代。用其所独得，鉴别天下之士，缘文考行，孰有能涸执事之识者，而天下贤士亦孰不乐于自见。"果然，诗人没有辜负了时人的殷望，"缘文考行"，识拔人材，成绩很为可观。例如在乾嘉时期享有盛名的中国学者王鸣盛、吴泰来、钱大昕、曹仁虎等人，便都是经他赏识并且提拔过的。因此王昶在所著《蒲褐山房诗话》中称道他："生平宏奖风流，惟恐不及。典乾隆癸酉江南乡试，予得出其门下。既进谒，历询南邦人士，予以风喈、企晋、晓征、来殷、升之、策时、东有为对。未几，视学江苏，取来殷诸人悉置之首列，而于风喈辈推奖不遗余力。"其实诗人的努力不仅于此，他甚至还写出了不少诗歌在精神上去鼓舞、奖励那些学人。如：

古诗四章喜王德甫过(之二、三)

之子亦何好，窈窕光容仪。落叶朝翩翩，手持琼树枝。翠珰饰珠珮，翔步临前墀。嘘兰拭洞箫，不惜劳空闺。明月来广除，曲断无人吹。含睇稍延伫，我顾神为移。曲调宁不嘉，白日方西驰。努力爱景光，崇德为子期。

喧风被阳林，岩构荣丹萼。兰芷及荃蕙，郁郁回春华。轻飔发芳艳，孤秀凌朱霞。太古忽已遥，入耳皆淫哇。不悲元音远，坐患流无涯。斯人诣淳古，指摘劳相加。愿制芰荷衣，怡子以清嘉。风喈企晋诸子。

在作品中，诗人脱略行迹，以朋辈对待这些学人，希望彼此勉励；在文学事业上互相切磋，并且谆谆以崇德相劝论。这几首诗，虽然采用了汉代古诗的表现手法，辞意约婉，风格秀丽，但是在含蓄自然之中诗人的谦逊精神以及爱才若渴的心情，还是灼然可见的。

在这里，诗歌没有被当做沽名钓誉的手段，而恰恰相反，诗人的方正行为却由于它得到了补充。

（三）

二十七岁以后，诗人的创作更趋成熟了。所谓成熟，一方面固然是指诗人在运用古典诗歌的创作技巧而言，而更为重要的是，从这时期开始，在诗人的创作中，非常显著的增加了反映人民疾苦的内容。这种密切干涉现实生活的诗篇的出现，说明诗人在创作思想上的提高。二十六岁的时候，诗人写出了《河决行》。

在中国封建社会的历代史书中，关于记载水患的专志可以说明，两三千年以来在全国各地的大小水患是每年都要发生的，其中尤以黄淮为害最大。明清以后，由于改海运为漕运，要便利内河行船，于是即筑关闸以积水，因而河底淤积，时有决溢。河决之后，往往冲没村庄人口，泛滥成灾，一日千里，情景很是凄惨。清高宗乾隆一朝，虽然连年派员勘查、防治，然而黄水决、淮水灌的情况仍然连年不断。1753（乾隆十八年）黄河又在山东铜山一带决口，其时诗人正以典试江南路过当地，当他亲自看到黄水为患的情景不禁怵目惊心；以前虽或有所风闻，但绝不如这次的身经目睹，河水为害的惨重对这位刚刚走出宫廷不久的诗人惊震很大，给他的印象也很深，于是取作题材，写为诗歌。《河决行》可以说是诗人创作上一个新的开始。

但是由于这位仅仅二十六岁的青年诗人，还不可能在事实上去了解治河工程的种种复杂内容，以及官吏之间在治河工程上谋利养患，侵帑误工的种种内幕，而只是天真的指望朝廷，善意的寄希望于最高的统治者一人，因此在诗人第一篇反映人民疾苦的诗篇当中，对"天子纡策促使，忧悴民命"的歌颂却成为主

要的东西了,也因此在《河决行》中便出现了这样的诗句:

……皇帝陛下痛触徐方灾。前遣大司寇,旋遣大司马,赐之驿骑勿许休息连宵来。属以十从事,迅捷如风雷。传闻宫中昏旦鼙謷画,令百卿士各以所见陈瑶阶。天关九重高高等万里,天心乃与茅檐蓽屋相周回……老翁老翁尔不见,庙堂吁哦宸衷劳。九年之尧无此圣,呜呼九年之尧无此圣,女曹何患无性命。老翁罢哭涕在颐,插翎数骑东南驰。

"天子"的"纡策促使"对青年诗人是一种绝大的安慰,而诗人便也以之去安慰被灾的人民,然而这种安慰是不牢靠的,也是经不住事实的冲击的。所以,不久之后,诗人的作品就完全改变这种倾向。这种改变,使诗人创作中的思想意义得到了增强。

1757 年的春天,诗人正式参加了治水工作。此后,他曾几次去到河南勘查河形、调查灾情,他也经常奔走于江浙、山东等地的河防工地上。荆山桥的工程他督办了,六塘河以下地区的灾情勘查了,金乡等县的水患治理了,沂水为害的情况扭转了(以上见《裘文达公全集》疏奏、王昶《户部侍郎罢翰林院掌院学士梦公神道碑》及《清史稿》本传),在仅仅一年多的时间里,诗人亲身参加了这许多的实际工作。在工作中,由于他本人身历其境、经眼插手,因而对水害了解愈多,对灾民的痛苦了解愈深,对治河大臣之虚应故事、调度无力,强派夫役、徒然扰民也看得分外清楚。显然,这一时期的作品较诸《河决行》是迥然不同了。譬如《触目行》:

宿迁桃源土不毛,清河而下皆洪涛。高宝村户半坍塌,存者墙趾庭生蒿。下河东望浩无际,积潦乃与天争遥。闻昔少伯堤坝决,埽落不敌天吴骄。湖涨没河河倒闸,中间弗辨横堤高。眼见田庐肆冲突,不别贫富齐飘摇。淮阳所属作薮泽,一任河伯恣贪饕。田禾漂荡仓廪没,妻卧灶下夫出逃。洪泽水溢慝已甚,黄流况乃乘其凋。前已截漕四十万,川湖米石来轻舠,皇仁忧恻念蓬户,庙堂擘画心焦劳。天灾原非力可塞,人事须慰哀鸿曹。仁恩如海民弗及,费而不惠空嗷嗷。岂必官吏肆吞噱,偏全极次分纤毫。我历徐淮逮高宝,触目未免中忉忉。敢因所见道余意,作歌聊当陈风谣。

又如《鳌阳夜大风雪歌》：

山风吹山山夜号，雷硠霄霱奔崩涛，地轴挫折鸣巨鳌，攫挐老树鸦雀逃，夜
入万族掀蓬茅。砂砾旋舞雪疾作，鹅毛万片如手落，东邻墙塌西叫呼，夜半抢攘
声势恶。雪片转粗风转急，长空叫啸坤轮裂。仓卒真同海水翻，敲铿时见檐瓦
掷。毋乃下民干风伯，不然行者丁奇劫。冬尽知无雨雹来，夜昏疑有鬼神入。
双扉翁欻塞无力，僮仆凋丧妇走匿，娇儿顾我意惶惑，揽祛呱呱傍爷泣，嗟乎儿
泣尚可休，无衣之人何以活。君不见，铜山县东四十里，筑堤十日工方起，呼集
丁壮谐汝声，下埽日仅尺与咫。手僵脚冻埽不稳，眼见千夫万夫死。我乞天神
愿神已，此风莫入黄河水，呜呼此风莫入黄河水。

在这两篇作品中间，不再是"纪天子纡策促使"了，也再看不到"呜呼九年之
尧无此圣，女曹何患无性命"的诗句了，而是"仁恩如海民弗及，费而不惠空嗷
嗷"，是"敢因所见道余意，作歌聊当陈风谣"，是"嗟乎儿泣尚可休，无衣之人何
以活"了。诗人在铁一般的事实面前，在了解了河工许多内幕之后，对"天子"的
"纡策促使"不再抱有更多的希望，然而面对着千百万的水乡难民，面对着弊病
百出漫无了期的治河工程，面对着偶然而来但为害却颇大的恶劣气候，使诗人
的哀痛愈深，愤懑愈大，心情亦愈焦急。因此在万般不得解脱之中无可奈何的
乞灵苍天，"我乞天神愿神已，此风莫入黄河水"。

当然这种祈求只能当作一种自我安慰，实际上是无济于事的。但是，由此
我们却可以看出诗人对于水民绝不是一般的同情，而是发自肺腑深处的怜爱。
清代名诗人沈德潜在《大谷山堂集》序文中说，"（所作）昔奉使于役，经中州江
左，成于登临校士余者。凭吊古迹，悲悯哀鸿，勖励德造，惓惓三致意焉。准之
六义，比兴居多，盖得乎风人之旨矣。"诗人把自己的诗看作是"风谣"，而别人也
认为他"得乎风人之旨"，这是诗人在创作思想上的提高，也是诗人的作品具有
比较深刻的人民性的明证。现实迫使这位投入生活中来的青年诗人逐渐走上
了一条新的创作途径，在这条新路的导引下，诗人真正的面向广大群众，面向更
多人的疾苦了。

王昶在诗人的"神道碑"中说：

公之在工也,役夫数千万,指成畚揭趋事,昧旦而兴,指挥董率,日在泥中,与丁卒同劳动,故告成较捷。然公之疾,亦自此始矣。

诗人梦麟之所以值得我们肯定,一方面固然由于他为后人写出了许多优秀的诗歌,而另一方面,他的关心人民疾苦,如己饥、如己溺的精神以及在治河工程中,甚至因劳致疾、以身殉职,也更值得我们对他表示尊敬。

(四)

诗人的一生,在对中国古典诗歌的学习和创作上,是侧重于汉魏乐府和古体诗这方面的。在乐府一类的创作中,无论巨制短篇;在古体中,无论五言、七言,他写来都是得心应手运用自如,能够达到思想内容和艺术形式完美和谐、相得益彰的境地,在长篇的七言古诗中,如前所举《河决行》、《触目行》、《鳌阳夜大风雪》等便是如此。此外诗人还有《舆人哭》一首,也是非常出色的作品,现在不妨一并抄在下面:

舆人迸泪声呜呜,舌干口燥哭路隅,尔独何事中烦纡。舆人仰头答,欲语声于唈。自言祖父曾攻儒,孤儿生苦身无襦,收瓜负米贩齐楚,兄嫂不可同家居。去年报名铜山县,负载趋走事良惯,日分五十青铜钱,夫头月给银两半。前抬官府经淮南,出无一月钱盈串。北关租草屋,费我三百文,勉强取邻女,约略营衣裙。出门日无几,闻说家遭水,妻在水声中,宛转随波死,所住间半屋,至今在泥里。昨日县帖下,说道官今来,驿吏备马匹,县吏呼舆抬。一班十二人,聚集相分排,平日吃公食,如何逃官差。天明发铜山,午至桃山驿,不道五十里,泥深没腰膝。足下著菲登顿滑,赤脚肉痛畏倾仄。泥深没我身,触石伤我骨。前日抬官来,听道往江西,彼时雨虽落,大道犹平夷。今日抬官去,言往江南浒,那知步步难,举动皆辛楚。回首我家亦何许,足无完肤苦复苦。不怨行路难,但愿苍天莫下连宵雨。此去新丰铺,道里尚三十。官路一尺泥,泥中有石脚难入,欲归不能行不得。吁嗟舆人尔勿哭,尔不见颓云压首沉西北,千道电光如箭激,殷殷震雷在汝脊。

读这首诗,很容易使我们记起了那篇有名的汉代乐府《孤儿行》。然而《舆人哭》究竟不同于《孤儿行》，诗人是以自己的亲身经历为基础，借着一个舆夫的哭述真实的反映出这一幕社会悲剧。如前所说，诗人的后期创作是面向着人民群众的生活疾苦的，在《舆人哭》这篇作品中，诗人又把笔触伸向一个悲惨无告的劳动者的身上。舆人，这个孤儿，自幼便不能见容于兄嫂，于是被迫从役，勉强成家。然而曾几何时，又遭水患，人家俱亡，但是那任人驱使无异牛马的差使还仍旧要干下去，可谁知出差途中偏偏又遇到连宵阴雨。诗人面对着这个"出门日无几，闻说家遭水。妻在水声中，宛转随波死。所住间半屋，至今在泥里"的舆人，面对着"泥深没腰膝"，"泥深没我身"，"官路一尺泥，泥中有石脚难入，欲归不能行不得"的舆人遭遇，此情此景，使人无法抑制住一股莫名悲愤："吁嗟舆人尔勿哭，尔不见颓云压首沉西北，千道电光如箭激，殷殷震雷在汝脊。"这句反语里包含了多么强烈的诗人情感。

在艺术表现上，诗人没有吝惜自己的才华，他为舆人选择了他最擅长的七言歌行体。这种体裁，在句法和用韵上没有太严格的限制，灵活性比较大，它非常适合表现舆人一生的悲惨境遇，更适合于摹拟舆人如泣如述的声色；五言句式的参互运用，使这篇诗歌的感染力量大大的加强了。尤其诗人所运用的第一身的表现手法，直使读者如对舆人，亲身在倾听他本人的呜咽陈述，这种真实感就使舆人故事的悲剧性更为鲜明充分。在章法上，诗人没有在孤儿的身上花费更多的笔墨，而更集中到舆人从役前后这段经过以及舆人所面临的进退维谷的艰苦境遇上，这样就使作品的主题更加突出。

《舆人哭》是诗人为一个劳动者所写出的一篇辛酸史，也是诗人为舆人在向社会鸣不平，作为一种社会制度，诗人向它进行了抨击。与此同时，诗人也为读者塑造出一个非常值得同情的劳动者的形象。《舆人哭》是诗人融蜕旧篇"缘事而发"的一篇优秀作品，同时在艺术技巧上也是一篇相当完美的佳作。

在五言古体诗歌方面，诗人的造诣并不逊于乐府或是七言古诗。如前所举，《兄弟相送至芦沟返》、《古诗四章喜王德甫过》便能有力的证明了这一点。但是诗人比较优长的还在于运用这种体裁对自然景物的描绘上，例如《丰台王氏园》：

孤筇曳青苔,院静禽鸟落。幽怀澹不极,独行果前约。绿萝暗荒径,流云带晴阁。夜来微雨过,青林数花落。水木明朝华,陂塘翳烟薄。和风散微温,芳丛扇红药。幽阴澄近原,修绿浮遥郭。不辨荷锄人,高檐听牛铎。

《园居夏夜》

清池谢纤暑,岸帻临冰除。徐步闻暗香,凉风泛红蕖。明月稍东上,悄然来清虚。遥树影微得,近水月欲无。人声过前林,迢迢归烟墟。仿佛说禾稼,笑语良可娱。愿祝百室盈,吾亦欣安居。

《夜过青浦》

理棹投暮烟,余晖翳遥巘。轻舸寻归流,空波肆怡衍。野风送香气,皓露滴微泫。重叠林景昏,微茫峰色浅。远火辨孤城,隔岸闻乱犬。稍闻烟墟移,渐觌雉堞转。华月澹始照,流云蔚初展。一与清景俱,乍喜尘惊遣。怊怅怀前踪,余风动深缅。

诗人由于对自然景物以及所处环境做了深刻细致的观察,而且从中体味到一种美的享受,于是把它描绘纸上:写园林,写池阁;写华月,写烟墟;写静,写动,以上三首虽然所写时间不同、场合不同,诗人的感受也不同,但是都能做到形象生动、引人入胜的地步;在运用语言上,也达到了凝炼工巧的程度。在这里,诗人尽管是"孤筇""独行",尽管是"轻舸"夜泛,但其间却丝毫没有孤寂凄凉的感觉,没有消极低沉的意味,《丰台王氏园》的春朝如此,《夜过青浦》的秋夕也是如此,尤其《园居夏夜》一篇,不仅不孤寂凄凉,而且"人声""笑语","仿佛说禾稼",更是一幅生意茏葱、热烈活跃的图景。

诗人的描写自然景物之作,在五言古体中占有相当大的比重,它们有的奇丽雄伟,有的委宛多姿;有的豪放,有的含蓄,诗人以自己那枝饱含着感情的彩笔,把他所由衷热爱着的自然景物刻画出来,使读者也随之领略到一种艺术上的享受,而诗人在五言古体诗歌方面的创作才能,也借此得以突现出来。

总之,在诗人的全部作品中,除去前面提到的那些篇章之外,其余如乐府古题的《战城南》(王昶所编《湖海诗传》曾以之压卷)、《今年别》等;如七言古诗的《古诗二首寄都中知己》、《送友人从军》、《老生叹》以及《天闲骠骑歌》等;如五言古诗的《晚步泉上》、《夜赴澄江》以及《雄飞岭》、《黑石关》等，都是一些具有相当艺术水平的创作。从这些创作中，我们可以看到诗人在他的短短的一生当中所达到的高度艺术成就，我们也可以看到中国古代的作家和作品对这位少数民族的青年诗人所产生的深刻影响，它们哺育着诗人，抚育诗人健康的成长。

沈德潜在《大谷山堂集》的序文中说：

谢山梦先生穷诗之源而不沿其流者也。……志高格正；乐府胚胎汉人；五言咀含选体，即降格亦近王韦；七言驰骤豪荡宗太白，沉郁顿挫宗少陵；离奇环伟宗昌黎。

王昶在他的《蒲褐山房诗话》中也说：

先生乐府，力追汉魏。五言古诗，取则盛唐，兼宗工部。七言古诗，于李杜韩苏，无所不效，无所不工，风驰电掣，海立云垂，正如项王之救赵，呼声动地，又如昆阳夜战，雷雨交惊。

当然，诗人一生成就之所取得，一方面是由于中国古典诗歌的优秀传统对他所产生的影响。而另一方面，也是和诗人自己的努力分不开的。这也正如王昶在诗人的《神道碑》中所记叙的，"自少以诗名，后益浸淫于汉魏六朝暨唐宋元明各大家。萧闲清远之旨与感激豪宕之气，并发于行墨，四方才俊，揽其所作，无不变色却步"。著名的反帝诗人张维屏，甚至在他的《听松庐诗话》中推崇诗人"方处春华之时，已造秋实之境，盖得于天分，非人力所能与也。"虽然我们不应该过分强调天才，但是以诗人有限的年纪而在诗歌方面竟能达到这样高的造诣，应该说，这和他的一向刻苦钻研以及本人的天资都有一些关系的。

在以上诸家的评述当中，诗人们所一致推崇的是《大谷山堂集》中的古诗和乐府部分，在古诗中尤以对七言作品的评价为最高，检读诗人的全部创作事实也正是如此。但是在古体以外，我们还不能完全忽视的是诗人的近体诗歌。这部分作品虽然在功力上较之古体稍逊一筹，然而其间也有一些清新可喜的篇什。例如《河阳薛氏园》的第二首：

欹枕临池睡，招呼得晚风。帐钩花影外，人梦月明中。意惬幽怀澹，神闲客虑空。来朝踏尘去，更起步深丛。

这里面的第二联,"帐钩花影外,人梦月明中",就曾被张维屏作为警句摘出过。此外又如《园中春色丽甚触怀为诗》二首：

又到嬉春中酒时,苔青幽院卷帘迟。花前一事关情甚,复盎门东卖酒旗。

拄笏空亭日欲斜,林光池影映乌纱。黄蜂紫蝶入墙去,一带绿杨归晚鸦。

也同样流利洒脱,形象性、音乐性都是很强的。这样的作品,也仍然是值得读者欣赏吟味的。沈德潜的《清诗别裁》和王昶的《湖海诗传》选录诗人的近体诗为数不多,但是诗人在运用这种诗歌形式方面所投入的时间想来也不会是太少的。

（五）

十七世纪中叶以后,清朝的统治权在中国逐渐稳定并且巩固了。这时统治阶级对待蒙古民族的全部政策,一方面是武力镇压,一方面是政治怀柔。而在文化政策上,也仍然袭用入关之初的蒙汉隔离的方法,"满洲统治者自身虽然大量吸收了汉族文化,但对蒙古人却采取了愚民政策,竭力防止他们吸取汉族的高度文化。"(余元庵《内蒙古历史概要》第 100 页)在科举制度上,虽当入关之初清廷设置了翻译一科,但是在满洲翻译与蒙古翻译两项中,"满洲翻译以满文译汉文或以满文作论,蒙古翻译以蒙文译满文,不译汉文。"(商衍鎏《清代科举考试述录》(第 202 页)同时,在本科考试中不仅报考者只限八旗,而且中额仅仅规定几名,这种情况一直延续了很久。然而文化上的愚民政策和统治阶级的怀柔政策是互相矛盾的,在事实上,它并不能杜绝蒙汉两族之间的往还,更不可能禁止蒙古族向汉族文化的吸取,因此在康雍两朝通达汉文、能说汉语的蒙古人仍然不是太少的。

乾隆以后,禁令稍弛,通汉文、汉语的蒙族逐渐多起来,但于其中求其能够熟习汉族文化,精通文史,在诗歌创作上,又能达到高度水平如诗人梦麟这样的,还是并不多见的。据此,我们便可以了解在清人的著述中,如《陶庐杂录》,如《听雨丛谈》,甚至《清史稿》,为什么诗人一再被纪录为开始第一人的根本原因了。诗人在当时的民族统治之下,居然能够三番五次的破格以创始者的身份出现，一方面固然由于本人自幼刻苦学习以及他在文学上具备了过人的才能，但在另一方面，透过诗人的一生经历，在几个"自梦麟始"的背后，我们也可以看到却掩盖着愚民政策这个史实。今天，我们也可以说，诗人正是以一个少数民族的身份突破这层隔绝已达一百年之久的文化禁网的第一人。

诗人的一生诚然是太短促了，我们深为这位颇富才华的青年诗人惋惜，他为我们遗留下的诗篇还嫌太少，如果天假以年，诗人会写出更多、更成功的作品来的。但同时，我们也为这位以身殉职的青年诗人庆幸，他的死是死于道义，是死于对广大群众的灾难的拯救上的，这种死是光荣的。

试谈蒙古族古典文学中的英雄形象

孟和博彦

史料解读

　　该史料为论文,原载《草原》1963年第1期。孟和博彦从蒙古族古典文学作品中为什么会迭次出现英雄人物形象、怎样描绘英雄人物形象两个方面谈自己的看法。从历史著述可知,十二、十三世纪以来,蒙古民族的持续民族分割和互相混战局面使得他们只能把自己的希望寄托于理想的英雄人物出现,所以产生了一系列优秀作品,这些作品根据不同的立场和艺术倾向可以分为统治阶级文人作品和民间口头文学两类。蒙古族文学发展情况与汉族相似,主要沿袭现实主义与浪漫主义两条道路,如《蒙古秘史》,充分运用了浪漫主义艺术方法与创作手法,不仅歌颂英雄人物光辉的一面,也批判其凶狠、残暴的一面。《青史演义》侧重描写蒙古同金的斗争,突出了成吉思汗不屈服于强国侵略的精神,并着重描写了百弓射盔大会,突出成吉思汗军队的威武和气节。类似的光辉形象在《格斯尔》中也不胜枚举,但是《格斯尔》更多的继承了蒙古族古代神话幻想的特色。但是一定时期创造出的英雄人物只属于那个时代,不能用今天的社会理想和道德标准去衡量。这些形象在当时具有进步意义,对现在而言也有借鉴意义,不能全盘否定。

原文

　　我对于蒙古族的古典文学著作,始终未认真地学习过。近来,抽空浏览了一些作品,使我重记起已有过的一个想法:即,如通常人们所说的,蒙古民族真所谓是勇武慓悍的英雄的民族,这在文学上亦似乎可以得到它的例证。因为,在蒙古族的文学历史上,那些所有被完好保存下来的作品,属于描述或歌颂历史英雄人物的内容,占有极大的比重。尤令人值得注意的是,其中有几部一向被公认为具有杰出成就的作品,象《蒙古秘史》、《江格尔》、《格斯尔》、《青史演义》等,皆属于此类型。于是,不由地又使我产生了另一个想法:作为一个民族地区的文学作者,当学习蒙古族的古典文学作品时,也就似乎应该很好地学习一下它如何描绘与塑造英雄人物的形象的问题。

　　现在,我想就这一方面问题,谈两点初步的体会:

一、蒙古族的古典文学作品中,为何会迭次地出现英雄人物的形象

　　大凡如我们这些从事一定时间文学写作的同志,都会有这样一点起码的想法,一部作品的产生首先要来源于生活;其次,当作者为了要更好地表现他所认识到的现实生活,使自己的作品能够在思想上、艺术上达到更加完美的程度,还需要有某些必要的借鉴。也就是说,要学习一些古今中外的优秀的文艺作品。即如毛泽东同志《在延安文艺座谈会上的讲话》一文中,就生活与借鉴的关系、源与流的关系问题所做的正确的阐述。

　　但,实际上过去的文艺作品也"是古人和外国人根据他们彼时彼地所得到的人民生活中的文学艺术原料创造出来的东西。"(《毛泽东论文艺》,64页。)故此,要学习和了解蒙古族的古典文学作品,就还有必要追溯一下产生这些作品时的蒙古的社会历史状况。

　　我们知道,对说明蒙古民族从它形成为统一的民族过程的社会历史状况,已有不少的理论著述。从这些著述中,可以大体了解到,在十二世纪时,组成现在的蒙古民族的疆域上,还是为许多的游牧部落所居住。这些部落,大抵是由

许多的"氏族"、"家系"而组成的"部族"。由于这些"部族"或"部落",已处于氏族制末期和奴隶制上升时期的阶段,因而,各个部落间也就发生了连年不断的具有军事掳夺性质的残酷的战争。从这以后,蒙古的社会经济曾经历了两次急遽的转变:一是成吉思汗征服各部落,迅速建立起统一的奴隶制国家,完成了中国北方各部落由氏族制向奴隶制社会过渡的历史转变;一是成吉思汗继续征服金朝,向中国南部进行武装侵略,从而建立了对中国的封建统治。与此同时,使蒙古社会内部也引起阶级分化,出现了新兴的封建阶级与奴隶主的尖锐矛盾。

由此看来,在成吉思汗的领导下所进行的统一各部落的战争,对促进当时蒙古社会经济的发展,是有它积极的进步意义的。但,由于成吉思汗后来对中国内地所进行的战争,具有扩张的性质;同时由于蒙古族经济落后于当时的汉民族,使得成吉思汗缺乏充分的政治上的准备。更由于取得胜利之后,蒙古族的许多领主和贵族都一跃成为统治汉民族的统治者,使民族矛盾成为主要矛盾。这样,就使蒙古本身的社会经济未能完成封建性质的彻底的社会改革,使它依然保存了奴隶制社会经济的许多落后的和野蛮的社会组织形式。

直到当大元帝国被明灭亡以后,经过了清朝的漫长的"怀柔政策"的统治,蒙古的社会经济虽然在民族的压迫下,逐渐建立了完整的封建社会制度体系,但,却始终未能彻底摆脱民族分割和相互征战的情势。

据我体会,从十二、十三世纪到十九世纪,约八百多年历史时间的蒙古社会历史情况,大致轮廓就是如此。

毛泽东同志说:"一定的文化(当作观念形态的文化)是一定社会的政治和经济的反映。"(《毛泽东选集》,二卷,656页。)由此看来,蒙古族的文化也就是蒙古历史社会的政治和经济的反映。

同时,作为观念形态的文艺,又"都是一定的社会生活在人类头脑中的反映的产物"(《毛泽东论文艺》,64页。)。由此看来,蒙古族人民的思想感情、精神状态以及幻想和愿望等,又不能不在文艺作品中得到表现。

综上所述,我们看到蒙古的社会自十二、十三世纪以来,就一直处于各个部落间的相互残杀、掠夺的局面。各个部落的领主,为了攫取其它部落的财富,连连发动战争,因而使人民的生产和生活遭到严重的破坏。同时,由于蒙古的早期的社会经济依然属于较原始的落后的经济形态,作为氏族制度和奴隶制度统治下的广大的人民群众,自然也就成为战争的掳夺对象。在这种情势之下,一些新兴的贵族阶层和广大的奴隶阶层,也就必然渴望能够出现一个统一的、稳定的政治局面了。

当然,根据当时的统治阶级的利益和广大奴隶阶层的觉悟程度,还不可能意识到更深刻的社会改革。他们只能把自己的希望寄托于理想的英雄人物的身上。由于他们迫切地期待能够有一个贤明的君主或铲除强暴的可汗出现,所以,他们就把那些认为符合于自己愿望和利益的英雄人物,再现到文艺作品中来,变为人民所喜爱的艺术形象。

蒙古族的著名的历史文学巨著《蒙古秘史》,英雄史诗《江格尔》、《格斯尔》,历史小说《青史演义》,以及史诗《英雄谷诺干》……等,都是在人民的这种要求下产生的优秀的作品。

不过,这里需要进一步加以说明的是,上列作品虽然表现了大致相同的内容和思想,但,由于每个作品的作者的阶级地位不同,作品产生的历史条件不同,所以,这些作品也就反映出较为明显不同的思想的和艺术的倾向。

这个倾向,大致可以分为两类:

(一)统治阶级本身或属于统治阶层的文人所撰写的作品。如:《蒙古秘史》、《青史演义》等。这类作品一般是偏重于描述统治阶级领袖人物的创建功业的历史、家族史或歌颂贤明的君主,歌颂忠勇、威武不屈的大将以及表彰对统治阶级有特殊贡献的臣佐等。在这类作品里,普通的人民群众当然是没有位置的,甚至是依然把人民群众描写为被任意掳取和蹂躏的对象。这一点,在《蒙古秘史》中表现得较为明显。

《蒙古秘史》是一部记录成吉思汗统一各部落和建立统一的蒙古国家的作品。这部作品没有注明作者的名字,只在书末写着"大聚会鼠儿年七月,写毕于客鲁连河的阔迭额阿剌勒地面的朵罗安孛勒答合和失勒斤扯克之间的行宫。"据此,有些研究者推断它可能完稿于一二四〇年间。鉴于《蒙古秘史》对十二——十三世纪的蒙古社会状况，及成吉思汗建立蒙古国家时的主要的大事件，如战争情况，宫廷内务，军事、政治辞令等，均有详细记录，故，有些研究者认为《秘史》的作者可能是曾亲身经历过那些事件的一位成吉思汗的近侍。目前，对于这些意见虽无确凿考证，但从《秘史》所反映出的著述者的观点来看，这种可能性还是极大的。

《蒙古秘史》是一部历史的编年史。作者著述此书的目的，显然是为了记载蒙古帝国的第一位可汗的建业的功勋史实。但由于此前蒙古尚无完整的文字记录的史书出现，所以，作者在撰写时除使用当时的宫廷记录的资料之外，还大量地采用了流传于当时的民间传说故事和谚语等；同时，更由于作者对以成吉思汗为首的众多英雄人物事迹的叙述，充分掌握了文学描绘的手法。因而，也就使得这部史书产生了极大的文学价值，使它对后来蒙古族文学的发展，有着十分深远的影响。

受《蒙古秘史》影响较大的作品是产生于十九世纪的著名历史小说《青史演义》。这部小说的作者是十九世纪蒙古族的小说家尹湛纳希。尹湛纳希在鸦片战争的前三年（一八三七年五月二十日，即清道光十七年丁酉四月十六日）出生于一个贵族的家庭。在尹湛纳希生活的时代，正值蒙古民族处于清朝的"怀柔政策"的统治之下。当时的社会情况是，中国的封建制度已濒于末日，新兴的资本主义萌芽正在迅速成长。在这种情势之下，清朝统治阶级为了挽救其命运，一方面是变本加厉地实行对各民族的统治；另方面，蒙古的封建王公统治阶层却表现得异常腐败和无能。这就使贵族出身的尹湛纳希产生了对当时的黑暗腐朽的封建制度的不满。

《青史演义》就是在这种思想的支配下创作出来的作品。《青史演义》一书描写了自一一六二年成吉思汗诞生前后起，到他统一各部落建立统一的封建帝国，及他逝世到窝歌歹继位后八年的历史。《青史演义》这部作品大量地收了《秘史》的精华部分。《秘史》一书中所描写的包括成吉思汗在内的许许多多的英雄人物（如木合黎、字斡尔出等），都在《青史演义》里得到了进一步的表现。

尹湛纳希对创作《青史演义》一书抱有很明确的目的性。按他自己的说法，就是为了把蒙古民族的伟大历史公诸于世,陈述圣祖成吉思汗的辉煌业绩,证明蒙古民族是最优秀的民族。幻想能够再出现如成吉思汗那样的一个贤明的君主来治理衰败不堪的国家。作者的这个愿望对当时来讲,无疑是有它一定的积极意义的。可是,作为出身于封建贵族家庭的尹湛纳希,他不能从根本上摆脱封建的正统观念。因而,他对社会历史的观察,就仍不能不持以历史唯心主义的观点。如,认为英雄能创造历史,而不能正确地认识到人民群众对历史发展的作用等。就这一点看,尹湛纳希对成吉思汗的个人历史作用所持的态度,同《秘史》作者所持的态度,基本上是一致的。

不同的是,《秘史》的作者全然出于实录十二、十三世纪的蒙古社会历史状况,它比较忠实于当时的史料和有关传说。它除对成吉思汗的建立统一的国家及统一蒙古民族的事业盛加赞扬外,对成吉思汗的残暴方面也未加隐瞒。故,统治阶级曾把这部书列为宫室的秘籍,当作为"垂戒作鉴"的史书。而尹湛纳希撰写《青史演义》则是为了通过对成吉思汗的大加歌颂,激起当时蒙古民族的自豪感,借以达到摆脱民族压迫的目的。所以,作者在《青史演义》里把成吉思汗描写为一个善于治国理政的理想的英雄人物的同时;另方面,对成吉思汗部下的诸多将士的英雄主义精神的描绘,亦更加以发扬光大了。

所以说,《青史演义》作者尹湛纳希所持的历史观,虽同《秘史》的作者基本一致,然而在思想上和艺术上确比《秘史》的作者要前进了一步。

同《蒙古秘史》和《青史演义》极为类似的,还有一部《黄金史》。这部作品,据有些研究者认为系脱胎于《秘史》。所以,它在叙述成吉思汗及其祖先的历史时,一般均未能超出《秘史》的史料范围。而且,这部作品带有浓厚的宗教色彩,文学上的价值亦不甚高。故,这里就不再赘述了。

（二）属于广大人民群众的口头创作,或是经过记录、整理和加工的民间叙事诗(史诗)。如《格斯尔》、《英雄谷诺干》……等。这类作品在思想艺术方面,一般有着比较鲜明的人民性。它的内容主要是表现大无畏的英雄同强暴势力的斗争;歌颂正义与揭露黑暗。通过幻想的形式和神奇的色彩,来反映人民群众的理想和愿望。

《格斯尔》是在蒙古族与藏族人民中,同时得到流传的一部英雄史诗。《格斯尔》的内容异常丰富,它不仅通过格斯尔这个英雄人物的光辉战斗事迹,反映了古代蒙古族人民的不甘屈服于命运及自然威力的英雄气魄和乐观主义精神;同时也通过塑造各种不同类型的人物表现出劳动人民的鲜明的爱与憎的感情。此外,它对古代蒙古的社会生活和生产、人民的习俗、宗教信仰等,也作了生动的描绘。

《格斯尔》在艺术上具有浓烈的神话色彩与浪漫主义精神。在语言上亦充分地运用了当时的人民群众的口语,风格显得朴素而优美。

关于《格斯尔》的产生的时间与地点,以及它为什么能够在我国许多地方广泛流传的问题,曾引起不少学者的研究兴趣。目前较为一致的意见是,认为它最初可能是从流传于青海、西藏等蒙藏族聚居区的格斯尔可汗的故事演变而来的。其后,在蒙古族人民中的长期流传过程,又经过文人与民间艺人的多次反复地加工、改编、丰富和提高,而形成了今天这样的完整的《格斯尔》蒙文本。我认为这种说法有其一定的道理。我曾将蒙文《格斯尔》的汉文译本同青海省整理的藏文《格萨尔》的汉文译本对照参阅,却发现这两部《格斯尔》有其各自不同的思想和艺术的特色。因本文的目的不侧重这方面问题的探讨,故对此不加赘述。

此外,如《江格尔》、《英雄谷诺干》……等,同属史诗类型,故亦不赘述。

二、蒙古族的古典文学作品怎样描绘英雄人物的形象

从上面所谈到的几部作品的情况可以看出,古代蒙古族的文学的发展亦同我国汉族文学的发展情况大致相似,它基本上是继承与发扬了现实主义与浪漫主义的优良传统;沿袭着现实主义与浪漫主义艺术方法的两条主要的文艺道路,发展成长起来的。

需要补充说明的是,根据蒙古社会历史的发展特点(如长期处于部落间的纷争,封建社会制度未能发展到高度的统一集中——指蒙古社会本身,不包括元朝对中国的统治时期。),它的现实主义与浪漫主义两大文艺主流的发展,不

仅不同于欧洲国家的情况，而且同我国汉族文学发展的情况，亦有不同之处。我们知道，欧洲的现实主义到了十九世纪，已处于资本主义上升时期，它的作品一般是注重于表现资产阶级知识分子的所谓"个性解放"与"精神分裂"，以及揭露资产阶级的罪恶的金钱关系等。所以，欧洲的现实主义到了十九世纪已发展成为如通常我们所说的批判现实主义的阶段。我国汉族的社会经济，虽然在古代也经历了奴隶主、封建主割据的相互征战的情况；然而，它在那时就出现过相对的稳定的局面。所以，我国汉族远在周、汉魏时，就产生如"诗经"、"乐府"、"轶事小说"等，反映社会生活的现实主义的作品。

蒙古族的文学，在古代曾出现过如汉族古代《山海经》中的《夸父逐日》等类的神话传说。不过，步其后尘的不是属于如"诗经"、"乐府"类型的作品，而是具有幻想特色的英雄史诗。《英雄谷诺干》可以说是蒙古族古代神话传说的继承。它是蒙古族的早期的浪漫主义的作品。由于蒙古族早期的文学就已有了积极的浪漫主义的传统，所以，当后来现实主义的作品出现时，也就很自然地接受了这种影响。这表现在作品文学描绘上的浪漫主义手法的运用。于是，蒙古族的古代文学便形成了这样一种特殊的情况：（一）在文学体裁上史诗形式的继承（如古代神话—英雄史诗—史传体小说—民间叙事诗等。）（二）在创作上浪漫主义艺术方法和浪漫主义手法的继承。

这里，为了不致发生误解，需作一点说明。上面说到蒙古族的古代文学特点不同于欧洲和我国汉族文学的特点的问题，只是从一般的发展情况来看。事实上，欧洲的古代文学同我国汉族的古代文学的发展历史，远比蒙古族的文学历史要悠久得多。而且，它的现实主义与浪漫主义的发展，也是比较复杂和曲折。在这方面所提供的经验，自然也就要丰富得多了（如欧洲古代就有过史诗的形式；我国汉族的古代文学中，属于表现忠勇、凌武不屈，表现抗御外侮的英雄人物的光辉事迹的作品，更是屡见不鲜。）。因此，这种区别只能具有相对的意义。

尽管如此，我以为浪漫主义艺术方法与浪漫主义创作手法的被充分运用，不能不认为是蒙古族古典文学上的一个传统的特色。

就以蒙古族早期的历史文学巨著《蒙古秘史》为例,亦可明显地看出这点。

上面谈过,《蒙古秘史》首先是一部史书,它比较忠实于历史的现实。所以,书中对成吉思汗一生的鼎盛事业的记载,基本上是依据了当时的史料和传说为基础。由此,虽然决定了这部作品的不同于一般其它文艺作品的情况,如它的层次安排是按照历史的年限排列,而不是如一般文艺作品那样的采取创造典型的方法。然而,这部作品在具体的细节描写和人物形象的塑造上,却是充分地运用了具有夸张、幻想特色的浪漫主义手法。另外,作者对以成吉思汗为中心的诸多英雄人物的形象描绘上,也注意到了他们的各自不同的身份和特点,使每个人物都有其各自不同的性格特征。所以,从这个意义讲,这部作品仍有着一定的典型意义。

我们知道,《蒙古秘史》是以反映成吉思汗等一伙从奴隶主阶级中分化出来的有志于建立统一的封建国家的新兴封建阶级的建业活动为中心内容。这就使书中的英雄人物一般都具有尚忠勇,善智谋,讲信义,重气节等一些封建阶级观念的特色。

如对于成吉思汗的描写,作者描写成吉思汗一方面是个凌武善战的英雄,一方面又是个新兴国家的君主。他要求自己的部下除具有勇敢无畏的品质外,还要求他们绝对忠实于自己。对此,《秘史》的 144 页—145 页内,有一段很生动的描绘:成吉思汗率领部众在同泰亦赤兀惕人的一次战争中,不幸脖颈中箭受伤,流血不止,很危险。当宿营时,他的部下者勒篾为了营救他,亲自守在他的身旁,用口吸吮伤处的淤血,或咽或吐,叫血染了口唇。后来,当成吉思汗醒来,感到口渴,需要水喝。于是,者勒篾把靴、帽和衣服都脱去,赤着身体潜入敌营,盗取一大罐酸奶子,用水调好,给成吉思汗喝了。成吉思汗很感于者勒篾的行为,但又想进一步测定者勒篾对自己的忠诚,就同他作了如下一段对话:

……天已黎明。在他的跟前布满了者勒篾吸吐的血水。成吉思合罕看见了说:"这是怎么啦? 为什么不吐远一点呢?"者勒篾说:"你正在危急当中,不敢远离。淤血咽的咽了,吐的吐了。我的肚子里已经咽了不少。"成吉思合罕又说:"我这样躺着,你为什么赤身跑去? 你如果被捕,不是要说出我这样在卧着吗？"者勒篾说："我想到了这一点，赤身而去，如果被捕，我对他们这样说：我愿意来投降你们，但是因为被发觉而被捕。正要杀我，把我的衣服都脱去了，身上仅剩一条裤又未脱，我挣绑索逃出。我的话如果他们信以为真，就能给我衣服穿。我在那里只要得着一匹马，不是就可以骑上归来吗？我是这样想的。因此，在合罕你受伤的玉体安睡了的时候，转瞬之间我就去了。"成吉思合罕说："现在我还说什么？以前我被三姓篾儿乞惕人所迫，他们围绕不儿罕山搜查三遍，你是救过我一次性命。现在，又口吮我的淤血，救了我的性命。在慌忙紧急的时候舍命去到敌营寻取饮料，搭救了我的性命。你这三次大恩，我是永远不能忘的。"……（引文见《蒙古秘史》99页，谢再善译，中华书局印。）

　　果然，成吉思汗在后来就把者勒篾封为千户那颜，并特别封他"九次犯罪不罚"。从这些情节的描写可以看出，成吉思汗对那些忠于自己的勇士是非常器重的。同时也可以看出，《秘史》作者对者勒篾的忠勇精神，表现得十分突出。

　　《秘史》中对成吉思汗的讲信义、重气节的描绘方面，还有一段很生动的篇章。那就是表现札木合的被歼：成吉思汗的劲敌札木合被他的军队打败了。当札木合同五个同伴逃到倘鲁山（唐努山）后，被他的五个同伴擒捉起来，送交给成吉思汗。然而，成吉思汗对此并未表现出感恩。却认为这五个人不能成为忠实的同伴，降旨说："侵害合罕、领主的人还可以留用吗？这样人还可以做同伴吗？凡侵害合罕、领主的属民，子子孙孙永远根绝！"就把捕捉札木合的五个人杀了。反之，成吉思汗由于札木合在他同客列亦惕人、王罕部、乃蛮部的战争中，曾经帮助过自己，为了表示感恩，他不准备杀死札木合。对札木合说："现在我们俩还做朋友吧？现在你是一只单辕子车，将再没有旁的心思吧？我们俩曾经和好过，互相勉励，互相帮助。后来虽然分开手，但是你还是我的吉庆好友。……"（《蒙古秘史》，谢译本，195页。）不过，札木合觉得自己背弃了成吉思汗，坚决请求赐死。这样，成吉思汗才把他赐死，但把他的尸体进行了礼葬。

　　《秘史》中还有一段十分精采的篇章，是对孛罗忽勒的描写。孛罗忽勒是成吉思汗手下的著名的四杰之一，他在同王罕部的一次战争中，英勇地救出了斡歌歹。书中这样写道：

不多时候，看见一个骑马的人来了。看去象一个人，下边有象人足似地东西下垂着。来到近前一看，斡歌歹后面迭骑着孛罗忽勒（孛罗忽勒把斡歌歹抱在鞍子上）。孛罗忽勒的嘴角上染满了血。因为斡歌歹脖子中箭受伤，孛罗忽勒用口给他吸吮流血，流血染满了他的嘴角。……

斡歌歹是成吉思汗的三子，是未来的王位的继承者。孛罗忽勒如此的奋勇地救出斡歌歹，自然是表现了他对成吉思汗的无限的忠诚；同时，也表现出他的勇武的英雄气概。所以，这一段描绘在表现孛罗忽勒的英雄的品质方面，是非常鲜明的。

《秘史》中对英雄人物的描写，除歌颂了其光辉的一面外，对其残忍、凶暴的一面，也有所批判的表现。这可从下段描述得到说明：成吉思汗为了已经归降他的主儿乞族人殴打过他的司厨失乞兀儿；其后，主儿乞族人的大将不里孛阔又把成吉思汗的部下别勒古台用刀砍伤。成吉思汗想要报复主儿乞族人。有一次，就叫别勒古台同不里孛阔比武。不里孛阔本已获得"国之勇士"的称号，他开始时曾把别勒古台打败，用脚踏倒。可是不里孛阔已经意识到成吉思汗的谋划，慑于成吉思汗会伤害自己，便故意跌倒。不料，反被别勒古台折断腰而死。作者这样写道：

……不里孛阔有"国之勇士"的称号。这次和别勒古台比武，不里孛阔也未失败，但是他故意跌倒，别勒古台遂把不里孛阔的肩膀压着，从后裆翻上来，目睹成吉思合罕。成吉思合罕牙咬下唇。别勒古台会意，把不里孛阔骑压住，双手扼住两肋，折断了他的腰。不里孛阔腰被折断，说："别勒古台我并未失败，因为害怕合罕，故意跌倒，我把自己的命送了。"说罢死去。别勒古台把他的腰折断，又把他的尸体拖出抛弃。……（《蒙古秘史》96页，谢再善译。）

《青史演义》在塑造成吉思汗等一伙英雄人物的形象方面，比起《秘史》似乎要高出一筹。当然，《青史演义》一书所依据的史料，看来是曾把《秘史》作为原型的。但，它不是一部纯粹的历史著作，而是一部演义性质的历史小说。作者由于接受了我国汉族文学自明清以来的章回体小说的影响，在著作此书时，不仅把许多历史人物在史实的基础上，通过丰富的想象予以形象化；而且把许多重要的历史事件亦进行了提炼与加工,创造出许多引人入胜的故事情节和动人的细节描写。因此,它具有更大的艺术感染力。

这里仅以该书的第九回为例,略作说明。这一回是描写成吉思汗在土兀勒黑河畔的馆驿接见金国使臣卫王允济的故事。根据史料记载,蒙古在很长时间内处于金的支配之下,作为金的藩属。当时,蒙古为了摆脱金朝的羁绊,曾多次同金朝进行过战争。直到成吉思汗的三子斡歌歹继位后,才彻底灭了金。《蒙古秘史》对这段历史未作详细记载,只在第四章内作了片断表现,及在第十二章内描述了蒙古征服金国的最后的几次战争情况。

《青史演义》则把蒙古同金的斗争予以比较细致的描写,突出了成吉思汗的不肯驱驾于金廷与维护蒙古国家的尊严,不屈服于强国的侵害的精神。

金朝当时是北方的强国,正谋图侵宋。因此,就亟力想拉拢成吉思汗,妄图对蒙古实行"怀柔政策",以束缚住这个强悍民族的手脚,便于达到其南侵的目的。

第九回描写金国的使臣以天朝的钦差的姿态,耀武扬威地到了伯特国,令成吉思汗摆香案跪接圣旨。然而,当即遭到了成吉思汗的拒绝。成吉思汗由于识破了金国的阴谋,一方面对金国的使臣表示,伯特国自远祖分疆列土,一向对中原历代王朝不曾南向称臣当奴。因此绝不能对金奴颜婢膝,作出辱祖和损害国家尊严之事。另方面,为了向金国显示一下伯特国的军势威力,就传令大小三军,举行了一次百弓射盔大会。

作者对蒙古军的百弓射盔大会写得非常精彩。作者写:这一天,在土兀勒黑河畔文臣武将齐聚如云,百弓地处,竖起彩画旗杆,杆顶冠以金国赠予成吉思汗的金盔。未久,擂鼓鸣金,成吉思汗的诸将肩背硬弓,腰悬箭筒,双双并辔,进入射场,各显其能。结果是三分之二的将士射中标旗,三分之一的将士都射中太阳,显示了三军的风发的士气。

接着,作者又以生动之笔描绘了三员大将展露神技。第一员大将是神箭手绰默尔根,他把点银枪夹在鞍桥上,连射三箭,一箭射中标旗,一箭射中太阳红心,另一箭射中金盔的边缘上。第二个是位少年武将不秃,他连射三箭,一箭射中标旗，一箭射中太阳红心，最后一箭不偏不倚地把金盔射落在地下。第三员大将是成吉思汗的御弟哈撒尔，作者这样写道：

忽然右翼军中金鼓齐鸣，一对红毡金虎旗迎风翩翔，门旗一开，闪出一员大将，仪表堂堂，威风凛凛，……这人身披一付铠子金环甲，腰扎金黄甲挈，头戴奇宝铜盔。……大声喊道："列位请看，我第一箭射中金盔左遮耳，第二箭射中右遮耳，第三箭一定要射断金盔铁炼盔缨。"说罢，猛力左手推泰山，……弓弦响处，正中金盔左遮耳，真真地钉在彩画旗杆上。三军齐声喝彩，大鼓奏乐三遍。……说声着，又射中金盔右遮耳，三军欢腾喝彩一阵，号角鼓乐大奏六通。这时……哈撒儿拿起第三支箭大声喊道："大家且看，我这支箭如果射断金盔簪缨，我兄真命天子铁木真，一定统一天下，富有四海。"出左掌……拉得弓胎吱吱作响，将金箍箭搭到箭翎尽处，环一落地，金箭飞去，只听金盔当郎一声，盔炼和盔缨，蹦到一边落在地上。这时伯特大军，乐得欢腾鼓舞，齐声喝彩，奏乐九通，相互歌颂赞扬之声，穿越山林，响彻云霄。

（引文见《草原》，1962 年 7、8 月合刊，《青史演义》，桑杰杰布译。）

作者通过对哈撒尔等将士在百弓射盔大会上的各显其能的描写，把成吉思汗的军队的威力和举国一致的军心等，表现得淋漓尽致。同时，对成吉思汗的雄才大略、多谋多智和威武不屈的民族气节，也描绘得维妙维肖。

如上所述的光辉的英雄形象，在《格斯尔》中亦不胜列举。这里不同的是，比起《蒙古秘史》同《青史演义》二书来，《格斯尔》在艺术上比较更多地继承了蒙古族古代神话的富有幻想的特色，充分地体现了浪漫主义的精神。在作品里，除表现了格斯尔领导人民抵御异族的侵略外，还用大量的篇幅表现了格斯尔同代表黑暗强暴势力的恶魔的斗争。如格斯尔铲除三个恶魔，斩除北方魔虎；出征十二头魔王；消灭妖魔化身的呼图克图喇嘛等。其中描写得较为细致和生动的是出征十二头魔王的一章。这一章表现格斯尔骑着神翅枣骝马，在苞阿·通重·嘎尔布，阿丽亚·阿瓦罗里·乌特格丽，叶尔札木苏·达丽·敖达穆三位大姐的帮助下，发挥出最大的智慧和勇敢，经过种种的曲折斗争，潜入魔王城，终于把凶险、残暴、狡猾、诡计多变的十二头魔王斩杀了，从而使人民获得和平与幸福的生活。

鉴于这章的篇幅较长，本文就不作繁引了。

周扬同志在《我国社会主义文学艺术的道路》一文中说："在每个时代，每个阶级都有自己的理想，都曾在它的文学艺术中根据自己的社会理想和道德标准塑造了一系列的英雄人物。"（《中国文学艺术工作者第三次代表大会文件》，44页，人民文学出版社。）根据周扬同志的这一段话的精神，本文上面所列举的蒙古族古典作品中所歌颂的那些英雄人物，自然也就会有着很大的历史局限性了。因为，他们是属于过去的时代，根据过去的社会理想和过去的道德标准创造出来的英雄人物。作品中所描绘的他们的忠勇，当然是过去那个时代的忠勇；他们的重气节，当然是他们所处的那个阶级利益的气节。显然，这同我们今天的英雄人物的标准，从根本上是不同的。我们今天的人是处于无产阶级专政的时代，我们的英雄人物应该也只能是无产阶级和革命人民中的先进分子。我们作品所描绘的英雄人物的忠勇，应该也只能是对革命事业的忠勇；我们的英雄人物的气节，应该也只能是对党对无产阶级和对社会主义祖国的气节。这绝不能混为一谈。

虽然如此，由于这些歌颂英雄人物的诗篇，经过千百年时间在人民中的流传，它们所创造的英雄人物的典型，已在人民中传颂不绝，获得广大人民群众的喜爱。它不仅在过去曾有过进步的意义，而且给我们今天的人也留下了不少积极可取的东西。因此，采取批判的态度学习过去的遗产，仍是不容忽视的。尤其是认真地学习蒙古族古代文学作品中的塑造英雄人物的经验，对创造我们内蒙古自治区的新文艺中的新英雄人物来说，乃应视为是十分有益的借鉴。

1962 年 11 月 20 日 · 于呼和浩特

库腾汗——蒙藏关系最早的沟通者

（读《蒙古源流》札记之一）

周清澍

史料解读

　　该史料为阅读札记，原载《内蒙古大学学报》1963年第1期。周清澍认为《蒙古源流》对于库腾汗事迹的记载与史实不符，考证大量史料寻找其中缘由，这对于研究蒙藏关系有巨大意义，希望开展兄弟民族文献研究来填补历史上的空白点。作者考证相关史籍后发现，虽基本史实一致，但有些事件记载不一，如库腾汗没有继位过却被写成继位十八年，而且蒙古统治者早在十三世纪上半叶就已直接与藏族发生往来。藏文典籍中出现一些人物和事迹记载失实，一部分原因是辗转流传后说法不一，还有一部分原因是为了夸大萨迦派首领担任元朝诸帝国师的事迹。《水晶数珠》中提到的萨斯嘉·班第达创造文字的记载在《心脂》中也有体现，为八思巴后来创造文字奠定了基础。弄清楚库腾汗这段史料对研究元朝建立对西藏的统治权、元朝藏传佛教（喇嘛教）传播的历史、萨斯嘉·班第达创造文字的研究都有很大的意义。

原文

　　《蒙古源流》记录成吉思汗死后至元末部分，占全书篇幅不多，几乎仅录帝系、各帝出生、即位与去世年次而已，甚至有的地方还有错误。虽然这段对库腾汗、忽必赉汗和托欢特穆尔汗三人的事迹有较多的描述，然而又夹杂了一些荒诞不经的传说，所以人们一般认为这部分史料价值不大。

尤其是关于库腾汗的事迹，读起来真有点令人莫名其妙，兹录其事略如下：[1]

"谔格德依……岁次戊子（1228），年四十二岁即汗位。……逾六年，岁次癸巳（1233），年四十七岁殁。子库克、库腾二人。长库克，乙丑年（1205）降生，岁次癸巳（1233），年二十九岁即汗位，在位六月，是年即殁。次库腾，丙寅年（1206）降生，岁次甲午（1235），年二十九岁即汗位。……库腾汗在位十八年，亦于辛亥年（1251）殁，享年四十六岁。"

谔格德依（Ögödei）即元太宗窝阔台，在位十三年，辛丑年（1241）崩，寿五十六。库克（Gügüg）即定宗贵由，丙午年（1246）即位，在位三年，戊申（1248）崩，寿四十三。这些年代都记载在《元史》太宗和定宗本纪中，确凿可考，当然是《源流》的记载失实了。但这两汗帝系传次还符合事实，至于库腾（Ködeng）汗就不然了，这位定宗之后、宪宗之前在位十八年的大汗，根本与史实不符，初读至此，感到实在荒谬之至。

沈曾植读至此也有同感，他在其所著的《蒙古源流笺证》中（四卷九下）说："库腾即《史》阔端太子也，未尝即帝位，此之无稽可笑。"接着张尔田又补注说："太宗之后，六皇后称制者四年，定宗崩，皇后斡兀立海迷失摄国又几四年，此数年中，史事最略，殆因此致误。"

沈、张二人指出这一记载的错误并试图探讨致误的由来，这是符合笺证精神的。可是经过仔细考虑之后，觉得仅以"无稽可笑"、"史事最略，殆因此致误"来笺释这段材料是很难令人满意的。因为通观《蒙古源流》全书之后，得到了这样一个印象，这书无稽之谈不在少数，但大多皆有所本，往往于追溯其史源之余，反而可取得更大的意外收获。而就这部分看，太宗至顺帝为止，全文笔墨不

---

① 见《蒙古源流笺证》卷四，九上—十下。Eine Urga-Handschrift des mongolischen Geschichtswerks von Secen Sagang（alias Sanang Secen），42 下—43 上 Berlin，1955.

多,但作者却把这"未尝即帝位"的库腾,提到与在位三十余年且关系元朝兴亡的世祖和顺帝同等作重点描述的地位,显然不是因偶然之误羼入的,可能作者根据某种记载,甚至认为库腾还是一个比其他大汗更重要的人物,决不能因"无稽"而忽略他。现将《源流》所载库腾汗史迹原文引录如下,愿试继沈、张二氏笺释之。

库腾,丙寅年(1206)降生,岁次甲午(1234),年二十九岁,即汗位。

岁次乙未(1235),因龙祟侵魔患病,〔多人诊视,不能痊愈,术穷,〕因议及"西边地方,有奇异通晓五识名萨斯嘉·恭噶·嘉勒灿(Sa-Skya kun-dgah Rgyal-mtshan)喇嘛,〔延请医治,庶几有益〕"。遂令〔韦玛郭特(Oyimɣud)之道尔达·达尔罕(Doorda-Dargan)为首之〕使者往请。

萨斯嘉·班第达①(Sa-Skya Pdndita),〔系……岁壬寅(1182)降生,至戊辰年(1208)〕二十七岁,往额讷特珂克(印度),与左道六师之异端讲论辩难,穷其词,获班第达(Pandita)之号而归。

其叔父札克巴·嘉勒灿(Grags-pa Rgyal-mtshan)喇嘛,曾告之云:"日后有东方帽若栖鹰,靴似猪鼻,尾似木网,〔娓娓长音,语须三四译者,〕系蒙古国君博第萨多(应译菩萨)之化身,名库腾汗,〔遣使名道尔达者〕请汝,汝必往行。当于彼处,大兴佛教。因示卦验,适与之合。

时六十三岁,于甲辰年(1244)起程,至丁未(1247)年六十六岁,与汗相见,〔造成狮吼观音,收服龙王,仍〕与汗灌顶,顷刻病愈,众皆欢喜。即遵萨斯嘉·班第达之言而行,所有边界蒙古地方,创兴禅教。岁次辛亥(1251),萨斯嘉·班第达年七十岁圆寂。

库腾汗在位十八年,亦于辛亥年殁,享年四十六岁,喇嘛与汗二人同年而逝。

在这段文字里,《蒙古源流》不只是谈到库腾曾任大汗一事,而且还有一段与西藏喇嘛发生接触的史实。除这处以外,《蒙古源流》还记载着成吉思汗和窝

---

① 汉译本译成帕克巴·巴喇密特,据蒙文本改。以下各处同。

阔台也与西藏喇嘛发生过关系，兹引述如下：

"岁次丙寅(1206)，年四十五岁，〔成吉思汗〕用兵于土伯特(Töbed)之古鲁格·多尔济汗(Gülege DorJi Qaran)，彼时土伯特汗，遣尼鲁忽(Iluγu)诺延为使，率三百人前来进献驼只……。上因致书并赞仪于萨嘉·察克罗咱斡阿难达·噶尔贝·喇嘛(Sa-Skya Chag Lo-tsa-ba Ānandagarbha-gai-bha Bla-ma)云：'尼鲁呼诺延之还也，即欲聘请喇嘛，但朕办理世事，未暇聘请，愿遥申皈依之诚，仰恳护佑之力。'是由收服阿里三部属，八十万土伯特人众，遂进征额讷特珂克(印度)"。关于窝阔台也写道：

"岁次戊子(1228)，年四十二岁即汗位。欲往请萨斯嘉·札克巴·嘉勒灿，因事耽延。"

关于库腾汗所邀请的萨斯嘉·班第达，《蒙古源流》后文还出现几次。在谈忽必烈的一段，提到了"萨斯嘉·班第达之侄玛迪都斡咱(Mati-dhvaja)，系乙未(1235)年生。岁次丁未(1247)[①]，年十三岁时，随伊叔父而来"。岁次甲子(1264)[②]，曾为忽必烈灌顶。灌顶前，忽必烈曾和他互相问难经典，因为"萨斯嘉·班第达所持之《喜金刚根本经卷》在汗处"，所以忽必烈说经时玛迪都斡咱甚至不能领悉。玛迪都斡咱《蒙古源流》又称他为帕克巴('Phags-pa)喇嘛，也就是元代创造国字著名的国师八思巴·罗古罗思·监藏(汉意为圣者慧幢)，玛迪都斡咱是慧幢的梵语称法。在元顺帝一段，也谈到他的国师阿难达·玛第喇嘛(Ānanda-mati Bla-ma)曾引证"曩昔我尊胜喇嘛具五识极至之萨斯嘉·班第达所造《法语宝藏素布锡达史》(Legs-par Bshad-P′ai Rin-Po-Chehi gter；Subhā Sitaratna-nidhi)"中的话规谏元顺帝。萨斯嘉·班第达在这书中累次出现，而且还有著作行世，当然决不会是虚构出来的人物。

为了弄清《蒙古源流》这段记载的真伪和来源，不妨先从蒙古本身的其它史籍对证一下。《蒙古源流》作者自称曾参考过七种史料。其一即《古昔蒙古汗等

---

① 　汉译本误译为辛未。
② 　汉译本误译为戊子。

根源大黄册》。此书尚存，即苏联出版的《黄册》①（莎拉·图吉）。其中关于库腾的部分，除《蒙古源流》增添了几处以外，几乎全部相同（上引文中带括号者乃《黄史》所无。因为迁就《蒙古源流》汉文旧译，细微差别这里不举出了）。仅《黄史》具体说库腾的病是患癞疾。而在介绍萨斯嘉·班第达时，称他为文殊师利（Mañjughosa）的化身。

《黄史》抄本正文旁还附有另一种记载，说法与上引文有很大差别，引述如下：

"某史云：窝阔台可汗病足，遣使赴萨斯嘉·班第达〔云：'汝若不来，将派大军，扰唐古特国，必致大孽。知此，仍以来为愈'。使者至彼即告以此语，〔萨斯嘉·班第达〕遣使赴大喇嘛请示。〕此喇嘛给以一虱、一土块、一壶舍利〔，并无一言。〔萨斯嘉·班第达〕问使者：'我圣喇嘛有何法旨？'使者云：'并无复言，仅给此三物。'萨斯嘉·班第达接此〕云：'土示我将死，虱示我将被食，舍利示蒙古将归依佛法'，遂来蒙古。窝阔台可汗出迎〔至额里巴（Eriba）之阔阔兀孙水（Köke Usun）〕相见。窝阔台可汗请班第达医足疾。谓'〔汝〕前世为印度王子，建寺时动土伐木，遂致土神降邪，因汝建寺功德，故生为成吉思之子'。即撒四子摩诃葛剌（Mahākāla 大黑）之朵儿麻（gtor-ma 施舍），足病立愈。从此，可汗及蒙汉百姓俱皈依佛法。"②

罗卜藏丹津（blo-bzan bsTan·jin）所写的《黄金史》中，也引用了这部某史

---

① 《Шара Туджи》Монгольская Легопись XVII Века，1957 年苏联科学院出版，导言、原文、俄译、注释本，由莎斯金娜负责整理。有人认为这书曾谈到十八世纪初的事实，所以是《蒙古源流》以后的书，实际上后一部分是后人所添。

② 《Шара Туджи》，原文 44—45 页；俄译文 137—138 页。有趣的是，这书不仅将库腾汗事迹和窝阔台、贵由在位年次与《蒙古源流》错成一样，甚至一些小错误也相同，如称窝阔台鼠年（戊子 1228）四十二岁即位。这与元代确切的记载显然不符。但没有羼杂喇嘛事迹的《黄金史纲》就正确地记成己丑（1229）年四十三岁即汗位。由此可见，明代蒙古人自有一部元代帝系传次、生、卒、即位年的原始记录，西藏记载传入后，为了与之吻合，往往不惜更动固有记载，所以用蒙古史料时这点值得注意。其次，《黄册》记年用生肖，《蒙古源流》用甲子，显见是后者作了加工工作，如前者抄袭后者，决不会故意倒退到用落后的纪年办法。

书的话，只是省去了括号中的一些词句，把付予三物一事说成是萨斯嘉·班第达所为，而用"窝阔台见此诸物，即谓："一句与窝阔台本人直接联系起来。此外，在最后还增添了"显示诸般鬼神变化，即于凉州（Rěu）城建塔，名曰甘麻剌西剌（Kamalaśila）"一段事实。①

在较《蒙古源流》晚出一百余年的《水晶数珠》（Bolor Erike）一书中，也有与《蒙古源流》类似的记载，但说法上有很大差别，说明它又另有所本。再之，这书的作者拉西朋楚克是参考过汉族史料的，而且选择材料时自己曾作了考订工作，因此，他仍坚持采用这段史事，必定有他充分的根据。例如，他既知汉籍只有定宗、宪宗的记载，于是把太宗长子贵由（Güyüg）说成已夭折。太宗死后，乃由其次子贵禄（Gülüg）又名阔端者即汗位，是为定宗，以此弥合与汉籍的矛盾。而且，他在最后又增添了如下的内容：

"于是，班第达·恭噶·嘉勒灿·喇嘛前来，可汗亲身出迎，多所赠赐，并开宴会，委为司祭，班第达乃为蒙藏汉三国最高之喇嘛，蒙古国中开始弘布无比之佛法。

可汗请班第达创制蒙古字，班第达为创制蒙古字，曾经一夜瞑想。翌晨黎明时分，有一女子持揉革搔木跪地。因此征兆，即依搔木形制蒙古字母，分阳、阴、中、强、虚、弱性母音三种"。②

也就是说，在八思巴以前其叔就已造过文字了。

由以上蒙文资料可以证明，蒙古统治者在十三世纪上半已直接与西藏发生往来，尽管有几类不同的说法，但基本事实一致，而且皆有所本，因此很值得引起我们的重视。

为了判断以上史料的可靠性，现在再举一些汉文史料来印证。

库腾即《元史》中的阔端，《元史》（卷107）诸王表载："太宗皇帝七子，……次二阔端太子"，与《蒙古源流》等书说法无异。《元史》中没有他的传，续修的各家

---

① 《Altan Toběi》1937年乌兰巴托出版下册，111—112页。

② Rasipungsuγ：《Bolor Erike，Mongolian Chronicle Scripta Mongolica》. Ⅲ，Cambridge，1959，Part Ⅰ，219页；Part Ⅳ，178页。

元史为他立传的有《新元史》(卷 111)、《元史类编》(卷 30)、《元史新编》(卷 16)、《元书》(卷 42)、《蒙兀儿史记》(卷 26)等书,但都是摭拾《元史》中片言只字补缀而成,写得都不够清楚。现将所见的材料介绍如下:

《元史》太宗纪阔端事共出现过五次:

"七年乙未(1235),春……遣……皇子阔端征秦巩"。

"十一月,阔端攻石门,金便宜都总帅汪世显降"。

"八年(1236)……秋七月,……阔端率汪世显等入蜀,取宋关外数州,斩蜀将曹友闻"。

"冬十月,阔端入成都,诏招谕秦巩等二十余州皆降"。

"十一年己亥(1239)春,皇子阔端至自西川"。

阔端的军事行动是由 1234 年的库利尔台决定的。拉失德丁谈到:大汗(窝阔台)于马年(甲午 1234)征服了契丹(指金)地区回到达兰·达葩(Талан-Даба)地方后,决定召开库利尔台。在这一年,羊年(乙未 1235),他想再一次把所有子弟、亲族和那颜聚会起来叫他们重新听取札撒和决议。经过整月的宴会后,他提出了国家的军政大事。因为某些国家的边境还没有完全征服,而在另一些地区匪徒极为活跃,他要从事改变这些境况。于是他任命每个亲族到各个国家去①。这也就是《元史》《太宗本纪》所说的:"六年甲午(1234)夏五月,帝在达兰达葩之地,大会诸王百僚"讨论的内容。到次年春正式发布令各路大军出发的命令,而阔端是负责征略陕甘一带的,从此,他长期用兵西南,并封藩于此。如果他死于辛亥(1251)之说可靠的话,那么从甲午(1235)至辛亥(1251)正好是《蒙古源流》所说的"在位十八年"。

阔端征略陕甘的活动也出现在《元史》汪世显(卷 155)、按竺迩(卷 121)、高智耀(卷 125)等人的传里。汪世显传的内容已略见于上引《太宗本纪》,但按竺迩传中某些记载是值得注意的,传中说:

"丙申(1236),大军伐蜀,皇子出大散关,……按竺迩领炮手兵为先锋,破宕昌

---

① Рашид-ад-дин. Том. Ⅱ.35 页。《史集》说库利尔台是羊年(1235)开的,与《元史》太宗纪所载甲午(1234)年大会诸王和次年春即委派各路大军出发矛盾,故从《元史》。

（今甘肃宕昌）、残阶州（今甘肃武都），攻文州（今甘肃文县），……遂拔其城，……因招徕吐蕃酋长勘陁孟迦等十族，皆赐以银符，略定龙州（今四川平武）……"

从上文看来，还在 1236 年，阔端的军队已经开始和吐蕃接触了。1239 年阔端自西川回漠北以后的情况，《元史》高智耀传谈道："皇子阔端镇西凉，儒者皆隶役，智耀谒藩邸，言儒者给复已久，一旦与厮养同役，非便。"《辍耕录》卷二《高学士》一条也有同样记载，而且高智耀还说："国朝儒士，自戊戌（1238）选试后，所在不务存恤……"可见阔端在 1238 年以后曾长期出镇西凉①。《元史》逊阿哥潘传说，阔端还招抚了金故将土播思·乌思藏·掇族氏阿哥昌。"皇子阔端之镇西土也，承制以阿哥昌为迭州安抚使"，这也就是说，阔端手下还起用过出身藏族的部将。在波斯史料中，刺失德丁在介绍窝阔台诸子时，也说他的次子是阔端（Кутан），蒙哥汗赐予他牧地于唐古特（Тангут）地区并派遣他率军队到那里②。这里把派遣人窝阔台说成是蒙哥，事实上，蒙哥所封的是他的儿子蒙哥都，阔端却早已出镇西凉了③。

阔端曾经行军于现在的陕、甘、川等省，招徕吐蕃酋长，久镇西凉，西藏人一定很熟悉他，和西藏曾建立密切关系甚至信仰喇嘛教是完全可能的。元朝的记载中有许多材料都反映陇右佛教很兴盛，当时曾建立了不少著名的寺院。整个元代，看来仍以这一地区佛教比中原盛行。如《元史》《释老传》就记载着："泰定二年（1325），西台御史李昌言：'尝经平凉府静、会、定西等州，见西番僧佩金字圆符，络绎道途，驰骑累百，传舍至不能容，则假馆民舍，因迫逐男子，奸污女妇，奉元一路，自正月至七月，往返者百八十五次，用马八百四十余匹，较之诸王、行

---

① 嘉庆重修一统志，卷二百六十七，凉州府一，页十七上，"斡尔朵（志改鄂尔多）古城，在永昌县东南一百二十里，俗传为永昌王牧马城，地名黄城儿，有永昌王避暑宫。遗址尚存"。事实上当时阔端尚习于游牧生活，建斡耳朵于凉州郊外，故有牧马城之传说。又卷二百六十八，凉州府二，页六上，"永昌王阔端（志改为和通）墓，在永昌县东南一百二十里斡耳朵城"。

② Рашид-ад-дин. Том.Ⅱ，11 页。

③ 《元史》《宪宗本纪》，二年壬子（1252）夏，……分迁诸王于各所，……蒙哥都……于扩端所居地之西。

省之使,十多六七,驿户无所控诉,台察莫得谁何。……"李昌的话,也证明平凉一带喇嘛教极盛,所以这里受到不法番僧的骚扰也最突出。

根据《元史》中的材料,对阔端的生平可以得到一个大致的轮廓了,那么《蒙古源流》记载他延请喇嘛医病一事是否有根据呢?

据拉失德丁说,窝阔台死后,秃纳吉纳(Туракина)皇后称制,她宠信了一位从波斯徒思城(Тyc)掳掠来的名叫法迪玛(Фатима)的妇女,因争宠之故,于是有人诋毁她用妖术使阔端(Кудзн)致病,并给贵由去信,如果他有什么好歹,还要求贵由处置她。所以贵由即位后首先就审讯法迪玛①。另一处也提到,在选举贵由为大汗的库利尔台上,"诸王和众那颜说:因为成吉思汗预先指定为汗的阔端(Кудзн)不太健康,而据合罕②遗言〔作为继承人〕的失烈门(Ширамун)还未达到成年,所以最好是指定贵由汗,因为他是合罕的长子"③。由这两段史料可见,阔端在甲辰年(1244)萨斯嘉·恭噶·嘉勒灿自西藏出发前,的确是在患病。

因此,请喇嘛治病之事很有可能,于是遍查元代西僧的记载,果于胆巴传(《佛祖历代通载》第三十五)中找到如下史料:

"初,世祖居潜邸,闻西国有绰理哲瓦(Chos-rje bo)道德,愿见之,遂往西凉,遣使请廓丹大王,王谓使者曰:'师已入灭,有侄发思巴('Phags-pa),此云圣寿,年方十六,深通佛法,请以应命。'"

廓丹就是阔端和库腾另一种汉译。他处的确有闻名的喇嘛在那里,发思巴也就是八思巴,其叔绰理哲瓦当然就是恭噶·嘉勒灿了。由此可见,《蒙古源流》所载并非凿空之说,不能以"无稽"轻率对待。

恭噶·嘉勒灿不惟确有其人,《蒙古源流》称颂他道行高超一点也可以在汉籍中得到证明。上引文后接着就谈到八思巴来到忽必烈处与他的一段对话。"上召问曰:'师之佛法,比叔如何?'曰:'叔之佛法如大海水。吾所得者,以指点

---

① Рашид-ад-дин.Том.Ⅱ,117 页。

② 指窝阔台,这是十三—十四世纪蒙古人普遍对他的称法。

③ Рашид-ад-дин.Том.Ⅱ,119 页。"阔端不太健康"仅见于 Blochet 印原文本,俄译文采其它各本作已死,与事实不合,故不用。

水于舌而已'。"元顺帝元统间（1333－1334）敕修的《百丈清规》谈到帝师时，更详细地介绍了八思巴的出身和他与自己伯父的师承关系：

"帝师拔合斯八，法号惠幢贤吉祥（blo-glos rgyal-mtshan dpal'bzan-po），土波（即吐蕃）国人也。己亥岁（1239）四月十三日降生，父曰唆南绀藏（Bsod-nams Rgyal-mtshan）。初，土波有国师禅呬罗吉达（《元史》作朵栗赤），得正知见，具大威神，累叶相传，道行殊胜，其国王世尊之。凡十七代而至萨斯嘉哇，即师之伯父也。师天资素高，复礼伯父为师，秘密伽陀微妙章句一二千言，过目成诵。七岁演法，辩博纵横。年十有五，岁在癸丑（1253），世祖皇帝龙德渊潜，师灼知真命有归，驰骑径诣王府。……"①

此外，《大藏经》中还有一部元人译的佛典《出家授近圆羯磨仪轨》，也谈到了八思巴的师承关系。1270年（至元七年庚午）为这书作的序文中说：

"律仪方便羯磨仪轨，此乃圣光德师之总也。始自天竺，次届西蕃，爰有洞达五明法王大士萨思迦·扮底达，名称普闻，上足苾刍拔合思巴，乃吾门法主，大元帝师，……援兹仪轨，衍布中原。"②

将以上的材料贯穿起来看，"萨思迦"即《蒙古源流》所译的"萨斯嘉"（Sa-Skya），是西藏当时一个大寺院和教派的名字。"扮底达"也就是《蒙古源流》称其自印度所获得的"班第达"的学位。"洞达五明"也就是《蒙古源流》所译的"通达五识"。因此，《蒙古源流》关于恭噶·嘉勒灿在西凉传教以及他和八思巴的师承关系，从元代的佛教资料中可以得到很充分的证明。胆巴传中说忽必烈"遣使请于廓丹大王"时"师已入灭"，而八思巴的传记中又说他谒世祖是在癸丑

---

① 频伽精舍刊《大藏经》本。文末注云：见翰林学士王磐等奉敕所撰碑。《佛祖历代通载》、《佛祖统纪》、《释氏资鉴》等书中八思巴的传都说明引自此碑，《元史》释志传中本传事实也取材于此，但独有这段记有八思巴的生辰和父名。
② 频伽精舍刊《大藏经》本，小乘律部，寒帙六。

年(1253),那末,《蒙古源流》称恭噶·嘉勒灿死于辛亥年(1251)也是很可信的了①。

《蒙古源流》说萨斯嘉·班第达曾著有《素有锡达史》一书。这书的确在元朝已流行,而且一直流传到现在,是蒙族人民喜爱的文学作品之一,内蒙古人民出版社曾经大量发行过。

固然从元代的原始汉文史料中可以证明《蒙古源流》这段记载不是捏造,但终究看不出二者之间有什么直接因袭的关系。而且,蒙古史书中有许多书记有此事,但说法却有三种不同类型,可见它们的史源是丰富的。这些记载从何而来?我们可以肯定说最先是出于元代西藏喇嘛的记载,然后发展为西藏的史书。再于明末喇嘛教在蒙古广泛传播时传到蒙古的。可惜,现在手头没有任何藏文书籍及其译本,所以也没法查证,现在只找到近年发表的有关论文,一篇是苏联列里赫(Репих)所著《十三至十四世纪的蒙藏关系》②,另一篇是日本冈田英弘所著的《蒙古史料中所见之初期蒙藏关系》③,果然有许多藏文材料证实了这一推测。现就他们所引简介如下:

列里赫的文章先介绍了有关这问题的藏文史料情况。一种是萨迦派教主的文集,书名《萨迦·噶奔》(Sa-skya-bka-hbum),共十五卷,包括了五个萨迦派首领的作品,曾经在西藏东边的德格出版。另一种是某些个人的年代记,如琐南·札克巴·嘉勒灿(Bsod-nams Grags-pa Rgyal-mtshan)(1630 年)和达姆巴·恭噶·札克的年代记。还有许多萨迦寺大师的传记和寺院大量的档案。1346 年

---

① 《蒙古源流》说阔端也于同年辛亥殁,但这里谈到忽必烈的使者还见到他,似乎其中有矛盾。我认为恭噶·嘉勒灿死于上半年,使者至时在年中,阔端殁于年末,这样就完全可以解释清楚了。《元史》宪宗本纪二年(1252)提到"分迁蒙哥都及太宗皇后乞里吉忽帖尼于扩端所居地之西"。这里虽出现扩端之名,只是以扩端的原封地作地理位置而说的。这次分迁涉及窝阔台各系子孙,这里只提到扩端次子蒙哥都而没有扩端本人,正好说明他此时已死。再之廉希宪传中说,中统元年(1260)西土亲王是阔端三子执毕帖木儿。世祖本纪至元元年(1264)载:"秋七日庚寅,给诸王也速不花印",也速不花是扩端长子灭里吉歹子。说明其父祖这时都已早死。
② 《Филология и Иотрия Монгольских Народов》,333—346 页。莫斯科,1958 年。
③ 《东方学》,第二十三辑,1962 年 3 月,东京。

札勒巴·恭噶·道尔济（mTshal-pa-kun-dgah Rdo-rje）所编的《红册》特别重要，它是根据元朝流传于蒙古帝国的一部佚名编年史为基础写成的。《红册》有两种本子传世：一种是札勒巴·恭噶·道尔济本人编的[①]，另一种是西藏大学者琐南·札克巴（Bsod-nams Grags-pa，1478—1588）在 1538（土狗）年改编的新本。还有博瓦·徂来（dPoh-ba-g Tsug-lag）的编年史也是葛哩麻（karma-pa）派教主与蒙古各汗关系史的重要史料，其中有很多最早的著作中的引文。

关于历史的记载，列里赫文较详，但是用自己的话叙述的；冈田英弘文引证了原文。这里尽量引用原文，无原文处摘要补充。

据意大利人图奇《西藏画卷》一书中所译的藏文史料说[②]：在土猪年（己亥1239），蒙古人确实曾在道尔达（Rdo-rto-nag）指挥下侵入西藏，打到拉萨东北，焚毁了拉顿（Ra-skreng）寺和赞拉（Rgyal Lha-Khang）寺，杀死僧俗数百人。这些记载证明，《蒙古源流》称乙未（1235）年之后阔端曾派道尔达去西藏之事所载不诬，不过这次进军不是去请萨斯嘉·班第达。不然，阔端 1235 年害病，1247年才见到医生，似乎太不合情理。事实上是在后来宣传蒙古封建主和西藏喇嘛历史因缘的书籍中，有意要掩盖这次流血事件，所以把两件事混淆在一起了。

道尔达其人不见于元代汉文记载，但关于阔端军队在吐蕃境内的活动还略有透露。前引按竺迩传所附其子彻理和国宝的传中写道：

"初，按竺迩之告老，制命彻里袭征行元帅。彻理以病不视事，国宝乃谓诸弟曰：'昔我先人耀兵西陲，大功既集，关陇虽宁，而西戎未靖，此吾辈立功之秋也。'乃遣谢鼎与弟国能持金帛说降吐蕃酋长勘陁孟迦从国宝入觐。国宝奏曰：'文州山川险阨，控庸蜀，拒吐蕃，宜城文州，屯兵锁之。'从之。授国宝三品印，为蒙古汉军元帅兼文州吐蕃万户府达鲁花赤，与勘陁孟迦皆赐金印。时扶州（今文县西部）诸羌未附，国宝宣上威德，于是呵哩禅波哩揭诸酋长皆归款。……"

[①]　据冈田英弘引证，1961 年在噶大克已出版了此书。《Kun-dga'Rdo-rje，The Red Annals》，Part I，The Tibetan Text.

[②]　J.Tucci，Tibetan Painted scrolls，vol.I，Rome，1940.

这里说明,国宝对吐蕃的征略比按竺迩又进了一步,而且出任文州吐蕃万户府达鲁花赤,从现在的地理位置看,他们父子的军事活动是在甘肃武都专区和川北一带,而诏抚吐蕃酋长及后设的文州吐蕃万户府可能就是现在的甘南藏族自治州和阿坝藏族自治州,甚至西及青海了。国宝死于至元四年(1267),他的军事行动可能是在 1236 年后继按竺迩进行的,时间与道尔达去西藏的时间相近。而且他们是雍古氏,《蒙古源流》说道尔达是韦玛郭特氏(Oyimaγud),元代蒙古、色目氏族中找不到相应的名称,可能是雍古(Önggüd)讹传之误。因此,我怀疑道尔达是国宝兄弟的蒙名,他们在阔端出镇凉州之后,由于与吐蕃早有接触,因此阔端又委托他们这次去西藏的使命。国宝死后,其子世荣袭蒙古汉军元帅兼文州吐蕃万户府达鲁花赤,后以功进吐蕃宣慰使都元帅,正式出镇西藏。这些职务,看来只有道尔达之类的人才能担当[①]。

藏文史料中还谈到,道尔达很快就离开了西藏,并送了一个报告给阔端。他在报告中说,在西藏各教派中,噶淡派(bkan-gdams-pa)的后继者达隆派(sTag-lung-pa,因建于 1186 年的达隆寺而得名)和直公派(hBri-gung-pa)具有很大的影响,但势力最大的还是萨迦派。

萨迦派是 1073 年恭绰赞波(bkon-mchog rGyal-po)于札什伦布之西萨迦(Sa-skya)地方建寺时出现的。其子恭噶·宁波(Kun-dgah sNying-po)自 1111 年起主持萨迦寺,至 1158 年圆寂。他一生对萨迦派的教义有很大发展,为萨迦派在西藏树立威信起了很大的作用。以后,其中琐南·采莫(Bsod-nams Rjse-mo 1142—1182)和札克巴·嘉勒灿(Grags-pa rgyal-mtshan 1147—1216)也作出了不少贡献。后者就是《蒙古源流》中留预言给恭噶·嘉勒灿的人,他是恭噶·嘉勒灿的叔父,也是他的导师。

蒙古人出现于西藏高原,的确是恭噶·嘉勒灿在主持萨迦寺,生卒年与《蒙古源流》相同。在青年时代(1204—1213),曾就学于克什米尔高僧萨迦识里八达(Śākyaśribhadra),精通五明,取得班第达的称号。《蒙古源流》提到的正是这

---

① 因为目前没有更多的材料,只是妄测而已。甘肃礼县城南有按竺迩孙逍世延宗的《鲁国公家庙碑》,可能对他父祖生平有较多记载,惜未见到原文。

事,不过他不是去印度留学,而是萨迦识里八达旅藏时向他学习。《源流》所记的戊辰(1208)年,实际上是恭噶·嘉勒灿入萨迦识里八达之门的一年。1216年,札克巴·嘉勒灿圆寂后,他继其伯父主持的萨迦寺。1219年恭噶·嘉勒灿曾去过尼泊尔和印度,并按当时的习惯参加了辩论。

阔端接到道尔达的报告,就给萨迦·班第达发出一封邀请他访问其凉州附近藩邸的信,这信是由道尔达一位部下嘉勒棉(rGyal-sMan)带去的。关于此事《红册》中说:

"北方皇子阔端来召时,即应往日哲尊·札克巴(Rje-btsun Grags-pa)之豫言,谓:'日后有北方语言、人种不同,戴飞鹰帽,穿猪鼻靴的人来招,即将弘布佛法。'甲辰(1244)年,时六十三岁,伯父偕侄等三人出发,旅途历三载,丙午(1246)年到达北方。皇子适赴贵由皇帝即位盛典,归来后即相见。丁未年(1247),遂任祭天首领,弘布佛法。"

据列里赫引述《西藏画卷》中的史料说,在萨斯嘉·班第达致西藏僧俗封建主的信中,谈到在这次旅行前西藏当权的封建领主之间曾进行过承认蒙古汗的宗主权的谈判,并且把这种附庸地位解释成接受宗主国首领喇嘛教主的信士和施主,从而把僧界首领提高到比世俗统治者更特殊的地位。萨斯嘉·班第达承认西藏是蒙古汗的藩属曾遭到非难,他向西藏僧俗封建主写了一封信进行解释。信中谈到蒙古汗对西藏和佛教学说的利害关系。他还说:"蒙古汗的军队是无数的,甚至全世界都屈从于他了。"借此证明他的作法是对的。信中提到了蒙古汗还赐予西藏封建主以达鲁花赤(darkači)的封号。他号召西藏封建主与佩金虎符的蒙古政权的代表合作并认真地纳贡。由于西藏封建主是自愿承认为蒙古的藩属,似乎阔端答应不把军队开入西藏。后来由于某些西藏封建主停止纳贡,蒙古军队又于1251年开进西藏。《元史》《宪宗本纪》元年辛亥(1251)也记载着:"以和里觯统土蕃等处蒙古汉军,仍前征进。"可能这两者所指的是同一件事。

萨斯嘉·班第达提出应该向汗庭献纳的贡品有从印度和尼泊尔输入西藏的金沙、银、象牙,还有珍珠、颜料、胭脂红和赭石,广木香(Yu-rtá)、兽皮、皮毛、氆氇等等。

与萨斯嘉·班第达偕行的二侄就是八思巴和切纳（Phyag-na）。所以《蒙古源流》称"岁次辛未（1247）年十三岁随伊叔父而来"一句,应该解释为来到阔端藩邸。会见阔端之后,阔端为他在凉州郊外建筑了住舍（拉卜楞 bLa-brang）和寺院（sPrul-Pani-Sde 化身寺）。藏文史料中也谈到,他曾医好了阔端的病。经过他的努力,佛教在西凉盛行起来了。1251 年,他在凉州以东的化身寺圆寂,年七十岁,遗骨置于这寺的一个塔里,现在还存在。

由此可见,《蒙古源流》这段史实已大致可以从西藏史料中得到确证,只是有时把几件事件混淆起来,所以发生讹误。有些是因为辗转流传,经过几道手之后,乃产生各种说法,因而反映在蒙文史册中有不同记载。也许是西藏服属蒙古是和阔端直接发生关系,所以误以他是大汗,而要和蒙古原有记载结合,所以产生了缩短太宗、定宗在位时间来安插这位"库腾汗";或者是确信阔端不是大汗,于是又有把邀请恭噶·嘉勒灿系出于窝阔台的写法。这些错误,大多已经在藏文书籍中形成了。《水晶数珠》一书采用夹注各种史料加以自己比较考据的办法,为我们追溯每一事件的史源提供了很好的根据。

西藏的喇嘛,为了宣扬萨迦派首领世代担任元朝诸帝国师的事迹,就不惜把还未与西藏发生接触的各汗联系起来。藏、蒙史籍中有各种不同的说法,如《水晶数珠》所引的《千幅金轮》就说:"成吉思汗遥奉萨迦·阿难达噶尔贝喇嘛。窝阔台汗亦遥奉札克巴·嘉勒灿喇嘛。贵禄-阔端汗则招来班第达·恭噶嘉勒灿喇嘛。"这一说法与《蒙古源流》的记载完全相合,只不过后者不再提阔端另有贵禄之名罢了。而《水晶数珠》却根据这书写成贵由（güyüg）还有一名贵禄（gülüg）或阔端的二弟。据冈田英弘考证,《蒙古源流》所说出征土伯特之事是西夏之误。阿难达·察克罗咱斡·阿难达·噶尔贝是两个人,《千幅金轮》所记的阿难达·噶尔贝是恭噶·宁波的梵名,前已谈到,他在成吉思汗生前的1158年已圆寂,当然不可能和成吉思汗发生关系,所以《蒙古源流》或其所据的书又增了一个与恭噶·嘉勒灿同时的察克罗咱斡（又名挪思哲班 Chos-rje Dpal）进去。而"在位十八年"的库腾的来由也可从此找到源委了。

此外，《水晶数珠》中关于萨斯嘉·班第达造字一说，在据说是元僧搠思吉斡节儿（Chos-Kyi bOd-zer）撰写的一部缀字法书《心脂》中已有如下的记载：

"萨斯嘉·班第达……到达凉州，……住其地七年，……当时，萨斯嘉·班第达曾于夜间瞑想，应以何种文字禅益于蒙古。翌晨兆现，一女子肩採皮搔木前来跪拜。因依此兆，仿搔木形象制作蒙古文字，分男性、女性、中性三类，编成强、虚、弱性三种。其文字为：

a na ba γa qa ma la ra sa da ta ya ča Ĵa va

e ne be ge ke me le re se de te ye čɵ Ĵe ve

i ni bi gi ki mi li ri si di ti yi či ji

然以时机未至，未获机缘，故未以蒙古语翻译佛典。后萨斯嘉·班第达圆寂，忽必烈彻辰可汗乃遣使召八思巴喇嘛。"[①]

按《心脂》的说法，萨斯嘉·班第达的确为创制文字作了一定的准备工作，据伯希和的解释，大概是他利用畏吾儿文字作出了表音的原则。[②]

既然有萨斯嘉·班第达开创之工在前，所以八思巴后来创制蒙古国字时就已经是驾轻就熟了。

《蒙古源流》中关于库腾汗这段史实现在大致弄清楚了，我认为这段史料有很大的意义。

首先，在蒙藏关系史上，阔端部下道尔达的军队已进兵吐蕃，随即在政治上建立了宗主和藩属的关系，所以要谈元朝建立对西藏统治权的历史时，必须从1239年算起。

其次，藏、蒙史料证明，元朝诸帝崇尚喇嘛教，实际上是从阔端开始的，也就是先在《蒙古源流》所说的"所有边界蒙古地方，创兴禅教"。由青海、甘肃一带传到中原，由萨斯嘉·班第达引出来八思巴。如果略去这一环节，对元朝喇嘛教传播的历史也是弄不清楚的。

---

① 《竹路悬挑》（ĴirukenüTolidg）清刻本，叶三上、下。

② 此说系列里赫引自：P. Pelliot, Les Systèmes d´écriture en usage Chez les Anciens Mongols,《Asia Major》,Ⅱ,2,1925, P.286.

再次,萨斯嘉·班第达创造文字的记载,对于研究蒙古文字史和八思巴字也是很重要的资料。只要记载不是完全出于虚构,不管他作的工作到了什么程度,总是对蒙古文化发展的贡献,加上他还留下了一部文学作品——《苏布喜地》,现在仍为蒙族人民所欣赏,所以他是一个值得纪念的人物。

最后,在分析《蒙古源流》和其它蒙文资料中,固然发现有许多常识性的错误,但也在经过剖析之后,使我们知道明末清初的蒙古书中,既包含有从元朝留下来的确切记录,也有元代汉人忽略了的藏文史料。蒙、藏僧俗封建主为了贯彻自己的政治和思想影响的目的,把某些史实歪曲和神话化了。或者是因为辗转流传失真,但是,总不能因为个别错误而否定全文,而应该通过史料鉴定,剔除混乱、讹误之处,把有价值的史料应用到历史研究中去。因此,目前很有必要开展对兄弟民族文献史料的研究工作,以便填补历史上许多的空白点。例如,1959年《历史研究》和《民族研究》所发表的几篇关于研究祖国与西藏历史关系的专文,都忽略了阔端在1239年前后与西藏确立主从关系的史实①。问题是作者仅限于依赖汉文史料的缘故。所以,必须大力挖掘和整理兄弟民族史料,使祖国的历史更加丰富和充实起来。

本文草成,曾参考了潘世宪先生所译的日文资料,又承林沉同志译校蒙文资料,加注藏名音标,在此谨致谢意。

---

① 子元:《西藏地方与祖国的历史关系》,《民族研究》1959,第4期。王忠:《中央政府管理西藏地方的制度的发展》,《历史研究》1959年,第5期。只有韩儒林先生《元朝中央政府是怎样管理西藏地方的》一文(《历史研究》,1959,第7期)引证了《续藏史鉴》、藏文《如意宝树》附《西藏大事表》和《蒙古源流》确切地提到了这段史实。

关于哈斯宝的《新译红楼梦》及其它

格日勒图

史料解读

　　该史料为论文，原载《内蒙古大学学报》1976 年第 1 期。格日勒图肯定了道光年间哈斯宝《新译红楼梦》对红学和蒙古族近代文学发展的巨大价值，也指出其历史局限性和阶级局限性。《红楼梦》的翻译和流传对蒙古族近代文学发展产生了巨大影响，哈斯宝采用缩译的方法，将原书一百二十回缩译为四十回，在保留原书结构的基础上，突出原著主要精神，较为准确地把握政治问题和社会矛盾。哈斯宝对于《红楼梦》的认识远高于同时代，对于同时代盛行的"情书"的说法持否定看法，将贾府看作是封建社会统治阶层的缩影，痛斥正统的封建统治者，完全支持宝、黛的反抗精神，对于有反抗精神的丫鬟也给予了一定的注意。同时格日勒图也指出哈斯宝的一些局限性，比如仍然受传统思想束缚，有时会站在错误的立场无条件肯定宝、黛二人的行为，还有一些模糊阶级界限、混淆阶级斗争之处，这些是需要我们针对他的新译和回批进行批判性研究的。附录为道光二十七年《新译红楼梦》同汉文一百二十回本内容对照。

原文

《红楼梦》是我国古典文学中具有划时代意义的巨著,在国内少数民族中有很大的影响。在蒙古民族中,大概从嘉庆、道光年间就有人评论并开始翻译这部作品。目前,我们发现的哈斯宝《新译红楼梦》就是其中之一。《新译红楼梦》现有三种蒙文抄本:现藏内蒙古图书馆的道光二十七年(1847)抄本;现藏内蒙古大学图书馆的光绪五年(1879)抄本;现藏内蒙古语文历史研究所图书馆的甲寅年(1914)抄本。

哈斯宝在《新译红楼梦·读法》中曾指出,"这部书里,凡是语文深邃和原有来由的话,我都傍加了圈;中等佳处的,傍加了点;歹人秘语,划线标志"。但现已见到的三种抄本都没有译者所加的圈、点、线。据此可以肯定,这三种抄本,都还不是哈斯宝的译评原稿。

从现有三种抄本看来,道光二十七年抄本脱误较多,光绪五年抄本较好,可资补充和校正。甲寅(1914)抄本可能是由光绪五年抄本转抄过来的。这三种本子都是四十回。正文前面都有《新译红楼梦·读法》,每回回末都有译者的批语。所不同的是,道光二十七年抄本多一篇《新译红楼梦·序》、"通灵宝玉"和"金锁"正反面的蒙文篆字,其余两种抄本则没有。另外,道光二十七年抄本和光绪五年抄本的前面,还有十一幅表现《红楼梦·十二支曲》内容的彩色配诗画,而甲寅抄本则没有。

十六世纪中叶以来,蒙古民族就陆续翻译了唐、宋、元、明、清的诗词话本,各种史册和我国的著名小说、杂剧,如《西游记》、《西厢记》、《水浒》、《金瓶梅》、《镜花缘》、《儒林外史》、《三国演义》等。伟大的现实主义作品《红楼梦》的翻译和评论,则是我国历史上多民族文化交流的又一佐证,是我国各族人民群众共同创造祖国灿烂文化的佐证。

《红楼梦》的翻译和它在蒙古地区的流传,对蒙古民族近代文学的发展,无论从其创作思想或现实主义创作方法来看,都产生了极大的影响。例如同哈斯宝一样生活在喀拉沁土默特一带,而时代稍后于哈斯宝的蒙古族近代著名作家尹湛纳希，就受到汉民族优秀古典文学的熏陶。他的优秀长篇小说《一层楼》、《泣红亭》，更是在曹雪芹《红楼梦》直接影响下产生的现实主义作品。据传，尹湛纳希自己也翻译和研究过曹雪芹的《红楼梦》，可惜我们至今还没有找到他的译本。

哈斯宝的《新译红楼梦》以及他为这部译著所写的序、读法、批语、总录，不仅在蒙古民族近代文学的发展上有重大影响，而且对总结我国各民族一百年来研究《红楼梦》的历史，也很有价值。我们遵照伟大领袖毛主席关于批判地继承古代文化遗产、古为今用的教导，用辩证唯物主义和历史唯物主义的观点，整理和校勘了哈斯宝《新译红楼梦》。这次校勘工作是以道光二十七年（1847）抄本为基础进行的。参照光绪五年和甲寅年抄本，对脱漏和误译处，作了适当的补充和说明。对于三种抄本中不相同的地方，根据人民文学出版社新印的程乙本确定取舍。个别特殊的地方，如《新译红楼梦》第三十六回里，把刘老老描写成拥有一百多亩地、雇三名长工的富户，这影响到对刘老老这一形象的分析，我们作了特殊处理。

哈斯宝在《新译红楼梦》的总录中说："我要全译此书，怎奈学浅才疏，不能如愿，便摘出两玉之事，缩译为四十回。"哈斯宝在这里所说的缩译，蒙文原文是（huriyangguIba），有译成汉文为"归纳"或"概括"的意思。他又说："译者是我，加批者是我，此书便是我的另一部《红楼梦》。未经我加批的全文本，则是作者自己的《红楼梦》。"在译文第四十回的批语中他还说："那曹雪芹有他的心，我这'曹雪芹'也有我的心。但悲我已得知他的心，而谁又知我的心？"在这些话里，哈斯宝告诉人们这样一些意思，即他的译文不是全译，而是缩译，更确切的说是一种"归纳"或"概括"。为什么要这样呢？他自己说是"学浅才疏"。其实这是一种遁词。他实际上是为了突出原著中的某些方面。他认为这样才体现了曹雪芹写《红楼梦》的真意所在。故他自许为曹雪芹的知音。但因为对曹著下了"删繁就简"的工夫，在译文批语中又对原著作了"探幽发微"的评述，所以，他认为译文是自己的《小红楼梦》。

那么他是怎样缩译？又是怎样突出原著的主要精神的呢？

首先,从他的译文所根据的版本来看,经我们就译文和原著比较研究,译文基本上是与现行人民文学出版的程乙本《红楼梦》一致的。略有出入的地方也大致不出人民文学出版社本所做《校记》的范围。例如汉文第二回的"两个儿子"、"十来岁"、"也有一子,名叫贾琏"、"四、五年"等语,在蒙古译文第二回中同藤、王、戚本,作"四个儿子"、"七八岁"、"也有二子,次名贾琏"、"二年"等。在汉文九十七回中(蒙文三十一回)"还有坐帐等事"、"本府旧例"、"亲自过来招呼着"等语,译文作"还有坐床撒帐等事"、"金陵旧例"、"亲自扶他上床"等,和"藤花榭"本、"王希廉评刻本"同。但在汉文一百零七回中的"看得尤二姐"及"尤三姐之母",在译文中都是"尤三姐",与王本不一样了。有的地方,译文又同程甲本和藤本,如一百零五回登记物件的报单中的物品名和数量。所以到底哈斯宝在翻译时依据的是哪一个本子,还有待进一步研究。

其次,经过比较,我们发现,把一百二十回本缩译为四十回本,大致有四种办法。(一)将部分回目的内容全部翻译;(二)对部分回目的内容加以节译;(三)将部分回目的内容合并翻译;(四)对部分回目的内容迳行删除(详见附表)。

在翻译中,哈斯宝虽然采取缩译的办法,但非常注意原著的基本精神、严谨结构、艺术特色。从译本可以看出,哈斯宝的蒙古语很有根柢,所以基本保留了《红楼梦》"文思之深象大海之水,文章的细腻有如牛毛之微,脉络贯通、针线交织"的长处。译本的内容,远远超出他自己所说的"两玉之事"。

对在翻译中删去的部分,哈斯宝也根据不同的情况和条件作了交代,竭力使读者不感到突然。如对译文删掉的"秦可卿死封龙禁卫、王熙凤协理宁国府"一回,哈斯宝就在《新译红楼梦》第五回的末尾用几笔作了交代。这样,在下面的章节中王熙凤见鬼,秦可卿鬼魂出现,读者就不会感到摸不着头脑了。再如:关于妙玉和道姑的有关情节,哈斯宝在前面并没有翻译,但在译文第五回末尾有一句"叫道姑住了",点过一句,这样在译文第十七回(汉文四十一回)和三十五回(汉文一百零九回)中妙玉出场时,读者也就不会弄不清她的来路了。

那么哈斯宝的这种安排究竟是根据一个什么样的原则的呢?

　　这不仅和哈斯宝对《红楼梦》的创作意图，主题思想的理解有密切关系，也和哈斯宝本人对社会的政治、经济、思想、道德观念等一系列重大问题的看法有关系。

　　哈斯宝认为《红楼梦》的撰著，是作者有鉴于"奸逆当道，谗佞夺位"，是作者的"泄恨书愤"之作。他认为，作者在第一回中自叙，写的"亲见亲闻的几个女子"云云，只不过是一种"指松述柏"的手法，他提醒读者，不要被作者"移花接木"的手段瞒过了。他在缩译过程中或全译、或节译、或合并、或删削，甚至在一些地方加上圈、点、线，无不以他这一认识为依据，是为了阐明他的这种看法。

　　《新译红楼梦》全文翻译了原书的第一至第四回。尤其是第四回，在译文中占有重要地位。哈斯宝在这一回的批语中着重指出，贾雨村开始审理薛蟠杀人案时还想当个"清官"，但是经门子一陈说利害，指出如果一定要当清官，那么"不但官爵，只怕性命也难保"。于是只好徇情枉法，葫芦提断了此案。哈斯宝认为，这就是"奸佞当道"，就是"邦无道"。这实际上也就点明了，这一回里反映出的问题是个社会问题。

　　哈斯宝能够在一百三十多年以前就把问题提到这样的高度，就对曹雪芹《红楼梦》中所反映的重大社会政治问题把握得较为准确，这是难能可贵的。关于这一点，我们从另外一个角度看就更为清楚了。在当时和哈斯宝同时代的一位"旧红学派"的代表人物王希廉别号"护花主人"的，就认为《红楼梦》是一部"情书"。他认为第五回是《红楼梦》的纲，并于一八三二年专门出版了由他评刻的《红楼梦》。他的观点无论在当时或以后的一百多年间，都很有影响。哈斯宝的缩译本比王本晚出十五年（据哈斯宝《新译红楼梦·序》），他对王希廉的观点不可能一无所知。但他却一反王的"情书"说，而提出了"泄愤"说，不仅不把第五回当成本书的纲，第五回的内容干脆都没有翻译。哈斯宝的译和批是不是针对着王希廉、姚燮之流而发的呢？我们没有充分根据，但是我们可以断言，哈斯宝对风行于当时的"情书"说是持否定看法的，他关于《红楼梦》的主题的认识，要比他们站得高！

　　正因为这样，缩译本就比较完整地保留了原书中所揭露的各种深刻而尖锐的社会矛盾,保留了象征着封建社会的贾府衰亡的过程,从而揭示了这一衰亡的必然性。由于有哈斯宝的批语的结合,缩译本在揭露贾母、贾政、王夫人、薛宝钗、薛姨妈、花袭人等的巧伪人本质和他们丑恶的嘴脸,丑恶的灵魂方面,甚至还来得更明确些。

现在,为了对哈斯宝在缩译中所遵循的指导思想有更进一步的了解,我们看看他在序、读法、回末批语以及总录中是如何看待《红楼梦》,如何分析和评价《红楼梦》中的主要人物,主要事件的。

哈斯宝认为《红楼梦》是"泄恨书愤"之作,是"抨击谗佞"之作,这我们已经在前面提到了。他还认为"补天不成的顽石,痴情不得遂愿的黛玉"便是作者虽然"上不能事主尽忠,下不能济民行义"但仍然"至死矢不易志"的自况。这一点虽然带着他封建地主阶级的思想烙印,但和不少反映封建地主阶级统治阶层意志的反动文人,甚至一些资产阶级学者相比还是具有很大进步意义的。人们都知道,在《红楼梦》产生以后的二百年中,打着形形色色旗号的新旧"红学家"们,曾经从他们反动的政治立场出发,以唯心史观作为他们研究《红楼梦》的指导思想,对曹雪芹的创作思想以及《红楼梦》的社会价值进行了肆意地曲解和抹杀。像索隐派的什么"顺治皇帝和董鄂妃的故事"啦,什么"吊明之亡,而揭清之失"啦,等等;像评点派的什么"情书"啦,什么"乃演性理之书"啦,什么"有关世道人心之书"啦等等;再如像"新红学家"们的什么"自叙传"说啦,什么"情场忏悔"啦,什么"钗黛合一"啦等等。真是五花八门,不一而足。他们的研究方法都是形而上学的,都是以主观和客观相脱离为特征的。而哈斯宝的看法则至少是不自觉的在客观上反映了作为观念形态的文艺作品是一定的社会生活在人类头脑中的反映的产物这一原理。

《红楼梦》中的贾府是开国元勋,皇亲国戚,京都八公之一,贾政又是现任的官员,还有许多身居显要的亲朋好友,门生故旧,是很典型的整个封建社会统治阶层的缩影。哈斯宝在其批语中却指出它"过失太多",指出它的灭亡是"本书既定之理"。生活在道光朝,看到了第一次鸦片战争,看到了清王朝的腐败衰落,危机四伏的哈斯宝,明确地提出这种看法,是进步的。他在另一个地方也提到"世风堕落异常"、"已至肮脏之极"，表现了他自己对当时社会黑暗状况的憎恶之情。根据这些，哈斯宝评论说："三春皆去，惟有一个惜春剩下来怜惜春天。"当然，对于封建社会的不可避免的覆灭，哈斯宝和曹雪芹一样，也是很惋惜的。

在对待宝、钗、黛的关系上，哈斯宝的爱憎是十分鲜明的。他在批语中对宝、黛违背封建统治者的意志发展起来的爱情给予热情的歌颂，而对于扼杀了这一爱情的贾母、王夫人、贾政、凤姐、薛宝钗、花袭人等则给予了无情的痛斥。特别可贵地则是哈斯宝揭露了扼杀宝、黛爱情的阴谋的政治含义。

在痛斥这些正统的封建统治者时，哈斯宝的揭露也是入木三分的。比如他对以假道学面貌出现的贾政，就指出他是"内心虽怀杀戮之意，外表仍具花言巧语"，是一个活脱脱的巧伪人的形象。对贾府的老祖宗——贾母，则骂她是老母猴，是杀害黛玉的元凶。

关于薛宝钗的形象，哈斯宝认为曹雪芹使用的是"暗中抨击"之法，是把一个反面人物写得无处不象个正人君子，却又让明眼人仔细一看便知道这付面孔是伪装的。"读她的话语，看她的行径，真是句句、步步都像个极明智，极贤淑的人，却终究逃不脱被民指为最奸诈的人。"哈斯宝这些话，实在是抓住了曹雪芹塑造这一人物的特点，这种看法是很有见地的。

在评论《红楼梦》时，哈斯宝对那些家奴们也给予了一定的注意。哈斯宝非常同情她们的不幸遭遇，并高度评价了她们的反抗精神。当贾母的贴身侍婢鸳鸯坚贞不屈，毅然决然以死反抗荒淫无耻的统治者的迫害时，哈斯宝反驳了那种"大节大义"、"忠臣孝子"之类的鬼话，指出根本的原因在于鸳鸯不愿意"终身托给枯桑朽榆"，也就是说不愿意给一个烂糟老头子当玩物。

上述几点，就是哈斯宝关于《红楼梦》的一些基本看法。这些看法在哈斯宝缩译《红楼梦》时也是他决定删留去取的主要根据。但是必须指出，哈斯宝作为一个封建时代的文人，由于时代和阶级的局限，也是有许多错误和有害的东西应当批判的。比方说在"回批"中他宣扬的孔老二的"天生人"的天命观和"天赋论"，他在序言中流露的佛教的"因果"说等等。在评论中他还往往使用"四书"、

"五经"中的一些陈腔烂调,有时候则用另外一种封建正统观念去批判贾政、薛宝钗等人的封建观念。可以看出,传统的腐朽思想对他的束缚。这是第一点。

第二点,哈斯宝肯定贾宝玉、林黛玉违背正统的封建统治者的意志发展起来的爱情,特别是肯定林黛玉的反抗精神,这是对的。然而他对宝、黛二人崇拜得五体投地,有时甚至站在错误的立足点上去肯定宝、黛二人,这是极端有害的。宝玉和黛玉的爱情悲剧,包括他们的叛逆思想,充其量也不过反映了在萌芽状态的资本主义影响下的脆弱的婚姻自主和个性解放的要求,其本质仍然是个人主义的人生观。他们毕竟是贵族阶级的小姐、少爷,他们对封建礼教的叛逆,并没有离开朱门绣户的贵族生活环境,带有强烈的病态色采。毛主席说:"《红楼梦》里两位主角,一位是贾宝玉,一位是林黛玉。依我看来,这两位都不大高明。贾宝玉不能料理自己的生活,连吃饭穿衣都要丫头服侍,这种全不肯劳动的公子哥儿,无论如何是不会革命的!林黛玉多愁善感,常常哭脸。她脆弱,她多病,只好住在潇湘馆,吐血、闹肺病,又怎么能搞革命呢!我们不需要这样的青年!我们今天需要的青年是有活力,有热情,有干劲的革命青年!"我们要牢记毛主席这一谆谆教导。

第三点,如像我们在前面所提到的,哈斯宝虽然看到了当时社会的黑暗,腐败现象,指出它的衰亡是"本书既定之理",他本人甚至也可能受到过一些当时处于萌芽状态的资本主义的影响,把握到了《红楼梦》中的一些本质的东西。但是,由于历史的和阶级的局限,他还不可能以阶级斗争的观点去观察、分析这一切。因此,对《红楼梦》中一些很重要,很精采的东西,如庄头乌进孝献租和交租单,尤三姐对封建礼教的反抗,对贵族统治者的荒淫无耻嘴脸的无情揭露和嘲讽,以及她最终仍然受到封建礼教之害而殒命等,他都在缩译时给删掉了。此外他在回末批语中也有一些模糊阶级界限,混淆阶级斗争的地方。这些都使我们有必要以马列主义、毛泽东思想为指南对他的新译和回批进行批判地研究。

附录：

道光二十七年(1847)《新译红楼梦》
同汉文一百二十回本内容对照

说明

一、汉文一百二十回本《红楼梦》系人民文学出版社一九五九年本。

二、按照道光二十七年《新译红楼梦》四十回的顺序，逐回列出回目，下面注明汉文一百二十回本相应内容的回、页、行。

三、《新译红楼梦》所用回目，有的是汉文百二十回本同一回的，有的不是同一回的。个别回目同百二十回本相异，在后面加注说明。根据缩译安排的需要，《新译红楼梦》个别地方同一百二十回本顺序不一致，我们加"△"，以示区别。内容有所删译的地方，我们加"※"，以示区别。

第一回　甄士隐梦幻识通灵　贾雨村风尘怀闺秀

（汉文：第一回，第一页至第十二页）

第二回　贾夫人仙逝扬州城　冷子兴演说荣国府

（汉文：第二回，第十三页至二十一页）

第三回　托内兄如海荐西宾　接外孙贾母惜孤女

（汉文：第三回，第二十二页至第三十四页）

第四回　薄命女偏逢薄命郎　葫芦僧判断葫芦案

（汉文：第四回，第三十七页至第四十五页）

第五回　△贾宝玉奇缘识金锁　薛宝钗巧合认通灵

（汉文：第五回，第四十六页第二行至倒数第二行"第四回中……渐渐的回转过来"；第八回，第八十五页第七行至第九行"却说宝玉……绕过这儿。"；第八十六页第七行至第九十四页倒数第七行"闲言少述……方放心散去"；第六回第六十一页第二行至六十二页第二行"彼时宝玉迷迷惑惑……一个人写起方妙?";第九回,第九十五页第二行至第九十八页第五行"原来宝玉急于……举年高有德之人为塾师。")

第六回　情切切良宵花解语　意绵绵静日玉生香

(汉文:第十九回,第一九三页至二〇六页)

第七回　王熙凤正言弹妒意　林黛玉俏语谑娇音

(汉文:第二十回,第二〇八页至二一六页)

第八回　贤袭人娇嗔箴宝玉　听曲文宝玉悟禅机

(汉文:第二十一回,第二一七页第二行至第二二二页倒数第六行"话说史湘云……后往王夫人处来。";第二十二回,第二二七页倒数第三行至第二三四页第二行"且说湘云住了两日……作一个送进去。")

第九回　西厢记妙词通戏语　牡丹亭艳曲警芳心

(汉文:第二十二回,第二三四页第一行至第二三七页倒数第二行"四人听说……已交四鼓了。";第二十三回,第二四〇页倒数第一行到二四七页倒数第一行"如今且说……及至回头看时。")

第十回　潇湘馆春困发幽情　埋香冢飞燕泣残红

(汉文:第二十四回第二四八页第二行到倒数第六行"话说黛玉……不在话下";第二十五回,第二六二页倒数第七行至二六四页第一行"只看凤姐跟着王夫人……把跟从的人骂了一顿";第二六六页倒数第一行至第二六七页倒数第二行"却说黛玉……独凤姐不理";第二六回,二七七页第六行至二七九页第六行"如今且说……疾忙回来穿衣服";第二八一页倒数第三行至二八三页倒数第一行"宝玉回至园中……不知是哪一个出来";第二七回,二八四页第二行至二八五页倒数第八行"话说黛玉正自……,想毕,抽身回来";二九〇页倒数第七行至二九三页倒数第一行"如今且说……下回分解"。)

第十一回　蒋玉函情赠茜香罗　薛宝钗羞笼红麝串

(汉文:第二八回,二九五页至三〇九页)

第十二回　多情女情重愈斟情　宝钗借扇机带双敲

（汉文：第二九回，三一一页第二行至三一二页倒数第七行"话说宝玉正自……坐一辆朱轿华盖车"；三一八页第七行至倒数第一行"且说宝玉在……我不稀罕"；三一九页第八行至三二四页第六行"看了一天戏，至下午……不知依与不依"；三十回第三二五页第二行至三三〇页倒数第七行"话说林黛玉……不在话下"。）

第十三回　手足耽耽小动唇舌　不肖种种大承答挞

（汉文：第三二回，三四九页第一行至三五二页第四行"宝玉听了……就看住了"；三五三页倒数第七行至三五五页倒数一行"一句话未了……母亲叫来拿了去了"；第三三回，三五六页第三行至三六三页倒数第一行"原来宝玉……且听下回分解。"）

第十四回　情中情因情感妹妹　绣鸳鸯梦兆绛芸轩

（汉文：第三十四回三六四页第二行至三七二页倒数第五行"话说袭人……不在话下"；※三七二页倒数第五行至三七五页第三行"却说袭人未见宝钗……不知宝钗如何对答"；第三五回，三七六页第二行至三七七页第八行"话说宝钗……诗词也教与他念"；※第三六回，三九〇页第九行至三九三页第二行"这时午间……不在话下"；第三九三页第三行至三九五页第九行"却说薛姨妈……我可看你回家去不去了"；三九九页第六行至倒数第一行"正说着……且看下回分解"。）

第十五回　秋爽斋偶结海棠社　耦香榭再写螃蟹咏（下句与百二十回本第三十八回回目异）。

（汉文：第三七回，四〇〇页第二行至四〇一页第八行"话说史湘云……这是叫我送来的"；四〇一页倒数第一行至四〇七页第七行"还有两盆花儿……方各自散去"；四一〇页倒数第四行至四一二页第七行"一时宝玉回来……往蘅芜院去安歇"；第三八回，四一六页第二行至四一九页倒数第三行"话说宝钗……将残席收拾了另摆"；第三八回，四二四页倒数第六页至四二五页倒数第一行"宝玉笑道……平儿复进园来。"）

第十六回　史太君两宴大观园　金鸳鸯三宣牙牌令

（汉文：第四十回，四三六页至四五〇页）

第十七回　贾宝玉品茶栊翠庵　刘老老醉卧怡红院

（汉文：第四一回，四五一页至四六一页）

第十八回　金兰契互剖金兰语　风雨夕闷制风雨词

（汉文：第四二回，四六七页第四行至四七三页倒数第一行"且说宝钗……至晚也就好了"；第四五回，五〇二页倒数第七行至五〇七页倒数第一行"一日，外面……且看下回分解"。）

第十九回　琉璃世界白雪红梅　脂粉香娃割腥啖膻

（汉文：第四六回，五〇九页第二行"话说……暂且无话"；第四九回，五四五页倒数第一行至五四六页第四行"又有邢夫人的嫂子……投各人亲戚"；五四八页倒数第五行至五五五页倒数第二行"谁知史靖侯……菜俱已摆齐了"；第五十回，五六三页倒数第三行至五六六页倒数第四行"李纨笑道……拥轿而来"。）

第二十回　慧紫鹃情辞试莽玉　慈姨妈爱语慰痴颦

（汉文：第五十回，五六六页倒数第四行至五六七页第三行"李纨等忙往上迎……奉给贾母"；第五七回，六五〇页第六行至五六九页倒数第二行"这日宝玉……方回房去了"；六六二页倒数第五行至六六五页第一行"宝钗也就往……忽见湘云走来"。）

第二一回　憨湘云醉眠芍药裀　呆香菱情解石榴裙

（汉文：第五十八回，六六七页第三行至第七行"谁知上回……协理宁荣两处事件"；第六二回，七〇九页倒数第五行至七一四页第八行"当下又值宝玉生日……司棋等人团坐"；七一七页倒数第一行至七二五页倒数第一行"大家又说……下回分解"；第六三回，七三一页第六行至七三四页第十行"说着，晴雯……袭人才要揶"。）

第二二回　幽淑女悲题五美吟　见土仪颦卿思故里

（汉文：第六三回，七三六页第十行至七三八页第六行"这里宝玉梳洗了……便回来了"；第六四回，七四八页第一行至七五〇页第四行"一语未了……不必细说"；第六七回，七八〇页第四行至七八四页倒数第三行"宝钗听了……往宝钗那里去了"；七八五页倒数第二行至七八六页倒数第七行"且说宝玉……各自回去了"；第七十回，八一九页第三行至第九行"这日……衣裳罢。"）

第二三回　林黛玉重建桃花社　史湘云偶填柳絮词

（汉文：第七十回，第八一九页第十行至八二七页倒数第一行"忽见碧玉……来叫宝玉"；第七一回，八二八页第二行至八二九页第三行"话说贾母……共凑一日。"）

第二四回　开夜宴异兆发悲音　赏中秋新词得佳谶

（汉文：第七四回，第八七〇页倒数第三行至八七九页倒数第一行"袭人方欲……一径往前边去了。"；第七五回，八八〇页第二行至第十行"话说……对茶"，八八二页倒数第四行至八九二页倒数第一行"尤氏辞了李纨……下回分解。"）

第二五回　俏丫环抱屈夭风流　痴公子杜撰芙蓉诔

（汉文：第七六回，八九四页第二行至八九六页倒数第三行"话说贾母……出园去了"；第七七回，九〇六页第二行至第三行"话说……粗细的"；九〇六页倒数第五行至九〇八页倒数第八行"王夫人……不能作主的"；九〇九页第三行至第七行"司棋……二人只得散了"；九〇九页倒数第四行至倒数第一行"可巧……去罢"；九一〇页第一行"司棋见了宝玉，因拉住"一句；九一〇页第五行至七行"那个妇人……只瞪着他们"；九一〇页倒数第七行至九一五页第二行"只见几个老婆子……他去"，九一九页第二行至九二〇页八行"原来……候他父子去了"；第七八回，九二三页第七行至九二五页第二行"一时，……宝玉已回来了"；九二五页倒数七行至倒数八行"当下……园来"一句；九二七页倒数六行至九二八页第四行"宝玉又自……还未回来"，九三三页倒数九行至九三六页第七行"独有宝玉……留步"；第七九回，九三七页第二行至九三九页倒数第四行"细看……是香菱"；九四一页第三行至第十行"和这里姨太太……卧床不起。"）

第二六回　老学究讲义警顽心　病潇湘痴魂惊恶梦

（汉文：第七九回，九四一页倒数第七行至九四二页第三行"贾母得如此……不消细说"；第八〇回，九五一页倒数第九行至倒数第五行"此时……就接他去"；第八一回，九五五页第四行至九五六页第八行"王夫人见……说不出话来";第九五七页倒数七行至九五八页第九行"到了午后……我还要罚你们呢";九六三页第七行至九六五页第九行"早有小厮……宝玉心中乱跳";△八二回,九六九页第九行至九七〇页倒数第五行"到了下晚……按着功课干去,不提。";九六六页第六行至九六七页第三行"又去见王夫人……叫小丫头子沏茶";九七〇页倒数第四行至九七九页倒数第一行"且说宝玉……一个人嚷起来";八三回,九八〇页第二行至第三行"话说探春……两眼反插上去。")

第二七回　试文字宝玉始提亲　感秋声抚琴悲往事

(汉文:第八三回,九八〇页第四行至九八五页第二行"原来黛玉……上车而去";九八七页倒数第五行至倒数第一行"到了晌午……申酉时出来";八四回第九九四页第一行至第八行"这里贾母……'老太太吩咐的很是'";一〇〇〇页倒数第六行至一〇〇三页第一行"却说贾政……都哭了";第八五回一〇〇七页倒数第五行至一〇〇八页倒数第六行"且说珍、琏、宝玉三人……那边去呢";八六回第一〇二五页倒数七行至一〇二八页第六行"宝玉也……打发人来";八七回,一〇二九页第二行至一〇三七页第八行"却说黛玉……归至怡红院不表。")

第二八回　蛇影杯弓颦卿绝粒　布疑阵宝玉妄谈禅

(汉文:八九回,一〇五五页第五行至一〇六〇页倒数第一行"到了潇湘馆……垂毙殆尽";九十回,一〇六一页第二行至一〇六三页倒数第一行"却说黛玉……系铃人";一〇六四页第一行至一〇六九页第九行"不言黛玉,……猜着了八九";九一回,一〇七六页倒数第二行至一〇七九页倒数第一行"王夫人又求贾母……下回分解";九二回,一〇八〇页第十二行至一〇八一页倒数第六行"话说宝玉……那里打发人来。")

第二九回　宴海棠贾母赏花妖　失通灵宝玉知奇祸

(汉文:九二回,一〇八一页倒数第六行至倒数第四行"老太太说了……消寒会呢";九四回,一一〇六页倒数第四行至一一一五页倒数第五行"只听园里……等岫烟回来";九五回,一一一六页倒数第二行至一一二〇页第三行"原来岫烟……分东西迎着贾母";※一一二〇页倒数第六行至一一二五页第六行"独有宝玉……等着争看。")

第三十回　　瞒消息凤姐议奇谋　　泄机关颦儿迷本性

（汉文：九五回，一一二五页第六行至一一二六页第五行"凤姐见贾琏进来……忿忿走出来了"；九六回，一一二七页第二行至一一三七页倒数第一行"话说贾琏……下回分解。"）

第三一回　　林黛玉焚稿断痴情　　薛宝钗出闺成大礼

（汉文：九七回，一一三八页至一一五三页）

第三二回　　苦绛珠魂归离恨天　　病神瑛泪洒相思地

△（汉文：九八回，一一五七页倒数第三行至一一五九页第八行"却说宝玉……忙忙的去了"；一一五四页第二行至第三行"话说宝玉……一连几天"；一一五九页倒数第八行至一一六〇页倒数第四行"凤姐听了……贾母又说了一回话，去了。"；一一五四页第三行至一一五七页第九行"那日恰回九……以释宝玉之忧"；一一六〇页倒数第一行至一一六一页第五行"独是宝玉……嚎啕大哭"；一一六一页第七行至一一六二页第一行"独是宝玉必要……暂且住下"；一一五七页倒数第七行至倒数第四行"宝玉虽不能……略移在宝钗身上"；一一六二页第二行至倒数第一行"一日……笑弯了腰。"）

第三三回　　大观园月夜警幽魂　　散花寺神签惊异兆

（汉文：九九回，一一六三页第二行至一一六五页第六行"话说凤姐……暂且不提"；一〇〇回，一一七三页第七行至第八行"贾政心想……接到任所"；一一七七页倒数第一行至一一八一页倒数第一行"是日……凤姐答应"；一〇一回，一一八二页第二行至一一八三页倒数第三行"却说凤姐……贾琏已回来"；一一九一页第六行至一一九二页第八行"只是散花寺……回去不提"；△一〇二回，一一九四页第二行至一一九五页第三行"话说王夫人……没有高兴的人了"；一〇一回，一一九二页倒数第八行至一一九三页倒数第二行"这里凤姐……别的解说？"）

第三四回　　锦衣军查抄宁国府　　骢马使弹劾平安州

（汉文：第一〇五回，一二二三页第二行至一二二六页第三行"话说贾政……司员领命去了"；一二二七页第五行至一二三一页第四行"见贾政……即忙进去”；一〇六回，一二三二页第二行至第七行“话说贾政……急忙出来”；一〇七回，一二四一页第二行至一二四五页倒数第六行“话说贾政……叫儿孙们更无地自容了”；一二四八页第五行至一二四九页第四行“不言贾赦……在外应酬”；一〇八回，一二五一页第三行至第八行“此时……也略略宽怀”。）

第三五回　强欢笑蘅芜庆生辰　死缠绵潇湘闻鬼哭

（汉文：一〇八回，一二五一页倒数第五行至一二六一页倒数第二行“一日……也不理他”；一〇九回，一二六三页倒数第三行至一二六四页倒数第七行“宝钗连忙……各自散了”；一二六九页倒数第三行至倒数第一行“且说……告诉人”；一二七一页倒数第八行至一二七五页倒数第一行“自此……精神好了些。”）

第三六回　史太君寿终归地府　王熙凤历幻返金陵

（汉文：一一〇回，一二七七页第二行至一二七八页第五行“却说贾母……也不敢敷差遣”；一二八一页第四行至倒数第三行“邢夫人……只得含悲忍泣的出来”，一二八三页第一行至第五行“虽说僧经道忏……不必说了”；一二八六页第一行至第五行“次日……吐个不住”；一一一回，一二八七页第二行至一二八八页第五行“话说凤姐听了小丫头的话……贾琏便进去了”，一二九〇页第二行至一二九一页倒数第一行“外头的……不提”；一一三回，一三一一页第四行至一三一六页倒数第六行“这些话……不提”；一一四回，一三二一页第二行至一三二二页第五行“却说……信得的么？”）

第三七回　得通灵幻境悟仙缘　阻超凡佳人双护玉

（汉文：一一四回，一三二三页第二行至一三二四页第八行“宝玉还要……赌气坐着”；一三二四页倒数第四行至一三二五页第三行“贾琏并不……与平儿商量”；一三二五页第七行“再说凤姐停了十余天，送了殡”一句；一一五回，一三三五页第五行至倒数第一行“且说……的样子”；一三三七页第三行至一三三九页倒数第一行“过了几天……身子往后一仰”；一一六回，一三四〇页第二行至一三四四页第一行“话说……请神瑛侍者回来！”；一三四四页第六行至一三四七页倒数第一行“岂知……暂且不提”；一三四八页第一行至第三行“便是贾政……来商议"；一三四九页第一行至倒数第六行"贾政……哄着我们"；一三五〇页倒数第三行至倒数第一行"且听院门……过去商量"；一一七回，一三五一页第二行至一三五五页第四行"话说……请了安。"）

第三八回　记微嫌舅兄欺弱女　惊迷语妻妾谏痴人

（汉文：一一七回，一三五五页第四行至一三五六页第二行"宝钗迎着……还要走出去"；一三五六页倒数第五行至倒数第四行"贾琏……平儿过日子"；一三五七页第一行至第六行"且说……没里没外"；一三五八页第八行"一日……喝着劝酒"一句；一三六一页倒数第二行至一三六二页倒数第一行"众人……答应了"；一一八回，一三六三页第二行至倒数第五行"王夫人只……正在想人"；一三六三页倒数第三行至一三六五页倒数第四行"王夫人才……安歇"；一三六六页倒数第八行至一三七四页倒数第一行"连日在外……下回分解。"）

第三九回　中乡魁宝玉却尘缘　沐皇恩贾家延世泽

（汉文：一一九回，一三七五页至一三八九页）

第四〇回　甄士隐解说太虚情　贾雨村归结红楼梦

（汉文：一二〇回，一三九〇页至一四〇二页）

哈斯宝和他的《新译红楼梦》

梁一儒　色音巴雅尔

史料解读

　　该史料为评论,原载 1977 年 11 月 26 日《光明日报》。梁一儒与色音巴雅尔对哈斯宝与他的《新译红楼梦》进行介绍与考证,较为中肯地提出该作的时代进步性和阶级局限性。哈斯宝虽出身封建地主家庭却厌恶官僚生活,具有良好的艺术素养且能接触到多个版本的《红楼梦》,但最早译撰所用原本仍待考定。《新译红楼梦》的三种手抄本被合勘整理,内容以宝、黛故事为主线,除第四回外所有无关宝黛的情节以及色情和难译之处都删繁就简。哈斯宝崇敬曹雪芹,高度评价《红楼梦》,比同时代的旧红学家有更多进步观点和独到见解,对于人物褒贬态度也十分鲜明,回批几乎接触到《红楼梦》中所有重要人物,并力排众议,对有争议人物一一给予评价,讽刺了道貌岸然的贾母、贾政、宝钗、袭人等人物,不随波逐流批判黛玉。但是哈斯宝的创作仍有一定的阶级局限性,如忽略阶级斗争场面、模糊阶级属性、对宝黛的爱情悲剧分析也陷入"天命论"和"才子佳人"的俗套等。此种话语的时代局限性也十分鲜明。

原文

　　一九七四年,内蒙古大学蒙语专业先后发现了清代蒙古族人哈斯宝的《新译红楼梦》(以下简称《新译》)的三种手抄本,并进行了合勘整理。这是《红楼梦》研究中的一项重要收获,是源远流长的蒙汉文化交流的一个新的有力佐证。这是个一百二十回《红楼梦》的四十回节译本,包括译者所作的序言、读法、回批、总录和插图。除了译文本身,特别可注意的是附在每回译文后面的四十篇回批。这些精短的回批从思想和艺术上多方面地表明了译者对《红楼梦》的见解,又兼及许多重要的文学理论、绘画理论问题。

　　哈斯宝,汉译为"玉的护身符",大概是因为敬慕宝、黛而自拟的笔名,自号"施乐斋主人"、"耽墨子"。他主要活动于嘉庆、道光、咸丰年间,其家乡在今辽宁省西部,原卓索图盟一带。《新译》从一八四七年农历七月初译起,到一八五四年农历五月修改完毕,历时六年零十个月。哈斯宝出身于封建地主家庭,但对官僚生涯表示厌恶。他的世界观中揉杂着儒、道、释各种复杂的因素,而对社会人生又有许多积极的见解。他通晓蒙汉古代文化,译笔简约流畅,有很好的艺术素养,曾根据《红楼梦》金陵十二钗正册的诗词曲,亲自为《新译》作插图十一幅。

　　《新译》目前共有四种抄本,一个残本,大同而小异,但它们都还不是译者最早译撰的原本。哈斯宝究系依据汉文原著的何种版本蒙译的,尚待考定,但可以断定不是八十回的各类脂本,虽然和程甲本、程乙本接近,但也不尽相同。哈斯宝的家乡是近代蒙古族经济文化最发达的地区,正邻近当时的满洲八旗,这一带很可能流传着旗人子弟曹雪芹《红楼梦》的多种抄本和版本,因此哈斯宝在翻译时就有很大的选择余地。从译文看,基本上是节译了一百二十回本,为了保持故事情节的连贯性,在段落之间加了某些句子和连接词,个别情节前后有所调动。有些章回全部舍弃不译,有些则加以极简略的缩写。因此《新译》是个以节译为主,中间又删繁就简地作了某些概括缩写的蒙译本。哈斯宝翻译的取舍标准基本上是以主人公宝黛故事为主线,但在实际上,译本内容已大大超出了"两玉之事"。舍弃不译或缩写的部分,大致属于三种情况:凡是他认为同宝黛故事无关或关系不大的章节,如元妃省亲、秦可卿死封龙禁尉、红楼二尤等等;他认为是描写色情的部分,如风月宝鉴、宝玉与秦钟的暧昧关系;某些生活场景、服饰器皿,酒席摆设以及翻译困难的诗词谜语。这种节译方法,主要决定于哈斯宝的世界观和艺术趣味,同时也考虑到了蒙古族的欣赏习惯和翻译技巧方面的问题。

哈斯宝对《红楼梦》评价很高,对曹雪芹非常崇敬。他称赞此书"神妙细腻","愈读愈得味",读者深入这座庞大繁富的艺术之宫,真似"从井底窥测星宿"一般。哈斯宝对《红楼梦》的评论,主要集中在人物论和艺术结构两个方面,他对本书主题思想的理解也很值得注意。哈斯宝与同时代的旧红学家们相比,有许多进步的观点、独到的见解。他以鲜明的态度称誉此书积极的社会意义,热情地向蒙古族人民推荐。他明确地指出此书是曹雪芹"以墨水洗恨,以笔为剑,申报仇怨"的"泄恨书愤"之作,矛头指向了"奸逆挡道,谗佞夺位"的黑暗社会现实。哈斯宝认为曹雪芹对荣宁二府的态度是"虚褒"而"实贬",表现出他"笔力之远,笔锋之细,笔伐之严,笔界之宽"的批判精神。特别值得注意的是,哈斯宝虽然对《红楼梦》的许多章节作了大刀阔斧的节译缩写,唯独对看起来同他的所谓"宝黛故事"关涉不大的全书总纲第四回,却一字不漏地全译下来,并详加评点,给予了破格的重视。在这一回的回批中他尖锐地指出,之所以产生"徇情枉法"的"奸臣赃官",根本的原因是"邦无道",就是说,是封建朝廷造成的。哈斯宝还对封建士大夫企图把优秀的古典作品攫为己有,诬蔑劳动人民无权阅读的贵族老爷式态度进行了批判。金圣叹在批《西厢记》时曾声称:"发愿只与后世锦绣才子共读,曾不许贩夫皂隶也来读。"哈斯宝说:"我不这样。我批的这部书,即使牧人农夫读也不妨。"他认为《红楼梦》这样一部具有深邃思想和巨大认识价值的优秀作品,必然会冲出民族的界限,为蒙古族人民以至那些不识字的"牧人农夫"所理解和喜爱。

哈斯宝对《红楼梦》人物的褒贬态度鲜明,往往能抓住人物的主要性格特点予以中肯的评论。对大观园女奴隶们的命运他寄予同情,肯定赞美她们的反抗斗争。哈斯宝认为晴雯是个死于王夫人及其"耳目"袭人的陷害的无辜者。他表示完全理解宝玉对晴雯的称颂,认为诔文中的"鸠鸩恶其高","薋蒩妒其臭"是"明指"晴雯的高尚人格和袭人杀人害命的"厉害",特意在这段译文旁加了圈点,以"提醒"读者注意。贾政和历来的孔孟之徒诬蔑鸳鸯是甘为贾母"殉葬的人",硬给这个不屈的女奴加上"义仆""烈女"的谥号,借以宣扬反动腐朽的仁义道德。哈斯宝则加以批驳,他认为鸳鸯是死于贾赦的逼婚:"而今贾母已死,贾赦归期不远,鸳鸯怎能再拒作妾?""与其将终身托给枯桑朽榆,还不如一死了之。"这种透辟的分析,完全符合鸳鸯这个"家生子"女奴隶的性格,比之反动文人们的奇谈怪论不知要高出多少倍!另外,那些地位最"低贱",挣扎在最底层的女奴,如傻大姐、四儿、芳官等,也引起译者的关注和赞扬,说"傻大姐并不傻",因为"在习而相远的一群奸诈之人中,有一个本性相近的正直人,便得了一个'傻'名"。

哈斯宝对宝黛反礼教反传统的爱情悲剧倾注了最深切的同情,这同封建卫道者们诅咒《红楼梦》的叫嚣大相径庭。总的说来,哈斯宝是信仰纲常礼教的。但在他看来,宝玉不孝父母,是因为贾政、王夫人拼命追求的是"富贵""财色","炙手可热"。宝玉不愿搞仕途经济,不入国贼禄蠹之流,不听从他们"光宗耀祖"的"规训",这就是"不肖"、不孝,因而横遭笞挞,甚至下毒手要把他"勒死"了事。译者认为,从宝玉不孝父母可以"悟出"贾政、王夫人究竟是何等样人。哈斯宝不可能认识宝黛爱情是一种政治的行为,但是他肯定这种爱情的"真诚"时,是指不为贾政的高压手段所屈服,也不为宝钗等人的软刀子所动摇的精神。

旧红学家们责怪黛玉"处处口舌伤人,是极不善处世、极不自爱之一人,致蹈杀机而不觉"。哈斯宝则颇有见地地指出:黛玉的爱哭、多心,有"小性儿",根本的原因是寄人篱下的恶劣环境造成的,是她"有口难言心中话"。她和宝玉的爱情有共同的思想基础,在"妖风"的摧残下互相默契、坚贞不渝。译者特意举出宝玉挨打为例,意味深长地点明黛玉不同众姐妹一起出场去缓和叛逆者和封建卫道者的矛盾,却暗含悲愤远避潇湘馆,事后"满面泪光"地奔向怡红院探伤,这是宝黛爱情深化的关键一着。

《新译》的回批几乎接触到《红楼梦》中所有的重要人物,哈斯宝有勇气力排众议,对历来有争议的人物一一给以评价。有人说贾母"素明大义,洞悉人情"。他批判贾母是个"罪愆"深重、可恨可鄙的"老妖""老母猴"。有人说贾政是持家谨严的忠臣,尊为"政老"。他则把贾政划入"内心虽怀杀戮之意,外表仍具花言巧语"的伪君子之列,指出这种人"为害深",道貌岸然而"弄虚作假",故贾政应叫做"假正""假正经"。有人称赞王熙凤是个"治世"的"英雄"。哈斯宝则诅咒她"背理而行""假仁假义",是个设毒计毁了宝黛的"最伪诈"的歹徒。哈斯宝最为深恶痛绝的两个人物是宝钗和袭人,认为"这同当今一些深奸细诈之徒,嘴上说好话,见人和颜悦色,但行为特别险恶而又不被觉察,是一样的"。他毫不容情地撕下薛宝钗"静慎安详""有德有才"的假面具,一针见血地指出她灵魂的奥秘是"奸狡"。哈斯宝对袭人痛加贬斥,说"我看,再没有比她更精通奸计诈术的人了"。"我把袭人看作妇人中的宋江"。哈斯宝虽然主要是从人格上,而不是从阶级斗争的角度来品评人物的,但是一个少数民族的古代作者勇于提出创见,不但否定了巧伪人袭人,而且否定了投降派宋江,这确实是难能可贵的。

哈斯宝的时代阶级局限性主要表现为浓厚的封建正统观念和唯心史观。他曲解曹雪芹的初步民主主义思想,认为作者是以宝黛对爱情的忠贞来隐喻、剖白自己对皇帝的忠诚,因为有奸臣"上蔽我主",才"有此书成"。他对曹雪芹反对封建礼教的斗争精神不能充分理解,把乌进孝缴租、尤三姐杀身这样一些阶级斗争色彩特别鲜明的情节场面,都略而不译。他抽掉贾雨村这个贪酷奸诈的赃官的阶级属性,说此人只是由于环境的逼迫,才徇情枉法做了赃官。即使是对宝黛爱情悲剧的分析,他也往往陷入"天命论"的窠臼和"才子佳人"说的陈套,并宣扬贾府后期的"兰桂齐芳""家业复起"是所谓"全书大纲",违背了曹雪芹为封建末世唱挽歌的创作意图。这些都是他对这部政治历史小说理解的片面性之处。

关于《蒙古秘史》的作者和译者

蒙语专业　巴雅尔

史料解读

　　该史料为论文，原载《内蒙古师范学院学报》1978 年第 1 期。《蒙古秘史》是蒙古民族第一部书面著作，也是世界名著之一，但是关于该书作者及译者问题目前仍没有定论。关于作者，巴雅尔列举现有大量史料证明作者是失吉忽秃忽的说法证据不足，真正的作者只能是右丞相镇海、必阇赤长怯烈哥、必阇赤薛彻兀儿等人。关于译者，《蒙古秘史》用蒙古畏兀字写的原版已失传，译者就分为音译者和义译者两种。巴雅尔通过考校史料认为，火原洁、马沙亦黑等人不是音译者，而是汉译者。汉译的动机与编纂《华夷译语》相同，音译者极有可能是察罕。早期元朝统治者极其重视对历史的学习，但是后来的元朝皇室已经看不懂蒙古畏兀字了，所以该文对研究《蒙古秘史》的作者和译者具有重要价值。

原文

　　《蒙古秘史》，原名《忙豁仑纽察脱察安》，明初改称《元朝秘史》，是蒙古民族第一部书面著作。这部书运用编年的体例，传纪文学的手法，韵散结合的形式，从蒙古民族起源的原始传说写起，一直叙述到十三世纪四十年代为止。从史学的角度看，它是古代三大蒙古史料之一，但对成吉思汗时代史实的记载，比起其它两部来最为具体，最为详备。从文学的角度看，它又是一部堪与汉族的《史记》、《左传》、《战国策》相媲美的文学作品，是蒙古文学史上的第一个高峰。从语言学的角度看，其优美多姿的语言，为古蒙语的研究提供了丰富的第一手资料。因此，学术界一致认为这部书是蒙古民族语言、文学、历史的第一部重要文献，也是世界名著之一，它的创作是蒙古民族对于祖国古代文化宝库所作的一项重要贡献。

所以，国内外广大蒙古学家非常重视这部书。一百多年来做了许多研究工作。除了许多学术论文之外，还出现了多种版本。在国内，有两种版本。即十二卷本和十五卷本，一再出版流行。另外还有注释本、汉文的新译本和蒙文的还原本，等等。在国外，也出过不少拉丁文音译本、斯拉夫文音译本、外国语言的义译本和蒙文的今译本。

至于《蒙古秘史》的研究，虽然成了一种热门学问，而且也取得了许多成绩，但还有一些重要问题，直到现在仍然没有得到解决。其中作者问题和译者问题，就是一个悬案。《蒙古秘史》不署撰人姓名，同时关于它的作者，在其它载籍上，也找不到指名道姓的资料。于是，就出现了各种各样的说法，众说纷纭，莫衷一是。但都不免是一些揣测和假设，因为根据不大，说服力不强。

关于作者

《蒙古秘史》的最后一节，有这样一段文字：举行大聚会，鼠儿年七月，於客鲁涟河阔迭额阿剌勒的七孤山与失勒斤扯克之间，驻跸行宫时写毕。这里说明了它成书的时间和地点。时间是鼠儿年七月。这个鼠儿年，是庚子年，就是元太宗十二年，即公元一二四〇年。地点是阔迭额阿剌勒。这个地方，位于今克鲁伦河畔，十二年前的一二二九年八月二十四日，元太宗窝阔台在这里即位称帝。《元史·太宗本纪》作曲雕阿兰，又作库铁乌阿剌里，写法虽然不同，但都是同一个蒙古地名的不同的音译。一二四〇年七月，《蒙古秘史》在这里的行宫中写完成书。

"驻跸行宫时写毕"一句，透露了作者的身份，毫无疑问，他显然是个宫廷文人。这句话，也暗示着这部书的性质，它不是民间的作品，而是蒙古王朝的机密官史。事实上，当时的民间没有一个读书识字的人，更谈不到有什么作家和史学家。正如《长春真人西游记》所说："俗无文籍，或约之以言，或刻木为契。"大有上古的遗风。这是一二二一年道教首领长春真人邱处机，路过蒙古地方时，所看到的下层社会的情况。

至于上层社会，情况早已有了变化，就不能这样说了。根据《元史·塔塔统阿传》推断，成吉思汗统一蒙古各部之前，蒙古乃蛮部早已借用古畏兀字，揭开了蒙古民族文字史的序幕。畏兀，即今维吾尔。古畏兀字，后称蒙古畏兀字，是现用蒙文的前身。一二〇四年，塔塔统阿归附成吉思汗，在蒙古人当中，使用畏兀字的范围扩大了。塔塔统阿，是畏兀人，本传说他"性聪慧，善言论，深通本国文字"。以前，他为乃蛮部大敭可汗掌管金印，管理钱谷，很受信任。乃蛮灭亡后，塔塔统阿成为成吉思汗的掌印官，并受命"教太子诸王以畏兀字书国言"。太子，指窝阔台。诸王，是成吉思汗的其他儿子和侄子。国言，就是蒙语。这批贵族青年，是成吉思汗嫡系中的第一批知识分子。从此，畏兀字得到广泛推行，成为普遍使用的文字了。

根据《蒙古秘史》第 203 节白纸青册写成文书的记载看来，失吉忽秃忽也是这批知识分子中的一个。他的名字，史书上写法不一，《蒙古秘史》有时作失乞忽秃忽，有时作失吉忽秃忽，《元史》作忽都忽，又作胡土虎等等，但指的都是他一个人。有的蒙古学家根据《蒙古秘史》第 203 节那段文字，以为他可能就是《蒙古秘史》的作者。我们认为这种说法证据不足，难以使人信服。为了弄清问题，有必要考察一下失吉忽秃忽的生平事迹，然后看一看他是不是《蒙古秘史》的作者。

失吉忽秃忽原是塔塔儿人，小时被蒙古军队虏来，当作人事送给了成吉思汗的母亲诃额仑夫人。诃额仑夫人把他收为养子，抚育成人。因此成吉思汗称他为六弟。（见《蒙古秘史》第 135 节）

元太祖元年（一二〇六）丙寅，成吉思汗即帝位，并大封功臣的时候，失吉忽秃忽虽然年少而无汗马之劳，但被首封为断事官。那些加官受封的大臣中，只

有断事官是个文臣,其他都是武将。(见《蒙古秘史》第 203 节)

六年(一二一一)辛未二月,成吉思汗大举进攻金国。通过三次的攻金作战,终于在十年(一二一五)乙亥四月,占领了金国的首都中都(今北京)。同年五月,派失吉忽秃忽籍中帮帑藏。(见《元史》卷一《太祖本纪》)这件事在《蒙古秘史》第 252 节中,有比较详细的记载。

自十四年(一二一九)己卯至二十年(一二二五)乙酉。成吉思汗出兵回回的七年战争中,失吉忽秃忽也始终参加了。有时他还亲自指挥成吉思汗的先锋部队作战,曾经被西域主札兰丁打败过。(见《元史》卷一《太祖本纪》)在《蒙古秘史》中,也有此项记载。

以上都是成吉思汗时代的事迹,元太宗窝阔台时期,可考者也有几条。一二三一年八月,设立中书省以后,失吉忽秃忽调离朝廷,不在蒙古帝国的中央机构工作。

元太宗四年(一二三二)壬辰三月,失吉忽秃忽和木华黎的长孙塔思,统兵略定河南。(见《元史》卷一百十九《木华黎传》)同月,和窝阔台合兵围攻金国的南京(今河南开封)。(见《圣武亲征录》)

六年(一二三四)甲午正月,蒙军攻灭金国。七月,任命失吉忽秃忽为中州断事官。(见《元史》卷二《太宗本纪》)五月,在答兰答八思大会诸王百官,召开贵族会议,宣布了蒙古帝国的宪章,做出了进攻南宋的决定。发动这场战争的理由是:"南宋虽称和好,反杀我使,侵犯我边,奉扬天命,往征其辜。"(《圣武亲征录》)

七年(一二三五)乙未春,失吉忽秃忽和皇子曲出,奉命伐宋。(见《元史》卷二《太宗本纪》)元朝统一中国的最后一次长期战争,从此揭幕。

八年(一二三六)丙申七月,失吉忽秃忽奉诏统计中州户口,得续户一百一十余万,上报王朝。(见《元文类》卷五十七《中书令耶律公神道碑》和《元史·太宗本纪》)可见,这时他仍为中州断事官。

总之,我们搜集到的资料,虽然只有这么几条,但仍然可以看出,失吉忽秃忽担任的职务,始终是个断事官。而断事官是个什么样的职务呢?《元文类》卷六十七《礼部尚书马公神道碑》中说："国朝天造之始,总裁庶政,悉由断事官。"
这是一二三一年八月设立中书省以前的情况。在《元史》卷八十五《百官志》中,
也有类似的记载,当时"惟以万户统军旅,以断事官治政刑,任用者不过一二亲
贵重臣耳。"万户是军事统帅,最早的万户只有木华黎、孛斡儿出等人,后来逐渐
多起来了。断事官主管政刑,是行政和司法的最高长官。所以断事官的地位最
高,权势很大,正如《元史纪事本末》所说："太祖时设官甚简,以断事官为至重之
任,位三公上。"这些都说明,断事官是皇帝的辅弼之臣,他的地位在三公之上,
他的职权是掌握政柄,总裁庶政。显然,他要日理万机,工作繁重,战争时期还
要亲临前线,辅佐皇帝指挥作战。哪里有时间搜集资料,总结历史,挥毫著书
呢？而且写史也不是他的职责。在元世祖忽必烈以后的各朝,宰相一般都挂上
"兼修国史"的虚衔,但在失吉忽秃忽的时代,就没有这样的制度。

在窝阔台的时代,断事官的职权有所变动。元太宗三年(一二三一)八月,
成立中书省(中央政府),以耶律楚材为中书令(政府首脑),粘合重山为左丞相,
镇海为右丞相。从此,总裁庶政的大权归中书省掌握。三年后,失吉忽秃忽调
任中州断事官。从他统计中州户口的行政事务和邦同皇子曲出伐宋的军事活
动来看,这时的断事官,也不象忽必烈以后的断事官那样只"掌刑政"的司法官,
而是如同后来的行中书省一样,是统管中州军民的一方之主。

上面列举的事实证明,一二三六年七月,失吉忽秃忽还在中州任上,而《蒙
古秘史》是在一二四○年七月写完,中间只有四年。象失吉忽秃忽那样肩负军
政重任的人,在四年中,用业余时间搜集从蒙古民族的起源到一二四○年的资
料,加以系统地整理和研究,然后写出《蒙古秘史》那样的巨著,是不可想象的。
不宁唯是,他所处的环境,他所担负的责任,也不允许他有什么著书的可能。中
州(今河南)这个地方,历来是兵家必争之地。对于蒙古王朝来说,其战略地位
异常重要。因为它是攻灭金国而占领的新区,又是伐宋战争的进攻基地,蒙古
王朝亟需巩固自己的统治,中州的得失,关系到它的胜负。失吉忽秃忽的任务
就是巩固中州这个战略要地的统治,并进行伐宋战争。他不可能为了写《蒙古
秘史》而卸掉自己的重任,跑到克鲁伦河畔的阔迭额阿剌勒去。

由此可见,说《蒙古秘史》的作者可能是失吉忽秃忽,是一种没有多大根据的说法。我们认为,成吉思汗和窝阔台的史官写《蒙古秘史》,比失吉忽秃忽和其他任何人,其可能性都要大得多。那么,当时有史官吗?我们的回答是肯定的。

请看《元史》卷九十九《兵志》二关于"宿卫"的一段文字。那里说的"怯薛",就是《蒙古秘史》上的"客失克田",汉语称"宿卫"。皇帝的羽林军叫秃鲁花,《蒙古秘史》作秃儿合黑,因为每三日轮流入直宿卫,所以又叫做怯薛。而夜班称客卜帖兀勒,即宿卫。怯薛或客失克田有许多分工,它们有这样一些名称:

1. 火儿赤——宿卫部队中的弓箭手。

2. 昔宝赤——主管"鹰隼之事",以备狩猎的人。

3. 扎里赤——是"书写圣旨"的人。

4. 必阇赤——"为天子主文史者",是主管文史的人员。

5. 博尔赤——"亲烹饪以奉上饮食者",是皇帝的厨师。

6. 云都赤、阔端赤——"侍上带刀及弓矢者",带刀护卫和管理皇帝的武器。

7. 八剌哈赤——"司阍者",皇宫的守门人,即《蒙古秘史》的额□迭赤。

8. 答剌赤——"掌酒者",是掌管酒筵的人。

9. 兀剌赤、莫伦赤——"典车马者",主管皇帝的车马。

10. 速古儿赤——"掌内府尚供衣服者"。掌管府库,供应衣服。

11. 帖麦赤——"牧骆驼者"。

12. 火你赤——"牧羊者"。

13. 忽剌罕赤——"捕盗者"。

14. 虎儿赤——"奏乐者",是宫廷乐队。

《兵志》的这段文字还说,这些人虽然"其名类盖不一,然皆天子左右服劳侍从执事之人"。又说:"非甚亲信,不得预也。"表面上看来,他们是一些服侍皇帝的人,但都是受到皇帝的信任而被列为"左右"的人。成吉思汗以他的四杰博尔忽、博尔术、木华黎、赤老温为怯薛长,并"命其世领怯薛之长"。成为定制,代代相沿世袭。

　　怯薛的这些执事中，只有扎里赤和必阇赤两项，是文职人员。他们的职责有区别，一个是书写皇帝的"圣旨"，一个是主管文史。必阇赤，《元典章》作阔者赤。彭大雅《黑鞑事略》说："必彻彻者，汉语令史也，使之主行文书耳"，又说："管文事则曰必彻彻"。汉族的令史，历史较长。汉代时置兰台令史和尚书令史。到唐宋时期，中央的三省、六部和御史台都置令史。令史的职责是掌文案，也就是掌管文书。彭大雅以为必阇赤和令史相等，也是"主行文书"的。这话有对的一面，也有不对的一面。因为必阇赤的职责中，不仅有"主文"的一面，而且还有"主史"的一面。它既和令史相等，又和太史相等。元世祖至元元年（一二六四）成立翰林国史院，设学士、侍读学士、侍讲学士、直学士之后，必阇赤才变为单纯的令史。

　　成吉思汗和窝阔台两朝有一套必阇赤的班子。当然，我们现在无法知道这个班子的详细情况。但根据我们所搜集到的一些材料，仍然可以看出它的规模是相当可观的。例如：

　　僧吉陀——唐兀人，成吉思汗的必阇赤，兼怯里马赤，即通事（翻译）。在宪宗蒙哥时，他的儿子秃儿赤袭为必阇赤。

　　曷思麦里——西域谷则斡儿朵人，原是西辽阔儿罕的近侍。归附成吉思汗后，从大将者别攻灭乃蛮，斩其主曲出律，因功被命为必阇赤。元太宗十一年（一二三九）六月，他的次子密里吉袭为必阇赤。宪宗五年（一二五五）五月，曷思麦里卒。

　　粘合重山——女真人，金国的贵族。以质子的身份来到蒙古王朝后，受到成吉思汗的信任，被命为必阇赤。元太宗三年（一二三一）八月，提升为中书省左丞相。

　　撒吉思——回纥人，即维吾尔人，任成吉思汗季弟斡惕赤斤的必阇赤，并领王傅。

　　薛彻兀儿——蒙古豁罗刺思（今郭尔罗斯）部人。一二〇六年，成吉思汗大封功臣时命为千户官。后为必阇赤。

　　怯烈哥——蒙古怯烈部人。怯烈，《蒙古秘史》作客列亦惕。是成吉思汗的知心朋友和必阇赤长。《元史》卷一百三十四《也先不花传》说:"方太祖微时,怯烈哥已深自结纳。后兄弟四人,皆率部属来归。太祖以旧好,遇之特异他族,命为必阇赤长,朝会燕飨,使居上列。"一二〇六年,怯烈哥的长兄脱不花,三弟昔剌斡忽勒,都被封为千户官。怯烈哥死后,昔剌斡忽勒的长孙也先不花袭职,为必阇赤长。

这个情况说明,成吉思汗和窝阔台两朝的必阇赤,不可能只有这么几个人,只不过没有全部载入史册而已。必阇赤既然是"为天子主文史"的人员,那他们就不能不做研究历史的工作。单就这一项工作而言,其中就包括编纂过去的历史,还包括记录皇帝的言论起居。事实正是如此。长春真人邱处机给成吉思汗讲道时,鼓吹过"以敬天爱民为本"的所谓治国之方,也宣扬过"以清心寡欲为要"的所谓长生久视之道。(见《元史》卷二百二《释老传》)一二二二年九月二十三日,长春真人"三说养生之道"后,成吉思汗"令左右录之,仍敕志以汉字,意示不忘"(见《长春真人西游记》)。这里的"左右",当然是《元史·兵志》中说的那个"左右",即秃鲁花必阇赤。"志以汉字"一句,证明成吉思汗的必阇赤中也有汉人,或者有通汉文的人。迎请长春真人的宣差刘中禄,是成吉思汗的"近臣",他不仅是个汉人,而且在长春真人讲道时,还是"与闻道话",参加听讲的。"志以汉字"的人,必然是他了。同年十二月二十八日。长春真人又作了一番"三千之罪,莫大于不孝者"等孝顺父母的说教之后,成吉思汗还"敕左右记以回纥字"(同上)。回纥字,就是蒙古人借以"书国言"的畏兀字,也就是蒙古畏兀字。这里说的"左右",无疑是怯烈哥、薛彻兀儿等蒙古必阇赤。记录皇帝的言论行动,记录国家大事,古人叫做起居注,这是史官们义不容辞的责任。《元史》中说的成吉思汗的"宝训",后世广泛流传的成吉思汗的"毕理克"(圣谕)等,也许都是怯烈哥、薛彻兀儿等蒙古必阇赤记录整理的东西。

镇海也兼任过起居注的职务。多桑《蒙古史》第二卷第四章中说他"窝阔台在位时为丞相,兼记录皇帝之逐日言行。此中国君主之起居注职,其起源甚古也"。但是多桑误以为他是畏兀儿人,实际上他不是畏兀儿人,而是蒙古克烈(客列亦惕)部人。一二三一年八月,元太宗设立中书省,任命镇海为右丞相。

一二四一年,元太宗死后,太后摄政,镇海被罢官。定宗贵由即位后,一二四七年八月起用镇海仍为丞相。贵由死后,他因卷入争夺皇位的斗争,而于一二五二年八月被杀身死。徐霆《黑鞑事略疏证》说:"行于汉人契丹女真诸亡国者,只用汉字,移剌楚材主之。却又于后面年月之前,镇海写回回字,云付与某人。"这里说的回回字,就是蒙古畏兀字。一二四〇年《济源十方大紫微宫圣旨碑》证明,徐霆说的"镇海写回回字",确有其事。这道圣旨附有镇海写的三行蒙古畏兀字,是给平阳府达鲁花赤管民官的指示。除成吉思汗的碑文外,这三行蒙古畏兀字,算是最早的文字资料。它写于一二四〇年三月十七日,比《蒙古秘史》写完的时间,早三个多月。

综上所述,我们认为《蒙古秘史》的作者,不会是别人,而只能是右丞相镇海,必阇赤长怯烈哥,必阇赤薛彻兀儿等人。下面将要谈到的三个方面的情况,也证明我们的这个说法,是有根据的。

第一,是《蒙古秘史》的创作时间。《蒙古秘史》是元太宗十二年,即一二四〇年七月写完的。那么,它的写作是什么时候开始的呢？关于这个问题尽管史无明文,但我们仍然可以探索出来。我们伟大领袖和导师毛主席指出:成吉思汗虽然号称"一代天骄",但他"只识弯弓射大雕"。同秦皇、汉武、唐宗、宋祖一样,也是"略输文采"和"稍逊风骚"的。(词《沁园春·雪》)这种情况到窝阔台的时代有所变化,由于中书令耶律楚材的提倡和推动,对于文化工作采取了比较积极的态度,并有所建树。元太宗六年(一二三四)正月攻灭金国后,从金国的南京(今河南开封)收容了一批著名的汉族学者。之后,设立了国子学,以冯志常为总教,命侍臣子弟十八人入学受业。(见《元史》卷八十一《选举志》)这是蒙古人学习汉语文的第一所学校。八年(一二三六)六月,在燕京(今北京)设立了编修所,在平阳(今山西临汾)设立了经籍所,任命梁陟为长官,以王万庆、赵著为付,开始"编集经史"。(见《元史》卷二《太宗本纪》和《元史》卷一百四十六《耶律楚材传》)九年(一二三七)八月,在所属各路举行科举考试,选用汉族知识分子四千零三十人。蒙古王朝开始重视这样一些文化教育工作,都是出于同一个政治目的。当时的斗争形势是,金王朝刚刚被消灭,伐宋战争也刚刚开始,对于蒙古帝国来说,如果不培养一批懂得汉语汉文的蒙古人,如果不选拔大批汉族官吏,那么想要取得伐宋战争的胜利,想要统治广大的汉族地区,都是不可思议的。在这样一个历史的转折关头,总结过去的历史,特别是总结成吉思汗终生斗争的经验教训,对窝阔台王朝正在进行的斗争,具有非常重要的指导意义。燕京编修所和平阳经籍所"编集经史"的工作,在这样的背景下开始了。我们看,《蒙古秘史》的写作,和这两个机构的工作,很可能是在同一个时间——一二三六年,在同样的背景下开始的。在《蒙古秘史》的第 281 节中,窝阔台皇帝亲自总结了他接班掌权以后的经验教训,他说他完成了四件大事,也犯过四大错误。这正说明《蒙古秘史》就是从这个时期开始写作的。因为这部史书除了叙述蒙古的起源和发展之外,中心内容是成吉思汗朝的创业史,其次概括地写了窝阔台朝的发展史。在蒙古王朝看来,其中有正面的经验,也有反面的教训,都值得吸取,都值得借鉴。

第二,是《蒙古秘史》的性质。写《蒙古秘史》的时候,蒙古是国号,元世祖至元八年(一二七一)十一月改国号为元,此后它才成为民族的名称。《蒙古秘史》,顾名思义,是一部蒙古帝国的机密官史。元文宗时纂修《经世大典》,任命学士虞集为总裁。因为缺乏成吉思汗时期的材料,他"请以国书脱卜赤颜增修太祖以来事迹"。他这个请求得到了皇帝的同意,但遭到翰林承旨塔失海牙的拒绝:"脱卜赤颜,非可令外人传者。"(《元史》卷一百八十一《虞集传》)另一个翰林承旨押不花也说:"脱卜赤颜,事关秘禁,非可令外人传写。"(《元史》卷三十五《文宗本纪》)虞集说的"国书脱卜赤颜",塔失海牙和押不花说的"脱卜赤颜",都指《蒙古秘史》。连虞集这样一个得到皇帝的信任,受命主编《经世大典》的著名学者,也被视为"外人"而不得传阅,更不能"传写"。这部书为什么"事关秘禁"而如此保密呢?这是它的内容决定的。书中虽然基本上肯定成吉思汗的"武功",但也不回避他的一些黑暗面。譬如,阿仑豁阿夫死孀居,还生了三个儿子,这件事和由此而产生的母子争端,有失成吉思汗及其祖宗的体面。又如,成吉思汗的父亲也速该,剪径打劫有夫之妇,显然是抢男霸女的强盗行为。再如,成吉思汗小时,因为争夺一条鱼而射死了他的异母弟别克帖儿,暴露了他残忍的一面。还有，成吉思汗的夫人孛儿帖，被篾儿乞惕部虏去后怀孕，生了其长子拙赤。这更是不可外扬的"家丑"。如此等等，不一而足。这些就是致使此书带上一个"秘"字，并严加保密的根本原因。可见这样一部史书的写作任务，定不会落到那些"外人"的肩上，而只能由那些心腹史官来担任。

第三，是《蒙古秘史》作者的条件。《蒙古秘史》的内容和性质说明，它不是史学家的私人著作，而是"敕修"的官史。在窝阔台朝，有条件有资格奉命参加编写的，只有镇海、怯烈哥和薛彻兀儿等人。镇海是右丞相，论政治，是掌握政柄，总裁庶政的心腹重臣之一。论业务，他也兼任起居注的职务。在他的领导和参与下编写《蒙古秘史》，是很必然的。徐霆《黑鞑事略疏证》说，蒙古王朝的汉字公文都由移剌楚材主管，但在后面年月之前，镇海写蒙古畏兀字，"此盖专防楚材"。耶律楚材虽然不是蒙古人，但他受到窝阔台的信任，身居要职，成为中书省的首脑，对他不一定有什么防备。但是，蒙古王朝区别"内外"，对其他民族出身的某些官吏不很信任，这倒是确有其事。徐霆的话，另一方面却证明了镇海是皇帝的亲信。再以怯烈哥来说，他是成吉思汗的知心朋友，政治上的信任，更不消说了。同时，他又是王朝的必阇赤长，即文史班子的头头，纂修史书，正是他的本门业务。这样的一个人，怎么能不参加《蒙古秘史》的编写工作呢？薛彻兀儿也是如此。起初他被封为千户官，是蒙古帝国的开国功臣。后来调任秃鲁花必阇赤，成为皇帝的"左右"，专门从事"主文史"的工作。无论从任何方面来看，《蒙古秘史》的纂修，不可能没有他，不可能排除他。

关于音译者

《蒙古秘史》的作者问题，我们就谈到这里。还有译者问题，时至今日，学术界还没有取得一致的意见。这部书起初是蒙古畏兀字写的，但后来失传了，现存的本子是蒙语的汉文音译本。它的译文有两种，一种是音译，就是用汉字拼写蒙语的原文部分；另一种是义译，是指汉语的译文部分。而义译中也有旁译和总译的区分，每一个词旁所加的训诂叫做旁译，附在每节后面的译文叫做总译，旁译和总译，统称义译。所以，在译者问题中，就包括两个内容；一是音译者的问题,二是义译者的问题。在这篇论文中,我们还打算探讨这两个问题,提出自己的看法。

上面说过,现存的《蒙古秘史》是用汉字拼写蒙语的音译本,所以外国蒙古学家中也曾有人以为,大概最初就是用汉字拼写的,它用的几百个汉字也可能是蒙古人当时借以书写蒙语的文字。这只是一种假设,并没有什么根据。

首先看一看前人是怎么说的。

《明实录》卷一百四十一《太祖实录》中,谈到编类《华夷译语》的情形时说:"上以前元素无文字,发号施令,但借高昌之书制为蒙古字,以通天下之言。"这条《实录》的记录者是明太祖的史官,他们认为蒙古人借用过"高昌之书",即畏兀字,并不认为借用过汉字。当然,《元史》的《八思巴传》中抄录过元世祖忽必烈至元六年(一二六九)颁行蒙古新字——八思巴文的诏书,其中说过去由于没有制造自己的文字,"因用汉楷,及畏吾字,以达本朝之言"。这是说蒙古王朝使用过畏兀字,也使用过汉族的楷书。编写《元史》者,也是明太祖的史官,他们的看法岂非前后矛盾?我们认为并不矛盾。根据现有的资料来看,蒙古王朝的蒙语文件,都是用蒙古畏兀字写的,根本没有用汉字拼写过。如果是发往汉族地区,那就用汉语文件,或者是汉语译文。所谓"因用汉楷",就是这个意思。徐霆《黑鞑事略疏证》说的"行于汉人、契丹、女真诸亡国者,只用汉字",也是这个意思。《长春真人西游记》的附录中,有几个例子都证明着这一点。如,免除差发税赋的圣旨、宣差阿里鲜传达的圣旨、都元帅贾昌传达的圣旨,都是汉语的译文;而附录中的诏书和敦请邱处机的诏书等则是用汉语写的骈体文。窝阔台朝"用汉楷"的情形,也是如此。

清人的看法也和明人相同。光绪年间,沈惟贤给《蒙古秘史》十五卷本写过一篇跋文,他说:"《秘史》有声音而无训诂,盖元初本取辉和尔字以达国言。"说的也是用辉和尔字(畏兀儿字)书写蒙语,《秘史》最初用的就是这种语言文字。

其次看一看蒙古人最早学习和使用汉文的情况。

长春真人给成吉思汗讲道的时候,都是由太师阿海阿里鲜当通事,"以蒙古语译奏"的。(见《长春真人西游记》)可见他是个懂汉话的蒙古人,但他会不会写汉字呢？史无记载，不好瞎猜。平金战争开始后，成吉思汗的文臣武将中，增加了许多其它民族的成员，其中就有以金汾阳郡郭公宝玉为首的一些汉人，也有不少如耶律楚材等精通汉文的契丹人和女真人。在这种情况下，一些蒙古人学会说汉话，那是很必然的。

上文说过，一二三四年灭金后，元太宗窝阔台以冯志常为国子学总教，命侍臣子弟十八人入学。这是蒙古人学习汉语文的第一所学校。同年，又从金国的南京召来名儒梁陟、王万庆、赵著等人，"使直释九经，进讲东宫。又率大臣子孙，执经解义，俾知圣人之道"。（《元史》卷一百四十六《耶律楚材传》）这是蒙古贵族青年学习儒家经典的正式开端。然而，一二三四年到一二四〇年《蒙古秘史》成书，当中只有六年。这样短的时间内，这些青年决无可能写出《蒙古秘史》来。因为要写《蒙古秘史》这样的巨著，如果没有高深的史学知识，没有高度的写作技巧，不掌握丰富的蒙语词汇，也不精通汉文，那是绝对办不到的。短短的几年中，这些青年不可能有如此多方面的很高造诣。

由此可见，当时还没有精通汉语文的蒙古人，而且除那几个贵族青年外，粗通汉语略识汉字的蒙古人也不多。退一步说，即使有个别的人能用汉文进行创作，也没有必要写出这样的书来。因为这种书，除极少数蒙汉兼通的人外，其他的蒙古人、汉人都看不懂它。

那么，什么时候把蒙古畏兀字的原文用汉字音译的呢？有不少人以为，音译的时间是在明初。如果稍加考较，就会发现，这种说法，不很妥当。王国维在他的《蒙文元朝秘史跋》中，转述宋濂《銮坡集》记叙吕氏采史过程的一段文字后，说："是洪武二年采史之役，实兼译事，此元朝秘史，亦即所译番文之一。"（《观堂集林》卷第十六）这句话是说，洪武二年（一三六九）采史的时候，就翻译了《蒙古秘史》。根据下文来看，他认为在这个翻译中，不仅包括义译，而且还包括音译。他说："此书，吕仲善既上之史馆，故洪武十五年撰《华夷译语》时，得取以参考。"洪武十五年（一三八二）火原洁等人编类《华夷译语》时，确实参考过《蒙古秘史》的译文。洪武二年的采史，是从八月开始，到十一月就结束了。在这三个月中，搜集了八十帙史料，其中也有翻译过来的材料。但是，在这个译文中不可能有《蒙古秘史》。因为它的音译、旁译、总译，决非三个月中所能完成的。而且在明廷的史官中，当时也没有能够胜任这项工作的人。正如刘三五在《华夷译语序》中所说，明王朝早就想编类《华夷译语》，"第未得兼通者耳"，但没有得到蒙汉兼通的人，后来得到火原洁等人，才开始了这项工作。可见洪武二年采史时，翻译那些史料的人，既然不是火原洁等人那样蒙汉"兼通者"，那么他们更不会是《蒙古秘史》的译者。当时如果翻译过《蒙古秘史》，就不会出现《元史》中漏掉许多重要史事的情况。宋濂说过，他们根据洪武二年搜集的八十帙史料，不仅修完了元惠宗妥懽帖睦尔朝的历史，而且还补完了以前编写的十三朝史。但王国维却认为"未遑修改"，这是他以错误的估计为前提的结果。元朝时有两种实录，一种是汉语实录，另一种是蒙语实录。蒙语实录袭用《蒙古秘史》的名称，叫做"脱卜赤颜"。《元史·虞集传》中说的召翰林学士承者阿邻帖木儿、奎章阁大学士忽都鲁笃弥"实书其事于脱卜赤颜"一节，和《元史·文宗本纪》中说的"命朵来续为蒙古脱不赤颜一书"一节，都证明洪武二年的采史中确实翻译过这些"脱卜赤颜"，宋濂等人也确实根据这些"脱卜赤颜"的译文补写过脱懽帖睦尔以前的历史，不然"脱卜赤颜"中的这些史料，怎么能载入《元史》中呢？所以，我们认为洪武二年如果翻译了《蒙古秘史》，宋濂等人一定会根据它补写《元史》的。不仅如此，写《元史》只需义译就够了，又何必音译呢？这样看来，洪武二年的采史中，不但没有译过《蒙古秘史》，而且还没有得到它。那么《蒙古秘史》何时才落入明人手中的呢？一三七〇年四月，脱懽帖睦尔病死应昌。五月，明军利用元王朝的丧葬机会，突然袭击应昌府，只有皇太子爱猷识理达腊领十数骑逃遁，其他以皇孙、后妃为首的所有人员和财物全被俘获。这次的战利品中，必然有《蒙古秘史》。

因此，有些蒙古学家以为《蒙古秘史》的音译者，就是《华夷译语》的编者。这种说法更没有根据。《明实录》卷一百四十一《太祖实录》洪武十五年春正月丙戌条，对这个问题有明确的记载，其中说火原洁和马沙亦黑二人编类《华夷译语》时，"复取《元秘史》参考，纽切其字，以谐其声音"。这说明火原洁等人用汉字拼写蒙语的时候，参考过《蒙古秘史》。可见《蒙古秘史》早就有了音译。

更主要的是，对照这两部书的纽切或音译，就知道它们决不是出自同一个音译者之手。为了充分地说明问题，我们需要考察《蒙古秘史》和《华夷译语》的原文，也需要引用许多实例，来加以比较和对照，找出它们的相同之点和互异之处。只有这样，才能看出这两部书的纽切法是否完全一样，音译者是不是火原洁等人。先举相同的例子：

《蒙古秘史》的音译	《华夷译语》的音译	汉语义译
古温	古温	人
额赤格	额赤格	父
额客	额客	母
格儿该	格儿该	妻
那可儿	那可儿	伴当
纳^舌阑	纳^舌阑	日
撒^舌剌	撒^舌剌	月
槐	槐	林
^中合不儿	^中合不儿	春
谆	谆	夏
赤那	赤那	狼
不^中忽	不^中忽	鹿
弩门	弩门	弓
速门	速门	箭
察阿_勒孙	察阿_勒孙	纸
额速_克	额速_克	马奶子
蒙昆	蒙昆	银
速不_惕	速不_惕	珠
莎那思	莎那思	听
阿撒_黑	阿撒_黑	问

无需多举，只此二十个词的拼写，就足以说明《蒙古秘史》和《华夷译语》有

一致的地方。这两部书的纽切,为什么如此相同呢?原因就是火原洁和马沙亦黑编类《华夷译语》时,参考过《蒙古秘史》的拼写法,吸收了很多有益的经验。具体地说,有下述几个方面。第一,大量袭用《蒙古秘史》音译的汉字。第二,拼写"中合"、"中忽"之类的喉内音,完全沿用《蒙古秘史》字旁小注"中"字的办法。第三,对于"舌剌"、"舌鲁"之类的舌头音,也用《蒙古秘史》字旁小注"舌"字的办法拼写。第四,《蒙古秘史》字下小注"黑"字、"克"字、"惕"字,以示急读带过音的办法,《华夷译语》全部采用了。于是,这两部书就有了相同的地方。

但是,仅从这个相同之点,可不可以得出结论说,这两部书的纽切同出一个音译者的手笔呢?那就未免过于片面。下边列举的实例,自然会作出否定的回答,用不着我们去作空洞抽象的辩驳。再举互异的例子:

《蒙古秘史》的音译	《华夷译语》的音译	汉语义译
沐舌涟	木舌连	河
兀不勒	兀丁奔	冬
赤戈儿孙	赤郭儿孙	桧
秣舌驎	抹舌邻	马
阿黑骟	阿黑塔	骟马
啜额孛舌里	褚额别舌里	豺
不⿰鼠卢中罕	不鲁中罕	貂鼠
中豁失温	火石温	嘴
薛兀勒	薛丁温	尾
斡儿朵	斡耳朵	宫
额□阒	额兀颠	门
捏额	你额	开
兀勒都	丁温都	环刀
羖克绖额勒	捏克迭丁延	皮袄
暑涟	书连	汤
阿勒坛	丁安坛	金

者额	者耶	外甥
忙^中豁_勒	忙^丁豁	达达
^中忽答	古答	亲家
迓步	牙不	行
癸□	癸亦	走
^中合儿	^中合^舌而	出
^中合儿镤	^中合儿卜	射

这些词的拼写，都是不同的。概括起来，差异有四种。第一种，是完全不同，如沐^舌涟、秫^舌骦、暑涟等词。第二种，是大部不同，如^中豁失温、额□阒、羍克经额勒等词。第三种，是一半不同，如捏额、者额、^中忽答等词。第四种，是一小部分不同，如赤戈儿孙、阿^黑骦、斡儿朵等词。差异，在《蒙古秘史》和《华夷译语》中，占的比重很大。这正说明着它们的音译者决不是一个人。《蒙古秘史》的音译者如果是火原洁等人，那么能够出现这样大的差异吗？

产生这种差异，有各种各样的原因。简单地指出几条，当然不会有什么纲举目张的妙用，但也可以管中窥豹，可见一斑。

（一）《华夷译语》的作者拼写蒙语时，选用不少和《蒙古秘史》不同的同音字。仅就《华夷译语》的上册而言，这种不同的同音字就有六十六字之多。如：1、急，2、奇，3、咱，4、历，5、郭，6、凯，7、圭，8、遵，9、诺，10、拍，11、奴，12、斑，13、褚，14、觅，15、他，16、丑，17、骨，18、提，19、巉，20、耳，21、颗，22、摺，23、呼，24、租，25、括，26、常，27、洗，28、侃，29、勇，30、闵，31、博，32、绦，33、书，34、爱，35、谙，36、刻，37、辄，38、根，39、触，40、口，41、阇，42、科，43、塌，44、妥，45、其，46、而，47、酸，48、直，49、央，50、呈，51、俗，52、担，53、小，54、式，55、续，56、眉，57、窝，58、吕，59、猛，60、纽，61、魁，62、您，63、郢，64、和，65、耽，66、买，等等。在这六十六个字中，除咱、遵、拍、租、酸、郢等少数几个字外，其他字在《蒙古秘史》中都有同音字。这两部书的音译者如果是一个人，那就用字方面不会出现这样大的区别。

（二）《蒙古秘史》拼写一部分词的时候，既注音又示义，音义并重。譬如：

"秣舌骥，是马，而"秣"是饲养马的谷物，"骥"字带上马旁，都同马有关。额□阘，即门，后二字示义，带有门字。羺克，是羊皮，所以羺带羊旁。经额勒，是衣服，经带丝旁。暑涟，指汤，暑是热，而涟是水纹，都有示义的意思。其他如阿黑骝、不鼯中罕、迍步、癸□等等，无一不是如此。这样一来，虽有示义的优点，但却出现了不少僻字。对比之下，《华夷译语》避免了这种缺点。它只注音，而不示义，所以二者之间就产生了差异。这差异，不仅是方法上的差异，而且也是用字上的差异。《蒙古秘史》中为示义而选用了很多《华夷译语》中所没有的字，马旁如骟、骅、骡、騄、骟、骥、骤，鸟旁如鹆、鹎、鸍、鸐、鸧、鹁，水旁如涅、洳、澧、澣、涢、氿、㳠、洇、涟、沐、洹、泷、泄，等等。这样的字很多，不一一举例。

（三）在两个元音间和词尾带有边音的地方，《蒙古秘史》一律采取字下小注"勒"字的纽切法去处理。如，阿勒坛（金）、兀勒都（环刀）、兀不勒（冬），忙中豁勒（达达）等。《华夷译语》则采用了两种办法。一种是和《蒙古秘史》一样，也是字下小注"勒"字，如，莫勒孙（冰）、察阿勒孙（纸）、扯额勒（潭）、土中忽勒（犊）等。另一种是自创字旁小注"丁"字的拼写法。如，丁温都（环刀）、丁安坛（金）、兀丁奔（冬）、忙丁豁（达达）等。这也是产生差别的一个原因。字旁小注"丁"字的这个纽切法，好处是减少了字数，但它的拼音不如《蒙古秘史》那样明晰而准确。同时，用两种办法注一个音的结果，不是朝着简明易读的方向前进，而是在更趋复杂化的道路上大大地迈了一步。《华夷译语》的《凡例》说："字旁小注丁字者，顶舌音也。"又说："字下小注勒字者，亦与顶舌同。"二者既然相同，又何必来这两套？有一个道理，可以解释一部分词的问题。在蒙古语族的不同方言中，有的词有两个读音，就是说两个元音间和词尾的"l""n"互相对应。如丁安坛（金），现在的大部分方言中读作 altan，而东乡语中却读为 antan。蜜，大部分方言中作 bal，在东乡语中作 ban。扒或挖，大部分方言中作 malta，而蒙古尔语中却作 manta。但是《华夷译语》的忙丁豁（达达）、字丁斡（奴婢）等词，就没有两个读音。所以，同一个顶舌或边音用两种方法去拼写，结果就造成了一些混乱。

（四）"不"、"卜"二字在蒙语的拼写中，涉及面很广。对这两个字的用法不同，也造成了许多差异。《蒙古秘史》用字下小注"卜"字的办法，来注两个元音间和词尾的"b"韵。如，阿卜（要）、客卜帖（卧）、古卜赤兀儿（大网）等。除了两个元音间和词尾之外，其他地方则用"不"字。如，不ᵗʰ忽（鹿）、不鼦ᵗʰ罕（貂鼠）、ᵗʰ合不儿（春）、速不鍚（珠）等。在《蒙古秘史》中，这两个字的用法，泾渭分明，非常明确，很有规律性。而《华夷译语》却不然。它的"不"字，用法和《蒙古秘史》相同。如，不薛（带）、赤不ᵗʰ罕（枣）、阿儿不思（西瓜）等。但"卜"字显得很不规则，词头、词中、词尾，都能见到它，上能通天，下能入地，中间横行无阻，好象具有神通广大的本事。请看：词头如卜兀歹（小麦），卜儿察黑（豆），词中如额卜格（公公）、赤勒卜儿（缰绳），词尾如乞卜（熟绢）、阿卜（要），等等。这说明火原洁等人对《蒙古秘史》的纽切法，虽然有所参考，有所继承，也有所发展，但还缺乏深入细致的研究。下面将要谈的"乞"字的用法上，也很明显地表现出他们的这个缺陷和疏忽。

（五）蒙语的"Ki"音，《蒙古秘史》只用一个"乞"字来注。如，乞儿ᵗʰ合（剃）、斡儿乞敦（引证）、赫乞（头）等。在《华夷译语》中，"Ki"音不仅用"乞"字，而且还用"奇"、"其"等字来注。乞字如，乞ᵗ刺兀（霜）、塔乞牙（鸡）、薛锡乞（思）等。奇字如，ᵗʰ忽麻奇（沙）、土里奇（推）等。其字如，其零蓝（怒）、失思其儿（啸）等。《华夷译语》的奇、其二字，《蒙古秘史》中没有。一音多字，是造成差异的又一个原因。这种情况，在《蒙古秘史》中更多。如，注蒙语的"xi"音，就用了失、实、石、食、室、识、拭、释、湿等九个同音字；注"U"音，也用了兀、屼、矹、鸣、浯、务、闬、□等八个同音字。《蒙古秘史》的一音多字，是示义的需要。"xi"的常用字是失，其它八个字基本上是为示义而用的。"U"的常用字是兀，"务"是地名（河西务）专用字，其它六个字也都是为示义而用的。但是《华夷译语》只注音，不示义，所以它的一音多字，就不是如同《蒙古秘史》那样有规律。

总而言之，《蒙古秘史》和《华夷译语》有不少相同的地方，这显示了它们之间的密切关系，后者参考前者，有所继承。但也有许多各自的特点，使之独具风貌，互不混淆。上面谈的几点，并不是什么全面的系统的研究，而只是略举几例，加以比较，借以说明火原洁等人没有做过《蒙古秘史》的音译，不然，决不会出现那么多的差异。说他们音译过《蒙古秘史》，只是一种推测之词，没有什么事实的根据,因而是站不住脚的。

那么,《蒙古秘史》究竟是谁,在什么时候音译的呢？洪武十五年火原洁等人编写《华夷译语》时,《蒙古秘史》已有音译,所以他们才得以参考。洪武二年采史时,没有音译《蒙古秘史》,一则无人能够音译,二则来不及音译,三则没有必要音译。由此看来,《蒙古秘史》的音译,不是在明初,而是在元朝。

《蒙古秘史》是元朝的绝密史书,象虞集那样皇朝重视的学者,而且又出于编纂《经世大典》的需要,都不得一见,可想而知,一般文人想要音译,那简直是白日作梦。其音译工作,如同其作者一样,也只能由皇帝的心腹重臣来担任。因此,我们想察罕可能是音译者,无论从哪个方面来看,他都有资格有条件从事这项工作。

察罕,西域板勒纥城人。《元史》本传说他"博览强记,通诸国字书"。他是元仁宗普颜笃汗的亲信,所以仁宗即位后,拜他为中书省的参知政事。皇庆元年(一三一二),晋封为荣禄大夫、平章政事。但他"总持纲维,不屑细务",只是把关定向,不为琐碎的事务所束缚。察罕翻译《贞观政要》,并把它献给皇帝之后,又奉命翻译了《脱必赤颜》,名曰《圣武开天纪》。

论政治,身居相位,是皇帝的心腹重臣。"不屑细务"四个字说明,他有充分的业余时间可以进行文化活动。论业务,他"通诸国字书",又有很高的写作能力。所以,用蒙文翻译了汉族的《贞观政要》,又用汉文翻译了蒙族的《脱必赤颜》(即《蒙古秘史》)等书。

有人以为察罕翻译的《脱必赤颜》不是《蒙古秘史》,因为《圣武开天纪》已经宣付史馆,这不符合保密的原则。其实不然。虞集"请以国书脱卜赤颜增修太祖以来事迹"的事,《元史·文宗本纪》中也有记载,其中说:"奎章阁以纂修《经世大典》,请从翰林国史院取脱卜赤颜一书,以纪太祖以来事迹。"《蒙古秘史》本来就在史馆,即翰林国史院,由塔失海牙、押不花之类的心腹史官保管,察罕译完后,把他的译文连同原文"俱付史馆",这是理所当然的事,不存在什么矛盾。

明《文渊阁书目》卷六有《圣武开天纪》一部。洪武初修《元史》,宋濂等人既没有见到《蒙古秘史》,也没有见到《圣武开天纪》,所以《元史》中没有写入它们的许多重要内容。但不能根据这一点就说《圣武开天纪》不是《蒙古秘史》的译文。这两部书的史料所以没有写入《元史》，是因为写完《元史》之前明人的手中没有它们，他们得到这两部书，当在洪武二年采史之后。

因此，我们认为察罕不仅是《蒙古秘史》的义译者，而且也是它的音译者。当时有必要音译《蒙古秘史》吗？只要看一看下述两个情况，人们就可以得到合乎情理的答案，并会作出自己的结论。

元朝的统治者，为了吸取历史的经验教训，借以巩固自己的统治，而非常重视历史。为了充分说明问题，有必要全部抄录元惠宗脱懽帖睦尔的一段话，以示其对历史的重视程度和重视的目的。他说："史书所系甚重，非儒士汎作文字也。彼一国人君，行善则国兴，朕为君者，宜取以为法。彼一朝行恶，则国废，朕当取以为戒。然岂止儆劝人君？其间亦有为宰相事，善则卿等宜仿效，恶则宜监戒。朕与卿等，皆当取前代善恶为勉。"（《元史》卷一百三十九《阿鲁图传》）这是脱懽帖睦尔对他的宰相阿鲁图说的一段话，这段话极为明白地解释了他之所以"诏修"宋辽金三史的原因。其他各朝也同样重视历史，其目的无非也是如此而已。

他们不仅这样看，这样说，而且还见诸行动，经常学习。如，忽必烈的太子真金每有闲暇，"辄讲论经典，若《资治通鉴》、《贞观政要》，王恂、许衡所述辽、金帝王行事要略，下至武经等书"。（《元史》卷一百十五《裕宗传》）真金的儿子甘麻剌也一有空，"则命也灭坚以国语讲《通鉴》"。（《元史》卷一百十五《显宗传》）英宗硕德八剌登极后，召集诸侯王子学习，叫平章政事拜住"进读太祖金匮宝训"。（《元史》卷一百三十六《拜住传》）泰定皇帝以赵世延、赵简、阿鲁威、曹元用、吴秉道、虞集、段辅、马祖常、燕赤、孛术鲁翀等学者为经筵官，经常讲论经史，并命侍读学士阿鲁威翻译《世祖圣训》和《资治通鉴》，以备进讲。（《元史》卷三十《泰定本纪》）汉族的史书中，《资治通鉴》和《贞观政要》是元朝皇帝的必读书。特别是《资治通鉴》的节译本，成为各级学校的法定教科书。

另一个重要的具体行动，是编写历史，翻译史书。至元十三年（一二七六）六月，元世祖"诏作平金平宋录，及诸国臣服传记"。（《元史》卷九《世祖本纪》）

以后的各朝,写过不少《实录》,宋濂等人据以写《元史》的十三朝《实录》,就是元成宗以后的各朝写的。脱懂帖睦尔时,编写宋辽金三史,从《实录》的整理,转入"正史"的写作。用蒙语译《资治通鉴》、《贞观政要》外,出于《经世大典》的编修需要,还"译国言所纪典章为汉语"。(《元史》卷三十四《文宗本纪》)

据多桑《蒙古史》第三卷第六章说,仁宗普颜笃汗是个"嗜读书,知史事,尤悉蒙古史"的人。元朝的科举取士,实际上是从他正式开始的。在史学方面,他命翰林学士承者玉连赤不花等人写过《顺宗实录》、《成宗实录》和《武宗实录》之外,还叫察罕译过《蒙古秘史》。

为了学习统治术,而翻译汉族的史书,那是可以理解的。但为什么把蒙文的典籍不仅用汉文义译,而且还要用汉字音译呢?难道他们只懂汉文,而不识蒙文吗?原来事实就是这样。

至元六年(一二六九)文字改革以后,蒙古畏兀字失掉了原来的地位,八思巴字取而代之,成为"国字"。从此,官方文件不许使用蒙古畏兀字,各级学校都设"国字学"。这样一来,上层统治者为了使用而需要学习的,不是蒙古畏兀字,而是八思巴字。同时,他们要统治人口众多而又文化最高的汉族,还必须学会汉文,不然他们就巩固不了自己的统治。所以,后来的统治集团中,出现了许许多多精通汉文的帝王将相和文人学士。帝王如图帖木儿、脱懂帖睦尔等,将相如忽必烈的丞相伯颜等,都是用汉文能诗善赋的人物。上面谈到过的阿鲁威,也是精通汉文的蒙古人,他的流传到现在的十九首散曲证明,他的写作能力也是很高的。还有杂剧家杨景贤也是蒙古人,他的作品大多数已失传,现在我们能够看到的只有两个剧本了。所有的证据都说明,住在内地的蒙古统治者,其汉化程度越来越深。

《蒙古秘史》最初是用蒙古畏兀字写的,而它的读者群——皇室贵族们手中掌握的工具却不是蒙古畏兀字,而是八思巴字和汉文,更确切地说,他们经常使用的得心应手的工具就是汉文。但他们需要阅读《蒙古秘史》,学习他们祖宗创业的经验教训。这种需要,比起阅读其它史书的需要,更加迫切。这是不言而喻的。可是他们看不懂《蒙古秘史》,怎么办呢?除非用他们最熟悉的工具给以义译，也给以音译，不然就无法解决这个矛盾，无法满足他们的需要。

察罕的《圣武开天纪》早已失传了。但有人认为现存的《圣武亲征录》就是《圣武开天纪》，也有人不同意这个看法。要判断这两种看法孰是孰非，只有《圣武亲征录》才能提供权威性的证据。所以我们不得不稍加考察了。

在《圣武亲征录》中，成吉思汗在世时称拖雷为"四太子"，而在窝阔台时则称为"太上皇"。拖雷的儿子有两人当皇帝，都可称"太上皇"。但宪宗蒙哥即位后，只追谥"英武皇帝"，庙号"睿宗"，没有上"太上皇"的称号。《元史》卷七十四《祭祀志》说："至元十三年，改作金主，太祖主题曰成吉思皇帝，睿宗题曰太上皇。"拖雷称太上皇是在至元十三年（一二七六），可见《圣武亲征录》是至元十三年以后的作品。

《圣武亲征录》的第一句就说："烈祖神尧皇帝讳也速该"，那么也速该的庙号是什么时候追加的呢？《元史》卷一《太祖本纪》说："也速该崩，至元三年十月，追谥烈祖神元皇帝。"这也证明，《圣武亲征录》不是忽必烈以前的作品。

《圣武亲征录》中，在阿剌忽思的乞忽力名下注曰："今爱不花驸马丞相白达达是也。"爱不花娶过忽必烈的季女月烈公主。一个"今"字证明，《圣武亲征录》就是忽必烈时的作品。

根据《元史》卷九记载至元十三年六月"诏作平金平宋录，及诸国臣服传记"来看，又据《元史》卷十四记载至元二十三年十二月"翰林承者撒里蛮言，国史院纂修太祖累朝实录，请以畏吾字翻译，俟奏读然后纂定。从之"一条来看，《圣武亲征录》是至元十三年到至元二十三年间，奉命写的书。

《蒙古秘史》从原始传说写起，而《圣武亲征录》却从成吉思汗生时写起。同时，《蒙古秘史》的那些暴露性内容，《圣武亲征录》中都没有。

凡此种种，都证明《圣武亲征录》决不是《圣武开天纪》。那么，附在《蒙古秘史》中的译文，是不是察罕的《圣武开天纪》呢？我们认为也不是。

关于义译者

上文说过，《蒙古秘史》的义译，是由两个部分组成的。一部分是词旁的训诂,叫做旁译;另一部分是正式的译文,叫做总译。旁译和总译,统称义译。

在《蒙古秘史》的原文中,"中都"这个地名出现不少次。在所有的旁译和总译中,有一次译为"燕京",有两处译为"中都",有三处译为"大都",而其余所有的地方都译成"北平"。

中都,就是现在的北京,当时是金国的首都。根据《金史·地理志》、《元史·地理志》、《辞海》和李文田《元朝秘史注》等书的记载,综合起来看,它的历史沿革是这样的:唐朝的时候它称幽州范阳郡,契丹族的辽国改为燕京,女真族的金国改称中都,元世祖至元九年(一二七二)改作大都,明太祖洪武元年十月改大都为北平府,永乐初又改为北京顺天府,清朝时没有改名。

北平这个名字的出现,有力地说明第二次翻译《蒙古秘史》的时间,当在洪武元年以后,永乐初年以前。《蒙古秘史》录入《永乐大典》十二先元字韵中时,虽然没有旁译,但在每节的后面仍然附有总译。《永乐大典》的编辑工作,从明成祖永乐元年(一四〇三)开始,到永乐六年(一四〇八)结束。从《华夷译语》到《永乐大典》,中间只有二十年的时间,《蒙古秘史》就在这段时间中翻译的。那么在这个时期,明朝的文臣中谁能翻译《蒙古秘史》呢?我们认为,能够做这项工作的,只有《华夷译语》的作者火原洁和马沙亦黑二人,除此二人之外,再也没有别人能胜任这个工作。

这两个人都由元入明。马沙亦黑,是明朝的翰林院编修,据说他还翻译过西域的天文书。有关火原洁的材料,也只有几句,如,明翰林学士、奉议大夫刘三五为《华夷译语》写的序言中说:"翰林侍讲臣火源洁乃朔漠之族,生于华夏。本俗之文,与肩者罕。志通中国四书,咸明其意。遂命以华文,译胡语。"虽然是短短的几句话,但却说明了一些重要问题。火原洁,是生于内地的蒙古人,任翰林院侍讲学士。他的蒙文水平很高,很少有人能够和他比肩,也精通汉文,熟悉儒家经典。所以奉命编写了《华夷译语》。

只要把《蒙古秘史》和《华夷译语》的译文对照一下,就会看出它们是出自同一个译者的手笔。当然,这两部书的译文中,带有时代性的东西是不少的。例如:札儿里黑,译为"圣旨",不作"诏"或"敕"。客延,译为"么道"。复数的附加成分译为"每"，"每"等于现在的"们"；元代北方白话中，"们"字偶而出现，但一般都用"每"。额捏，译为"这个"，而同义词"门"，却译为"只"；"只"，也是当时的北方口语。方位格的附加成分都儿、途儿等，视情况译作"里"或"时"。无该，译为"无"；兀禄，译为"不"；额薛，译为"不曾"；不，译为"休"。附加成分巴速、别速，译为"呵"；秃孩、秃该，译为"者"；者，译为"也者"，等等。

这个统一的译法，不仅出现在《蒙古秘史》和《华夷译语》的译文中，而且整个元代圣旨碑的译文，也都是如此。因此仅从这一点，无法看出译《蒙古秘史》者，就是《华夷译语》的作者。而既能说明这两部书的译文具有统一性，又能说明它们和其它译文有区别的，是下面的一些实例。

《蒙古秘史》和《华夷译语》中，把"忙豁勒"（蒙古）这个词都译成"达达"。达达，也作鞑靼，蒙古和达达是不同的民族。元以前，有的史学家分不清蒙古和达达的区别，因而也有把蒙古人称为达达的。如《蒙鞑备录》中称蒙古人为黑鞑靼。但在中国，这是个别的情况。"至元亡后，遂为蒙古人之称。"（《辞海》"鞑靼"条）到明代才把蒙古人普遍称为达达。但是在火原洁的时代，"忙豁勒"这个词只有"达达"这样一种译法，而无其它译名呢？也不。翻开《元史》就知道，那里边都称"蒙古"。可见，当时"达达"和"蒙古"并用。在这种情况下，《蒙古秘史》和《华夷译语》的译者如果不是一个人，那么不会出现一致的译法。

"合敦"这个词，当时也有几种译法。皇帝的合敦，译为皇后。另外还有两种译法，可以译成"夫人"，也可以译成"娘子"。当时，"夫人"是二品以上达官贵人的命妇，清以后才成为妇人的尊称。"娘子"有两个含义，一是妻子，二是妇女的尊称。所以上自大官的"国夫人"，下至平民的妻子，都称"娘子"。《蒙古秘史》和《华夷译语》的译文中，无论是皇帝的合敦，还是官僚的合敦，一概译成"娘子"。二者不是一个人所译，不知会出现几种译法。

"札撒黑"这个词，在现代蒙语中是"政府"的意思，但在古蒙语中是"法令"和"军法"的意思。《元史·太宗本纪》中解释这个词说："华言法令也。"《蒙古秘史》和《华夷译语》中，不用"法令"，而用"法度"二字译之，显示了二者的一致性，也表现了区别于其它译者的独特性。当然，在《蒙古秘史》中，个别地方是用"军法"译出的,因为那里的原意确实是如此,非这样不可。

与格的附加成分阿(额)、达(迭)、塔(帖)等,在元代所有圣旨碑中,都译为"根底",这是传统的译法。在《蒙古秘史》中,没有袭用"根底"二字,而是另创"行"字译出。《华夷译语》的译文也用"行"字,是说明二者具有一致性和独特性的又一个证据。

宾格的附加成分"宜",相当于汉语的"把"和"将"。《蒙古秘史》和《华夷译语》也用"行"字翻译了它。这种译法,在以前的译文中没有,在同一代的译文中也没有。

需要说明一下"乞塔惕"这个词的译法。这个词,在《蒙古秘史》中译为"契丹",在《华夷译语》中译为"汉人",二者岂非矛盾?乞塔惕,是音译词,原指契丹。所以,《蒙古秘史》中译为"契丹",是正确的。但后来词义有了变化,成为汉人的专称。所以,《华夷译语》译为"汉人",也是无可非议的。这种表面上的区别,不能说明这两部书的译文不是出自一人之手。

总之,各个方面的情况都在证明,火原洁、马沙亦黑二人,不仅编纂了《华夷译语》,而且也翻译过《蒙古秘史》。现在附在《蒙古秘史》中的旁译和总译,就是他们二人的译文。那么,他们为什么翻译《蒙古秘史》呢?我们认为,编写《华夷译语》的目的,就是翻译《蒙古秘史》的目的,二者同出一源,互为表里,相辅相成。

《明实录》卷一百四十一《太祖实录》中说,《华夷译语》奉命刊行后,"自是使臣往复朔漠,皆能通达其情"。明朝的大臣刘三五在《华夷译语》的序言中也说:"皇上推一视同仁之心,经营是书,以通言语,以达志意。将见礼乐教化四达而不悖,则用夏变夷之道,端在是矣,岂曰小补之哉?"这两段文字充分说明了问题。"礼乐教化"之类的儒家教条和反动宣传,"用夏变夷"之类的同化政策和狂妄叫嚣,我们不必去管它,因为这里不需要多费笔墨去批判。但就其有关的一点来看,"皆能通达其情"也好,"以通言语,以达志意"也好,说的都是编写这部书的目的,其前提则都是"使臣往复朔漠"一句。由此可见,《华夷译语》不是一般的学术著作,它是明王朝的使臣学习蒙语的课本,具有强烈的政治目的。"往复朔漠"的使臣们如果不通蒙语,怎么能和蒙古人打交道,完成他们的使命呢?

《华夷译语》的上册中虽然"天文、地理、人事、物类、服食、器用,靡不具载",但只收录了八百四十多个蒙语词。这些毕竟都是单词,要遣词造句,联贯起来表达自己的思想,或了解对方的意思,那还是不行的。于是,下册中收入十二篇文章,以为进一步学习的课文。

但是,统观这个课本,其词汇的数量远远不能满足实用的需要,它的范文也只是一些单调的公文。而《蒙古秘史》中,有丰富的语言,有各种类型的句子,有韵散各种文体,也有系统的历史知识。为了弥补《华夷译语》的缺陷,为了提高使臣们的蒙语水平,并帮助他们进一步了解蒙古的各个方面,而翻译《蒙古秘史》就是完全必要的了。如果《华夷译语》是使臣们的初学读本,那么《蒙古秘史》当然是他们的高级读物。《蒙古秘史》的译文本身就证明着这一点。

上文说过,《蒙古秘史》的译文是由旁译、总译两个部分组成的。可能有人会问,何必多费笔墨搞这两套译文呢? 只要了解到这两个部分各有各的作用,任何一个部分都不能代替另一个部分,这个问题就会迎刃而解。

旁译的特点是非常细致,不但对实词都要逐个加以训诂,而且对那些"有声无义"的虚词和附加成分也不放过,都要译出。这样,旁译所发挥的作用,在于给学习的人们以词义的具体而准确的概念。它这个旁译,不但对当时的人学习蒙语有莫大的帮助,而且对我们今天的人了解古蒙语的词义也有很大的作用。

总译所起的作用,是给读者以联贯性的理解。因此,它的一个特点是顺着蒙语的语序和句式加以直译。不为此则词的训诂和句子的翻译就会互相脱节,致使学习的人们莫明其妙。另一个特点是,在旁译的基础上,进行概括性的翻译。

正因为如此,《蒙古秘史》的总译中,出现了严重的缺点。一方面,进行概括性翻译的结果,有不少地方过于简略,也译漏很多东西。另一方面,直译造成了文甚粗糙,词不优美的毛病。对于这后一点,清朝的学者钱大昕在《蒙古秘史》的跋文中指出:"其文俚鄙,未经词人译润。"造成这种情况的根本原因,不在火原洁等人的文笔低劣,而是由他们翻译这部书的目的决定的。"词人译润"了,当然会有所增删,那就译文和原文的距离势必有所加大,这对那些使臣们学习蒙语肯定不利。所以,宁肯任其"俚鄙",而不愿"译润"修饰了。

总之,旁译和总译,作用不同,旁译帮助人们掌握词义,总译帮助人们了解整篇的内容和学会造句。这样做,目的是为了使那些明朝的使臣提高蒙语水平,在"往复朔漠"的时候,才能"以通言语,以达志意",并进而"皆能通达其情"。因此不能把这两种译文割裂开来,应当把它们视为整个《蒙古秘史》的译文中,是相辅相成的部分,是缺一不可的有机体。

说到这里,我们不妨得出结论说,《蒙古秘史》的翻译不同一般的翻译,火原洁和马沙亦黑二人翻译《蒙古秘史》,不是为了满足社会上阅读的需要,也不是为了满足研究人员编写历史的需要,而是为了满足明朝的使臣进一步学习蒙语的需要才翻译了它。从此以后,《蒙古秘史》这部巨著才得以摆脱"金匮石室"的羁绊,抛掉禁锢多年的"秘"字号金箍,从帝王们的小圈子走到广大的读者群中,成为社会上广泛流传的书了。

哈斯宝"新译红楼梦"年代考

宝音贺希格

史料解读

　　该史料为论文，原载《内蒙古大学学报》1978 年第 1 期。宝音贺希格根据现有史料考证了哈斯宝《新译红楼梦》抄本中"所抄""所写"年月的具体所指，否定了梁一儒、色音巴雅尔二人在《哈斯宝和他的〈新译红楼梦〉》一文中提出的结论。哈斯宝《新译红楼梦》手抄本已经发现五种，且都不是哈斯宝原译本，这些手抄本上都有"所抄""所写"年月。对于这五种手抄本中所注年代的含义，研究者们有不同的看法。宝音贺希格提出依据，认为梁一儒、色音巴雅尔"'新译'从一八四七年农历七月初译起，到一八五四年农历五月修改完毕历时六年零十个月"的结论没有充分说服力，并举例说明内蒙古图书馆藏本上"始写于道光二十七年孟秋月上旬"，说明这时哈斯宝已经译完了《红楼梦》。至于"写于壬子年孟秋吉日，修订于甲寅年中夏"这个年代，其中的"壬子年"是 1912 年，"甲寅年"则可能是 1912 年始抄、1914 年修订以后的年月。

原文

　　哈斯宝的《新译红楼梦》的手抄本现已发现了五种。除了我校蒙语专业合勘整理出版时所用三种手抄本以外，内蒙古语文历史研究所还藏有两种手抄本（其中的一个是残本）。

这些手抄本上都有"所抄"、"所写"年月。但转抄者们所注明的年月对研究者关系不大，所以人们不关心。如内蒙古大学图书馆藏本，这个本上写有"抄于光绪五年"。人们很注意内蒙①图书馆藏本和内蒙古语文历史研究所图书馆藏本，前者注有"始写于道光二十七年孟秋上旬"，后者注有"写于壬子年孟秋吉日，修订于甲寅年中夏"。

哈斯宝在他所译红楼梦的"读法"里写道："这本书里，凡是寓意深邃和原有来由的话，我都旁加了圈；中等的佳处，旁加了点；歹人秘语，则划线标识。"可是上述五种抄本都无此种标识，由此可以断定这五种手抄本都不是哈斯宝的原译本。那么，这五种手抄本上出现的"写于×年×月"和"抄于×年×月"的所注年代是属于哈斯宝翻译的年代呢？还是转抄者们抄写的年代呢？研究者们有了不同的看法。

梁一孺、色音巴雅尔二同志在他们的《哈斯宝和他的〈新译红楼梦〉》一文中，把内蒙古图书馆藏本的年代和内蒙古语文历史研究所图书馆藏本的年代合为一体提出了"'新译'从一八四七年农历七月初译起，到一八五四年农历五月修改完毕历时六年零十个月"的结论。（见《光明日报》1977 年 11 月 26 日）。这个结论的意思是：一，这两个手抄本虽然不是哈斯宝的原稿，但抄本上的年月不是抄者加的年月，而是转抄自原稿上的年月；二，内蒙古图书馆藏本的抄者只抄了始译的年代，内蒙古语文历史研究所图书馆藏本的抄者只抄了译毕和修订的年代。为证实这个论点梁、色二同志在另一篇文章里（内蒙师院出的《蒙古语言文学》刊物）提出了以下两个根据：其一，这两个抄本不象其他抄本为了说明转抄年月而写于卷后，而写在译文的前页上；其二，写有"修订"字样，以此说明译完及修订的年月（若说明转抄年月不会有"修订"二字）。

这些说法是没有充分说服力的。

---

① 编者注："内蒙"应为"内蒙古"，后同。

一，这两个抄本写的都是"始写于"和"写于"字样，而没有写"始译"和"译于"字样。"译"和"写"是概念完全不同的两个动词，这两个词在蒙古书面语里是概念非常清楚的，从未混用过。特别是象哈斯宝这样精通蒙古书面语的人不会混用这两个词。

二，把两个手抄本上的年月合在一起，从而得出结论，是有些勉强的。没有发现把这两本年月合写在一起的抄本以前，是很难令人信服的。

那么，怎么看待上述两个年月呢？

首先，"始写于道光二十七年孟秋月上旬"有两个可能，一是哈斯宝写完"前言""读法"的年月，二是后人转抄时的年月。第一个可能性比较大，理由是：

第一，哈斯宝在"序"里写到："门外啼叫的喜鹊，落在纸上的乌蝇，是我写这篇序文时的伴侣。"这段描写正符合孟秋季节。同时又说明哈斯宝的思想变化和整个回批的思想相比有些消极了。

第二，"序论""读法"一般情况下都写于著作和译文完成以后，不会在那以前。对于这一点，序文中说："心神向往，唯不能以清泉之水漱口度日，我便一直效法笔墨列案的人。读了这部《红楼梦》，更是欢喜爱慕，加批为译，译了下来"，这句话的意思是哈斯宝这时已经度过了童年失去了当喇嘛的机会，而只好过在他看来第二等好的效法笔墨列案的生活，在此期间他已经译完了《红楼梦》。这就说明哈斯宝写这序文时已经把《红楼梦》译完了。

在"读法"里说："这部书里，凡是寓意深邃和原有来由的话，我都旁加了圈；中等的佳处，旁加了点；歹人秘语，则划线标识。"这段话的意思是他怕读者不理解红楼梦语句的含意，他以圈、点、线来引起读者的注意。这段话说明哈斯宝是在整个译文中都划了圈点线以后才写的"读法"。

第三，哈斯宝因有事己卯年秋（1819 年）曾到承德府，在那里正好碰嘉庆皇帝 60 寿辰祝寿活动。能到城里理事物的哈斯宝当是廿岁左右的成年人，并且是一个能欣赏题诗的有文化的人了。在这里他没有提是否开始译红楼梦，但是《红楼梦》很有可能是 1819 年到 1847 的廿八年这段时期翻译的。如果假设1819 年时哈斯宝廿岁左右，到 1847 年写序的时候也差不多是四十多岁的人了，这也符合他在批里有关个人的叙述。

根据以上所述,内蒙古图书馆藏本上的"始写于道光二十七年孟秋月上旬"有两个可能,即哈斯宝写序的年月,或转抄人的始抄年月。不论两者的那一个,都说明这时哈斯宝已经译完了《红楼梦》。

其次再谈一谈内蒙语文历史研究所图书馆藏本上的"写于壬子年孟秋吉日,修订于甲寅年中夏"这个年代。

译者哈斯宝 1819 年曾去过承德府。1819 年前 1792 年有一个壬子年,把这个看做是哈斯宝写序的年代,有点过早,续写《红楼梦》的高鹗还在世,1795 年才中进士,百二十回的《红楼梦》是否问世了尚不清楚。

此后 1852 年和 1912 年又是壬子年,1852 年看来不是写序的年代,因为那么一点小序用不了两年的时间,(1854 年修订的)如果看作是写序和读法的年代,就无法解释序和读法中间的"道光二十年"了。1852 年也不可能是转抄者的年月,如果是转抄人的年月,就应该写"咸丰二年"。因为这个时期出的书不管是著作或译文都要写上皇帝的年号,大概也是当时的一个习惯吧。为什么抄本上不写皇帝年号呢? 这正说明不是 1852 年的壬子年,而是满清皇帝被推翻的 1912 年的壬子年,这时无法写皇帝的年号了。

至于"修订"的甲寅年,可能是 1912 年始抄,1914 年抄完以后修订的年月。内蒙古图书馆藏本(道光二十年本)里,遗漏的地方比较多,其他抄本和语文历史研究所藏本遗漏少,同时用红笔修改的地方很多,并且难读的用蒙文拼写的人名旁也加了汉字。这说明这个本子的抄者抄完以后和汉文《红楼梦》或遗漏较少的其他抄本核对过。

《新译简注"蒙古秘史"》简介

卢明辉

该史料为介绍，原载 1979 年 9 月 11 日《光明日报》。卢明辉对《蒙古秘史》和道润梯步《新译简注"蒙古秘史"》进行了简要介绍，后者的出版发行对于研究《蒙古秘史》的学者是一个喜讯。《蒙古秘史》成书于 1240 年，原本早已失传，现在流传至国外的版本是明代学者修订后的《脱必赤颜》，书名不确切且在各国出版多种译本，而且已作出了很多极有价值的研究成果并已成为一种"秘史学"。但在我国以往出版汉文音译本《蒙古秘史》中仍有明显的错讹和荒谬之处。道润梯步精于中外多种语言，吸收国内外研究精华，校正和评注了汉文音译本中的错漏，兼顾意韵统一，并提出了他对蒙古社会历史发展规律及其当代社会性质的新见解，富有文学和史学价值。经道润梯步精心译注，不但文意易晓，而且愈加显示出这部古典作品的光辉成就。

原文

道润梯步同志的《新译简注"蒙古秘史"》最近已由内蒙古人民出版社出版发行，这对从事《蒙古秘史》的研究者们来说是个喜讯。《蒙古秘史》成书于一二四〇年，原书是用畏兀儿古蒙文写成的，但早已失传，作者亦不明。现在流传在国内外的《蒙古秘史》是由明代学者们根据元代修正了的《脱必赤颜》（《秘史》）

版本,"纽切其字,谐其声音"的音译本,原名《元朝秘史》。其实这个书名是不确切的,因为在《秘史》中记载的史实,是从成吉思汗二十二代前的远祖孛儿帖赤那、豁埃马阑勒时起,至斡歌歹汗十二年止,大约五百年左右的历史轮廓,书中并未涉及到元朝的历史,明人汉译此书时便命名它为《元朝秘史》了,这显然是牵强附会。

《蒙古秘史》是一部著名的古典作品,它是早在七百多年以前,蒙古人用蒙古文字记述下自己民族历史的一部珍贵的历史文献和文学巨著。然而由于畏兀儿蒙文原本佚失,自从明代汉字标音本《秘史》问世以后,历来对此书注释者颇多,已成为专家们精心研究的一门学科。到十九世纪七十年代,俄国学者卡法罗夫将他在北京看到清宫内阁大库中所藏的汉文音译本《蒙古秘史》转译成俄文,于一八六六年发表后,引起欧洲学者们对此书极大的重视。近百年来,英、法、德、日、俄等多种文字的转译本或音译本《蒙古秘史》在世界各国出版,已成为各国学者们广为研究而且已作出了很多极有价值成果的"秘史学"。然而在我国以往出版的汉文音译本《蒙古秘史》中,有许多令人难以理解并与蒙文本原义有明显错讹,甚至在一些名词注解中,亦夹杂着不少荒谬的见解。

新出版的《新译简注"蒙古秘史"》著者道润梯步同志,是内蒙古自治区社会科学院副院长,他是对古代蒙古史学、文学、诗词颇有研究成就的学者。这本《秘史》虽然是他"新译简注"的,但也称得起是精心杰作,是值得向广大读者介绍的。《蒙古秘史》也是一部蒙古民族的古典史诗优秀作品,经道润梯步同志这次精心译注,不但文意易晓,而且愈加显示出这部古典作品的光辉成就。

道润梯步同志是精于多种中外语言文字的蒙古族学者,在这本书中,他发挥其精练的语言学才干,对中外出版的多种《蒙古秘史》本进行了比较对照研究,并以他所善长的蒙古语言文学和渊博的蒙古史知识,针对明代汉文音译本《秘史》中的错讹,重新用古汉文译注,不仅恢复了《蒙古秘史》的本来面貌,而且还纠正了在汉文音译本中许多辞意解释的谬误;对近百年来国外出版研究《蒙古秘史》所取得的很多极有价值的成果,充分吸收了其精华的成分。他对一些《秘史》学者们在对《秘史》中的一些名词解释"往往笼罩着宗教思想和道德观念的迷雾"作出牵强附会的解释，和其中明显的辞意注解错误，也通过其联缀中西史料加注的方法，作了必要的评注或校正说明。

此外，道润梯步同志在《新译简注"蒙古秘史"》序言中，通过他研究《秘史》中记载的阶级关系和经济形态等问题，以及对成吉思汗时代前后的蒙古社会历史发展过程的研究，提出了他对蒙古社会历史发展的规律及其当代的社会性质新的见解。同时亦指出《秘史》的价值，"不只在史学和文学方面"，通过书中所描写的一系列战争过程的精彩战例，突出表现了成吉思汗等蒙古将帅们卓越的军事天才，为研究蒙古古代的军事学方面，也提供了极为有价值的丰富资料。这是与以往的《秘史》学者们有别的显著特点之一。

《蒙古秘史》是用蒙古古代民间口头诗歌韵文形式写成的史诗。在这部优秀的文学作品中，充分显示出蒙古民间古代文学那种"感于哀乐，缘事而成"的语音、语法、修词和诗歌口语的特点。道润梯步同志在《新译简注"蒙古秘史"》中，克服了蒙汉两种语文在韵文上固有的矛盾，充分运用他所熟悉的蒙、汉古文相映的形象语音知识，保存了这部珍贵作品中的原有的文学价值特色。译文用辞朴素、确切，书中完全保持了这部作品的语言韵律成分，在蒙古古代文学作品中多是以口头诗歌的韵文形式，在奇句中常采用头韵和腹韵，而偶句则成为双重叠韵。而《新译简注"蒙古秘史"》中不但兼顾了这种意韵的统一，而且使书中的各节韵文更显现出翘然屹立的色彩，放射着神妙绚丽的文学光芒，从而使这部优秀的文献，无论从史学或文学的角度方面研究，都将会引起中外研究《蒙古秘史》学者们的巨大兴趣，使它更具有深刻感染读者的力量。

蒙古文本《新译红楼梦》评介

梁一孺

史料解读

　　该史料为论文,原载《红楼梦学刊》1979 年第 2 期。梁一孺对蒙古文《新译红楼梦》进行了介绍和评价。清代蒙古人哈斯宝蒙文手抄本《新译红楼梦》的回批思想性和艺术价值高,许多见解至今仍新颖精辟。关于译者哈斯宝的生平事迹记载甚少,大致可知其出身于封建地主家庭,但是没有做过官,蒙汉语兼通并为金陵十二钗画过插图,只是并未流传下来。《新译红楼梦》目前发现四个抄本、一个残本,均非哈斯宝原译本,但是较为完整的手抄本之间大同小异。《新译红楼梦》采用蒙古族传统节译为主、中间穿插少量缩写文字的翻译形式,对《红楼梦》的社会意义予以热情肯定,回批几乎涉及《红楼梦》中所有重要人物,褒贬态度鲜明:赞美同情大观园里丫环们的美德和反抗精神,对宝玉和黛玉的人格给予高度评价,对他们的爱情悲剧倾注了无限同情,对于一些历来有争议的人物如贾母、宝钗等的评价寥寥数语但能切中要害。哈斯宝认为宝黛爱情是《红楼梦》的艺术结构主体,还暗含曹雪芹以两玉高尚人格自指的社会理想,所以《新译红楼梦》的主线也是宝黛爱情故事。哈斯宝认为曹雪芹有用曲笔刻画人物性格的本领和新奇有趣的表现技巧。不可避免地,哈斯宝也带有浓重的封建正统思想和唯心史观的局限性,但是一位少数民族译者耗费时间和精力翻译并提出创见是难能可贵的。

原文

　　清代蒙古人哈斯宝的蒙文手抄本《新译红楼梦》（以下简称《新译》）于一九七三年被发现，嗣后进行了初步的校勘整理。这是个一百二十回原著的四十回节译本，除译文外，还包括译者撰写的序言、读法、总录、四十篇回批和十一幅插图。《新译》的主要价值不在它的译文，而在它的回批。这些回批从思想和艺术上多方面地表现了哈斯宝对《红楼梦》至今仍觉新鲜的精辟见解，又兼及许多重要的文学理论、绘画理论问题，因此它的面世引起了学术界广泛的兴趣，可以说是近年来《红楼梦》研究中的一项新收获，也是源远流长的汉蒙文化交流的一个有力佐证。

一

　　译者哈斯宝的生平事迹迄今所知甚少，仅从他唯一传世的《新译》中透露出一些消息。哈斯宝，汉文直译为"玉的护身符"，意译即贾宝玉胸前佩带的那块"通灵宝玉"。显然这是译者因钦慕小说主人公而自拟的一个笔名。又自号"施乐斋主人""耽墨子"。他自称曾于嘉庆己卯年（1819）秋到过承德府。在《新译》的一个手抄本的序言末尾注明"道光二十七年孟秋初一日撰起"，在另一手抄本的封面上又写着"壬子年七月撰讫，甲寅年五月修改装订"，由此可以推断哈斯宝大致是生活在嘉庆、道光和咸丰三代，主要著述活动在道光年间。他的家乡应该是在离承德府不远的卓素图盟，即现今辽宁省西部一带。这里是近代蒙古族经济文化高度发达的地区，受汉文化影响很深，一般知识分子都是蒙汉语兼通，哈斯宝可说是他们的代表人物之一。他出身于封建地主家庭，过着"笔墨列案"、临窗赋诗的闲适生活。他的弟弟也受过汉文化的薰陶，两人讨论《红楼梦》时发表了很不相同的见解。哈斯宝对"显赫一时，侍从载道""喜则慨颁赏赉，怒则刑罚加人"的仕宦生涯深深"叹息"，表示厌恶，加上清皇朝一贯对蒙古族知识分子入仕严加限制，所以他似乎一生没有做过官。他通晓蒙汉古代文化，对《史记》《汉书》《水浒》《金瓶梅》《通鉴纲目》以及蒙古族英雄传奇《格斯尔传》等都能旁征博引,非常熟悉。也很会鉴赏承德府街市上为庆贺皇帝寿辰而精工布置的亭台楼阁、鹤兽花枝一类艺术制作,吟咏玩味汉文题诗和对联。他还结交了一批文友画客,经常聚在一起纵谈古今,说戏论画。特别是对我国古代绘画艺术,他有浓厚的兴趣,不但在《新译》回批中多处征引汉族古代画论技法,借以阐述他的文艺观点,而且还亲自加以实践,根据《红楼梦》金陵十二钗正册的诗词曲,"拟绘肖像,仅供看官鉴阅",一共画了十一幅插图。据考证,这些插图已非译者的手迹,是后人的仿作。值得注意的是,最后一幅没有画秦可卿悬梁自尽,却画了一对鸳鸯浮水。在回批中他也明确地把女奴隶鸳鸯归入金陵十二钗正册之中。这种提高鸳鸯地位的做法不知道是有版本的依据呢,还是仅仅表现了哈斯宝自己对人物的评价?

《新译》目前发现了四种抄本,一个残本。其中,内蒙古大学、内蒙古图书馆各藏一个抄本,内蒙古语文历史研究所共藏两个抄本,一个残本。这五种手抄本都不是哈斯宝亲笔撰写的原译本,因为译者在"读法"和回批中曾经多次指出,为了提醒读者注意某段文字或某个人物的言行,"凡是寓言深邃和原有来由的话",都分别在译文旁边加了圈、点、线三种标志,可是现存的本子都没有这些标志,说明均非原作。从这四种较为完整的手抄本来看,除内蒙古图书馆藏本译文脱漏较多外,各本大同小异。《新译》的基本部分,即四十回译文和回批、读法、目次以及卷末的总录,各个抄本都有,其余部分则各本互有异同:有的抄本增加了序言和插图,有的抄本将《红楼梦》十二支曲摘句蒙译以后,从汉文原著的第五回提到了目次之前,相当于"卷头诗"的地位。有的抄本注明了转抄时间(如"光绪五年"等),有些抄本则在蒙译人名旁边加上汉文原名,用以正音,显然这是抄写者在抄完以后又依据原著及各种抄本进行了校勘核对。《新译》是个一百二十回汉文原著的四十回节译本,哈斯宝究竟是依据原作的何种版本或抄本蒙译的,至今未能考订清楚。但可以断定不是手抄本系统的各类脂评本和程乙本(程伟元乾隆壬子活字本),虽同程甲本接近也有明显差别。从地域上来看,哈斯宝的家乡邻近甚或就在满州八旗境内,这一带很可能流传着旗人子弟曹雪芹《红楼梦》的多种抄本和版本。这样，哈斯宝在翻译时就有很大的选择余地。如果能够弄清《新译》的确是有未曾面世的版本依据，这将是个很大的贡献。从译文看，哈斯宝基本上是以宝黛故事为主线节译原文，因为他认为曹雪芹写《红楼梦》主要是写了"宝黛二人的命运"，"此书大半是这两个人的故事"，因此他也就"摘出两玉之事，节译为四十回"。其中，有些章回舍弃不译，个别情节前后有所调动，有的章回则加以极简略的缩写。所以说，《新译》是个以节译为主，中间插入了少量缩写文字的蒙译本，这是蒙古族一种传统的翻译形式。

二

哈斯宝对《红楼梦》主题思想的理解颇有见地。他热情肯定此书积极的社会意义，表示要竭尽全力向蒙古族人民包括"牧人农夫"推荐这部"神妙细腻"的"奇"书，坚决反对把这部优秀作品当成"朽俗无味"的"诸才子书"来读。对本书大纲第四回，他不但忠实地全译下来，而且把这一回放在全书故事发展的重要关节上加以考察，正确地指出"应天府一案"对展开荣国府的衰亡史和金陵十二钗的命运是"一笔点睛"、非常要紧。"人命案起，因缘便结下了"，所以绝"不能没有这桩人命案"。这在当时的确是一种真知灼见。总的说来，哈斯宝对《红楼梦》的评论，主要集中在人物论和艺术分析两个大的方面，这是《新译》回批中最精彩的部分，值得认真研究。

哈斯宝的回批几乎接触到《红楼梦》中所有重要人物，他臧否褒贬，态度鲜明，和旧红学家们恰成对照。他赞美同情大观园里女奴隶们的美德和反抗精神，为她们的命运叹息、惋惜，甚至洒下辛酸的泪水。例如，他认为晴雯之死完全是王夫人及其"耳目"袭人诬诌迫害造成的，直接原因是她看不惯袭人狡诈狐媚伪善的奴才相，忍不住要冷嘲热讽，"大发脾气"，无情地撕开袭人的假面具，这才引起袭人的痛恨，背地里"捣鬼"，终至"一语断人之死"。《芙蓉诔》中的"鸠鸩恶其高""蓣菢妒其臭"就是"明指"晴雯的高尚人格和袭人阴险狠毒的"厉害"。哈斯宝对鸳鸯特别推崇，对反动文人强加给她的那些"义仆""烈女"的谥号痛加驳斥。他有力地反问道："鸳鸯之死，真是舍不得贾母，随她去的么？并非如此。……贾母非死于仇敌,何义可尽?贾母非其夫君,何节可殉?果真感恩,思求报答也就是了,何必殉死?故不能说是大义大节。"他认为鸳鸯的死是"有大难处大苦处",即"枯桑朽榆"贾赦的逼婚。反奴役,反迫害,以死抗婚,哪里是什么"节义"?!这种透辟的分析完全符合"家生子"鸳鸯的性格发展逻辑。哈斯宝从曹雪芹那里接受了关于妇女地位的民主思想,他总是怀着纯真的感情,站在完全平等的地位上来赞美大观园里受压迫受歧视的丫环仆妇。他认为,紫鹃绝不是一名普通的使女,而是一位比任何"忠臣、义士、孝子、烈夫"都要刚强决绝、义无反顾的真女子,她敢于怒斥林之孝家的狗仗人势,拒绝到宝钗婚礼上"吊包儿"瞒哄宝玉,仅此一桩,就不能不使人肃然起敬。她和黛玉的关系犹如一缕彩云和一弯明月,交相辉映,相依为命。"不能只评月不评云,云月二者之间有妙理贯通,欲合之则又不可合,欲分之而更不可分",因此只把紫鹃看做是潇湘的使女,而不看到她实在是潇湘的"知音"、"知己"和"知心",那就是"枉读此书"。有人指责傻大姐是个成事不足,败事有余的"杀大姐",直接促成了晴雯、黛玉之死。哈斯宝站出来替她辩白,说"傻大姐并不傻",只因为"在习而相远的一群奸诈之人中,有一个本性相近的正直人,便得了一个'傻'名",实际上她率直纯朴,敢说真话,是"智之极"!

哈斯宝对宝玉特别是黛玉的人格给予高度评价,对他们的爱情悲剧倾注了无限同情。这同当时文人学士们咒骂《红楼梦》"启人淫窦,导人邪机"的叫嚣成了鲜明的对比。宝玉为什么不孝奶娘以至父母,反而"特别看重丫环"呢?因为丫环们的心地象玉洁冰澈那样清爽、淳朴,而贾政王夫人却在拼命地追逐富贵"财色",炙手可"热"。宝玉不愿去搞仕途经济,不入国贼禄蠹之流,就被视为"不肖"、"不孝",以至横加笞挞,非欲置之死地。这类父母是因"欲业"而迷狂,所以叫做"假父母"。有贾政王夫人这种"假父母",就可能产生不听"光宗耀祖"的"规训","行为偏僻性乖张"的贾宝玉这种"假孝子",这就叫做"父不慈则子不孝"。哈斯宝认为从宝玉不孝父母可以"悟出"贾政王夫人究竟是何等样人,曹雪芹在这里褒贬人物的"用意"很深,是他的"司马迁之笔"的神致所在。

林黛玉是哈斯宝无保留地赞美、怜惜、同情的完美人物。她的人格的高尚,品行的端庄，特别是性格的"倔强"，即对封建正统派誓不低头的反抗精神，使译者感叹唏嘘，恨不同时。旧红学家们责怪黛玉"处处口舌伤人，是极不善处世、极不自爱之一人，致蹈杀机而不觉"。哈斯宝则尖锐地指出，她爱哭、多心，有"小性儿"是因为"有口难言心中话"，根本的原因是寄人篱下的恶劣环境造成的。宝玉挨打时众姐妹纷纷到场劝谏，只有黛玉远避潇湘馆，绝不去缓和叛逆者和卫道者之间的矛盾，向贾政求情。事后她才"两个眼睛肿得桃儿一般，满面泪光"地到怡红院探伤。哈斯宝认为这种"唯独留下黛玉不写"的情节安排表现了作者深化黛玉性格的深刻"寓意"，"这要请明哲之士作思"。黛玉的"倔强"，首先是直接针对着处心积虑地破坏"木石前盟"的宝钗和袭人。宝钗借口黛玉吟哦《西厢记》、《牡丹亭》上的艳词，并同宝玉私相传递，大兴问罪之师。但是黛玉却在"戏谑之余"有力地予以反击，使"宝钗听了这几句，才知道黛玉是吓不住的"。后来宝钗又假意去潇湘馆探病送茶，"行权弄术"，接二连三地采取软硬兼施的手法要制服黛玉，但直到最后也未能使黛玉低头，两人终于走上了"裂痕难缝"的绝路。

对于《红楼梦》中一些历来有争议的人物，自许为曹雪芹"后世的知音"的哈斯宝也一一给以评价，往往寥寥数语就恰中要害。他痛斥贾母对宝玉"溺爱不明"，"变卦"害死了黛玉，是个罪愆深重、可恨可鄙的"老妖婆"、"老母猴"；他撕下贾政道貌岸然而擅长"弄虚作假"的伪装，要给他改名叫"假正"或"假正经"；他诅咒王熙凤"背理而行"设"吊包儿"毒计毁了"木石前盟"，是个"最伪诈"的歹徒。在这些反面人物当中，哈斯宝最痛恨宝钗和袭人，认为曹雪芹着意塑造这样两个"奸狡狠毒"的角色是要体现本书"抨击谄奸，令人生畏"的主题思想，用意很深。薛宝钗灵魂的奥秘是"奸狡"、"藏针隐锥"。为了夺得宝二奶奶的席位，她"上对贾母、王夫人谄谀备至，下对仆妇丫环笼络讨好"，既定目标是离间拆散"木石前盟"。她最擅长收买人心，软刀子杀人：赠送土物意在勾起黛玉"人离乡轻，物离乡贵"的身世之感，影射贾府不是她安身立命的地方，这样来"刺透潇湘的骨髓"；探病送茶是得胜后的逼进，故意说什么"又不老，又不少，成什么，也不是个常法儿"，进一步打消黛玉对"木石前盟"的幻想，使"她的心渐渐死去";最后在"金玉良缘"已成定局的时候,又假惺惺地赠黛玉所赋四章,甜言蜜语地进行欺骗,配合贾母封锁定亲的消息,麻痹黛玉。黛玉一死,她又接着展开了巩固地位的紧张努力,一把撕下她"静慎安详,从容大雅"的面纱,咬紧牙关"向濒死的宝玉告诉潇湘噩耗"。她"出此绝计"真是"恶计残极":宝玉全愈,可保"千载难逢之喜"延续下去;宝玉殒命,幸而尚未圆房,不至"连累终身"。薛宝钗就是这样一个既"有负潇湘",又"有负宝玉"的利欲薰心的冷美人!哈斯宝还把"狡婢"袭人当做宝钗的影子加以无情的鞭挞。她的罪恶有二:一是埋伏在女奴隶群中充当王夫人的一条"奸诈"、"厉害"的走狗;二是同宝钗"两奸相党",竭力破坏宝黛爱情。其卑鄙目的是谋求妾的地位,挤进主子的行列。哈斯宝痛心疾首地说:"我把袭人看做妇人中的宋江",这个比喻真是一箭中的!

三

哈斯宝对《红楼梦》的伟大艺术推崇备至,说他置身于这座瑰丽多彩的艺术宫殿,仿佛"从井底窥测星宿"一般,目不暇接,迷其所往。每次展卷都要漱口,焚香,脱帽致敬,然后才开始精读细研,圈点品评,务期溯本探源,有所裨益。他称赞曹雪芹"文思之深好象大海之水,文章的细腻有如牛毛之微,络脉贯通,针线交织",既具有"务求实事实理"的"逼真"的现实主义精神,又富于奇妙的神思、"伏线千里,连绵不断"的幻想,在艺术构思、人物塑造和表现技巧上都取得了"惊人"的成就。

哈斯宝认为《红楼梦》艺术结构的主体是宝黛爱情故事,作者是围绕"宝黛二人的命运而展开此书"的,因此他的《新译》也以宝黛故事为主线。但是他又进而指出,曹雪芹采用这种宏伟的艺术结构并非单纯为了歌颂宝黛爱情,其用意还在以两玉的高尚人格自况,隐喻阐发自己的社会理想。《红楼梦》不以宝黛爱情发端,而是开篇安排了冷子兴演说荣国府,把千头万绪的人物故事象梳理头发那样"拢到一起""盘在头顶",提纲挈领地道出贾府的兴衰际遇,这说明曹雪芹是"有意"赋予宝黛爱情以丰富深刻的社会含义,把这条主线扩展开来,描绘出更加繁富多样的社会生活图景。

哈斯宝指出《红楼梦》塑造典型、刻划性格有如下几个特点：（一）善于在激烈的矛盾冲突中表现各种人物的面貌和个性。如通过宝玉挨打一场，"写贾政，活龙活现写出一个气急败坏的父亲。写王夫人，逼真勾画出一个疼子心切的母亲。尤其老夫人，写得同老婆子毫无二致。写众人，也各具特色"。宝玉黛玉的倔强性格和挚着的爱情，更是在这次事件中得到了特别鲜明突出的表现。（二）通过人物自身的语言和行动来显示个性，作者的爱憎褒贬是在读者"不知不觉"之中自然而然地流露出来的。如贾雨村以"宗侄名分"攀附贾府的丑恶行径，王熙凤夸赞黛玉奉承贾母的殷勤作态，宝钗借观赏"通灵宝玉"为名鼓吹"金玉良缘"的狡黠，以及袭人"装睡"愠怒来箴规宝玉的奸诈，都是采用了"暗中抨击之法"，使这些人物声态并作，跃然纸上。（三）以迭宕起伏、变幻多端的艺术笔触，真实地描写各种人物的具体环境，刻划独特的个性。如宝黛二人发生口角引起四人"各怀心事"而哭："黛玉哭的是有口难言心中话"——"黛玉的哭是苦的"；"宝玉哭的是有话说不到心坎上"——"宝玉的哭是涩的"；"袭人哭的是宝玉如此倾心黛玉，自己终将如何？如果落在黛玉之下，便权势全休"——"袭人的哭是酸的"；"紫鹃哭的是黛玉为宝玉这般劳心，病怎能好？要是病得不可收拾，自己又将靠谁？"——"紫鹃的哭是辣的"。特别是刻划薛宝钗这个复杂丰富的典型性格，更显示出作者难以企及的艺术才华。从读者的角度来看宝钗这个奸狡之徒和阴谋家，都要经历一个认识深化的过程，"乍看全好，再看就好坏掺半，又再看好处不及坏处多，反复看去，全是坏，压根儿没有什么好"。说明认识形象内涵的丰富性不是一次完成的。但是毕竟"看出全好的宝钗全坏还容易"，而对作者来说，要"把全坏的宝钗写得全好便最难"了，难就难在既能把"深奸细诈之徒"写得似乎是"极明智极贤淑的人"，却又不混淆正反面人物质的规定性，使读者误把坏人当好人。作者这种运用"曲笔"刻划人物性格的本领，是一种"臧否全在笔墨之外"的高超的艺术。

另外，哈斯宝对《红楼梦》新奇翻波、妙趣横生的表现技巧也赞叹不已，并且作了言简意赅的概括：有实写和虚写，有直笔和曲笔，有明指和暗喻，有铺陈和烘托。还有主客之法，穿针引线之法，隔岁播种之法，帘中花影之法，牵线动影之法等等。他引述丰富的实例说明作者善用对比笔法突出人物的性格特点:三玉(宝玉、黛玉、妙玉)是相似性格的对比,造成的艺术效果是"怪僻"中同而又异,交互辉映,相得益彰。钗黛是对立性格的对比,一"奸"一"忠",一"假"一"真",忠奸真假"既不能消,又不能让",在"搏击掀发"的矛盾斗争中形成了各自鲜明的个性。作者极其熟谙贵族之家的底蕴,又有深厚的艺术素养,所以能够舒卷自如地把看来平凡琐细的日常生活写得有声有色,意境深远。时而是"皎月晴空的幽景,长空无尘,流光清澈",时而又是"乱云掣电暴风疾雨""风浪顿起""鸟惊兔奔",真是有张有弛,仪态万方。即使是描写同类人物、同类事件,也写得"似同而异""异中见同","似飘如飞""笔锋神速",绝不雷同重复。例如,撵司棋,退入画,写的都是主仆离异。"迎春听了司棋事,含泪不舍;惜春见入画求饶,却吵个不休。司棋哭求,见迎春耳软心活,知道没了指望。入画也哭求,但见惜春气锐意坚,便自罢休",离别境况和各人的表现都大不相同。又如写宴会,薛蟠是"为宴行令",逗人发笑"出于真情";刘姥姥是"为令开宴",被人取乐"故意作戏"。两次宴会一样地"红火热闹",但两人的身分、经历和见识却大相径庭。《红楼梦》这种连类对比的技巧,"翻云复雨"的笔法,以及"从一诗一词到故事戏语都有深意微旨"的艺术匠心,表现出曹雪芹这位"奇人"和"一派宗师"深厚的生活根基,精湛的艺术技巧。

四

哈斯宝有浓厚的封建正统思想和唯心史观,世界观中揉杂着儒教和佛学的各种消极落后因素。他悲叹人生无常,不理解"金满箱,银满箱,转眼乞丐人皆谤"的社会激变,羡慕"超脱尘世"、"悟道参禅",或者专以读书赋诗来"消遣一生"。他往往曲解曹雪芹的民族民主思想,甚至认定作者是以宝黛对爱情的忠贞来隐喻、剖白对皇帝的忠诚,因为有奸臣"上蔽我主",才"有此书成"。他对曹雪芹反传统反礼教的斗争精神不能充分理解,把乌进孝缴租、尤三姐杀身这样一些阶级斗争色彩特别鲜明的情节场面略而不译。他虽然遣责"邦无道"的黑暗政治,却又主张逃避隐居,认为贾雨村这个贪酷奸诈的赃官之所以徇情枉法,是社会环境的逼迫,想做清官而不能如愿。即使是对宝黛爱情悲剧的分析,他有时也陷入"天命论"的窠臼,"才子佳人"的陈套,说宝玉虽是个"寸地不乱"的"神童""才子",却在当学之年不学"洒扫,应对,进退",迷于女色;黛玉不似文君、莺莺那样"先通私情,后再正娶",始终保持着"妇节","不违礼教",堪称"才女""绝代佳人",但她的爱情悲剧是因为"热极生凉,生凉则终有寒极",不是人力所能改变的。高鹗的续作违反了原作"食尽鸟投林,落了片白茫茫大地真干净"的创作意图,给大厦将倾的贾府安排了一个"兰桂齐芳"、"家业复起"的结局。哈斯宝并不知道有高鹗续作,误认为这就是曹雪芹的原作,并称赞贾家获罪之后又复世职确系"全书大纲",这说明他和高鹗一样,都存在着封建正统思想,并不理解曹雪芹为封建末世唱挽歌的创作意图。当然,哈斯宝这些时代阶级的局限性并不奇怪,是一种历史的必然现象。远在一个多世纪以前,一位少数民族作者就付出了六七年的艰巨劳动,热忱地翻译评论这部古典名著并勇敢地提出了自己的创见,这的确是难能可贵的,特别值得我们珍视。

近代蒙古族著名作家尹湛纳希

乌丙安

史料解读

　　该史料类型为作家介绍,原载《中国民族》1979 年第 2 期。乌丙安用简练的语言介绍了蒙古族作家尹湛纳希的生平及主要著作。尹湛纳希于 1837 年 5 月出生在卓索图盟土默特右旗一个封建地主之家,家庭学术氛围浓厚,三十岁的尹湛纳希在家庭日趋没落后走上了创作的道路,穷困潦倒后的所见所闻为创作积累了丰富的素材,五十六岁时死于辽宁锦州。尹湛纳希的创作既继承了蒙古族文学传统,又创造性地吸取了汉族古典文学现实主义精神,续写了父亲未完成的作品《青史演义》,创作了《一层楼》及其续篇《泣红亭》,虽然由于历史和阶级的局限性,作品中有宿命论、英雄创造历史等观点,但仍不失为我国近代文学史上不可多得的民族优秀作品。

原文

　　一八九二年二月二十五日,阵阵寒风把辽宁锦州城侵袭得格外冷清。在一所失修的旧宅里,一位靠当卖借贷糊口、客居此地的蒙古族中年人停止了呼吸。他就是近代蒙古族文学史上著名的现实主义作家尹湛纳希。

　　他以五十六岁的年龄过早地结束了自己的创作与生活,对当时蒙古族文学的发展不能不说是巨大的损失。但是,他为蒙古人民留下的一百五十万言的文学著作,至今还在我国民族文学宝库中放射着异彩。

尹湛纳希一八三七年五月二十三日生于卓索图盟土默特右旗（即现在的辽宁省北票县下府乡）"忠信府"，乳名叫哈斯朝鲁，汉名叫宝衡山。他的父亲、旗协理台吉旺沁巴勒，不仅是鸦片战争中的爱国名将，同时又是一位蒙古史学家。还在尹湛纳希童年时代，他就撰写了《大元盛世青史演义》前八回。伊湛纳希的长兄古拉兰萨是一位蒙古族爱国诗人，曾写了《望肃清英吉利匪盗胜利归来》等诗篇。文史之家培养了这个出身于封建地主家的公子，爱国主义、现实主义的文化传统教养了这个大动荡年代成长起来的青年。但是，他真正走上现实主义创作道路，却是在他的家庭日趋没落之后。那时他已三十岁。他接触到了农民生活的苦难，并接触了极其丰富的蒙、汉族民间传说、故事、歌谣和谚语，这给他的创作提供了宝贵的营养和丰富的素材。

尹湛纳希在他的创作历程中，继承了蒙古族文学传统，同时创造性地吸取了汉族古典文学现实主义精神，续写了他父亲未完成的作品《青史演义》共一百二十四回（现仅存前七十回），创作了以近代现实生活为题材的长篇小说《一层楼》及其下部《泣红亭》，同时还用蒙文翻译了《红楼梦》。

《青史演义》是一部文艺性的蒙古史演义。它以成吉思汗诞生起到窝阔台即位后八年这七十四年的历史事件为线索，在史实的基础上塑造了若干生动的人物形象，描述了许多动人心弦的故事。它真实地表现了十二世纪末到十三世纪初蒙古各部落彼此兼并、常年混战的情况，反映了成吉思汗用战争手段建立统一国家，使各部落百姓过上安定生活的艰难历程。作品风格清新，脍炙人口。

《一层楼》和它的续篇《泣红亭》是尹湛纳希的另一部代表作。它的出现，在蒙古族文学史上有着划时代意义。小说的情节是以主人公璞玉和炉梅、琴默、圣如的复杂爱情生活为基本线索展开的。它深刻地揭露了他们追求个性解放所遭到的封建制度的桎梏和摧残。同时，小说还反映了农民在封建地主剥削下的悲惨生活和人民保卫海防、抵御帝国主义入侵的某些侧面。小说成功地吸取了汉族诗词格律的精华，发展了蒙文诗的行、句与对偶形式，创造了用蒙文填词的新体裁，成为我国近代文学史上不可多得的民族优秀作品。

当然，作者在《青史演义》、《一层楼》中也反映了他的宿命论的观点、英雄创造历史的观点等等，但这毕竟是阶级的和历史的限制，是不能过苛要求的。

第二辑

藏族古代文学

本辑概述

　　本辑收录了刘艺斯、朱刚、王沂暖、李佳俊、毛继祖和段宝林撰写的 6 篇藏族古代文学研究论文，意珠撰写的 1 篇介绍文章，王尧、高景茂、次旦多吉等人选译的《萨迦格言》哲理诗集节选。论文分别发表在《文物参考资料》《青海民族学院》《西藏文艺》《青海民族学院学报》《北京大学学报》上，介绍文章发表在《四川日报》上，哲理诗集节选分别发表在《中国民族》《宁夏文艺》《西藏日报》《西藏文艺》上。这些文献内容涉及西藏艺术，《萨迦格言》《猴鸟的故事》《诗镜论》，宗喀巴、仓洋嘉错以及新发现的作品节选。王尧、高景茂、次旦多吉等人都节选翻译了部分《萨迦格言》；李佳俊发掘出《猴鸟的故事》被低估的研究价值，认为该作品是民族团结的颂歌；段宝林对仓洋嘉错情歌的思想和艺术的详细分析介绍也值得关注。

　　不过，从藏族古代文学研究的整体角度看，本时期藏族古代文学研究虽然重点突出，但还比较薄弱，藏族古代文学的搜集整理、译介和研究尚处于起步阶段，研究方法也比较单一。

西藏的佛教艺术

刘艺斯

史料解读

　　该史料为论文,原载《文物参考资料》1957 年第 4 期。刘艺斯详细讲述了西藏的建筑、壁画、雕刻中的佛教艺术。藏族信仰佛教,自七世纪松赞干布统一各部落至今,寺庙建筑、壁画、绘画、版画和雕刻品都是历代藏族人民智慧的结晶,各代画家都以为宗教服务为思想、以临摹为能事。拉萨是藏族佛教的中心,大昭寺是佛教文化与汉藏关系的典型代表,艺术价值和历史价值高,浮雕、圆雕、卷画艺术堪称一流,装饰精良,结构下大上小,西藏建筑形式大多如此。西藏艺术经历数百年的发展才有如今的成就,因与汉文化交流密切,佛教艺术呈现出汉藏交流的姻缘关系:首先是寺庙的建筑艺术金碧辉煌、雄伟华丽,其次是倾向写实、主题明确,再次是主要人物排正中、布局有序,最后是色彩自由且大胆、笔法精简老练。这说明西藏最早的画家已经是具有相当素养的艺术家,在与汉文化的交往过程中,他们通过现实主义手法反映民族交往交流的历史。藏族人民的佛教艺术善于取长补短,并一直保持自己独特的艺术风格。

　　藏族同胞是祖国勤劳勇敢并有着悠久历史文化传统的兄弟民族之一。在历史的发展过程中，创造了极为丰富多采的本民族文化艺术，是祖国文化艺术遗产中极为优秀的一部分。

　　藏族人民是信仰佛教的。远在第七世纪，从统一各部落为王的松赞冈布起到现在，1300多年来，劳动人民创造出：康藏高原上数以千计的大小寺庙建筑；用矿物质的颜料画在墙壁和布上的绘画；用石、木、泥、铜、银、金等质料制出的雕刻品；以及多种多样的工艺美术和用简炼的刀法，表现出刚劲有力、极为精致的板画等各种艺术。这些皆是历代藏族人民劳动与智慧的结晶。在这些作品中都真实的反映了生活，不仅成为历史、人物、故事的形象记载，而且还是具有高度艺术价值的作品。

　　拉萨城是藏族佛教的中心，也是政治、经济、文化的首府。代表佛教文化和汉藏关系的首推该城的大昭寺，相传是在唐朝贞观十五年，文成公主与藏王松赞冈布在641年新婚后至650年这段时期修建的。寺庙大门的对面有公主柳，为他当时亲手所植，在柳的前面有甥舅同盟碑，系金城公主之子赤松德贞藏王于762年与当时唐朝德宗皇帝所订立的。寺庙的结构下大上小，内外主要干墙为花岗石造成，门窗户格也下大上小，很是一致。寺庙的三至五层是平台，平台之上为木质结构的宫殿式建筑，宫殿的屋瓦及四周的装饰浮雕、圆雕等皆为铜质镀金。一般寺庙的建筑形式，也是如此。如布达拉宫的下部为堡垒式，高达六至十五层，平台之上建有木质结构的宫殿六、七座，内部的经堂和画廊多达数百间，这是西藏建筑形式的最大特点。其他噶丹寺、色拉寺、哲畔寺、扎什仑布寺等的构造亦如此。

　　大昭寺内部二楼的古门及正殿前三面，有近二十根大木柱及斗拱，斗拱上有裸体或着衣的人物、天鹅、牛、羊、鸟兽等造型的浮雕，作品多而精，在刻画形像上除表现得生动逼真外，在刀法上也是非常精简和老练，可看出其造诣之高，堪称古代第一流的作品。四周走廊分内外墙两道，各有大壁画，在画中描写了释迦牟尼佛及宗喀巴等的传记故事,以及历代帝王大师的肖像画。其中有相当大的作品六、七幅,和唐代汉画的单线平涂的作风极相似。可惜已被长久岁月日夜不停的香火、油烟所侵染而变黑发光。兼之历代画工受命重画不只一次,原样早已不存了。但在有些地方还可看出一些来龙去脉。如"贤劫千佛的父母"中的一部分壁画,尚可察出受唐的绘画色彩、勾线的影响。寺内三楼以上,有六座宫殿式的建筑,非常雄伟和华丽。在各种质料的浮雕、圆雕、卷画等艺术中,都可看到汉藏文化交流的痕迹。这个寺庙也可说是汉藏民族在唐代时文化交流的标志。

公元 960—1279 年,由于教派之争,社会处在分裂局面,生产力受到了破坏,又受经济物质条件的限制,从整体上说艺术的发展不够旺盛。但是据遗留至今的遗产,哲公寺的一部分人物画来看,也还是有局部的发展,在构图、设色、勾线各方面,受汉画的影响仍是浓厚。西藏的画家说:"这是汉式画。"实际是倾向汉画作风而富有民族特色的。

作于公元 1277—1367 年元朝这个时代的,江孜班根曲登寺的"十六尊者"的雕塑,在造型方面是写实的,用刀的表现方法上与唐宋一部分雕塑有相同之处。

公元 1368—1643 年,由于元末明初各部争夺政权,战争时起,兵戈不休,烧毁了寺庙。但当黄教创始人"宗喀巴"在明代初年入藏后,开始政教合一,各方面均有很大的革兴,建立了三大寺和扎什仑布寺等若干个大寺庙,在建筑上的创造已发展到很高的程度。继寺庙的兴建和扩充,绘画、雕塑、工艺美术等一切佛教艺术也随之而普遍的发展了,这是西藏民族艺术光辉的一代。

公元 1644—1911 年,清朝这段时期中,顺治皇帝曾派蒙古亲王"固始汉"去西藏支持第五辈达赖掌握政权,当黄教掌握政权,成立真正"政教合一"统一的集权政府时,生产力也因而得到进一步的恢复和发展了,扩建三大寺,重建布达拉宫,1645 年开始修建和装饰内部,经历五十余年之久方告完成。据五辈达赖自传中说:"布达拉宫的壁画系 1648 年才开始的,集中了画家 66 个,经十余年才完成。"

1649 和 1668 年有两个技术高超的画家所作的几百件作品中,以"固始汉与第巴桑吉"和"朝见五辈达赖"等作品最好。其他画中仍以经典传记为主要根据,一切作品用俯视的方法去画,用色用线,倾向汉画风格很重。西藏地方政府噶伦、朵噶彭错饶杰说:"以往西藏的艺术方面,绝大部分都是以汉族艺术为样本,吸取精华,再以加工而成的。"

西藏民族各代的佛教艺术,都呈现出汉藏文化交流的姻缘关系,尤其近三百年来更为突出。首先是在金碧辉煌、雄伟华丽的各大寺庙的建筑艺术上,更明显的表现了这一点。

藏族人民的佛教艺术的兴盛和衰落,也是随着历代宗教和社会的盛衰来决定的。从唐、宋、元、明、清各代寺庙存留下来的遗产上看,西藏的佛教艺术是一步步往前发展,唐至元系着重点的发展,明至清则由点扩至面了,也是藏族佛教艺术极盛的时期。

西藏民族各代的画家,由于信仰宗教,是以宗教服务的传统思想为依归和承受师传,以临摹为能事。这就限入狭隘圈子里,因而不免是以教条、公式的方法去处理人物和故事的构图和造型。这样的作品和作者,历代以来是为数不少的。但倾向写实,主题明确,各代皆然,以明清为最,这是极为可贵的。这些画家的特点是根据主题来决定布局,所描绘的人物和背景方面,按其需要来决定大小、轻重、远近,各有不同的变化。构图有虚实均衡和紧凑,而不是全部对称。如哲公寺的卷画中所描写的"佛"与"王",作者掌握了"庄严穆肃"的佛的思想感情,表现得恰如其份,达到技巧的老练和成功,有吸引人的感染力。如"滚却仁拉传记中的汉王"等幅作品,是受汉绘画的影响较浓厚的,又如夏鲁寺的"献礼"、"舞伎"及"胜乐十六天女"等,是接受印度、尼泊尔外来影响较浓的作品,都是倾向写实。其中"舞伎"的舞蹈姑娘等主体人物和左右奏乐者的性格,表现得栩栩如生,使观者不仅看到那轻松愉快的舞姿,仿佛还听到那动人心弦的琴声,真是不可多得的佳作。藏族人民的传统绘画,在构图造型上有一特点,就是任何人物或故事的绘画,都把主要人物排在正中,占每幅画的最大面积,有关人物的故事其他部分则排在上下左右成对称的样子,一切人物动物和背景都画得较小，衬托出主体人物菩萨的庄严与神圣不可犯的形态。一切布局为平面，且用俯视透视去造型，写实写意，兼备应用，尤在色彩上多用单色、间色、大红、大绿及金色作画，自由配合，巧妙的大胆应用，不调合中求得和谐与统一，显出热烈明快，金碧辉煌，非常华丽。这种色调是与藏族人民所固有的英勇、坚强、热情、活泼、大方与智慧等特点协调一致的。这是西藏艺术的又一大特色。

大昭寺正殿大门左右两幅壁画，画的是释迦牟尼佛和巷道壁上的赤松德贞等，每幅的构图上总是佛像居正中，上下左右四方为侍奉的信徒和宫女在敬献的场面，男女老少都有，人物身份的次序上皆有前后大小适当的布置，背景以装饰性的构图组成。在刻画释迦牟尼佛和赤松德贞这样的主要人物时都是根据宗教绘画，描写形象传记的法则去表现的。如佛、王、菩萨的相貌要庄严穆肃，形体较大，面部的标准形式成四方形，其轮廓线条细锐有力，达到容光巍巍的风度。在侍奉的宫女方面，也注意了均衡的美，而且要表现妩媚轻盈和秀丽端正的姿态。在头发上，表现出青色群螺的式样，并按身份性格决定其装饰，达到娟娟秀色的效果。画家是下了一番工夫去刻画的，他对人物的造型和色彩，虽不采用强烈的明暗渲染而用单线平涂法，就已能充分表现佛、王及女性等各种性格及不同的肌肤的圆润光泽。运用简练的线条，在八、九尺高的人物上，勾出肯定的形，却没有因此而把形体与环境割裂开来，笔气如流水急风的贯彻到底，显出刚劲有力，而且调和与统一。从壁画上看出，虽被各代重画不只一次及被烟火侵染发光，但在造形用笔各方面，亦可察出原有气势和情调与工力。如色彩热烈，笔法老炼而精简，衣纹勾线有魄力，有起落、轻重、变化。虽无阴影与烘托，但深厚古雅，富有装饰趣味，尤在色调上或多或少类似唐代作风。

这些都说明，西藏最早的画家，已经不是在渺茫中去摸索，而是已经受过严格锻炼的具有相当素养的艺术家了。

西藏佛教艺术这样高度的发展，是和当时的佛教盛极一时并与汉文化艺术的交流分不开的。

日喀则班禅行宫德庆波章里，有一壁画高四尺，宽一丈，主题系描写"八思巴朝忽必烈元世祖朝庭"去蒙古的一个场面。所画八思巴乘皇轿及其部属官兵，前呼后拥，威风凛凛，声势浩大的马队，将到达目的地时，有元朝所派大员持哈达前来迎接，服装道具和风俗习惯，人物性格和思想感情，各方面系按身份地位去刻画的。以山水树木和牛羊骆驼成群的牧区作为背景，一切皆为草原风光的真实写照，这种题材和内部情节的刻画表现，可知作者有极深的生活体会，表现方法上与其他传统的绘画也有极大的区别，但与汉画相近。作者借用了这个历史反映出社会的各个阶层各个方面，从统治者到所谓"测民"的真实面貌。可以看出画家通过现实主义的手法，在上幅壁画的结构中，把各种形象和多样的情节综合表现在一个画面上。运用热烈又朴素的色调，熟练地掌握了线的勾描，色彩的支配。对人物形象的表现，画面的组成，已从单纯对称的圈子跳出，逐渐发展到复杂而有条理，且具有虚实均衡的构图。我们看到这幅壁画，就感到充满着生命和旋律，给人以振奋的情绪，被那种亲切的神态所吸引。从这幅中可以看出画家极其丰富的想象力和创造力的新风格，说明他不是避居山林的隐士和厌恶人世的苦行者。作者反映了那时藏族与元朝礼尚往来的亲密团结和民族友谊的历史，是现实主义的成功的代表作品。

西藏的雕刻艺术，首推大昭寺简练生动的木质浮雕。布达拉宫里聪慧贤淑的文成公主像，夏拉寺的刚毅勇敢的莲花生及无量寿佛，系唐代泥塑圆雕，亦为杰出作品。江孜班根曲登塔的弥勒佛及班根寺的面含浅笑和蔼近人的十六尊者，深思苦虑表情的十六尊者等，为明代有代表性的雕塑。

以上各个寺庙的时代，作者虽不同，但作风写实是一致的。那些雕塑在表现手法上与一般塑造方法不同，它打破了普通神像的平板作风，摆脱了一般按照固定规格塑造佛像等的限制，通过宗教题材表现了人性的特点和生活的特点，反映了现实生活中存在着的思想感情。各种佛、喇嘛、罗汉"尊者"的情绪，有爱有恨，有悲伤也有快乐，有表现刚毅勇敢的，有表现谨慎沉着和乐观的，种种性格的心理状态都刻画出来。在造型上和解剖透视方面亦合原理，这都说明各代作者观察生活细致而深入，方可能有这样的效果。这些无名的雕刻家，继承了雕刻艺术的优秀传统，创造了藏族艺术的新风格。这些作品，艺术风格虽各不同，但是朴实、生动、富于变化是相同的。从创作方法上说，也是真实深刻而又卓越的艺术创作方法。

　　藏族人民的佛教艺术,并不排斥外来影响,而且善于吸取别人的长处,但始终鲜明地具有自己独特艺术的风格。

拉萨大昭寺　唐

大昭寺廊檐

大昭寺屋檐装饰——狮身人面（泥塑半圆雕）

大昭寺斗拱之一（木质浮雕）

藏王松赞冈布塑像　唐　布达拉宫

文成公主塑像　唐　布达拉宫

尼泊尔公主塑像　唐　布达拉宫

色拉寺文殊菩萨（铜雕）　明

拉萨小昭寺铜质浮雕释迦太子
乘驹赴清净塔出家　唐

后藏拉当寺弥勒佛（铜雕）　宋
高 170、宽 60 厘米

哲公寺智明佛母（铜雕）　宋
高 40、宽 30 厘米

壁画　释迦牟尼诞生　拉萨察绒藏复制品

后藏夏鲁寺壁画　舞伎　宋

后藏夏鲁寺壁画　群神供养　宋　　拉当寺卷轴画　滚嘎吉泽　宋
　　　　　　　　　　　　　　　　　长 150、宽 126 厘米

唐壁画 无量寿佛右半部　　　　卷画　白度母　宋　长 90、宽 60 厘米
　拉萨察绒藏复制品　　　　　　拉萨察绒藏

西藏萨迦格言

萨班·贡噶江村著　王尧选译

史料解读

该史料为格言哲理诗集节选,原载《中国民族》1958 年第 2 期。本文为王尧选译的西藏萨迦格言,也是有劝诫性质的藏族哲理诗。结构均为四句一小节,语言简洁质朴,蕴含哲理,所选之文是对人们包容、不耻下问、勤奋、谦虚的劝诫。

原文

两个聪明人在一起商量,
就会生出更好的主张;
黄的和红的两种颜色混合,
就会变出另外一种色彩。

大海不会嫌水多,
仓库不会嫌宝物多,
人们不会嫌幸福多,
学者不会嫌知识多。

在真正有学问的人的周围，
自然有人争先恐后地去请教；
在香气四溢的花丛里，
自然有蜂儿像云朵一样聚集。

学者在学习中异常辛劳艰苦，
贪图安逸他就不会有什么成就；
留恋眼前个人安乐的人，
永远也得不到长远的幸福。

不肯辛勤劳动的人，
永生永世一事无成；
不经耕耘的土地，
再肥沃也不长庄稼。

谦虚会使人不断地进步，
骄傲会导致落后和毁灭；
太阳经常地放射着光彩，
月亮一满了就要残缺。

关于《萨迦格言》

藏族 意珠

史料解读

该史料为介绍,原载 1961 年 12 月 17 日《四川日报》。意珠用凝练的语言介绍了《萨迦格言》及其作者萨班·贡噶降村。《萨迦格言》是部哲理诗。全书分九大章,总共为 454 首,绝大部分是四句一首的格律诗。作品与诗人的经历息息相关,既有佛家的济世宽仁,又有封建的男尊女卑;既抨击黑暗的社会,又勉励众人成为有智慧的学者。同时作者还吸收了大量民歌、传说、谚语和典故,使格言诗前后辉映,诗趣盎然,言尽意远。《萨迦格言》是藏族人民的宝贵文学经典,也是我们多民族国家丰富多彩的文化宝库中的文学遗产。

原文

在藏族文学宝库中,《萨迦格言》是脍炙人口的古典名著之一。它的作者萨班·贡噶降村(1182—1251 年)是藏族有名的学者和诗人,精通哲理、佛学、工艺学、医学和修辞学,有不少著译,有记载可查的就有《因明藏论》和《萨迦格言》等。

《萨迦格言》是部哲理诗。全书分九大章,总共为四百五十四首,绝大部分是四句一首的格律诗。

　　由于诗人出生在宗教极权的藏族农奴社会和佛学名望很高的后藏宗教贵族家庭里，因此，在作品中流露出诗人的人生观和世界观，多半仅限于佛家"宽厚仁慈，济世救人"的境界，某些篇幅中还宣扬了男尊女卑的封建特权思想。另一方面，出于"仁慈"的观点，通过诗人犀利的眼光，他也揭发了农奴社会的野蛮和黑暗，暴露了统治者的凶残和暴戾。他抨击这个黑暗的社会是"即将倒塌的楼房"，是"行将崩溃的山岳"，是"贪婪自私"的"僵尸"，还有力地鞭打了当时社会上的邪恶、讹诈和虚伪的恶人暴行。对"善良"、"正直"、"谦逊"的人们，诗人讴歌他们是"不喝地上污水的布谷鸟"，是"永不干涸的山泉"，是"芳香万里的香花"，并规劝人们学"聪明的兔子"，因为它曾"制服了凶猛的狮王"；同时勉励众人成为"有智慧的学者"，因为"有智慧的学者比黄金还珍贵"。

　　《萨迦格言》的艺术特点在于诗人从劳动群众浩瀚的智慧海洋中，吸取了大量优美的民歌、传说、谚语和典故作为养料，经过精工锻炼，运用前两句叙意，后两句譬喻的谚语民歌这一民族形式，而使全诗前后辉映，诗趣盎然，收到了言尽意远的艺术效果。同时，诗人还以言简意赅的优美文笔，富有民族特色的语言，制造了"狮子"、"白兔"、"乌龟"等生动形象，寄寓他的嘲讽和颂扬。

　　《萨迦格言》是诗人贡噶降村留给藏族人民的一部宝贵著作，也是我们多民族国家丰富多采的文学宝库中有一定价值的遗产。所以藏族人民对它有一句朴素的评语："学了《萨迦格言》，人更聪明，口齿更伶俐。"

《萨迦格言》选译

次旦多吉

史料解读

该史料为格言哲理诗集节选,原载 1961 年 12 月 17 日《四川日报》。次旦多吉选取江错所译《萨迦格言》五则并注释,每则格言四句,语言平实质朴、言简意赅,节选部分高度赞扬有学问的人品格高尚、德行美好,明辨是非。

原文

一

人们有无真实本领,
靠智慧的行动鉴别;
与尘土混合的铁粉,
靠磁铁石区分。

二

真正有学问的人,
人们纷纷往他身旁集聚;
真正的香花虽遥隔千里,
蜂儿远远飞来云集。

三

明智的人即使遭到不幸，

也不会走邪恶的道路；

布谷鸟即使再口渴，

也不会喝地上的污水。①

四

两个有学问的人聚在一起，

能够产生另一种更有价值的学问；

姜黄和硼砂溶在一起，

能够产生另一种更加鲜艳的色彩。

五

是和非谁都知道，

能分辨清楚的才是有学识的人；

牛的奶子人人会取，

能从水中识别牛奶的却是大雁。②

（江错译）

---

① 春天，金黄色的布谷花开放时，据说布谷鸟就全靠喝盛积在花蕊中的清冽的雨水过活。
② 传说中，大雁能够从水和奶子相混的液体中吸尽奶汁，光留下清水。（据四川民族出版社
1958 年第一版《萨迦格言》原文选译）

试谈藏族古典文学中的格言诗及其比兴

朱　刚

史料解读

　　该史料为论文,原载《青海民族学院》1978 年第 3 期。朱刚从形式、内容、比兴三方面介绍和研究藏族的格言著作。第一方面写藏族格言诗的形式主要有两个特色,第一是每首格言都由四句组成,除个别特殊情况外每句各有七字、每句意思都是完整和独立的;第二是绝大多数格言都是前两句是兴、后两句是比,极少数格言有兴无比。第二方面写藏族格言诗的内容,《萨迦格言》成书于十三世纪政治、经济、宗教都亟待统一之时,作者萨班·贡嘎江村在其中表述了建立政教合一的"天国"的愿望,褒贬分明。在流传最广的格言作品中,《萨迦格言》是其他格言诗著作的范本,《格丹格言》创作意义一般、社会性不足,《木喻水喻格言》的成就也未超过甚至赶上《萨迦格言》。第三方面是藏族格言诗的比兴,一联比一联兴,上下照应,因其取材不同又分为两种情况:一种借用广泛流传的民间故事和寓言、谚语作为譬喻;另一种在研究自然界和人类社会的基础上,通过具体自然事物的现象和本质来形容社会中的许多道理。格言诗吸收了藏族民间文学的养分,还配有解说图,情景交融。但是传到一些僧侣文人手中后变得面目全非,我们需加以重视。

在藏族古典文学中，有一种称之为"ལེགས་བཤད"的体裁，因为它有严谨的结构，完整的意思，有的还形成动人的情节，所以人们一般称它为"格言诗"。它以寓意深刻，生动感人，音韵铿锵，语言洗炼流畅等特色而著称，在藏族文学史上有一定的地位和影响。

藏族的格言著作比较多，但流传较广、影响较大的主要有：萨迦班智达·贡嘎江村的《萨迦格言》、索南扎巴的《格丹格言》、丹白专美的《木喻水喻格言》等。这些著作中，最早的（《萨迦格言》）写于十三世纪初，最迟的（《木喻水喻格言》）写于十八世纪末，《格丹格言》则成书于十五世纪中期。萨迦班智达·贡嘎江村（1182—1251），本名扎西东主，法名贡嘎江村，出生于后藏著名的一贵族家庭。因为他是西藏佛教萨迦派的著名学者，人们一般称他是"萨迦五祖"之四，又尊称为萨班。索南扎巴（1418—1494），西藏人，曾获"格西"学位，任过西藏嘎丹寺的"色赤"（གཟེར་ཁྲི），是一个有学问的黄教高僧。丹白专美（1762—1822），甘肃夏河作格地方活佛，有《丹白专美全集》。他们都站在贵族阶级和宗教上层的立场上，从不同的历史和不同的角度，反映了藏族社会近七百年间的思想文化成果和藏族社会生活的一些侧面，为我们研究藏族文学史、宗教、思想史等，提供了不可缺少的资料。

一、藏族格言诗的形式

藏族古典文学中的格言诗的形式，有它自己的特色。首先，每首格言都由四句组成，每句各有七字（也有个别九个字的）。一般说来，每一句的意思都是完整和独立的，但也有这种现象，即在第一句和第三句的意不尽而字多的情况下，通过转折词或连词，而同第二、第四句衔接起来，使之仍不失其语言的流畅。其次，在绝大多数格言中，前两句都是兴（དཔེ），后两句是比（དོན），或者反之。有兴无比的格言也有，但是比较前者为数很少。

下面我们援引《萨迦格言》第一首为例：

མཁས་པ་ཡོན་ཏན་མཛོད་འཛིན་པ,
དེ་དག་ལེགས་བཤད་རིན་ཆེན་སྦྱད,
རྒྱ་མཚོན་ཆེན་པོ་ཆུ་བོའི་གནས,
ཡིན་ཕྱིན་ཆུ་བོ་ཐམས་ཅད་འབབ
།

学者把知识作为库房,
珍贵的格言在那里收藏;
大海是流水的泉源,
千江万河泻入海洋。

这首随便引来的格言诗,不但具备了字数、引数乃至两句比,两句兴的特点,而且第三行 ཡིན་ཕྱིན 一词的下移和意思的转折,还可说明藏族格言诗在上下衔接和转折上的另一个突出特点。

我们知道,形式是由内容决定并为内容服务的。僧侣学者们,为了向广大藏族僧俗人民灌输抽象的哲理,必须创造出一种与之相适应的表现形式。这种形式,既不能是滔滔讲道的长篇散文,也不能是枯燥说教的刻板偈语。短小生动的格言诗形式,正好紧密配合了哲理为中心的内容,成为这种文学形式广泛长久地流传于世的主要原因之一。

二、藏族格言诗的内容

列宁有一句名言:"在分析任何一个社会问题时,马克思主义理论的绝对要求,就是要把问题提到一定的历史范围之内。"离开"一定的历史范围"去评价格言诗的人民性,或指出它的反动性都将是不公正的。

《无上瑜伽续》一书在谈到格言之所以成为"珠矶之堆和源"的原因时写道,这是因为"格言稀奇而无丝毫之暇,威大而为人世的饰品,崇高而无变更之故"。回顾一下当时的社会实际,再看这段评语,将有益于我们的分析。萨班·贡嘎江村生活在公元 1182—1251 年之间,在以朗达玛王朝为代表的吐蕃奴隶制政权于九世纪中叶崩溃之后,经过一段时间的休养生息,藏区人民和祖国内地的往来不断加强，农牧业和手工业生产进一步得到发展。生产力的发展促进了社会的前进，封建经济形成了。新兴的封建集团纷纷崛起，代表不同封建领主利益的教派，如噶举派、萨迦派、噶当派、宁玛派等随之产生，充分反映了当时西藏社会阶级矛盾和各派政治力量之间的斗争的复杂性。同时，元太宗窝阔台经过近三十年的战争，已夺取了女真族统治下的中国北部政权，汉族南宋政权摇摇欲坠，元帝国统一中国的大势已成。在这种情况下，确立和巩固统一的、政教合一的统治，已成为当时新兴封建领主和为其服务的宗教上层们的一项首要任务。《萨迦格言》就是在这样一种特定的历史背景下产生的。以后的名家格言，皆因循着萨迦的足迹，不断进行了形式上的补充和发展。

有些格言反映了萨班·贡嘎江村对天下国王众多而不"奉法治国"的现实的不满，表现了他对建立政教合一的"天国"的想望。如：

རྒྱལ་པོ་སྲིན་དུ་མང་མོད་ཀྱི།
ཆོས་བཞིན་སྐྱོང་བ་སྲིན་ཏུ་ཉུང་།
མཁའ་ལ་རྒྱུ་གནས་མང་ན་ཡང་།
ཉིད་གསལ་རྩི་ཟླ་ལྟ་བུ་མེད།

世上的国王虽很多，
奉法治国的却很少；
天上的仙境虽不少，
象日月发光的却没有。

从新兴封建主的利益出发，教人们斥责，甚至起而推翻多如牛毛、各自为政、横征暴敛的国王，这在当时无疑是进步的思想。确实是"稀奇"的，有"威力"的。这一内容的格言还有一些，但为数较少。

有些格言，对谦虚刻苦的学者精神作了赞美，对骄傲自大、华而不实的劣习进行了鞭挞。如：

ང་རྒྱལ་ཚུལ་བ་ཆེར་བསྒྲུད་ནས།
ཆེན་པོ་རྣམས་ཀྱང་ཕྱལ་གྱི་གནོད།
དུང་དཀར་མིན་ཏུ་ལུས་ཆུང་ཡང་།
ཆུ་ཕྱིན་ཆེན་པོའི་གཤེད་མ་ཡིན།

致力以骄傲自大的人，

哪怕他是大人物也要完蛋；

海螺的身子虽然小，

却是致死水獭的刽子。

有些格言，极力赞扬那些具有独立思考精神的人，辛辣讽刺人云亦云的人
是盲目乱吠的狗类。如：

མཁས་པ་རང་གི་དཔྱོད་ཤེས་ཀྱི།
བྱུན་པོ་གྲགས་པའི་རྗེས་སུ་འབྲང་།
ཁྱི་གཉན་ཀུ་ཅོ་འདྲོན་པ་ན།
རྒྱུ་མཚན་མེད་པར་གཞན་དག་རྒྱུག

聪明人会自己判断，

愚蠢人跟着喊声转；

老狗汪汪一声叫，

众狗无缘齐声喊。

大部分格言，则由于作者阶级性的局限，都是以当时的教规（ཆོས་ལུགས）和
政规（སྲིད་ལུགས）为中心写成的。两规（ལུགས་གཉིས）在各家格言中成为取
舍的标准，善恶、愚贤、美丑、真假、是非等封建道德和为人处事的哲学成为格言
的主要内容。这样，大量格言作品不能不涂上一层浓厚的封建和宗教色采。尤
其到了索南扎巴创作《格丹格言》时，他竟然公开声称自己的《格言》是"检验贤
愚的具善良言"，可见他创作意图的一般。他还在前言中说："善于辩白世俗的

175

取舍、善于辩白宗教的取舍谓之贤者"；"盲于辩白世俗的取舍、盲于辩白宗教的
取舍谓之愚者"，更加限制了格言的社会性。至于丹白专美的《木喻水喻格言》，
虽然在表现手法和技巧方面有较大的提高，但因大部分拘泥于宗教内容，故在
其内容的社会性上，并没有超过甚至赶上《萨迦格言》。

　　毛主席在谈到无产阶级如何正确对待文学遗产时说过："无产阶级对于过
去时代的文学艺术作品，也必须首先检查它们对待人民的态度如何，在历史上
有无进步意义而分别采取不同态度。"遵照革命导师的指示，我认为格言的作者
们（尤其是萨班·贡嘎江村），从一些格言中所透露的对野蛮奴隶制的不满，对
新兴封建农奴制的想望，对分裂局面的不满，对统一的想望等思想，是进步的，
在一定程度上顺应了广大藏族劳动人民的需要，符合历史发展的趋势。他们所
提倡的谦虚的美德，刻苦的治学精神等是有益于藏民族文化的发展的，至今也
有一定的意义。这是格言中"富有民主性的精华"，我们应当批判地吸收和借
鉴。至于那些宣扬封建道德、宗教迷信和虚无漂渺的"封建性糟粕"，则应予以
摒弃，绝不能兼收并蓄。

　　三、藏族格言诗的比兴

　　毛主席在给陈毅同志谈诗的一封信中指出："诗要用形象思维，不能如散文
那样直说，所以比、兴两法是不能不用的。"毛主席的这段话，对历代文艺创作活
动进行了科学的总结，指出了人类从事艺术生产的一个普遍规律。这对于我们
学习、研究各民族的文学艺术和繁荣发展我国各民族社会主义文艺创作，尤其
有重大而深远的意义。可恶的"四人帮"否定形象思维，胡说形象思维是"一个
反马克思主义认识论的反动理论"，充分暴露了他们的反动和无知。凡是读过
藏族古今优秀文学作品和民歌的人，都有这样的感觉，这些作品在运用比兴方
面是丰富多采、恰到好处，并且独具一格的，她是中华民族在文艺传统上的一脉
相承和发扬光大，是祖国艺苑中的一朵鲜花。格言诗也一样。

　　前面已经提到，藏族古典文学中的格言诗，都是以抽象的哲理为内容的。
把许多深奥难懂、枯燥无味的哲理说教，以浅显易懂、生动活泼的形式讲出来，
直至人民群众接受它，甚至做到家喻户晓。如果不解决与之相适应的表现手法

问题,简直是不堪设想的。早在萨班·贡嘎江村以前,就有人译过印度绿珠等人的格言,也曾有人仿写过一些,但因为没有充分运用比兴,便成为它流传不广或夭折的主要原因之一。萨班·贡嘎江村认真学习和总结了前人的经验教训,把运用比兴提高到一个新的境界。

从现有的资料来分析,藏族古典文学中的格言诗的比兴有如下特色:即全诗分为两联,一联"以彼物比此物"(比),一联"以引起所咏之词"(兴),上下照映,形象说明,饶有特色。这与李白的"飞流直下三千尺,疑是银河落九天"(《望庐山瀑布》)那样的直接比喻、情景交融的手法大为不一。这种一联比,一联兴的手法,因其取材不同,又分为两种情况。

第一种,借用广为流传的民间故事和寓言、谚语作为譬喻,说明所要说的哲理。如在《格丹格言》中有一首:

> 愚蠢的人在关键时刻,
> 一遇到风吹草动就惊慌失措;
> 请看误会了一个"漏"字,
> 老虎也吓破了它的心肝。

这首格言诗的上联是所言的词(兴),讲愚蠢的人,遇事往往不冷静思考,而盲从于一时的风吹草动,招致虚惊一场;劝告人们在关键时刻要镇静自若,不要轻举妄动。下联是比,运用了这样一个寓言:从前有一对老伴养了一头牛,有一个小偷想偷这头牛,天黑前就藏在他家屋梁上;有一只老虎也想吃牛,躲在屋梁下。天黑了,老婆说:"今晚可能有贼来吧?"老头答:"不怕天王老子来,更不怕土地神仙到，只怕那个'漏'。"小偷听了吓得想，听老头说，人人怕"漏"，今晚它真的来了咋办？他颤颤惊惊等到天亮，突然见到下面的老虎，吓得他把尿撒到老虎身上。老虎认为这就是常说的"漏"，便惊慌而逃，胆破心裂。动人的故事情节和形象把一条无味的说教，大大地形象化了。

第二种，在细致观察，广泛研究自然界和人类社会的基础上，借树木花草，飞禽走兽，江河湖海，风雪云雨，生死病老等一系列非常鲜明具体的自然事物的现象和本质，来形容社会现实中的许多道理。如在《木喻格言》中有这样一首：

 རིང་དང་འཕྱེལ་བའི་ཤིང་ལོ་དེ།

ཡན་གཅིག་བྱལ་བ་སྐྱར་མི་འབྱོར

མཛའ་བ་ཡུན་རིང་འཁོད་འཁོད་ནས།

ནམ་ཞིག་གཏན་དུ་འཕྱལ་བར་འགྱུར །

长青的树叶，

一旦落地不复连；

长处的亲人，

终有一天会离散。

这首格言诗的上联是比，以一岁一枯荣的树木为喻，象征下联的本意：世上的悲欢离合是人之常情，人们出家为僧或从戎战死疆场，都是不足以悲伤的。两者一对照，就更显出这生老病死，悲欢离合的平淡。这是开头以"寄意"，终篇"以引起所咏之词"。

《水喻格言》有一首：

ཆོས་མང་ཉ་མས་སུ་མ་བྱུངས་ན།

རང་གི་རྒྱུར་ལ་མི་ཡན་ཏེ།

ཆུང་ནང་ལོ་བཅུར་གནས་པ་ཡི།

ཏ་བའི་རང་བཞིན་སྐྱམ་པོར་གནས།

听的虽多而不亲身实践，

对自己的本性并无利益；

石头虽在水中泡了百年，

它的本质仍然是干的。

这首格言的兴，似乎是在讲内因和外因的关系。指出，对一个本来就不虔诚信佛(或其它)的人来说，别人的规劝等于牛角上撒豆儿——一粒不粘。他举了一个例子，正如水里泡了百年的石头，难道它的本性会变湿吗？生动形象的比喻使其深奥难解的哲理，为之浅显易懂。这是"先言"以发端、终篇以"寄意"的手法。

···········

纵览这些格言诗，虽然使人觉得留有精心雕琢之痕迹，却无刻板雷同的印象。尤如丹白专美的《水喻木喻格言》，虽然以水和木为比喻，各作了一百多首的格言诗，但由于运用巧妙而恰到是处，并不显得落套和一般化。如此艺术成就的取得，主要是作者从藏族民间文学的沃壤里吸取了丰富营养之故。格言诗的作者们饱蘸着民间文学的重采，在自己抽象的哲理诗旁边画出了一幅幅活龙活现的解说图，使其文图并茂，情景交融，寓意深刻，一览无余。另外，自唐代以后，藏族人民和祖国内地人民的交往日益频繁，到了萨班·贡嘎江村之后，这种交往更加加强，面也更加宽，这无疑有助于汉藏文化的互相交流与提高。唐代诗人杜甫，运用民歌式的比兴，写了一首叫《新婚别》的五言诗："兔丝附蓬麻，引蔓故不长；嫁女与征夫，不如弃路旁。"后来的藏族格言诗的手法与形式酷似这首名诗，恐怕不能说是偶然的巧合吧。

藏族格言诗的优秀传统到了一些僧侣文人的手里，完全改变了它的本来面目。后来的一些僧侣诗人的作品，往往是比有余而兴不足，重词藻之华美而不重内容，甚至有些作品以追求文字之深奥难懂为荣，以玩弄文字游戏为乐。这种恶劣文风破坏了藏族古典文学的优秀传统，影响了近代藏族文学的发展，它的影响可谓恶劣，流毒可谓深广，我们必须引以为戒。

《诗镜论》简介

西北民族学院　王沂暖

史料解读

　　该史料为论文，原载《青海民族学院》1978 年第 4 期。王沂暖按原书次序介绍了《诗镜论》的三章内容。《诗镜论》的作者是印度人，这部书翻译成藏文后却极大地影响了藏族文学的发展。第一章谈文章体裁和文学理论：文章体裁共分为三大类，诗歌、散文和诗文合体（说唱体）。诗歌形式多但每句字数相同，根据写法可将诗歌分成四小类："自解"、"一类"、"仓库"和"集合"。原书中并未说明内容、文体和修辞的关系，藏族学者认为三者缺一不可，其中内容最重要。第一章末尾所举文章十种功德，即优点和风格，分别是谐、明净、匀称、文雅、娇柔、浅显、含蓄、简练、华丽和浪漫。第二章主要谈意义修饰，分为三十五类，每一类中又分为若干小类，极重要的如自性修饰，直言无比喻；比喻修饰又可细分为三十三小类，异常繁复，绝大部分是明喻，也有虚拟喻、愚痴喻、反驳喻、最胜喻等；有形修饰又分为二十小类，相当于修辞学中的暗喻；起因修饰是先写原因，再写所引起的结果。第三章谈文字修饰和隐语修饰，主要分为三类，但是更为繁复琐细：第一类叫作"重复的格式"，又分为六小类，类似于修辞学中的顶真体和回文体；第二类有"牛尿式"和"轮转式"，有各自独特的读法；第三类是定韵等式，三种形式都很呆板，分类异常繁复。文章缺点共有十个：文如童稚、前后矛盾、啰唆重复、语言模棱两可、前后次序混乱、书写不合规律、文句太长、诗句长短不一、不按语法接续词组织文句等。《诗镜论》对于藏族文学的影响很大，且有助于对藏族文学发展史的研究。

原文

《诗镜论》是藏族作家，主要是贵族僧侣作家奉为创作指南的一部谈文学理论和诗歌修辞技巧的书。这部书藏文叫作《ཚིག་རྒྱན་གྱི་བསྟན་བཅོས་སྙན་ངག་ངག་གི་མེ་ལོང་》一般译为《诗鉴》或《诗镜论》，全译则为《修辞论诗镜》。实际上藏语"སྙན་ངག་"（汉音译为宁俄）一词，是"美妙文雅的言辞"的意思，相当于汉语"文章"一词的含义。汉语"文章"一词，本也是"富有文采，斐然成章"的意思。同时"སྙན་ངག་"这一命名，包括有诗、文和诗文合体三种文体在内，不仅仅指诗歌一种文体而言。因此这部书汉名译作《修辞论文镜》，或简译作《文镜论》，似乎较为合适些。

这部书的作者茹巴巾，虽是印度人，不是西藏人，但自十三世纪（1260—1280 年间）西藏雄顿多吉绛粲（གཞོན་སྟོན་རྡོ་རྗེ་རྒྱལ་མཚན）把它译成藏文以后，在藏地开花结果，历时七百余年，已成为藏族自己所固有的和人人所熟知的一种专门学问，多吉绛粲的弟子邦译师洛追丹巴（དཔང་ལོ་ཙཱ་བ་བློ་གྲོས་བརྟན་པ）即首先以此书授徒讲学，而历代的上层阶级的僧侣贵族无不侈谈此学，辗转讲授，蔚为风气，仿佛人人都以不学习"སྙན་ངག་"为憾事者然。藏族历代སྙན་ངག་学者解释这部书的著述也是很多的，他们对于原书也有所发展和丰富。他们所举的例子，可以说都是一种新的诗歌创作。除了为སྙན་ངག་举例而外，在其它的著作中，也几乎都写进去一些སྙན་ངག་体的诗歌，而形成了一种注意辞藻，雕虫篆刻，唯美主义的文风，和民间诗歌作品朴素自然的风格，成了一个极为鲜明的对比。有时民间的作品也不免为这种文风所侵袭，足见这部著作对藏族文学发展影响之大了。

现在我们来介绍这部书，仍按本书原来次序，以便使人借此窥见原书的组织形式和理论体系。

一、原书第一章内容

《诗镜论》原书共分三章。第一章是谈文章体裁和文学理论上的一些问题的。第二章和第三章都是谈修辞。第二章谈意义修饰（དོན་གྱི་རྒྱན），第三章谈文字修饰（སྒྲའི་རྒྱན）和隐语修饰（གབ་ཚིག་གི་རྒྱན）。第三章末尾则以谈克服文章十种缺点作结束。

关于文章体裁，本书共分为三大类：第一类是诗歌，第二类是散文，第三类是诗文合体（说唱体）。

སྙན་དངག体诗歌，可以叫它作"格律诗体"，形式虽然很多，但每句字数却是整齐划一，无有例外，如七言体通体，都是七字一句，九言体通体都是九字一句。此外还有五言、六言、八言各体，也有十言以上到二十几言为一句的各式各样的组织形式。藏族民间诗歌间或有九言、八言、七言或三言等错杂成章的长短句形式，但这在སྙན་དངག体的诗歌创作中则视为禁例，不能运用。སྙན་དངག体诗歌，不但每句字数是一定的，每首诗的诗组也差不多都是四句。这和佛经以四句为一颂的形式有些仿佛。

在诗歌这一大类下，本书还提出了诗歌的四种写法，实际是把诗歌一体又分成了四小类：第一类叫作"自解"（གྲོལ་བ）。这种形式的诗每首只有四句，所以称为"自解"者，意思是说只用四句诗，就能表达一个完整的内容，不必再求助于更多的诗句，仿佛是自己解脱，不待其它似的。这一形式，和汉族的七言绝句诗体极为类似。不过藏族诗歌，并不押脚韵讲平仄，各有民族特点而已。第二类叫作一类（རིགས）。这种形式是由两组（两个四句）或两组以上的诗句组成一首诗歌，来表达一个内容的。它的特点是各组互相依赖，才能作完整地表达，与第一类四句自足，不待其他者不同。这种形式前边各组都是在说明或形容末后一组，所以叫作一类。按藏族最有名的སྙན་དངག学者米滂格累昂杰的解释，以通体用一个动词谓语为这一类形式的特征。其实这一种形式,最后一组是重点所在,类似画龙点睛,以前所有各组都是为后来一组服务的,各组也不一定没有动词,不过主要是在末一组总结出本意而已。第三类叫作"仓库"(མཛོད),是由两组或两组以上的诗句,用两个或两个以上的动词谓语,来表达许多内容的一种形式,这些内容虽然互不相同,但却互有联系。比如第一组先说"我要对你说话",第二组再把自己要说的事情或许多事情说出来(当然说许多事情时也可以不限于一组而有许多组),末后一组再说"请你倾听我的这些话"。这样的写法好象一个仓库有不同的财物在一起者然,所以这种形式,需要许多诗组,当然就需要许多谓语了。第四类叫作"集合"(འདུས་པ)。这种形式一般是比以前两类更长一些(当然两组也可以)。它是用许多动词谓语,表达一个中心内容的一种形式。以上第二、第三和第四三类,都是长诗,相当于汉族的长诗,末一类更长些,所以又叫作大诗(སྙན་ངག་ཆེན་པོ)。对于散文一体本书未作详细的分类,只提到其中包括着"故事"一种。对于诗文合体也未详细分类,只泛泛地提到其中包括着"戏剧等类"。藏族诗文合体的作品很多,现在流行的几部戏剧,如诺桑王子、朗萨姑娘、卓娃桑姆、文成公主、苏吉尼玛、芝梅滚登等等,都是说唱形式的诗文合体。最著名的藏族英雄史诗《格萨尔王传》,当然也属于此种体裁。

本书对于文体的这种三分法,可以说是很概括的,也是比较恰当的一种文体分类法。汉族的文章分类,一般虽也有诗、散文、说唱体的类别,但却未把这三类固定在一起,作为一种文体的类别。因此,本书的三分法,还是很值得研究文体论的人们作文体分类时的参考。

在谈文章体裁后,接着对文学创作的内容与形式的关系,本书也做了进一步的阐述。这一阐述,藏族的སྙན་ངག学者的解释,较之原作不但透彻,而且也有了很大的或者可以说是原则性的发展与丰富。原书提到了文章内容,提到了文体与修辞的关系,但并未把内容、文体和修辞三者做出有机的统一的说明。而却将文体与修辞联系在一起,着重地来说明,给人以很深刻的印象,仿佛文章的重点在修辞,比如原文曾有这样的名言:

ཤྱན་ངག་དམ་པའི་རྒྱན་ལུན་ན་
བསྐལ་བའི་བར་དུ་གནས་པར་འགྱུར

文章美修辞，

可以传永世。

这两句话只提到了修辞与文章的关系，并未提到内容。藏族学者米滂格累昂杰的释文却作："听者忘了疲倦，学人见之欢欣，这样具有美妙意义和韵律修饰的文章，必将人人传诵，永垂不朽。"

米滂释文是将内容（意义）与修辞并举的。它不但将内容与修辞并举，同时，还更进一步明确地把文体内容与修辞三者联系在一起，用比喻把彼此关系，做一个极为恰当的比喻，他把文体比喻做人的身体，把内容（意义དན）比喻做人的生命（或者灵魂སྲོག）。把修辞比喻做身体上的衣饰（རྒྱན），说明文学的创作必需具备这三者。而这三者之中，最重要的则为生命。他为说明这个问题，还引了拔洽图代巴的话：

"སྲོག་གི་དབང་པོས་མ་བཟུང་བའི
མེ་རོ་བཟང་ཡང་སུ་ཞིག་ལེན？"

"没有生命是僵尸，

纵然美好谁爱喜。"

不确是这样吗？文学作品最重要的是内容，犹如人的身体最重要的是生命，有了生命，再加以美丽的衣饰，才有感人的魅力，才能有永恒的生命。米滂的这一阐述，对于原书不是一个很大的具有原则性的发展吗？不过藏族一般贵族僧侣作家，却多数只注重文字修饰，而忽视文章内容，走上了汉族六朝时代骈文所走的同一道路。这或者是因为先入为主，受到原作者的影响过深了吧！

本章接着谈到了文章风格问题。风格，藏文译作"ཉམས"，是"风度"和"姿态"的意思。人的风度和"姿态"是从哪儿来的呢？是从人的内在的感情和思想来的。这一点在原书和藏族的注释中解说的最为明显。藏族的注释家们把感情和思想的活动叫做"འགྱུར"。这个"འགྱུར"很难翻译,是"内心活动"或"内心样子"的意思。他们说喜怒哀乐未表现在外面的内心活动是འགྱུར,喜怒哀乐已表现在身体外部的动作是ཉམས。举例来说,内心喜悦是འགྱུར,表现为身体的动作的喜笑则为ཉམས,内心悲伤是འགྱུར,表现为身体的动作的哭泣则为ཉམས,内心忿怒为འགྱུར,表现为身体的动作的胀脉偾兴、横眉怒目则为ཉམས。诸如此类,以此来比喻文章的风格是表现在语言文字上或明净、或含蓄、或娇柔、或华丽的一种风度和姿态。这种风度和姿态,是与内心的思想感情活动分不开的。因此,文章的风格固然是一个作者驱使语言文字的一种特殊手法,但也不能与内在的思想感情完全绝缘,而仅解释为作者运用语言的特殊方式。《诗镜论》及藏族的注释家对于文章风格的理解,是可取的。

第一章在末尾举出了文章的十种功德(ཡོན་ཏན་བཅུ),这是与本书第三章末尾所举的文章的十种过失(十种缺点སྐྱོན་བཅུ)互相对比着来说明文章写作方面的优缺点的。十种功德,是文章的优点,实际也就是指的文章的十种风格。

这十种风格是:

1.谐(སྙན་པ)

是指音调配合非常谐和的作品而言。在藏文中是指多用发音柔和的字,少用发音粗豪的字,达到声调的和谐动听。藏文三十字母中的ཁ་ཆ་ཐ་ཕ་ཚ་ད等吐气的字母和ཤ་ཟ་ས等擦音字母都被称作粗豪的字,其余二十个字母则被称作柔和的字。

2.明净(རབ་དངས)

是指所说的道理和所用的语言为人所共知,毫不隐晦的作品而言,含有在语言文字上不枝蔓,不拉杂的意义在内。

3.匀称(མཉམ་ཉིད)

是指把柔和的字和粗豪的字作均衡的组合的作品而言。有时也以柔和的字与柔和的字相组合,粗豪的字与粗豪的字相组合,以达到文字组合上的均等匀称。

4.文雅（སྙན་པ།）

是指意义文雅和语言文雅的作品而言。意义文雅是没有猥亵粗鄙的思想，语言文雅是不用一般俚语俗言。这是སྙན་ངག体作品和民间创作在语言上的分歧点。སྙན་ངག体作品是不能用白话文来写的。

5.娇柔（མེན་དུ་གཤེན་པ།）

是指用柔和字，音调娇嫩园润的作品而言。

6.浅显（དོན་གསལ་བ།）

是指无论表达任何内容，所用的语言，不需苦思即能理解的作品而言。

7.含蓄（རྒྱ་ཆེ་བ།）原文直译为"广大"，即"言有尽而意无穷"的意思。

是指语言虽少，所表达的意义却广泛深远，能使人以此例彼，举一反三的作品而言。

8.简练（བཟོད་པ།）

是指少用语法虚词、文字非常简古的作品而言。

9.华丽（མཛེས་པ།）

是指语言得当适中，美妙动人的作品而言，也有人说华丽指的是夸张的叙述和描写。

10.浪漫（དྲང་པོ་འཛིན།）

是指用拟人或比拟的手法所写的作品而言。

以上这十种风格，原来སྙན་ངག学者各派意见不尽相同，藏族སྙན་ངག学者的注解也不完全一致，我们在这里，只作一般的叙述，而无暇详细来析论他们之间的不同的意见。本书第一章全部内容大致如上所述。

二、原书第二章内容

第二章和第三章都是谈修辞方法与技巧的。第二章谈意义修饰，谈文章的表现手法以及用什么表现手法来表达文章的内容,使内容表达得更美好更动人。第三章谈文字修饰和隐语修饰,文字修饰是谈在文字方面,如何把文章组织得更谐和更美丽;隐语修饰是谈如何运用谜语式的影射或借代的修饰方式,以达到文章的暗示而不明言的作用。

意义修饰共分三十五类,每一类中又分为若干小类。我们不能作全面的解释,只举几个极重要的,来作一些介绍。

1.自性修饰(རང་བཞིན་གྱི་རྒྱན།)

这种修饰与汉族诗经六义之一的"赋"的写法完全相同,是"赋陈其事,而直言之",不作任何曲笔,不用任何比喻的一种写法。

举例如:

མཆུ་ནི་དམར་ཞིང་གུག་པ་དང་།
གཤོག་པ་ལྡིང་ཞིང་མ་ཉིན་པ་དང་།
མགྲིན་པ་ཁ་དོག་གསུམ་འཁྱུང་ཅན།
ནེ་ཙོ་འདི་དག་ཚིག་རྗམ་ལྡན།

红红咀儿弯曲曲,
两个翅膀软又绿。
颈上生有三色毛,
这样鹦哥善巧语。

这首诗描写鹦哥的咀、翅膀和颈项,都是直言,并无比喻。即都是属于鹦哥自己的形状颜色,不是用他物来作比拟的描写,所以叫作自性修饰。

2.比喻修饰(དཔེའི་རྒྱན།)

这种修饰和汉语的诗经六义之一的"比"的写法是相同的。也即是一般修饰字中所谓"比喻"的写法,它又被分为三十三个小类,可说是异常繁复的了!这三十三类中绝大部分都是明喻。即是需要用"象"、"似"、"如"、"同"等谓语,来作能比和所比之间的联系。

举例如:

ཁྱོད་ཀྱི་གདོང་ནི་པད་མ་བཞིན།
མིག་དག་ཨུཏྤལ་བཞིན།

你的脸儿象红莲，

你的双眼似青莲。

这种写法叫作物喻（དངོས་པོའི་དཔེ），是以物喻物，而用"象"、"似"一类的谓语。这当然是明喻了。又如：

ཁྱོད་ཀྱི་གདོང་བཞིན་པད་མ་ནི།
རྣམ་པར་རྒྱས་པར་གྱུར་ཅེས་པ།

红莲最丰满，

恰象你脸面。

这种比喻，叫作反喻（གུགས་པ་བ་སྟེག་པ）。因为这首诗的本意，是在形容人的脸面，不是形容莲花，但却反过来把人的脸面作能比去形容莲花。所以叫作反喻，这样比喻，较正面的比喻，能使人得到更深的印象，本书把这样的比喻专立一目来说明，可以说是独具只眼的。这也是明喻。

又如：

དེའི་བཞིན་དཔལ་ང་ཉིད་ལ།
ཡོད་ཅེས་ཟླ་བ་སྙམ་མི་དཀོས།
པད་མ་ལ་ཡང་དེ་ཡོད་ཕྱིར།

月儿别自夸，

说你似她好容辉。

红莲也同样，

不要自夸比她美。

这种叫作虚拟喻（རབ་བཏགས་ཀྱི་དཔེ）。因为月和莲花都不是动物，不能"自夸"，所谓"自夸"，只是拟人的设想罢了！这是我们一般修辞学中所说的"比拟法"或"拟人法"。又如：

ལུས་ཕུ་ཆུད་ཀྱི་དྲང་རེ་ཕོང་ཅན།

ཞེས་བདགས་ཉིད་ཀྱི་དྲང་བསམས་པ་ཡིས།

སྐྱ་བ་ལེ་ཡང་རྣས་སུ་བརྗེགས།

天上月儿园，

认作你的脸，

心里想念你，

只向明月看。

这种叫作愚痴喻（རྨོངས་པའི་དཔེ）。人的面貌，有似明月，怀人看月，绝类愚痴，因叫作愚痴喻。这样比喻的写法能更反映出爱情的深挚。

又如：

ཏི་མ་ཐེན་ཞིང་རྒྱན་གྱུར་པ།

སྐྱ་བ་ལ་ནི་ཆུད་ཀྱི་གདོང་དང་།

འགྱུན་པའི་ནུས་པ་ནས་ཡང་མེད།

月儿不光洁，

月儿也愚痴，

你的好容颜，

月儿哪能比。

这种叫作反驳喻（དགག་པའི་དཔེ）。反驳能比之月儿不美，更衬托出所比的人美丽。

又如：

སྐྱ་བ་པད་མ་དག་པ་ནི།

མཛེས་པ་ལས་འདས་ཆུད་ཀྱི་གདོང་།

བདག་རང་ཉིད་དང་མཆུངས་པར་གྱུར།

月儿和莲花，

不比你美丽，

只有你自己，

才能相比拟。

这种叫作最胜喻（ཕུན་མོང་མིན་པའི་དཔེ།）。只有自己比自己，世界上公认为最美的明月和莲花都不能相比，其它更无足论了。所以称为"最胜喻"。

以上这些比喻修饰，举例均出自原书。比喻是文学作品最为习用也最为重要的一种表现手段，比喻能使所写的东西表现得更生动感人，这就是一般所说的形象思维。本书对于比喻修饰一类分析得虽有些过于琐细，但也表现出对于比喻的极端重视。

3.有形修饰（གཟུགས་ཅན་གྱི་རྒྱན།）

这种修饰是把能比与所比说成一物，而不用"如"、"似"、"同"、"象"等比喻之词的一种写法。一般修辞学中之所谓暗喻，即属此类。"有形"云者，乃指所比具有能比的形体，把所比和能比肯定为一体而言。这类修饰又分二十小类。

举例如：

དཔུང་བ་འཁྲི་ཤིང་ལག་པ་ནི།
པད་མ་སོར་མོ་ཡལ་འདབ་བོ།

两臂藤萝两手莲，

十个手指树枝叶，

这其中的两臂与藤萝，两手与莲花，十指与树枝叶，中间并无"如"、"象"等拟似之词，而是把所比和能比融成一体。

又如：

ཆུས་པའི་འཁྲར་ཚོས་རབ་དམར་ཞིང་།
སྨྱིན་མའི་འཁྲི་ཤིང་གར་བྱེད་པ།
ཁྱོད་གདོང་ཟླ་བ་ཡིད་སྲུབས་ཀྱིས།
འཇིག་རྟེན་གསུམ་པོ་གཞོམ་པར་བྱས།

一双醉颊分外红，

两道藤眉欲起舞，

你这月貌爱之神，

三界都被你降伏。

这首诗说明其人之美,犹如爱神一样,能降伏三界,感动人人。但藤之喻眉,月之比貌,藤与眉,月与貌中间,也无"如"、"象"等拟似之词。

以上两例,也均取自原书。

4.起因修饰（རྒྱུའི་རྒྱན）

凡开始写出原因,再直接写出由这一原因引起的结果,或只写原因而可以推想出结果的写法,均属于此类修饰,就其先写原因,再直接写出所引起的结果的写法而言,实有类于汉族诗经六义之一的"兴"的写法,兴者是先言他物,以引其所咏之词也。

例如:

འདབ་ཆགས་འཕུར་ལྡིང་ཅིང་ཆེང་ནགས་སུ་ཕྱོགས།
ལྡུགས་པར་སྒོལ་བའི་མེ་ཏོག་འདབ་ཡངས་ཟུམ།
ཡོད་སྟོང་ཉིན་པ་ནུབ་རི་ཡིབ་པའི་ཚེ།
བདག་ཀྱང་རང་སྐྱིལ་པར་འདུག་པར་ཆུམ།

鲜花已经合上瓣,
暮鸟早投密林里,
千光太阳落了山,
我也想回自家里。

由飞鸟归林,鲜花合瓣,太阳落山,以引起自己回家之想,这是因物起兴的一种写法。

意义修饰的三十五类中,我们只举了四类比较重要而有意义的写法,其余不一一介绍了。

三、原书第三章内容

原书第三章是专谈文字修饰的。文字修饰（སྒྲའི་རྒྱན）是指语言文字的组织形式而言,和意义修饰谈如何表现文章内容的手法者有所不同。因为这种修饰不谈意义的如何表达得更深刻动人，而是谈语言的形式声韵如何组织得更美丽谐和。前者着重在内容，后者侧重在形式。这类修饰，虽然三类，比意义修饰分为三十五类的数量少一些，但小类条分缕析，繁复琐细，却远过于前者。

第一类叫作"重复的格式"（རྱང་ལྷན་གྱི་རྣམ་བཞག）。

这一类又分为六小类。是运用词或句的重复，使音节更为和谐，而于参差之中表现出整齐之美。

举例如：

ར་ཁྱིལ་རཁྱིལ་མདངས་ འོད་འབར་བའི་སྐུ་ཚོགས་རྣམས།

མཛེས་མཛེས་རྒྱམ་ཕོར་བྱས་པའི་ཀ་དུགས་མཚར་པོ།

བསྐོར་བ་ན་བུ་བུ་མོ་ཀུན་དགའ་མིག །

ཡིང་ཡིང་ཆར་སྤྲིན་སྟེ་ན་ པོའི་དབྱུ་ན་བཞ།

闪闪地放射金光的羽毛，

美美地展开如伞的圆屏，

孔雀姑娘转动着喜悦的双眼，

蓬蓬的雨云早在她的注视之中。

这样的形式，汉文本来是很难翻译的，为了窥见原来的格式，所以照样直译了出来。这首诗中的闪闪，美美，蓬蓬都是重复的音节，而这三个重复的音节，分配在第一、第二、第四句中又形成了一种整体上的重复作用，于参差字句之中表现了一种整齐划一的美。这种重复，体式很多。有的在句首重复，有的在句中重复，有的在句末重复。有的句首、句中重复，有的句首、句中、句末都重复。有的在两句之中重复，有的在三句之中重复，有的在四句之中重复。这样可以象数学的排列公式一样，排列成为很多形式。在音韵方面来说，在句首重复的有类于头韵，在句中重复的有类于腰韵，在句末重复的有类于脚韵，可以说藏族的一部分诗歌也是用韵的。我们不妨再举几种形式，不举实际例子，只用×××代替重复的部分，用000000代替句中其他部分。如：

××0000000，
000000000，
××0000000，
000000000。

以上是第一第三两句句首重复。

000000000，
××0000000，
000000000，
××0000000。

以上是第二第四两句句首重复。

××0000000，
××0000000，
××0000000，
××0000000。

以上是四句句首都重复。句中句末的重复与此同例，不再赘举，而句末的重复则全同汉诗的韵脚。

××000000××000000××，
××000000××000000××，
××000000××000000××，
××000000××000000××。

以上是四句的句首、句中、句末都重复。这种形式每句字数很多，因为字数如少，便不容易组织成文。这些重复的形式，在藏族喇嘛贵族文人学者的诗歌中最为流行。藏族诗歌的嵌字形式，尤其是嵌头字的形式，其实是从这类格式发展而来的。如用三十个字母嵌在一首诗中的每一句句首者，既是一种音韵上的重复，也是一种形式上的连锁关系，因为三十个字母都是一韵，字母与字母是有着习惯上的连系的。

这类重复的格式中有一种叫作"ཨཐན་ཐོག་སྦྱར་བའི་རྱང་ལྗན་"的，直译为"句末句首连锁的重复"，是修辞学中的顶真体。还有一种叫作"བརྗོད་པའི་རྱང་ལྗན་"的，直译为"倒转的重复"。这是汉文诗歌的回文体。

除词的重复外，还有整句重复的格式，和汉诗渭城曲的三叠或四叠的形式相同。更有整组四句重复的格式。这样形式用于长诗中，四句体诗很少这样重复。

第二类有"牛尿式"（བ་ལང་གཅིན）和"轮转式"（འཁོར་བ）两种，牛尿式是上下间隔、下上间隔着曲折诵读，如：

ཀུན་དགའི་དཔལ་ལྗན་ཐ་བའི་སྱིང་མ་ཁྱུད།

རབ་དགའི་དཔྱིད་ལྗན་སྐྱ་བའི་ལྱ་མ་སྱེ།

རབ་དཀར་བདུད་ཙྱི་ཉིད་ཕྱང་སྐྲ་མཁས་མ།

ཆས་དཀར་སྐྱང་ཙྱི་སྙགས་ཕྱང་རྐུལ་མཁས་རྱ།

以上四句诗，可以由上至下间隔读，也可以由下至上间隔读，这两种读法即所谓"牛尿式"的形式。

轮转式又分半转式和全转式。全转式前后、上下、左右均可轮读。读法有一百二十八式，这真是"雅擅繁琐"，而且已成了纯粹文字游戏了。

第三类是定韵等式（དབྱངས་སོགས་ངེ་ས་པ），所谓"定韵等"者，包括三种形式。一种是韵母一定，一种是声母一定，一种是发音机关一定。韵母一定每首全用ཨ（ a ）元音，或每首全用ཨི（ i ）元音，或全用ཨུ（ u ），全用ཨེ（ e ）、全用ཨོ（ o ），或者几种元音间杂使用，如第一句用ཨ，第二句用ཨི，第三句用ཨུ，第四句用ཨོ等等。韵母一定，声母可以不拘，这类形式也为藏族的僧侣贵族作家所惯于运用的一种形式。所谓"声母一定"者如第一句用ཀ（ka）母，第二句全用ཁ（kha）母，第三句第四句也全用一个声母。声母一定韵母可以不拘。所谓"发音机关一定"者，即一句全用同一发音机关所发的字，齿音全是齿音，舌音全是舌音。因此，定韵等式的三种形式都是很呆板的形式，分类也是异常繁复的。

本章所指的隐语修饰（གབ་ཚིག་ཏུ་བྱན），实际是和谜语一样，是只说出谜面，不明说谜底，以达到影射或暗示的作用，这种作品多半为游戏笔墨，也有十六个小类，因为意义不大，在这里不多作介绍了。

本章末尾是谈"སྐྱོན་སེལ་བ"，即是谈"克服缺点"。本书对文章修辞谈了正面的修饰而外，还在反面谈到防止和克服缺点的重要性。本书谈文章缺点共有十个：第一个缺点是文如童稚，语言前后没有连系，不成文理。第二个缺点是自己的话前后矛盾。第三个缺点是毫无必需的罗唆重复。第四个缺点是语言模棱两可，不能决疑。第五个缺点是前后次序混乱不顺。第六个缺点是文字书写不合正字学和词书规律。第七个缺点是文句太长，使人不易读断。第八个缺点是诗句长短不一，不合韵律。第九个缺点是不按语法的接续词组织文句。第十个缺点是立言和自己的主张相违反。这十个缺点，有的是属于文章内容方面的缺点，有的是属于语言形式方面的缺点。确实，绝大部分是无论任何文章所都应避免和克服的缺点，只有第八个缺点乃是སྙན་ངག体的格律所特定的缺点，一般民间诗歌虽然基本上也习惯于整齐的句式，但长短句的形式，还是屡见不鲜的。因此，这一缺点是不能范围民间的诗歌的。同时，由此也可次窥见སྙན་ངག体诗的严格规律，它是比较注重形式的，与民间创作的文风，是有所不同，尽管米滂一类的学者，对于文章内容与形式的关系，有那么深刻的认识与解说。

关于《诗镜论》的全部内容，我们作了以上一个极为简短、异常粗疏的介绍。但由此我们也可以看出《诗镜论》这部书对于藏族文学的影响是很大的。它不但是理论上的影响，而且影响到实践。藏族的学人，对本书也不只是依样葫芦地吸收，而在文学理论上与文学形式上都有巨大的发展。正如我们在文章开端所说的它已成为藏族所固有的和人民所熟悉的一种专门学问。某些理论上的阐明,如文章内容与形式的关系和思想感情与作品风格的关系等的阐明,都非常正确而深刻,较之原书更进一步。这些理论的阐明,在今天来说,也还有其极为珍贵的现实意义。同时,它影响贵族僧侣的文学创作达六、七百年之久,无论其为功为过,这种影响的事实,则是客观地存在于藏族文学发展史上,而不容否认的。因此,对于《诗镜论》及其注释的研究,对于《诗镜论》在藏族文学创作上所发生的影响的研究对于ཐུན་མོང体文风和民间作品风格对比的研究,是会有助于藏族一部分文学发展史的研究的,这一工作是需要有人来做的。

萨迦格言选译①

高景茂译

史料解读

　　该史料为格言哲理诗集节选,原载《宁夏文艺》1979年第5期。《萨迦格言》是带有劝诫性质的藏族格言哲理诗集,全书共九章四百五十七条格言,本文选取高景茂所译版本《萨迦格言》中的六则格言,每则格言四句,语言平实质朴、言简意赅,节选部分劝人勤学、善思、刻苦为学。

原文

一

铁粉和沙石混在一起,
能分辨出铁粉的是吸铁石;
真理和谬误纠缠在一起,
能分辨出真假的人一定善于深思。

二

学问是从积累点滴知识开始的,

---

① 《萨迦格言》是公元十二—十三世纪西藏萨迦派(佛教的教派之一)的著名学者萨班·贡噶江村写的一部格言诗集。全书共九章四百五十七条格言。

成果是由辛勤劳动换来的。

不耕耘而又想丰收，

这岂不是人间的怪事。

三

红色和黄色调配，

能配出多种美丽的色彩；

个人和集体结合，

能想出更多更好的办法来。

四

知识比珍宝贵重，

因为它是人类智慧的结晶；

学者受人们尊敬，

是因为他有创造发明。

五

黄金不管怎样锻烧，

闪闪发亮的光泽永远不变；

英雄不怕艰难困苦，

愈磨愈坚韧刚健。

六

无知的人，

对知识有一种特别恐惧的心情。

雪山顶上的雪莲开放了，

他也说这是不祥之兆。

萨迦格言

第五章（节选）

史料解读

　　该史料为格言哲理诗集节选，原载《西藏文艺》1979 年第 3 期。节选《萨迦格言》34 则，为次旦多吉、王敬之、丁有希译，贾湘云、廖东凡、平措朗杰整理。每则格言四句，语言平实质朴、形象生动，生活气息浓郁，节选部分希望人们能警惕花言巧语、多听良言，远离小人和卑劣者，不要无底线的善良，抨击品德败坏的狡猾、无耻的恶人。

原文

狡猾的人花言巧语，
不是敬你而是谋求私利；
夜猫子发出笑声，
不是高兴而是不祥的预兆。

恶人用巧言进行诱骗，
丧失警惕就会上当；
渔夫用香饵下钩，
贪吃的鱼儿就会送命。

恶人不得志的时候，
他的心地还是善良的；
荆棘在没有成熟以前，
光刺是不会伤人的。

心里想的是一套，
嘴里说的是一套；
这就是狡猾的阴谋家，
又叫自作聪明的傻瓜。

狡猾的人尽管一时得逞，
最终将不免遭到失败；
毛驴蒙上豹皮偷吃庄稼，
最终免不了被人宰杀。

狡猾的人假装正经，
不知底细决不能轻信；
孔雀体态优美声音动听，
吃的却是有毒的食物。

狡猾的人装做诚实的样子，
那是为了对你进行欺骗；
屠户把兽尾给你看，
是要把驴肉卖给你。

无耻的人看见别人的东西，
总想拿来给自己享用；
将朋友的衣服给客人垫座，
还夸说自己慷慨热情。

寡廉鲜耻的人，
将自己的丑事当作光荣；
根孜地方的一些贵族，
杀死了父亲还要擂鼓庆贺。

无知的人本想做点好事，
结果却害人不轻；
小喜鹊拔出妈妈的羽毛，
还以为报答了养育之恩。

恶人侥幸得来的享受，
还以为是自己努力所得；
老狗舐食自己颚上的鲜血，
还以为在饱尝骨头的美味。

坑害亲人去供养外人，
不是傻瓜又是什么；
砍了脑袋去装饰尾巴，
不是疯子又是什么。

傻瓜不到该去的地方，
不该去的地方却经常闲逛；
底劣的泉水夏天不断流淌，
缺水的春天却总是干枯。

高尚温和的人，
总是被邪恶的人伤害；
浸过油的灯芯，
最容易被火点燃。

用凶暴可以降服凶暴，
平和的方法则不能；
针灸能够治愈疔疮，
温良的方法使病毒更厉。

品质恶劣的小人，
即使聪明也要疏远；
毒蛇头上虽有宝贝，
谁敢将它抱在怀里。

骄傲会使你无知，
贪婪会使你无耻；
整天折磨自己的仆役，
那就要自食恶果。

有益的格言固然不多，
按照它做的人更少；
高明的医生固然不多，
肯听医嘱的人更少。

当你狂妄自大的时候，
痛苦就会接踵而来；
当狮子骄傲的时候，
就会做狐狸的脚夫。

乌鸦埋下去的食物，
好比恶人所做的功德；
在碱地里撒下的种子，
是空有希望而没有收获。

世界上可怕的东西虽多，
没有比恶人更可怕的；
其它可怕的东西能制服，
阴险的恶人却难以对付。

对卑劣者做一百个功德，
也不会使他满意；
谁对他规劝谁就是冤家，
这就是卑劣者的本性。

对卑劣者无论怎样劝导，
卑劣的本性也不会变好；
无论你将木炭如何洗刷，
黑色的木炭也不会变白。

被那里的坏人欺侮了，
对那里的好人也回避；
曾经被毒蛇咬伤了，
看见金链子也要跑开。

尊敬贤者是正当的行为，
尊敬恶人是罪孽的根基；
奶汁是婴儿的甘露，
喂给青蛇只能增加毒性。

专爱挑拨是非的人，
再好的朋友也会分手；
涧水经常冲刷岩石，
坚固的岩石也会裂缝。

一个人将不该说的话，
拿到别人面前说长道短；
无论他说的是真是假，
聪明人也要千万提防。

对爱财如命的小人，
是亲友也不要信任；
官吏们暗中受贿，
亲友们都遭到陷害。

表面凶恶的敌人，
容易制服；
表面善良的敌人，
却难以战胜。

身体的创伤名医可以治疗，
语言的创伤谁也无法弥补；
乌鸦用语言伤害了猫头鹰，
世世代代他们都是仇敌。

忘恩负义的人，
谁敢跟他做朋友；
费力而无收获的土地，
那个农夫愿意耕耘。

当人们放荡无羁的时候，
衰败的命运就要临头了；
当公牛发疯斗殴的时候，
被骗的日子也就不远了。

无论给卑劣的人多少好处，

需要时他决不会给你帮助；

只有被钳子夹着的铁块，

那有被铁块夹着的钳子。

恶人假借为别人谋利益，

其实尽做些损人利己的事情；

聪明人自己不会去上当，

恶人的诡计怎会得逞。

次旦多吉、王敬之、丁有希译

贾湘云、廖东凡、平措朗杰整理

民族团结的热情颂歌

——藏族长篇寓言《猴鸟的故事》初探

李佳俊

史料解读

　　该史料为论文，原载《西藏文艺》1979 年第 2 期。李佳俊从主要内容、创作者、产生年代、主题思想及艺术成就等几个方面介绍《猴鸟的故事》。首先长篇寓言《猴鸟的故事》思想性和艺术性研究价值很高，但长期没有得到应有的重视，如今才在党的"百花齐放、百家争鸣"方针指引下，运用辩证唯物主义和历史唯物主义观点进行系统整理。第二是关于寓言的真正作者，大家莫衷一是，最合理和有力的说法就是人民群众共同创作，而后经过文人的搜集整理。第三是产生年代，《猴鸟的故事》是一部寓言，但是对于反映的矛盾冲突和现实主题具体是什么还存在许多分歧。作者举例反驳了该寓言是反映击败廓尔喀入侵和或者是《猴王和魔女》姐妹篇这两个说法，而后从作品本身寻找到线索，推断《猴鸟的故事》产生于 14 世纪，在 18 世纪由文人记录整理成我们现在见到的本子。第四是主题思想，通过动物之间的故事，表达出藏族同胞对共同建造一个强大祖国的美好愿望。最后指出寓言在艺术上也有很高的成就，主要有两个特点：一是短小，二是用富有哲理性的说教文字点明主题。《猴鸟的故事》诗文夹杂，形式是藏族人民喜闻乐见的"贝马体"，采用浪漫主义和现实主义相结合的创作方法，运用生动的比喻，大量引用民间谚语，感情色彩鲜明。

原文

去年,用藏文出版的藏族长篇寓言《猴鸟的故事》问世以来,受到广大读者的欢迎。它故事曲折,语言优美,寓意隽永,十分耐人寻味,是祖国各民族文化遗产中的一颗闪烁着灿烂光华的明珠。

寓言讲的是扎希则嘎地方,滚桑山脚下有一片茂密的森林,住有一群猴子;山半腰是绿油油的草地,栖息着各种各样的鸟儿。有天,猴子到草地上去大吃美味的草木果实,鸟儿们很不满意,恶言讥讽,发生了激烈争吵。狗头雕和老猴子洛桑认为:"这样一件小事体,小题大做伤精神。""没有口舌是最幸福,不受人指责心最安。"而任性好斗的年青猴子阿梨玛和小黑鸦一心要"顾全体面",极力煽动各自的一群想大战一场。相互巧妙地试探实力,蠢蠢欲动。内部意见很不一致。几经周折,猴儿们逐渐清醒地认识到,为了一场口舌大动干戈决非聪明的主意,请来兔子洛丹和家禽大公鸡居中调停,鸟儿们和猴子们终于互相谅解,从此相处的十分融洽。"因为这个原故,这个地方也永远是年成很好,草木很茂盛,牛羊很肥壮,过着那幸福美满的生活。"长篇寓言塑造了二十多个拟人化的动物形象,展示出一幅广阔的社会画面;通过猴鸟的冲突和和解,表达出藏族劳动人民对美好生活的憧憬,蕴蓄着极其深刻的思想内容,具有高度的人民性和强烈的艺术感染力。

但是数百年来,这部趣味横生的寓言故事并未受到应有的重视,被蒙上了一层迷茫的纱雾。三大领主认为它"荒诞无稽",不过是"穷人野夫"聊以消磨时光的谈资,不能登大雅之堂,更不屑于在他们"神圣"著作中提及。现在,人们都很关心:《猴鸟的故事》出自哪位大家的手笔?它产生在什么年代?这些禽兽的争执、烦恼和欢乐对我们有何启示?艺术上有什么价值等等。诸如此类对理解长篇寓言的一些问题,我们都无法从过去的书面记载中找到任何答案,所能得到的只有一些民间传说。这些传说又众口纷纭,莫衷一是,为研究工作带来许多困难。今天,在党的"百花齐放、百家争鸣"方针指引下,用辩证唯物主义和历史唯物主义的观点系统整理祖国各民族的优秀文化遗产,已经成为我们迫不及待的任务。为了加深对《猴鸟的故事》的理解,在思想、艺术上求得一个正确的评价,给它以藏族文学史上应有的地位,笔者不惜孤陋寡闻,想就长篇寓言的作者、时代、主题和艺术特色诸问题,略抒己见,做一些初步的探讨。

《猴鸟的故事》未见于经书典籍,目前发现的各种版本均未注明作者姓氏和确切的年代。较普遍的说法是一位名叫次仁旺杰①的文人创作的。理由是,长篇寓言作为较完整的书面文字在社会流传,始于十八世纪,次仁旺杰正生活在这个时代;次仁旺杰是一位好写"闲书"的人,曾经写过小说《青年达美》、传记文学《颇罗鼐》和《嘎伦传》,因此还可能创作了这部《猴鸟的故事》。这,当然也可略备一说。但是,如果把《青年达美》等文学创作与《猴鸟的故事》做一细致的比较,我们就会发现,无论在创作方法上,还是在语言风格方面,它们都有天渊之别。前者写人状物,拘谨于真实生活的描绘,现实主义色彩较浓;后者则充满了离奇的想象,夸张的描写,使用了浪漫主义的表现手法。前者语言古雅;后者用辞流畅,大量引用民间方言和谚语。《猴鸟的故事》断然不是次仁旺杰这样的文人创作出来的。

长篇寓言真正的作者是谁? 是人民,是藏族人民集体的口头创作,属于民族民间文学的范畴。为了说明这个问题,可以引用另一个藏族民间寓言《锦鸡、兔、猴、象吃果图》②为证:锦鸡从三十三重天上衔来一枚珍贵的种籽,兔子把它种下,猴子上粪,大象用鼻子浇灌,结出了鲜美的果实。但兔子和大象不能上树,果子尽让猴子和锦鸡吃了,相互发生了争吵。一位聪明人跑来评理,认为大家的劳动成果应当大家享受。于是,猴子站在象背上,兔子登上猴子肩头,锦鸡站在兔背上摘果子,共同吃,其乐无穷。

《猴鸟的故事》当然比它曲折复杂得多,但是二者在主题思想、表现手法和解决矛盾的方式上何其相似啊! 我们只能把《猴鸟的故事》和锦鸡的故事归为

---

①　仁次旺杰(1679? —1762),清朝文献里译为策凌旺扎尔,说他"系大员之子,素为人所敬重"。一七二八年,郡王颇罗鼐向清廷推荐他任西藏嘎伦,富有文采,著传记文学《颇罗鼐》。颇罗鼐一七四七年病故,其子袭郡王职,次仁旺杰不受重用,遂闲居著书,写有小说《青年达美》和自传体小说《嘎伦传》。相传他无聊时常邀集村夫野老为之讲述故事。

②　《民间文学》一九六〇年第五期。

同类，很难把它与《青年达美》放在一起。在西藏农牧区，还有许许多多像《锦鸡、兔、猴、象吃果图》这样的寓言故事，既相类同，又变幻多端，都是民间创作。《猴鸟的故事》就是其中的集大成者。广大藏族群众在不断的流传过程中，把成百上千的锦鸡的故事加工润色，各取所长，创作出这一部结构完整、波澜起伏的长篇寓言，集中表现出藏族劳动人民的丰富幻想和惊人才智。当然，最后把它记录下来，使之流传到今天，还有赖于文人的笔力，甚至也不排除次仁旺杰就是长篇寓言的搜集整理者的可能性。但是归根结蒂，《猴鸟的故事》的作者是人民，是藏族劳动人民集体智慧的结晶。

寓言者，讽喻也，寄托也。《猴鸟的故事》讲的是禽兽之间的纠纷，要表达的却是社会的矛盾，人的思想。这部寓言到底想说明什么呢？作为一部文学作品，是特定历史时代的产物。不同时代的文学，所反映的社会矛盾和斗争也是千差万别的。要说明寓言的主题思想，必须弄清楚它产生的时代背景。目前，许多同志正是在这个问题上看法分歧，导致对其主题思想的认识大相径庭。

有人说寓言反映的是西藏地区十八世纪末叶的现实生活，影射了西藏人民在祖国各族人民支持下，击败廓尔喀入侵的英勇斗争。某个高等学校的藏族文学讲稿就援引了这种说法，并引伸出作品的思想教育价值："在今天，它对于保卫祖国领土，向侵略者进行斗争，仍有现实意义。"我认为，讲稿给长篇寓言确定的时代背景和由此推论出来的主题思想，都是很值得商榷的。首先，仔细读完全部故事，我们并看不出它所描绘出来的猴鸟的冲突和解决冲突的方式，在性质上与中国和廓尔喀的那场战争有什么相似之处。中廓冲突时，清朝中央政府命福康安率师入藏，八世达赖"带领僧俗人等，办理火药乌拉"，协助进剿，击溃侵略者，是用军事解决问题的①。寓言并没有写到战争，虽然鸟儿曾一度责怪猴子进入了鸟儿的草地，却又承认鸟儿早就进入了猴子的森林，最后以互相谅解，猴鸟和睦相处结束，谈不上反侵略战争的主题思想。作为一部人民群众的口头创作，决不会今天构思明天就能见效的，特别是在旧社会，像《猴鸟的故事》这样

---

① 见《西藏地方历史资料选辑》第109—115页。

的大型寓言，创作和流布都要经过漫长的岁月。寓言在中廓冲突的十八世纪用文字记录下来，而产生它的年代却必须上溯到好几百年。此外，前面已经谈到，传说认为《猴鸟的故事》与次仁旺杰有关，我们不妨承认它就是次仁旺杰根据民间传说记录整理的；而次仁旺杰早在一七六二年，即中廓冲突之前三十年就与世长辞了，更无从起死回生，来整理一部反映中廓冲突的寓言故事。所以，《猴鸟的故事》断然不是对那场冲突的影射、解释或劝戒。

另有一些同志又把它推溯得太远，认为是《猴王和魔女》①的姐妹篇，同属于原始共产主义的产物。理由是寓言里看不出阶级分化和阶级斗争。这样推断也很难令人信服。首先，《猴王和魔女》属于神话，是原始人对社会和自然现象无法解释，借助于幻想创造出来的一种超自然的神；《猴鸟的故事》则属于寓言，假借动物的纷争表达对社会现象的合乎逻辑的解释，是生产力发展到较高阶段的产物。《猴鸟的故事》虽然没有直接描写剥削者和被剥削者之间的斗争，但它从头至尾所叙述的是猴鸟围绕草场所有权问题所引起的一场纠纷，说明私有制早已产生，并且已经作为一种天经地义的社会存在支配着人们的生活。阶级正是伴随着私有制的产生而产生出来的，长篇寓言不可能出现在远古时代，它比《猴王和魔女》要晚得多，乃是奴隶社会的经济已经濒临崩溃，正逐步向封建农奴社会过渡时的产物。

要确定一部民族民间文学作品的具体年代是困难的。但是我们仍然可以从作品本身寻找出它的蛛丝马迹，也可以将作品所描绘的社会生活与那个民族的历史发展对照起来进行研究，求得一个可靠的答案。《猴鸟的故事》较多地引用了萨迦格言。萨迦格言问世于第十三世纪，正是西藏历史发展中一个重大的转折关头。唐末农民大起义动摇了李唐王朝的统治，中国一度形成藩镇割据和

---

① 《猴王和魔女》的神话，较早的文字记载见于十四世纪索郎坚赞的《西藏王统记》，现今山南地区还流传着与之大同小异的故事。神话说：在雅鲁藏布江畔的山洞里住着一个猴王，与美貌无比的魔女发生了恋情，遂结为夫妇，生儿育女，成为藏族的祖先。后来，子孙繁衍，多至五百，森林里的果子已不足充饥。猴王乃率领子孙下山在泽当坝子上引水开荒，播种五谷，是为西藏农业之始。这是西藏远古时代的传说，反映了原始人在蒙昧时期对人种起源的解释和原始共产主义时期的社会生活。

五代十国的分裂局面。西藏高原由松赞干布和赤松德赞创立的奴隶社会的统一大业,也因奴隶主之间争权夺利的斗争土崩瓦解,大小头人划地为界,形成数以百计的割据势力。数百年间,奴隶主一方面加重对奴隶残酷的剥削压迫,一方面驱使奴隶对相邻的部落和民族进行连绵不断的战争。相互残杀、火并给广大奴隶带来空前的浩劫和灾难。统治者为了自身的利益极力制造民族纠纷,煽动不和与仇恨,而各族劳动人民却在数百年的分裂和冲突中相互融合,加深了了解,增进了友谊。十三世纪时,西藏地区正式纳入中国版图,一个个地方割据势力借助中央政府的号令和扶持,逐渐互相合并,社会开始出现安定繁荣的升平景象。民族的团结,国家的统一已经成为不可阻挡的历史潮流,广大劳动人民最迫切的心愿。《猴鸟的故事》就是在这样的时代里,在经历了统一——分裂—统一漫长的生活道路之后,藏族劳动人民采用文艺形式所进行的历史经验的总结。

以上分析说明,《猴鸟的故事》既不是远古时期的产物,也不是十八世纪末叶的创作,而是在十四世纪的社会土壤中孕育诞生出来的。不过当初在群众中流传的还只有一些像《锦鸡、兔、猴、象吃果图》这样的小故事。以后,一代代的民间艺人在演唱中不断润色提高,把许多短小故事结构成长篇寓言,并使之在艺术上日臻完美,又经历了大约三百多年的漫长道路。十八世纪由文人记录整理,付诸刻印,才有了我们今天看到的这个本子。但文人记录还不是创作活动的终结,直到今天,广大农牧民群众仍在一代代的口耳相传中,进行着新的加工创造。

一旦明确它产生的时代背景,主题思想就清晰可见了。长篇寓言通过猴鸟围绕草场引起的争论,强烈谴责了猴子阿梨玛和小黑鸦这样的好斗者在部落和民族间挑拨离间,制造不和,违背了各民族人民的根本利益;热情歌颂了兔子洛丹和家禽大公鸡识大体,顾大局的聪明才智,不辞辛劳,给社会带来了团结、和睦和兴旺。作品最后深情地唱道:"如果有远有近有亲疏,要使它平等看待不结冤仇。""亿万个智慧聚集在一身上,千百条大河汇合成一条洪流。"生动地表达出藏族劳动人民对祖国各族人民亲如兄弟的情谊,共同建造一个强大祖国的美好心愿。

《猴鸟的故事》并不是简单地图解自己的创作意图。它通过鸟儿和鸟儿、猴子和猴子、猴子和鸟儿之间曲折复杂的斗争，别开生面的辩论，描绘出不同性格的人物形象，逐步深化和揭示出作品的主题思想。民族斗争归根到底是一场阶级斗争。民族矛盾首先是由民族内部的矛盾引起的。我们看到，猴子和鸟儿千百年来在滚桑山下和睦相处，像水乳交融一样亲密无间。虽然猴子进入了鸟儿聚居的草地，鸟儿也早就进入了猴子聚居的山林。随着社会生产力的发展，相邻各部落和民族之间的交往日趋频繁，是很自然的现象。只是由于猴鸟内部有几个好事之徒，或者以斗殴为乐，或者想从中渔利，煽动不和，以致于剑拔弩张，到了快要火并的边缘。因此，解决矛盾的方式也必须首先从加强内部的团结开始。经过多次辩论，内部的明智派占了上峰，认识到"人不需要的是战争，树不需要的是树瘿，心不需要的是痛苦，身不需要的是疾病"。回顾过去，猴和鸟世世代代都是好朋友，不该为了一场无谓的口角伤了和气。心中的疙瘩解开了，有了团结起来的诚意，各自都做了自我批评，推荐兔子洛丹和家禽大公鸡出面调停，终于化干戈为玉帛，和谐美满，其乐无穷。

长篇寓言就是这样为我们唱出了一曲动人心魄的祖国各族人民团结友好的颂歌！这本藏文小册子发行后，广大工农兵群众踊跃购买，辗转传阅，成为最畅销的文艺读物，根本原因就在于它道出了祖国各族人民的心声。只有加强团结和友谊，才会给我们带来繁荣和幸福。藏族人民对此有切身的体会。《猴鸟的故事》反映的是十四世纪的社会生活，但是在今天仍然有着不容置疑的现实意义。它将鼓舞我们在以华国锋同志为首的党中央的领导下，巩固和发展安定团结的政治局面，同心同德为尽快实现四个现代化奋斗不息。

《猴鸟的故事》在艺术上也有很高的成就，值得我们学习借鉴。

这是一部篇幅很长、世界少有的大型寓言故事，表达主题的方式也别具一格。一提起寓言，我们就会联想到古希腊的《伊索寓言》、俄罗斯的《克雷洛夫寓言》、文艺复兴时期意大利达·芬奇的语言笔记，还有散见于我国春秋战国诸子百家著作中的寓言故事。它们都是古今中外寓言中的佼佼者，其特点有二：一是短小,只写一时一事,取动物、植物或人的某一特点发挥自己的想象。短者几十字,长者也不过数百字。二是附有道德性的说教文字点明主题,《伊索寓言》在故事结尾时进行劝诫,诸子百家的散文则是在阐述自己观点时引一则寓言予以图解。《猴鸟的故事》却与众不同。它前后共写了二十多个不同相貌和性格的禽兽,分为六个章节,总共三万多字,文字浩瀚,故事离奇,是世界寓言中罕见的长篇巨制。它没有一点枯燥的说教,也不需要凭空添加一段规劝的尾巴,而是把作者的讽喻、褒贬和爱憎融合在真实生活的描绘之中,通过各种拟人化的动物形象及其相互的矛盾冲突展示出作品的主题思想,深刻而又含蓄,格外引人入胜。

《猴鸟的故事》诗文夹杂,采用了西藏民间传统的说唱形式,一般称为"贝马"体。目前,凡是在西藏民间广泛流传的大型文学作品,如《格萨尔》等,无不采用这种形式。在牧场的月光下,在山村的篝火旁,讲述者一面弹着六弦琴,一面悠悠扬扬地演唱。每唱完一个段落就停下来,喝杯酥油茶,简单交待一下故事情节,再继续弹唱下去。这样有说有唱,演唱者能够持久,观众也听得明白,情景交融,把故事推向高潮。正是因为采取了这种藏族人民喜闻乐见的民族形式,《猴鸟的故事》得以在万里高原上广泛流传,做到家喻户晓。

长篇寓言使用浪漫主义和现实主义相结合的创作方法,既有海阔天空的幻想,又丝丝紧扣住现实生活的矛盾和斗争;写的是禽兽的故事,表现的是各阶层人物的思想和感情。处处都能触发读者奇特的联想。你看,不知天高地厚的小猕猴阿梨玛在辩论中一面晃动着双手,一面得意地摇着尾巴,尚未开口就哈哈一笑,妄言说:"它们(鸟儿)能往天上飞,咱们一跳能够抓住它们的尾巴。咱们每一个有力的猴子,对付一百只鸟儿不算啥。"简单的一言一行,把轻率无知的小猕猴刻画得淋漓尽致,栩栩如生。智慧练达的老猴子洛桑却显得与众不同。它不肯轻易开口,直等到大家安静下来以后,才慢条斯理地把下巴摸了三下,右手叉在腰间,左手放在膝盖上,用教训的口吻说道:"你们都是些小崽子,尽说些大话逗刚强。……幼稚的蛮横是狗的蛮横,招来的是石头和棍棒。"一个饱经沧桑、胸有城府的老人形象跃然纸上。前者手舞足蹈,话不切题,后者老成持重,字字真金,对比之中表现出作者鲜明的爱憎。

茶水不放盐巴没有喝头,言谈不用谚语没有听头。这决非言过其实。藏族农牧民喜爱《猴鸟的故事》,是与寓言里生动的比喻和大量引用民间谚语分不开的。它们在作品里就象夜空中的繁星,在满天闪亮,使人感到格外亲切。试举大雕和白脑袋狗头雕在第三回中的一段唱词为例:

"说话容易像水泡,

实行起来像沙金。

话慢先要舌头慢,

哇啦哇啦费嘴唇;

自己若是没有勇气,

刀刃子虽快只能有利于别人。

说话好比拿刀剑,

要拿刀把子不要拿刀刃。

应当考虑的时候若是不考虑,

烟和蒸气要错认。

急急躁躁去做事情,

做出来的事情没有根。"

没有干瘪的说教,只不过把一首首谚语,一个个比喻串联起来,所要表达的事理却讲得明明白白。据不完全统计,全书共引用了九十多首民间谚语。这些谚语至今还流传在群众当中,具有无可争辩的力量。藏族谚语音调铿锵,形象优美,含义深邃,是劳动人民在长期的阶级斗争和生产斗争中总结出来的生活哲理,智慧的结晶,深受藏族群众的喜爱,是文学创作中不可缺少的语言养料。《猴鸟的故事》是藏族人民的集体创作,在表达感情和人物对话时,自然就会有一串串民间谚语象泉水般喷涌出来,丰富、生动、贴切,显得天衣无缝,给作品增色生辉。这是许多文人创作所望尘莫及的。在我们至今能涉猎到的藏族文学作品中,它的语言艺术足可名列前茅。可以毫不夸张地说:《猴鸟的故事》是一部优秀的民间寓言,也是一部很好的藏族语言教科书。

试谈仓洋嘉错情歌

毛继祖

史料解读

　　该史料为论文,原载《青海民族学院学报》1979 年第 2 期。毛继祖对仓洋嘉错的生平及创作风格进行了介绍和分析。仓洋嘉错生长于限制较少的红教喇嘛家庭,十四岁被选为六世达赖转世灵童,远离故土和恋人。诗歌中显示出失恋及对姑娘的埋怨,失去了自由使他的诗歌表现出对黄教禁欲主义的反抗,再加上当时第巴桑杰嘉错为夺权而对他的放荡行为故意纵容,被警告后他直言回答,据理驳斥,使他的情歌中隐含了以宗教色彩伪装的政治情绪。文本中所选诗歌产生于其任六世达赖后期,仓洋嘉错与当时掌权者的矛盾日益激化,所以运用富有宗教色彩的诗歌抒发他的政治情感。仓洋嘉错的情歌具有反对宗教戒律、禁欲主义但并不反对宗教本身的特点,体现出红教与黄教之间的斗争。仓洋嘉错的情歌之所以能广泛流传,是因为他的情歌向往自由,表现出对封建农奴制的不满和反抗,同时具有高超的艺术技巧和感染力。仓洋嘉错情歌的艺术特色是词曲相配、词雅曲美,民歌风味、民族色彩,节奏清晰、声韵协调,言简意深、细腻逼真。

原文

　　六世达赖仓洋嘉错的情歌，从二百七十多年前直到现在，在藏族人民中广泛流传，脍炙人口。它在藏族诗歌中独具一格，对藏族诗歌的创作有较深的影响，在藏族诗歌发展史上占有一定的地位。研究它的学者，大都认为它是对佛教戒律和黄教禁欲主义的反抗与叛逆。

　　那末，身为六世达赖和西藏黄教法王的仓洋嘉错，为什么要反抗佛教的戒律和黄教的禁欲主义，唱出叛逆之歌呢？这些情歌为什么一直能够在藏族人民群众中广为流传呢？我们知道，仓洋嘉错于康熙二十二年（公元一六八三年、藏历第十一甲子水猪年）正月十六日，出生在藏南门隅地方宇松的一个贫苦红教喇嘛家中。父亲名叫扎喜敦赞，母亲名叫才日拉莫。仓洋嘉错年幼时，曾在聂塘附近的讷尔布康学过佛经。公元一六九七年（康熙三十六年）藏历九月，仓洋嘉错被选为六世达赖灵童，十月二十五日，被迎至布达拉宫，举行了坐床典礼。

　　仓洋嘉错当上六世达赖以后，西藏上层统治阶级之间矛盾日益尖锐。公元一六四二年，入侵西藏的青海蒙古族厄鲁特部固始汗之曾孙拉藏汗同西藏第巴桑杰嘉错之间勾心斗角，争权夺利，最后以桑杰嘉错失败而告终。桑杰嘉错为了达到其窃权揽政的目的，不让仓洋嘉错过问政事，并大兴土木，新建寨后龙宫游苑，为仓洋嘉错寻芳猎艳，放荡不羁广开了方便之门。在这样的历史背景中，游离于祖国西藏地方反动统治阶级权力斗争旋涡之外的仓洋嘉错情歌便应运而生了。

　　仓洋嘉错的故乡——门隅的自然景色十分美丽。山青水绿，密林鸟语，百花争艳，这一切在他年青的心灵深处播下了对故乡的热爱。西藏红教是允许僧侣娶妻生子的。当时作为红教徒的仓洋嘉错，年方弱冠，能歌善舞，这时，有了热恋的姑娘，其歌为：

ང་དང་བྱམས་པའི་སྙིང་ཁ་པ，　　　　我与姑娘相会，
ལྷོ་རོང་མོན་པའི་ནགས་གསེབ，　　　　山南门隅林里；
སྐྱ་ཁྲག་ནེ་ཙོ་མ་གཏོགས，　　　　除了能言鹦鹉，

ཤུ་དང་གཏང་ཤེས་མ་ཤེས,
སྐྱ་མཀའ་ནི་དེ་ལེ་ཤེས!
གསང་ཁ་སྟོན་པ་མ་གཏང;

谁人都不知晓;

请求能言鹦鹉,

千万莫把密漏!

这首歌可能是仓洋嘉错在拉萨时写的,也可能是在家乡门隅时写的。这充分说明了仓洋嘉错在故乡时已有恋人,正在热恋。

热恋着的仓洋嘉错,突然被选定为六世达赖的灵童,要远离可爱的家乡,远离热恋的姑娘,绵绵情思难断,爱情之火难灭。与热恋情人之生别,就凝结成这样的歌:

ངང་པ་འདས་པ་ཆགས་ནས,
རེ་ཞིག་ཕྱུད་དགོས་བསམས་ཀྱང,
མཚོ་མོ་དར་ཁ་བརྒྱགས་ནས,
རང་སེམས་ཐོ་བ་གཏང་དུང;

白鹅爱上芦塘,

打算少住游荡;

哪料湖面冰封,

心灰意冷绝望。

རྩྭ་ཐོག་བ་མོའི་ཁ་ལ,
སྐྱུང་སེར་རླུང་གི་ཕོ་ཉ,
མེ་ཏོག་སྤྲང་བུ་གཉིས་ཀྱི,
འབྲལ་མཚམས་བྱེད་མཁན་པོ་ཡིན。

芨芨草上寒霜,

它是寒风使者;

拆散鲜花蜂儿,

数它最为毒恶。

这些歌唱出了仓洋嘉错被选定"灵童"、离开恋人之后的悲伤、忧郁和绝望。绝望激起了义愤,义愤必然导致反抗,引起对未来的憧憬,于是他唱出了海誓山盟:

བཀྲབ་པའི་ནག་རྒྱང་ཤེའུ,
གསུང་སྐད་འགྱོན་ནི་མི་ཤེས,
ཁྱེད་དང་གཞུང་གི་ཤེའུ,
ཚ་ཚའི་སེམས་ལ་རྒྱན་དང!

图章盖在纸上,

何尝会懂人言;

信义相爱之印,

盖在各人心坎。

ཕྱིས་པའི་ཨེ་གེ་ནག་ཆུང་,
ཆུ་དང་ཐིགས་པས་འཇིག་སོང་,
མ་བྲིས་སེམས་ཀྱི་རི་མོ་,
གཤའ་རྒྱང་སུབ་རྒྱ་མི་འདུག

黑字写的盟誓，
雨水一打就消；
情意深藏心里，
谁也无法擦掉。

དུ་ཚང་སེམས་ལ་སོང་ནས་,
འགྲོགས་འཇུས་ཡེ་ཡོང་ཐུས་པས་,
འཚི་བྲལ་ཀྱང་ན་མིན་པ་,
གསོན་བྲལ་མི་བྱེད་གསུངས་བྱུང་།

问声心爱的人：
"可做终身伴侣？"
他道："除非死别，
活着永不分离！"

　　情深深，意绵绵，但教戒森严，佛法无情，一对恋人活活拆散了。诗人唱出了别景离情，他唱道：

དབུ་ཞུ་དབུ་ལ་བཞེས་སོང་,
དཔེ་ལྕང་རྒྱབ་ལ་དབྱུགས་སོང་,
ག་ལེར་ཕེབས་ཤིག་བྱས་པས་,
ག་ལེར་བཞུགས་ཤིག་གསུང་གི,
ཕྱགས་སེམས་སྐྱོ་སོང་བྱས་པར་,
མཆོགས་པོར་འཕྲད་ཡོང་གསུང་བྱུང་།

帽子戴在头上，
发辫撂向背后。
道声："请你保重！"
回道："请你慢走！"
道声："请别难过。"
答道："很快聚首。"

　　一对恋人在悲伤中告别了。情深的姑娘，温暖的家庭，可爱的故乡，勤劳的人民，这一切在仓洋嘉错的心田里播下了自由和爱情的种子。

　　一个生长在红教徒家中，生长在广大劳动人民当中的少年，突然坐上黄教六世达赖的宝座，就象金翅鸟关在笼子里，虽然有吃有喝，但是他总感到不自由，总是盼望着海阔天空的旷野。仓洋嘉错身居布达拉宫，可是他的心，还在故乡盘旋，不时飞向心爱的姑娘身旁。他的歌唱出了他的情思：

ཁུ་བྱུག་མོན་ནས་ཡོང་བས།
གནམ་ལོའི་ས་བཅུད་འཁེལ་སོང་།
ང་དང་བྱམས་པ་འཕྲད་ནས།
ཁུས་སེམས་སྐྱིད་པོ་ལང་སོང་།

杜鹃来自门隅，
带来故乡气息，
如同姑娘相会，
无比心旷神怡。

ཤར་ཕྱོགས་རི་བོ་རྩེ་ནས།
དཀར་གསལ་ཟླ་བ་ཤར་བྱུང་།
མ་སྐྱེས་ཨ་མའི་ཞལ་རས།
ཡིད་ལ་འཁོར་འཁོར་བྱས་བྱུང་།

在那东山顶上，
升起一轮明月；
佳人如花容貌，
在我心海荡漾。

这些优美的情歌，景情交融，充分表达了仓洋嘉错对故乡、对他的女友的深切思念和绵绵情思。随着年岁的增长，仓洋嘉错对自由更加渴望，对爱情更加坚贞，他唱道：

རྒྱབ་ཀྱི་བྲུ་བདུད་བཙན་པོ།
འཇིགས་དང་མི་འཇིགས་མི་འདུག
མདུན་གྱི་ཀུ་ཤུ།
འཐོག་རྒྱུ་དགོས་པ་བྱུང་།

背后魔龙凶狠，
无所怕与不怕，
面前苹果香甜，
舍命也要摘它。

མདའ་མོ་འབེན་ལ་ཕོགས་སོང་།
མདེའུ་ས་ལ་འཛུལ་སོང་།
རྒྱང་རིང་བྱམས་པ་འཕྲད་བྱུང་།
སེམས་ཉིད་རྗེས་ལ་འབྱམས་སོང་།

箭头射中目标，
枪弹钻进土里，
重逢旧日情人，
心又跟了她去。

ལྷ་སར་མི་ཚོགས་མཐུག་གང་།
འཕྱོང་རྒྱས་མི་སྐྱེས་དག་པ།
ང་ལ་ཡོད་པའི་བྱུང་འཛིན།
འཕྱོང་རྒྱས་གཞོངས་ན་ཡོད།

拉萨人山人海，
琼结之人纯洁，
我的幼年恋人，
她就住在琼结。

　　坚贞的爱情，必结甜蜜的果实。仓洋嘉错在人山人海的拉萨，依然最喜爱他的幼年恋人，竟然违犯了森严的戒律，与旧日的情人重逢。这样，使他增加了勇气，增加了求得自由、爱情的渴望。种在他心田的自由、爱情的种子，终于萌发了，公开叛逆，反抗宗教的戒律，反抗黄教的禁欲主义。他把爱情置于佛法之上，爱情压倒了佛法，唱出了他的情歌的最强音：

求求大德喇嘛，

引我收敛心意；

心猿意马难拴，

奔向姑娘那里。

常想喇嘛尊容，

从不显现心中；

未想姑娘之面，

心头时现时隐。

想她想得眼花，

如能这样修法，

此身就在今生，

定会肉身成佛。

　　身居布达拉宫的仓洋嘉错，越来越明确地感到，宗教戒律、黄教的禁欲主义是一条羁绊在他身上的绞索，而且越勒越紧。情人、爱情，与戒律、佛法、喇嘛，是一对不可调和的矛盾。压力愈大，反抗愈强。他在短短的四句情歌中，用对比的手法，让情人、爱情与喇嘛、佛法短兵相接。一场剧烈搏斗，情人、爱情战胜了喇嘛、佛法，显示出情人、爱情强大有力，而喇嘛、佛法渺小无力。歌手用这些优美的情歌，揭示了他内心世界，造成他叛逆的巨大影响。这一影响非同小可，因为他不是一般的教徒，而是六世达赖啊！

　　然而,最落后、最黑暗、最野蛮、最反动的西藏农奴社会,最无情的宗教戒律,最无人性的黄教禁欲主义,桎梏了仓洋嘉错的自由,摧残了他的青春和爱情。他的幼年相恋的姑娘被人夺走了,一场悲剧演出了,思念、悲伤、愤怒,笼罩他的心头。歌手唱出了他的心声:

སྐྱོང་བྱུབ་ཡིད་འཕྲོག་ལྷ་མོ,
ཚོན་པ་ང་རང་ཉེན་གྱིང,
དབང་ཆེན་མི་ལ་དཔོན་པོ,
ནོར་བཟང་རྒྱལ་པོས་འཕྲོག་སོང༌།

情人意超拉毛,
是我猎人得的,
却被强权暴君,
诺桑王子抢去。

སྐྱོང་བྱུབ་སྐུ་ལ་ནོར་སོང,
མོ་བུ་རྣིས་འཕྲུལ་རན་སོང,
བུ་མོ་དུང་སེམས་དཀར་ལ,
རྨི་ལམ་ནང་ལ་འཁོར་སོང༌།

恋人被人夺去,
我应打卦求签;
姑娘心白如螺,
应入梦里相见。

རང་ལ་དགའ་བའི་བྱམས་པ,
གཞན་གྱི་མདུན་མར་ཤོངས་སོང,
ཁོག་ནང་སེམས་པའི་ཚོང་ཤིན,
ཤུས་པོའི་ཤ་པང་སྐམ་སོང༌།

心爱我的姑娘,
已被别人娶走,
心中相思成痨,
身上皮干肉瘦。

ནོར་བུ་རང་ལ་ཁོང་དུ,
ནོར་བུའི་ནོར་ཐམས་མ་ཆད,
ནོར་བུ་མི་ལ་ནོར་དུས,
སྙིང་རླུང་སྟོང་ལ་འཆོར་བྱུང༌།

珠宝拿在手里,
不识它的宝气;
珍宝失与人家,
又妒又气又惜。

　　失恋了的仓洋嘉错,依然恋情脉脉,舍不掉幼年相恋的姑娘,又思又想,又气又惜,显示了他对爱情的坚贞不渝。这种痴情,必然化作妒气。他的情歌,就唱出了对负约姑娘的轻蔑:

姑娘不是养的，
怕是桃树长的，
喜新厌旧无情，
比花开谢还急。

姑娘从小相爱，
谁知竟是狼裔，
不念相亲相爱，
还想跑回山里。

渡船虽无心肠，
马犹回头在望；
姑娘无信负心，
对我也不一望。

　　失恋后的仓洋嘉错，对真心的姑娘深深埋怨，但是，埋怨声里依然余情不断。余情不尽，也无办法，在惨酷的现实面前，他的心冷下来了，只是把这种余情，化作来世的憧憬。

烈马跑到山上，
可用绳子捉拿；
姑娘变了心肠，
神仙也难抓她。

花开季节已过，
蜂儿不要心焦；
姑娘与我缘尽，
何必心烦意恼！

ད་ལྟའི་ཚེ་ཕུང་འདི་ལ།
今生短促即过，

ཉེ་ཁ་ཚམ་ཞིག་བྱུས་ནས།
享过蜜意浓情；

སྐྱེང་མེ་བྱུས་པའི་ལོ་ལ།
来生少年时期，

མཇལ་འཛོམས་ཡི་ཆེང་བ་ཟུན།
是否再能相逢。

失恋后的仓洋嘉错，情绪低沉，思绪纷乱，也曾想到了无常，想到了死。毕竟他是六世达赖，不可能超越宿命论，不可能与宗教一刀两断，他在宗教的桎梏中痛苦地挣扎着。他的情歌，也就唱到了最低音。

མི་རྟག་འཆི་བ་ཟེར་བ།
对于无常和死，

སྐྱེང་ནད་མ་ཉེན་ནས་ཡང་།
若不常常思量。

ཕྱིན་ཆུང་འཛོམས་པ་ཉེས་ཀྱང་།
虽有盖世聪明，

དོན་ལ་བཀུག་དང་འདྲ་བྱུང་།
也同傻子一样。

དག་པའི་ཤེལ་རི་གངས་ཆུ།
水晶山上雪水，

ཀླུ་བདུད་རྡོ་རྗེའི་ཤེལ་པ།
党参叶上朝露，

བདུད་རྩི་སྨན་གྱིས་པབ་ཆུན།
甘露酵母作酒。

ཆང་མ་ཡེ་ཤེས་མཁའ་འགྲོ།
智慧天女当炉，

དམ་ཚིག་གཙང་མས་འཐུང་ན།
和着净戒饮下，

ངན་སོང་སྦྱང་དགོས་མི་འདུག
一定不堕恶涂。

当仓洋嘉错悲伤、徘徊的时候，可能会收敛放荡行迹，把精力集中到教务、政事上来，这对第巴桑杰嘉错的专权将是很不利的。桑杰嘉错明白这一点，看清这一点，最怕这一点，于是对仓洋嘉错的放荡行为从不劝阻，使仓洋嘉错在新建的寨后龙宫游苑中作出了不少的风流事。一个渴望自由、爱情、叛逆教戒佛法，年幼坚贞的仓洋嘉错，逐渐变为放荡不羁、多情多欲，沉于酒色的仓洋嘉错。这时拉藏汗以为，若使他继续作达赖，恐怕西藏要发生变乱，乃于康熙四十年

（公元 1701 年）同伊犁厄鲁特蒙古王策妄那布坦同时声明不承认他为真达赖。仓洋嘉错毫不抗争，并在班禅喇嘛面前声明情愿放弃黄教教主的尊位，只保留教主在现世所享受的特权。从此以后，他更加花天酒地，放荡不羁，公然无所顾忌地大闹起来。康熙皇帝、拉藏汗和蒙古王公等三番五次地警告他，他都置之不理。至此，仓洋嘉错反抗教戒禁欲的叛逆思想更进了一点，与抗逆皇帝王公的叛逆思想结合为一。仓洋嘉错宁肯放弃达赖尊位，绝不向教戒禁欲、皇帝王公退让，这是很可贵的。他战胜了低沉、悲伤、徘徊，又唱出他的情歌的强音了。

住在布达拉宫，
仁增·仓洋嘉错；
走在拉萨街上，
荡子宕桑旺波。

黄昏去会情人，
黎明大雪飞扬；
莫说密与不密，
脚印留在雪上。

你这守门老狗，
心机比人还诡，
要说黄昏出去，
勿言拂晓才回。

　　这些歌是仓洋嘉错的自我写照，公开地叛逆，引起帝王贵族喇嘛的非议，一次又一次受到帝王的警告。可是仓洋嘉错，对非议和警告，直言回答，据理辩驳。

ཉི་ཚེས་དང་ལ་ལ་བ་བ།,
དགོངས་པ་དགག་པ་ཀ་ག་ཞིག,
ཨ་ལེའི་གོམ་གསུམ་བླུ་མོ,
གནས་མོའི་ནང་ལ་ཐལ་ཟང་།

人们都在说我，
说的一点不差；
少年人的脚步，
女店主家去过。

རིག་འཛིན་ཚངས་དབྱངས་རྒྱ་མཚོ,
སྙིང་ཕྲུག་འཚོལ་གྱེས་མ་གཏུང་,
རང་ལ་དགོས་པ་དེང་བཞིན,
མི་ལ་དགོས་ཀྱི་ཡོད་འགྲོ།

仁增·仓洋嘉错，
不要怪他浪荡；
他所拼命求的，
与人没有两样。

这些歌是仓洋嘉错对非议、警告的有力驳斥。他的所做所为，完全是合乎人情的，是无可非议的，这有什么可指责的呢？没有什么错处，没有什么罪过！

过去，有人把仓洋嘉错看作是只追求自由，追求爱情，放荡不羁，叛逆教戒禁欲，而在政治上并无抱负的人，这不太全面。随着年龄的增长，思想逐渐成熟，他不仅感到教戒禁欲的绞索羁绊着他，而且感到位尊无权、受人操纵、作人傀儡之苦和桑杰嘉错之专权、拉藏汗之威胁等拧成的又一条绞索在羁绊着他。他的情歌之中，就加上了政治色彩。这些政治色彩，是以宗教色彩来伪装的。

བྲག་དང་རླུང་པོ་ཟློས་ནས,
ཉུད་པོའི་སློ་ལ་ཟན་བྱུང་,
གཡའ་ཅན་རྟུ་བག་ཅན་གྱིར,
ང་ལ་ཟན་པོ་ཕྲུས་བྱུང་།

石岩暴风勾结，
将鹰羽翼毁坏；
狡诈虚伪为奸，
使我归于粉碎。

སྤྲིན་པ་ཁ་སེར་གཏིང་ནག,
སད་དང་སེར་བའི་གཞི་མ,
བན་དེ་སྐྱ་མིན་སེར་མིན,
སངས་རྒྱས་བསྟན་པའི་དགྲ།

浓云黄边黑心，
它是霜雹之根；
万德非俗非僧，
他是佛的敌人。

ས་བཅུའི་དབངས་སུ་བཞུགས་པའི།
དམ་ཅན་རྡོ་རྗེ་ཆོས་སྐྱོང་།
མཐུ་དང་ཞུས་པ་ཡོད་ན།
བསྟན་པའི་དགྲ་བོ་སྒྲོལ་དང་།

具誓护法金刚，
稳坐十地法界；
你若神通广大，
请把教敌消灭！

དགུས་ཀྱི་རི་རྒྱལ་ལྷུན་པོ།
མི་འགྱུར་བརྟན་ལ་བཞུགས་ན།
ཉི་མ་ཟླ་བའི་འཁོར་ཕྱོགས།
ནོར་ཡོང་བསམ་པ་མི་འདུག

须弥居中竖立，
永是坚固不摧；
日月绕着你转，
不会错道乱轨。

ཤི་ནི་དགྱལ་བའི་ཡུལ་གྱི།
ཆོས་རྒྱལ་ལས་ཀྱི་མེ་ལོང་།
འདི་ནས་ཤིག་ཤིག་མི་འདུག
དེ་ནས་ཤིག་ཤིག་གནང་ཞུ།

死后去见阎王，
照照善恶宝鉴；
人间是非难定，
宝鉴不差毫厘。

　　这些歌在各种抄本中大多排在最后，这不是没有道理的。这些歌不象其它情歌那样欢乐、奔放，而充满犹豫、坚定、愤恨与诅咒。这些歌以前有两种说法，一是艰涩难解，一是从字面看是卫道之歌。其实这些歌并不难解，也不是卫道之歌；仓洋嘉错并没有变成典范的达赖，变成佛教的卫道士。只要把这些歌与当时仓洋嘉错所处的历史环境结合起来研究，就会发现它的真正含义。

　　这些歌产生于仓洋嘉错任六世达赖之后期。其时，西藏地方统治阶级之间的争权斗争已白热化了，矛盾是相当复杂的。仓洋嘉错无权，第巴桑杰嘉错专权，他们之间是有矛盾的，是有斗争的。然而拉藏汗和策妄那布坦声明不承认他为真达赖，仓洋嘉错与他们的矛盾就不可调和了。第巴桑杰嘉错与拉藏汗之间的矛盾由来已久，很难调和。这样，势必导致仓洋嘉错与第巴桑杰嘉错之间的妥协，共同对抗拉藏汗。再者，仓洋嘉错受到康熙皇帝、拉藏汗和蒙古王公等的一次又一次的警告,他都置之不理,但是他感到他的一切,乃至生命受到了严重的威胁。仓洋嘉错毕竟是六世达赖,他必然以涂上宗教色彩的歌来抒发他的政治情感了。他对威胁他的人愤恨诅咒。"石岩"、"暴风"、"狡诈"、"虚伪"、"浓云"、"霜冰"、"万德"、"非俗非僧"、"佛的敌人"、"教敌"等等,是指什么呢?很明显是指拉藏汗、策妄那布坦和警告他的康熙、蒙古王公。"雄鹰"、"护法金刚"是指什么?这就不言而喻了。歌手以须弥山坚固不摧比喻自己的坚定,以日月围绕它转,不会错乱轨道来回答对他的警告。他预感到了这场斗争的结局不祥,但是并不让步、投降,他以死后在阎王的善恶宝鉴前也要辩明是非、善恶,表明一直斗争到死。表面看来这是宿命论,其实是以超越生死的艺术手段表达了他坚定的信念。

在两条绞索越拉越紧的情况下,他为挣断这两条绞索,就唱出了最后一支歌——

请求洁白仙鹤,
借借你的翅膀!
不去遥远地方,
飞游一次理塘。

这首歌,许多抄本都把它放在最后一首,这是非常有意义的。有人用宿命论来解释它,说它的含义是仓洋嘉错预言了他将在理塘投胎转世。康熙皇帝为了安定西藏的混乱,也就运用这首歌,从理塘找来了噶桑嘉错,册封为七世达赖喇嘛。藏人一听说达赖已在理塘转生了,非常欢喜,以为这首歌的预言应验了。有人认为这是怀恋情人的歌,一说他的情人在理塘,一说他的情人是商人之女,随父亲到了理塘。其实这首歌的含义除包含爱情的成份外,还包含了政治成份,可以说这首歌是他要挣断束缚在他身上的两条绳索的叛逆总歌。他要挣断两条绞索,飞向广阔天空,飞向遥远的地方,去寻找他理想的一切。把它放在卷尾,真是歌尽情不尽,余味品不尽。

从以上的分析我们可以看出:

仓洋嘉错情歌，具有反教戒禁欲、反皇帝王公封建统治阶级的社会意义，强烈地表现了他对自由、爱情的追求。情歌的思想感情是健康、美好的，是具有人民性的。

仓洋嘉错情歌只是反对教戒禁欲，并不是反对宗教。他的叛逆，只是对森严的宗教戒律、黄教的禁欲主义的背叛，并不是对整个宗教的背叛。

由于仓洋嘉错出生在一个红教徒家里，受的是红教教育。红教徒可以有爱情，个人生活比较自由等这些东西在他思想上是根深蒂固，因此，仓洋嘉错情歌也反映了红教思想与黄教思想之间的斗争。这一点正是促成他叛逆，唱出叛逆之歌的主要因素。

仓洋嘉错情歌，为什么能够长期广泛流传，脍炙人口呢？首先在最落后、最黑暗、最野蛮、最反动的西藏农奴制的残酷压迫、剥削下，广大人民没有最起码的人身自由，更谈不到爱情和婚姻自由。"情歌"正好反映了这一阶级矛盾，从这一侧面触及了封建农奴制的时弊，提出了一个当时具有巨大社会意义的问题，表现了广大人民要求自由、爱情和幸福生活的美好愿望，表现了对封建农奴制度的不满和反抗。因而，它具有强大的生命力。其次，"情歌"具有高超的艺术技巧，民歌风味，民族色彩，言简意深地表达了人民的思想感情和美好理想，因而它具有艺术魔力，感染性很强。一句话，"情歌"的人民性与人民群众喜闻乐见的艺术形式的和谐统一，就是它能长期流传，广泛传播的基本原因。

仓洋嘉错情歌具有什么样的艺术特色呢？

词曲相配，词雅曲美，这是仓洋嘉错情歌的一大艺术特色。诗词原先都是有曲的，后来慢慢地分离了，仓洋嘉错情歌保存了优美雅致的曲子，词曲和谐，便记便唱。

民歌风味，民族色彩，这是"情歌"的又一艺术特色。仓洋嘉错自小就在人民群众中生活，他喜爱、熟悉这种民间小调，所以他的"情歌"就具有浓烈的民歌风味，鲜明的民族色彩，这是藏族人民群众喜欢它的一个重要原因。

ཤེས་པ་ཕར་ལ་སོར་ནས།	对她一见钟情，
མཚན་མོའི་གཉིད་ཐེབས་གཏོག་ཉེ།	夜里想她难睡；
ཉིན་མོ་ཁག་ཏུ་མ་ལོན།	白天没有谈成，
ཡིད་ཐང་ཆད་རོགས་ཨིན་པ།	心被相思磨碎。

འཛུམ་དང་སོ་དཀར་སྟོན་ཕྱོག་ས།	抿着咀角一笑，
གཞོན་པའི་རྣ་ཁྲིད་ཨིན་འདུག	摄去我的魂儿；
སྙིང་ནས་ཀ་ཆ་ཡོད་མེད།	是否真心相爱，
དབུ་མནའ་བཞེས་རོགས་གནང་དང་།	还要起个誓儿。

这些歌言简意深，语言鲜明生动，心胸耿直，感情真挚，风格淳朴，具有浓烈的民歌风味。

འགྲོ་ཞོར་ལམ་བུའི་རྙེང་ཕྱུག	路遇多情姑娘，
ལུས་དྲི་ཞིམ་པའི་བུ་མོ།	浑身上下芳香；
གཡུ་ཆུང་ཀྱུ་དཀར་རྙེད་ནས།	拾到白松儿石，
ཕྱིར་ལ་དེ་དང་བཟུ་བྱུང་།	随手丢到路旁。

ཆུང་འདྲིས་ཕྱགས་པའི་རྫུ་བསྐྱེད,
ལྕང་མའི་ལོགས་ལ་བཏུགས་ཡོད;
ལྕང་སྲུང་ཨ་ཇོ་ཞལ་རོས,
རྡོ་ཀ་རྒྱག་པ་མ་གནང་།

姑娘扬幡祈福，
幡插柳树旁边；
求求守树哥哥，
别用石头打断！

སེམས་སོང་བུ་མོ་མི་བཞུགས,
དམ་པའི་ཆོས་ལ་ཨེ་འབབ་ན,
ཕ་གཞན་ཡང་མི་སྐྱེད,
རི་ཁྲོད་འགྲིམ་ལ་ཐལ་འགྲོ།

我的知心姑娘，
真去学佛离尘。
我也和你一道，
去住深山古洞。

这些歌中的"松儿石"、"扬幡祈福"、深山"学佛"等，是当时藏族人民中常常碰见的事物；姑娘"浑身上下芳香"是藏族文学中惯用的表达手法，尤其姑娘去深山古洞学佛这一首是红教徒的宗教活动的描写，具有时代风格，具有民族色彩。当然，民族色彩不能从几个单个词中去理解，而要从整个作品中去体会。仓洋嘉错情歌的民族色彩从他的全部情歌中，可以深切地感觉到的。

节奏清晰，声韵协调，这是仓洋嘉错情歌的又一突出特色。全部情歌，大多数四句一首，少数六句一首，每句六言，分三节，大多数都有尾韵，给人以轻快、明朗、流利、优美的感觉。

ཁྱོ་དེ ｜ སྒྲ་སྐད ｜ ནེ་ཙོ,
ཁ་རོག ｜ བཞུགས་རོགས ｜ མཛོད་དང!

那个｜巧咀｜鹦哥，
请你｜闭住｜口舌！
　　　　　　　　△

ལྕང་སྐྱོང ｜ ཨ་ལྕེ ｜ འཇོལ་མོ,
གསུང་སྐད ｜ སྐྱུར་དགོས ｜ བྱས་བྱུང。

柳林｜画眉｜阿姐，
要唱｜一曲｜情歌。
　　　　　　　　△

ས་དེ | ཁ་བཞུས | གདོང་འཁྱགས,
རྟ་རྒྱ | གཏོང་ས | མ་རེད;
གཞར་འགྲོགས | གྲོགས་པའི | གྲོགས་སུ,
སྙིང་གཏམ | བཤད་ས | མ་རེད 。

此地|表消|里冻,
不是|跑马|地方;
△
姑娘|结识|不久,
不是|倾心|对象。
△

ཁྱི་དེ | སྟག་ཁྱི | གཟིག་ཁྱི,
མར་ཁ | སྦྱང་ནས | འཛིན་མེད;
ནང་རྒྱ | སྤུག་མོ | རིས་འཛོམས,
འཛིན་ནས | སྤྱིར | ཁངས་སོང 。

不论|虎狗|豹狗,
一熟|不再|乱叫;
△
家养|笑面|母狗,
越喂|越是|乱咬。
△

　　藏族诗歌,大多是只注意节奏,一般不太注意押韵,是比较自由的。但仓洋嘉错情歌,除有明鲜的节奏外,还有自然、协调的尾韵。这样,就使情歌显得更为优美、悦耳。后人编唱情歌,也就注意学习和模仿这种体裁和这种风格了。

　　言简意深,逼真细腻。仓洋嘉错情歌,都是短小精悍的,但寓意深刻,言简意深。情歌中充分运用具有民族色彩的比兴手法,使其形象逼真,细腻构成一幅幅动人的素描画,给人一种特异的感受。这些艺术特色加上健康的思想内容,就产生了巨大的艺术感染力。

ན་ནིང་བཏབ་པའི་ལྗང་གཤིན,
ད་ལོ་སོག་མའི་ཆོན་སྐྱུག;
ཕོ་གཞོན་རས་པར་ལུས་པོ,
ལྷོ་གཞུ་ལས་ཀྱང་བ 。

去年种的禾苗,
今年已被捆起;
少年一朝衰老,
身比南弓弯曲。

231

<table>
<tr><td>ས་དཀར་ཞགས་པའི་འཛུམས་མདངས།</td><td>抿着咀角微笑，</td></tr>
<tr><td>བཞུགས་གྲལ་ཀུན་ལ་སྟོན་ཡང་།</td><td>向着满座一望，</td></tr>
<tr><td>མིག་ཟུར་ཁ་མོའི་འཁོར་ཕྱོགས།</td><td>媚眼娇滴一转，</td></tr>
<tr><td>གཞོན་པའི་གདོང་ལ་བཞུས་བྱུང་།</td><td>停在情郎脸上。</td></tr>
</table>

<table>
<tr><td>སྟོབས་ཤུན་ཏུ་ཡིའི་མེ་ཏོག</td><td>蜀葵花儿鲜艳，</td></tr>
<tr><td>མཆོད་པའི་རྫས་ལ་ཡིབས་ན།</td><td>摘去供在佛前；</td></tr>
<tr><td>གཡུ་སྦྲང་གཞོན་ནུ་ང་ཡང་།</td><td>我这年青玉蜂，</td></tr>
<tr><td>ལྷ་ཁང་ནང་ལ་ཁྲིད་དང་།</td><td>也就跟进佛殿。</td></tr>
</table>

<table>
<tr><td>ཚེས་ཆེན་བཅོ་ལྔའི་ཟླ་བ།</td><td>要象十五明月，</td></tr>
<tr><td>ཡིན་པ་འདྲ་བ་འདུག་སྟེ།</td><td>晶莹圆满无缺。</td></tr>
<tr><td>ཟླ་བའི་དཀྱིལ་གྱི་རི་ཁྱུང་།</td><td>月宫捣药玉兔，</td></tr>
<tr><td>ཚེ་ཟད་ཚར་ནས་འདུག་གོ</td><td>至死永不离别。</td></tr>
</table>

<table>
<tr><td>ས་འཛེམ་ཞུས་པོ་འདྲེས་བྱུང་།</td><td>地上画满道道，</td></tr>
<tr><td>བྱས་པའི་གདང་ཚད་མ་ལོན།</td><td>算出天上星星，</td></tr>
<tr><td>སལ་རི་མོ་བྱིས་ནས།</td><td>姑娘相近相亲，</td></tr>
<tr><td>ནས་མཁའི་སྐར་ཚད་ཐིག་བྱུང་།</td><td>难算她的真心。</td></tr>
</table>

　　这些歌中的比喻是非常形象、生动的。"南弓"（西藏南部产生的一种良弓）比喻弯曲的腰身；"蜀葵花儿"与"玉蜂"、"明月"与"玉兔"比喻一对恋人形影不离；星星算得清而姑娘的心思摸不清，比喻爱情之艰难。尤其"抿着咀角微笑"，只写姑娘的"眼神"，形象地、细腻地、深刻地画出了一幅少女初恋时的纯洁形象，不仅是面部而且通过"眼神"与"微笑"揭示了姑娘的内心世界。

　　仓洋嘉错情歌，与汉文词中的三台词脉通，这是一个不可忽略的特色。汉藏两族,自古是兄弟。汉藏文学,历来就互相学习,互相吸收,相互促进,与其它兄弟民族一道共同创造了中华民族的文学,在中国文学史上,占有光辉的一页。汉文词苑中的三台词,在唐代词一出现后就有这一词牌,而这一词牌,很可能是从西南地区的民歌中吸收的。仓洋嘉错情歌这一形式,也很可能是从山南、康巴一带的民歌中吸收的。二者在许多地方都相同,都是四句,每句六言、三节。而不同点呢?汉文三台词的词曲已经分家,曲已失传,词仅作为一种体裁,而情歌中还是词曲相配。汉文三台词已是文人笔调,而情歌中这种词还是民歌风格。

三台词

冰洋|寒塘|始绿,
雨余|百草|皆生。
朝来|门间|无事,
晚下|高斋|有情。
(韦应物)

ཨ་གུལ་རྒྱུ།

བུ་མོར | འཚོ་བ | མེད་ན;
ཚེ་བ | འཛད་བ | མི་འདུག;
གཞོན་པའི | གཏན་གྱི | སྐྱབས་གནས།
འདི་བ | བཙལ་བས | ཡོངས་ཚེག།

(ཚངས་དབྱངས་རྒྱ་མཚོ)

如若|姑娘|永生,
酒是|喝不|完的。
少年|终生|依靠,
就在|姑娘|这里。

　　我们是否可以认为仓洋嘉错情歌与三台词在体裁上是一脉相通的呢?我看是相通的。

　　仓洋嘉错情歌的艺术特色,并不限于这些。不过从这些简略的述说和举例中,就可以看出它独特的、完美的艺术特色了。

西藏仓洋嘉错情歌的思想和艺术

段宝林

史料解读

　　该史料为论文，原载《北京大学学报》1979 年第 6 期。段宝林分三个部分介绍仓洋嘉错和其流传于世的作品。第一部分以一首情歌引出对仓洋嘉错生平和创作情况的概述。诗人于公元 1683 年生于一个贫苦的红教喇嘛家中，许多记载证明他十五岁才即位六世达赖，这不符合藏传佛教惯例。第巴桑杰为了专权，为他游逛拉萨城提供许多便利，其间他逐渐产生了与宗教戒律相左的思想，后遭拉藏汗坚持废弃，二十四岁死于赴京途中，关于具体死因至今仍众说纷纭。不少地方将诗人的情歌作为开蒙识字课本，现在流传的部分作品不能完全确定作者，值得进一步深入研究。第二部分主要从思想和艺术两方面分析仓洋嘉错诗歌得以广泛流传的原因。仓洋嘉错的情歌具有人民性，侧面触及封建农奴制度的基本矛盾，有沉痛反映当时社会现实的，有尖锐反对抢婚暴行的，更多的是反映封建禁欲主义和自由爱情之间的尖锐矛盾。但是作者只是反对封建禁欲主义，并不反对宗教；虽然传说中诗人是放荡的，但是他所歌颂的爱情是纯洁的。《情歌》中表现的爱情观念代表了大部分人民的向往，所以获得了不朽的艺术生命。第三部分主要介绍仓洋嘉错情歌的思想性和艺术性。仓洋嘉错情歌的内容、形式及比兴手法全是民歌体，三个特点分别是：通过相思来描绘爱人的可爱形象；诗人用亲切的语调倾诉自己的情怀，引人入胜；运用白描手法勾勒场面或对话，语言技巧异常高超。《情歌》的格式类似于汉族的六言绝句，例外不多，韵脚自由不固定，每句可分为三个顿，读起来朗朗上口。总之，仓洋嘉错情歌具有鲜明的民歌风味和民族色彩。

原文

1960年，当我们在西藏拉萨、日喀则、拉孜等城市和农庄调查民间文学的时候，最先听到的，也是听得最多的，往往是下面这首优美的情歌：

在那东方山顶，升起皎洁的月亮，青年姑娘的面容，浮现在我的心上。

据说这首情歌在西藏家喻户晓，人人爱唱。应该说它是一首流传极广的民歌，然而，这首情歌却是二百七十多年前，一位著名的藏族古典诗人的作品，这位诗人不是别人，正是仓洋嘉错。

仓洋嘉错是西藏第六世达赖喇嘛。虽然他身为西藏最大的活佛，却写出了如此优美的爱情诗篇。这些诗已成为人民喜爱的情歌，至今仍在西藏、四川、青海、甘南等广大藏区流传。因此，仓洋嘉错情歌①在藏族古典文学和民间文学中，都是值得重视的作品。

（一）

诗人的生平和创作情况，至今学术界未有定论，这里仅将能够看得到的汉文资料加以整理，概述如下：

诗人的全名是阿旺洛桑仁青·仓洋嘉错，生于藏历阴水猪年（癸亥），即康熙二十二年（公元一六八三年）正月十六日②。他的故乡是西藏南部的闷域（一译为"寞"地）的宇松地方。相传他生在一个贫苦的红教喇嘛家中，十五岁前在家参加劳动。公元一六九七年诗人快十五岁时，才被选为五世达赖的"接世灵童"③。同年十二月二十五日在拉萨布达拉宫正式举行升座典礼，成为第六世达赖喇嘛④。

本来，根据喇嘛教的惯例，活佛转世是在死后立即进行的，仓洋嘉错迟至十五岁才被选定入宫,情况是很特殊的。魏源《圣武记》对此事记述颇详：

"（康熙二十一年）第五世达赖卒,第巴欲专国事,秘不发丧,伪言达赖入定,居高阁不见人,凡事传达赖命行之,自是益横,……凡西北扰攘数十年,皆第巴一人所致,……上谓达赖存必无是事,乃遣使赐第巴桑结书曰:'朕询之降番,皆言达赖脱缁久矣,尔至今匿不闻奏,且达赖喇嘛存日,塞外无事者六十余年,尔乃屡唆噶尔丹兴戎乐祸,道法安在？……第巴桑结惶恐,明年密奏言:'为众生不幸,第五世达赖喇嘛于壬戌年示寂,转生静体今十五岁矣,前恐唐古特民人生变,故未发丧,今当以丑年十月二十五日出定坐床,求大皇帝勿泄。'"（卷五《国朝抚绥西藏记》）

这段史料所记述的民族矛盾是错综复杂的,魏源的观点未必正确,但有一点是可以肯定的,即:六世达赖——仓洋嘉错是十五岁才正式即位的。关于这一点,其他历史记载亦皆如此。法尊编的《西藏民族政教史》曰:"第六世梵音海（此为诗人全名之意译——引者注）,康熙二十二年生于宇松,父名扎喜敦赞,母名催旺那摩,十四岁内防护不现,至十五岁九月乃于挈迦则依班禅大师善慧智出家受沙弥戒,献号曰宝梵音海。"（见该书卷六《世系》第十页）

诗人即达赖位后,原尚在年幼,政事仍由第巴代理。待成年后,他自己并不满意达赖式的桎梏生活,常常换上俗人衣饰,到拉萨城里游逛。不久,关于他的许多风流韵事就在拉萨流传开来,据说他的许多情歌都创作于这个时期。

一个流传极广的传说很能说明这种情况。据说他常从布达拉宫后门夜出,微服私行,探访情人。某日夜雪,仓洋嘉错拂晓前归来雪已停止,足迹乃留于雪上。守卫喇嘛发现后门有神秘足迹入宫,即循迹追寻,直至达赖卧室,大惊,以为刺客入内。一侍者急推门入,见达赖安卧床上,别无他人,又见达赖靴边仍湿,以靴印之地上,靴迹与雪上足迹无异,微服私行之事乃大白于世。据云下面这首情歌即诗人事后所作：

夜里去会情人,黎明遇着大雪,脚印留在雪上,瞒也瞒不过去。⑤

此后,他更公然微服夜出,在拉萨大街上来往。第巴桑结为使仓洋嘉错不要过问政事,对他的这种违反教规的行动不但不加阻止,反而为他出没拉萨街头提供种种方便。这种特殊的经历使诗人有较多的机会和市俗人民生活接近，并使他产生了某些与宗教戒律相左的思想。这首情歌生动地记叙了这种情况：

在布达拉宫里，是仁青仓洋嘉错，在拉萨大街上，是荡子宕桑旺波。⑥

宕桑旺波是诗人在拉萨街头活动时的化名，看来诗人对于他那种敢于冲破宗教戒律的生活是直认不讳的，他甚至情愿放弃达赖喇嘛尊位，要过自由自在的生活。对于外界的压力，一概置之不理。

康熙四十四年(公元一七〇五年)第巴桑结与固始汗之重孙拉藏汗长期不和，第巴两次企图毒杀拉藏汗未遂，拉藏汗反率兵将第巴桑结捕杀，同时召集各大寺活佛对仓洋嘉错进行宗教审判，说他乃风流浪子，不是真达赖。但会上意见不一，多数人说他"行为不检"乃是"迷失菩提"之故，甚至有人为他辩护，说他"游戏三昧，未破戒体"，而无人敢断言他是假达赖，废弃之议遂缓⑦。但拉藏汗仍坚持废弃仓洋嘉错，适清使至藏，乃迎仓洋嘉错进京请旨，诗人就在由藏赴京途中病死，时为康熙四十五年(公元一七〇六年)，年仅二十四岁。

关于诗人死的原因，有各种不同说法，有人说是病死；有人说是拉藏汗派人将其杀害；也有人说诗人并没有死，只是引退而已。此外，还有人说他被清廷"押解进京，中途被害"⑧。我们认为，当时清廷对蒙藏上层采取怀柔政策，不会轻易虐待达赖，据《西藏民族政教史》记载，清廷对西藏统治集团内部纠纷是抱调解态度的。

"次因藏王佛海(按：即第巴桑结)与蒙古拉桑王(按：即拉藏汗)不睦，佛海遇害，康熙命钦使到藏调解办理，拉桑复以种种杂言谤毁，钦使无可如何，乃迎大师晋京请旨。"(卷六，第十二页)

又据清蒋良骐《东华录》卷二十记载，在迎达赖进京问题上清廷曾有所争论，最后照康熙的意见办理，即派人礼迎达赖。可见清廷对仓洋嘉错是颇为重视的。

由于人民对诗人的热爱，民间流传着不少关于他的传奇故事。有人说：诗人隐遁山野为人放牧，吟诗作歌，生活陶然。每天归牧时羊数总要短少，主人责之，待仓洋嘉错亲手数时，羊数又恰恰正好。于道泉先生从北京雍和宫西藏喇嘛处，听到一更富神话色彩之传说。据云，诗人赴京途中，行经青海扎什期（一说拉卜楞）地方时，忽然不翼而飞，原来他以神力脱身，飞到山西五台山得道，至今五台山仍有其修道之石洞在焉。洞中有幅观音佛像，据说系一中原女郎之赠品，仓洋嘉错接过佛像挂上石壁，念起"安像咒"来，那女郎即冉冉而起，竟飞入像中，并开口言道："不必诵咒了，我已到像中来了。"原来这赠像女郎即观音化身。通过这个神奇的故事，我们可以体会到，在群众心目中汉藏联系之密切⑨。

诗人创作了很多情歌，有手抄和木刻本行世，成为民间常见的启蒙文学读物。据说许多人最先读的书籍即是他的诗集，不少地方将它作为开蒙识字课本，可见其影响之大。现在通行的情歌集共收入情歌六十余首，均六言四句的"谐"体诗歌。传说此种西藏最流行的"谐体"即仓洋嘉错所创。据一般学者研究，情歌集中有不少是后人加入的民歌，但究竟何者为诗人创作，何者原系民歌，已无法考辨。但一般藏人都不怀疑，这些情歌的作者就是仓洋嘉错。我想，诗人十五岁以前生活在民间，西藏人民不管男女老幼都能歌善舞，生活在这样的歌舞之乡，诗人自幼必然会受到民歌的熏陶，受到民歌巨大的影响。后来在拉萨的一段生活也有很多机会接触到民间歌谣。情歌集中的作品，有些可能是诗人对民歌的记录和改编，但更多的却可能是他采用民歌形式进行的创作。当然，也可能有些作品是后来加入的民歌。但整个说来，这些诗篇都和诗人的生平有密切联系，所以统称为《仓洋嘉错情歌》。这些情歌一、二百年前即以民歌形式在民间流传，只在后来才用文字记录下来，经过手抄和木印本的长期流传，形式逐渐固定。但在口头流传中"情歌"仍在发展变化，甚至出现了以往从未见诸记载的"仓洋嘉错情歌"。例如，我就亲耳听到一首：

金子的屋顶下面，吹起了银子的唢呐，这不是唢呐在响，是姑娘的歌声。⑩

传说仓洋嘉错在金殿上举行佛事时，听着唢呐的吹奏想起了情人，乃作此歌。这首"情歌"在传统的歌集中并未记载，从它的内容看，是符合仓洋嘉错本人情况的，估计可能原为诗人所作而流传者，亦可能完全是民间的拟作。但它能在民间流传，当然是属于民间文学范畴的⑪。由此可见，仓洋嘉错情歌和民歌的关系是很复杂的，值得进一步深入研究。

二百多年来,仓洋嘉错情歌始终受到人民的热爱,至今仍象初升之皎月,滴露的鲜花一样清新可喜,即使不懂藏文的人,通过汉文译本也仍然深深被它的艺术力量所吸引。这些情歌艺术魅力的根源究竟在那儿呢? 以下我们就从思想和艺术两个方面作一个初步的分析。

(二)

任何艺术作品,要产生巨大的艺术感染力,总要有一个先决条件,这就是它要能激起读者的共鸣,激起他们的同情,这就要求作品提出具有社会意义的问题,深刻地反映社会矛盾,成为人民群众的代言人。内容反动的作品也可能以虚假的形象,使不明真相的人受到一时的迷惑。但是当谎言揭穿以后,这些"作品"也就成为一堆无用的垃圾,被人民抛弃,被历史淘汰。优秀的古典作品之所以具有永恒的艺术魅力,正是由于他们用非凡的艺术技巧,在一定程度上表达了人民的思想感情和美的理想,自觉不自觉地代表着人民的利益,具有高度的人民性,因此,作品的人民性是它的灵魂,没有它,就不可能有任何真正的艺术生命。

仓洋嘉错情歌之所以能够很快在民间流传,而且经受住了时间的严峻考验,正是由于它的这种人民性。一般说来,爱情题材所反映的生活面并不是很广阔的,它所反映的阶级矛盾也不一定是很深刻的,然而"情歌"却从侧面接触到了封建农奴制度的基本矛盾。同时,更重要的是它提出了一个当时具有一定社会意义的问题,有力地表现了广大人民要求自由爱情和幸福生活的美好愿望,表现了对黑暗的封建农奴制度的某些不满和反抗。

在最反动、最黑暗、最野蛮的封建农奴制的可怕压迫下,广大人民没有最起码的人身自由,当然也就更谈不到爱情和婚姻的自由了。我们在西藏不止一次搜集到这样一首沉痛的情歌:

我的心可以给你,身体却不能跟你在一起,因为我的名字,已写进主人的账簿里。

这首民歌最激动人心的地方,正是在于人民的爱情和农奴制度的冲突被尖锐地提出来了，这是对黑暗制度的强烈控诉。农奴生活在水深火热之中，只有在爱情的交往里，痛苦的心可以得到暂时的慰藉和温暖，然而热恋的情人常被残酷的农奴制度活活拆散，农奴象生产工具和牲口一样作为农奴主的财产被登记在账本上，毫无人身自由可言。如果男女双方属于两个农奴主，则他们的结合就会遭遇到更多的阻碍，甚至永远不能团圆。至于农奴主利用封建特权强劫婚姻的事件，更是家常便饭，屡见不鲜。因此，婚姻、爱情自由的要求是广大人民的切身要求，是和封建农奴制根本矛盾的。仓洋嘉错情歌，正是在这一点上，和人民的要求在某种程度上有相通之处，这是它在广大群众中得到强烈共鸣的根本原因。可贵的还在于，诗人不仅表现了人民关心的问题，而且他的立场也是站在人民一边的，下面这首情歌尖锐地反对抢劫婚姻的暴行，维护人民利益，是很突出的一首：

　　心爱的意抄拉茂，是我猎人捕获的，却被有力的权贵，诺桑王子抢去。[12]

　　这首情歌包含了一个古老的传说：猎人游猎林中，忽见一群仙女自天外飞来在湖中沐浴，猎人特爱其最幼者——仙女意抄拉茂，即私取其羽衣，仙女觉之，大惊，纷纷著衣飞去，唯意抄拉茂欲飞不能，为猎人俘获。据一般记载说，猎人得到仙女之后，觉得只有贵人才能领受神仙的爱情，自己无福和意抄拉茂成亲，就把仙女献给了洛桑王子。又有的记载（如藏戏《洛桑王子》）虽然不是说猎人献女，但说猎人怕自己福份不够而领洛桑王子去捕获仙女，实质上是一样的。这种结尾宣扬了封建统治阶级的等级观念和宿命论，是用迷信和谎言来掩饰掠夺婚姻的事实。这首情歌恰恰与此相反，仙女不但不是猎人主动奉献的，而且还是权贵洛桑王子恃势抢去的，《情歌》通过猎人的口，揭露了历史的真相，对封建农奴制度下抢劫婚姻的事实进行了愤怒的控诉。

　　当然，仓洋嘉错情歌表现得最多的主题是封建禁欲主义和爱情之间的尖锐矛盾。这类诗篇和诗人生平结合很紧，但同样具有巨大的社会意义。通过这些深情的诗篇，诗人向我们袒露了自己的胸怀，塑造了一个大胆追求爱情反抗扼杀人性的黑暗制度的年青喇嘛的艺术形象。例如诗人常常在短短的四行诗里，集中表现出这种矛盾。下面这首是有代表性的：

常想的活佛面孔,怎样也来不到心上,没想的心上人的容颜,却在眼前明明朗朗。

这活佛和爱人的形象双双并立,一美一丑,一爱一憎,黑白分明,封建禁欲主义的化身——活佛,和自由爱情的化身——情人这两个形象的尖锐对比,正反映了二者矛盾的尖锐。下面这首情歌初看起来似乎是维护宗教的,但实际上却同样反映了自由爱情和宗教礼法的矛盾:

求求大德的活佛,把我的心儿收去,心儿才收回来,又跑到姑娘那里。

这首绝妙的情歌多么微妙地表达了爱情对封建宗教的胜利,在这里无法抑制的爱情和扼杀人性的禁欲主义的矛盾得到了更加有力的反映。在封建农奴制统治之下,寺庙是最大的农奴主,宗教是最大的权威。喇嘛教的清规戒律和自由爱情是水火不相容的。但是,在仓洋嘉错心目中甚至连宗教供品和幡旗也成了爱情的象征,带上了爱情的色彩,他的情歌所表现的强烈爱情是惊人的。例如:

鲜艳的大力花儿,你用作佛前的供品时,请把我年青的蜂儿,也带到佛堂里去。

又如:

在时来运转的时刻,祈福的风幡才竖起,就有好家的姑娘,请我去作客去。

鲜花和多情的蜂儿依依难离,即便进入佛堂也是如此;而祈福的风幡对于诗人说来,只有一个意义,这就是和心爱的姑娘相会。不少情歌就是描写这种风流韵事的,如:

守门的狗儿,你比人还机灵,别说我黄昏出去,别说我拂晓才归。

描述了诗人夜出的情形。在爱情受到阻碍之后,是痛苦的。这首情歌用比喻描述了这种心情:

野鹅爱上了泥水,打算亲近一回,哪料冰封湖面,叫它意冷心灰。

然而诗人并不妥协,封建戒律的威胁和恐吓丝毫也没有动摇他对爱情的追求,反而使他更加坚定:

背后的毒龙虽狠,我是怕也不怕,前面香甜的苹果,舍命也要摘它。

这是斩钉截铁的誓言，它鲜明地表现了为情生为情死的坚定决心。这样对于人们的闲言诽语，也就毫不放在心上，诗人用超然的态度写下了这样的诗句：

人们都在说我，说的一点不错，少年人的脚步，是到女店主家去过。

其实广大人民是完全站在诗人一边的，他们通过一首民歌来回答那些闲言诽语：

喇嘛仓洋嘉错，别怪他风流浪荡，他所寻求的东西，和人们没有两样。⑬

从这首流行的民歌中可以看到人民对诗人的同情，同时也看出仓洋嘉错情歌的巨大社会意义。在西藏，自由爱情和宗教的矛盾是个普遍的社会问题。在政教合一的封建农奴制统治之下，人民没有真正的宗教信仰自由，每个家庭几乎都要派人去当寺院的喇嘛，喇嘛的人数在全部人口中占有很大的比例，他们很多人被迫出家成为寺院农奴，受到宗教上层的压迫。在残酷的宗教清规戒律统治之下，最起码的生活要求也得不到满足。因此，仓洋嘉错情歌所揭示的矛盾也正是要求爱情自由的广大人民群众，特别是这些喇嘛群众切身利益之所在，这正是情歌之所以投合他们的心理，引起他们共鸣的原因。总之，揭示宗教戒律禁欲主义和自由爱情之间的矛盾，表现对扼杀人性的反动农奴制的不满和反抗，这就是仓洋嘉错情歌思想性的最大特色。

当然，"情歌"的思想是复杂的，其中有些作品思想不太明确，例如：

死后去见阎王，照照造孽的镜子。人间是非难定，镜子却不差毫厘。

译者注曰："藏族神话说，阎王有照人善恶的镜子，死后一照，可知人生前的一切行为。"如此看来，这首情歌是宣扬因果报应的，与此类似的还有两、三首，对于这几首"不伦不类"的情歌，有人认为不是诗人的作品，而是后人的伪托，理由是这些情歌的思想显然与诗人的思想相矛盾⑭。这就牵涉到诗人对宗教的态度问题和他的思想局限。

我们认为，诗人尖锐地揭露了扼杀人性的宗教戒律的丑恶，然而，并未否定整个宗教，对于灵魂不灭、因果轮回的迷信思想，他还是相信的，只是宗教和爱情发生矛盾时，诗人才反对宗教的戒律。下面这首情歌甚至把迷信传说和爱情统一起来了：

在这短短的今生,这样待我已足,不知来生少年时,能否重新会晤。

超越生死的爱情通过特殊的形式表现出来,反而更加深切感人,但并未否定宗教本身。

还有一首情歌,也是比较难懂的:

具誓护法金刚,稳坐十地法界,你若是神通广大,请把佛教的敌人消灭。

这似乎是维护宗教的,但如联系另外一首情歌来分析也未尝不透出一点反宗教的意义。因为佛教的敌人至今未灭,护法金刚的"神通"又在哪里呢?这佛教的敌人正是"心中的魔鬼"——爱情啊!请看:

黄边黑心的云彩,是冰雹的成因,非僧非俗的沙弥,是佛教的敌人。

沙弥即是年轻的僧人,非僧非俗的沙弥是否即是不守清规的仓洋嘉错自况呢,这是完全可能的。如果这个猜测是正确的,则诗人由于对自由爱情的追求,已发展到和宗教权威公然对抗的地步,对"怒目金刚"都进行了奚落。尽管如此,他也仍未否定整个宗教迷信,这点是应该分别清楚的。这诚然是时代使然,是诗人的思想局限。但也唯其如此,反而更加衬托出仓洋嘉错叛逆性格的可贵。他是明明知道背后有凶狠的"毒龙",而舍命去摘"香甜的苹果"的[15]。

仓洋嘉错情歌巨大的反封建意义,除了表现在反对特权阶级抢劫婚姻,直接反对扼杀人性的禁欲主义之外,还在于他强烈地表现了人民群众追求理想爱情的要求,生动地体现了劳动人民的爱情观点和微妙的心理活动,它的思想感情是健康的、美好的,是具有人民性的。

虽然传说诗人是放荡的,是对待爱情不够严肃的,然而在"情歌"中却找不到这种轻佻的作品;正相反,诗人所歌颂的爱情是纯洁的、坚贞的:

世界中央的须弥山呀,请你坚定地耸立着,日月绕着你转,绝不想走错轨道。

这是用比喻来表现爱情的专一。

已化水的冰上,不是跑马的地方,才结识的姑娘,不是谈心的对象。

这是从反面来说明爱情是严肃的事情,不能轻率对待。

野马跑到山上,可用绳子捉拿,变了心的情人,神仙也抓不住她。

诗人的爱情是建立在双方自愿的基础上的，这和轻视妇女的强制婚姻毫无共同之处。反动统治阶级为了玩弄妇女，根本不把妇女当人，当然就谈不上真正的爱情。但在诗人的笔下，这种自由爱情是最可贵的、最美好的。

　　和那心爱的姑娘，若能百年偕老，真象从大海底下，捞上来一件珠宝。

　　《情歌》的内容是丰富的，差不多表现了整个恋爱过程中各种复杂微妙的心情。这真象一杯爱情的美酒，酸甜苦辣味味俱全，非常耐人寻味。《情歌》所表现的这些爱情观念，许多方面是和人民一致的（当然还有诗人特殊的内容），因此才进入人民的日常生活领域，成为人民表达爱情的工具，获得了不朽的艺术生命。仓洋嘉错情歌曲折地表现了人民的精神美，这是它思想意义和艺术魅力的又一个方面。

（三）

　　仓洋嘉错情歌的思想性和艺术性是高度统一的，它不仅有进步的思想内容，而且风格优美，形象鲜明，具有很高的艺术性，它运用藏族民歌所特有的高度技巧，充分表达了强烈、丰富而深刻的思想情感，含蓄而不晦涩，热烈而不浮泛。

　　仓洋嘉错情歌全是民歌体，这就是如今西藏非常流行的"谐体"（"谐"，意为"歌"或"短歌"）。这种体裁短小精干，内容多歌唱爱情，但亦有反映其它方面社会生活的。因此，"情歌"无论在内容上还是形式上都是和这种民歌一致的，具有强烈的民歌风韵。民歌的比兴手法在情歌中占有重要地位，六十五首中运用比兴者约三十一首（内单纯起兴者十首）。但运用赋体白描手法直抒胸臆的也有不少，甚至比比兴体的更多一些（约三十四首）。无论运用何种艺术手法，"情歌"都具有鲜明的形象、浓烈的诗意，在短短的四句小诗中常常描绘出深远浓郁的意境，具有强烈的艺术感染力量。

　　"情歌"的意境主要是采取什么方式创造的呢？

　　特点之一，是通过相思怀念来描绘爱人的可爱形象，使想象中的爱人显得更加神奇可爱：

在那东方山顶,升起皎洁的月亮,年青姑娘的面容,渐渐浮现在心上。

这首情歌在诗集中列居卷首,是当之无愧的。它运用月亮和爱人这一对形象的对比引起人们最美好的联想。原来在西藏人民眼中,月亮和雄伟的雪山一样,和纯净的鲜奶一样,和吉祥如意的哈达一样是洁白的,它放射银色的光芒使人感到温柔可爱,在它的照耀下人们可以驱除烈日下的劳累,得到暂时的休息和娱乐,对着月亮歌舞是最大的乐事。因此,在藏族人民心目中,月亮是最美丽的。用月亮起兴,使人立刻想象到情人如初升的皎月一样,纯洁可爱。虽然没有正面描述姑娘的美丽,但"渐渐浮现在心上"的情人肯定是很可爱的。情人愈是可爱,爱情愈是美好,那么扼杀人性的反动制度也就愈加令人憎恨。

特点之二,是诗人常用异常亲切的语调,坦率地倾诉自己的情怀。有时是对爱人,有时是对挚友,说的都是内心深处的秘密,把人一下子就引进诗歌的意境中去:

最心爱的姑娘,你若真学佛去,我也和你一同,住到山洞里去。

抿嘴儿扑嗤一笑,把我的魂灵儿引去了,到底是不是真心相爱,请起个誓儿才好。

这些诗读起来都是非常亲切的,诗人顺口道来,毫无雕饰,虽然只有四句,但也相当完整,人们不仅可想象到姑娘的美丽形象,而且还感受到诗人自己的火热心肠。

洁白的仙鹤啊,请借我凌空双翅,别处我都不去,只到理塘就回。

这情歌在现实的基础上,作了大胆的幻想,更有力地表现了诗人执着、强烈的爱情,这种意境是美妙的[⑩]。总之,诗人直抒胸臆,但不显露;运用比兴,而不晦涩:语言是流畅的,形象是明朗的,想象是丰富的,具有浓烈的诗意。

特点之三,有些情歌运用白描手法,"单线平涂",勾勒出一些富有诗意的场面、细节或对话,这是剪影,是速写画,但都富于情趣,诗情画意水乳交融。例如:

一个把帽子往头上一戴,一个把辫子往后边一甩,一个说："慢走"，一个说："你在"，一个说："难过吧？"一个说："很快就回来。"

这首短歌的手法异常特殊，这里有人有事有情有景，四者浑然一体，通过一些有特征意义的动作和对话表现了丰富的生活内容。

仓洋嘉错情歌的语言技巧是异常高超的，色采丰富而又单纯明朗，生动精练，朴素自然，和某些文人诗古奥难懂的风格，恰成对照。它的音乐性很强，真可谓诵之行云流水，听之金声玉振，观之明霞散绮，吟之独茧抽丝，是高度艺术加工的成果，如掌上明珠，光采夺目，使人爱不忍释。

下面我想对《情歌》的格律作一个粗略的探讨。

关于格式：《情歌》一般是每首四句，每句六个音节，类似汉族的六言绝句。但也有例外，如《和那心爱的姑娘》(3)第四句即是五言，《和着净戒喝下去》、《和心上人儿相会》、《一个把帽子戴在头上》等三首则是每首六句而不是四句。但这些例外不多，《情歌》的句法是整齐的。

虽然是每句六言，但有时一句诗语义未完，要两句才能成为一个完整的句子。在朗读时，第一、三句用扬式，表示语气未完，第二、四句才用收尾的降调。

关于韵脚，笔者根据 65 首的国际音标注音本作了一个统计，结果如下：

ABAB 韵——9 首，AABC 韵——9 首，

ABAC 韵——5 首，ABBC——4 首

ABCB 韵—— 4 首，ABCC ——4 首

其它有二句韵脚相同者 11 首。

无韵脚者——18 首。

由此可见，《情歌》的韵脚是不固定的，比较自由的，它有隔句韵（共 21 首），有连句韵（19 首），也有首尾韵（6 首），而无韵脚者共有 18 首，占了很大比重。有人认为"谐"体诗歌无韵，这个结论对《情歌》并不完全适合，因为它的韵脚虽然缺乏固定的地位，却不能说它一概没有。

当然，《情歌》的韵律主要不是靠韵脚而是依靠整齐而又起伏的节奏形成强烈的音乐感。每句六个音节，可分为三个"顿"，每"顿"两个音节，朗读起来简短

有力,琅琅上口,它忽高忽低,忽快忽慢,根据感情的要求,变幻无穷,铿锵悦耳,令人陶醉。我们在西藏搜集记录民歌时,歌手们朗读"谐"的歌词,常常不自觉唱了起来跳了起来。他们说:"不唱不跳想不起词来。""谐"和歌舞的关系是非常密切的,歌舞和劳动又有密切的关联。《情歌》和"谐"的这种强烈的节奏性是它的韵律的主要特色,这是由劳动、歌舞的节奏决定的。这似乎可以作为这种歌体出自劳动群众的一个佐证。

总之,仓洋嘉错情歌具有浓厚的民歌风味和民族色彩,它是民族化、群众化的优美诗篇。它的进步的思想内容和优美的艺术形式是和谐统一的。这是一串精工琢磨过的晶莹夺目的珍珠,在祖国的文学园地里将放射出不灭的光彩。

作者附记:本文修改过程中,承蒙中央民族学院藏族文学史编写组王尧、佟锦华等同志百忙中看完原稿,提出不少可贵的意见;科学院民族研究所藏族社会历史调查组资料室提供了许多社会调查材料;王沂暖教授千里投书,作了宝贵的指导。去《少数民族文学作品选讲》教材编写和学术讨论会前,又承王教授审阅原稿,提出了很好的意见。对于这些热情的关怀和帮助谨表示衷心的感谢。

本文所引"情歌",笔者曾作过一些文字上的整理,特此说明。

注:①仓洋嘉错情歌在民间广泛流传的情形从民歌集中收入的诗人作品可见一斑,这些作品流传地区颇广,已收入民歌集之中作为民歌存在:

《西藏歌谣》(中共西藏工委宣传部编。1959 年人民文学出版社出版)第十二辑专收流传民间的仓洋嘉错情歌 25 首。在第十一辑中有《心儿跟她去了》(第 223 页)、《要想不想念》(第 248 页)等二首,虽作为一般情歌处理,但亦是仓洋嘉错情歌集中的传统作品,

《藏族民歌》(苏岚 1952 年编于拉萨,1954 年新文艺出版社出版)共收入 29 首(参见第 48、56、57、58、60—67、69、81、82、84、85、86、88、89、90、91—98、125 等页)。这些情歌有的注为"拉萨民歌",有的未注出处。

《康藏人民的声音》(李刚夫整理,1958 年作家出版社出版)第 216 页《摘苹果》、第 181 页《到桑页一转就回》),后者原句为"到理塘一转就回"(见《西藏短

歌集》第 56 页）。

《藏族民歌》第二集（庄晶编译，开斗山整理）第 21、25、29、36、46、59、81、99 等页收入《情歌》共八、九首。

《金沙江藏族歌谣选》（中央民族歌舞团搜集，1955 年作家出版社出版）"康定情歌"中之《东方山顶上》（第 32 页）、《姑娘的容貌》（第 79 页）、《船儿离岸时》（第 78 页）均系仓洋嘉错情歌。笔者在西藏时曾见到中央民族歌舞团陈石峻同志，谈起康区歌舞时，他说在跳弦子舞、锅庄舞时藏民所唱的民歌中尚有不少仓洋嘉错的情歌，编选该集时未予收入。

《西藏短诗集》（王沂暖译，1958 年作家出版社）中收入拉萨木刻本中的全部仓洋嘉错情歌 57 首，又收入其他出处的情歌总共 65 首。对于这些《情歌》的作者，王先生并未注明，说"这（57 首）里边可能大部分是出自个人的手笔，有些是民间诗人的作品。"又说："集子里共有 176 首，大半都是西藏家喻户晓人人爱唱的诗歌。"（参见第 1—65 页）

在青海玉树，1958 年调查时，还发现有不少喇嘛用当地流行的曲调（勾毛）唱有韵脚的歌，其歌词几乎全部采自仓洋嘉错情歌。

②⑦⑨⑭此处用于道泉先生说，见《第六世达赖喇嘛仓洋嘉错情歌》（前中央研究院历史语言研究所单刊甲种之五，1930 年北平版，于道泉译）第 14 页《译者小引》。

③④关于诗人的生活和生地，文献记载大体一致。1910 年出版的《西藏宗教源流考》（张其勤编）云："第六辈罗卜藏仁青策养嘉穆错于康熙二十二年在扪地松度地方转世。"1940 年出版的《西藏民族政教史》（法尊编）云："第六世梵音海（即仓洋嘉错之译意）于康熙二十二年生于宇松……"（卷六）

⑤此传说在于道泉先生《译者小引》中即有文字记载，我在西藏也听到不少，六二年五月又听到天宝同志向我生动地讲过此故事，可见在四川康区亦传此说。

⑥此首《西藏短诗集》未载，系据于译本第 50 首译文整理。

⑧于先生《译者小引》中介绍了几种说法，又据诗人同时的德隆喇嘛记载，

诗人于"蒙古历十月十日死于蒙古之普喜湖,时年 25 岁"。另一说法见《西藏民族政教史》:诗人进京途中,"行至青海地界时,皇上降旨责钦使办理不善,钦使进退维难之时,大师乃弃舍名位,决然遁去周游印度、尼泊尔、康藏甘青等处,宏法利生,事业无边,尔时钦差只好呈报圆寂,一场公案乃告结束"。可供参考。

⑩此歌及事系 1962 年 5 月四川阿县自治州副州长索官赢先生向我讲述的。他说是诗人不听殿内唢呐而听到殿外姑娘的歌声,乃作此诗。

⑪诗人或作曲家的创作流传民间者,一般叫"第二性的或间接的民歌",以别于人民自己集体创作的"第一性的或直接的民歌"。参见梅耶尔《德国民歌的音调》,1959 年音乐出版社版第 3—14 页。

⑫见《西藏短诗集》第 30 页。

⑬《西藏歌谣》第 260 页。

⑮参见《西藏短诗集》第 64 页。

⑯关于这首情歌,我们在西藏调查时,一般都认为是怀恋情人的诗章,据说他的情人即在理塘,一说她是商人之女,随父到了理塘。然而,也有人从佛教观点来说明这首情歌,说第七世达赖喇嘛是在理塘找到的,这是活佛生前预言他将在理塘转世。如此则与爱情无关,此说显然不能成立。但此诗幻想丰富而优美,则无疑义。

第三辑

维吾尔族古代文学

本辑概述

　　本辑收录了胡振华、耿世民、白钢、张广达、阿不来提·吾买尔和李国香所撰写的 6 篇维吾尔族古代文学研究论文和介绍。这些文章分别发表在《新疆文学》《徐州师范学院学报》《中央民族学院学报》《新疆日报》《新疆大学学报》《西北民族学院学报》上。研究重点是《福乐智慧》《突厥语大词典》，十八世纪的抒情诗人赫尔克提、翟梨里、诺比德和《阿拜故事诗》。

　　《福乐智慧》是十一世纪维吾尔人民生活的写照，也是奠定维吾尔族文学基础的一座值得深入挖掘的文学宝库；李国香所论及的赫尔克提、翟梨里、诺比德是在《福乐智慧》基本完成后，维吾尔族文艺复兴时期出现的三位诗人，从侧面印证了《福乐智慧》对于维吾尔族文学的奠基作用。

　　虽然本时期维吾尔族古代文学研究文献和史料并不多，但重点十分突出，这也表明维吾尔族古代文学研究的起点较高，经典作家与作品聚焦十分精准。

维吾尔^①古典长诗《福乐智慧》

胡振华　耿世民

史料解读

　　该史料为论文,原载《新疆文学》1963 年第 3 期。胡振华和耿世民分三个部分介绍了维吾尔族古典长诗《福乐智慧》。维吾尔族历史悠久、文化发达,有自己的民族文字和书面文学,《福乐智慧》被看作是维吾尔族古典文学标志性作品。《福乐智慧》是出生于巴拉沙衮的玉素甫用本民族语言所著,他是在各方面都有所建树的集大成者。这部长诗目前发现三个抄本,最完整的是纳曼干抄本。十九世纪以来,许多人对这部长诗进行分析和研究。《福乐智慧》是一部反映十一世纪维吾尔族社会状况且带有训诫性的文学巨著,通过四个典型人物的言行教育人们认识生活、鼓舞人们求知和稳步前进。作者通过具体实例提出先进的国家治理理念、使臣职责和对知识的看法,以及其他极具哲理意义的思想。《福乐智慧》是维吾尔族人民信奉伊斯兰教后的第一部巨大的诗作,受到古代维吾尔族传统文学和外来文学的影响,成为维吾尔族古典文学发展史上的里程碑,对维吾尔族文学的进一步发展起了相当重要的作用。长诗中哲理性诗句和艺术手法的运用都富有民族特色。《福乐智慧》是古代维吾尔人民智慧的结晶,是祖国文学宝库中的一部巨著。

---

①　编者注:"维吾尔"应为"维吾尔族",后同。

原文

维吾尔族是我国的一个历史悠久、文化发达的民族,很早以前就有了自己的民族文字和书面文学。维吾尔族人民在不同的历史时期曾先后使用过突厥鲁尼文(也叫鄂尔浑、叶尼塞文)、回鹘文(即古维吾尔文)、阿拉伯文字母;另外也使用过摩尼文、婆罗米文等字母。这些文字将许多古老的文献和作品保留下来了,从而丰富了祖国的文化宝库。

维吾尔族的书面文学在文字产生后不久也就随着产生了,不过早期的文献,如用突厥鲁尼文书写的《回纥英武威远毗伽可汗碑》和《九姓回鹘可汗碑》等,还只是书面文学的萌芽。维吾尔族古典作家文学,是在公元十世纪末伊斯兰教传入喀什噶尔继而传遍南疆各地时,在本族的民间文学传统的基础上,吸收了阿拉伯、波斯文学的精华形成发展起来的。我们在这儿要向大家介绍的《福乐智慧》,就是当时的一部巨著,它在维吾尔族古典作家文学的形成和发展上占有重要位置。许多学者都把《福乐智慧》这部作品看作是维吾尔族古典作家文学形成的标志。

一

《福乐智慧》(原名"库达德库比力格",直译是"给予幸福的知识")是十一世纪维吾尔族古典作家文学的典范。这部规模宏伟、内容丰富的作品是出生于巴拉沙衮①的维吾尔族著名诗人、学者、思想家玉素甫于回历 462 年(公元 1069—1070 年)在卡拉汗王朝首都之一——喀什噶尔城用本族语言写成的。他把这部长诗献给了当时的喀什汗塔布阿奇·布格拉汗,所以布格拉汗才赐给了他哈思哈吉甫(特别御侍官)的称号。

关于玉素甫·哈思哈吉甫的生平材料,目前人们知道的很少。从《福乐智慧》所谈到的看来,他不只是一位诗人,而且还是位哲学、地理、数学、医学和宗

---

① 巴拉沙衮:在今苏联吉尔吉斯斯坦境内,即套克玛克城。

教等各方面都具有相当知识的学者和思想家。他参加过卡拉汗王朝的政治活动，在这部长诗里他提出了如何管理国家、如何选拔人材担任国家事务以及如何处理政治生活等问题。这部作品除了表现了玉素甫·哈思哈吉甫的政治、哲学观点以外，还在一定程度上反映了当时维吾尔人民的思想愿望。因此，《福乐智慧》不只是语言、文学方面的宝贵遗产，而且也是研究古代维吾尔族社会历史和意识形态方面的珍贵的资料。

这部长诗保存到现在的共有三个抄本：维也纳抄本是 1439 年（回历 843年）在海拉特城用回鹘文字母抄成的，现存奥地利维也纳国立图书馆；费尔干抄本（又称纳曼干抄本）是用阿拉伯文字母纳斯赫体抄成，共有 6095 个双行诗，1914 年发现于乌兹别克斯坦纳曼干城，现存苏联乌兹别克斯坦科学院东方学研究所；开罗抄本是用阿拉伯字母苏鲁斯体抄成，共有 5800 个双行诗，于十九世纪末在埃及开罗发现，现存埃及开罗开地温图书馆。后两个抄本抄成时间大约在十三——十五世纪，其中最完整的是纳曼干抄本。

从十九世纪以来，许多东方学家、突厥学家对这部长诗进行了分析和研究。1870 年瓦木别里首先发表了该诗的 915 个双行诗；1890 年俄国著名的突厥学家拉德洛夫又影印出版了维也纳抄本；1891 年他用满文字母翻印出版，1900——1910 年他又参照开罗抄本发表了诗文的拉丁字母转写本和德文译文；1942——1943 年土耳其的土耳其语协会把三个抄本都影印出版了；第一卷是维也纳抄本，第二卷是纳曼干抄本，第三卷是开罗抄本；1947 年又发表了全书的拉丁字母的转写本（计 6645 个双行诗），1959 年出版了土耳其语的译文本。应当指出，土耳其的拉丁字母转写本竭力使转写的语言接近土耳其语，这充分反映了他们的大土耳其主义倾向。我们国内能看到的材料有拉德洛夫用满文字母转写翻印出来并附有德文译文的《福乐智慧》和苏联已故的突厥学家马洛夫在《古代突厥文文献》[①]一书中搜进的部分原译文、标音及俄文译文等。

---

① 《古代突厥文文献》1951 年苏联科学院出版。

二

　　《福乐智慧》是一部反映十一世纪维吾尔族人民的社会情况、哲学观点、带有训诫性的文学巨著。玉素甫·哈思哈吉甫在诗中塑造了四位典型人物：第一位是汗，名叫崐吐额地，代表正义；第二位是宰相，名叫阿依套尔地，代表快乐；第三位是宰相的儿子，名叫吾克吐尔米西，代表智慧；第四位是宰相的兄弟，名叫吾特库尔米西，代表知足。玉素甫·哈思哈吉甫以这四个人物的言行来表现这部长诗的中心思想：主张正义，追求幸福，发展智慧，教育人们要知足，要勇敢——其总的精神是教育人认识生活，改善人民的生活，鼓舞人民求知和前进。

　　诗中论述到的事情很多，我们在各种片断的介绍材料中看到的，其中包括皇帝和伯克治理国家应遵循的准则；使臣的职责和条件；知识的珍贵及语言的重要等。这里选择其中的几段介绍如下：

　　（1）论帝王与庶民的关系

　　哎！皇帝，你身边有人民的三笔债务，

　　你要偿还他们，别使你自己难堪吧！

　　第一笔债务是：你要让银钱保持它的质量和作用，

　　你要永远尊敬有知识的人。

　　第二笔债务是：你要制出可靠、贤明的法律，

　　你要把第一笔债抓得比第二笔还紧。

　　第三笔债务是：要想旅途安宁，

　　你要防止强盗和破坏者。

　　这样，你也能从人民那里得到三件东西，

　　伸出你的手来吧！

第一,你制定出的一切法律,

所有的人一定会很快地执行。

第二,及时把国家征收的捐税,

缴纳到国库里去。

第三,全体人民就会把朋友当成朋友,

把敌人当成敌人。

你若是偿还了欠下的债务,

他们也会偿还自己的债务。

你应当这样治理国家啊!

至高无上的皇帝啊,遵守吧!

这里,玉素甫·哈思哈吉甫提出了治理国家的看法,只有这样,人民才能同仇敌忾地对付敌人。这一观点对当时维吾尔族封建社会的进一步发展来说无疑是有着重大作用的。

我们知道十一世纪的维吾尔族社会中,阶级分化已很明显,有封建领主、农奴、牧民和商人等;社会职业的分工也很细,有医师、巫师、圆梦者、星象家、诗人等。这些都说明了当时社会发展已有了相当高的水平。然而卡拉汗王朝治理国家的制度还不是很完备的,玉素甫·哈思哈吉甫提出的治理国家事务的观点,正是代表了当时社会发展的要求。

(2)论使臣

人们期待使臣做出幸福的事情,

使臣也应当做出美妙的事情。

使臣应当有学问、不食言、恪守准则，

应当是说话熟练和口才出众的人。

他应当洞悉语言的细小、微妙之处，

他应当善于把恶化的事情挽救回来。

他要运用知识，知识会指明他的道路，

他若是勤谨地工作，就会做出许多贡献。

使臣的面孔要和蔼、待人要亲切，

还应当让人们接近他信服他。

爱进谗言、贪得无厌、精神颓丧的人

与从事使臣的工作是无缘的。

使臣应当读书并精通语言，

还应懂得诗歌和能朗诵诗篇。

他应当知道天文、医学和圆梦，

总之，他的言行要吻合一致。

　　这里表现了玉素甫·哈思哈吉甫对于使臣的职责、条件的看法。在一千年前能提出这样的观点，的确是很了不起的。这也更加证实了他不只是位诗人，而且是当时一位博学多才的学者和思想家。

　　（3）论知识

　　倘若有人出售知识，

只有有学问的人才去买它。

愚人怎能理解知识的价值，
不管知识藏在哪里，好学的人终会找到。

只有好学的人才知道知识的重要，
只有珠宝商人才知道珠宝的珍贵。

应当知道：知识是高尚的，学习是伟大的，
具有这两个特点的人才能提高自己。

玉素甫·哈思哈吉甫以哲理性的诗句说明了知识的重要。他认为知识可以使人开阔眼界，可以使人走向幸福；他鼓励人们求知、好学，主张一切人都应当有知识。这一观点也明显地反映在他的《福乐智慧》这一长诗的名字上。

（4）论语言

对学习和知识来说，唯一的媒介是语言，
应当知道：人之所以是人就是因为有语言。

人的幸福和威望靠语言来建立，
人的不幸和灾难也因语言造成。

语言是一只雄狮，看吧！它就躺在门前，
哎！朋友，若是说话不精炼而又自夸，它就会吃掉你的头啊！

你若是想和平、安宁地生活，
就不要说出粗鲁不逊的话。

人有两件东西衰老不了，

一是好的情操、一是美的语言。

看啊！人出生了，却又死去，

但他的话语将会永远留下。

在这里，不仅表现了玉素甫·哈思哈吉甫重视语言，同时，也反映了他对人生的看法，他认为人有生有死，但人的美的语言和好的情操将会流芳百世，永垂不朽。

这部长诗中所涉及到的事情很多，这里只举出了一些带有哲理意义的诗段。

三

长诗《福乐智慧》是维吾尔族人民信奉伊斯兰教后的第一部巨大的诗作，它继承了古代维吾尔族民间文学的传统，并在这个基础上接受了阿拉伯、波斯和中亚各族文学的影响，从而成为维吾尔族古典文学发展史上的里程碑，对维吾尔族文学的进一步发展起了相当重要的作用。

这部长诗开头有一段散文序言，正文全是买斯纳维体（两行押同韵）的韵文。虽然它在艺术形式上接受了外民族古典文学的影响，但是它在韵律上仍保存着古代维吾尔族民间诗歌中押头韵的传统。

在人物的命名上也沿用了古代突厥诸族民间文学的传统，即以"崐"（太阳）、"阿依"（月亮）等命名。如"崐吐额地"（太阳出来了）、"阿依套尔地"（月亮圆了）等等。

长诗中许多带有哲理性的诗句，都与民间谚语很相似，这也说明《福乐智慧》与维吾尔族民间文学有着密切的联系，它从民间文学中吸收了许多精华丰富了自己的语言。例如，诗中写道：学习的美丽在于语言，语言的美丽在于词藻，人的美丽在于面庞，面庞的美丽在于眼睛。试与今日的民间谚语比较："脸上最美丽的是胡子,语言中最美丽的是谚语。"象这样的例子还有不少。

另外,诗的排句形式和比兴、夸张等艺术手法的运用也富有民族特色。例如:"只有好学的人才知道知识的重要,只有珠宝商人才知道珠宝的珍贵",以及"他的思想和心血向着希望沸腾起来了","他没有找到宿店啊!这宇宙变得多么狭小了。"等等,这些诗句就生动地表现了语言的丰富和优美。

《福乐智慧》是古代维吾尔人民智慧的结晶,它是祖国文学宝库中的一部巨著。虽然我们对维吾尔族文学还是初学者,目前的水平也很低,但由于感到祖国文学宝库中能有这么一部珍贵的作品,是一件值得自豪的事情,所以我们愿意将所了解的一些不系统的材料,介绍出来,让更多的读者也了解祖国多民族文学遗产的丰富。文中错误在所难免,恳切地希望得到同志们的帮助。

1962 年 11 月 15 日于中央民族学院

略论元代畏兀儿人的历史贡献

白钢

史料解读

　　该史料为论文，原载《徐州师范学院学报》1978 年第 1 期。白钢从政治、经济、文化和社会的角度论述元代畏兀儿人的历史贡献。维吾尔族历史上先后有袁纥、韦纥、乌获、乌纥、回纥、回鹘、畏兀儿等不同称呼，自古以来与中原地区有密切联系，元朝时直接隶属中央政府管辖，为我国多民族历史发展做出巨大贡献。畏兀儿上层分子因为阶级利益成为蒙古贵族集团扩张的帮凶，但畏兀儿军事将领劝止了初期的屠城政策。畏兀儿人劝忽必烈用儒术治天下，挽救知识分子的同时也进一步完善了元朝封建统治机构，推出一系列开明政策恢复生产秩序。应征军役的大量畏兀儿劳动人民发展各地、各行各业的经济，居官各地的畏兀儿人兴修水利、大力扶植农业生产发展，严加惩治从事高利贷的富商大贾和巧取豪夺的贪官污吏。受汉族文化熏陶后的畏兀儿发展迅速，成为蒙古人的文化导师，创制以畏兀字母为基础的蒙古字，使得蒙古作为一个独立的民族开始登上世界历史舞台；畏兀儿学者完成了《辽史》《金史》《宋史》三部巨著并为明初修《元史》提供了大量的史料，做过大量经典的互译工作并在外事活动中担任译员；著名散曲家、诗词家小云石海涯、薛昂夫，著名诗词家萨都剌等都在文学艺术领域大放异彩。畏兀儿人也在书法、绘画、音乐等方面极大地丰富了中华民族艺术宝库。因此，该文具有多方面的史料价值。

原文

一

维吾尔族,是祖国统一多民族大家庭中,文化比较先进的成员之一。在历史上,先后有袁纥、韦纥、乌获、乌纥、回纥、回鹘、畏兀儿等不同的称呼。远在嗢昆水(鄂尔浑河)游牧时代(744—840),就一直与中原地区在政治、经济和文化等方面保持比较密切的联系。他们曾两次帮助唐朝平定安史之乱,收复两京(长安、洛阳)和河北大片失地;唐朝中央也多次敕封他们的首领,维持和亲关系。在经济上,茶,丝、绢、马,贸迁有无。公元840年左右,回鹘汗国在鄂尔浑河流域因畜牧经济的崩溃,加上内乱和外受黠戛斯的进攻,于是西向分三支迁徙。其中一支——元代畏兀儿人的直系祖先——西州回鹘,聚居在今天新疆吐鲁番地区,转营以农业为主的经济生活,同内地的联系也逐渐加强。到了五代、两宋时期,贸易活动日趋频繁,不少回鹘商人携家来到中原经商①。

13世纪蒙古厥起,当时畏兀儿已受西辽多年的蹂躏。1209年,高昌(今吐鲁番地方)畏兀儿人在"亦都护"(国王)的率领之下,归附了成吉思汗;到了忽必烈时代,元朝在畏兀儿境内设官府、置驿站、立屯戍,畏兀儿地区便直接属于元朝中央政府的管辖②。

12—13世纪初,畏兀儿地区早已进入发达的封建社会,而蒙古尚处在由奴隶制向封建制过渡的阶段。况且,蒙古东邻先进的金国,西靠强大的西辽。虽然在军事和外交上与金国有些接触,但与强大的西辽,却未发生关系。因而,文化较高而又最先归附的高昌畏兀儿,受到了大蒙古国和元朝统治者的器重。成吉思汗首先将畏兀儿人中间有"一材一艺"的人都罗致起来,作为自己发展势

① 以上参见《资治通鉴》卷220;《旧唐书》卷195;王静如:《突厥文回纥英武远威毗伽可汗碑译释》(载于《辅仁学志》第7卷第1—2合期);《宋会要辑稿》蕃夷四"回鹘"、七"历代物贡";《册府元龟》972;《蒙鞑备录》。

② 《元朝秘史》第238节;虞集:《道园学古录》卷24《高昌王世勋碑》(参见《文物》1964年2期载黄文弼:《亦都护高昌王世勋碑复原并校记》);《元史》卷63《地理志》卷11、12、14《世祖本纪》。

力、统治被征服地区的工具。忽必烈统一全国以后，又将大批的畏兀儿人迁到内地屯戍或者充任各级地方官长官。这样，畏兀儿人渐次成为元朝社会政治生活、经济生活和文化生活中的重要活动角色。据《元史氏族表》的不完全统计，畏兀儿人入仕元朝的共有三十三族之多。他们中间，有许多人是军事名将，政治活动家、理财家、绝域使者、翻译大师、儒学者、史学家、诗人、散曲家，或在书法、绘画、音乐等方面有专长的人物。他们的实践活动，促进了祖国统一多民族国家历史的发展和各族人民间友好关系的进一步加强。这都说明了我们伟大祖国的历史，从来就是国内各族人民共同创造的。

二

以成吉思汗为首的蒙古贵族集团，在统一蒙古诸部以后，为了扩大和满足本集团的掠夺贪欲，决定南进中原。最先归附他的高昌畏兀儿上层分子，出于阶级利益的一致，他们中间有军事才干的人做了蒙古贵族集团的帮凶。在成吉思汗、蒙哥、忽必烈等攻打金、西夏和南宋的历次战役中，畏兀儿军事将领土坚海牙、月举连海牙、马木剌的斤、阿里海涯、铁哥术、都尔弥势、合剌普华、雪雪的斤、脱烈世官等，或出谋定计，或转战沙场，分别起过重要作用。特别在灭南宋的决定性战役——襄樊战役中，阿里海涯与阿术、刘整等枹鼓相应，运用西域回回炮攻下樊城，紧接着又打下襄阳。后来，阿里海涯坐镇鄂州，使伯颜东下"无后顾之虞"；铁哥术主文檄，下德安等等，均具有战略意义。在忽必烈灭南宋的整个战争过程中，阿里海涯"所下州：荆之南十四、淮西四、湖南九、江之西二、广西二十有一、广东海南各四，凡五十八"[①]，铁蹄踏遍大半个中国，使蒙古贵族集团的既定政策，得以顺利地推行。他们和蒙古贵族集团一样，都是抱着为掠夺财物、扩略地盘的目的而参战的。在战争过程中，他们大量地俘虏各族劳动人

---

① 《元史》卷 124《哈剌亦哈赤北鲁传》、卷 133《叶仙鼐传》、《脱烈世官传》、卷 135《月举连海涯传》《铁哥术传》；虞集：《道园学古录》卷 24《高昌王世勋碑》；苏天爵：《元朝名臣事略》卷 2 之 3；《元文类》卷 59《湖广行省左丞相神道碑》；黄溍：《金华黄先生文集》卷 25《合剌普华公神道碑》。

民作为自己的农奴。单阿里海涯行省荆湖时，就先后将三万八千余人"没入为家奴"，甚至私设官吏，征收租税，以致"有司莫敢问"①。他们肆无忌惮地掠夺人口，使社会生产力遭到了严重的破坏。

在忽必烈平定阿里不哥、海都等叛乱过程中，一些畏兀儿上层分子积极地协助忽必烈。从"亦都护"巴尔术阿而忒的斤、纽林的斤到著名的叶仙鼐、昔班、八丹等人，或者固守城池不受海都等的迫胁；或者出兵与阿里不哥、海都等直接交锋；或者在后方调度军队，督粮筹饷，支援前线②。战争的结果，使阿里不哥等分裂割据势力统一在元朝中央政权之下，维护了国家的统一，使北方出现了有利于各族劳动人民的和平安定环境，无疑是应当肯定的。

蒙古以畜牧为业，不需要大量的劳动力，因而其统治集团在战争过程中，屠杀各族人民毫不顾惜，每每用惨无人道的屠城手段对付英勇抗战的人们。人口大量死亡，劳动力就减少了，使社会生产遭到严重的破坏。这不仅与各族地主阶级的利益相抵触，而且对他们的军队作战也不利。因此，当时一批有远见的畏兀儿军事将领，如撒吉思、铁哥术等，在山东、河南等战役中，先后建议蒙古贵族集团改变屠城政策。他们的建议，分别被采纳③，使数以千万计的被征服人民免于死亡，家园免于焚毁，这就为社会生产的恢复和发展提供了可能的条件。

三

在元朝的社会政治生活中，由于畏兀儿人最先归附蒙、元统治者，而且势力最强、文化又高，所以受到了蒙、元统治者的赏识与信任，分别被任命担任各种官职，其中，不少人是有卓识的政治家，曾经做出了一些对当时社会的发展有益的事情。

当元宪宗蒙哥 1259 年在合州战死以后，蒙古贵族集团内部发生了王位争

---

① 《元史》卷 11、卷 12《世祖本纪》、卷 163《张雄飞传》。
② 虞集：《道园学古录》卷 24《高昌王世勋碑》；《元史》卷 133《叶仙鼐传》、卷 134《昔班传》、《小云石脱忽怜传》。
③ 《元史》卷 134《撒吉思传》、卷 135《铁哥术传》。

夺战。畏兀儿人撒吉思、廉希宪、孟速思、合剌普华、阿鲁浑萨理等与金朝遗老耶律楚材、刘秉忠、严忠济、史天泽等人拥戴忽必烈即皇帝位，并建元中统。这样，被动摇了的封建政权得以稳定。蒙古贵族集团进入中原以后，蒙古本土的统治方式不适用了。如果利用汉族一套现成的、严密的封建制度控制人民，便可以得到更多的利益，所以，他们不得不舍去"旧俗"，采用"汉法"①。元初"九儒十丐"之说②也逐步改变。后来，畏兀儿人阿鲁浑萨理强调"治天下，必用儒术"，于是忽必烈"置集贤院，下求贤之诏"，大批汉族地主阶级知识分子从垂危的边缘被畏兀儿政治家挽救出来（单廉希宪在鄂州一次，就保举了五百名汉族地主阶级知识分子），成为蒙古贵族集团统治中原的得力工具③，从而扩大了元朝封建政权的统治基础，促进了元朝封建统治机构进一步趋于完善。

　　忽必烈即位后不久，全国各地因战争的浩劫，社会生产不同程度上受到了破坏，社会秩序也十分混乱。这对企图进一步压榨各族劳动人民的元朝封建统治者来说，是极其不利的。当时居官各地的畏兀儿人，各自在其管辖的范围内，从维护封建秩序的愿望出发，分别推行了一些开明政策：

　　一、禁止掠夺人口，减轻劳动人民负担。其中，以廉希宪最为突出。他曾经严禁四川军吏"贩易生口"；奏请免括京兆诸郡马牛；"禁剽夺、通商贩、兴利除害"于荆湖。合剌普华在江南统一之后，上疏元世祖要"却贡献，以厚民生之本"。脱烈海牙在任隆平县达鲁花赤时，"均赋、兴学、恤农、平讼、桥梁、水防、备荒之政，无一不举"。岳柱则以"民为邦本"的思想劝谏元朝统治者要注意抚恤百姓④。

　　二、健全封建统治机构，加强封建教育。廉希宪等人曾同汉族地主阶级士大夫一道建议忽必烈学习金朝封建统治机构的设置，建御史台、设诸道提刑按

---

①　《元文类》卷57《中书令耶律公神道碑》。

②　《谢叠山文集》卷3《送方伯载归三山序》。

③　赵孟頫：《松雪斋文集》卷7《赵国公谥文定全公神道碑》；《元文类》卷65《平章政事廉文正王神道碑》；《元朝名臣事略》卷七之三。

④　《元文类》卷65《平章政事廉文正王神道碑》；《元朝名臣事略》卷七之三；《金华黄先生文集》卷25《合剌普华神道碑》；《元史》卷137《脱烈海牙传》、卷130《阿鲁浑萨理传》。

察司、立迁转法以考核官吏；同时大兴学校教育。合剌普华也极力主张"兴学校、奖名节，以励天下之士；正名分，严考课，以定百官之法"。

三、打击权贵，澄清吏治。畏兀儿人廉希宪、普颜、野纳、廉惠山海牙、答里麻、道童等人皆不畏强暴，以"其为民害者除之，为民利者登与兴之"为准则，对一批违害民生的不法官吏严加弹劾，甚至对"国婿"和丞相都不客气。有的奏罢福建绣工工官"大集民间之女"的弊政；有的"请以中都花圃还诸民"；有的对"怙势夺州民田"的弓匠提举进行惩办；有的令大户与小户一样"纳粮"，以平均赋役负担。特别是普颜在任职河北河南道肃政廉访司事期间，雷厉风行地"黜污吏四百人"①。作为封建统治阶级的一个成员，对官场的一些贪暴腐败势力，敢于冲击的勇气，是难能可贵的。

四、革新驿道，促进商业交流。元朝全国南北的空前大一统，为商业交流提供了有利的条件。但是，各地区之间，或受地理条件的限制，或因地方豪强的侵夺，彼此处于隔绝状态。畏兀儿人燕只不花、阿里海涯、亦辇真等等，先后在山南湖北道的辰州到沅州地区、湖北的阳逻至蔡州地区、内蒙的大同、东胜地区，"凿山通道"，设置驿传，打击侵夺驿站"牧马草地"的豪强。结果，交通畅达，商旅称便②。

此外，畏兀儿人亦黑迷失是元初著名的绝域使者，曾先后四、五次奉诏出使东南亚和南亚。从 1272 到 1292，前后二十年间，他先后到过占城（今越南南部）、南巫里（今东苏门答腊西）、速木答腊（今苏门答腊）、僧迦剌国（今锡兰）、马八儿国（今印度东南部）等地区和国家。他不仅把高度发达的元代文化传播到遥远的异域，而且把那里的方物土产带回中原。东南亚和南亚各国的使者，在亦黑迷失的引导下，也纷纷带着"名药良医"接踵来到元朝③。这在客观上促进了中华民族同东南亚和南亚各国人民之间的经济文化联系的加强，在中华民族

---

① 许有壬：《至正集》卷 61《普颜公神道碑》；《元史》卷 137《阿礼海牙传》、卷 145《廉惠山海牙传》、卷 144《答里麻传》、《道同传》。

② 陆文圭：《墙东类稿》卷 12《中奉大夫广东道宣慰使都元帅墓志铭》；《元文类》卷 59《湖广行省左丞相神道碑》；黄溍：《金华黄先生文集》卷 24《亦辇真公神道碑》。

③ 《元史》卷 137《亦黑迷失传》。

与东南亚、南亚各国人民的友好关系史上，写下了光辉的篇章。

四

元代社会经济的恢复和发展，是各族劳动人民披荆斩棘从事生产斗争的结果。在社会经济领域内，畏兀儿人的活动也十分广泛。

首先，元代的畏兀儿劳动人民，由于应征军役而大量内迁。他们随着镇戍军队错居民间，有的在各地屯田务农；有的到内地经商；有的到某些州县做官，久而久之，便在那里安家落户，直接与当地居民一起从事农业或手工业生产劳动。在元世祖、元成宗、元武宗、元仁宗各朝，甘肃、陕西、云南的大理和乌蒙地区、湖北的荆襄一带、河南的南阳周围，都有数千名畏兀儿人同汉族或其他诸兄弟民族的劳动人民一道，垦荒农耕[①]。他们把本民族优良的农作物品种带进中原，并迅速得到推广，直接引起各族劳动人民的生产和生活的变化。其中木棉及葡萄尤受汉族劳动人民的欢迎。在成吉思汗时代就以屯田闻名的畏兀儿人田镇海，后来"收天下童男童女及工匠"，在弘州地方领导局院手工业生产[②]，卓有成效。因此，元初社会经济的恢复与发展，畏兀儿劳动人民曾经作出了自己的贡献。

其次，畏兀儿人对农业生产有密切关系的水利事业也十分关注。在先，岳璘帖穆儿在河西"乏水"的"榛莽"之地，"凿井置堰"，结果"居民使客相庆称便"。后来，廉希宪在江陵"泻潴水于江，得田数百万，听民耕佃"，一年收成"足二岁用"。至元二十四年（1287），畏兀儿人阿散治理滹陀河水患有方，受到嘉奖。廉惠山海牙曾任职都水监，在疏浚会通河的工程中，很有成绩。此外，忙欢也担任

---

① 《元史》卷 13、卷 15《世祖本纪》；卷 20《成宗本纪》；卷 22《武宗本纪》；卷 100《兵志·屯田》。

② 《元史》卷 120《镇海传》。关于镇海的族属问题，历来说法不一。自晚清王国维起，多数学者认为，他就是回鹘商人"田镇海"，今从之。参见蒙思明：《镇海与回鹘田姓商人之关系》（见《大公报》1937 年 5 月 7 日《史地周刊》第 135 期）。

过都水少监^①,负责兴修水利。

第三,居官各地的畏兀儿人对农业生产也采取扶植态度。元初,经过战争浩劫的大河南北,农业生产力受到了严重的破坏。一些在这里担任地方官的畏兀儿人,各自在其管辖的范围之内,分别发放籽种、耕牛、农具。有的认真打击"畋游无度,害稼病民","(占)据民田以为草地"的蒙古贵族分子。著名的精通回回医学的政治家义坚亚礼,在河南"适汴郑大疫"的情况下,"构室庐,备医药",使成千上万的劳动人民免受传染病的毒害^②。元代,由于社会生产力的低下,对自然灾害的抗御能力是有限的。全国各地不时出现严重的自然灾害。一些居官的畏兀儿人多采取"赈饥"的方式,帮助各地受灾人民。这类事例很多,如阿里海涯在长沙、湘潭一带,"发仓以赈饿人";唐仁祖在辽阳"赈饥";偰玉立在泉州"赈贫乏";拜降在庆元路"赈饥";特别是萨都剌在镇江地区受灾的情况下,"发廪以赈,全活数十万人"^③,保证了社会生产的恢复与发展。

第四,在理财方面,布鲁海牙、廉希宪等对盘剥劳动人民的"羊羔利"采取打击政策,严厉地惩办了一批从事高利贷剥削的富商大贾,焚毁他们的债券,并把这些著为法令,公布于世^④,受到了各族劳动人民的欢迎。忽必烈时代的中央理财官桑哥,在任职期间(1287—1291)对全国上下财政部门巧取豪夺、贪赃枉法的贪官污吏,采取"钩考钱谷","毫分缕析"的办法,设置"征理司",严加惩治。使那些平时鱼肉人民的不法官吏"无不破产";或者不得不"皆弃家而避之"^⑤。就这一点来说,桑哥从为其主子——蒙古贵族集团的利益出发,抱着尽可能多地搜括钱财的目的,在全国大张旗鼓地推行他的政策,客观上打击了豪强贪官,

① 《元史》卷124《岳璘帖穆儿传》;《元文类》卷65《平章廉文正王神道碑》;《金华黄先生文集》卷24《亦辇真公神道碑》;《至正集》卷49《阿塔海牙公神道碑》;《元史》卷145《廉惠山海牙传》。
② 欧阳玄:《圭斋集》卷11《高昌偰氏家传》;《元史》卷135《铁哥术传》。
③ 《元文类》卷59《湖广行省左丞相神道碑》;《元史》卷134《唐仁祖传》;《闽书》卷53《文莅志》;《元史》卷131《拜降传》;《雁门集·别录》。
④ 《元史》卷125《布鲁海牙传》;卷126《廉希宪传》。
⑤ 《元史》卷205《奸臣传》。

使社会上的贪污之风稍止，显然有他的进步方面。然而，过去的史学家，往往责斥其为"奸"，全盘否定桑哥，我们认为是失当的。

元代畏兀儿人在社会经济领域里最突出的活动成就，还应数鲁明善所著《农桑衣食撮要》一书的问世。鲁明善从"农桑，衣食之本，务农桑则衣食足"的经济思想出发，创造性地总结了元代各族劳动人民的生产斗争经验，依十二月令，以时令为纲，将耕种、养畜、收割、敛藏等农业生产技术，按物叙述于月令之下[①]，简明易晓，补元司农司编纂的《农桑辑要》之不足。这是维吾尔族人民在祖国农业科学史上的杰出贡献。

五

移居内地的畏兀儿人长期与汉族劳动人民生活在一起，在高度发达的汉族封建文化熏陶之下，逐渐在文学艺术各个方面全面地接受了汉族文化的影响。他们中间有许多人成为著名的文学家、艺术家、史学家、翻译大师，是元朝文化艺术舞台上的重要角色。他们的著作在元代盛极一时，有的还流传至今。

畏兀儿人最初是以蒙古人的文化导师的身份出现的。在先，蒙古人并没有文字，所谓"元肇朔方，俗尚简古，刻木为信，犹结绳也"[②]，便是真实的写照。1204 年成吉思汗俘虏了乃蛮国的掌印官——畏兀儿人塔塔统阿，"遂命教太子诸王，以畏兀字书国言"[③]。于是，以畏兀字母为基础的蒙古字创制成功。蒙古字的创制及其广泛使用，促进了蒙古民族共同体的形成。蒙古族作为一个独立的民族，开始登上世界历史舞台。既而，一批有学识的畏兀儿人陆续充当了蒙古人的文化导师。哈剌亦哈赤北鲁、岳璘帖穆尔、撒吉思、昔班、大乘都、安藏等等，或为诸王太子的"训导"，或者被诏入"宿卫"任"必阇赤"（文书官）[④]。在蒙古贵族子弟的启蒙教育中，分别做了一些工作。众所周知，后来的满文是缘用蒙

---

① 鲁明善：《农桑衣食撮要》，《自序》。

② 陶宗仪：《书史会要》卷 7。

③ 《元史》卷 124《塔塔统阿传》。

④ 《元史》卷 122《哈剌亦哈赤北鲁传》、《岳璘帖穆儿传》；卷 134《撒吉思传》、《昔班传》；程巨夫：《雪楼集》卷 8《秦国先公墓碑》、卷 9《秦国文靖公神道碑》。

古字制作而成的,因而又可以说是间接从畏兀字脱胎而来。从而说明了畏兀儿人塔塔统阿创制蒙古字,对祖国文化的发展产生了深远的影响。忽必烈时代曾授权藏人八思巴根据藏文字母创制方格体的蒙古新字。但由于其自身的缺点和藏、蒙不属于同一语族,蒙古人学起来也困难等原因,结果使用不多,流传不广[①]。这就更显示出塔塔统阿创制的蒙古字的优越性。

在史学编纂方面,畏兀儿人在元朝也花费了不少功力。我国现存的正史——廿五史中的《辽史》、《金史》、《宋史》三部巨著的编纂工作,就是由一批畏兀儿史学家和其他几个兄弟民族的史学家合作完成的。廉惠山海牙、偰哲笃、沙剌班、岳柱、全普庵撒理等,都分别为三部正史编纂机构的成员。这些人,在当时大都居于较高的社会地位上,对汉文学有较高的修养,是著名学者的后人。在修史过程中,他们大致做过两类工作:一类如廉惠山海牙、沙剌班等。他们分别是《辽史》和《金史》的主笔之一,是编纂工作的骨干力量。另一类如偰哲笃、岳柱和全普庵撒理等。他们分别是《辽史》或《宋史》的提调官(资料员)。他们凭借自己渊博的学识和地位,给编纂工作中的主笔提供了丰富的资料[②]。《辽史》、《金史》、《宋史》是兄弟民族史学家通力合作编就的。在当代史料因战乱而散佚或史著失传的情况下,这三部正史所保留下来的资料,成为我们研究这段历史的宝贵依据。它开创了祖国史学史上,兄弟民族史学家分工合作,共同修史的先例。

此外,安藏、唐仁祖、贯云石、偰百僚逊、偰帖该等人,在元朝先后担任过国史院的编修或知制诰同修国史等职务[③],直接参与元代各朝实录的辑录工作,记述了大量的史料,成为明初修《元史》的资料依据。

在促进国内兄弟民族间文化交流方面,元代畏兀儿人的许多大翻译家翻译过许多经笈,给各族人民留下了深刻的印象。安藏、阿鲁浑萨理,迦鲁纳答思、

① 《元史》卷 202《释老传》。
② 参见《辽史》、《金史》、《宋史》的卷首《进辽史表》、《进金史表》、《进宋史表》。
③ 程巨夫:《雪楼集》卷 9《秦国文靖公神道碑》;《元史》卷 134《唐仁祖传》;欧阳玄:《圭斋集》卷 9《贯公神道碑》;黄溍:《金华黄先生文集》卷 25《合剌普华神道碑》。

必兰纳失理、阿璘帖木儿、桑哥等大都精通畏兀文、蒙文、汉文、藏文、梵文。他们先后把汉族文献如《尚书·无遗篇》、《贞观政要》、《申鉴》、《尚书》、《资治通鉴》、《难经》、《本草》等译成畏兀文；又把大量的佛经如《楞严经》、《大涅槃经》等五、六种，或从梵文、或从藏文转译成畏兀文、蒙文、汉文。其中，有些人还在元朝政府的外事活动中承担译员。在沟通中外文化交流及国内各兄弟民族间的文化联系方面，做出了显著成绩①。

在文学艺术领域，畏兀儿人涌现了不少散曲家、诗词家。在散曲方面，首推小云石海涯。近人陈乃乾辑录的《元人小令集》中，收录了他的《塞鸿秋》、《清江引》等十五种曲牌子共八十三首作品。小云石海涯的作品是在金朝"俗谣俚曲"的基础上，大胆革新，继承并发展了宋代以来民间歌谣的优良传统，纯熟地运用民间口语，形成了浓郁的地方色彩和民间风格。小云石海涯的作品题材广泛，有大量歌颂下层劳动人民的劳动生活欢乐的作品；也有"借曲言志"，表白他不愿同污世合流的作品；有的是歌颂男女青年的纯洁爱情；有的是借历史题材来发泄他对现实的抗议。过去，有些研究者指责小云石海涯的作品题材狭窄，是没有什么道理的。正因为小云石海涯的散曲汲取了"俗谣俚曲"的营养，所以使他的作品对后世产生了深远的影响。元明时代，浙东一带流传的"海盐腔"，"实发于贯酸斋（小云石海涯），其源流远矣"②！

薛昂夫的散曲作品，以小令为主。现在我们所能看到的，约三十余首。此人擅长以"失题"的形式，描写复杂的思想情绪。在宛转流畅的散曲语言里，凝聚着浓厚的诗意。例如《甘草子·失题》、《楚天遥带清江引·失题》、《朝天子·失题》等等，都显示了作者的这一特殊风格。这与他会写乐府诗有密切关系。因为"小令"本身与乐府诗相近。薛昂夫的乐府诗在元朝素享盛名。元代文豪

---

① 《雪楼集》卷9《秦国文靖公神道碑》；赵孟頫：《松雪斋文集》卷7《赵国公谥文定全公神道碑》；《元史》卷130《阿鲁浑萨理传》、卷134《迦鲁纳答思传》、卷202《释老传》、卷205《奸臣传》。

② 姚桐寿《乐效私语》；王士祯：《香祖笔记》卷1。

赵孟𫍯称赞他在乐府诗上所取得的成就,就是"累世为儒者","(也)有所不及"[1]。

在元朝有诗名的畏兀儿人很多。其中,小云石海涯(即贯酸斋)、萨都剌、薛昂夫为之最。贯酸斋自幼接受著名的汉族散文大家姚燧的影响,最初是以写乐府诗而在元朝诗坛上崭露头角的。他的诗有"慷慨激烈"的特点,特别是《桃花岩》《画龙歌》《观日行》等诗篇深受人们的赏识,享有(犹)"如夫骥摆脱羁羁,一踔千里"的佳誉[2]。

萨都剌的诗词,更为读者所熟谙。他一生仕宦生活,足迹遍及"荆、楚、燕、赵、闽、越、吴","至得意处,辄为诗歌,以题咏之"[3],表达他强烈的爱国热情。从现存的《雁门集》和《萨天锡诗集》中所保留的作品来看,萨都剌诗歌最可贵的地方,是他在那广阔的题材里,通过对现实社会生活进行朴素的唯物主义剖析,反映他的进步思想倾向。他的作品善于运用贫富对比的手法,谴责剥削阶级的骄侈淫佚,对劳动人民的疾苦,寄托了深切的同情。他通过揭露反动的统治阶级为了扩大封建剥削范围进行无休止的战争,表现出对和平生活的无限向往。《鬻女谣》《早发黄河即事》《织女图》《题画马图》《过居庸关》等篇章,都是最鲜明的代表。萨都剌突破了元代四大家(范、虞、揭、杨)的以题画、咏花、酬谢赠答为能事的没落诗风的羁绊,"别开生面",因而使他的诗章,具有较鲜明的特点。萨都剌的词,比他的诗还要受人推崇。元代的词创作,以宫词为盛。但因"或拘于用典故,或拘于用国语(蒙古语),皆损诗体",而萨都剌的词,则完全摆脱了这些局限,写下了诸如《满江红·金陵怀古》《百字令·登石头城》这样一些既豪迈亢奋,又清丽俊逸的作品。他的词,往往以怀古为题材,成功地缘用了前人的诗句、典故,被称颂为"有元一代词人之冠"[4]。不过,由于萨都剌出身于

---

① 陈乃乾:《元人小令集》;赵孟𫍯:《松雪斋文集》卷6《薛昂夫诗集序》;王德渊:《天下同文集》卷15《薛昂夫诗集序》。

② 邓元原:《巴西集》上《贯公文集序》。

③ 萨都剌:《雁门集》卷3《溪行中秋玩月并序》。

④ 顾嗣立:《元诗选·萨都剌小传》。

封建统治阶级，阶级本能给他的作品打上了烙印。在个别的作品中，流露出消极情绪。如《安分》诗，作者实际上在宣扬"能忍者自安，知足者常乐"的封建伦理道德。它起着愚弄人民的作用。但是，过去有人竟以此诗为证据，说萨都剌"生活态度严肃"，并且轻信某些靠不住的史料，说他晚年参加了方国珍领导的农民起义等等，都是站不住脚的。

此外，《元诗选》还收录了偰玉立、偰哲笃、三宝柱、边鲁、伯颜不花的斤等畏兀儿人的一些诗篇。偰玉立有《世玉集》流传，擅长写五言长诗，内容以游历和登临名山大川的题颂为多，风格爽朗，洋溢着爱国热忱。偰哲笃的诗，限于题画赠答，缺乏思想性和艺术特色，局限性较大。三廷圭（字宝柱）长于写风景诗；边鲁喜欢采用古乐府体；伯颜不花的斤则注重字句的锤炼。他们都有自己的风格与特点。

在艺术方面，畏兀儿人不少在书法、绘画、音乐等方面有所专长。除小云石海涯的书法享有盛名之外，萨都剌也"善楷书"、"工画"，故宫博物院收藏了他的《严陵钓鱼台图》和《梅花》两幅名作。此外，达理麻识理"尤工小篆"、廉希宪"善扁牓大字"，隐也那失理的"楷书"师于虞永兴，喜山也以"工书"知名[①]。有的人书画并茂，如伯颜不花的斤，不仅善"草书"，而且"工画龙"。据《绘事备考》记载，他的名作有《衮雾对波龙图》、《坐龙图》、《出山子母龙图》、《戏龙图》等等。另一位画家边鲁，"工古文奇字"，"善画墨戏花鸟"，史称"尤精于钩勒颤掣之势，则有得于李后主云"[②]。他的作品有《群鸦话寒图》、《芦汀宿雁图》、《水墨牡丹图》等等。伯颜不花的斤和边鲁的作品的题材，都是传统的中国画的题材。他们不仅继承了几千年来汉族绘画的传统，而且以其千变万化的笔法，赋予作品以较强的感染力。这对兄弟民族出身的人来说，是一件了不起的事情，从而又一次证明了兄弟的维吾尔族人民在历史上，对祖国文化的贡献是多方面的。

在音乐上，唐仁祖"尤邃音律"；伯颜不花的斤也"俶傥好学，晓音律"；僧人

---

① 陶宗仪：《书史会要》卷7。
② 陶宗仪：《书史会要·补遗》；夏文彦：《图绘宝鉴》卷5；顾嗣立：《元诗选·边鲁小传》。

间间,"世习二十弦(即箜篌),悉以铜为弦,乐工皆不能用"[①]。这些畏兀儿人,不远万里,来到内地,把畏兀儿的音乐艺术带进内地,从而丰富了中华民族的音乐艺术宝库。

总之,元代畏兀儿人在文学艺术领域里的活动是多方面的。他们的成就,为祖国的文化艺术增添了新的血液。遗憾的是,他们的许多作品失传,使我们今天很难能窥其全豹。

六

有元一朝,畏兀儿人来到内地,参与社会活动的各个方面,由于他们出身于不同的阶级,在社会上处在不同的地位,因而对祖国历史有着不同的贡献。归纳上文,可以得出如下几点结论:

一、统一多民族国家,是我们伟大祖国历史发展的主流。"各个少数民族对中国的历史都作过贡献。"(《毛泽东选集》第五卷第 278 页)广大劳动人民是构成民族的主体,各族人民间的友好往来是历代民族关系的主要方面。尽管以蒙古贵族集团为首的元朝统治阶级,处处实行反动的民族歧视政策,抱着阶级压迫和民族压迫的目的,把国人分成蒙古、色目、汉人、南人四等;尽管他们利用各族上层分子作为自己的统治工具,但是,各族劳动人民在共同的阶级斗争、生产斗争和科学文化活动中,发展了彼此间的友谊。这是不以统治阶级主观意志为转移的。元代内迁的畏兀儿人同以汉族劳动人民为主体的各族人民之间的关系证实了这一点。

二、元朝是我们祖国统一多民族国家进一步形成和巩固时期。畏兀儿人由于最先归附以成吉思汗为首的蒙古贵族集团,因而参与了忽必烈统一全国的战争。战争的结果,使处于四分五裂状态的祖国复于统一,为促进祖国历史的发展和国内各民族人民友好关系的加强提供了条件。在战争过程中,一批畏兀儿军事将领的军事行动和战略决策,加速了忽必烈统一战争的完结,一定程度上

---

① 《元史》卷 134《唐仁祖传》、卷 195《忠义传》;孔齐《至正直记》,参见魏源:《元史新编》卷 79《乐志》。

阻止了蒙古贵族集团野蛮的"屠城"政策的推行,从历史唯物主义的观点来分析,有它的积极方面。但是,这些军事将领,大都出身于封建地主阶级,他们的阶级地位决定了他们在尖锐而复杂的社会矛盾面前站在反动立场上,他们中的一些人参与了镇压各地人民的反元斗争和农民战争。从本质上讲,他们属于反革命营垒的力量。

三、畏兀儿人原来的社会发展水平较高,在元朝的政治舞台上,他们是重要的活动角色。其中一些上层分子与其他各族的上层分子相勾结,共同帮助蒙古贵族集团健全了封建统治机构,加强了封建教育,挽救了一批又一批汉族地主阶级知识分子。居官各地的畏兀儿人又各自在其管辖的范围内,实行了一些开明政策,这对于促进社会的前进,是有意义的。一些绝域使者的外交活动,也曾促进了中华民族同东南亚和南亚各国人民友好关系的发展。

四、维吾尔族是一个勤劳勇敢的民族,极富于创造力。在元代,内迁的畏兀儿劳动人民与汉族及其他兄弟民族的人民一道,从事了艰苦的生产斗争,促进了元朝社会经济的恢复与发展,他们是历史的真正的主人。

五、光辉灿烂的中华民族文化是国内各族人民共同创造的精神财富。元代畏兀儿人在文化艺术方面的创造性活动,给各族人民留下了不可磨灭的印象,使以汉族为主体的中华民族文化大动脉里,再次溶进了维吾尔族文化的血液,进一步丰富了祖国的文化艺术宝库。

关于马合木·喀什噶里的《突厥语词汇》
与见于此书的圆形地图(上)

张广达

史料解读

　　该史料为论文,原载《中央民族学院学报》1978 年第 2 期。张广达分三个部分介绍马合木·喀什噶里的《突厥语词汇》与见于此书的圆形地图。《突厥语词汇》是一部参考阿拉伯语辞书体例精心编纂的巨著,《词汇》采摭的条目极为广泛,都是作者田野考察后获得的资料,价值不可估量。本书的抄本意义重大,作者是来自新疆喀什噶尔的伊斯兰信徒马合木,属于黑韩王朝,后王朝因双汗制中途走向分裂,据考证,完成统一的东汗国大汗可能是作者的祖父。作者晚年写《词汇》是为了帮助阿拉伯人弄懂突厥语言,但客观成就超过了他本人的初衷。《词汇》中的圆形世界地图使人联想到穆斯林地理文献中的地图,但只是受到启发,更多的是自行创作。作者在注记地名时极为谨慎,表现出了瑕不掩瑜的创见卓识。引用大量马合木的叙述可以充分说明他的圆图的实际价值,这是最早的突厥世界地图。经考察,《词汇》引言中提出的秦和摩秦都是中国的名称,秦的上、下并非指南北而是指东西,黑韩王朝属于西部下秦。马合木关于中国的概念反映了中亚地区对于中国的普遍认知,也是喀什噶尔境外穆斯林对中国观念的具体说明。公元四或五世纪桃花石就已成为中国的代名词,桃花石汗自认为是中国之君,是中国多民族共同缔造祖国历史最强有力的证据。《突厥语词汇》后来被统一为《突厥语大辞典》。

原文

一

　　《突厥语词汇》（原名《底完·路阿特·突尔克》，下文简称《词汇》），是我国新疆人马合木·喀什噶里（意为喀什噶尔人马合木）在十一世纪七十年代①编定的一部突厥语辞书。这部书的特点是用阿拉伯语来注释突厥语词，因此，作者在编纂过程中自然参考了当时阿拉伯语辞书的体例。某些研究这部《词汇》的学者指出，马合木此书在体例上与阿拉伯人法拉比（卒于回历350年/公元961年）编纂的《文学辞书》（《底完·努勒·阿达卜》）最相近似②。但是，人们不能由此断言，作者在编纂《词汇》时墨守阿拉伯辞书的编纂成规，因为突厥语不同于阿拉伯语，是另一语系的语言，作者在编纂过程中，势必按照突厥语固有的语音特征另拟体例。实际情况也正是如此，作者运用他的渊博学识，创造性地把他的《词汇》分为八卷，各卷再分卷上、卷下，分列名词、动词。每卷收容的词目为数甚多，作者又在分卷内分章，名之曰"门"（原文为阿拉伯语"巴布"）。每门的词目按单词的词根之多寡——二根词、三根词、四根词等等分类；每类词根再按字型、语音特征、词尾字根编排。统观全书，结构完整，条理清晰，的确是一部精心编纂的巨著。

---

①　《词汇》一书的编成年分不易确定。作者在《词汇》的引言中说："我编纂本书是在466年1月，是年为蛇年。"（见《词汇》影印原抄本，安卡拉，1941年，第3叶；贝·阿塔莱伊刊本，安卡拉，1939年，第1卷，第4页）按回历466年1月为公元1073年6月，可是蛇年丁巳相当于公元1077年，与作者自记回历年分不符。现今传世的唯一抄本（公元1260年抄本）的题记称，本书在"464年5月［公元1072年1月］开始属稿，稿凡四易，于466年6月［公元1074年2月］藏事"。这与作者将此书献给穆罕默德·穆格塔底之子阿卜·哈希姆·阿卜杜拉的记述（见影印原抄本第3叶；阿塔莱伊刊本，第1卷，第4页）也不相投合，因为穆格塔底作为阿拔斯朝哈里发，在位年分为1075—1094年。参看巴托尔德《中亚突厥部族史十二讲》，《巴托尔德全集》本第5卷，莫斯科，1968年，第83—84页；德文单行本，柏林，1935年，第93页。

②　杰·凯利：《论喀什噶里书的语音学.第三篇：〈词汇〉一书的结构》，《乌拉尔—阿尔泰学年报》，第48卷，1976年，第151页。

《词汇》采摭的条目极为广泛。举凡天文、地理、身躯、饮食、衣服、器用、鸟兽、虫豸、草木、金石等辞书应收的名物故实以及突厥语中表示动作、状态的语汇，无不应有尽有，详加考释。至于境域的变迁，民族的移徙、山川的脉络、关隘的形势、都邑的方位、道路的远近，乃至各地风土人情、轶闻掌故等等，就作者见闻所及，都广泛搜集，明其原委，系于各有关条目之下。这部纂成于九百年前的《词汇》并不仅仅是世界上第一部突厥语辞典而已，就其向我们提供了有关我国新疆以及中亚地区的丰富的知识而言，即便称之为一本简明《百科全书》亦不为言过其实。不仅如此，在有些条目中，作者还辑录了中古维吾尔族和中亚其他突厥民族的民间诗歌数十首①，格言、谚语二百多条②。有些诗歌歌颂了劳动人民的斗争与生活，描绘了自然风光的绮丽；格言、谚语则以简朴洗练的语句展示了今新疆、中亚地区当时操突厥语各族人民的经验与智慧，有很多既是鞭辟入里的警句，又是意义深长的箴规。《词汇》的这部分内容，我们可以当作中古突厥语文选来看待③。

尤其可贵的是，《词汇》中有关突厥语比较语言学的材料系作者亲自从实际生活中长期捃拾而来，作者游历了今新疆、中亚各地，亲自考察、记录了从伊犁河流域到阿姆河、锡尔河之间的河中地区突厥各部的分布情况及其语言上的差异。冠于《词汇》本文之前的长篇引言，提到了作者在这方面做了辛勤的工作；

"我游历了〔突厥诸部的〕住地和原野，考察了突厥人、土库曼人、虎思/乌古斯人、职乙/炽俟人、样磨人、黠戛斯/吉尔吉斯人的方言和诗歌。"④

---

① 马合木称诗歌为"姑舒额"（见《词汇》影印手抄本第 189 叶，第 4 行）。卡·布洛克曼曾将《词汇》中的民间诗歌辑为《古代突厥斯坦的民间诗歌》，分载于《Asia Major》，试版，第 3—24 页；第 1 期，1924 年，第 24—44 页。

② 卡·布洛克曼：《古代突厥人的格言》，载《夏德七十五诞辰祝寿文集》，柏林，1919—1920 年，第 50—73 页。

③ 赖有这部《词汇》，我们得知突厥族最早的诗人之一的名字叫作术术或诸出。参看巴托尔德《中亚突厥部族史十二讲》，俄文全集本，第 5 卷，第 101 页；德文单行本，第 117 页。

④ 《词汇》抄本影印本，第 3 叶，第 3—5 行。这里的译文系参照卡·布洛克曼的德译文译出，布洛克曼的译文发表在《Körösi Csoma—Archivum》，第 1 卷，1921—25 年，[1967 年莱顿重印本]，第 26—40 页。

　　作者接着指出，由于他自己出身于他所研究的语言的古老部落之一而具有有利条件，由于他通过考察研究掌握了突厥语各种方言的特征，他才能够用比较的方法，"把这些语言归纳为一个单一的体系"，纂成了他命名为《突厥语词汇》的这部书①。

　　由此可见，作者作为一位语言学家，他的重大贡献不仅在于他精通阿拉伯语，熟悉阿拉伯文献，善于运用阿拉伯语注释突厥语词，而且主要还在于他通过对突厥方言进行了长期的实地调查和比较研究，为突厥语整理出一个"单一的体系"。作者的长篇引言中关于突厥语言和突厥各部分布的叙述，实际上是作者记舆地、辨土宜、察语言、考民俗的一篇调查报告，一篇比较语言学和突厥民族志的学术论文。今天，这篇引言以及《词汇》正文中许多条目的释文，对于考证中亚史地的具体情节，探索突厥民族移徙的踪迹，考察当地民族融合的过程，都具有无可估量的价值。总之，此书主要取材于作者的感性认识，又经他慎重核定编次，因而迥然不同于那些仅从原有文献中寻章摘句、辗转抄袭的撰述。

　　此外，本书抄本第21叶之后有一幅"园形②地图"，作者称之为"达伊拉"，在阿拉伯语中意为"园形"。这幅地图描绘出作者当时所了解的世界，也是流传到今天的最早而又最完整的中亚舆图。对于作者在这方面的重大贡献，我们将在下文加以叙述。

　　以上对于本书的介绍很不全面，但已足以说明为什么在本书的手抄本——时至今日仍为传世的孤本——一经人们在第一次世界大战期间在土耳其发现③，并于1914—1916年刊行问世④之后，立即成为全世界突厥学家注意的中心。在这里，必须加以强调的是：虽然此书最后写成于巴格达，但此书作者诞生

---

①　马合木·喀什噶里《突厥语词汇》，抄本影印本第3叶，第6—9行。

②　编者注：本文中"圆""园"不统一，对此不作修改。

③　发现于土耳其的著名藏书家狄雅尔贝尔克家族的阿里·埃米里（1857—1924年）的书库中。

④　《词汇》有下列版本：1914—1916年穆阿里木·里弗阿特刊行的三卷本，伊斯坦布尔；1938—1957年，贝希姆·阿塔莱伊编、土耳其语言学会刊行的土耳其语五卷本，安卡拉，其中有影印手抄本一卷；1960年以来穆塔里勃夫编译的乌孜别克语三卷本，塔什干。

于我国新疆的喀什噶尔,从而我们可为早在十一世纪,在祖国西部就曾出现了这样一位卓越的语言学家而感到自豪,特别是当前正在开展我国多民族共同创造祖国历史的研究,无待赘言,此书作为作者留给我们的一部重要文献,是我们所应珍视,亦应大书特书加以表彰的。

遗憾的是,关于此书作者的生平,我们几乎毫无所知。《词汇》的引言告诉我们,作者的全名是马合木·本·侯赛因·本·穆罕默德·喀什噶里。他的这一串长长的名字的意思是喀什噶里的穆罕默德之孙、侯赛因之子马合木。从作者这样取名,可以知道他是一位伊斯兰信徒。马合木的全名中的"尼斯拜"(籍贯)作喀什噶里,这表明他的祖籍在我国新疆的喀什噶尔。当时的喀什噶尔,如作者在《词汇》中"桃花石"条下所记载的,属于下秦,亦即西部中国(详见本文第三节)。作者的生平不见于其他记载,他的生卒年分今天也无从查对。根据他的著作本身所提供的资料来判断,现在只能说他大约生于十一世纪二十年代,死于七、八十年代之交。

根据作者本人提供的资料,还可以推知他出身于当时在新疆和中亚地区建立了黑韩王朝的王族,因为他在《词汇》中迳称这个王朝为"哈罕尼耶"或"罕尼耶",并曾提到他本人属于操哈罕尼耶语的一个古老的部落。

黑韩(哈罕尼耶)王朝,在西方常被称为哈拉汗朝或颉利王朝,兴起于十世纪下半期,至十三世纪初为西辽所灭。这个王朝一向作为突厥族在新疆与中亚境内建立的第一个穆斯林王朝而为人所注意。近人考证,黑韩王朝多半是以歌逻禄为主体,会同西迁的一部分回鹘建立起来的,而且建立伊始,就实行了在游牧部族中颇为习见的双汗制。大汗汗廷在八剌沙衮[①],副汗汗廷先在怛逻斯(亦译塔拉斯),后在喀什噶尔[②]。公元 999 年,黑韩王朝与哥疾宁王朝(这是突厥人建立的另一王朝)协力灭掉了萨曼王朝,领土骤见扩张,奄有位于锡尔、阿姆二

---

① 八剌沙衮当是唐代的裴罗将军城,西辽的虎思斡尔朵,见王国维《西辽都城虎思斡耳朵考》,收于《观堂集林》第 14 卷。八剌沙衮即虎思斡尔朵,已为《词汇》中的记载所证实,见本文下篇引用的《词汇》该条释文。

② 其故址可能是今南疆喀什城东北 28 公里的汗·鄂伊废墟。

河之间的河中地区。领土的扩张加剧了本来就存在于汗国内部的东西分立的趋势，十一世纪初，阿里的后裔治理汗国西部，哈桑（亦作哈仑）的后裔治理汗国东部，阿里和哈桑二人都是黑韩王朝的著名大汗萨图克·布格拉汗（卒于 344/955 年）的孙子。汗国东西两部时时因攻城掠地互以干戈相见，十一世纪中叶，东汗国领有七河流域、东部费尔干纳与喀什噶尔，汗廷仍在八剌沙衮和喀什噶尔；西汗国领有河中与西部费尔干纳，汗廷先在讹迹邗[①]，接着迁到撒马尔干[②]。东汗国的国力逐渐增强，这不但因为它很快地就把西部费尔干纳并为己有，而且也因为有来自远方的突厥牧民在 435/1043—1044 年与皈依伊斯兰教同时接受了它的统治。当时君临这个汗国的是大汗穆罕默德·本·优素福·喀迪尔（卒于 1032 年），据研究黑韩王朝史的欧·普里察克考证，这位大汗可能就是《词汇》作者马合木的祖父[③]。大约与此同时，马合木的父亲侯赛因曾任八儿思罕城镇守史（埃米尔），八儿思罕城位于由八剌沙衮逾勃达岭/拔达岭至喀什噶尔的中途，是汗国的重镇。当时喀什噶尔已成为东汗国文化与宗教生活的中心，学者辈出，例如，出生于八剌沙衮的优素福·哈斯·哈基甫的长篇诗歌体名著《福乐智慧》正是在 462/1067—70 年写成于喀什噶尔，然后献给 467—96/1074—5 至 1102—3 年间在位的哈桑·本·苏莱曼汗的。又据阿拉伯文献记载，当时喀什噶尔还有一位名叫阿卜勒·弗图赫·阿卜都加法尔·本·侯赛因·阿勒马伊的历史学家，曾写过一部《喀什噶尔史》，可惜此书久已失传[④]。

　　总的说来，马合木从事学术活动的十一世纪中叶是黑韩王朝东西两部的鼎盛时期，东、西两部在位的汗都注意修建城堡、寺院、市廛、驿站等，也都注意延

---

① 据马合木在《词汇》中的解释，讹迹邗之意为"我们［突厥人］自己的城"，见影印手抄本第 173 叶第 12 行。

② 汗廷实际是在撒马尔干附近的克尔米尼耶，今尚有苦思木勒克于 1078 年建筑的宫阙残存于该地，照片见《剑桥伊朗史》第 4 卷，1975 年，图片第 12 幅。

③ 欧·普里察克：《马合木·喀什噶里何许人也》，《Türkiyat Mecmuasi》第 10 卷，伊斯坦布尔，1953 年，转引自博斯沃思（编者注：下文"思""斯"不统一，未做修改）撰《颉利汗或哈剌汗朝》条，《伊斯兰百科全书》，第 2 版，第 1114 页。

④ 巴托尔德：《蒙古入侵时期的突厥斯坦》，英文版，第 18 页，第 254 页；俄文全集本，第 1 卷，第 64 页。

揽学者、诗人等歌颂升平,为自己的都城和宫廷增光延誉[1]。由此在汗国东、西境内产生了定居化与伊斯兰化的突厥文化。当然,这种新兴的突厥文化,也还是与当地和突厥固有的文化传统密相联系的,尤其是汗国东部具有浓厚的回鹘与汉族文化的色彩。鉴于当时喀什噶尔文学艺术的昌盛,近代有的学者甚至主张应在突厥文学发展过程中标明一个"喀什噶尔阶段"[2]。

《突厥语词汇》作者在引言中提到,他的晚年是在今伊拉克首都巴格达度过的。这座古老的城市本来是哈里发阿拔斯朝(公元 750—1258 年)的都城,但在1055 年为西迁的塞尔柱突厥人所占领。在阿拔斯朝哈里发受塞尔柱突厥人监护的时期(公元 1055—1157 年),巴格达也是塞尔柱苏丹国的都城。塞尔柱苏丹国以蔑力沙在位期间(公元 1072—1092 年)最为强盛,而我们的《词汇》的作者正是当蔑力沙在位时移居巴格达,并在这里完成他的著作的。当时巴格达是阿拉伯人与突厥人在经济、政治、文化上互相接触、互相影响的重镇,而在政权向信奉伊斯兰的突厥人手中过渡后,讲阿拉伯语的人自然要学习突厥语。马合木作为精通突厥语文与阿拉伯语文的专家,自然看到了沟通阿拉伯人与突厥人之间的语文隔阂是何等必要[3]。他编写这部《词汇》和一部今已失传的突厥语法的主要目的,无疑在于帮助阿拉伯人弄通突厥语言,了解突厥人的文化。此外,他也显然有意夸耀突厥语的丰富多彩,突厥诗歌的优雅妩媚,突厥谚语所蕴藏的群众的经验和智慧。这反映着突厥族黑韩王朝和塞尔柱王朝强盛时期的统治阶级,特别是其中某些王族成员自尊自满的心情[4]。但是,作者马合木·喀什噶里出于上述目的而写成的这部《突厥语词汇》却在客观上超过了他个人意愿的局限性,因为通过这部著作,他为保存新疆和中亚地区广大劳动人民所创造的文化知识,作出了不可磨灭的贡献。

---

[1]　博斯沃斯撰《颉利汗或哈剌汗朝》条,《伊斯兰百科全书》,第 2 版,第 1115 页。
[2]　巴托尔德:《中亚突厥部族史十二讲》,俄文全集本第 5 卷,第 115 页;德文本,第 137 页。
[3]　泽基·维里底·托干:《伊斯兰时期的中亚突厥文献》,收于《东方学家手册》,第 1 辑,第 5 卷,第 1 册,《突厥学》,莱顿,1963 年,第 230—231 页。
[4]　参看影印手抄本第 3 叶第 1 行作者引用两位伊玛目的话。

二

《词汇》一书中的园形世界地图（见本文图版一，本期封三），早就引起了历史地理学者的注意，有的学者还进行了专门研究[①]。这幅地图用简单的或规范化的几何图形来表示山川湖海，这使人们自然联想到穆斯林地理文献中类似的地图，特别是穆斯林古典地理学中《道里志》一类著作中类似的地图。

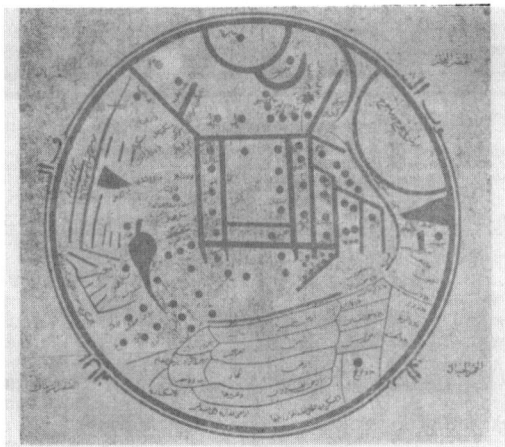

图版一

本图原附于马合木·喀什噶里撰《突厥语词汇》抄本第二十一叶之后。因抄本附图的中间部分字迹暗淡，不易辨认，现据贝希姆·阿塔莱伊的土耳其语译本（安卡拉，1939 年）复制。原图四角附有说明，绿、灰、红、黄四色分别表示海、河、山、沙漠，但在土耳其语译本中，该图全印成黑色（本图汉译见封面三）。

在穆斯林古典地理学文献中，早自八世纪起，就有一些地理学家适应统治阶级的实际需要，抛开前一时期流行的星象分野、气候地带等臆说，专门搜集与

---

① 康·米勒在他的六卷本的《阿拉伯舆图》（Mappae Arabicae，莱比锡，1926—1931 年）的第 5 卷第 142—148 页，阿·赫尔曼在他的《最早的突厥世界地图》一文（载于《世界舆图.古典舆图杂志》，Imago Mundi，第 1 卷，柏林，1935 年，第 21—28 页），乌姆尼雅可夫在他的《十一世纪最早的突厥世界地图》一文（载于《撒马尔干国立师范学院学报》第 1 期，撒马尔干。1940 年）中，专门研究了这幅园图。惜三文均未得寓目。

疆域、山川、城邑、关隘、障塞、行程、道里、物产、税收、风土、民俗等有关的资料，并取材于官府图籍、钱谷簿书、驿站文移、行人游记等，汇纂成经世致用的地理著作。就今所知，这类地理著作肇始于九世纪伊本·忽尔达兹比赫编纂的《道里与诸国志》。这类著作的一个特点是，编纂者对老一辈地理学家的成书或多或少地下一番修订、增补的工夫，便把它作为自己的著作公之于世，甚至连书名也沿用《道里与诸国志》或与此类似的标题。荷兰研究穆斯林地理学的学者德·古耶根据这种情况，把这一类地理学家称为"道里志派"①，这一名称至今仍为学者们所惯用②。

十世纪，阿拔思哈里发政权日益陵替，伊拉克与西部波斯有蒲伊王朝兴起；河中地区和东部波斯有撒曼王朝兴起。《道里志》体裁的地理著作在撒曼王朝境内颇为发达。当时，住在巴里黑城的阿卜·扎伊德·阿合马·本·萨勒赫·巴里希（Al—Balkhi，卒于公元 934 年）留心舆地之学，纂成一部《诸域图绘》（苏瓦尔·阿卡利姆）。此书采取了自绘地图、自加简明注释的方式，成为图经、图志体例的著作。巴里希此书久已失传，现在人们是通过稍晚出的后人增补本得窥原著的要略及其舆图概貌的。巴里希书中有法儿思（波斯）人阿卜·伊斯哈克·易卜拉欣·本·穆罕默德·法儿西·伊斯塔赫里（Al—Istakhri，约卒于公元 951 年）的增补本，伊斯塔赫里的增补本后来又经阿卜勒卡西姆·本·哈乌嘎勒（lbn Hawqal，约卒于公元 976 年）补修。伊本·哈乌嘎勒将伊斯塔赫里奉为东方舆图学的耆宿，事以师礼，与此同时，他也以求实的精神订正了伊斯塔赫

---

① 流传至今的九至十世纪的穆斯林地理著作，业经德·古耶（de Goeje）汇刊为《阿拉伯舆地丛书》（Bibliotheca Geographorum Arabicorum）。

② 关于《道里志派》的地理著作在穆斯林古典地理学中的重要地位，请参看约·亨·克拉默斯为《伊斯兰百科全书》撰写的《Djughrafiya》条，载《伊斯兰百科全书》，第 1 版，补卷，莱顿，1938 年；同著者：《穆斯林的古典地理学文献》，收于《Analecta Orientalia》，第 1 卷，莱顿，1954 年，第 172—204 页；巴托尔德：《〈世界境域志〉序》，见米诺尔斯基译著《世界境域志》，伦敦，1937 年，第 3—44 页。后一书有博斯沃思刊行的新版，1973 年。

里书与图的失实之处①。今天,伊斯塔赫里书、伊本·哈乌嘎勒书以及后出的马黑底西(Al—Maqdisi)书(约在公元 985 年成书,997 年增订)都有多分抄本传世,都有图有志,可供校勘。前两书各有图二十一幅,各抄本中的数目和次序相同。研究阿拉伯舆图学的德国学者康·米勒把这一套地图叫做"伊斯兰舆图"(Islamatlas),这一名称今已通用。"伊斯兰舆图"的第一幅是世界地图,图作园形,阿拉伯语作"苏拉·阿尔兹",意为"大地之像",其他各幅为地区分图②。分图屡经后人校订,多所变动,例如,伊本·哈乌嘎勒书中的印度洋图、马格里布图等已远比伊斯塔赫里书中相应的图幅为精确。但是这套舆图的第一幅"世界园图"却可以说早已"定型"③,尽管伊本·哈乌嘎勒书的君士坦丁堡藏抄本(编号 A.S.2934)中该图不作园形而作椭园形,甚至巴黎抄本(编号 2214)中作半园形,学者们精心校对的结果则证明这些都不过是园形地图的变体④。

从上述《道里志》一类地理著作和一系列"伊斯兰舆图"的演变过程来看,可以得出这样的结论:马合木·喀什噶里的《词汇》中的园形地图受到了"伊斯兰舆图"第一幅世界图形的启发,关于突厥世界以外的部分,他在绘制时也曾取材

---

① 哈乌嘎勒书君士坦丁堡 B.S.3346 号抄本第 237 叶称:"我遇到了阿卜·伊斯哈克·法儿西[即伊斯塔赫里——引者],后者早已绘制了这幅信第/身毒/辛头图,但是,他在这幅图中也制造了不少混乱。他还早就画成了法儿思[波斯]图,此图画得很好,我本人也绘制了本叶所载的阿塞拜疆图,此图得到他的赞许;我还画了阿拉伯图,他认为此图甚为出色。他也绘制了埃及图与马格里布图,前者较差,后者大部分方位有误。"转引自约·亨·克拉默斯:《巴里希、伊斯塔赫里、伊本·哈乌嘎勒问题和伊斯兰地图》,《Acta Orientalia》,第 10 卷,1932 年,第 18 页。

② 地图分区的次序是阿拉伯、印度洋、马格里布、埃及、叙利亚、地中海、美索不达米亚、伊拉克、忽吉斯坦、法儿思/波斯、起儿漫、信第/身毒/信头、阿塞拜疆、Jibal、低帘—陀跋里斯坦、里海、中央沙漠、昔吉斯坦/塞斯坦、呼罗珊、河中地区。参看康·米勒刊行的六卷本《阿拉伯舆图》一书及克拉默斯的上注中的引文。

③ 可就伊斯塔赫里书的莱顿藏抄本(ar.1702)、君士坦丁堡抄本(A.S.2971)及伊本·哈乌嘎勒书的君士坦丁堡藏两份抄本(B.S.3346,A.S.2934)中世界园图的模式加以比较,四幅园图的缩影见于克拉默斯上引文,第 25 页。伊本·哈乌嘎勒书有克拉默斯刊本,名为 Opus Geographicum auctore lbn Hauqal,莱顿,1938 年。世界园图在该刊本第 1 卷第 5—6 页之间。

④ 克拉默斯:上引文,第 19 页。

于"伊斯兰舆图"的各分图。

　　然而,《词汇》中的园图与"伊斯兰舆图"的关系也就到此为止。正和作者在编纂《词汇》时只是参考、并非照搬阿拉伯辞书的体例的情况相同,作者绘制此图时也是一方面撷取穆斯林舆图学的某些成果,另一方面(而且是更重要的方面)还凭借个人多年积累的关于中亚舆地的丰富知识,别开生面,自行创作。试取《词汇》中的世界园图与伊本·哈乌嘎勒书中的世界园图相对照,便可看出前者在山川湖海的布局上显然不同于后者,注记的地名之多也远在后者之上。在《词汇》园图中,突厥各部的分布地区占用了图幅中央及其四周的大部分面积(参看封三),而在伊本·哈乌嘎勒书的园图中,只有突厥数部的名称丛聚于该图东北部一隅,其中寄蔑部位于最北,其西南为葛萨,其正南为虎思/乌古斯,其东偏南为黠戛斯,其东南歌逻禄,黠戛斯与歌逻禄两部之东南为九姓回鹘,仅此而已[1]。

　　《词汇》中园图的另一特点是作者在注记地名时作了审慎的抉择。《词汇》正文著录的地理词目都是那些遐迩闻名、经常为人道及的山川、城镇、部落、国度[2],作者注记在园图上面的地理名称、部落名称更是如此。图幅展示了他了解的当时的世界四至,西起安达鲁斯即西班牙,东至 Jabraqa[3],西南至 Zanj[4],东北

①　普里察克:《歌逻禄到黑韩王朝》,《德国东方学会杂志》,第 101 卷,1951 年,第 287 页。第286 页有引自伊本·哈乌嘎勒书的圆形世界地图,但只转载了表示世界东北区域的四分之一园弧部分。

②　见《词汇》影印手抄本,第 19 叶末 2 行至 20 叶第 2 行。

③　卡·布洛克曼指出,穆斯林地理著作中的 Jabraqa 是一个相传位于远西的国度,马合木·喀什噶里却把它移到了远东。阿·赫尔曼曾考证其为《马可孛罗行纪》中的日本,受到一些学者的反驳。然而,《词汇》作者很有可能曾风闻日本之名,因而尽管 Jabraqa 或 Jabarqa 与日本的对音不甚投合,还是把它画在了园图中目前的位置上,否则不易解释他为什么把它从远西移到了远东。参看伯希和文,《通报》,1936 年,第 361—362 页;伯希和,《马可孛罗书注释》第 1 卷,第 609 页。

④　《福乐智慧》两次提及 Zanj,见伯希和《马可孛罗书注释》,第 1 卷,第 598—599 页。此名当时指非洲东部海岸,为桑给巴尔一名所自出。图中 Zanj 的方位为什么与法儿思、忽吉斯坦遥遥相对,米诺尔斯基曾在《世界境域志》译注一书中加以解释,见该书第 472 页。

至 Nasa/Nisa 城与'Alawyya 城①。当然，作者囿于见闻，在图幅中也注记了某些完全来自传说的地名，如亚历山大墙堡②、亚当降临处③、术只·摩术只/果科·摩果科④等是，但瑕不掩瑜，基本上无损于图幅的价值。总的说来，作者绘制这幅圆图，表现了创见卓识，在许多方面跳出了前人的窠臼。最突出的是，他作为伊斯兰教徒，并没有把麦加、麦地那列为世界中心，被他标在圆图中心的却是黑韩王朝的都城之一八剌沙衮；《古兰经》中一再提到大地有两个大海⑤，作者也没有以《古兰经》为据，而是按他了解的实际情况画出了印度洋、里海和另一个三角形的海域。又如，图中阿姆河注入的不是咸海而是里海，这多半也是中古时期阿姆河注入里海的反映。还应当指出的是，《词汇》本文中的地理条目以及圆形地图本身，都完全排除了穆斯林地理著作中的星象、气候带理论，也没有理睬大地作鸟形⑥等荒诞不经的旧说。

　　以本书圆形地图与"伊斯兰舆图"相对比，人们还会发现，"伊斯兰舆图"第

---

① Nasa 城如读为 Nisa 城，在阿拉伯语中为"女城"之意。'Alawyya 一字在阿拉伯语中意为"阿里派"，作为城名当译作"阿里派之城"。据阿拉伯文献记载，阿里派一些人物因受乌马尔派的迫害，在伊斯兰世界无处容身而东逃，卜居于此城。其地多蛇，蛇在突厥语中作"益兰"，这让我们联想到《元史》地理志所记益兰州的情况。

② 关于马其顿的亚历山大大帝筑墙把某些国家封锁在高加索以东之地的传说，导源于《古兰经》中有关术只·摩术只/果科·摩果科的记载（见《古兰经》第 18 章 93—97 节、第 21 章 96 节）。参看亨·玉尔刊本《马可孛罗行纪》，伦敦，1921 年，导言，第 113—115 页；伯希和：《马可孛罗书注释》，亚历山大条，第 1 卷，第 26—29 页。有关亚历山大在东方活动的传说，还出自希腊化时期的伪托卡里斯提尼的著作，这方面的文献，见柯立福：《亚历山大演艺的一个早期蒙古语本》一文所附书目，载《哈佛亚洲研究杂志》，第 22 卷，1959 年。第 98—99 页。

③ 关于亚当峰的传说，参看亨·玉尔刊本《马可孛罗行纪》，第 2 卷，第 320—322 页；费琅：上引书，第 2 卷，第 688 页；伯希和，《马可孛罗书注释》第 1 卷，第 13 页。

④ 术只·摩术只或译果科·摩果科，为《古兰经》中记载的东亚的蛮族，参看伊本·巴图塔游记，第 6 卷。在犹太教和基督教传说中，果科·摩果科位于世界的尽头。

⑤ 《古兰经》第 25 章 55 节，第 27 章 62 节，第 35 章 13 节，第 55 章 19 节。

⑥ 米诺尔斯基：《伪托伊本哈尼的地理著作》，收于《Iranica》，德黑兰，1964 年。见该文图版 I 及该文附记中的解释。

二十幅所反映的中亚地区的最远点是察赤/石/塔什干、伊斯菲扎卜/白水城、怛逻斯①,而《词汇》中的园图,就其中亚地区的内涵之丰富而言,是前此任何"伊斯兰舆图"所望尘莫及的。作者本人也极为重视他的这幅"达伊拉"("园"),他在引言中两次提到此图,请读者在阅读关于突厥诸部和突厥语言的分布的记述时加以参照。

作者在记述突厥诸部的区分时说:

"突厥人原分十二部……每部复分若干分支。我仅列举大部,除土库曼之虎思/乌古斯部外,其余各部之分支俱置而不论。对虎思/乌古斯诸分支,我一一举出其各分支的印记②,因为人们应当对这些印记有所了解。我现在从拂菻/东罗马③附近起,向东顺序列举异教徒及穆斯林各部的住地。与拂菻/东罗马毗连的部落为佩切涅格,而后为钦察/奇卜恰克④,而后虎思/乌古斯,而后为也末/咽蔑⑤、巴什基尔、拔悉密、Qay⑥、Jabaqu、鞑靼、黠戛斯,后者与中国毗连。这些突

---

① 见康·米勒:《阿拉伯舆图》,第4卷,北亚和东亚分册之地图附册,图版第59—63幅,这些图版是见于各抄本的《伊斯兰舆图》第20幅的复制图。

② 虎思/乌古斯诸分支的印记见《词汇》影印手抄本第40—41页。关于印记,参看《唐会要》第72卷诸蕃马印条。

③ 拂菻,原文为Rum,是东罗马或拜占庭帝国的名称。关于这个名称以中古波斯语、粟特语为中介传入东方的最近的考证,见芬兰学者阿勒托写的《罗马的名称》一文,载《乌拉尔阿尔泰年报》,第47卷,1975年,第1—9页。

④ 据穆斯林地理文献记载,东起额尔齐斯河、西至伏尔加河的广大地区原为寄蔑部住地。寄蔑部分为若干分支,其中有钦察/奇卜恰克和也末/咽蔑。钦察在希腊—拉丁文献中被称为库曼,在斯拉夫年代记中被称为波洛夫齐。参看科诺诺夫:《论钦察·库曼·库蔑族名的来源》,载《乌拉尔阿尔泰年报》,第48卷,1976年,第159—166页。

⑤ 参看上注。

⑥ Qay的名称多次出现于《词汇》条目中,也被注记在圆形地图上,但突厥此部不见于鄂尔浑突厥碑铭及汉籍中,可能不在当时构成铁勒、突厥、回鹘等部落联盟的诸部落之列。在十一世纪上半期的比鲁尼和十一世纪下半期的马尔哇吉的著作中,在十三世纪叙利亚地图(参看米诺尔斯基:《马尔哇吉论中国、突厥和印度》译注,第97页)上,在十三世纪中叶的阿乌菲的著作中,Qay部常与Qun/浑部并提。可是《词汇》中几次列举突厥外缘诸部的名称时又只提Qay而不提Qun/浑,某些学者因此推测:在马合木·喀什噶里时期,似乎Qay取代了Qun/浑的名字。参看米诺尔斯基:《世界境域志》译注,第284—285页;同著者:《马尔哇吉论中国、突厥和印度》译注,第95—98页。

289

厥部的住地由拂菻起依次向东延伸。又东为职乙/炽俟、踏实力、样磨、Ighraq、Charuq、处密、回鹘、唐古特、契丹即中国,而后为桃花石即摩秦。上述诸部住在南北之间的中间地区,每一部都被注记在这幅园图上。"①

关于突厥诸部语言的分野,作者作了更加详细的记述:

"操最纯正的语言的是那些只懂一种语言、未曾与波斯人相混、也未曾在其他地区居住过的人。通晓两种语言及与城镇有往来的人,如粟特人、Käncäk人②、Argu③地区人,讲话时就带了一定的柔性。

"和阗、吐蕃和住在突厥人境内的一些唐古特人/党项人就属于第二类型。下面我来叙述各个部落的语言。

"3abraqa④居民的语言是人们不了解的,因为他们住得太遥远了,他们与摩秦/宋之间隔有大海。

"契丹和摩秦/宋的居民各有各的语言,但其城镇居民娴于突厥语,他们写信给我们,均用突厥语。

"由于道阻且长,且与摩秦/宋有海相隔,术只·摩术只/果科·摩果科语也无人了解。吐蕃自有语言。和阗也自有语言文字,他们的突厥语讲得较差。回鹘语言是纯正的突厥语,他们互相交往却用另一种语言和由二十四个字母组成的突厥文字,这些字母我已在本书开端加以叙述。他们和契丹人还有一种书面语和公文语,只有他们中间的胡人才能阅读。

"这些是我列举的城镇居民。

"在游牧人中,处密自有方言,但是他们也懂得突厥语。Qay、Jabaqu、鞑靼、

① 《词汇》影印手抄本,第20—21叶,参照卡·布洛克曼德译文译出。
② Käncäk,藏语作 Ga－hjag/冈扎,见德格版《于阗/李隅授记》(Li Yul Lunbstan－pa)第181叶下,第4—6节,该处提及冈扎王,第187叶下,第1节,该处提及冈扎女王。此据恩默瑞克校译本《藏文和阗文献》,伦敦,1967年,第44、46页藏文转写,第45/47页英译文。参看伯希和:《马可孛罗书注释》,第1卷,第210—211页。
③ 马合木·喀什噶里称,从八刺沙衮到怛逻斯之间的地区名叫 Argu。《词汇》中提及此名十多次。
④ 参看上文第29注。(编者注:即本书287页注③)

拔悉密也有各自的语言,但是他们都通晓突厥语。黠戛斯、钦察、虎思/乌古斯、踏实力、样磨、职乙/炽俟、Ighraq、Charuq 均操纯正的突厥语。他们的语言接近于也末/咽蔑和巴什基尔语。不里阿耳/保加尔人和苏拔人、毗邻拂菻的佩切涅格人的语言均属突厥语,但都受到了同样的干扰。

"最简易的是虎思/乌古斯语言,最正确的是样磨、踏实力和住在伊犁河、额尔齐斯河、Yamar/鄂毕河、阿得水/伏尔加河直到回鹘地区的人们的语言,最优雅的是哈罕/黑韩王族及其臣民的语言。

"八剌沙衮的居民操粟特语和突厥语,怛逻斯及白水城的居民也是如此。Argu 地区,即包括从白水城到八剌沙衮在内的地区,其居民的语言都有一定的柔性。在喀什噶尔,有些地方的人讲 Käncäk 语。但在喀什噶尔内地,人们都讲哈罕/黑韩突厥语。

"从拂菻/东罗马到摩秦/宋的突厥地域长五千法儿撒赫。广三千法儿撒赫,共八千法儿撒赫①。所有这些,我已绘入园图以便检寻。"②

上引马合木·喀什噶里的叙述是对他的园图的实际价值的绝好说明。他创作这幅园图,并置诸卷首引言之中,看来意在以图解来阐明他在突厥诸部访问、调查得来的实际情况。如果说,作者根据文献资料并结合实地考察对中亚地区民族和语言的分布情况作了符合客观实际的论述,卓然成一家之言,那末,他本于自己的精深的学术造诣而绘制的这幅最早的突厥世界地图,也应该被认为是中世纪舆图学的杰出成就。

三

在上节引自马合木·喀什噶里《词汇》的引言中,说到中国之处一再出现秦与摩秦的名称。今检园图,其上方表示世界东部处也标有摩秦(Masin)一名。

---

① 一法尔撒赫约当六公里,此字为波斯名词,与希腊作家使用的帕拉桑格出于同一语源。
② 《词汇》影印手抄本,第 24—25 叶。参照卡·布洛克曼德译文译出。

在穆斯林文献中,秦指中国,已为人所共知①。至于摩秦,考其原委,实由印度及穆斯林对中国的又一称呼——摩诃支那/莫诃支那——演变而来,这一演变在不少文献中有明确记载,例如十三世纪波斯史学家剌失德丁就在他的《史集》中说到,"在印度人的语言中,南部中国被称为摩诃支那/摩诃秦,意为'大中国',摩秦一词即由此产生"②。又如莫卧儿帝国阿克巴尔的大臣阿卜勒·法兹勒于1595年写成《阿克巴尔政纪》,其中提到契丹时说:"契丹,一名摩诃支那,俗读为摩秦。其都城为汗八里〔大都/北京〕"③。由此可见,摩秦一名,在穆斯林文献中,或谓由摩诃支那/摩诃秦演变而来,或谓由摩诃支那/摩诃秦的俗读产生,其地或指南部中国,或指北部契丹,诸说虽不一其词,但其皆为中国的名称则无疑义。

依据穆斯林文献中对中国的称呼,《词汇》的引文和地图中凡出现秦与摩秦之处,自可直接译为中国。不过,在我们的作者的头脑里,秦/摩秦乃一集合名词。秦/摩秦作为一个整体,既包括宋朝统治之下、他称为摩秦的地区,也包括契丹/辽统治之下的北方地区,还包括黑韩王朝东支统治之下的喀什噶尔地区。中国是由上述三部分组成的整体,这种说法是十一世纪生活在我国西部地区的人们关于当时中国的概念的反映。特别重要的是,作者在《桃花石》词目的释文中就是这样讲的:

"桃花石——此乃摩秦的名称。摩秦距离契丹有四个月路程。秦本来分为三部:上秦在东,是为桃花石;中秦为契丹;下秦为八儿罕④。而八儿罕就是喀什

---

① 在印度、伊朗、中亚地区,中国因秦国/秦朝而被称为秦,此说已成定论,参看伯希和:《中国名称起源考》,《通报》第13卷,1912年,第719—726页;劳费尔:《中国伊朗编》,中译本,商务印书馆,1964年,第403—405页。秦在波斯语中作Cin,在阿拉伯语中作Sin,此因波斯语中的c在阿拉伯语中一律转为s的缘故。

② 卡特梅尔刊本《剌失德丁撰蒙古史》,第xcii—xciii页,又见萨迪克·伊斯法哈尼书,转引自费琅《八至十八世纪阿拉伯、波斯、突厥行纪及地理文献中关于远东记载汇编》,第2卷,巴黎,1914年,第560页。

③ 费琅,上引书,第551—552页。

④ 《词汇》八儿罕条:"八儿罕——此为下秦之名,又为城堡名,位于喀什噶尔附近山巅,其地产金。"(影印原抄本,第219叶,第9—10行)

噶尔。但在今日,桃花石被称为摩秦,契丹被称为秦。"①

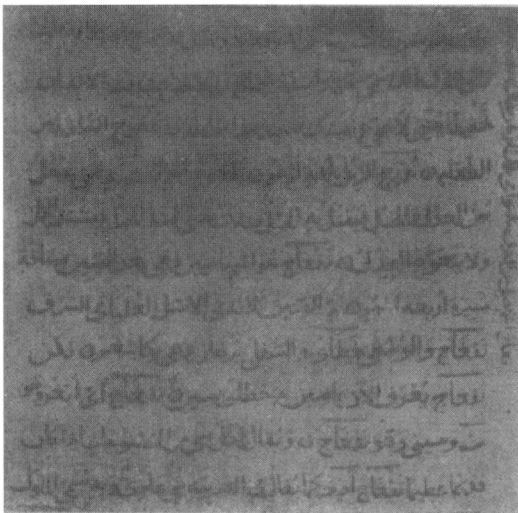

图版二

从这条释文看来,我们在处理秦/摩秦的译名时就必须把整体之秦译为宋、契丹和喀什噶尔;摩秦译为宋,狭义之秦译为契丹,这才更切合当时的实况,也更体现《词汇》作者的本意。

在这里,我们还应对秦的上、下之分和桃花石的涵义略加解释。穆斯林地理文献中的上、下方向之分,曾经成为学者们争论不休的问题。马夸特认为上指北,下指南;费琅的意见恰好相反,他根据阿拉伯舆图的某些图例,认为上方应当指南方。然而在《词汇》作者的心目中,正如许多学者已经指出的那样,所谓上、下并非指南、北,而是指东、西而言,这一点,《词汇》本书中就有多条材料加以证明。首先,《词汇》中的园形地图的上方鲜明地标有"东"字。又《词汇》中"八儿思罕"条的释文也说,八儿思罕城有两个,一曰下八儿思罕,位于怛逻斯附近,一曰上八儿思罕,位于热海东南岸。我们上文已经提到,八儿思罕是作者生父充任镇守使的地方。上、下两城位于同一纬度,自无南、北之别,而只能有东、

---

① 《词汇》影印原抄本,第228叶,见图版二。

西之分。在当时新疆、中亚地区的人们的观念里，东所以称上，是因其为太阳上升的一方；西所以称下，是因为太阳下沉的一方①。弄清这一点，就更易明了作者在《桃花石》条所要解释的历史事实是，上秦为中国东部，下秦为中国西部，黑韩王朝治下的喀什噶尔地区属于中国西部地区②。

　　参照其他穆斯林文献，我们还可以看到，马合木·喀什噶里关于整个中国的概念实际上也反映了当时中亚地区人们的普遍认识。与马合木·喀什噶里同时的沙拉夫·扎曼·塔希尔·马尔哇吉（意为木鹿人/马里人沙拉夫·扎曼塔希尔）在其著述中说："中国人的住地分为三部，即秦、契丹和畏吾儿，其中疆域和国家最大者为秦。"③马尔哇吉的著作并不是孤立的著作，近年学者考证，他记载中国与突厥，与另一穆斯林作家嘎尔底吉（其书完成于公元1050年）记载突厥，都利用了穆斯林大地理学家贾伊哈尼的今已亡佚的著作④。贾伊哈尼于公元914年出任撒曼王朝宰相，他编纂的《道里与诸国志》系向外国人采访各国情况，并参照前人如伊本·忽尔达兹比赫的《道里志》等著作写成的⑤。因此，我们可以说，上引马尔哇吉的叙述不仅是对于马合木·喀什噶里的《桃花石》释文的可靠注脚，而且也应当认为是喀什噶尔境外的穆斯林对中国的观念的具体说明。

　　至于"桃花石"一名，直到十三世纪，仍然见于李志常所写的《长春真人西游记》一书。公元1221年—1224年，长春真人邱处机奉成吉思汗之命西行，行抵伊犁时，听到当地居民称中国为桃花石。实际上，这个名字起源于这条记载以前很久，至少可以追溯到公元四或五世纪。公元315年，我国古代兄弟民族之

---

① 哈桑诺夫：《中亚地名的宝藏》，载《东方地名学》文集，莫斯科，1962年，第34页。

② 参看巴托尔德：《中亚突厥部族史十二讲》，俄文全集本，第5卷，第87页；德文本，第97—98页。伯希和：《马可字罗书注释》，第1卷，第274页。

③ 米诺尔斯基：《马尔哇吉论中国、突厥、印度》译注，伦敦，1942年，原文第2页，最后两行；英译文，第14页。

④ 巴托尔德：《蒙古入侵时期的突厥斯坦》，英文版，伦敦，1958年，第13页；俄文全集本，第1卷，1963年，第58页。

⑤ 巴托尔德：上引书，英文版，第12页；俄文全集本，第1卷，第57—58页。

一鲜卑始立国于代,其后拓跋氏建立了北魏(386—556)。拓跋(＊takb'uat)当是桃花石(Tabghac/Tamghac)一名的语源。到八世纪,在鄂尔浑的突厥碑铭中,桃花石已经成为中国的代称。这一用法也见于以后的吐鲁番文书,并随突厥西迁诸部而传播到中亚境内。影响所及,波斯、阿拉伯的穆斯林作家也在用"秦"之外,更用"桃花石"叫起中国来。

黑韩王朝在中国西部建立以后,大汗所上尊号中经常出现桃花石汗字样。及汗国分为东西两部,这一称号也经常见于东、西两部大汗的全称之中。关于这一点,尽管目前有关黑韩王朝的文献数量无多,但还是可以找到足够的证明。即如公元 1069 年在喀什噶尔成书的《福乐智慧》中就有这一称号;又如西支的步离的斤称汗后,所上尊号为易卜拉欣·桃花石汗(回历 438—460 年在位,公元 1068 年去世)这个称号既见于他在 451/1059 年铸造的钱币上[①],也见于新近发现的以他的名义在 458 年/1065—1066 年颁发的两件文书中[②]。有趣的是,如果人们认为黑韩汗以称桃花石汗来表明其为中国君主的意味还不够浓厚,那么,且看一下他们各自铸造的钱币,凡有桃花石汗一名的地方,均易为阿拉伯语的"蔑力克—秦",其意义为"中国之君"[③];又如攻占和阗的东部大汗优素福·喀迪尔汗(此人或许就是《词汇》作者的曾祖)的阿拉伯语相应称号作"蔑什力克—沃·秦",意思还是"东方与中国之君";我们还看到,有关黑韩王朝的重要史籍之一、塞尔柱突厥著名的苏丹蔑力沙的宰相尼札姆-穆勒克(卒于 1092 年)撰写的《治国策》一书中有如下记载:巴格达的哈里发曾经颁发给撒马尔干的黑韩西部大汗三个称号;其中之一是"蔑力克—什尔克·沃·秦",意为"东方与中国之君"[④]。凡此种种,不仅表明黑韩诸汗当时在自认为是"中国之君"这一

---

① 博思沃思:《颉利汗》条,《伊斯兰百科全书》第 2 版,第 1115 页。

② 穆罕默德·哈德尔:《中亚的一位黑韩汗的两件捐赠文书》,载《亚洲学报》,第 255 卷,巴黎,1967 年,第 308、320、324 页。

③ 伯希和:《马可字罗书注释》,第 1 卷,第 217 页;博斯沃思:上引文,《伊斯兰百科全书》第 2 版,第 1115 页。

④ 尼札姆·穆勒克:《治国策》,第 41 章,此据扎霍德尔俄译本,莫斯科—列宁格勒,1949 年,第 154 页。

点上丝毫没有感到什么不自然，而且远在巴格达的哈里发在颁赐封号时，也认为黑韩汗为"东方与中国之君"。

由此可见，马合木·喀什噶里在《桃花石》条中所表达的中国是一个统一体的观念，特别是关于喀什噶尔是中国的一个组成部分的观念，乃是时代的产物，如实反映了自古以来我国兄弟民族之间结成的血肉联系。今天，我们重温马合木·喀什噶里为"桃花石"一名写出的这段言简意赅的释文，十分亲切地感到它是中国多民族共同缔造祖国历史的最强有力的证词。苏修叛徒集团亡我之心不死，指使其御用学者一直叫嚷什么中国历史上的疆域不出长城之外。马合木·喀什噶里的这段证词不仅彻底驳斥了他们的无耻谰言，而且打了他们一记响亮的耳光。

【说明】

本图根据正文内插图复制。

图中用阿拉伯文标注的地名、族名,除个别的未能辨认外,已易为汉文。其中用拉丁字母转写的地名,属于只标出汉文译音仍不能说明情况者,正文中将加以阐释。

本图绘制时,依据原图四角所附说明,并参照《突厥语辞录》乌孜别克文译本第一卷(塔什干,1960 年)中本地图的彩色版添加了彩色。

《福乐智慧》是宝贵的文学遗产

阿布来提·吾买尔

该史料为《福乐智慧》的介绍文章，原载 1979 年 10 月 28 日《新疆日报》（汉）。阿布来提·吾买尔对《福乐智慧》进行了介绍。维吾尔族历史悠久、文化发达，很早就有了书面文学，闻名世界的长诗《福乐智慧》就是维吾尔古典文学的一部重要著作，作者玉素甫。长诗写于公元 1609—1070 年的黑汗王朝文化中心喀什噶尔，有三种写本保存至今。《福乐智慧》内容丰富，中心内容是教导人们如何得到幸福和智慧。作者通过塑造四个具有高尚品德的人物形象来表达自己的社会理想，阐述了如何更好地治理国家的方略，但是作者作为一个伊斯兰信徒，其作品不可避免带有明显的宗教观点。《福乐智慧》这首长诗是黑汗王朝时期维吾尔族人民生活的写照，其中有大量维吾尔族民间传说、歌谣和谚语，还有大量的比喻。《福乐智慧》对其他突厥语民族的语言文学发展产生了深远影响。《福乐智慧》虽然是文学作品，但由于它包含了十分广泛的社会内容和思想内容，它在文化史上的位置和影响早已超出文学范畴，成为学习和研究古维吾尔历史、文化和语言文字的宝贵的百科全书。

原文

维吾尔族是我国各兄弟民族大家庭中具有悠久历史和文化传统的民族之一。维吾尔族的文学艺术是祖国文化宝库中具有独特风格的一支美丽的花朵。维吾尔人民不仅创造了丰富多采的民间口头文学，而且很早就有了书面文学。世界闻名的长诗《福乐智慧》就是维吾尔古典文学的一部重要著作。

《福乐智慧》的作者是公元十一世纪维吾尔族著名学者、思想家和诗人玉素甫·哈斯·哈吉甫。关于作者的生平，史籍上没有详细的记载，只是在《福乐智慧》的序言中有这样一段话："……此书的作者出生于巴拉沙贡，是一个有节制力的笃信宗教的人。此书写于喀什噶尔，（并且把它）带到了布格拉汗的东都宫殿中，（布格拉汗）非常敬重他，授予他哈斯·哈吉甫的称号，于是他就得到了玉素甫·哈斯·哈吉甫的名字。……"

《福乐智慧》是维吾尔文学史上有明确写作年代的大型文献，是公元十世纪维吾尔人接受伊斯兰教之后产生的一部古典叙事长诗。长诗写于回历四六二—四六三年（公元一〇六九—一〇七〇年），地点是当时黑汗王朝的文化中心喀什噶尔。全诗计一万三千多行，共八十五章，另有两个序言，一为散文体，一为韵文体。通篇用阿儒孜格律的马斯纳维形式写成。

该诗保存至今的有三种写本。第一种是古回鹘文写本，十五世纪末，被一个名叫阿布都热合曼的人带到土耳其的伊斯坦布尔（当时的君士坦丁堡），后流传到欧洲，现保存在维也纳，称为维也纳写本；第二种是阿拉伯文写本，因该写本一八九七年发现于开罗，故称开罗写本；第三种也是阿拉伯文写本，于一九二四年发现于乌兹别克斯坦的纳曼干（费尔干）城，故称纳曼干（费尔干）写本。

《福乐智慧》是一部内容丰富的文学作品，其中涉及政治、哲学、道德、历史、地理，甚至数学和医学等问题，中心内容是教导人们如何得到幸福的智慧。作者把公正、幸福、智慧和安乐作为崇高的社会理想，塑造了四个具有这种品德的人物形象，赋予他们以象征意义的名字。通过他们关于人生阅历、社会变迁的问答议论来表达自己的社会理想。

　　玉素甫·哈斯·哈吉甫在长诗中具体地论述了政府官员的义务,社会成员的相互关系,繁荣经济财政、改革货币交换,建立公正的法律制度,制止王侯之间的兼并战争,减轻加在人民头上的繁重税赋,改善交通运输等一系列的社会问题。简言之,阐述了如何更好地治理国家的方略。作者明确地提出了自己的观点,规劝哈拉汗王朝的最高统治者及其大臣官员公正地忠诚地履行他们对国家和人民的义务。他在这部长诗中还宣传,要采取有力的措施从经济上加强国家,并强调发展科学文化在社会发展中的重要作用。但由于长诗写于伊斯兰教广泛流传的时代,正如序言所说,作者"是一个笃信宗教的人",作品中有明显的宗教观点和信奉天神、乞求后世的归宿等内容。

　　《福乐智慧》这部长诗是喀拉汗王朝(黑汗王朝)时期维吾尔人民生活的写照,为了生动、形象地表达思想,作者大量运用了维吾尔族民间传说、歌谣和谚语,运用了大量的生动、形象的比喻。他把黑暗比作寡妇的衣服,魔鬼的面孔;把阳光比作精致的珍珠、天鹅的羽毛以及"宇宙以天使的面孔微笑","好象首次揭开面纱的新娘"。长诗的语言可算得上是古维吾尔语的典范。作者还采用了在当时能够满足人民要求的共同语言,使这部长诗在很长的时间内对其他突厥民族的语言文学的发展产生了深远影响。十四世纪著名诗人阿赫买德·尤格那吉的著名诗作《真理的礼品》就是在这部长诗的影响下写成的。

　　《福乐智慧》虽然是文学作品,由于它包含了十分广泛的社会内容,它在文化史上的位置和作用早已超出文学范畴,成为学习和研究古维吾尔历史、文化和语言文字的宝贵史料和百科全书了。几百年来,许多学者对它进行了研究。在我国,解放以后,特别是粉碎"四人帮"以后,这方面的研究工作正在步步深入。

(刘岩译)

玉素甫·哈斯·哈吉甫和他的《福乐智慧》

阿布来提·吾买尔

史料解读

　　该史料为论文,原载《新疆大学学报》(社科版)1979 年第 3 期。阿布来提·吾买尔对《福乐智慧》及其作者玉素甫进行介绍分析。别名众多的维吾尔族具有灿烂的文化遗产,口头文学丰富,书面文学《福乐智慧》流传于世。《福乐智慧》是玉素甫在公元 1069 至 1707 年的黑汗王朝喀什噶尔写就,全诗一万三千多行,只在散文体和韵文体两个序言中对作者略有介绍。《福乐智慧》在各国各民族称呼不同,有三种写本流传于世,有证据证明回鹘文写本最早是用古维吾尔文写成的。其间有外国对我国进行文化掠夺,我们应杜绝此类现象再次发生。黑汗王朝产生于唐末群雄割据之时,十一世纪是其发展的黄金时代,伊斯兰教也开始传播,其间产生了世界闻名的三部巨著。《福乐智慧》内容丰富、知识广博,作者通过塑造四个典型人物来表达自己的社会理想,阐述了如何更好地治理国家的方略,中心内容是教导人们如何得到"幸福的智慧"。作者的观点代表了当时的进步思想,对于治理国家各个方面提出自己的见解,还特别强调发展科学文化的问题,但是带有明显的宗教思想。《福乐智慧》有两个艺术特征:一是十一世纪左右维吾尔人民生活的写照,二是通篇用阿儒孜格律的马斯纳维。许多学者对《福乐智慧》进行研究,要对其进行批判继承、古为今用。该文是由《〈福乐智慧〉是宝贵的文学遗产》扩写而成。

原文

　　我们伟大的祖国——中华人民共和国是一个地大物博、人口众多、历史悠久的多民族的国家。有史以来，一直在这作为祖国神圣领土的新疆和汉、回、蒙、柯尔克孜、锡伯、塔吉克、乌孜别克、塔塔尔、达斡尔、满、俄罗斯各兄弟民族生活和战斗在一起的维吾尔民族，也是具有悠久的历史和灿烂的文化遗产的民族之一。

　　在汉文史籍中曾被称为"袁纥"、"回纥"、"回鹘"的维吾尔民族曾对我国的文化发展做出了重大的贡献，在我国文化发展史上增添了光辉的一页，以她别具一格的文学艺术构成祖国文化宝库中一支显示独特风格的美丽花朵。

　　维吾尔人民不仅创造了丰富多采的民间口头文学，而且很早就有了世界闻名的，作为突厥各族古典文学典范的书面文学作品。玉素甫·哈斯·哈吉甫的光辉的古典叙事长诗《福乐智慧》，就是其中的一例。

　　《福乐智慧》的作者是谁？时代背景如何？思想内容和艺术特色怎样？这些问题还需要有关的研究者花费功夫解决，这里我仅就个人学习的体会提出一些认识。

　　这部书的作者是十一世纪著名学者和天才诗人玉素甫·哈斯·哈吉甫。这部作品写于公元一〇六九至一〇七〇年（回历四六二至四六三年）。写作地点在黑汗王朝第二都城和文化中心的喀什噶尔。全诗有一万三千多行，八十五章。另有两个序言，一为散文体，一为韵文体。关于作者的生平，可惜在史籍中无详细记载，只是在《福乐智慧》的序言中说："……本书作者出生于巴拉沙，是一个有节制力的，笃信宗教的人。此书写于喀什噶尔，后又带到了布格拉汗的东部宫殿中。（布格拉汗）非常敬重他，授予他哈斯·哈吉甫（意谓"可靠的宫廷侍从"）的称号。从此他被称为玉素甫·哈斯·哈吉甫。"

　　《福乐智慧》原名"KUTadOlubilig"，直译是"给人们带来幸福的知识"。这是维吾尔文学史上一部有明确写作年代的大型叙事长诗。作者在序言中表明这部作品是他在五十岁左右时写的：

tagÜrdi manga algin alig yaxim，

kuOlu kildi kuzOlun tÜsi tag baxim。

五十大寿在向我招手走来，

头发已从乌鸦般黑变成天鹅般白。

作者关于长诗的题名也有说明：

kitab ati Urdum kutadOlu qilig

kutadsu okdunglikd tutsu atig。

我用《福乐智慧》来称这本书。

愿它的读者得到快乐和幸福。

不过，此书的书名在各国各民族中有不同的称呼。有的称作"艾努力木绿克"（意谓"国家的眼睛"），有的称为"孜奈上勒艾米尔"（意谓"事物的装饰"）；有的称作"阿达布勒木绿克"（意谓"国王的宗旨"），有的称作"潘迪纳曼木绿克"（意谓"对国王的劝谏"）。

此书保存至今的有三种写本系统。第一种是回鹘文写本，十五世纪初（一四三五年）抄于海拉特城。十五世纪末被一个名叫阿不都热合曼的人带到土耳其的伊斯坦布尔（当时的君士坦丁堡），后流传到欧洲。现保存在维也纳，称维也纳写本。第二种是阿拉伯文写本。因该写本一八九七年发现于开罗，故称开罗写本。第三种也是阿拉伯文写本，于一九二四年发现于乌孜别克斯坦的纳曼干（费尔干）城，故称纳曼干（费尔干）写本。这个写本现保存在乌孜别克斯坦科学院东方研究所。

关于《福乐智慧》的第一个写本是用什么文字写成的问题，苏联的土耳其学者马洛夫在《古代突厥文文献》（一九五一年莫斯科俄文版）中曾猜想："玉素甫的这部长诗最初可能阿拉伯文写成，在献给喀什噶尔的布格拉汗时转写成了古回鹘文。"这只不过是猜想，并不符合实际。有不少的史料可以证明这部书最早是用古维吾尔语、古维吾尔文写成的。

证据之一：世界各国学者一致断定这部书的价值不仅在于它的文学艺术价值，而且它也是十一世纪古维吾尔语言文学的典范。奈吉甫·阿斯木于一八九八年写的《突厥史》中指出："在写于喀什噶尔的这部作品（指《福乐智慧》）中，阿拉伯语和波斯语的借词只有九十二个，其它均为维吾尔语。"

证据之二：这部作品虽然受了阿拉伯和波斯文学，尤其是《夏赫纳曼》（《王史》）的一定影响，但所用的基本词汇如星名甚至抽象词汇，都用的是纯粹的维吾尔语。

证据之三：在二十世纪初于莎车出土的古代文物中属于十一世纪的文物上所刻的文字就是古维吾尔文字。

令人遗憾的是，有同志在一九七八年第七期《新疆青年》汉文版上撰文说："《福乐智慧》是阿拉伯作家皮尔代吾斯的著作——《王史》的译本。""有人把它当作维吾尔文学的奠基作品是没有根据的"等等。苏修一直对我国进行文化掠夺，抢夺文化遗产。林彪、"四人帮"也破坏我们对文化遗产的研究和继承。这都对我国文化事业的发展造成严重损害。我们今天主要的任务是肃清流毒，根据毛主席的教导正确对待文化遗产。在这种情况下竟然不顾历史事实，荒谬地否认自己的文化遗产，如果不是无知，那就是虚无主义的思想在作怪。

关于作品的时代背景应该提出：

自我国唐朝的统治瓦解以后，全国形成封建割据状态。我国西部地区也形成了若干封建政权并存的状态。从公元八四〇年乌尔浑河流域的维吾尔部落由于自然灾害和战乱西迁以后，与当时在天山南北原有的部落合并，形成了黑汗王朝。这个政权有两个都城。一个是楚河边的巴拉沙衮，另一个是喀什噶尔。黑汗王朝的首领自认为是属于中国的可汗，所以总是在自己的名字前面加上"桃花石汗"。如"桃花石布格拉汗"、"桃花石依不拉音汗"等。由于黑汗王朝处于欧、亚大陆联系纽带的丝绸之路上，并且拥有丰富的地下宝藏，商业、手工业特别发达。历史学家们把十一世纪的黑汗王朝称为政治、经济、文化的"黄金时代"。当时伊斯兰教开始传播，这在新疆历史上是个大事件。布格拉汗的孙子艾尔斯兰汗头一个接受了伊斯兰教。正当此时，产生了世界闻名的三部巨著，即著名哲学家阿布·纳赛尔·帕拉比的《艾赫沙勒乌鲁木》（意谓"知识的百科全书"）；马合木德·喀什噶尔的《突厥语大词典》和玉素甫·哈斯·哈吉甫的

《福乐智慧》。

《福乐智慧》首先以向上帝和圣人祈祷,描写春天的温暖,歌颂布格拉汗作为开始。接着,用诗的形式阐述人类的价值和科学文化的价值,理智、语言的用处,读书的作用等。以后以诗中四个正面人物为主展开长诗的情节。

第一个人物是《kÜn tuOldi》(日出),代表公正;第二个人物是《Aytoldi》(月圆),代表幸福;第三个人物是《ѳgtÜlmix》(贤明),代表智慧,第四个人物是《ѳtkurmix》(觉醒),代表安乐。作者没有直言自己的思想,而是通过上述代表不同品德的四个人物关于人生阅历、社会变迁的问答、议论来表达自己的社会理想。

《福乐智慧》是一部内容丰富的文学作品,其中涉及政治、哲学、道德、历史、地理,甚至数学和医学等问题。中心内容则是教导人们如何得到"幸福的智慧"。

玉素甫·哈斯·哈吉甫在长诗中要求人们成为英勇顽强的和具有良心的人,主持正义,为实现自己的愿望和希求而掌握知识和技艺,遇到逆境要坚韧、沉着,与别人交往要有耐心,对鳏寡孤独和背井离乡的人要行善行义等。他认为这是人类的至关要紧的基本品质,同时希望在和平安宁的基础上建立强有力的理想社会。作品具体地论述了政府官员的义务,社会成员的相互关系,繁荣经济财政,改革货币交换,建立公正的法律制度,制止王侯之间的兼并战争,减轻加在人民头上的繁重赋税,改善交通运输等一系列的社会问题。简言之,阐述了如何更好地治理国家的方略。针对上述问题,作者明确地提出了自己的观点,规劝哈拉汗王朝的最高统治者及其大臣官员公正地忠诚地履行他们对国家和人民的义务。长诗的这种劝戒性质从它曾被献给自称桃花石王(即中国王)的布格拉汗一事也可看出来。玉素甫·哈斯·哈吉甫认为拯救国家于苦难和衰亡的唯一办法是从内部整顿社会,把上至国王,下及百姓的各阶层人们的思想、道德和习俗纳入定规。为达此目的,他规劝上层应该防止危害国库的挥霍,根据百姓的负担能力摊派适当的捐税。在作者看来,因加在人民身上的艰难困苦而受谴责的不应是社会制度,而是个别封君爵爷和他们的走卒。所以,他认为官员应该是好义公正的，他们应该减轻人民的痛苦。否则，苛政就会引起百姓中的不满情绪，国家也就要衰落下去了。基于这种认识，他在这部长诗中宣扬整顿社会制度，采取有力的措施从经济上加强国家，政府职务由那些受过特殊教育的官员担任。作者所处的时代，封建战争给人民带来无数苦难，大量的宝贵物资和精神财富被毁。针对这种情况，作者认为，要抗击侵略战争，首先必须在经济上强大，只有经济巩固，人民才能保持和平、安宁的生活，才能保证物质和精神的繁荣。这种观点来自作者对社会生活的深入观察和对民心的深刻理解，代表了当时的进步思想。

还应当特别指出的是，作者在长诗中特别强调发展科学文化的问题，强调科学文化在社会发展中的重要作用，认为人类只有依靠科学知识才能得到幸福。因此，他在长诗中写道：

Okux kadrinu okuxlug bilur,

Bilim satsa bilimni biliglik alur。

Biligik bilur ol biliglikning atin,

Biligsiz nə bilgəy bilig kərmətin。

Negu bilig telwə bilig kədrinu,

Bilig kayda bolsa biligik salur。

Bilig kədrinu kəm diliglik bilur,

Gəkərkər ʞəbrinu kəm gəkərgi bilur。

"读书的可贵只有读书人知道，

出售知识，只有有知识者才要。"

"有知识的人知道知识的姓名，

无知的人怎知知识的可敬?

知识的可贵愚顽从何而知?

任知识何在,知者都要找寻。"

"在所有的地方人都需要知识,

各样的事情都要靠知识完成。"

在宗教迷信盛行,有神论者占优势,人民身受封建奴役的时代,把科学文化的重要性强调到这种程度无疑是先进思想。可以说,作者关于发展科学的思想不仅在当时是先进的,就是在今天,也有其现实意义。诚然,由于长诗写于伊斯兰教广泛流传的时代,正如序言所说,作者"是一个笃信宗教的人",作品中有明显的宗教观点和信奉天神、乞求后世的归宿等内容,但这丝毫也不会削弱作品的思想意义和艺术价值。这部长诗虽然由于时代和作者世界观的局限,未能避免把建立和平公正的理想社会的希望寄托在个别统治者身上的错误,也未摆脱宗教的影响,但相信人民群众的力量和智慧,颂扬科学文化对社会发展的重要作用等先进思想仍然在作品中占主要地位。

关于《福乐智慧》的艺术特征,可指出下列两点。

一、《福乐智慧》是十一世纪左右维吾尔族人民生活的写照。作者为了生动、形象地表达他的崇高社会理想,对当时人民生活中美丽的形象、优美的词汇和生动的比喻运用自如。他在描写春天生机蓬勃的动人景物时写道:

kaz ɵrdək kulɔu kil kalikliɔl tudi,

kakilay kaynar yokaru kodi。

kayusi kopar kɵrkayusi kouar,

kayusi papar kayu su igar。

kɵkix turna kɵktə ünün yangkular,

Tizilmix titir təg ugar yilkürər。

Ular kux ünin tüzdi ündərixin,
silig kiz okir tag kɵngül birmixin。

ünin ɵtti kəᶐlik küatOlura,
kizil aOlzi kan təg kaxi kap kara。

天鹅,野鸭和克勒乌布满天空,
它们有的上,有的下,飞翔啼鸣。

你看,一些飞起又落下,
你看,一些游泳,一些在喝水!

灰色大雁的叫声在空中回响,
像长长的驼队走动一样。

山鸡鸣叫,呼唤其伴侣,
好像年青姑娘召唤心爱的人。

鹧鸪在高声笑,
红嘴如血,眉如漆。

另外,作者也大量引用了维吾尔民间传说、歌谣和谚语等。

二、通篇用阿儒孜格律的马斯纳维(两行一组押韵)。长诗的语言可算得上是古维吾尔语的典范。作者采用了在当时能够满足人民需要的共同语言,使这部长诗在很长时间内对其他突厥民族和以后的维吾尔族文学艺术和语言文字的发展产生了深远影响。十四世纪维吾尔诗人阿赫买德·尤格那吉的著名诗作《伊拜土勒哈喀伊克》(真理的礼品)就是在这部长诗影响下写成的。

《福乐智慧》虽然是文学作品,由于它包含了十分广阔的社会内容,它在文化史上的位置和作用早已超出文学范畴,成为学习和研究古维吾尔历史、文化和语言的宝贵史料和百科全书了。几百年来,世界公众以极大的兴趣关心这部长诗,许多学者至今对它进行着研究。在我国,解放以后,特别是粉碎"四人帮"以后,开始正式着手这方面的研究工作。以华国锋同志为首的党中央不仅把各族人民从林彪、"四人帮"的精神枷锁和文化专制主义的压制之下解放出来,而且拯救了几乎被毁坏殆尽的少数民族文学艺术。《福乐智慧》的现代维语译本和现代汉语译本也即将和广大读者见面。

毛泽东同志在延安文艺座谈会上的讲话中指出:"我们必须继承一切优秀的文学艺术遗产,批判地吸收其中一切有益的东西,作为我们此时此地的人民生活中的文学艺术原料创造作品时候的借鉴。"《福乐智慧》不仅是属于维吾尔族的,同时也是我国各族人民共有的宝贵精神财富和文学遗产。对文学遗产的批判继承是文艺发展的客观规律。人们只有在前人创作的基础上才能从事新的创作。马克思主义的历史唯物主义的历史唯物论在文学艺术的发展中为我们奠定了批判地继承文学遗产,正确认识和解决继承与创作的关系的坚实的理论基础。列宁关于"每个民族的文化中都有两种文化"的教导和毛泽东同志关于"古为今用"、"推陈出新"的方针是批判地继承文学遗产的指导方针。我们一定要遵照革命导师的教导,批判地继承维吾尔古典文学。只有这样,才能彻底揭发批判林彪、"四人帮"摧残少数民族文学艺术的罪行,充分发挥文学艺术在新长征中的战斗作用,让五彩缤纷的鲜花在祖国各民族的社会主义文艺百花园中盛开!

(阿布来提·吾买尔　刘兆云合译)

论十八世纪维吾尔族的三个抒情诗人

李国香

史料解读

　　该史料为论文,原载《西北民族学院学报》1979 年第 1 期。李国香从三个方面介绍了十八世纪维吾尔族三位抒情诗人赫尔克提、翟梨里、诺比德的诗歌创作,同时介绍了《突厥语大辞典》和《福乐智慧》的诞生,他认为这些作品为维吾尔族文学奠定了坚实的基础。三位诗人命途多舛,他们从不同角度抒发自己的感受和理想。赫尔克提诗作写实,诗歌具有人民性和进步性,但在创作上有难以解脱的矛盾。诗人给自己的任务就是如实描绘情感。翟梨里作品思想透彻、融情于景,饱含强烈的爱国主义,但是由于历史局限,思想没有到达应有的高度。三位诗人中翟梨里的艺术成就最为突出,涉及方面广并开启了俳句形式的先路。我们对诺比德的生平知之甚少,但是他的辞藻和柔情在翟梨里之上。在神秘哲学弥漫全疆之时,诺比德有魄力坚持自我、不随波逐流,他的偶占一扫宗教上的乌烟瘴气。偶占是阿拉伯输入的一种抒情诗体,与商籁体相似,但是偶占比较豪放。四十首偶占中,经常被咏及的是三个女子形象;口语纯熟,具有音乐性,构局奇特,手法生动多样;词汇丰富、生动。不足之处是题材范围窄,结局规制末尾一定要点出作者名姓,但是瑕不掩瑜。

原文

维吾尔文学史上,继鄂尔浑、高昌黑汗两个时期之后,十八世纪,可以说是一次文艺复兴,诗歌园地,群芳竞艳,先后有赫尔克提,翟梨里,诺比德和阿不都热衣木·纳札尔出世。

这里,我谈前三个。

一、时代背景

随着伊斯兰教的东来,维吾尔族的整个生活,起了急剧变化,新疆喀什一带,大约在十世纪末,出现了第一座清真寺。广大的维族[①]人民除过东北部的高昌仍信佛教外,业已或先或后,皈依回教[②]。采用以蟹行的阿文字母,从右而左的拼写自己的语言。

十一世纪,有著名学者玛合穆提·伊本·胡赛因·喀什噶尔名著《突厥辞典》出世,他把迄于十一世纪有关回鹘民间俗文学的材料,突厥部落语言彼此间与阿拉伯文的比较语法汇集起来,辞典的后一部份,以阿文注释回鹘辞汇,其所以用阿拉伯文著作,显然有着装潢的意味,犹如欧洲中世纪的许多作品,总是以拉丁文书之一样,纯是为了增强它的神圣性,庄严性,便于博得社会上的尊崇,至于它的意义,则是 Turki tillar luolt toplimi(突厥系语言词综),分四章,共计一千页。

十一世纪下半叶的《福乐智慧》(一〇六九至七〇)我们知道,这是裴罗将军城人尤素夫·哈孜·哈吉甫以输入不久的阿鲁孜体(Aruz vezni)这种极其繁复、轻快而带有韵脚的体裁写成的伦理训诲长诗,共计七十二章,一三二九〇行。

本诗是用回鹘文写的,叙述当时的政治和社会生活,各阶级和社会关系,以

---

① 编者注:"维族"应为"维吾尔族",后同。

② 编者注:"回教"应为"伊斯兰教",后同。

劝戒训诲的体裁,生动的形象,洗炼精美的诗句写成,高度表达了诗人的才华和理想,提出了一些原则性问题,渗透全诗,刻画人物的性格和言笑欢默,作者最称擅场,海阔天空,一任想象驰骋。是他们两人,给维吾尔文学奠下了坚实的基础。十四世纪初,出现了艾合买提·玛合穆提·尤格剌克的《真理的礼品》一诗,共计十四章,这也是一部以训诲为内容的长诗,含有浓厚的阿拉伯波斯因素,亦情理之自然,这时的维吾尔文学,已进入相当繁荣的阶段,其笔调之优美,仅从这几句,可见一斑:

"我修建了一座玫瑰园,里边的杨柳高可参天。

红花似火燃,叶绿滴湛。

香甜的果子,比神话里的星光更灿,

血流干,精力完,才有矿石堆满地面,

耀眼的金花,在大地上开绽。"

此后,没有多久,伊斯兰教便席卷整个新疆,经论律条,神秘哲学;以及僧侣们反动的诡辩,渗进了处处,断送了不知几多有才华的诗人,连雕刻绘画这些装饰艺术也未能免于宗教羁绊,直接作了"神之婢奴",为僧侣鸣锣开道。

牧师在张牙舞爪,不断地叫嚣,"除非胡达,任谁也创造不了人,谁要能创造人,还得赋予它生命。"这在当时显然是一项原则性的大帽子,实在是强人以难,制人机先,"艺术从此就被官厅统制得不哼一声"(莎士比亚:商赖六六)了。他们还认为造型艺术是邪门野道,岂能与天神地祇抗衡?于是名雕刻家、画家,要么俯首帖耳,出卖良心;要么相率远引,奔波求生。历史事实,恰恰也就证明了这一逻辑发展的必然。

1.此时神秘哲学的成套理论,成了文学的核心课题,有不少诗人文学家迫于无可如何,也随着宣扬类似"浮生如梦"的一套虚无主义,号召人们要为"来世"馨香祝祷,突破红尘,为享受天国青春常在的极乐生活作准备,成群结队的托钵僧,头戴方巾,肩搭麻袋,沿城行乞,兜售僧侣们的反动谬论,山歌小调,也有反覆咏唱什么忍受尘世悲苦,争取来世永见天颜的。自十五世纪以来几个世纪,神秘哲学及其势力弥漫,为一大特征。人们的爱情、智慧、才华、人们最高尚的品质,受到了严重的束缚,硬邦邦束缚在渺茫的老天爷份上,胡说什么智慧才华,都系神之所赐,这样一来人就成为神祇任意摆布的东西了。诗人们都不敢创作描写人类彼此关心,互相爱慕的高尚情感的作品了。

就在这种时候也还有一些能静观世界的诗人,注意到如磐的黑夜里,点点星光依然在闪亮,他们把富有先进的人民性的理想作品,小心翼翼而又极端巧妙地贡献给了人民。

这当中我们的三位抒情诗人自然是佼佼者。他们筚路蓝缕,披荆斩棘之丰功伟绩仍在。

2.白山派与黑山派间的政治斗争。神秘主义在十七世纪初,随着叶尔羌之封建割据更是火乘风势,焰头愈烈。强化了反动的白山与黑山两派的斗争。"这两个教派在宗教上虽祇有细节的分歧,但为了争夺政权,两派之间,进行了长期的流血厮杀"。(冯家升:《维吾尔史料简编》)终于招致了准噶尔的残酷压迫与剥削。

这里我们有简单叙述一下两派来龙去脉的必要。

远在十五世纪之初,从中亚布哈拉来了一位叫和卓·满合堵木·阿扎木的僧人,他在今后维吾尔的政治文化生活上,在新疆历史事件中所起的作用,是极端恶劣的,说两派之起,密切地与或甚至起源于他之东来有关,亦不为过。

他有两个孩子,长名伊玛目·坎拉因,幼名伊丝哈克·瓦利,兄弟二人,在父死之后,继续广收门徒,宣传僧侣学说,厥后为了较竞名望之高低,权势之强弱,起了争执,开头虽微不足道,但愈演愈烈,不可收拾,这样,叶尔羌汗国就出现了两个宗教派别,老大的信徒叫依西克牙,老二的信徒,叫依萨克牙,前者即白山派,后者即黑山派。归付白山派的有喀什、库车和以北的人民,归附黑山派的有南疆的和阗,叶尔羌,叶城等地及附近的人民。

十七世纪中叶,阿帕克·和卓(一七一〇)以一个独揽政教大权的人物,不仅止于为僧侣神秘哲学撑腰助威,广延善男信女,蜂拥左右,凡诗人对神秘哲学稍有抵触者,动辄科以严刑重罪,或予以驱逐,他的淫威不可一世。

两个教派,各有不同的旨归,互异的情趣,而当地其他的一切仍操元朝嫡系之手，所以两派首领，为了攫得宗教事务大权，不惜血斗。这样一来，教争就正式演变成为政争。

正如白山派有它的后台老板阿帕克和卓撑腰助威一样，黑山派，也是阵势雄厚，旗鼓相当，不差丝毫的。因为成吉思汗在喀什的最后一位地方统治者伊斯马伊尔汗恰恰和他针锋相对，是白山派贵族的死敌，迳自把阿帕克和卓驱逐出境了。阿帕克和卓无奈之下，前奔吐蕃的拉萨，请求伊斯兰教的敌人达赖喇嘛协助，立即得到许可，引狼入室。与此同时，准噶尔噶尔丹博硕克图，亦派兵来喀，藉口援助，于一六七八年生擒伊斯马伊尔，因而取得了统治之权，称雄喀什，除了对黑山从严防范之外，还杀害了千百无辜。这样一来，劳动人民的生活困苦不堪，生产力遭受严重破坏，庐舍半成废墟。

未几，叶尔羌汗割据势力，也寿终正寝了，结果是够不幸的。我们的诗人诺比德，生逢斯世此地（即和阗），苦难备尝，心灵先受了神秘哲学的烙伤，继以乱离之苦，加上爱情上至再至三的失败，使他痛切认识到自己生而为人的责任，和应走的道路。他们从不同的角度，发抒自己深刻的感触，领受，挺身而起，或反对神秘哲学，比如赫尔克提的《爱苦相依》，他"透过象征性的人物，彻底地刻划了现实世界中真正的爱情和卓越的洁行端品"，借诗中主角的谈吐，和行动，揭示了纯真的热爱人类的理想。

当然了，我们从赫尔克提的身上，笔底，仍不难窥出神秘哲学所加给他的烙印、伤痕。但总的来说，他既有那种先进的精神和对当时现实世界的忿懑不平，难于保持缄默，蜷曲苟安一点来说，就已经可爱之极了，这也就是为什么我们把他列于浪漫主义诗人行列的理由了。

二、从赫尔克提、翟梨里到诺比德

1.赫尔克提（一六三四？—一七二四？）

他的诗作主题，是写实的，但创作上、思想上，难于解脱的矛盾，确也还是存在的，这在涉及爱情现实题材，宗教事务，社会和无神论问题的长篇叙事诗中，表现得更为明显，不论怎样也罢，飞溅的霞光，辉耀的灵思，有如万顷波涛，奔泻千里之势,有时却又小坐支腮,冷眼静观万有,所以他的二十七章《爱苦相依》,写来备极从容,叙事描写相当详尽,人物虽然不多,仅只"晨风""玫瑰""夜莺"三个,但故事的开展,颇为自然完整,丝毫不显得平板单调,一来一往,来龙去脉,件件皆有交待,痴情者,终于有了丰硕的果实,善良者,获得朋友的喜爱,大有"光风霜月,清香暗飞"的感觉。

事实上,长诗的题名本身,就已给我们做了充分启示。《爱苦相依》,事物的发展,无不如此,苦尽了,才有甘来,爱之挚,总是有一番辗转反侧的苦楚的,这是一条颠扑不破的真理。诗人生逢僧侣贵族,掌握政治大权,宗教邪说,甚嚣尘上,生灵涂炭,噤若寒蝉的时代,神秘哲学,像一只鹰犬追逐着人民,使其安于愚昧,不能有启迪文明的可能。

他给自己明确地提出了任务,细致而明丽地描绘蕴藏在人类心底的爱情,高尚的道德,诚挚的友谊理想,而又出之以晨风、玫瑰、夜莺三者间的寓言式的似乎与人无涉,更不牵涉社会实际,但笔锋过处,字字珠玑,明灿直出肺腑,浓艳荡人心魂,不能不承认这是一种妙之又妙,逃避僧侣禁忌或反感的空灵手法,不唱咏神明,而专来描叙爱情一事的本身,也就充分说明作者对宗教的侧面态度了。事情往往也就如此。

最后,也就是赫尔克提之所以能挺立当时社会的关键所在的,是他的强烈的人民性,进步性,我们先看看他自己的诗句吧:

要是没有小兵,王公也大不过叫化子一名……

……王公,倘然没有人民,

威风凛凛,无异在乱草堆中。

……有了乞丐,王公才富有四海,

乞丐饿肚,御筵越开怀。《爱苦相依》二十七章

2.翟梨里(一六八五——一七七五)

他是怎样对待自己所处的时代和社会的呢?

假如我们认为赫尔克提,由写浓得化不开的艳丽,转入一针压一线的真实分析,由抒情而走上口诛笔伐,随一起一落,会有皮开肉绽,血流如注的鞭打,由

无名的哀怨而大声怒吼，是由理想的终于幻灭，从而深刻体认了社会里苦难的根源后，难于孤处一室，保持缄默，长时容忍，而向更高的阶段飞升，其实严格说来，也是统一的，是浓艳的充盈于更高的政治灵魂，美的形式因真善而愈益灿烂，给维吾尔文学终于带来了具有一定人民性的浪漫主义的话，那么在翟梨里，我们可以说，内容形式交融恰到了好处，辞汇生动，平易近人，故乡处处风和日暖，花红似火，采霞满天，但伴随这些的，却又是对家国的眷恋，对人民满掬的同情和关怀，人世的冷暖，上层的迫害，远离所爱时的牵肠挂肚，但后者，终竟是次于前数者的，所以他的诗交织着透明的辞藻，缠绵的情怀，忿慨的控诉，生死不渝的信念，他直似维吾尔的屈子，忠而见逐，贤而受害，怀才不遇，发之诗章，明珠和苦果同串，甜蜜的爱，和透彻的分析，紧紧结合，他从不纯为抒情而抒情，总是寓事于情，溶情于景，荡人心魂，动人哀思，是一位不折不扣的人民全心全意喜爱的抒情诗人。

他的诗是一颗浑圆润泽，玲珑剔透的明珠。

思想内容

贯穿在翟梨里诗歌中间感人最深的特征之一，厥为他强烈的爱国主义，我深深觉得，他似乎曾遭受过一段时期的放逐之苦，流离颠沛之痛，因而对于祖国之爱，格外强烈，时牵梦魂，有如屈子被放逐后的远游：

懿欤乎美哉啊，十八城！（片断之三）

心烦意乱兮，像琴板上短少弦线，

坐立难安，只因远离祖国的门边。（格则尔十九）

祖国花烂漫，溅泪惊心。（片断之五）

应该说，这种情感，心急火燎的悬念，上下求索的眠食不安之态，是出自一片赤诚，具有真实的内容，绝非佯装作态，对于翟梨里，祖国就是爱，是灵思的源泉，与他有血肉关系：

每当静心独处，祖国情思花雨泻。（五行诗十三）

装饰我们的，只有多娇祖国的美景。（格则尔十三）

我们不禁要问是什么原因，迫使诗人离开心爱的祖国，行吟异乡，眠食难安的：

亲爱祖国，你怎能怨我出言荒唐；

饥饿大军，把控诉状纸到处投放。（五行诗十九）

但是，不管黑暗势力，多么猖狂，他坚信真理一定会战胜谬误，祖国一定可以回去，他有这种认识和决心。

要我翟梨里不踏上叶尔羌土地，

除非塔比悬圃不在吐尔番库车。（格则尔十一）

这种信心，真是掷地有声，使人泪堕。

对于骑在劳动人民头上，花天酒地，作威作福，不恤民力的残暴统治者，翟梨里则嫉恶如仇，尽情鞭打，喜笑怒骂，百般讽刺挖苦，娓娓以道，挥洒自如，备极风趣，快语横生：

你们有御苑，还妄想爬上天堂。（片断之二）

宵禁是这般森严，十步一哨千岗。（述怀）

警告吸血鬼们，且慢猖狂，人民恨透了你们，仇恨的子种，已经撒下，发芽滋长了：

发芽期的仇恨，看不见，

总有一天，恶果满枝头。（片断之六）

蛇尽管逶逶迤迤爬行，

人民绝不会拱手信任。（片断之五）

人民有理由蔑视他们，嗤之以鼻，针锋相对，揭竿而起，进行战斗，争取自由，除此别无他法：

只有口诛笔伐，咬紧牙韧性鏖战。（格则尔之十三）

谁也不会理睬什么苏丹和王公。（格则尔十六）

至于诗歌的社会作用，虽然翟梨里由于个人历史出身，阶级局限和必然地所曾受过的有限的宗教教育，使他还不能提到应有的高度，在社会中应起的号召群众，鼓动，组织群众与敌人进行斗争的积极作用，应该受到充分重视，但是，无论如何，在一定程度上，的确也是被意识到了的。

花奇草鲜，葩叶竞艳，也难比得上

诗篇灿烂，琳琅满目的万卷千章。（片断之二）

真理之境，永不会尘封，

谁把翟梨里奈何得了。（片断之四）

一支歌会带来一次胎儿的呱鸣。（格则尔之十四）

诗情像冲破冰封，春水渐渐流淌。（格则尔之十九）

诗人事实上已经认识到诗歌，当然也包括他的诗歌，能起触媒，催生的伟力，许多缠夹二的问题，他的诗一涉及可以弄清，诗情似春水，破冰而出，越流，前程会越宽广，他的希望，诗，有千万。叙说不尽。诗人这样相信，是有道理的。因为他有自己的爱人，爱情，祖国。这些在诗人心目中，占据着极高的位置，极大的比重：

掩映天空的，不会只是彩色的云，

更经常有爱情，投赠我一片荫凉。（格则尔之六）

只要你霎霎睫毛，世界顿起火烧，

人们生活得将更愉快，犹如军刀，

经过血与火的礼洗，更锋利，坚牢。（格则尔之十二）

但是深情一瞥，会叫人跟着跑。（格则尔之十二）

只要一天不死，爱情就会来敲门，

黑黑头发，常常在心灵深处飘动。（格则尔之十六）

爱的锁链愁是桎梏野蛮束缚我。（格则尔十七）

眼睛常要霎巡，外加两条辫子系紧。

连你的冷淡，也放开嗓门来歌颂。（格则尔十八）

倘然，翟梨里注定，应该死于苦难，

我也要描摹，满头波动着的风韵。（格则尔十八）

为了爱情，诗人已深切认识到，只有不怕刀山火海，才能获得的至理：

为了心爱的人儿，难道不能够去

伸手蔷薇深处，带刺把花朵采摘？！（格则尔十五）

对于值得去爱的事物,例应赞美,否则就会受到尘封:

把你华丽的言辞,吐向她的窗口,

别让仆仆风尘,纷纷扬扬落上头。(格则尔十三)

诗人进一步认为,只有爱情,能照亮他前进的道路,可谓爱之诚矣:

只有你的光轮,才能照亮我的前面。(格则尔十九)

诗人颇有择善固执,深入群众,稳步前进,不恐怕艰苦进行韧性战斗的精神:

要我不参加这追欢逐乐的人群,

除非白坎肩采珠人不跃身浪峰。(格则尔之一)

愿翟梨里日日夜夜能专搞诗余,

不需要计较果实的歉收或丰盛。(格则尔之二)

任谁也得锻炼,经过七卡八关。(格则尔之七)

艺术成就

在十八世纪的几个伟大诗人之中,翟梨里的艺术成就,是更为突出的,他的构思,涉及方面广,生活经验丰富,认识深刻,辞藻新颖,有的色点跳动,奇丽灵巧;有的珠玑浓缩,凝成至理名言,耐人寻思,为维吾尔族的谚语之类,开了俳句形式的先路。

千簇万朵火样闪,(片断之四)

当金色阳光,明煌煌渗透大地;

全世界一齐披上了华丽的衫裳。(格则尔之一)

春天是花儿醉红,柳丝飘浪季节,(格则尔之九)

微风儿停拂玫瑰,夜莺不忘曙晖,(格则尔之十)

你的樱唇,花面,赛过千层的牡丹。(格则尔之十)

只见空荡荡阒无一人,花红如疯,

万件沉重的负担,齐涌向翟梨里,

就像货郎把化装品,香粉,送上门。(格则尔之十五)

芙蓉花像胭脂里浸过的一样。(格则尔十六)

上冒水珠似泪,染出一池玛瑙串。(格则尔十九)

果树的枝儿,齐轮番来跟你握手。(格则尔十九)

浓密的树叶,如伞撒开,习习凉荫,

当你走过,齐上前拦路,撩拨衣襟。(述杯)

涉及爱情的时候,他为我们投下了珍珠一样的名句:

失眠的折腾,放声大笑,(格则尔四)

睡梦里,声声叹息,发出万道光芒。(格则尔六)

长长的睫毛,像箭雨不断拍打我,(格则尔十七)

乘黎明的翅膀,支撑苦熬到黄昏。(格则尔十七)

颗颗泪珠便是相思鸟绝好的食粮,(五行诗十二)

叹息是波浪,江上万支白金箭,

是为抽打痴心人,而抡起的鞭杖。(五行诗十二)

一串串的泪珠,为我做出证辩。(五行诗十三)

又如下边的这些句子:

过路人拣珠宝,只有行家识得透。(格则尔六)

种麦子的终将麦子收,

出手大方的,总会富有。(格则尔六)

巨流不嫌弃涓滴,丰满何怕再添。(格则尔十)

3.诺比德

我们对于他的生卒年月,生平事迹,迄于今日,仍是了无所知,根据他的鲁拜(Rubayat)之十的两行:

"时当回历千一六,(按即公元一七四〇年)

诺比德心血咏就。"

来看。可以把他归于十八世纪中叶,诺比德在维吾尔诗坛上的出现,像一朵娇花,又像忧愁的星星,他的偶占里辞藻之艳丽,柔肠之千转,直超翟梨里而上之。他遗留给我们的虽然不多,但却俱是精刻细雕的瑰宝。

研究文学史的人,都震惊于诺比德偶占之华丽浓艳,强烈荡人,交赞不迭,把他排进十八世纪最佳抒情诗人的行列,这样作,原本无误,但毕竟有些片面,因为仅从偶占的华丽动人,口语式的轻快流畅,铿锵音调,严肃沉重到难自排遣,走投无路等特色着眼,往往会忘却它的巨大政治意义。冲淡它的斗争色彩,事实不恰就是这样吗? 他之所以会走上这条浪漫的抒情的道路,采取"裁红量绿"的风格,原本是"要铸屠鲸刺虎辞"(柳亚子),仅仅是他把"屠鲸刺虎"的目的,披上另一袭采色的罩衣,以扰乱鹰犬的视线,进行韧性的消极抵抗而已,这可从下边几个角度谈谈:

正当神秘哲学,以席卷之势,弥漫全疆之际,不从事逢迎拍马的歌功颂德,那该是多么不易,要坚持自己的曲高和寡的一套,又当是如何难得,但诺比德却把全部精力,倾注到偶占和鲁拜上,倘然没有坚定的立场,清醒的头脑,很难得有此魄力的。

偶占本身,就是一种极其强烈的抗议,你们要颂神逢迎,作虚弄假,口是心非,或借以免于迫害,被逐出境;或飞黄腾达,附骥尾而上升,我则实事求是,不涂脂抹粉,昧着良心,同流合污,光写个人亲经实历,真切感受,悲天怆地之情绪,"沉默就是抗议","伏案雕虫,盖所志在于千里也"。

诺比德在他的偶占中,一扫宗教上的污烟瘴气,或行话连篇的俗套,嘻嘻哈哈的奉承,每有所占,真情毕露,毫无虚饰,既有面面相觑时的眉飞眼动,欢忭莫名,也有别离后的愁苦寂寥,食卧难安,"上下求索"之苦:有自己的冥思遐想,五色六采;有看破红尘后的洒脱,无往不可,诺比德本人,巨细无遗地活灵活现在他的偶占中了。

他所努力从事的是要刻划出自己的"真"来,他确实不折不扣地做到了这点,在文学史上,也就嵌稳了自己。

上边我极概括地叙述了赫尔克提、翟梨里和诺比德所处的时代、政治、社会背景和其特征,好像是在"山雨欲来","风已满楼"的前夜,叶尔羌的寿命,快要告终了。维吾尔文学上崭新的一页,要待更勇猛而有魄力的作家去掀开了。

诺比德的偶占与其艺术特色

（1）偶占的结构、主题内容

这是阿拉伯输入的一种抒情诗体，亦名 Taxbib，或 nəsib，纯用以描赞天生尤物，卿我絮语，或对伊人的系念，或悲思故国，或感怀身世，或月且尘俗，与西欧一带的商籁体（Sonnets）从内容主题，取材范围的限制来谈，极为近似。在结构方面诸多建行，协韵，音步等，比较简丽流畅，有一气呵下之势，没有商籁体那么一步三叹，摇曳多姿，这是它们在风格上大异之处。但在主题的布局上，却又有不谋而吻合的地方，比如说吧，商籁的八行上阕（Octet），一般先揭开场面，排阵列势，似朝霞微启，东方仅红一角，而六行下阕（Sestet），则纯用以解决矛盾，叙描有余不尽之意，达到首尾呼应，柔气千回，愁肠万转之妙，正如散文家李广田先生在他的《诗底艺术》中所说："由于它的层层上升而又下降，渐渐集中而又解开，以及它的错综而又整齐，它的韵法之穿来而又插去。"商籁比较严密繁复，便于沉思冥想，精刻细雕，有如纤丽的八宝楼台，而偶占，则较豪放。有如长江大河，舳舻千里，开门见山，揭出主题，紧紧衔接，层次依然，韵法虽似散珠，而实节节入扣，贯穿而下，笔飞龙走，浑然整体，叙事则眉目清楚，说理则层次不紊，绘花描叶，则从容安排，红绿耀眼，或细及毛肤，可供近赏，或山梵林窻，可资远观。我们这么说，绝非认为形式可以决定内容，不，恰正相反，内容总是主要的，但形式体裁的结构和性能功用，定夺了，明确了，的确，也将更便于分瓶装酒，相瓮淹菜。偶占的布局，有三段落，起首二或四行，点出主题，接着就进行铺叙，议事，说理，描绘，行之多少，悉随己意，可戛然而止，可铿锵引吭，最后回首来途，飞笔一勾，作结，并在末两行道出自己的姓名。一般来说，它是维吾尔古典文学里常见的十四行，但有时亦不止此数，多则二十余行，少则七、八行，也无不可，至其协韵，概为：1121314151……11。在诺比德之前，未写过偶占的诗人，几等于无，其中以乌孜别克大诗人纳瓦衣为最出名，最多亦最佳。统收在他的抒情之作 Qar Divan 中。

诺比德的偶占所歌咏的，全系爱情前后的种种切切，是他对当时社会最有力的一记耳光：

别把我看作不食烟火,脱离了红尘,(一)

野寺古木皆不需,

与尔山林我务园。(鲁拜之七)

这是肺腑之言:方其来也,倏忽如狭谷骤风,瀑下飞岩,其激荡也,剧烈如龙跃深渊,沫干云霄,既不能防之机先,复无法弭于事后,其折腾人心,何仅止于辗转反侧,寤寐思服哉?这里有一见钟情死生不渝的痴恋,有邂逅花丛低低切切的密语,光明昌丽,眉开眼笑的欢欣。有牵肠挂肚的离愁,坐食难安,莫知所可,有恍惚的梦思,有惆怅的醒后,时而希望洋溢满怀,火热,时而烟飞火灭,寂聊无可排遣,或则执着一念,别无旁骛,或则撒手大千,游心自慰,终于委身诗作,从事千秋之业。

(2)歌咏的对象

偶占涉及的实际对象,通观四十首,颇费揣测,光采照人的女子,似乎不止一个,占绝大篇幅的有那么三几位,写得实在突出的成功,纤细及于毛发衣履,如闻其声,如见其人,比拟刻划之曼妙,轻盈恰切不移,往往在一撇半勒之间闪现,自纳瓦衣而后,浓艳细腻,精雕丽刻,能媲美诺比德者,虽非绝无,亦系仅有如翟梨里、纳扎尔等一二人而已。

在四十首中,经常被咏及的,是一位有着皎若满月的圆面孔的女子,他披着一头美丽的卷发,性情温和,但其意志,微嫌不坚,易受他人影响,朝三暮四,可真算害苦了诗人;其次是同村的一位黑姑娘,这当是一位维吾尔文学里面美而无情(La belle dame sans merci)的女子典型,像行云流水一般婀娜多姿;第三个姑娘有一颗飞动的酒窝,两道流采的眉睫,绰约的身腰,轻盈的步履。要真刀真枪地从容应付这么三位,对于木讷厚道如诺比德的人,那简直是不堪设想的。偶占告诉我们,一切徒然,他终于束手无策,听天由命,只好企望以自己的一腔忠心,感染心爱的姑娘,前来相好,其痴其忠,真到了无以复加了。

(3)形象性

歌咏的对象不多,着墨亦至有限,但在颦笑语默,眉目飞动,身腰仪态之刻划上,功夫却已达到了精当不移,栩栩如生之境。诺比德最擅长的手法,就是发现美点,像摄影机一样聚集光线,只叭达一声,这样擒获的人物,有骨有肉,丰润适度,给人的印象至深,不易磨灭。比如他写到圆脸儿的姑娘时:

青丝蓬松,飘两宾,似月儿在云端溜出溜进。

这是熔景于情的"比",而不露其痕迹,使人只觉得两者相得益彰。他不肯直说发丝缭绕,却用反衬的手法,说月儿在云端溜出溜进,活泼调皮的姿态,如在眼底,刻划可谓已到了家。又如:

一双眼,两颗星,采光流动牢牢守住"面防"。

描写假如仅止于一双眼,两颗星,恐怕确乎难免于几分俗气,但接着一句,是远出于一般构思的,"光艳照人","花明耀眼"一类句子,早已成为套语,但"采光"流动而能固守起"面防"、动静衬用,使动的流光更动,静的面防固若金汤,使人想起《楚辞》中这些辉映千古的句子:"蛾眉曼睩,目腾光些","月曾波些"。

谁想啜饮爱情的旨酒,

凑上前,吻吻含嫣的红唇,

当一男一女对面,

爱的脉波悠悠一缕暖流跳动,

愿永远没有别离来穿插捉弄。（四）

这样坦率轻快而又细腻的描写,难得见到。

一见就是发疯似地爱上,

在欢乐的场所,摇曳多姿,像行云,似流水。（七）

软软的话儿,听起来真水。（八）

苗条的腰身,似流光跳动在波浪间的虚线上。

顾盼比雨珠儿还晶荧,眉睫撒出飞光,（十五）

眉眼的飞动是笔,晶荧的泪花儿像墨汁腾沸。（十九）

顷刻筛出玫瑰色的一碗,（四〇）

(4)口语化和音乐性

在诺比德的偶占中,纯熟的口语,句句富有铿锵的音乐,杳然远飘的韵味,字字环连,串接而下,借平凡的事物,塑造生动的形象,而且那么融洽无间,浑然

一体,不露瑕疵,构局奇特,引人神思飞扬欣然不知底止,最典型的例子,如:

想要苹果的快来摘,

摘下苹果装进口袋,

想吃大大的苹果红艳艳,

攀往梢枝出手要快,

那有比苹果香的果子甜,

咬一口呀,会这么够味,

姑娘的长相,自有各种各样,

要好看的还得在台扳上摊开来摆,

不会有比这更出色的礼品,

春天一到,处处艳阳弥漫金粉飞,

给心爱的姑娘,选赠最艳最圆的一枚。(三七)

又如:

为了相思殉身,赛过蜜糖,

在爱火里燃烧,比蜜糖还香,

加上一滴苦难的汁液,便起滔天的洪波,

爱情的火焰,会燃烧得分外红旺。

星星之火溅上你,

把你化成灰烬呀,那就象糖里掺进了蜜浆。

经过爱火锻炼的躯体,有如又烧,

虽然灼其骨,痛入髓,比蜜还甜,比糖还香。

这样的急速吐属,简直连气也不可能换的。又如:

红红的苹果带走了我的心,

想念红苹果,消瘦的是我结实的腰身,

过了沉沉的黑夜,我要赶黎明去摘红红的苹果,

那苹果的红艳真叫人开心,

巴望你能慷慨地施舍我一颗,

一颗苹果呀，不会对你带来什么折损，

发发慈悲吧，艳丽的姑娘，

离别会风干苹果鲜红的丰润，

衬托你采飞光流的面庞的有滴乌的发卷，

凌空遮顶累累枝头的是那颤动的苹果红。

这是繁琐的描写的极其生动的抽象的概括。

要赏识那颗圆圆的旋动的酒窝。（九）

"酒窝"而用"旋动"描状，真亏他一支神笔，与诗经"巧笑俏兮，美目盼兮"，可谓后先同工，无独有偶了。像这些大都能赋"静"以"动"，状动如神。

在苞兜初裂的枝头，我看见了两颗圆圆的，

是熟透的苹果，是圆圆的玉碗天上来？（一四）

这种比拟手法，有象征的曼妙，而无丝毫猥亵轻佻，掺杂其间，自问自答，时刻向着更高一层珠圆玉润的境界提升，归落到"天上来"实是转到了对面的真人，此之谓出于本真而不滞，写到象征俏三分。又如

害了和思病，就和下世的荒原，仅隔一间。（二〇）

这不是对苦恋者概念化地抽象，而是一付逼肖的工笔画。

从他老家端来了洋溢的琼浆一杯，

只这么咕嘟一口早已下肚，（二六）

形象写得何等生动，绘声如此轻快、豪爽。

气吐眉扬，十里烟景柳丝黄，（二九）

气派雄浑，好一抹郁郁苍苍的景色，以天状人，是并不怎么轻易的。

全世界没有能浇灭这烈火的洪水，

晶荧的泪珠，反会助长烈火向高飞扬。（三三）

苦苦想了多少年，

最怜诺比德受尽折磨，

枝头依旧是红星万点耀摄眼睛，（一）

在这一首里，音乐的效能，发挥到了极限，重重沓沓，丁丁东东，这些虽然是

脱胎于民歌的,但更自然,更深刻。

忍耐可以缩短距离。(二〇)

语言在这里已凝练成了谚语。

只怪胡涂医生,给我的眼睛绷上了纱布两片。(三六)

汉语里"情人眼里出西施",那有这一句的意味深长?

把你的酒杯斟满,

听欢乐的铃声,丁东耳间。(四)

这更是景与声的融合了。

三、简短的结论

除了音乐之铿锵,色采之灿烂外,在诺比德的诗中,还有就是词汇的丰富,生动,使人永远也不会感到枯躁,穷乏,呆板单调的,像 Van Gogh,Cézanne 的画面,阴阳鲜明,光焰炙人,浓装艳抹,色点跳荡。"窥情风景以上,钻貌草木之中,体物为妙,功在密附,故巧言切状,如印之印泥,不加雕刻,而曲写毫芥,故能瞻言而见貌,即字而知时也"。(文心雕龙:物色篇〉诺比德的诗,确已达到了"极貌写物","穷力追新","富艳难踪"的地步了,仅写伊人,就用了五十余个不同的名词,这早已驾于英国莎士比亚的一百五十四首商籁而上之了。要想把他们一一妥贴地翻译出来,还不太简单哩。

尽管从偶占,可以看到诗人才华之纤丽,想像之丰富,语言流便,辞藻璀灿,但它们依然有不足之处,那就是题材范围太窄,章法稍失之板,而且由于偶占的结局限制,一定得在最末两行,点出作者名姓,感慨一番,好像一条洞察世事的玄言尾巴,除了二三例外,大体说来,都是败笔,但却无伤于总的主题,爱之赞歌,对于黑暗时代的控诉。

第四辑

回族古代文学

本辑概述

　　本辑收录了陆联星、黄海章、华思理、李世宁、戎为今、贵州大学历史系科研组、林松、白崇人和试骏撰写的 9 篇回族古代文学研究论文及王志华撰写的 1 篇介绍文章。论文分别发表在《光明日报》《学术研究》《中山大学学报》《辽宁大学学报》《郑州大学学报》《福建师大学报》《思想战线》《中央民族学院学报》《宁夏大学学报》上，介绍文章发表在《山西大学学报》上。史料主要集中在对萨都剌及李贽的研究上。林松和白崇人对萨都剌的族籍考证对于深入了解诗人及更好地分析其作品有极大帮助；贵州大学历史系科研组对李贽《忠义水浒传叙》的评析符合当时的时代背景和主流话语规范；戎为今对李贽文艺观的评析也是对明朝晚期文艺论争的评析；陆联星对李贽批评《三国演义》的辨伪有助于更好地了解李贽。

　　不过，除了萨都剌及李贽，其他优秀回族作家研究文献目前尚未见到，这也反映出这一时期回族古代文学研究较为薄弱。需要指出的是，研究者大都没有把李贽当作回族作家、思想家，但李贽在回族古代文学中的影响在回族内部得到极大认同。

李贽批评《三国演义》辨伪

陆联星

史料解读

　　该史料为论文,原载《光明日报》1963 年 4 月 7 日。陆联星对李贽批评《三国演义》进行辨伪。李贽敢于对封建礼教进行批判,著作在当时很受欢迎,导致托名李贽的伪书盛行,所以署名李贽的著作应当仔细辨认,现存《李卓吾先生批评三国志》就是一部值得考证的书。没有任何记载证明李贽批过《三国》,很早就有人质疑但是并没有证据,作者认同其是伪托并给出两个理由。第一个理由是批评的具体内容中有些思想与李贽矛盾,虽然批评者善于揣摩李贽的思想和特点,但是对诸葛亮谩骂式批评与李贽称其为"大圣人"不符,对妇女的轻蔑与李贽主张男女平等的观点不符,对王陵的正面评价与李贽称其为贼的看法相左。大问题上可以模仿,但是一些细枝末节中不可能完全一致。第二个理由是书中还有几处"梁溪叶仲子"的评论,从评论中可以看出这可能是伪托者的真名。梁溪叶仲子很可能是叶昼先生。在与李贽和叶昼同时代人的记述中可知叶昼为梁溪人,化名很多、擅长摹仿并伪托李贽之名批点过其他书。虽然是伪托评点,但是其历史价值和艺术见解也有许多可取之处。该史料的价值是多方面的,值得从多个角度考证、研究。

原文

　　当晚明宋儒道学还在人们思想中占着相当统治地位的时候,李贽的著作以其强烈的反圣教、反道学的战斗内容而震撼一世。由于他敢于对封建礼教进行批判,说出人们心中欲说而未能说出的话,因而他的著作在当时受到人们的热烈欢迎。当《焚书》《藏书》《说书》等刊出的时候,"人争购之,吴下纸价几贵"(陈继儒《国朝名公诗选》李贽小传),又由于他敢于对封建礼教大胆否定,揭露道学家"口夷行跖"的虚伪面孔,因而遭到封建统治者、道学家们的忌恨,视之为"异端""人妖",而给以种种迫害,以至将这个反封建的战士逼死狱中。李贽死后,其名益重、书益传,而托名李贽的伪书也盛行起来。李贽的弟子汪本钶在《续焚书》序中说:

　　夫伪为先生者,套先生之口气,冒先生之批评,欲以欺人而不能欺不可欺之人,世不乏识者,固自能辨之。第浸至今日,坊间一切戏剧淫谑,刻本批点,动曰卓吾先生,耳食辈翕然艳之,其为世道人心之害不浅,先生之灵必有余恫矣。

　　由于伪书的盛行,鱼目混珠,我们今天对于署名李贽的著作就得细细辨认。

　　现存署名《李卓吾先生批评三国志》就是一部值得怀疑伪托的书。李贽在《焚书》《续焚书》里曾提到他批点《水浒》《西厢》《琵琶》等,却没有提过批《三国》,李贽的弟子、朋友以及其它同时代人,也没有谈到他批《三国》的。清初的毛宗岗,已认为李批《三国》是别人的伪托。在他批评的《第一才子书三国志演义》"凡例"中指出:

　　俗本谬托李卓吾先生批阅,而究竟不知出自何人之手。其评中多有唐突昭烈、谩骂武侯之语,今俱削去,而以新评校正之。

　　虽然很早就有人提到李批《三国》是伪托。但是没有一定的论据,而这部书的批评文字风格又很像李贽,特别对假道学的批判,符合李贽思想,因而,现在很多人还是认为批评出自李贽之手的。阿英先生《小说闲谈》中《卓吾批书》一文是这样认为的;朱谦之先生《李贽》一书,更大量引用《三国》批评条文,来说明李贽思想;新出文学研究所编《中国文学史》,也认为李贽曾经批点过《三国》。

究竟是否如此，我是怀疑的。我同意清人毛宗岗的看法，认为是别人的伪托。有以下理由：

一、从批评的具体内容看。批评的文笔风格和思想见解与李贽的《焚书》《藏书》等著作很相似。我们可以想象，伪托者对李贽的思想见解和文笔特点是很善于揣摩的，以致达到足以乱真的地步。然而各个人的思想见解高低，眼界的宽窄是不相等的，对具体问题的看法不能完全一致，因而在许多相同之中仍可以看出不同来。《三国演义》的批评固有许多见解与李贽相同，但却也有一些思想见解与李贽不类，甚至很矛盾。且从以下几点来看：

1、对诸葛亮谩骂式的批评与李贽思想见解不符。《三国》的批评，对诸葛亮是深恶痛绝的，书中处处吹毛求疵，指出孔明奸诈，骂他是"老贼""大贼"（如五十回，五十一回），特别在九十七回对杀刘封的批评，更是破口大骂。如：

批："刘备不通可恶，可恨；诸葛亮更可杀矣，不杀不剐亦无以泄我胸中之愤也。"

总评："诸葛亮真狗彘也，真奴才也，真千世万世之罪人也。彼何尝为蜀？渠若真心为蜀，自不劝杀刘封矣。乃知借手掣蜀爪牙，实阴有所图也。蠢哉玄德，何足以知此。"

从以上批评，可以看出两点与李贽见解不合。第一，李贽的文笔固犀利诙谐，对假道学的针砭，能一针见血，痛快淋漓，并善于描绘假道学的丑态，但却没有用谩骂来代替战斗。我们从他的《焚书》《藏书》等著作中找不到信口谩骂的例子。就李贽的为人，所受教养看，也不至于如此，这种谩骂式的批评是伪托者徒肖其貌而失其神的造作。第二，从李贽的其它著作看，他对诸葛亮是肯定的。在《藏书》中把诸葛亮传列入"忠诚大臣"之中，可见其褒贬态度。他并没有把诸葛亮看做对蜀抱着异心"阴有所图"的巨奸。的确，他对诸葛亮也有些批评，但归根结底还是肯定的。在《焚书》：《孔明为后主写申韩管子六韬》一文写道：

六出祁山，连年动众，驱无辜赤子转斗数千里之外，既欲爱民、又欲报主，自谓料敌之审，又不免幸胜之贪。卒之胜不可幸，而将星于此乎终陨矣。盖唯其多欲，故欲兼施仁义；唯其博取，是以无功徒劳。此八字者，虽孔明大圣人，不能免于此矣。

他对孔明的批评，是他不惜民力以求侥幸获胜，但同时又谈到他的爱民、欲施仁义的一面，最后还称他为"大圣人"，并没有把他看做像上引批评所谩骂的那种"老贼""大贼"。可见对诸葛亮的谩骂是与李贽思想不符的。

2、对妇女的轻蔑与李贽的观点不合。批评对《三国》中的个别女子，固也有些赞扬，如称貂蝉为"神女"，但对妇女的一般看法，却是轻蔑的，这就与李贽主张男女平等的观点不合。如：

十九回总评："从来听妇人之言者，再无不败事者，不独一吕布也。凡听妇人之言者，请看吕布样子何如。"

二十八回批关羽欲收周仓，禀问甘糜二夫人："此事何必谋之妇人，先生岂讲学人，乃腐气遇人如此耶。"

四十一回总评："天下妇人无不如蔡夫人者，今蔡夫人既得曹操杀之，我心甚快也。安得曹操再出杀尽今日之所谓蔡夫人者，我心更快也。"

从以上批评看，批者对妇女的轻蔑不是个别人的问题，而是对一般妇女的看法，认为妇人之言都不能听，天下妇人都像蔡夫人那样坏。这种看法正是封建礼教"男尊女卑"的陈腐观念的反映，而又恰是李贽所要批判的。李贽从人人平等的观点出发，重视女子的人格地位，主张女子应有和男人同样参加社会活动的自由，认为女子的见解并不低于男人。在《焚书》:《答以女人学道为见短书》中写道：

余窃谓欲论见之长短者当如此，不可止以妇人之见为见短也。故谓人有男女则可，谓见有男女岂可乎？谓见有长短则可，谓男子之见尽长，女人之见尽短，又岂可乎？设使女人其身而男子其见，乐闻正论而知俗语之不足听，乐学出世而知浮世之不足恋，则恐当世男子视之，皆当羞愧流汗，不敢出声矣。

这里虽是在论妇女学道，也是对一般妇女的看法。拿这段引文与以上批评对照，可以看出二者的观点是何等的水火不相容。一个说"从来听妇人言者，再无不败事者。"一个则回答："人有男女则可，谓见有男女岂可乎？"如果以上批评亦出于李贽之手，岂不出尔反尔！

3、对王陵的评价与李贽看法相反。

一百十四回评王经母子因反对司马昭篡魏被杀事："王经母子世以王陵母子比之，余谓大不同也。王陵母子汉之忠也，王经母子乃操之忠耳，岂汉之忠乎？如何同类而其褒之也，春秋之义恐不如此。"

王经母子临刑不屈，表现对曹魏的忠心，很像汉初王陵母子的忠汉。王陵因投刘邦，母亲被项羽捉去，项羽要陵母召儿子来降，陵母却自杀，以死示儿子必须忠于汉。王陵后来真的一心为汉，做了汉初的右丞相。批评从以汉为正统的观点出发，说王经母子的忠曹不能与王陵母子"同类而其褒之"，就是说王陵母子在历史上的地位应比王经母子更崇高，才符合"春秋之义"。由此可见批评对王陵母子是肯定的、赞扬的。然而李贽对王陵则是完全否定的。在《藏书》里把王陵列入"贼臣传"中，并在传前批着"杀母逆贼"，虽然在王陵传里没有说明缘故，李贽这样安排自有他自己的见解，其褒贬态度是明显的。这就与批评的见解完全相反了。

从以上三点与李贽的见解矛盾来看，可知由于各个人的思想高度不同，虽然在一些大问题上可以勉强模仿，但在对一些具体问题的看法上，就有高低正谬之差了，不可能完全一致。这可做为认定李批《三国》是伪托的论据之一。

二、在署名李卓吾批评的《三国演义》中还发现有三处"梁溪叶仲子"出面的评论。奇怪！怎么在李贽的批评中突然出现这样一位不速之客呢？不会是李贽的别名吧？李贽原籍福建温陵、客居湖北龙湖，曾号称"李温陵"和"李龙湖"却从未在江苏的梁溪落过脚，况且又不姓叶。因而怀疑这个"梁溪叶仲子"就是伪托者的真名显露。且看这三处是这样说的：

九十六回总评："一钝士问曰：周鲂即欲取信曹休，何必截发乎？身体发肤受之父母，即为忠臣亦不得为孝子矣。梁溪叶仲子见其腐气可掬，故谑之曰：渠尚有深意，公未及知。钝士急问之曰：何意？曰：渠意恐怕此事不成，欲向虎丘山中作一和尚耳。闻者大笑。"

又一百零五回总评："子房孔明公案纷纷已久，近日梁溪叶仲子二语不识有当于二公否？附记于此：仲子曰：子房是知致地步人，孔明是诚意地步人。不知者妄言子房伪而孔明诚也。呜呼！何足论此二公哉！"

又一十七回总评："梁溪叶仲子谑曰：诸葛瞻三顾，不差也。昔日先公曾受先主三顾之恩，今日不得不答之耳。一笑一笑。一人言诸葛瞻、诸葛尚父子如何便死，不禁熬炼，大不济也。余谓不是他父子不济，还是孔明不济。何也？把聪明都使尽了，不肯留些与子孙也。一笑。"

由以上三段评论，我们可以看出，这位梁溪叶仲子先生是个善于诙谐的人，他讨厌那种道学气的询问，讥其"腐气可掬"。他对孔明是颇不尊重的，对其子孙为了国家的惨死，也要说两句风凉话。这位"梁溪叶仲子"的评论从何而来呢？从说话口气看，不像是李贽的转引，而是这位"梁溪叶仲子"自己在出面说话。这样我们起码可以认定这三回的总评是出自"梁溪叶仲子"之手。而我们再拿这三回总评所表现的文笔风格思想见解与书中其他回批评比，都感到很相类，如善诙谐，贬孔明、反道学，在其它回的批评里也是有的。因此不得不使人怀疑他就是全书批评者的真容显现。

这位梁溪叶仲子先生究竟是谁呢？这不禁使我们想到钱希言《戏瑕》，周亮工《书影》里所谈到的那位伪托李贽批点《水浒》《琵琶》的叶昼先生。且看钱、周二人对叶昼的介绍。

钱希言《戏瑕》卷三赝刻条：

……比来盛行温陵李贽书，则有梁溪人叶开阳名昼者，刻回摹仿、次第勒成、托于温陵之名以行。……于是有李宏父批点《水浒传》……昼，落魄不羁人也……近又辑《黑旋风集》行于世，以讥近贤，斯真滑稽之雄已。

周亮工《因树屋书影》卷一：

叶文通，名昼，无锡人。多读书，有才情，留心二氏学，故为诡异之行。迹其生平，多似何心隐，或自称锦翁，或自称叶五夜，或称叶不夜，最后名梁无知，谓"梁溪无人知之"也。当温陵焚、藏书盛行时，如《四书第一评》《第二评》《水浒传》《琵琶》《拜月》诸评，皆出文通手。

钱希言是和李贽、叶昼同时代人，周亮工生活于明末清初，距离李贽和叶昼的时间也不久。他们的介绍当是可信的。从介绍中可知：这位叶昼也是梁溪人

（属当时无锡县）。他用名很多，称叶开阳、叶文通、叶五夜、叶不夜、锦翁、梁无知等。虽有才情却平生落魄不得志，受到泰州学派进步思想影响，钦慕何心隐，多诡异之行，被称为滑稽之雄，好"讥近贤"与道学家格格不入，曾刻画摹仿，伪托李贽之名批点过《水浒》《琵琶》《拜月》等书。我们再看那位梁溪叶仲子的行状，不是与这位叶显很相符合吗！同是梁溪人，同姓叶，同爱批书，又同是冒李贽之名。有了这么多巧合，那么这位已经有了七个名字的叶昼先生，怎么不可能再为自己想一个"叶仲子"的外号呢！因此似乎可以下这样的结论：梁溪叶仲子者，即梁溪叶昼也。这位叶昼先生很有可能冒李贽之名再对《三国》进行评点。

我们虽然认为署名李卓吾批评的《三国》是叶昼的伪托，但仍应肯定其批评的历史价值，特别对封建礼教、假道学的批判，对当时读者是起着震聋发聩作用的。其艺术见解也有许多可取之处，曾为后来金圣叹、毛宗岗等人的小说批评所吸取发挥。可以说叶昼的小说批评在我国小说史上是起着开创作用的。

评李贽《忠义水浒传序》

黄海章

史料解读

　　该史料为论文，原载《学术研究》1965 年第 2 期。黄海章对李贽的《忠义水浒传序》进行了评论。李贽认为《水浒传》是作者愤于时事所作，金圣叹与之相反，提出只是饱暖无事后的消遣品的谬论。金圣叹害怕将"忠义"归于水浒会造成群雄并起反抗朝廷的局面，但是李贽将"忠义"完全归于水浒也不完全正确。李贽认为忠义在水浒而不是朝廷，他的思想虽然进步但是没触及问题根本。他所谓"忠义"的内容包含着许多错误：无视宋江急公好义、冲击封建黑暗势力，而是对其走上招安之路极端赞美，彻头彻尾维护封建统治；方腊之部是堂堂正正的农民起义军，梁山好汉将其平定后也阵亡过半，李贽将农民起义头目妖魔化，也是维护封建制度的突出表现，他是站在封建制度的立场上谈所谓的忠义。所以在肯定李贽思想积极作用的同时，也要看到其中的阶级局限性。该史料的思想观点和思维方式具有鲜明的时代特征。

原文

李贽在《忠义水浒传序》中，肯定《水浒》为发愤之作。他说：

"太史公曰：《说难》、《孤愤》，圣贤发愤之所作也。由此观之，古之圣贤，不愤则不作矣。不愤而作,譬如不寒而颤,不病而呻吟也,虽作何观乎?《水浒传》者,发愤之所作也。"

至于发愤的原因何在,他以为由于施耐庵、罗贯中,愤于宋王朝政治的腐化,使"大贤处下,不肖处上";愤于宋王朝对外来侵略的异族"纳币称臣,甘心屈膝于犬羊","驯致夷狄处上,中原处下",所以作《水浒传》以泄其愤,而复以"忠义"名其传。

这种看法,和金圣叹截然相反。

金圣叹以为"施耐庵本无一肚皮宿怨要发挥出来,只是饱暖无事,又值心闲,不免伸纸弄笔,寻个题目,写出自家许多锦心绣口,故其是非皆不谬于圣人。后人不知,却于《水浒》加上'忠义'二字,遂并比于史公发愤一例,正是使不得。"(《读第五才子书法》)

在我们看来,如果施耐庵作《水浒》,只把它当做饱暖无事后的消遣品,从而卖弄笔墨,则整部《水浒传》,一点社会意义也没有!而轰轰烈烈的农民反抗腐恶统治阶级的革命斗争,也就毫无足道,只可使人们对于施耐庵塑造《水浒》人物的生动形象加以欣赏欣赏而已!这完全是一种谬论,而且和他自己的论点也发生了根本的矛盾。

圣叹《第五才子书序二》说:

"施耐庵传宋江,而题其书曰《水浒》,恶之至,进之至,不与回中国也。而后世不知何等好乱之徒,乃谬加'忠义'之目,呜呼!忠义而在水浒也哉!"

按这样说,施耐庵之传《水浒》,岂不是抱有极端憎恶强盗作反、加以强烈的谴责的企图么?这种"有所为"的创作态度,可不是和孔子作《春秋》一样么?这可不是否定了所谓"饱暖无事,伸纸弄笔"的说法么?

金圣叹害怕把"忠义"归于水浒,会造成"无恶不归朝廷,无美不归绿林,已为盗者读之而自豪,未为盗者读之而为盗"(《第五才子书序二》)的危害,所以激烈地反对李贽的言论。他完全站在反动统治阶级的立场来咒骂农民起义,是无可置疑的。但是李贽肯定把"忠义"归于水浒,就它的内容分析起来,是否完全正确呢?我看并不是这样。

《忠义水浒传序》说：

"今夫小德役大德，小贤役大贤，理也。若以小贤役人，而以大贤役于人，其肯甘心服役而不耻乎？是犹以小力缚人，而使大力者缚于人，其肯束手就缚而不辞乎？其势必至驱天下大力大贤而尽纳之水浒矣，则谓水浒之众，皆大力大贤有忠有义之人可也。"

这段话说明，由于腐恶的统治者对大力大贤加以强烈的逼害，使他们走投无路，最后只得"逼上梁山"，而这些都是富有忠肝义胆的人物，所以"忠义"在水浒而不在朝廷。

他在《焚书·因记往事》中，评论"横行海上三十余年"的林道乾，也有同样的用意。

他痛恨当时统治阶级的腐朽无用，一般高谈理学的先生，"平居无事，只解打恭作揖，终日匡坐，同于泥塑。……其稍学奸诈者，又搀入良知讲席，以阴博高官。一旦有警，则面面相觑，绝无人色，甚至互相推委，以为能明哲。盖因国家专用此等辈，故临时无人可用。"而象林道乾一类"有才有胆有识者"，不但弃置不用，"又从而弥缝禁锢之，以为必乱天下，则虽欲不作贼，其势自不可尔！设国家能用之为郡守令尹，又何止足当胜兵三十万人已邪？又设用之为虎臣武将，则阃外之事，可得专之，朝廷自然无四顾之忧矣，惟举世颠倒，故使豪杰抱不平之恨，英雄怀罔措之戚，直驱之使为盗也！"

逼林道乾下海，和把林冲等逼上梁山，"逼"的方式虽有不同，其被逼为盗则一。李贽大胆地把"忠义归于水浒"，以为"水浒之众，一一皆忠义"，受到了金圣叹等反动文人的批驳，他的思想，虽然没有接触到阶级压迫和剥削这个根本原因，在当时来说，无疑地是进步的，这一点我们应加以肯定。

但是李贽所谓"忠义"的内容，是包涵着许多错误的。他以为最忠义的莫过宋公明。宋公明又是怎样"忠义"呢？他说：

"独宋公明者，身居水浒之中，心在朝廷之上。一意招安，专图报国，卒至于犯大难，成大功，服毒自縊，同死而不辞，则忠义之烈也。"

原来李贽认为宋公明最忠义的所在，就在于："身居水浒之中，心在朝廷之上，一意招安，专图报国"；就在于最后能使梁山泊的弟兄们"同死而不辞"！

我们以为宋江之值得赞美，是在于他平日能"赒人之急"，"扶人之困"，使山东、河北一般英雄好汉，都称他为"及时雨"。是在他上了梁山以后，能把英雄们团结在一起，对腐恶的统治者进行大规模的武装斗争。如三打祝家庄，连破高唐州、青州和华州等的胜利，都是在他亲自参与和直接指挥下取得的。他扩大了梁山泊的队伍，壮大了梁山泊的声势，威慑着统治阶级腐恶的集团，使官兵"不敢正眼觑他"，形成一股汹涌澎湃的农民革命巨流，冲击着封建社会黑暗势力的统治，这是值得大书而特书的。然而在宋江身上，也存在着许多弱点。他原来是一个"刀笔吏"，又是一个"孝义黑三郎"。他存在着"显亲扬名、封妻荫子"一套封建思想，他并不想反抗朝廷，而只痛恨贪官污吏。由于他好结识江湖好汉，私放晁盖，闯下祸来，中间几经曲折，直到自己遭到刺配，作了囚徒，于是一肚牢骚，在浔阳楼题反诗，被判死刑，押赴法场，被梁山泊好汉抢救出来，感到走投无路，才和弟兄们跑到水泊中，树起"替天行道"的农民革命的旗帜。尽管积极方面立下了不少功勋，起了不少巨大的推进作用，然而妥协投降的思想，也时时冒出头来。他的心灵深处，铭刻着"招安"两字。他一再声明："某等众人，无处容身，暂占水泊，权时避难。""见今宋江暂居水泊，专待朝廷招安，竭力报国。"在所作《满江红》词中，也明白说出"望天王降诏早招安，心方定"。尽管李逵对着他圆睁怪眼大叫说："招安！招安！招甚鸟安！"并一脚把桌子踢起，撷做粉碎，也不能根本打破他"招安"的迷梦。又由于在梁山泊队伍不断地壮大中，大量吸收了从统治阶级内部分化出来的人物，如卢俊义、秦明等，这些都是"暂居水泊"，"专待朝廷招安"的人，于是梁山泊妥协投降的路线，日以发展，虽有李逵、鲁智深等激烈反对，终不能挽回颓势。结果招安的愿望达到了，悲剧也从而产生。不但把梁山泊农民起义的英雄业迹，完全断送，即宋公明自己最后也受到封建统治者的逼害，服毒而死。在他服毒之前，还恐怕李逵将来要造反，忍心骗他前来，用毒酒鸩死他。他自己以为这样，才彻底做到了"决心不负朝廷"，达到了"忠"的最高标准。而一般弟兄们，"服毒自缢，因死而不辞"，也就是最高的"义"的表现。

　　李贽对宋公明领导梁山泊英雄们冲击封建黑暗势力方面，倒没有给以高度的赞扬，而对于他妥协投降走向灭亡的"招安"路线，反而极端赞美，认为宋江之所以成为大忠大义，就在于"身居水浒之中，心在朝廷之上，一意招安，专图报国"，对宋江的被毒死和一般剩下来的弟兄们陪他同归于尽，也赞扬为"忠义之烈"。他以为："燕青涕泣而辞主①，二童就计于混江②，"这些中道逃亡不甘为统治阶级一网打尽的人，不过"小丈夫自完之计，决非忠于君义于友者所忍屑。"这是彻头彻尾的维护封建统治的反动言论，然而某些评论李贽的人，却一字不提。

　　《忠义水浒传序》中，谈到宋江受了招安以后，"犯大难，成大功"，当然南征方腊，也包括在里面。我们试看这种功绩，是不是值得赞扬的？方腊这支部队，是堂堂正正的农民起义军。在起义以前，方腊曾涕泣对农民说：

　　"今赋役繁重，官吏侵渔，农桑不足以供应。吾侪所赖为活命者，漆楮竹木耳，又悉科取，无缁铢遗。夫天生蒸民，树之司牧，本以养民也，乃暴虐如是，天人之心，能无愠乎？且声色狗马、土木祷祠、甲兵花石糜费之外，尚赂西北二虏银绢以百万计，皆我东南赤子膏血也。二虏得此，益轻中国，岁岁侵扰不已，朝廷奉之不敢废，宰相以为安边之长策也。独吾民终岁勤，妻子冻馁，求一日饱食不可得，诸君以为何如？皆愤愤曰：唯命！"（《青溪寇轨》）

　　这些话充分表达出农民群众反抗腐恶的统治者残酷剥削和苟安媚敌的愤怒的呼声，他们的反抗朝廷，是农民阶级对于封建统治者的斗争。残酷腐恶的统治者，采取狡猾的手段，把梁山泊的英雄好汉欺骗出来，利用他们强大的力量，去消灭方腊统率的农民起义军，使他们两败俱伤。结果方腊被打平了，梁山泊的英雄好汉，也阵亡过半了，这是何等的悲剧！然而李贽也把它算进"犯大难成大功"里面！可见他认为农民反抗，归根到底，还是"犯上作乱"的行为，是应该把它消灭的。他在《藏书》中，把黄巢列入《盗贼传》，张角、张鲁列入《妖贼

----

①　宋江等平定方腊后回京途中，燕青曾苦劝主人卢俊义与自己一同辞官退隐，卢不从，燕青泣辞而去。见《水浒传》一百十九回。

②　二童，指童威、童猛。混江，指李俊。燕青走后不久，李俊诈中风疾，乞宋江军马先行，留童威、童猛照看自己，宋江应允。后来三人与费保等八人出海投化外国。亦见《水浒传》一百十九回。

传》，反对农民革命的态度，非常明显，这也是维护封建制度一种突出的表现。

他还以为《水浒传》的作者，"愤二帝之北狩，则称大破辽以雪其愤；愤南渡之苟安，则称灭方腊以雪其愤。敢问雪愤者谁乎？则前日啸聚水浒之强人也，欲不谓之忠义不可也。"可见他认为"灭方腊"和"大破辽"一样，同是"忠义"的行为。把抵抗外来的侵略者和消灭农民起义军等量齐观，也就明显地表示他是站在封建统治阶级的立场，来大谈其所谓"忠义"。

所以在肯定李贽的在反封建方面所起的积极作用的同时，更应当看到他的思想中，也仍然有其阶级的烙印。单就他对《水浒传》的评论来说，不能因为他把"忠义"归于水浒，和反动文人金圣叹站在相反的方向，就从而全部肯定下来。照上面的分析，他所赞扬的"一意招安专图报国"的路线，实际上就是妥协投降的路线。他所赞扬的"服毒自缢同死而不辞"的"大忠大义"行为，实际上就是任由统治者一网打尽最蠢笨的行为。李贽有这些思想，我们并不奇怪，因为他到底还是封建士大夫，不可能站在农民革命的立场，来歌颂农民革命，而止愤恨封建统治者把有才能的人物"逼上梁山"而已。然而"逼上梁山"，最后还希望他们"走下梁山"，为封建统治者卖力，为封建统治者"殉节"。这正证明李贽的阶级的局限性。

一九六五年二月五日

评李贽《童心说》

黄海章

史料解读

　　该史料为论文，原载《中山大学学报》1965年第3期。黄海章对李贽《童心说》进行评析。李贽的《童心说》在当时文坛反复古主义方面起过积极的作用，李贽虽然没有和前后七子进行正面交锋，但是给反复古派的袁中郎造成了不小的影响。李贽的"童心"即是真心，他认为天下最好的文章都是作者的真情流露所得，而前后七子都是"假人"和"假文"。袁中郎受老前辈李贽影响，反对复古文风，与李贽看法相同。李贽运用他的童心说理论大胆揭露当时伪道学家丑恶的面孔，但是童心说本质上是主观唯心主义思想，没有跳出王阳明和佛家的影响，并且他所谓的真情实感是抽象和超阶级的。作者认为在20世纪三十年代的文艺论战中，作家梁实秋等主张的"唯情论"等理论曾受到各方驳斥，李贽"天下之至文无不出于童心"的主张也属"唯情论"的范畴，不能因为李贽的主张在历史上曾经起到积极作用便认为今天照样可以把它继承下来。该史料的"唯心主义思想"视角，在今天值得重新讨论。

原文

李贽的《童心说》，在当时文坛反复古主义方面，起过积极的作用。明代的前后七子，主张"文必秦汉，诗必盛唐"，对前人规步矩随，毫没有自家的精神气魄。前七子中最负盛名的，为李梦阳。钱牧斋批评他说："献吉以复古自命，曰：古诗必汉魏，必三谢，今体必初盛唐，必杜，舍是无诗焉。牵率模拟，剿贼于声句字之间，如婴儿之学语，如童子之洛诵，字则字，句则句，篇则篇，毫不能吐其心之所有，古之人固如是乎？天地之运会，人世之景物，新新不停，生生相续，而必曰汉后无文，唐后无诗，此数百年之宇宙日月，尽皆缺陷晦蒙，直待献吉而洪荒再辟乎？"①批评可谓刻辣。由于李梦阳辈之高踞文坛，奔走天下，李攀龙、王世贞继起，益煽扬其风，于是复古派达到高潮。他们已"不能吐其心之所有"，于是乎相率为假古董。李贽在当时思想界是比较具有进步因素的人物，乃提出以真对伪，企图扭转文坛上的颓风。他和前后七子虽不曾正面交锋，然而反复古派最有力量的袁中郎，却受了他不少的影响。

李贽所谓"童心"，即是"真心"。他以为"天下之至文，未有不出于童心者"。换句话说，即天下最好的文章，无不从作者的真性情流露出来。情性已真，则其文无所不真，不管任何时代，不拘任何体裁，都显示出作者的精神面目。"诗何必古选，文何必先秦，降而为六朝，变而为近体，又变而为传奇，变而为院本，为杂剧，为西厢，为水浒传，皆古今至文，不得以时势先后论也。"如果"失却童心，便失却真心；失却真心，便失却真人"。人而非真，则只能算做"假人"。"其人既假，则无所不假。由是而以假言与假人言，则假人喜；以假事与假人道，则假人喜；以假文与假人谈，则假人喜。无所不假，则无所不喜。满场是假，矮人何辩也！然则虽有天下之至文，其湮灭于假人而不尽见于后世者，又岂少哉？"（以上所引，均见《童心说》。）

那些前后七子，在他看来，都是以"假人"撰"假文"，以"假文"奔走天下，是

---

① 钱牧斋：《列朝诗集小传》丙集"李副使梦阳"。

他所"睥睨不屑"的。公安派的袁中郎，即受到他的影响而构成他反复古理论的。

袁中郎说："大抵物真则贵。真则我面不能同君面，而况古人之面貌乎？"①

"物之传者必以质。文之不传，非曰不工，质不至也。"②

"古之为文者，刊华而求质，敝精神而学之，惟恐真之不至也。"③

"嘉隆以来，所为名工哲匠者，……模拟之所至，亦各自以为极，而求之质无有也。"④

"且夫天下之物，孤行则必不可无，必不可无，虽欲废焉而不能，雷同则不可以有，不可以有，则虽欲存焉而不能。故吾谓今之诗文不传矣，其万一传者，或今闾阎妇人孺子所唱擘破玉、打草竿之类，犹是无闻无识真人所作，故多真声。不效颦于汉魏，不学步于盛唐，任性而发，尚能通于人之喜怒哀乐嗜好情欲，是可喜也。"⑤

他赞美袁小修的诗也说："独抒性灵，不拘格套，非从自己胸臆流出，不肯下笔。"⑥

"质"和"真"是同一意义。里巷歌谣之所以可传，以"真人所作，故多真声"。而小修之"独抒性灵，不拘格套"，也就是文章由真性情倾注出来，不拘于呆板的方式。这些都是受李贽《童心说》的影响而加以充分发挥的。

他反对复古派"文必秦汉，诗必盛唐"的主张，提出"代有升降，法不相沿，各极其变，各穷其趣，所以可贵，原不可以优劣论也"⑦。也就和李贽"诗何必古选，文何必先秦"，"古今至文，不得以时势先后论"的看法，基本上相一致。李对袁来说，是老前辈，彼此有相当的交情，（李赠袁诗有云："读君玉屑句，执鞭亦欣

---

① 《与丘长孺书》。

② 《行素园存稿序》。

③ 《行素园存稿序》。

④ 《行素园存稿序》。

⑤ 《小修诗序》。

⑥ 《小修诗序》。

⑦ 《小修诗序》。

慕。早得从君言,不当有老苦。"袁赠李诗也说:"老子本将龙作性,楚人原以凤为歌。"可见其互相倾慕之情。)袁受到他的影响,是很自然的。

李贽更运用他"童心"的理论,大胆地揭露当时伪道学家丑恶的面孔。以为:"六经语孟,乃道学之口实;假人之渊薮也,断断乎其不可以语于童心之言明矣。"这样一来,更使人们摆脱儒家思想的束缚,敢于发露"童心自出之言",对文人思想上,也起了很大的解放作用。

但是就《童心说》的实质来说,是一套主观唯心主义,是先天性善论的继承。

他说:"童心",是"绝假纯真最初一念之本心"。这种"本心",是最纯洁的,未受一切染污的。童心之所以会失去,是:"方其始也,有闻见从耳目而入,而以为主于其内,而童心失;其长也,有道理从闻见而入,而以为主于其内,而童心失;其久也,道理闻见日以益多,则所知所觉日以益广,于是焉又知美名之可好也,而务欲以扬之,而童心失;知不美之名之可丑也,而务欲以掩之,而童心失。"总括起来,是由于外来的闻见、道理、名誉等的刺激引诱,于是乎失去本来面目。照这样看,必须断绝外来的闻见道理等等,才能保此"纯真无伪最初一念之本心",这是不折不扣的先天性善论,全是属于主观唯心论的范畴。然而有人说:"这种天赋的童心,不仅仅是一种天赋道德观念,而是已含有个人的自觉。"[1]又有人把他和王阳明的人性论分开来,以为王守仁所宣扬的人性,主要是具有事父事君的良知良能的人性,即用普通的人性伪装起来的大地主阶级的人性。李贽所宣扬的人性,"背后则隐藏着中下层地主阶级的某些要求"[2]。我以为这些都是主观的臆测。他们都认为李贽是反抗封建统治,代表新兴市民的要求的,所以他的先天性善论,也具有进步意义,而不知李贽受王阳明和佛家的影响甚深,他的《童心说》的来源,应该向那里追索,而且并没有跳出原有的范围。

王阳明《答陆原静书》说:

"性无不善,故知无不良。良知即是未发之中,即是廓然大公、寂然不动之

---

[1] 任继愈主编:《中国哲学史》第 3 册,第 361 页。

[2] 李捷:《如何评价古代作家和作品》,《光明日报》1964 年 10 月 25 日《文学遗产》专刊第 483 期。

本体，人人之所同具也。但不能不昏蔽于物欲，故须学以去其昏蔽，然于良知之本体，不能有加损于毫末也。"①

李贽所谓童心受到外来的闻见、道理、名誉等种种刺激引诱以致失去本来面目，即阳明所谓良知"不能不昏蔽于物欲"；李贽所谓"古之圣人曷尝不读书哉，然不读书，童心固自在也；纵多读书，亦所以护此童心而使之勿失焉耳。"（《童心说》）也即是阳明所谓"学以去其昏蔽，然于良知之本体，不能加损于毫末也"。

可见"良知""童心"，仅是名词上的不同，实质则没有什么差异。

又李贽《与马历山书》说：

"人人各具有，是大圆镜智，所谓我之明德是也。是明德也，上与天同，下下与地同，中与千贤万圣同。彼无所加，我无所损。"②

这里所谓"大圆镜智"，即佛家的本体圆明智慧。在他看来，也只是大学所谓"明德"，其实也只是阳明所谓"良知"，（阳明说："人人有个圆圈在，莫向蒲团坐死灰。""圆圈"，虽象征太极，实即隐用佛家的"大圆镜智"来比喻"良知"的。）和他所说的"童心"，也是异词同义。"彼无所加，我无所损"，也就"是人人有个良知在"，"尧舜与途人一，圣人与凡人一"③。

试问这一套主观唯心论，是否超出了王阳明和佛家的范围？是否可以得出："含有个人的自觉"和"隐藏着中下层地主阶级某些要求"的结论？

至于他说："天下之至文，未有不出于童心者"，即是说，天下最好的文章，没有不从作者的真实的情感流露出来。我们并不否认文章须真有具实的情感，而且具有真实的情感，才能起着很大的感染作用，但是，文学艺术的泉源，是社会生活，而不是感情。"作为观念形态的文艺作品，都是一定的社会生活在人类头脑中的反映的产物"④。

---

① 《王文成公全书》卷二，第 106 页。

② 《续焚书》卷一。

③ 《李氏文集》卷十八《明灯道古录》卷上。

④ 《毛泽东选集》第 3 卷，第 882 页。

客观存在的社会生活，必须通过人类的头脑，也即是作者的真实情感，才能在艺术上反映出来，固属毫无疑义；但绝不能把文学艺术只看做是作者主观的真实情感的表现，如果这样，就是承认文学艺术的泉源只存在于人的主观世界，而不反映客观世界了，这是唯心论与唯物论根本的分歧。李贽的说法，在今天看来，是属于"唯情论"的范，跳不出唯心主义的泥淖。

其次，他所谓"真实情感"，是抽象的，超阶级的。在阶级社会中，只有"阶级感情"，而没有抽象的、超阶级的"真实感情"。不但各个时代的文学艺术家具有不同的阶级立场与观点，从而选择他所要描写的事物和对于这事物特别具有的感情；就是同时代的文学艺术家，也因其阶级立场和阶级观点的不同，从而异其趋向。无产阶级的文艺工作者，对工农兵生活，具有热烈的感情，从而歌颂工农兵，但是资产阶级的文学作家，却完全取敌视的态度。他们要歌颂他们的资产阶级生活方式，和他们所爱好腐朽的艺术。他们的思想感情，也是真实的，难道可以说，这也是"天下之至文"吗？

在三十年代的文艺论战中，资产阶级文学作家梁实秋曾说过："从人心深处流露出来的情思，才是好的文学。""文学家所代表的，是那普遍的人性，一切人类的情思。"最近周谷城先生在《史学与美学》中，也曾这样的说："有了感情，自然要表现出来。乐极而笑，悲极而哭，就是简单的表现，表现于物质能留下来供人欣赏的，就成艺术品。艺术家在一切斗争过程中流露了自己的感情，或摄取了群众的感情，便有了艺术的源泉或艺术原料。"这是否认社会生活是艺术的源泉，而主观世界的感情才是艺术真正泉源。同时他又强调艺术作品，只是体现"真实感情"，而不要体现"阶级感情"。一则说："阶级感情"四字，太无一定；再则说：阶级感情四字，含糊不清；三则说："阶级感情"不如"真实感情"范围来得宽广。"唯情论"者在今天还在宣扬他谬误的理论，曾经受到了各方面严厉的驳斥。李贽的"天下之至文无不出于童心"的主张，既然是属于"唯情论"的范畴，我们便不能因为他在当时对反复古主义方面曾起过积极的、进步的、战斗的作用，便认为今天还可以照样把它继承下来。

评李贽反封建道学的文艺思想

华思理

史料解读

　　该史料为论文，原载《辽宁大学学报》1974 年第 6 期。华思理系统评价了李贽反封建道学的文艺思想。作者认为：李贽是我国明代法家代表人物，也是开创评点长篇小说的第一人，他的思想是儒法斗争和阶级斗争的产物。封建社会晚期阶级矛盾尖锐，统治阶级实行愚民政策。李贽认为道学和道学家都虚伪和腐朽，主张文艺应当有现实意义，他揭下道学文人粉饰太平的假面具并揭露其丑恶嘴脸。明王朝反动统治者攻击和禁毁《水浒传》，李贽对梁山好汉予以肯定，但是并未看到人民群众的作用，只有在毛主席革命文艺路线的指引下才能正视人民群众的贡献。李贽遵循法家的革新路线批判儒家复古主义。新兴文艺受到复古势力的极度排斥，遭到反动统治者的攻击，而李贽对其给予很高的评价和支持，总结经验帮助新兴文艺发展进步。李贽反对复古、积极发展的态度给我们以启示，要防止资本主义复辟，将社会主义革命进行到底。李贽坎坷且颠沛流离的一生及农民起义斗争对他的思想形成都起了一定的作用，但是并未使他超出地主阶级的思想局限，他对封建道学的批判不彻底，晚年还受到唯心主义思想影响，启示我们要对古代文化遗产批判地继承，古为今用。该史料产生的年代的意识形态话语，主导该史料的思想和学理逻辑。

原文

我国明代法家代表人物李贽(1527—1602)，非常重视文艺领域里的反封建和反孔斗争，非常重视文艺批评工作。对于"离骚马班之篇，陶谢柳杜之诗，下至稗官小说之奇，宋元名人之曲"，都"逐字雠校，肌襞理分"，进行了深入的研究。在我国文学批评史上，李贽是开创评点长篇小说的第一人。他的文艺批评，具有强烈的反封建道学的战斗精神。他把批判的锋芒指向儒家的"文以载道"和复古倒退，尖锐地抨击宣扬封建名教的反动文艺作品；主张文艺要"诉心中之不平"，热情扶植新出现的描写反封建斗争的戏曲和小说，为这些作品中所描写的农民起义英雄和封建名教的叛逆大唱赞歌。李贽的文艺思想，是当时的儒法斗争和社会上的阶级斗争的产物，是在尖锐的阶级斗争中形成和发展起来的。

明代后期，随着封建社会继续向晚期过渡，地主阶级和农民阶级的矛盾空前尖锐。在以农民起义为主体的城乡人民反封建斗争的沉重打击下，明王朝的统治已摇摇欲坠，日趋没落。反动统治者为了挽救败局，在动用武力疯狂镇压人民反抗的同时，更加强化了意识形态领域里的反革命专政。他们把宋代以来继承和发展了孔学反动思想的程朱理学抬到了空前吓人的高度，并通过八股科举取士制度，实行极其毒辣的愚民政策。反映在文艺上，则极力提倡儒家"文以载道"的反动主张，利用行政手段，规定文艺必须"载"孔孟之"道"，叫嚷"文特以道相盛衰"，判断文之工拙，完全取决于是否充分阐发了儒家的"道"。与此同时，儒家"经典"被奉为一切作文的理论依据，要求人们钻进"六经"，"语""孟"等儒家故纸堆中，"求其吾心者之至而深于其道，然后从而发之为文"。在这种情况下，从文艺理论到文艺创作，便出现了一股代圣贤"载道""立言"的逆流。坚决反对儒家反动理学的李贽，就是在这种"万马齐喑"的气氛中，勇敢地登上了反对"文以载道"的斗争舞台。

"见道学先生则尤恶"的李贽，在对"文以载道"的批判中，尖锐地揭露了道学和道学家的虚伪和腐朽；满口"载道"的道学文人，表面上俨然是正人君子，文坛正宗，实际上都是"阳为道学，阴为富贵"的两面派，"被服儒雅，行若狗彘"的衣冠禽兽。"其人既假"，发而为文章，必然是"言语不由衷"，"文辞不能达"。所谓"文以载道"，完全是"以假人言假言，而事假事文假文"，是极其虚伪的。针对反动统治者和道学文人奉儒家"经典"为至宝，他指出："六经"不过是"史官过为褒崇之词"，"臣子极为赞美之语"，《论语》《孟子》则是孔孟那些糊涂弟子"有头无尾"、"得后遗前"的残缺笔记，不唯不是什么"万世之至论"，恰恰是"道学之口实，假人之渊薮"，是骗人的大杂烩，造成道学文人说假话，耍两面派的祸根。他极力反对根据儒家"经典"来写作，指出：作者脑子里塞满了孔孟陈腐的"闻见道理"，"无识""无实"，"全无头脑"，孔步亦步，孔趋亦趋，"所言者皆闻见道理之言"，毫无价值。不仅如此，虽有"天下之至文"，也会被"假人"湮灭而不闻。他以如椽之笔，猛烈扫荡文坛上"无所不假"、"满场是假"的腐败、堕落风气。李贽对"文以载道"的尖锐揭露表明，一切反动剥削阶级的文艺，由于它是为少数人的狭隘利益服务的，其政治性和真实性是根本对立的。只有无产阶级的文艺，它反映了广大劳动人民的根本利益，其政治性和属实性才能够完全一致。

李贽反对"文以载道"的"假文"，积极主张"识时知务"，要求文艺要敢于触及时事，"诉心中之不平"，以揭露大官僚、大地主阶级的黑暗统治，批判束缚人们思想的孔孟之道，唤起人们要求改革现实的愿望。他认为反对封建压迫的《水浒传》，是作者有愤于"宋室不竞，冠屦倒施，大贤处下，不肖处上"的腐朽统治和由此引起的"内忧外患"而写的，是"天下之至文"，人们"不可以不读"。而以反对封建礼教束缚，争取婚姻自主为内容的《西厢记》，在他看来，也是作者"当其时必有大不得意于君臣朋友之间者，故借夫妇离合因缘以发其端"，对于鼓舞人们反抗儒家礼教，追求思想上的自由解放，很有现实意义。

在当时的封建专制的黑暗统治下，要写出象《水浒》、《西厢》这样具有鲜明的反封建内容的作品，须要有大无畏的反潮流精神和敢说敢写的战斗激情。李贽指出："所欲言者无不言之，一无所避趋，乃是活人也。若夫口欲言而不言，心不欲言而言之，皆怕死耳，斯人也亦何尝不死也乎哉，其生时先已死矣。"李贽强调"怒骂成诗"，主张"发愤"而作，要求作者对于所描写的生活和斗争，具有"发狂大叫,流涕恸哭,不能自止"的强烈情感,在向腐朽反动的恶势力作斗争中,"宁使见者闻者切齿咬牙,欲杀欲割",也决不退让。他坚决反对"不寒而颤,不病而呻吟"的矫揉造作,反对"畏事不言"。李贽这些主张,对于反对封建道学的文艺斗争,是有积极意义的。恩格斯说:"愤怒出诗人"。而且指出当一种社会生产方式已经腐朽,显出弊病的时候,"愤怒在描写这些弊病或者在抨击那些替统治阶级否认或美化这些弊病的和谐派的时候,是完全恰当的"。明代的反动统治者和道学文人就是"否认或美化"没落封建制度弊病的"和谐派",他们炮制种种"瞒和骗"的"假文",为垂死的封建统治贴金。而李贽的这些主张,则无异撕下道学文人的一切假面具,把他们借以"瞒和骗"的伪装剥个精光。

道学文人主张"文以载道",表现在艺术形象的塑造上,就是竭力在文学作品中树立封建名教的"典范",借以宣扬孔孟之道,毒害和愚弄人民。腐朽不堪的封建卫道士高则诚改编的戏曲《琵琶记》,就是其中突出的一例。他把"为暴雷震死"的结局,改为夫荣妻贵的大团圆结局,将"弃亲背妇"的蔡伯喈,美化为"全忠全孝蔡伯喈",通过对蔡伯喈这个人物的加工改窜,极力宣扬"三纲五常""忠孝节义"等反动说教。反动统治者和孔孟之徒肉麻地吹捧它是"珍羞百味""冠绝诸剧",并特意点明:"不关风化,纵好徒然,此琵琶持大头脑处",明确地把它作为推行儒家名教的黑标本,欺骗麻痹人民的黑教材。李贽对《琵琶记》所宣扬的儒家反动文艺观点,即所谓"持大头脑处",斥为"便装许多腔",坚决予以否定。大地主阶级把蔡伯喈树为"全忠全孝"的典型,妄图利用这具僵尸来维持和美化封建伦理道德。李贽则痛斥蔡伯喈是"痴"、"腐甚","狗也不值"! 并针对他高唱什么"人爵不如天爵贵,功名争似孝名高",讽刺道:"孝奈何说名? 可笑可笑!"对于剧中所鼓吹的"做得官时节",便"是大孝"的谬论,李贽愤怒地批为:"难道做官就是大孝了!""放屁"! 深刻揭露了满咀"忠孝"的蔡伯喈,实则是欺世盗名的伪君子,尖锐地批判了宣扬孔孟反动思想的丑恶艺术形象。

明王朝反动统治者和孔孟之徒,为了实行所谓"破心中贼",以铲除人们"悖逆作乱之心",大肆攻击和禁毁反映农民起义的小说《水浒传》,污蔑它是"妖言惑众,不可使子弟寓目",甚至诅咒作者"坏人心术,其子孙三代皆哑",表现了他们对农民革命风暴的恐惧和仇视。李贽则不然，他认为农民革命正是这伙反动统治者和道学官僚逼出来的，"唯举世颠倒，故使豪杰抱不平之恨，英雄怀罔措之戚，直驱之使为盗也。"因此，他在评点《水浒传》中，大力肯定梁山好汉反对贪官污吏和儒家礼教的斗争精神，并以起义农民的英雄形象作为鲜明的对照，对当时的反动官吏和道学文人进行了尖锐的嘲弄和愤怒的鞭挞。例如，他赞扬女英雄顾大嫂"利害分明"，同时指出："如今竟有戴纱帽的，国家若有大小利害，便想抽身远害，不知可为大嫂作婢否也。"对他们极为鄙视。他赞扬坚决主张"杀去东京，夺了鸟位"的农民英雄李逵为"真好汉"，"大圣人"，"第一尊活佛"。又说："李大哥虽是卤莽，不知礼数，却是情真意实，生死可托"，而那班"言词修饰，礼数娴熟"的道学官僚，"心肝倒是强盗"。他推崇正直勇敢、"不读书史"的农民英雄，痛斥"如今读经书"的道学文人，"那一个不是阿谀谄佞之徒"，是"天下无用可厌之物"，"可恶、可恨、可杀、可剐"，"安得林教头——杀之也"！真是剔肤见骨，痛快淋漓！但是，李贽的同情农民起义，是以地主阶级的根本利益不受破坏为前提的，因而他对《水浒传》的评点也必然有很大的局限性。他不可能正确估价农民起义的历史功绩，有时贬低甚至诋毁农民起义，错误地肯定宋江"一意招安，专图报国"是"忠义之烈"等等。这种情况表明：即使象李贽这样激进的法家人物，由于他看不到人民群众创造历史的伟大作用，因而没有也不可能解决文艺歌颂劳动人民的问题。只有到了劳动人民当家做主的今天，在毛主席革命文艺路线指引下，无产阶级文艺才能正确地表现人民群众的历史作用，歌颂工农兵及其伟大革命斗争。李贽否定宣扬孔孟之道的丑恶形象，大胆肯定反封建反道学的艺术典型的斗争说明，在文艺舞台上以什么人物为中心，这是各个阶级和不同的政治路线在文艺领域中斗争的焦点。为了把无产阶级文艺革命进行到底，我们必须把塑造工农兵英雄形象作为社会主义文艺的根本任务，更加自觉地贯彻执行毛主席的革命文艺路线。

道学文人主张"文以载道"，是为大地主阶级保守顽固势力推行复古、倒退的政治路线服务的，与此相呼应，他们在文艺上又提出"文必秦汉，诗必盛唐"的反动口号，叫嚷秦汉以后无文，盛唐以后无诗，"学不的古，苦心无益"，于是在创作上对古人作品"句拟字摹",把自己的作品变成"古人影子"。这股复古逆流在当时影响很大,竟达到"物不古不灵,人不古不名,文不古不行,诗不古不成"的地步。

与这股复古倒退逆流成为鲜明对比的,是李贽遵循法家革新、前进的路线,从进步的历史观出发,提出了"诗何必古选,文何必先秦"的战斗口号,否定贵古贱今,今不如昔的反动论调。并以朴素的辩证观点,论证了古与今的关系:"以今视古,古固非今;由后观今,今复为古。"文学的发展也是这样,"五言兴,则四言为古;唐律兴,则五言为古"。他说,"今之近体既以唐为古,则知万世而下当复以我为唐无疑也"。用发展的辩证观点有力地批驳了复古派形而上学的谬论。他还以嘻笑怒骂的笔调,无情讽刺"为圣贤求庇于孔孟,为文章则求庇于班马"的复古派,"莫不皆以为男儿,而其实则皆孩子不知也"。尖锐地批判了儒家复古主义倾向。

李贽与复古派的斗争,还突出表现在对待新兴文艺的态度上。明中叶以来,随着资本主义萌芽的产生和市民阶层的壮大,作为要求变革和进步的新的社会因素在观念形态上的反映,戏曲、小说等文艺较之宋元两代有了更大的繁荣,其中不少作品直接表达了资本主义萌芽时期的市民群众的要求和愿望,在艺术形式上也比传统的经史诗文通俗、活泼,容易为广大下层群众所欣赏和接受。但是,复古势力对这些新兴文艺极力排斥,他们以贵族老爷态度,宣称:"理学大儒,不宜留心词曲",污蔑小说是"街谈巷语","浅陋可嗤",是不能登统治者大雅之堂的"末学"。如同当年孔老二仇视民间文艺和新兴地主阶级的文艺一样,他们对于一些具有进步思想倾向的戏曲、小说作品,更是视为"异端",必欲禁之毁之而后快。而李贽则针锋相对地对这些小说、戏曲作品,给予很高评价。他指出文艺发展"降而为六朝,变而为近体,又变而为传奇,变而为院本,为杂剧,为《西厢曲》,为《水浒传》……皆古今至文"。时代不断发展,文艺也递相演变,"与世推移,其道必尔",充分肯定了小说、戏曲这些文体在文学史上的地位。这对于把小说、戏曲"看作邪宗"的复古派,是一个深刻的批判,反映了李贽热情支持新生事物的积极态度。

新生事物的出现和壮大，意味着腐朽事物的削弱和失败，因此，"陈旧的东西总是企图在新生的形式中得到恢复和巩固"。李贽对文艺上新生事物的支持，还表现在他坚决反对篡改、歪曲新兴文艺，勇敢捍卫新兴文艺。例如，反动统治者和孔孟之徒，提出所谓"以时文为南曲"，就是要求根据八股文的框框来创作南戏，妄图使这个新的剧种蜕变为灌输反动理学的传声筒。他们反对新生事物的这种手段，正如鲁迅所指出的，是儒家"歼灭""异端"的一种"祖传的成法"。李贽尖锐指出，所谓"结构"、"偶对"、"法度"、"虚实"之类的八股调，不过是虚妄的"禅病"，根本不可语"天下之至文"，严厉批评争价"一字一句之奇"的形式主义倾向。他指出，作者在生活中必须有深刻的感受，"蓄极积久，势不能遏"，才能"喷玉唾珠"，写出好文章来。他称赞来源于现实生活的创作是"化工"之作，"化工肖物""不惟能画眼前，且尽心上，不惟能尽心上，且并画意外"。而脱离现实生活，主观人为编造的作品，他贬为"画工"，"画工虽巧，已落二义"。这对于反动统治者妄图使南戏脱离现实生活，变为反动理学的图解，是有力的回击。

新生事物在前进中总是要经过由小到大，由不完善到完善的过程的。李贽对新兴文艺的支持，总是在指出它的不足的同时，热情肯定它的进步；总结经验，指出方向，以促进其健康地发展。元明以来，小说、戏曲的发展虽然受到了反动统治者的干扰、破坏，但总的说来，作为新的文体，它的体裁、结构、语言以及人物塑造方面，都有新的创造，其中尤以人物塑造的成绩最为显著。李贽肯定当时一些较好的作品能够根据现实生活来创造人物，即所谓"宇宙之内，本自有如此可喜之人"。在这个基础上，他强调文艺形象必须性格鲜明。例如，他认为《水浒传》写人物能"千古若活"，许多人物"形容刻划来各有派头，各有光景，各有家数，各有身份，一毫不差，半些不混。读者自有分辨，不必见其姓名，一睹事实就知某人某人也"。李贽所总结的这些经验，对于明清以来古典戏曲、小说的发展，产生了深远的影响。

李贽反对封建道学，反对儒家复古倒退路线，热情支持新生事物的积极态度，至今仍然给我们以启示。毛主席教导我们："任何新生事物的成长都是要经过艰难曲折的。"这是因为旧事物总是不甘心退出历史舞台。我们必须遵照毛主席关于"推陈出新""古为今用"的教导,坚决反对复古倒退,满腔热情地支持和扶植文艺革命的新生事物,标社会主义之新,立无产阶级之异,努力发展社会主义新文艺,把上层建筑领域的社会主义革命进行到底。

李贽反对封建道学,反对"文以载道",反对复古倒退的路线,提倡思想解放,肯定农民起义的艺术典型,扶植新兴的反封建道学的革命文艺,在历史上是起了进步作用的。李贽生活在农民起义风起云涌的明代后期。十六世纪初,刘六、刘七领导的规模巨大的农民起义,纵横数省,多次进逼明王朝的统治中心。一五一一年,农民起义军攻克曲阜,烧衙门,诛官吏,捣毁孔府孔庙,砸碎孔庙祭器,还把"四书""五经"扔进臭水池中。农民战争以暴风骤雨之势,冲击旧的经济基础,这对于李贽敢于解放思想,冲击儒家传统偏见,不可能不产生巨大的影响。而李贽所处的社会地位、生活实践以及儒法斗争的尖锐残酷,是使他能够接受这种积极影响而成为反封建道学的积极战士的内在根据。李贽出身于没落的小地主阶层,终生颠沛流离,两个女儿在饥荒中饿病夭亡。他虽做了二十余年中小官吏,但先后触忤了身为县令提学、祭酒、司业、尚书、大理卿、巡抚的道学官僚数十人。他在《感慨平生》一文中说:"余唯以不受管束之故,受尽磨难,一生坎坷,将大地为墨,难尽写也。"晚年他弃官弃家定居龙湖,又受到道学官僚耿定向的打击。一六〇〇年,反动统治者拆毁了他多年居住的龙湖芝佛院,把他逼走。这一系列的迫害,当然不仅是对李贽个人,也反映了当时儒法两条路线斗争的严酷性。正是在现实斗争中,使李贽更加认清了反动统治者和道学文人的反动嘴脸。与此同时,许多"市井小夫""力田作者"反封建压迫的斗争精神和高尚品格给他留下了深刻印象。所有这些,对于李贽反封建道学思想的形成都起了一定作用。

当然,这些影响并没有使李贽超出地主阶级内部革新派的政治思想范畴。李贽对于封建道学的批判是不彻底的。例如,他用"童心说"——实际是以地主资产阶级的"人性论"来批判"文以载道",即以一种剥削阶级思想去反对另一种剥削阶级思想,以一种唯心论去反对另一种唯心论。李贽晚年受到禅宗的宗教观点和王守仁哲学观点的影响，这是造成他的文艺思想中唯心主义成份的一个重要原因。李贽文艺思想中包含的消极落后的东西，是同他的政治立场、世界观分不开的。这也告诉我们：今天，我们要坚持无产阶级的革命文艺路线，就必须坚持用马克思主义的立场、观点、方法来改造自己和自己作品的面貌。对于历史上的阶级斗争和路线斗争的经验教训，要注意借鉴，对于历史上的进步思想家留下的文化遗产，要批判地继承和吸取对我们今天的现实斗争有用的东西，扬弃其消极、落后的东西，为巩固无产阶级专政服务。

（本文有删节）

李贽对文学复古派的批判

工农兵学员　李世宁

史料解读

　　该史料为论文,原载《郑州大学学报》1975 年第 1 期。李世宁详细介绍了李贽对文学复古派的批判。本文认为,李贽是我国封建社会后期一位高举尊法反儒旗帜的进步思想家,他所处的明朝末期正是封建社会趋于没落、资本主义开始萌芽的时期。为了维护摇摇欲坠的封建统治,统治阶级暴力镇压农民起义并鼓吹复古主义,李贽逆流而上与复古派进行针锋相对的斗争。李贽首先肯定我国文学在不断变化和提高,反对复古派贵古贱今的思想;其次以离经叛道的精神反对照搬照抄孔孟思想,并深刻地批判儒家的创作原则。李贽把文学当成尊法反儒的斗争工具,反对形式主义、主张言之有物,在创作上阐明内容与形式的相互关系。不过他毕竟是地主阶级的革新派思想家,有批判不彻底的阶级局限存在,但他的历史功绩仍功不可没。该史料的话语逻辑与前文华思理高度一致。

原文

　　李贽(公元 1527—1602 年)是我国封建社会后期一位高举尊法反儒旗帜的进步思想家。他以"头可断""身不可辱"的大无畏精神,同官僚大地主阶级尊孔反法思潮进行了激烈的斗争。他提倡社会变革，赞扬法家思想，怒斥孔孟之道。在文学领域中，他更是敢于冒天下之大不韪，否定千古相传的儒家的文学主张，对儒家复古主义的逆流予以迎头痛击，在我国文学批评史上增添了光辉的篇章。

李贽所处的明朝末年，正是我国封建社会趋于没落，资本主义开始萌芽的时期。当时，由于封建统治阶级对农民进行残酷的政治压迫和经济剥削，激起了农民的反抗，农民起义风起云涌，连绵不断。反动统治阶级为维护摇摇欲坠的封建制度，一方面动用武力血腥镇压农民起义；另一方面妄图用孔孟之道来禁锢人民的思想，麻痹人民的斗志。政治思想上前进与倒退的斗争，必然反映在文学领域。为了配合反动统治阶级政治上的"克己复礼"，儒家文人便大力鼓吹文学复古，提出了"文必秦汉，诗必盛唐"，"刻意古范，铸形宿模，而独守尺寸"的反动主张。他们以复古为能事，互相标榜，推波助澜，使复古主义逆流一时泛滥横溢。就在这滚滚恶浪中，李贽以鄙弃复古颓风，不为浊流所沾染的反潮流精神，摆开了"堂堂之阵，正正之旗"（《续焚书·与周友山》）与复古派进行了针锋相对的斗争。

李贽首先肯定了我国的文学随着时代的发展，是不断变化和提高的。他说："降而为六朝，变而为近体，又变而为传奇，变而为院本，为杂剧，为《西厢曲》，为《水浒传》……皆古今至文，不可得而时势先后论也。"（《焚书·童心说》）即认为：六朝有宫体诗，而后变为近体诗，唐代出现了传奇文、金朝出现了院本、元代出现了杂剧、《西厢曲》、《水浒传》、……这都是古今优秀的文章，不能以它们出现的早晚为标准来判断文章的好坏。同时，李贽还通过对先秦文章的分析，精辟地论述了"诗何必古《选》，文何必先秦"（《焚书·童心说》）的观点。李贽用冷峭之笔，作刺世之文，以他强烈的批判精神，对复古派贵古贱今，蹈古之辙，甘做古人奴隶的复古思潮进行了猛烈的鞭挞。

李贽还把战斗的匕首直刺复古派的思想武器——复辟倒退的孔孟之道。复古主义者认为，复古就要以孔孟之道作为文学创作和评论的指导思想，对儒家"经典"不可不依仿，不能不依仿，不容不依仿，要"守古而尺尺寸寸之耳"，象临帖写字一样的去摹拟古人。李贽尖锐地指出：《六经》、《论语》、《孟子》等，不是什么"万世之至论"，只不过是"道学之口实，假人之渊薮"。(《焚书·童心说》)并把复古派腐儒们那种对孔孟之道亦步亦趋的丑态比作"前犬吠影"，众犬"随而吠之"。这真是一个绝妙的比喻！活画出了这类应声虫的嘴脸。不仅如此。李贽还以"离经叛道"的精神，抨击了孔孟之道的创作原则。李贽认为如果以孔孟之道的闻见知识作为自己的思想去进行创作或评论，就必然"语不由衷"。既然是"语不由衷"，"岂非以假人言假言，而事假事文假文乎"？(《焚书·童心说》)这样别人"欲求一句有德之言，卒不可得"。(《焚书·童心说》)与此相反，如果不为闻见知识所束缚，那么"无时不文，无人不文，无一样创制体格文字而非文者"。(《焚书·童心说》)在这字里行间中，李贽剔肤见骨地揭露了孔孟之道的虚伪，深刻地批判了儒家的创作原则，这对于复古主义思想，起了涤瑕荡垢的作用。

李贽与复古派针锋相对，把文学当作推行法家路线，反对儒家复辟倒退的斗争工具。他提倡文学要有现实内容，要直接为推动社会变革服务，强调文学作品要有真实思想感情，反对缺乏内容、形式主义的作品。在政治腐败，官场黑暗，反动统治阶级拼命尊孔，极力推行复古倒退路线的情况下，李贽提出文学作品要"诉心中之不平"。(《焚书·杂说》)李贽所说的不平，是不平于孔孟之道对思想的垄断和法家变革主张受到的压抑，他要借文学作品来倾诉他迫于形势，"蓄极积久"的"欲吐而不敢吐之物"，"欲语而莫可所以告诉之处"(《焚书·杂说》)的法家思想。这样的作品写出来后，纵然是"见者闻者切齿咬牙，欲杀欲割"，(《焚书·杂说》)他所感到的则是"遂已自负"。由于李贽敢于用咄咄逼人的锐利笔触，激烈抨击了孔老二这尊偶像和当时的反动统治阶级，因此他的作品被认为是"敢倡乱道，惑世诬民"的逆文。但他视此而不顾，发扬不怕杀头，傲岸不屈的斗争精神，为使文艺为法家革新主张大造舆论，为法家的政治路线服务而战斗不止。

在文学创作上，李贽还阐明了内容与形式的相互关系。他说"只自有各之事，各人题目不同，各人只就题目里滚出去，无不妙者"。(《续焚书·与友人论文》)有的作者尽管穷巧极工,不遗余力,是故语尽而意亦尽,词竭而味索然亦随以竭。岂其似真非真,所以入人心者不深耶!"《焚书·杂说》并说象这样的作品是"不寒而颤,不病而呻吟"。他告诉人们,只要根据自己的思想感受去出题作文,那么写的作品没有不好的。否则,即便作者技巧再高,用心再苦,词汇再华丽,作品仍不过是"似真非真",追求形式主义的,对人们没有丝毫的感染力。

　　李贽对文学复古派的批判,充分反映了他尊法反儒的思想倾向。对于这些,我们应该给予应有的肯定。但是,还应该看到李贽毕竟还是地主阶级的革新派思想家,这就决定了他批判孔孟之道的不彻底性。如在他的《童心说》中,虽然对复古派进行了有力的鞭笞,但其中夹杂着浓厚的人性论的色彩,这说明他还没有完全摆脱儒家传统思想的束缚。因此,对于李贽我们要按照马克思主义的立场、观点、方法,把他放到一定的历史范围内去进行考察,既要充分肯定他的历史功绩,也要看到他的阶级历史局限性,对他作出正确评价,从中吸取有益的东西,为无产阶级的文学艺术服务,为现实阶级斗争服务,为巩固无产阶级专政服务。

（本文有删节）

论李贽的文艺观

——兼论明朝晚期的文艺斗争

戎为今

史料解读

　　该史料为论文,原载《福建师大学报》1975 年第 1 期。戎为今分三部分研究李贽所推行的法家进步文艺路线在明朝晚期的文艺斗争和政治斗争中所起的作用。第一部分是在阶级社会里,文学艺术都属于政治范畴。李贽生活在阶级矛盾激化的封建社会晚期,他看清封建统治、孔学及道学家的真面目,辞官投入斗争,将文艺当作批判和揭露现实的锐器,最后却被迫害致死,但是他给晚明动荡的思想界和文艺界带来新气象。第二部分是李贽在文艺路线上的成就,取决于他在政治上所推行的法家路线。一是从朴素唯物主义出发,将文艺作为现实政治斗争的锐器;二是提倡批判现实主义文艺,痛击尊孔复古的文艺逆流;三是李贽批判现实主义的文艺创作是他思想的形象体现。第三部分是从阶级和儒法斗争中加以考察,对李贽在文学史中的地位给予充分的肯定。李贽要求个性解放的斗争对文艺界产生过积极影响,促进了晚明文艺家的思想解放。当然李贽的思想并没有超越封建地主阶级的局限,对其思想要批判继承。在我国旧文学史上,李贽的进步思想被严重贬斥和歪曲,尊儒反法的思想是历史的倒退。该史料的"儒""法"斗法,折射出特定时代的学术话语范式。

原文

千百年来，儒家思想统治着文艺界，法家进步文艺家受到了贬斥和歪曲。明代杰出的尊法反儒思想家李贽，在文学史上，也曾被排挤到"异端"的位置上去。今天，我们必须用马克思列宁主义、毛泽东思想认真研究李贽的文艺观，研究李贽所推行的法家进步文艺路线在明朝晚期的文艺斗争和政治斗争中所起的作用，重新给他以"一定的科学的地位"，从中吸取有益的经验教训。

一

"一定的文化是一定社会的政治和经济在观念形态上的反映。"在阶级社会里，"一切文化或文学艺术都是属于一定的阶级，属于一定的政治路线的"。

李贽生活的明代嘉靖、万历年间，我国封建社会已经进入晚期。这时期，封建制日趋衰朽，社会的基本矛盾即农民阶级和地主阶级的矛盾更加激化，处于社会下层的广大市民阶层反抗封建压迫的斗争正在兴起，地主阶级内部革新派和顽固派的矛盾斗争激烈展开。地主阶级内部的进一步分化，导致了一些不满封建王朝反动、黑暗统治的"叛逆者"，逐渐向新兴的市民阶层靠拢，站到反封建压迫的斗争行列中去。

在这一新的政治形势下，对于明王朝的反动统治，究竟是粉饰、维护，还是揭露、批判？对于广大劳动人民，包括市民阶层反封建压迫、反礼教束缚的斗争，究竟是反对、扼杀，还是赞扬、扶植？不同阶级、代表不同路线的文艺家，都有着不同的态度，也不能不作出自己的回答。

儒家文人根据反动统治阶级的政治需要，狂热地推行尊孔复古的文艺路线。他们提倡孔孟的"六经"之艺，要求文艺创作必须"依于理道，合乎法度"，叫嚷"文必秦汉，诗必盛唐"，写文章要"代古人语气习之"。他们把文艺作为宣扬孔孟之道，宣扬封建伦理道德的传声筒，利用文艺禁锢人们的思想，扼杀新生事物，掩盖社会矛盾，巩固反动统治。同时，这批文人还在反动统治阶级的卵翼下，纠集文艺团体，"操文章之柄，登坛设埠"，妄图永远垄断文艺界。（钱谦益

《列朝诗集小传》丁集上）从明初的"台阁体"，到明中后期的"前七子"、"后七子"，以及所谓"唐宋派"，尽管旗号不大一样，但路线是一样的，他们的鼓噪，都是为了粉饰现实，为了替垂死的封建制唱挽歌。

但是，阶级矛盾、阶级斗争的巨大声浪，猛烈地冲击着封建地主阶级专政的经济基础和上层建筑。要求变革黑暗现实、冲破封建牢笼的各种思潮，互相激荡，不可阻挡。以法家进步文艺家为代表的文艺革新力量，积极运用文艺武器，向明王朝反动统治者以及儒家反动文艺路线，展开针锋相对的斗争。文艺界发生了大动荡，一些受进步思潮冲击的文艺家，解放了思想，写出了许多具有一定社会内容、为广大市民阶层所喜爱的文艺作品。

例如：比李贽稍前的吴承恩，他的《西游记》就是继《三国演义》《水浒传》之后的一部具有广阔社会生活画面的长篇小说。比李贽稍后的汤显祖，他的《牡丹亭》等优秀戏曲，便体现了市民阶层反对封建礼教、追求自由平等的思想意识。此外，还有大量的短篇白话小说，也较深刻地揭露了黑暗的社会现实，反映了下层人民的反抗情绪和斗争生活。这些作品在民间广泛流传，影响深远。而李贽的文坛好友，"公安派"的袁宗道、袁宏道、袁中道兄弟，他们主张"独抒性灵，不拘格套"，主张"任性而发"，这对于文艺的变革，也起了一定的促进作用。

文艺界的动荡，大大破坏了儒家文人所鼓吹的"文体"和"士习"，引起了反动统治者极大的恐慌。万历十五年（一五八七年），一名主管科举考试的高级官员在给朱翊钧（明神宗）的一折奏章中说："近年以来，科场文字，渐趋奇诡，而坊间所刻及各处士子之所肆习者，更益怪异不经，致误初学转相视效，及今不为严禁，恐益灌渍人心，浸寻世道，其害甚于洪水，甚于异端。"（王世贞《弇山堂别集》卷八十四科举考之四）所谓"坊间所刻"以及"各处士子之所肆习者"，指的就是在民间广泛流传的反映市民阶层思想意识的大量文艺作品。这说明，当时科场，尤其是文艺界所出现的"奇诡"、"怪异"等离经叛道现象，是相当严重的。反动统治阶级为了挽救他们的所谓"人心"和"世道"，采取了一系列残酷的手段，更加严紧地控制整个思想界和文艺界，"以种种努力去保持旧事物使它得免于死亡"。

在文艺界这场激烈的斗争中，法家进步思想家李贽，是一员勇猛的斗士和旗手。为了适应当时反封建压迫、反礼教束缚的政治斗争的需要，他大力提倡批判现实主义文艺，深入批判尊孔复古的反动文艺路线，为新兴市民文艺的繁荣和兴盛开辟道路。明朝晚期文艺界的动荡，都和李贽有着直接或间接的关系。同时，文艺界的动荡，也为李贽法家进步文艺路线的形成，创造了有利的历史环境。

经过二十多年的官场生活，李贽逐步看清了明王朝封建统治的黑暗现实，看清了孔学以及道学家（理学家）的反动面目。万历八年（一五八〇年），李贽五十四岁时，便毅然辞弃了云南姚安知府的职务，到民间从事著述活动，包括进行文艺创作和文艺批评，更加直接地投入思想界、文艺界的斗争。万历十八年（一五九〇年），李贽的第一部诗文集《焚书》在麻城刻成。这部著作，"所言颇切近世学者膏肓"，有力地击中了反动统治者和官僚道学的"痼疾"。（见《自序》，《焚书》卷首。下文所引李贽语，凡见《焚书》《续焚书》者，均只注出篇名）由此，李贽遭到了一系列围攻和迫害。然而，李贽毫不畏惧，顽强地坚持战斗。万历二十四年（一五九六年），李贽七十岁时，写下了《读书乐》等许多战斗诗篇，表达了自己继续以读书著述为乐，读书到死、战斗到底的旺盛斗志。接着，李贽又到山西、山东、北京、南京等地，继续从事著述活动。

在文艺路线上，李贽坚持法家进步的文艺路线。他把文艺作为揭露现实、批判现实的锐利武器，紧密配合反孔学、反理学、要求个性解放的政治斗争，为新的生产关系的出现，为新兴市民阶层登上政治舞台，大造舆论。李贽和其他进步文艺家的共同斗争，有力地冲击了反动儒学的独尊地位，使反动统治阶级维护封建地主阶级专政的政治利益受到了威胁。万历三十年（一六〇二年），李贽七十六高龄，终于被扣上"敢倡乱道，惑世诬民"的罪名，被捕入狱，迫害致死。

"坚其志无忧群魔，强其骨无惧患害"。李贽的一生，是和"群魔"顽强战斗的一生。面对反动统治者和官僚道学加给他的种种"患害"，他"只知进就，不知退去"，没离开战斗岗位。即使在监狱里，他作诗读书自如，直到临死之前，还写下绝笔诗——《系中八绝》，表达了"我头可断而我身不可辱"的战斗精神。李贽在战斗的一生中,不但完成了《焚书》、《续焚书》、《藏书》、《续藏书》等巨著的写作,对几部小说、戏曲进行了认真的研究和评点,还给我们留下了近三百篇诗歌。他的著作"不下数百种"。(《麻城县志》前编卷十)这些著作盛行民间,给晚明动荡的文艺界和思想界,带来了生气勃勃的新气象。

明朝晚期文艺领域里的这场激烈斗争,是当时政治上守旧与革新、倒退与进步两条路线斗争的反映。所有文艺家,都是为他们的阶级及其政治路线服务的。这场斗争,生动地说明了:历史的发展,总是以新事物代替旧事物的。凡是顺应历史潮流的文艺家,都必须与妄图"以种种努力去保持旧事物使它得免于死亡"的反动派,以及妄图"否定被压迫人民的阶级斗争"、阻碍历史前进的儒家反动政治路线,展开针锋相对的斗争,给予彻底揭露和坚决批判!

二

李贽在文艺战线上所取得的成就,是由他在思想上政治上所推行的法家路线所决定的。同时,他的进步文艺主张,他的批判现实主义的文艺作品,也在现实的政治斗争中发挥了巨大的战斗作用。

第一,从朴素唯物主义观点出发,把文艺作为现实政治斗争的锐利武器。

文学艺术究竟是客观世界在作家头脑中的反映,还是作家主观世界的自我体现? 这个问题,是唯物论反映论和唯心论先验论的分水岭,也是儒法两条文艺路线斗争的根本性问题。

历来反动统治阶级,都是以唯心论的先验论作为文艺路线的理论基础,把文艺当作主观世界的体现,利用文艺作为压迫、剥削人民的工具。儒家反动文人认为,文艺是作家自家想出来的,是梦幻。他们妄图利用文艺随心所欲地歪曲事实、颠倒历史,为维护没落阶级的反动统治制造反革命舆论。李贽站在朴素唯物主义的立场上,对儒家的反动观点,进行了有力的批判。他认为文艺作品中所写的人和事,都是宇宙之内"本自有"的,文艺作品必须是"发愤之所作"。

对于敢于大胆表现男女婚姻自由,反对封建礼教束缚的《西厢记》和《拜月亭》这两部戏曲,李贽给予很高的评价。他认为这两部作品,"自当与天地相终始,有此世界,即离不得此传奇"。(《拜月亭》)为什么这两部戏曲,具有这么大的艺术魅力? 李贽作了这样的回答:"意者宇宙之内,本自有如此可喜之人,如化工之于物,其工巧自不可思议尔。"(《杂说》)这就是说,这两部戏曲之所以感人,就因为它们所写的人和事,是宇宙之内"本自有"的,而绝不是作者凭空幻想出来的。尤其是对于《西厢记》,李贽还进一步分析说:"余览斯记,想见其为人,当其时必有大不得意于君臣朋友之间者,故借夫妇离合因缘以发其端。"(同上)这说明,作者的创作是有充分的现实依据的。正是在现实世界中遇到了"大不得意"的事情,产生了"大不得意"的心情,才利用文艺创作加以反映。

因此,在文艺和生活的关系上,李贽从朴素唯物主义的观点出发,主张文艺是客观世界的反映、文艺创作必须有所为而发。这就是李贽进步文艺观的理论基础。

第二,提倡批判现实主义文艺,痛击尊孔复古的文艺逆流。

在明朝晚期的文艺斗争中,儒家文人为了"正文体,端士习",扭转文艺界离经叛道的局面,变本加厉地推行尊孔复古的反动文艺路线。他们主张:"世之文章家当于六籍中求其吾心者之至而深于其道,然后从而发之为文。"(茅坤:《复陈五岳方伯书》)强调文艺创作只能发挥经义,以孔孟之道作为指导思想,只能"代古人语气习之",大做八股式的文章。他们妄图用儒家思想控制文坛,为反动统治阶级推行守旧倒退的政治路线服务。

李贽积极提倡批判现实主义文艺,主张文艺创作必须"感时发己",充分体现大动荡、大变革的时代精神。他说:"文非感时发己,或出自家经画康济,千古难易者,皆是无病呻吟,不能工。"(《复焦漪园》)并且说:文艺创作要敢于"借他人题目,发自己心事"。(同上)这就是说,文艺创作要面向现实,立足现实,大胆表现与时代的斗争生活密切相关的重大题材,要敢于发表自己的见解;而不能死守前人的教条,更不能"代古人语气习之"。李贽这一进步文艺主张,反映了新兴市民阶层以及其他社会进步力量政治斗争的需要,是回击尊孔派和复古派的有力武器。

针对儒家文人所谓"依于道理,合乎法度"的文艺主张,李贽说,文艺创作要

"发于情性,由乎自然"。(《读律肤说》)他主张表现"蓄极积久,势不能遏"的思想感情(《杂说》),反对"以假人言假言,而事假事文假文"。(《童心说》)比如《琵琶记》,这是被反动儒家文人奉为能够"裨风教"的"冠绝诸剧"的戏曲(王世贞《曲藻》)。反动统治阶级甚至拿它和《四书》《五经》并列,作为"教忠教孝"的标本。对于这样的作品,李贽则投之以蔑视的目光,无情地进行了批判。他一针见血地指出,这部戏曲的要害,就在于"依于理道,合乎法度";为了宣扬封建伦理道德,虽"穷巧极工,不遗余力",但还是"似真非真,所以入人之心者不深耶!"(《杂说》)他把儒家文人所强调遵循的"理道"和"法度",看作是对于文艺创作的最大束缚。正因如此,李贽提出了文艺创作要"出于吾心"的主张。他反对到"六籍"中去寻道,反对"按圣人以为是非"。他说:"夫按圣人以为是非,则其所言者,乃圣人之言也,非吾心之言也。言不出于吾心,词非由于不可遏,则无味矣。"(《司马迁》,《藏书》卷四十儒臣传)这里,李贽所强调的"心",即自然情性,是带有抽象人性论色彩的。但它对当时文艺战线上反对尊孔派的斗争,以及政治思想战线上反孔学、反理学、要求个性解放的斗争,是有一定积极意义的。

李贽还针对儒家文人所谓"文必秦汉,诗必盛唐"的复古主义文艺主张,对文坛上的复古派进行了深刻的批判。他说:"诗何必古选,文何必先秦",评价文艺作品,"不可得而时势先后论也"(《童心说》)。文艺作品并不是越古越好,不能以时代先后定优劣。他还说:"盖时异势殊,则言者变矣。故行随事迁,则言焉人殊。安得据往行以为典要,守前言以效尾生耶?"(《先行录序(代作)》)他认为:时势变了,人事不同,作文立言就要随着变化,而不能死守前人的教条。李贽这一进步主张,在一定程度上促进了晚明文艺的变革和发展。

在批判尊孔复古的反动文艺路线的斗争中,李贽进一步阐述了他的批判现实主义的文艺主张。他认为,批判现实主义文艺,要在现实主义的基础上,突出"批判"二字。他要求文艺家,要有敢怨、敢怒的战斗精神。他提出:"翻不怨以为怨,文为至精至妙也。……今学者唯不敢怨,故不成事。"(《伯夷传》)只有大胆地对社会现实进行揭露和批判,才能写出"至精至妙"的文章来。对于"生不治民死食民""冠裳而吃人"的封建官僚,他不仅十分痛恨,而且希望文艺作品要敢于对这伙坐衙的老虎，进行无情的鞭挞。他热情赞扬这样的作品是"怒骂成诗"，积极提倡现实主义文艺的怒骂精神。（《封使君》）李贽还特别要求批判现实主义的文艺家，要有敢于"就里面攻打出来"的斗争胆略和策略。他说："凡人作文皆从外边攻进里去，我为文章只就里面攻打出来，就他城池，食他粮草，统率他兵马，直冲横撞，搅得他粉碎，故不费一毫气力而自然有余也。"（《与友人论文》）这就是李贽以文艺为武器勇猛进行战斗的英勇气魄，也是李贽批判现实主义文艺的战斗风格。

第三，李贽批判现实主义的文艺创作，是他法家思想、法家路线的形象体现。

晚明文坛，儒家文学的突出特点是，粉饰现实，掩盖矛盾，为腐朽的地主阶级专政和封建统治者歌功颂德。但是，法家进步思想家李贽，却反其道而行之。他谈到自己的创作时说，他的第一部诗文集《焚书》，其中"大抵多因缘语、忿激语，不比寻常套语"。（《答焦漪园》）这里，他所讲的"因缘语"，除了谈佛文章以外，指的就是"借他人题目，发自己心事"的有为之作；而"忿激语"，指的就是切中时弊，击中反动统治阶级和官僚道学"膏肓"的不满现实的作品。李贽通过对于实现斗争生活的深入考察，把晚明社会中假道学的丑恶形象刻画得淋漓尽致，入木三分。他指出，那些"高屐大履，长袖阔带"，严然圣人模样的假道学，全是一批"被服儒雅，行若狗彘"的政治骗子。他们天天高喊"明明德于天下"，却"无一厘为人谋者"。（《答耿司寇》）他们"口谈道德而志在穿窬"。（《又与焦弱侯》）这些人，"平居无事，只能打恭作揖，终日匡坐，同于泥塑，以为杂念不起，便是真实大圣大贤人矣。……一旦（国家）有警，则面面相觑，绝无人色，甚至互相推委，以为能明哲"。（《因记往事》）这些人，完全是社会的寄生虫！李贽笔下的假道学形象，是日趋衰朽的封建社会的缩影。李贽的揭露和批判，正好切中这个社会的"膏肓"和"痼疾"。他的作品是能使敌人"切齿咬牙，欲杀欲割"的匕首和投枪。

我们再看看李贽的诗歌创作。李贽十分明确地告诉我们，他是因为对现实世界极端不满，才借写诗"以发叫号"。他说："我于诗学无分，只缘孤苦无朋，用之以发叫号,少泄胸中之气。无《白雪阳春》事也。"(《观音问》答自信之二)所以,在他近三百篇诗歌里,揭露批判明王朝黑暗政治,表现忿激心情的诗作,占了一定的分量。如《朔风谣》:

南来北去何时了?为利为名无了时。为利为名满世间,南来北去正相宜。

朔风三月衣裳单,塞上行人忍冻难。好笑山中观静者,无端绝塞受风寒。

谓余为利不知余,谓渠为名岂识渠。非名非利一事无,奔走道路胡为乎?

试问长者真良图,我愿与世名利徒,同歌帝力乐康衢。

这首诗,作者以自己"南来北去"的飘泊生活,揭露"为利为名满世间""为利为名无了时"的黑暗现实,表达了自己"无端绝塞受风寒",不为世人所知的忿激心情。在诗篇的末了,李贽还提出了天下共享太平、老幼各得其乐的社会理想。这一社会理想,虽是无法实现的空想,但对于当时黑暗政治却是一个否定。

李贽的许多诗篇,从社会生活的各个角度,对晚明黑暗现实进行了抨击,充满着浓烈的战斗气息。如《感事二绝寄焦弱侯》,通过对于科举制度扼杀人才的揭露和批判,表现李贽对于黑暗官场的无比愤慨。如《却寄》四首,一方面赞扬他的女学生梅澹然,在一定程度上对男尊女卑的封建道德观念进行批判,一方面却尖锐地指出:"如今男子知多少,尽道高官即是仙。"李贽对统治阶级中只知道追求高官厚禄的假道学和庸俗男子,投之以轻蔑的嘲笑。又如《过聊城》和《晓行逢征东将士却寄梅中丞》诸首,李贽通过揭露在朝公卿和边塞将帅投降卖国的罪行,表达自己的爱国主义思想,也对昏庸无能,苟且偷安的明王朝统治者进行无情的批判。而《系中八绝》中《书能误人》《不能好汉》诸首,所写的"世上何人不读书。书奴却以读书死"和"我今不死更何待,愿早一命归黄泉"等诗句,则是对于明王朝统治者禁锢人们头脑、扼杀进步思潮的极端黑暗统治的深刻揭露和控诉。

生活在晚明这样一个极端黑暗的社会里,李贽被迫得"无家可归""无路可走",但他却"四时读书","自笑自歌","歌吟不已,继以呼呵",勇猛地向这个社会进行挑战。他在一首偈词中写道:

本无家可归,原无路可走。

若有线可，还是大门走口。

偈，原是佛经的一种形式，李贽却用它表现了现实的内容。对晚明的黑暗政治进行了极为深刻的揭露和鞭挞。他尖锐地指出，在当时的现实社会中，原来就无家可归、无路可走，即使是有了路，也是走不通的！

晚明时期极端黑暗的政治现实，是封建社会进入晚期、封建地主阶级日趋没落的必然结果，也是明王朝统治者疯狂推行儒家反动政治路线所造成的严重恶果。李贽的揭露和批判，客观上为破坏封建地主阶级的旧世界大喊大叫，在新事物代替旧事物的历史发展进程中，起了一定的进步作用。

三

综上所述，李贽对于文艺的基本观点，包括他的批判现实主义的文艺主张和创作思想，都是他整个进步思想的一个重要组成部分。只要我们从整个阶级斗争和儒法两条路线斗争中全面加以考察，就不能不对他在文学史上的地位，给予充分的肯定。

首先，李贽在文艺观上所体现的反孔学、反理学、要求个性解放的思想，无论对当时或者后来文艺界的斗争，都发生过积极影响。

李贽把文艺和现实的政治斗争紧密地联系在一起，他的文艺创作和文艺批评，矛头直指没落腐朽的反动统治阶级，直指儒家的反动政治路线。在明朝晚期的文艺斗争中，树起了一面鲜明的反儒旗帜。明代著名戏剧家汤显祖，对李贽十分推崇，尊之为人中之"杰"。他说："寻其吐属，如获美剑。"（《答管东溟》，《汤显祖集》第四十四卷玉茗堂尺牍之一）他曾千方百计向友人访求《焚书》，说"……有李百泉（贽）先生者，见其《焚书》，畸人也。肯为求其书寄我骀荡否"？（见《寄石楚阳苏州》，同上书）汤显祖的一些传奇作品，显然是受了李贽的影响的，表现了比较鲜明的反儒倾向，对明王朝的黑暗现实起了一定的暴露作用。

在李贽生前和死后，他的著作屡遭禁毁，甚至他的名字也被反动统治者用作"非圣无法"的代名词。直到"五四"时期，林纾还大骂新文化运动的伟大旗手鲁迅对封建礼教及旧文化的批判，是"拾李卓吾之余唾"。在"打倒孔家店"的斗争中，"'卫道'的圣徒"和言必称孔孟的"道德家"，以及那些封建的复古派，对于李贽仍然如此仇视和恐惧，这也从反面说明了李贽思想的深远影响。

其次，李贽批判现实主义的文艺主张，对晚明文艺家的思想解放和文体的改革，也起了促进的作用。

明王朝建立一、二百年来，文艺界在儒家尊孔复古反动路线的统治下，摩拟剽窃、矫柔造作成风，文坛上一片死气沉沉的萧条景象。而李贽的文章，"不阡不陌，抒其胸中之独见，精光凛凛，不可迫视"（袁中道《李温陵传》，《焚书》卷首），充满着勃勃生气。这对晚明文坛陈腐、恶浊的空气，是一个猛烈的冲击，同时也给晚明文艺的发展，打开了一个新的局面。明朝晚期，一些进步文艺家能够从复古主义、形式主义的束缚下，解放出来，写出一些具有一定社会内容，比较富有生气的作品，都直接或间接地受到了李贽的影响。比如，"公安派"三袁兄弟，他们能够抛弃"陈言"和"俗见"，在文学上有所建树，这和李贽是直接相关的。袁中道在回忆他们和李贽的交往时写道，"既见龙湖（李贽），始知一向掇拾陈言，株守俗见，死于古人语下，一段精光，不得披露；至是浩浩焉，如鸿毛之遇顺风，巨鱼之纵大壑，能为心师，不师于心，能转古人，不为古转，发为语言，一一从胸襟流出。"（《妙高山法寺碑》，《珂雪斋文集》卷九）可见，袁氏文风的转变，显然也是受了李贽的影响。

当然，李贽的文艺观并没有超越封建时代地主阶级的局限性。他的文艺观，还带有浓厚的历史唯心主义和抽象人性论的色彩。还存在着比较大的缺陷。比如，他对宣扬投降主义的《水浒传》，也写过"序"，卖力地做过"评点"。他着力表彰所谓"忠义"，不仅吹捧投降派的头子宋江是"身居水浒之中，心在朝廷之上，一意招安，专图报国"的"忠义之烈"，而且一再呼吁当权者"不可以不读"《水浒传》，要反动统治集团也效法宋王朝实行招安，把农民起义队伍收编"为干城心腹"。（《忠义水浒传序》）又如，他标榜"最初一念之本心"，把所谓"童心"当作"真"的最高境界，强调"真情实感"，以为"天下之至文，未有不出于童心焉者也。"（《童心说》）这种唯心论的先验论说教，在当时就是错误的，它削弱了李贽批判现实主义文艺的战斗力，同时对文艺界也起了不良的影响。如公安派的

"性灵说"，就是李贽"童心说"的进一步发挥。对此，我们必须把李贽文艺观的这些部分和主导方面区别开来，"然后排泄其糟粕，吸收其精华"。

在我国旧文学史上，儒家思想占据统治地位，像李贽这样的法家进步文艺家，受到了严重的贬斥和歪曲。明清人编汇明诗选本，或者把李贽排斥在外，如《明诗别裁》《明诗综》；或者不收李贽具有强烈战斗精神的诗篇，而把二、三首无甚深意、甚至思想内容较为消极的作品，作为李贽的代表作，如《列朝诗集》等。李贽的诗歌创作，在明诗中是没有地位的。清代御用文人纪昀，在《四库全书》里，不但不收李贽的著作，相反的是"特存其目，以深暴其罪"。(《四库全书总目提要》)纪昀通过由他总纂的《总目提要》对李贽及其著作，进行极其恶毒的攻击和诬蔑。直到解放以后，一些文学史著作对于李贽在儒法两条文艺路线斗争中所起的作用，也还未能进行正确的评价；有些专论还是按照尊儒反法的反动观点来看李贽，完全抹杀了李贽反儒批孔的战斗精神。

文学史上这股尊儒反法思潮，是为反动派推行儒家路线，开历史倒车服务的。奴隶主阶级、封建地主阶级和资产阶级，当它们"逐步向反面转化，化为反动派，化为落后的人们，化为纸老虎"的时候，它们总是进行垂死的挣扎，妄图通过歪曲事实，颠倒历史，以挽救它们"终究被或者将被人民所推翻"的命运。毛主席教导我们："无产阶级必须在上层建筑其中包括各个文化领域中对资产阶级实行全面的专政。"我们进行文艺领域的革命，在批判修正主义文艺思想的同时，必须彻底肃清儒家思想的影响，彻底铲除儒家统治黑线，把被历代反动派及其御用文人所颠倒的历史重新颠倒过来，用马克思列宁主义、毛泽东思想占领阵地，为巩固无产阶级专政而战斗！

（本文有删节）

评李贽的《忠义水浒传叙》

贵州大学历史系科研组

史料解读

　　该史料为论文,原载《思想战线》1977 年第 6 期。贵州大学历史系科研组评析李贽的《忠义水浒传叙》。李贽从地主阶级立场出发对《水浒传》评点作序,认为农民没必要反对封建统治,在李贽看来投降是梁山忠义之士的宿命。毛主席和鲁迅先生都指出,只反贪官不反天子结果必然是向统治者投降。李贽对于《水浒传》中"以盗制盗"的反革命策略十分赞赏,还向封建朝廷推荐此书以达到瓦解起义队伍的目的。当时封建统治腐朽、农民起义不断爆发,处境与北宋末年相似,所以他评序《水浒》以期统治者能招抚起义军来挽救封建统治,这是他的阶级局限。

原文

　　《水浒》自元末明初成书问世时起,就引起人们的重视,明、清以来,不少封建士大夫曾对其评点作序。他们从地主阶级的立场出发,发微探隐,阐发《水浒》宗旨,企图让读者更好领会和接受原作精神,确是煞费了一番心血。李贽的评序就是代表。

　　李贽在《忠义水浒传叙》中大肆鼓吹说,当时的社会是什么"小德役大德,小贤役大贤"。于是大德大贤者不"甘心服役而不耻";大力大能者也不肯"束手就缚而不辞"。所以就必然出现官逼民反，啸聚山林，打富济贫，等候招安，另图见用的现象。在李贽看来，农民与地主阶级间的阶级斗争不存在了，剩下的只是所谓"大贤"与"小贤"、"大力"与"小力"的权利冲突，农民根本没有必要反对以皇帝为代表的整个封建统治，相反，倒是应该尽力争取皇帝的信任支持，去同贪官污吏作斗争。似乎只要把这批"奸邪"除掉，天下就会太平，人民就得安乐。这就难怪他要把《水浒》夸为"有《春秋》之遗意"，竭力鼓吹《水浒》只反贪官，不反皇帝，为投降主义辩护，为封建统治阶级镇压农民起义效劳。

伟大领袖和导师毛主席深刻指出："《水浒》这部书，好就好在投降。""《水浒》只反贪官，不反皇帝。"毛主席的教导使我们清楚地认识到，《水浒》的要害，就是宣扬投降。我们知道，在封建社会里，皇帝是各级官吏的总头子，官吏则是皇帝的爪牙和奴才，贪婪残暴，奢侈荒淫，则是他们共同的阶级本性。皇帝要通过各级官吏对人民残酷榨取，官吏则要依靠皇帝作后台。他们狼狈为奸，结合成一个压迫剥削人民的统治网。广大农民要争取解放，只有推翻封建制度，打倒从皇帝到各级地主官僚。《水浒》只反贪官，不反皇帝，结果必然向统治者投降，这是应当批判的。

鲁迅先生说得好，"一部《水浒》，写得很分明：因为不反对天子，所以大军一到，便受招安，替国家打别的强盗——不'替天行道'的强盗去了。终于是奴才"。（《三闲集·流氓的变迁》）。但是，"四人帮"对李贽所编造的什么"大贤""小贤"、"大力""小力"之类的谎言，非但不予以揭露批判，反而为其宣扬传播，其用心不是非常清楚吗？

李贽在序言中说，"水浒之众，皆大力大贤，有忠有义之人"。在李贽看来，梁山的所有头领，本来就是些具有"忠义之心"的大力大贤之士，他们早就具有向赵宋王朝尽忠效力的愿望。李贽所以要如此强调"忠义"，甚至给《水浒》书名"复加'忠义'二字"（《水浒全书发凡》），其目的就是要用"忠义"这根绳子，套住起义群众手脚，让统治者斩尽杀绝。无怪乎有人要吹捧他评点的《水浒》说："《水浒》而忠义也，忠义而《水浒》也"（杨定见：《水浒传全书小引》）。简直把李贽评点过的《水浒》一书，当成了"忠义"的代名词。

　　李贽在评序中对《水浒》中为封建统治阶级提供的所谓"以盗制盗"的反革命策略，十分赞赏。从史实上看，当历史上的宋江、方腊起义之时，侯蒙就曾提出过这条计策，很得宋徽宗赏识。只因侯蒙很快死去，阴谋才未实行（见《宋史·侯蒙传》）。这件事一直到明代万历年间，那个署名"天都外臣"的汪太涵，在为《水浒》作序时还大为惋惜，说"蒙未行而卒"（《水浒传叙》）。后来这项阴谋，终于被《水浒》以文艺形式描绘出来，怎能不使那些对农民起义恨得要死，怕得要命的封建士大夫拍手叫好呢？所以那位"大涤余人"兴高采烈地宣称，他所以要"评此传行世"，就因为"《水浒》惟以招安为心，而名始传，其人忠义也"。这样就可以"使好勇疾贫之辈，无以为口实，则盗弥矣"，收"用俗以易俗，反经以正经"的效果（芥子园本《刻忠义水浒传缘起》）。李贽也说，《水浒》的作用，就是要"使小人亦不得借以行其私"（《水浒全书发凡》）。所以他不厌其烦地向封建朝廷推荐此书，要当权者接受《水浒》的形象感化，吸取《水浒》提供的策略，不要固执于武装镇压，而要用"招抚"来瓦解起义队伍，才是有效的办法。

　　李贽为什么要在这时借评序《水浒》向统治者进言呢？他曾说过，"不愤则不作"。他评序《水浒》，当然也是有感于时事的"发愤之作"了。我们知道，李贽生活于明嘉靖至万历年间。当时明王朝的统治已日趋腐朽，以皇室为首的官僚贵族疯狂兼并土地，农民起义不断爆发，遍及鲁、豫、川、粤、赣各省，甚至"京师十里之外，大盗十百成群"（《张文忠公全集·书牍》十五）。加之，东南沿海有倭寇侵袭，北方有蒙古牧主贵族俺答骚扰，阶级矛盾和民族矛盾日趋尖锐，明王朝的处境正与北宋末年相似。故此李贽评序《水浒》，向统治者大声疾呼，吸取这部书提供的策略，用"招抚"扼杀农民起义，挽救封建国家的危机。虽然李贽在评序中，对当时封建统治的黑暗腐朽，作了一些揭露，甚至尖锐的抨击，但他维护封建制度的立场，忠君报国的封建意识，却处处溢于言表。这点当时就有人替他表白过了。那个托名小沙弥怀林的叶开阳，在《李卓吾批评〈水浒〉述语》中就说："盖和尚（指李贽）一肚皮不合时宜，而独《水浒传》足以发抒其愤懑，故评之为尤详。"李贽对宋江的一片"忠义"之心十分赞赏，也是对自己一片苦心未受赏识，一付忠肝赤胆未被体察的感叹！他怀着深切的期望，反复为自己的行为辩护申诉。他评序《水浒》，盛赞宋江的忠义有这个意识，直至最后被捕入狱，还称"罪人著书甚多，具在，于圣教有益无损"（《珂雪斋近集文钞·李温陵传》），也是这个意思。不过李贽这些辩解，并未引起当道者的重视，终于迫使李贽自刎狱中。这也反映了他强烈的地主阶级立场，和希冀挽救封建统治危机的愿望。

诚然，李贽在政治黑暗，思想腐朽的当时，能够以犀利的笔锋，对不合理的现实加以辛辣的抨击，并把批判的矛头指向了儒家的始祖孔丘，在我国思想史的发展上起了一定作用，这是应该肯定的。但他站在地主阶级立场，为了挽救封建统治危机，对宣扬投降主义的反面教材《水浒》大肆吹捧。在当时封建统治者妄图借用《水浒》麻痹人民斗志，调和阶级矛盾，瓦解农民起义队伍的反动宣传中，推波助浪，大肆渲染，起了很坏的影响。

今天，在英明领袖华主席为首的党中央的正确领导下，揭批"四人帮"取得了伟大胜利。在当前揭批"四人帮"的第三战役中，我们一定要以马列主义、毛泽东思想为武器，清算"四人帮"的罪行，还李贽以本来面目。

（本文有删节）

元代回族诗人萨都剌

王志华

史料解读

该史料为作家作品介绍文章，原载《山西大学学报》1978 年第 2 期。王志华在宁夏回族自治区成立二十周年时介绍和评析了元代回族诗人萨都剌及其创作。萨都剌约生于十三世纪末，雁门人，进士及第后官至河北廉访经历，晚年曾投起义军。他的诗词造诣很高，诗篇大多是歌颂祖国的锦绣河山和描写塞外风光，也有不少关怀民间疾苦之作。萨都剌的诗风清丽俊逸，也时见豪迈奔放之作。但从艺术方面来说，他的词成就比诗更高，《满江红·金陵怀古》是其代表作。毛主席曾借用其诗句嘲讽南京国民党政府，是古为今用、借鉴古代文学遗产的典范。

原文

今年是宁夏回族自治区成立廿周年。在我国历史上，回族富有革命传统和创造精神，对祖国经济、文化诸方面做出过卓越贡献，曾产生了许多有名的政治家、科学家和文学艺术家。元代的萨都剌就是其中一位负有胜名的诗人。

萨都剌（约出生于十三世纪末），字天锡，号直斋，本属回族的答失蛮氏，其祖父因功留镇代郡，遂为雁门（山西代县）人。泰定四年进士，官至河北廉访经历，晚年曾投人民起义军方国珍幕下。著有《雁门集》、《萨天锡诗前后集》等书。

　　萨都剌的诗词创作造诣很高。他的诗篇，大多是歌颂祖国的锦绣河山和描写塞外风光，也有不少关怀民间疾苦之作。例如，《过居庸关》《题画马图》等诗，揭露了掠夺战争的残酷，表现出对和平生活的向往；《鬻女谣》和《早发黄河即事》等诗，用贫富对比的手法，突出了封建社会的阶级矛盾，谴责了剥削阶级的骄奢淫逸，表达了对人民苦难的深切同情。

　　萨都剌的诗风清丽俊逸，也时见豪迈奔放之作。但从艺术方面来说，他的词的成就比诗更高。《满江红·金陵怀古》是其代表作：

　　六代豪华，春去也，更无消息。空怅望，山川形胜，已非畴昔。王谢堂前双燕子，乌衣巷口曾相识。听夜深寂寞打空城，春潮急。思往事，愁如织；怀故国，空陈迹。但荒烟衰草，乱鸦斜日。玉树歌残秋露冷，胭脂井坏寒螀泣。到而今只有蒋山青，秦淮碧。

　　这首词吊古伤今，襟怀磊落，豪迈而感慨，在山光水色的描摹中，寄托了青山常在，碧水常流，富贵如过眼云烟的思想。既能熔铸刘禹锡《金陵五题》等诗的意境，又能点染新辞，富有创造性。情景交融，用典贴切，艺术上的确达到了很高的境界，堪称绝唱。

　　再如《念奴娇·登石头城》一词，同《满江红》词是同一题材和情调的作品，也曾脍炙人口。毛主席在《四分五裂的反动派为什么还要空喊"全面和平"？》一文中，曾借用其中"天低吴楚，眼空无物"之句，生动形象地嘲讽了处于四面楚歌境地的南京国民党政府，为我们提供了古为今用、借鉴古代文学遗产的范例。

萨都剌族籍考

林　松　白崇人

史料解读

　　该史料为论文,原载《中央民族学院学报》1979 年第 4 期。林松和白崇人对萨都剌的族籍进行了全面考证。萨都剌是元代杰出的少数民族诗人,著有《雁门集》。关于其族籍有回族、蒙古族和汉族的不同说法,陈垣先生早有考证萨都剌是回族人,但是仍有些著作称其为蒙古人,所以进一步考证其族籍很有必要。首先考证和他同时代人的有关记述,记述大同小异但是并不矛盾,都排除了萨都剌为蒙古人或汉人的可能,有些不同看法被陈垣先生反驳;其次可以从他的亲属和后代考证,据记载他的弟弟和孙子皆为回族人,可以排除其为蒙古人、汉人之可能;再次可以参考明清时人的说法,许多记载都是萨都剌非蒙古人和汉人的有力佐证,《四库全书总目》中《总目》与《简目》说法有所矛盾,作者认为《总目》称其为蒙古人的说法不可信;还可引用若干前人和近人的有关论著辨析,所记述的答失蛮氏、西域人、色目人、回回人和回纥人都是回族人,称谓多是回族形成之初特有的现象;最后可以从有关的姓氏名字方面进行考证,元代回族人名中仍保持西域特色,萨都剌祖孙三代及其弟兄名字都是典型的回族特色,答失蛮氏也是回族姓氏,所以萨都剌是回族人。时至今日,萨都剌族属问题仍未有共识。

原文

　　萨都剌,字天锡,号直斋,是我国元代杰出的少数民族诗人,著有《雁门集》。他不但精于诗、词,而且在书法、绘画上也有较高的造诣。

　　关于萨都剌的族籍,历来有不同的说法,归纳起来有以下三种:

　　一曰:色目人(包括色目人、国之西北人、西域人、回纥人、回回人、答失蛮氏等说);

　　二曰:蒙古人;

　　三曰:汉人。

　　陈垣先生早在一九二三年就对萨氏之族籍作了翔实中肯的考证〈见《元西域人华化考》〉,确定其为"回回人",即回族。但解放后出版的一些有影响的著作,如中国科学院文学研究所编《中国文学史》(1962年人民文学出版社版)、刘大杰先生著《中国文学发展史》(1963年新一版)、《辞海》(修订稿)《文学分册》(1979年5月第一版)等,仍持萨氏为蒙古人之说。所以,进一步考证萨都剌的族籍决非多余之举。

（一）

　　确定萨都剌的族籍,首先要考查和他同时代人之有关记述。

　　其一,元礼部尚书干文传(字寿道)为萨氏《雁门集》作序云:

　　"吾友萨君天锡亦国之西北人也,自其祖思兰不花,父阿鲁赤,世以膂力起家,累著勋伐,受知于世祖,英宗命仗节钺留镇云代,生君于雁门,故为雁门人。"

　　干文传和萨都剌是好友。他俩曾"聚首京师,相与商榷古道,以祈至当不易之归"(干氏所撰《雁门集·序》)。干氏晚年致仕居吴,与萨曾多次往来,萨都剌有《去吴留别干寿道、陈子平诸友》诗二首。至正间,萨又请干为其《雁门集》撰序。干氏七十岁寿辰,萨曾作《法曲献仙音,寿大宗伯致仕干公》词以贺之。可见二人友情之厚。故干文传所云不至有误。但由于干为南人,又是为萨诗集撰序,不便直述其族籍、渊源,而只统称之为"国之西北人也"。

其二,元著名文人戴良《丁鹤年集序》〈琳琅秘室丛书本)云:

"我元受命亦由西北而兴,西北诸国若回回、吐蕃、康里、畏吾儿、也里可温、唐兀之属,往往率先臣顺,奉职称藩。其沐浴休光,沾被宠泽,与京国内臣无少异。积之既久,文轨日昌,而子若孙遂皆舍弓马而事诗书,至其以诗名世,则贯公云石、马公伯庸、萨公天锡、余公廷心……"

戴良,字叔能,曾学古文于元代大家黄溍、柳贯、吴莱,学诗于余阙,通经史百家,著有《九灵山房集》,对元代的诗文作家有比较广泛、深入的了解。他所列举的贯云石、马伯庸(祖常)、萨天锡、余廷心(阙)等诗人,皆来自"西北诸国"的色目人是毫无疑义的。可惜他并未逐一指明萨氏等人的具体族籍。

其三,杨维桢《西湖竹枝集》云:

"萨都剌,字天锡,答失蛮氏,泰定丁卯阿察赤榜及第。"

杨维桢,字廉夫,是元代的大诗人。他和萨都剌同年登进士第(泰定四年,1327 年),并为诗友。杨维桢《宫词十二首序》云:"天历间予同年萨天锡善为宫词,且索予和什,通和二十章,今存十二章。"杨对萨诗推崇备至,称萨诗"风流俊爽,修本朝家范"(《西湖竹枝集》)。萨都剌亦有《经姑苏与张天雨、杨廉夫、郑明德、陈敬初同游虎邱山次东坡旧题韵》诗。根据杨、萨之关系,杨说萨为答失蛮氏又如此具体,故后人多承其说。

其四,陶宗仪《书史会要》卷七云:

"萨都剌,字天锡,回纥人,登进士第,……有诗名,善楷书。"

陶宗仪是元明之际人,学识渊博,著述繁多。他对元代的政治、经济、文化以及社会风习、逸闻佚事都很关注,并有较深之研究。他说萨为回纥人当有其可靠依据。

其五,俞希鲁撰写的《至顺镇江志》卷十六《宰贰、录事司》载达鲁花赤第十六任为萨都剌,名下注云:

"字天锡,回回人,泰定四年登进士第,将仕郎,天历元年(1328 年)七月至。"

俞希鲁,字用中,从其祖俞卓起便侨居京口(镇江,见《至顺镇江志》卷十九《人材·仕进、侨寓》)。据《乾隆镇江志》、《嘉庆丹徒志》等记载,俞氏曾历任江山令、永康令、儒林郎、松江府同知等职，"学业浩博，淹贯群籍，境内碑碣多所撰述"，被誉为京口四杰之一。且俞氏修志时约在至顺二年到四年间（1331—1334年），而萨都剌任镇江录事司达鲁花赤则在天历元年七月到至顺二年七月（1328年7月—1331年7月）。俞氏修志之始，可能萨氏仍在任内，或刚刚卸任不久。又，俞氏在志中很重视在职官吏之族籍，如志中所列录事司达鲁花赤表，共列十七任（至元十三年起到至顺二年止，即1276—1331年），每人名下都注有族籍（只有第二任田愿只注真定人，盖为汉人），其中蒙古人五人，回回人八人，畏吾儿人二人，钦察人一人。故俞氏所记述萨系"回回人"为确定萨氏族籍提供了最重要、最可信之依据。

以上五项，都是与萨都剌同时人之记述，尽管具体说法不同，但彼此并无矛盾。有的是指大范畴（国之西北人、色目人），有的是指小范畴（回纥、回回、答失蛮）。不过有一点是共同的，即全都排除了萨都剌为蒙古人或汉人之可能。

与以上诸说不同者，元末之孔齐（曲阜人，字行素，号静斋），在其所著《静斋至正直记》卷一中云：

"京口萨都剌，字天锡，本朱氏子，冒为西域回回人，善咏物赋诗。"

明蒋一葵（字仲舒）据此在《尧山堂外纪》卷七二云：

"萨都拉，字天锡，本京口朱氏子，冒为回回人。"

近人柯劭忞所撰《新元史》亦沿袭此说，并又杜撰云：

"萨都剌，本朱氏子，其父养为己出。"

对于此说，陈垣先生驳之曰：此"正可证明萨都剌当时必自认为回回人，而人亦以回回人目之，然后可诋为冒也。至于朱氏子云云，实因回回教人不食豕肉，讳言猪，猪与朱音同，谓其为朱氏子者，诬之也，加异教以恶谥，自昔有之。"（《元西域人华化考》卷四）陈垣先生所言极是。

《静斋至正直记》所记虽不可信，但很重要，即"萨都剌当时必自认为回回人，而人亦以回回人目之"，从反面证明了萨为"回回人"，而非蒙古人或汉人。

（二）

确定萨都剌的族籍，还可从他的亲属和后代来考查。

其一,陈垣先生《元西域人华化考》卷四云:

"据萨氏家谱,萨都剌弟名剌忽丁。剌忽丁,回回教人名也。"

其弟既为回回人,其亲兄焉有非回回人之理?

其二,明萨琦,曾编辑重刻《雁门集》。萨琦在跋中称萨都剌为"诸祖"。清萨希亮在《雁门集跋》中称萨琦为"六世宗伯",并说:"今宗伯公之谱牒班班可考"。故萨琦为萨都剌之孙无疑。

《明史》卷一六三有萨琦传,传云:

"萨琦,字廷珪,其先西域人,后著籍闽县,举宣德五年进士,……天顺元年卒。"(按萨琦《雁门集跋》作于天顺三年己卯。《明史》所载卒年可能有误,琦应卒于天顺三年之后。)

萨琦举进士为宣德五年(1430年),这时明政权建立才六十三年。假设萨琦当时只有二十岁,则他生年与萨都剌卒年(一般认为卒于元末或明初)相距甚近。他确认萨都剌为其祖,当比后人探本溯源、拐弯抹角之考证与追认要可靠得多。萨琦是西域人,其祖萨都剌亦必西域人。

明谈迁《枣林杂俎》(和集)在"萨琦变俗"条下云:

"闽县侍郎萨琦廷书(按,廷书应作廷珪)上世色目人,至侍郎丧葬遵朱文公礼变其俗。"

丧葬用朱文公(朱熹)礼,即用棺木。回回人葬俗不用棺椁,只用白布缠身。因此,萨琦变俗引起史学家的兴趣,视为反常事例而记述之。可见在萨琦之前,其祖先仍保持回回人原来习俗。这不就更足以证实萨都剌确为回回人吗?

其三,清萨都剌后裔萨龙光重新编注《雁门集》,于《倡和录跋》云:

"公(指萨都剌)亦色目人也。"

龙光确认其祖为色目人,恐不诬也。

以上三条与元人说法相一致,也完全排除萨都剌为蒙古人、汉人之可能。

(三)

考查萨都剌之族籍,还可参考明清时人之说法。现略举数种如下:

明毛晋《萨天锡诗集跋》云：

"天锡以北方之裔而入中华，日弄柔翰，遂成南国名家。"

明徐燉《元人十种诗序》云：

"天锡、易之（按，指纳新，又作乃贤，葛逻禄氏）崛生不毛之域，流商刻羽，含英咀华，骎骎阆作者之室。"

清王士禛《池北偶谈》云：

"萨都剌，色目人也。"

此外，如明徐于王氏《元诗才调集》卷五、清陈衍《元诗纪事》卷七、清《御选四朝诗小传》、清邵远平《续宏简录》、清曾廉《元书》卷九一等都从杨维桢之说，谓萨氏为答失蛮氏。

明清文人涉及萨都剌族籍问题，当然会从前人诸说中作出抉择判断，而杨维桢之说不约而同地被广泛采纳，足见此说更令人信服，这又是萨都剌非蒙古人或汉人之有力佐证。

最早提出萨都剌为蒙古人者是《四库全书总目》。《总目》卷一六七云：

"萨都拉，字天锡，号直斋，其祖曰萨拉布哈，父曰傲拉齐，以世勋镇云代，居于雁门，故世称雁门。萨都拉实蒙古人也。"

《总目》确定萨"实蒙古人"之根据，仅举"萨都拉"为蒙古语"结亲"之意。此说甚谬。"萨都剌"实阿拉伯语也。本文第五节将予辨析，此处不赘述。

而特别要指出的是：《四库全书简明目录》卷十七却云：

"萨都拉，本色目人，其集称雁门者，盖其祖父以来世居是地。"

《总目》与《简目》发生了矛盾。

《总目》系清代中叶纂修的一部巨大的官书，它将前人遗著作了一次总的汇集，因出自清代大文豪纪昀等名家之手，所以有很大的权威性。殊不知编纂《总目》者人多手杂，不可能对每个作者和每部作品都进行详尽之考证，总其成者也未见得有精力从头至尾审阅推敲，故舛错之处屡见不鲜。关于萨都剌族籍记述的错误，即是一例。

《简目》是在《总目》基础上删繁就简、提要而成。它的刊版问世虽比《总目》

早几年,但从编纂程序和初稿完成时间看,仍是《总目》在先(乾隆四十六年,1781 年),《简目》在后(乾隆四十七年,1782 年),《简目》是凝缩本,不可能完全无视《总目》而不以它作借鉴吧? 因此,二书关于萨氏族籍之不同说法,很可能是撰《简目》者已发现《总目》讹误而有意订正之。或者,是别有所本而不愿苟同或照抄《总目》的说法。果然如此,则《总目》之不可信益然尔。

(四)

综上所述,萨都剌"实为蒙古人"或汉人"朱氏子"之说,皆无所依据,难以成立。萨氏到底是什么族? 尽管众说纷纭,各持一端,只要溯本求源,考其异同,仍不难得出结论:萨都剌是回族人。问题在于文献资料中对他的族籍为什么会有五花八门之种种称呼:或谓"国之西北人"、"西域人"者,或称"色目人"、"回纥人"、"回回人"者,或曰"答失蛮氏"者。这些名称差异何在? 有什么内在联系? 不妨引用若干前人与近人的有关论著而辨析之。

先从元人的地理概念看所谓"西北"、"西域"和"回回"三者之间的联系:

"我元始征西北诸国,西域最先内附,故其国人柄用尤多。"(许有壬:《至正集》卷五十三)

"西北诸国若回回、吐蕃、康里、畏吾儿、也里可温、唐兀之属,统统率先臣顺,奉职称蕃。"(戴良:《丁鹤年集序》)

由此可知,"西北"是泛指,"西北诸国"中包括"西域"、"回回"在内。因此,史料中有时称萨都剌为"国之西北人",有时说是"西域人"、"回回人",就象现代在某些场合把吉林省人泛称为东北人或北方人那样自然。

再从元代的族籍概念及其习惯称谓区分,更可进一步弄清"西域"、"色目"、"回纥"、"回回"数者间枝权交接以至根茎相连的关系。例如:

"西域人者,色目人也。不曰色目而曰西域者,以元时分所治为蒙古、色目、汉人、南人四色,公牍上称色目,普通著述上多称西域也。"(陈垣:《元西域人华化考》卷一)

"……吾细察邓文原所著行状,有为(高)克恭隐饰意,应用回回处,辄易以

西域，此元代文人习惯……西域之名，出于汉以前；回回之名，起于晚近，贵远贱近，人性然也。"（同上，卷五）

"元人公牍文字，多从俗用回回，至于士夫执笔为文，则辄易回回为回纥，以回纥之名较古雅也。"（同上）

"回鹘今外五，回纥今回回。"（王恽：《秋涧先生大全文集》卷九十五）

"凡元史所谓畏吾儿者，回鹘也；其称回纥者，回回也。"（陈垣：《元西域人华化考》卷四）

这五则引文分别论断：西域人与色目人，西域人与回回人，回回人与回纥人，都是同一民族的异称，都是指回族。陈垣先生的论述，有大量实例可证，如元曲家赛景初（赛典赤赡思丁的后裔、诗人丁鹤年的表兄）是回回人，而《录鬼簿续编》则在其名下注为"西域人"；同书谓元曲家、画家丁野夫为"西域人"，而《图绘宝鉴》卷五则称之为"回纥人"。又如《元史》卷十《世祖本纪》中称"才任宰相"的阿合马为"回回人"，而同书卷二〇五《奸臣·阿合马传》则称之为"回纥人"。还有元代回族诗人、书法家马九皋，在陶宗仪的《史书会要补遗》中，被注释为"回纥人"。甚至在现代，也有一些回族老人述说自己的祖先是"西域回回"，表明"西域"与"回回"这两种称谓不仅相通，而且可以合并连用。

这里，要着重谈谈"色目"这个在元代特定环境条件下的特殊称呼，它本来是若干民族或部族的统称，所属可细分为数十种。色目人的政治地位，虽比蒙古人稍低，却远比汉人、南人为高。回回人只是色目中之一种，但它显然在色目人中占主要成份，因此，元代史料中所述色目人多指回回而言，但色目与回回之间还不能划等号。到了明代，显然已出现色目人专指回回的趋势：

"民类有四：曰黑爨，曰白爨，曰僰，曰色目。"（正德《云南志》卷十一"寻甸军民府风俗"）

"土民有僰，有白罗罗，有黑罗罗，有回回。"（同上）

所述的四种居民成份中，色目人即回回人，当然不言而喻。再看看同一地区对"色目人"的描述，更不容置辩：

"色目人，头戴白布小帽，不裹巾，身穿白布短衣……多娶同姓。诵经，以杀牲为斋。葬埋以剥衣为净,无棺以送亲,无祭以享亲,及葬,丢弃土坑……"(嘉靖《寻甸府志》卷上"风俗·种类")

看,对色目人的衣着服饰、生活习俗、婚丧礼仪介绍得如此具体确切,还能怀疑它不是专指回族人吗?

至于所谓"答失蛮氏",则可从族源与宗教角度推论萨氏之为回族人:

"达识蛮,亦即答失蛮。统诸说考云,木速蛮,答失蛮,即世俗所谓回回教。本为教名,而假以为氏族名也。"(洪钧:《元史译文证补》卷二十九)

"案《元典章》有一条云:'答失蛮,迭里威失户,若在回回寺内住坐,并无事产,合行开除外,据有营运事产户数,依回回户体例收差'。然则答失蛮,乃回回之修行者也。"(钱大昕:《二十二史考异》卷八十七)

两则引语都是解释"答失蛮"等外来语的含意,所释虽不甚确切妥贴(下文另有专议),而且两说不一,但以对音径直称呼,也足以表明所谓答失蛮氏者是来自西域的穆斯林,这正是元代回族的主要来源之一,大批回回人正是由于蒙古贵族的西征而东迁的。因此,被理解为是族名、宗教名或人物身份的"答失蛮"一词,也成了回回人的别称之一。

从本节引述材料的字里行间可以窥见,回回人在元代之所以有种种名目,自有缘由,或因骚人追求典雅,或以墨客故意隐讳;有时是出自当代文人的习惯,也有的显示了官方文件与私人著述用词之区别。实质上,这些称呼都是从不同角度表示"回回人"这一概念,如"西域"、"西北"是从地理位置或空间角度反映回回之来源;"色目"是按元统治者所划之等级、类别区分;"回纥"则是借历史上古老部族的近似称呼书写以示高雅,而"答失蛮"是直接用外来语的对音表明萨氏门第及其外来成份。总之,既有统称、泛指,也有异译、借代,归根结底,皆表明萨都剌是回族人。看来,称谓之多,是回族在开始形成的初期阶段所特有的现象。

(五)

最后,我们还准备试从有关的姓氏名字方面加以辨析、判断。

　　元代正是回族形成初期。当时来自西域的回回人之名字虽开始有华化的苗头，但还不象后来明、清时期那么普遍。更多的回回人仍然在继续正式使用其保持西域特色之原名，且多属阿拉伯语中常见人名。当他们在中国境内落地生根、世代定居，逐渐以汉语取代其原籍语言以后，甚至在完全仿照汉人姓名正式命名以后，相当长时期内，父母还要给初生的婴儿用阿拉伯语起个名字。至于日常生活用语中，更夹杂着不少阿拉伯语或波斯语的词汇（这种情况，迄今在回族聚居较集中的地区仍累见不鲜）。人们往往把这一类人名和语汇作为辨认回族的重要标志或依据。

　　以萨都剌而论，一看便知有阿拉伯人名的显著特色。其原名为 سعد الله Sard Allah，意思是"安拉赐予幸福"。安拉，是伊斯兰教所崇奉的主。萨都剌的字叫"天锡"，天锡者，天赐也。因此，他的名字显然是：萨都剌之名来自对音，天锡之字出于译意。前文曾提到萨都剌还有个弟弟叫剌忽丁，分明是阿语روح الدين Ruha al−Din 的对音，意思是"宗教的灵魂"。象这一类名字，语尾带"剌"、"都剌"或"丁"者，都是很典型的回回人名，在新旧《元史》列传及附表中随处可见。如名叫乌伯都剌عبد الله UbaidAllah（意思是"安拉的仆人"）者就有好几个，其中一个人身历数职，曾任左丞、右丞及参知政事；另一人为江西平章政事；还有一个江浙、甘肃的平章政事被写成"兀伯都剌"。此外，见于《元统癸酉进士录》者有阿都剌，载于许有壬《至正集》（卷五十三）者有暗都剌，等等。至于名尾带"丁"字者，俯拾即是。如赫赫有名的赛典赤赡思丁 سد أجل شمس الدين Sayyid Ajall Shams al-Din，意思是"荣耀的圣裔，宗教之太阳"，其长子名纳速剌丁 ناصر الدين Nasir al−Din，意思是"宗教的援助者"。又如诗人丁鹤年的几辈祖先都带"丁"，父职马禄丁，祖苦思丁，曾祖阿老丁，到他这一代，姓名华化了，干脆以"丁"为姓。总之，从萨都剌弟兄名字考察，具有如此明显、典型之特色，其民族成份，非回族而何？

　　再从"答失蛮"等词探讨。"答失蛮"和"迭里威失"两个词汇都是波斯语。答失蛮，是دانشمند Danishmand 的对音，是伊斯兰教对通经律学者之尊称；迭里威失，是 درویش Dairwish 的对音，意为苦修者、修道士。还有一个词汇"木速蛮"是阿拉伯语 مسلم Muslim 的对音，现代多译作穆斯林，指伊斯兰教信奉者。看来，答失蛮并非氏族名称，而是表示与宗教相关的身份、职业的语汇，可能萨都剌的先辈曾是宗教职业者或在宗教方面有较高的地位，称之为"答失蛮氏"，按当时风尚，该是类似对名门望族的体面之美称。元代出于答失蛮氏者，不只萨氏一家，如元岭南广西道肃访副使，回回诗人伯笃鲁丁，亦答失蛮氏，又如别罗沙，西域别失八里人氏，居龙兴路录事司，其妻亦出自答失蛮氏。这里应侧重注意的是答失蛮、迭里威失等词，源于波斯，则萨氏之为西域回回，族籍是回族，更无可置疑。

干文传《雁门集·序》云："萨都剌云者即华言所谓济善也。"《四库全书总目》的编者怀疑这是干氏"以不谙译语致误"，并煞有介事地"纠正"说："萨都剌，蒙古语结亲也。"考蒙古语，"结亲"音译为"乌日格土日勒"，与"萨都剌"之音风马牛不相及，不知《总目》之说究竟有何依据。十分有趣的是，阿拉伯和波斯两种语言之"结亲"，都使用同一语汇 Arus，倒跟萨都剌之父名傲拉齐（一作阿鲁赤）的发音极其相近，如果并非偶合，也许是《总目》编者张冠李戴，误把外语当蒙语，错把父名当子名加以解释吧？！至于萨都剌的祖父萨拉布哈（一作思兰在花），则是阿语 سلام ، بخارا Salam al-Bokhara 的音译，意思是"不花剌的安宁"。祖孙三辈，用的都是阿语人名。

有鉴于世界各民族、各地区之人物命名，都带有各自民族和语言之特色，往往可以从人名去推想其国籍、族籍，而回族人名在尚未普遍华化以前，特别是在元代，即便以汉语对音、书写成汉字以后，也还带有独特标志与规律，使人易于辨识、联想，因而不避冗赘，从人名角度探索，以确认萨都剌是回族之凿凿有据。

以上杂考，谬误必多，疏漏难免，引述、论断也不见得妥贴恰当，深盼读者给予批评指正。

（一九七九年六月十一日）

论萨都剌及其创作

试　骏

　　该史料为论文，原载《宁夏大学学报》1979 年第 3 期。萨都剌是我国元代著名回族诗人，著有《雁门集》。试骏对其族别、生平及创作提出一些看法。关于萨都剌的族别众说纷纭，与萨氏同时代的人明确指出萨氏系"回回"，后人经考订也多持此说，有力的佐证是"萨都剌"系阿拉伯语，确定萨都剌是回回的理由相当充分。关于萨都剌的生平记载很少且互有矛盾，根据有关材料及其作品考证，其出生于累著勋伐世家并进士及第，有《雁门集》辅证，却因民族压迫有过"家无田，囊无储"的状况，还写诗用典自嘲。诗人多年清贫的游宦生活使其可以更多地接触到真实的民间疾苦，写出许多具有现实意义的作品；后有做官及熟悉宫廷生活的机会，使其对皇室权贵的内幕有深入的了解，写出一些堪称"诗史"的作品。现实黑暗残酷，萨都剌想要有所变革，与同僚共勉，却宦途坎坷，于是去自然中寻求精神寄托，笔下风光别具情趣。萨都剌以色目人成为一代名家，主要归功于其刻苦学习汉文化、创作严肃谦逊、善于听取意见，但《雁门集》中仍不可避免地存在一些阶级局限。

原文

萨都剌是我国元代著名的回回诗人,著有《雁门集》。现存萨都剌诗词有七百余首。前人对萨都剌的作品评价很高,如"诸体俱备,磊落激昂"、"文心绣腑,绰有风华;声色相兼,奇正互出"、"最长于情,流丽清婉"、"风流俊爽"、"清新绮丽,自成一家"等等。仔细分析,《雁门集》中的确不乏思想倾向进步、艺术亦臻上乘的佳作。毛主席著作中曾引用过萨氏《念奴娇·登石头城》中的"天低吴楚,眼空无物"。(见《毛泽东选集》第四卷:《四分五裂的反动派为什么还要空喊"全面和平"?》)

萨都剌在元代诗坛上占有十分重要的地位,为丰富我们伟大祖国的光辉灿烂的文化财富作出了贡献。对这样一位诗人及其作品应当进行更为深入的研究。

本文拟就萨都剌的族别、生平及创作,提出一些看法,就正于专家和读者同志们。

(一)

关于萨都剌的族别,众说纷纭。除回回(答失蛮)、蒙古这两种主要说法外,还有笼统地称作色目人、回纥人或西域人的说法,以及"本朱姓子"、"本答失蛮氏,实为蒙古人"等说法。

下面我们列举元代和元以后有关萨都剌族别的记载,加以分析研究,从中引出结论。

元代的有关记载:

其一,杨维桢在《西湖竹枝集序》中明确指出萨都剌是"答失蛮"。钱大昕对"答失蛮"作过精密的考证:"回回者,西北种落之名,其别曰答失蛮、曰迭里威失……"(《元史氏族表》);"答失蛮乃回回之修行者也"(意为"回教徒",见《元史考异》)。显然,答失蛮是回回的别称。杨维桢是萨都剌的"同年"(同时考中泰定四年进士),又是诗友。他不仅推崇"天锡诗风流俊爽,修本朝家范"(见《竹枝词序》）；而且与萨氏交往甚密，如"天历间，予同年萨天锡善为宫词，予通和二十章"（见《宫词序》）。杨维祯对萨氏族别的说法，应是颇具权威性的。

其二，俞希鲁在《至顺镇江志》中第十六任京口录事司达鲁花赤萨都刺名下注明："字天锡，回回人。"俞希鲁和萨都刺同时寓居在镇江，对萨氏有关情况记载很细，如京口录事司在至顺元年（1330年）才在大堂上挂出匾额曰"善教"，系"达鲁花赤燕山萨都刺书立"（见《至顺镇江志》卷十三）。俞希鲁的说法也不容忽视。

其三，戴良为另一回回诗人丁鹤年的诗集作序中指出："我元受命由西北而兴，若回回、吐番、康里、畏吾儿、也是可温、唐兀之属，往往率先臣顺，奉职称藩。……积之既久，文轨日昌，而子若孙遂皆舍弓马而事诗书。至其以诗名世则贯公云石、马公伯庸、萨公天锡、余公廷心其人也。"戴良本身也是元代诗人。他在这段话中列举了大量色目种族，精辟地剖析了其子孙学习汉族文化的过程，并专门点出了其中著名的诗人姓名，萨都刺包括在内。戴良在这里虽未具体指出萨都刺是否回回，但萨氏属色目人则可确定无疑。对蒙元"率先臣顺、奉职称藩"的提法，已排除了他作为蒙古人的可能。

其四，陶宗仪《书史会要》指出："萨都刺字天锡，回纥人"，也否定了萨氏系蒙古人。关于"回纥"有两种不同看法。一说认为"回纥"就是"回回"，如顾炎武《日知录》载"大抵外国之音皆无正字，唐之回纥，今之回回是也"；一说"回纥"系"畏吾"（即维吾尔），如钱大昕《元史氏族表》载"畏吾儿者本回鹘（即回纥）之裔，音转为畏吾。"陶宗仪系元末的诗人、学者，对蒙古、色目等种族源流颇有研究，他在《南村辍耕录》中曾载色目共三十一种，其中既有回回，又有畏吾。至于陶宗仪所谓萨氏系"回纥人"的具体所指，尚待考定。

其五，干文传《雁门集序》称"吾友萨君天锡亦国之西北人也"。从戴良列举的西北种族到钱大昕的"回回者，西北种落之名"看，干文传的"西北人"有可能是指色目人甚至是回回人。干序中还说到"萨都刺"系音译，"君姓萨名都刺。萨都刺云者，即华人所谓'济善'也。"干文传未具体说"萨都刺"是由哪一种语言译出的，但有人指出它不是蒙语。理由是如系蒙语就不能出现"济善"的意译，音译也不应单抽出一个音节"萨"为姓。（见《四库全书总目》）这一批评倒排除了干序认为萨都剌系蒙古人的可能。事实上，"济善"这一意译应来自阿拉伯语，这一点下文还要论及。干文传官至礼部尚书，年长于萨都剌。萨氏对干很尊重且有交往。《雁门集》附有《法曲献仙音·寿大宗伯致仕干公》词可证。

从上述和萨都剌同时代的人提供的材料看，尽管在提法上有笼统的色目人和具体的回回人的区别，但无一认定萨氏系蒙古人。

元以后有关萨都剌族别的记载大都依元人说法。一种笼统地说萨氏为色目人，如《四库全书简明目录》："萨都剌本色目人，其集称雁门者，盖于祖父以来居是地"，王世桢《池北偶谈》："萨都剌，色目人也"；一种是具体地指明萨氏系回回，如"萨都剌字天锡，别号直斋，本答失蛮氏，祖父以勋留镇云代，遂为河间人"（清邵远平《续宏简录》）、"萨都剌字天锡，答失蛮氏，后徙居河间"（《新元史·萨都剌传》）、"萨都剌字天锡，别号直斋，本答失蛮氏，祖父以勋留镇云代，遂为雁门人"（《元书·隐逸传》）。此间有两种材料应予重视。一是《明史·萨琦传》载："其先西域人"。萨琦是萨都剌的诸孙，明英宗天顺三年（1459 年）曾为《雁门集》作跋（此时距萨都剌生活的时代不过百年左右）。西域人往往用作色目人的代称。《明史》也认定萨琦的祖先是色目人，更排除了萨氏是蒙古人。另一条是萨都剌的后裔萨龙光，于清嘉庆十二年（1807 年）为《雁门集倡和录》作跋中称"方国珍据浙东最忌色目人，……公亦色目人，其为方氏所忌又不待言"。萨氏子孙自称其祖宗是色目人，当最有说服力。

明确指出萨都剌系蒙古人的是《钦定四库全书总目》（书成于清乾隆四年，即 1782 年）："萨都拉字天锡号直斋。其祖曰萨拉布哈（原作思兰不花），父曰傲拉齐（原作阿鲁赤），以世勋镇云、代，居于雁门，故世称雁门萨都拉，实蒙古人也。"此说未足信。其一，《总目》之"实蒙古人也"与前引《简明目录》之"本色目人"矛盾。其二，撰述者本身亦有疑窦："旧本有干文传序称：萨都拉译言济善也（原按：萨都拉蒙古语结亲也。此云济善疑文传以不谙译语致误），则本以蒙古之语连三字为名，而集中《溪行中秋玩月诗》乃自称为萨氏子，殊不可解。"《总目》撰述者认为按蒙古语干文传把"萨都拉"一词的意思译错了，可是自己又不能解释为什么一个三音节的词,萨氏本人却挑出第一个字节作姓？撰述者只好说:"岂非蒙古之人故不谙蒙古之语,竟执名为姓耶？疑以传疑阙不可知矣!"可见《总目》关于"实为蒙古人"的提法只是一种疑点尚多极不成熟的猜想,不足为据。

"萨都剌"应是阿拉伯语的音译。"萨"即"安拉"(亦称"胡达",伊斯兰教所崇奉的主宰的名字),"都剌"是"赐予他幸福、快乐等"的意思。"萨都剌"这一短语可译为"上帝赐予他幸福、快乐等"。萨氏字"天锡",正是阿语"萨都剌"的意译。《至元辨伪录》载:"……达失蛮(即答失蛮)叫空谢天赐与",当是伊斯兰教徒对空祈祷的实况描述。萨都剌字"天锡",其弟字"天与",也正与回教徒的宗教活动相吻合。干文传将萨都剌译为"济善"基本上与阿语符合("济"是接济、给予,"善"是好的、好处)。《总目》的撰述者硬要把阿拉伯语附会为蒙古语,自然有不少地方困惑不解。

认为萨都剌"本朱姓子"的有明人蒋一葵:"萨都拉字天锡,本京口朱姓子,冒为回回人"(《尧山堂外纪》);孔齐《至正直记》载:"萨都拉本朱姓,非傲拉齐所生,其说不知所据"(《钦定四库全书总目》引);"萨都拉本朱氏子,其父养为己出"(《新元史·萨都剌传》)。这种说法在确定萨都剌的族别问题上意义不大,一来"不知何据",二来即便如此,养子从养父族别是惯例,也不必追究原来的"朱姓"问题。

后人谈到萨都剌族别时,往往兼收并蓄,既强调他"本答失蛮氏",又强调他"实为蒙古人",这是不能成立的。如"实为蒙古人"意指萨氏在生活习俗上实际与蒙古人一样,则另当别论了。

综上所述:与萨氏同时代而关系紧密的人明确指出萨氏系"回回";后人经考订也多持此说;萨氏后代承认其祖系包括回回在内的色目人;对"萨都剌"系阿拉伯语的考证则进一步提供了有力的佐证。可以说,确定萨都剌系回回,理由相当充分。

（二）

《元史》无萨都剌传,其他有关萨氏生平的系统记载也很少,且互有矛盾。

因此,对于萨都剌的生卒年代、身世宦迹的考订尚有不同说法。为了探讨萨氏的生活经历与其创作道路的关系,考诸有关材料及萨氏作品,以下几点是可以确定下来的。其一,萨氏系"雁门人"。"其祖思兰不花、父阿鲁赤世以膂力起家,累著勋伐,受知于世祖、英宗,命仗节钺留镇云代,生君于雁门,故以为雁门人。……亦以生居雁门,逐取(之)名集"(干文传《雁门集序》)。萨都剌自己将诗作结集定名为《雁门集》,的确很说明问题。其二,萨氏曾在二十岁以后考中丁卯年的进士。"逾弱冠登丁卯进士第,应奉翰林文字"(出处同上),丁卯即泰定四年(1327 年)。《雁门集》有《丁卯及第谢恩承天门》诗可证。其三,萨氏自述:"余乃萨家子。家无田,囊无储。始以进士入官为京口录事长,南行台辟为椽,继而御史台奏为燕南架阁官,岁余迁闽海访知事,又岁余诏进河北廉访经历,皆奉其母而行,以禄养也。"(《溪行中秋玩月》序)萨氏自述身世宦迹当最为可靠,且均能从《雁门集》中得到验证。这是研究萨都剌生活和创作道路的可贵的第一手材料。

"家无田,囊无储"的清贫境遇和多年的游宦生活,无疑对萨氏作品的思想倾向有着决定意义,颇有进一步剖析的必要。

元代社会存在着严重的民族压迫。元帝国的统治者把社会等级区分为蒙古、色目、汉人和南人四等。蒙古是统治民族当然不在话下,而色目则是他们的助手和支持者。在政治上,色目地位仅次于蒙古,享有很多特权;在经济上许多色目商人勾结蒙古贵族垄断了工商业等经营,牟取暴利。那么萨都剌作为以进士入官的色目人何以"家无田、囊无储"呢?必须看到,民族斗争归根结蒂总是阶级斗争的问题。元帝国实际上建立的是一种蒙古贵族、汉族地主和色目上层分子的联合统治。蒙古下层自由民、兵士以及色目平民根本不可能享有更多的利益,蒙古、色目籍的奴隶也仍然要受剥削。文献上不断有着成千成万的蒙古人流离失所的记载;《元史·食货志》甚至记载着驻扎各地的蒙古、色目军队也不断发生饥荒的情况。萨都剌在中进士前正过的是色目人下层的贫困生活。赋闲家居使得"家口相煎百忧集"(《醉欲行》),奔波于吴楚小本经商,尽管经历"严霜烈日太行坡,斜风猛雨瓜洲渡"(《芒鞋》)的磨难,也仍然摆脱不了"无钱沽得邻家酒，不敢开窗看菊花"（《客中九日》）的窘境。萨氏"以进士入官"前看来确实是"家无田，囊无储"。

　　萨都剌在泰定四年以三甲进士及第。据《元史·选举志》三甲以下的进士只授正八品官阶。按萨氏自叙，他先后担任过正八品的京口录事司达鲁花赤、江南行御史召椽史、燕南河北道肃政廉访司照磨（据《元史·百官志》，任照磨兼管勾即自叙所谓架阁（库）官，已降为正九品）、正八品的闽海福建道肃政廉访司知事和从七品的燕南河北道肃政廉访司经历。总之，萨氏担任的都是俸禄甚微的低级属官。按萨氏的说法是"俸薄无积余"（《赠士岩台郎》）。据《元史·百官志》照磨月俸中统钞十二贯，知事十五贯，经历也不过二十贯。收入本来有限，而中统钞早已沦为一种无钞本、根本不能兑现的废币。由于滥印中统钞引起通货膨胀，经济混乱，元帝国又印了一种"至元钞"，五贯中统钞才能兑换一贯至元钞"。当时民谣讥之为"人食人，钞买钞"。在元代不少官吏不是靠薪俸而是靠贪赃枉法、勒索敲诈谋生致富的。止如关汉卿笔下的楚州太守桃杌那样，把前来告状的老百姓当作"衣食父母"（见《窦娥冤》）。而萨都剌是一个有操守的官吏，认为"人间富贵草头露"（《马翰林寒江钓雪图》），"虚名薄利非良图"（《北人家上》）。只靠菲薄的俸禄维持生计，萨氏居官后仍过着清贫生活是可以理解的。"枕有思家梦，囊无买酒钱"（《送人之金陵》），"十年未有一廛居"（《题刘涣中司空隐居图》）、"陶令贫无酒，郎官菊也无"（《病中杂咏》），便都是萨氏清贫的游宦生活的写照。

　　还有一个问题。萨都剌出身于"累著勋伐，受知于世祖、英宗"的世家，又何以潦倒到"家无田，囊无储"，并于游宦中"皆奉其母而行，以禄养也"？现存于世的萨氏作品中只字未言其祖、其父，看来有难言之隐。干文传所说受知于英宗的当指萨都剌之父阿鲁赤。从世祖到英宗之间历三帝近三十年。显然随世祖征战而立功的萨氏家族长时间受到了冷遇。英宗在位只有三年，而阿鲁赤又于其间逝世。萨龙光于《雁门集·卷一》末案："阿鲁赤公受知英宗，命仗节钺留镇云代，以今观之，为任想亦未久。"为任不久，萨氏家族自然无法中兴。萨都剌对元代统治者忘却当年打江山时的勋臣颇有牢骚。他为"掉头青海无传箭，天

山挂却乌角弓"因而"太平不许矢石勋"而不平(《高唐刘候定斋野友亭》)。在
《登歌风台》中,萨都剌更借韩信、萧何、张良的遭遇,借古喻今,大胆地指出"古
来此事无不然,稍稍升平忘险阻"。由此看来,累著勋伐的世家沦落到"家无田、
囊无储"也并不奇怪。"草生金谷韩信饿,古来不独诗人穷"(《醉歌行》),晋时荆
州刺史石崇富极一时,而他经营的金谷别墅后来还是破落得野草丛生;满腹经
纶才能出众的韩信当年也饿得乞食漂母,这正是诗人的自慰之辞。

(三)

奔波江湖的小商经历,特别是多年清贫的游宦生活,使得萨都剌有机会广
泛地接触社会,从而写出一些抨击社会的黑暗、同情劳动人民疾苦的好作品。
旅途中,他目击"飞骑将军朝出猎,打门县吏夜催徭"(《大同驿》),一面是朝欢暮
乐,一面是民不聊生;大河上,他捕捉到"斗杓照水半垂天,水气涨天如白烟。南
北橹声争上下,月中闻鼓避官船"(《黄河月夜》)的令人愤懑的画面。《鬻女谣》
写出"传闻官陕尤可忧,旱荒不独东南州"的大灾之年,出现了惨不忍睹的"道逢
鬻女弃如土,惨淡悲风起天宇"的情景。诗人愤怒地声讨:"悲啼泪尽黄河干,县
官县官尔何颜! 金带紫衣郡太守,醉饱不问民食难!"在题《织女图》时,作者不
仅揭示织锦秦川女的苦楚,同时醒目地揭示出"又不闻,田家妇,日扫春蚕宵织
布,催租县吏夜打门,荆钗布裙夫短裤"的黑暗现实,深沉地以"我题此画三叹
吁",寄托诗人的同情。现实生活中的两种阶级的对立,在成熟之作《早发黄河
即事》中,得到更具体更深化的体现:

晨发大河上,曙色满船头。依依树林出,惨惨烟雾收。村墟杂鸡犬,门卷出
羊牛。炊烟动茅屋,秋稻上陇丘。尝新未及试,官租急征求。两河水平堤,夜有
盗贼忧。长安里中儿,生长不识愁。朝驰五花马,暮脱千金裘。斗鸡五坊市,酣
歌最高楼。绣被夜中酒,玉人坐更筹。岂知农家子,力穑望有秋。短褐长不完,
粝食长不周。丑妇有子女,鸣机事耕畴。上以充国赋,下以祀松楸。去年筑河
防,驱夫如驱囚。人家废耕织,嗷嗷齐东州。饥饿半欲死,驱之长河流。河流天
上来,趋下性所由。古人有善备,鄙夫无良谋。我歌两河曲,庶达公与候。凄风

振枯槁，短发凉飕飕！

在元代，蒙古贵族武装的破坏与摧残，已使人民群众饱尝战乱之苦，蒙古贵族内讧愈演愈烈，最后也发展为长城附近的武装冲突，更加重了人民的苦难。萨都剌同情人民疾苦还表现在反战主题的诗作里。《题画马图》写道："人为君王驾鼓车，出为将军净边野。将军与尔同死生，要令四海无战争，千古万古歌太平"，表达了人民向往和平的心声。《过居庸关》则通过对战争的残酷性的揭露，把反战思想表达得更为强烈：

居庸关，山苍苍，关南暑多关北凉。天门晓开虎豹卧，石鼓昼击云雷张。关门铁铸半空倚，古来几度壮士死。草根白骨弃不收，冷雨阴风哭山鬼。道傍老翁八十余，短衣白发扶犁锄。路人立马问前事，犹能历历言丘墟。夜来锄豆得戈铁，雨蚀风吹失颜折。铁腥唯带土花青，犹是将军战时血。前年人复铁作门，貔貅万灶如云屯。生存有功挂玉印，死去谁复招孤魂，居庸关，何峥嵘！上天胡不呼六丁，驱之海外休甲兵。男耕女织天下平，千古万古无战争！

萨都剌有应奉翰林文字从而熟悉宫廷生活的机会，又有多年身在官场的经历，这使得他有条件了解到从皇室到权贵尔虞我诈、荒淫无耻生活的内幕。《雁门集》有一些堪称"诗史"的作品，也是不容忽视的。元帝国建立后，蒙古贵族间争权夺利，内讧日益激烈。到泰定帝之孙铁木尔死时，已发展到武宗海山的次子图帖睦尔在大都即位，改元天历，泰定帝的儿子阿剌吉八在上都即位，改元天顺。双方各有贵族势力支持，互不相让，终于在长城附近大战一场。结果阿剌吉八失败。胜利者图帖睦尔为了缓和内部矛盾暂时让位给他的哥哥和世㻋，立为明宗。而和世㻋刚刚即位八个月，在一次其弟入帐进见后即暴死。这显然是一场为夺权而弟弑兄的政治丑剧，而当年史家是讳不敢言的。萨都剌在《记事》中对此事大胆作了揭露："只知玉玺传三让，岂料游魂隔九重。天上武皇亦洒泪，世间骨肉可相逢？"对为争权而大打出手，萨氏不仅多次揭露，还和人民疾苦联系起来："去岁干戈险，今年蝗旱忧，关西归战马，海内卖耕牛……"（《漫兴》），则更为难能可贵。

元帝国统治者利用宗教麻痹人民，结果自己也落入了迷海之中。佛教中的喇嘛教当时最为皇室贵族所崇奉,他们在佛事上挥霍大量的民脂民膏。以延祐四年(1318年)为例,一年中为佛事用面四十余万斤,油八万斤,酥、蜜各二万余斤,这是多么惊人的数字!喇嘛还搞什么垂帘的秘密受戒,"自妃主以下,大臣妻妾以上,时时延帝师于帐中受戒,……往往恣其淫佚"(见《草木子》),简直污秽不堪。萨都剌对此给予无情的揭露:"院院翻经有咒僧,垂帘白昼点酥灯。上京六月凉如水,酒喝天厨更赐冰。"(《上京杂咏》)文宗宠爱一个叫诉笑隐的和尚,竟赐三品官阶和黄色僧衣,给钞万锭修佛寺。萨氏也辛辣地讽刺了此事:"佛宫天上有,人间见应稀。客遇钟鸣饭,僧披御赐衣。青春忘蝶梦,白日说龙飞。遥忆宸游处,金莲照夜归。"萨都剌的笔触也没放过权贵们骄侈淫佚的生活。例如权臣燕帖木儿,一宴要宰十三匹马,妻妾无数,最后竟"体羸溺血死。"萨氏写了《伤思曲·哀燕将军》十首,无情地鞭挞嘲讽了这个权贵。如第十首写道:"朝作乐,暮作乐。朝暮杯盘金错落。日落日出东方明,欢乐未已悲歌生"。

过去人们更多地推崇萨都剌诗格清新的宫词,而忽视了这些直刺时事的佳作。清人顾嗣立说"史氏多忌讳,纪事只大氐(抵),独有萨经历,讽刺中肯綮"(《读元史》),这是给人以启发的卓见。

(四)

面对黑暗、残酷的现实,萨都剌时而揭露,时而呼吁,想要有所变革。他与同僚共勉:"衮衮诸公立要津,一波才动总精神。满江风浪晚来急,谁似中流砥柱人?"(《扬子江送同志》)对政绩显著,"地辟民安乐,官清县少衙"(《寄朱县尹》)、"民居星散无官讼,里巷深秋尽水田"(《赠同年莫州县尹米思泰》)的地方官他赞美敬佩;对受命赴职的他鞭策:"五风十雨乐太平,肯使人间有冤狱?"(《送广信司狱》)对与黑暗势力斗而贬官的,他激励斗志:"铁冠晴雪照荆国,羽扇清风扫瘴烟"(《湖南张子善钦点第一人弹劾权贵左迁西台御史,旋拜前职,素有退志,故举兼善劝之》)。萨氏本人更想以天下为己任:"词人多胆气,未许万夫雄!"他的《终南进士行》借钟馗"至今怒气犹未消,髯戟差差努双目",道出自己铲除一切人间鬼魅和不平的决心。然而,尽管诗人是这样想的,却一直在碰壁,尽管诗人有过"乙巳岁大祲,(萨)白太守尽发仓廪以济,所全活者八十余万人"之类的善举,却不能挽回元帝国世事日非江河日下的颓局。据文字记载萨都剌也曾因弹劾权贵而遭到打击,可惜具体情况不得而知。但从萨氏那种贫病交加、压抑坎坷的宦迹看,无疑那种"忽然今日风打头,寸波寸水逆上流"(《高邮阻风》)的困境时刻在伴随着他,这不能不给诗人心灵上投下苦闷消极的阴影。于是,"元老知谁在,孤臣为尔愁"(《漫兴》)那种忧国忧民之心,有时诗人要把它丢开了。他甚至把作官都看成是羁绊,要到湖光山色之水寻求寄托:"人生天地间,驰马历大块,行乐须及时,流光逝难再。役役功名羁,历历山水债……"(《命棹建溪》)。

　　基于要在自然美中寻求精神寄托,当然也基于对祖国山川的深切喜爱,萨都剌写了不少描绘自然风光和异乡情趣的佳作。这些作品诗中有画,寓情于景,显示了诗人敏锐的观察力和善于驾驭形象思维的才华。试看诗人笔下的镇江焦山:"夕阳欲下行人少,落叶萧萧路不分;修竹万竿秋影乱,山风吹作满山云"(《过赞善庵》);淮南所见:"青杨吹白华,银鱼跳碧藻,落日江船上,三月淮南道。渺渺春水涯,悠悠云树杪。安得快剪刀,江头剪芳草"(《送吴寅甫之扬州》);闽中风情:"岭南春早不见雪,腊月街头卖花声。海国人家除夕近,满城微雨湿山茶"(《闽城岁暮》);塞上风光:"牛羊散漫落日下,野草生香乳酪甜,卷地朔风沙似雪,家家行帐下毡帘"(《上京即事》);泛舟淮水上:"杨花点点冲帆过,燕子双双掠水飞。淮上人家闲不得,船头对结绿蓑衣"(《渡淮即事》);雨中金陵道:"夹道长松风聒聒,满沟乱石水泠泠。断云衔雨溪南去,失去长山一片青"(《金陵道中遇雨》)……这类诗给《雁门集》增添了光采。

　　萨都剌留下的词约有十四首,数量虽少但成就颇高。特别是《满江红·金陵怀古》、《念奴娇·登石头城》、《木兰花漫·彭城怀古》一类的吊古伤今、情景交融之作,用典贴切,意境深邃,有叹惜、有感伤而又很有气魄,显示了诗人磊落豪迈的襟怀。《满江红·金陵怀古》堪称萨词的代表之作:

　　六代豪华,春去也更无消息。空怅望,山川形胜,已非畴昔。王谢堂前双燕子,乌衣巷口曾相识。听夜深寂寞打空城,春潮急。思往事,愁如织。怀故国,空陈迹。但荒烟衰草,乱鸦斜日。玉树歌残秋露冷,胭脂井坏寒螀泣。到如今只有蒋山青,秦淮碧。

(五)

萨都剌以色目人成为元代诗坛名家,一些作品脍炙人口得以流传,究其原因,除上述的生活基础外,还有以下两点。

第一,刻苦学习,特别是精心深入地学习了汉族文化。尽管元帝国统治者反对蒙古人、色目人模仿汉习,甚至采取法律措施严禁,但这股潮流是挡不住的。不仅下层人民禁止不住,色目上层分子也相率模仿汉人生活习俗,并且精研汉族文化,萨都剌在这方面十分突出。他有深厚的汉古典文化的修养。《雁门集》里谈到或引用过作品的著名文学家、诗人有司马相如、贾谊、陶渊明、何逊、李白、杜甫、白居易、韩愈、杜牧、苏轼、辛弃疾、元好问等多人。萨氏对李白尤为推崇,《雁门集》中出现李白的名字竟达十余次,前人评他的诗的风格,有人说他"有长吉(李贺)之高格",有人说"天锡善学义山(李商隐)",有人则指出"天锡诵法青莲(李白)";有人拿他的宫词和张籍、王建比较,有人又把他的成就和北朝的温子升、庾信相提。这足以说明萨都剌是博览广收,集诸家之长的,而且取得了不凡的成就。

萨都剌深入学习汉族文化并未局限于古典文学一道,他于书法绘画上造诣也很深。特别是绘画,对萨都剌善于在诗作中写出清新动人的意境颇多补益。

萨都剌也重视学习汉族的人民口头创作。他在一首诗里写道:"近曾夜直南台上,学得吴儿白苧(纻)歌。"(《和王本中直台书事》)白苧歌是吴地民歌,后被贵族采入乐府。这里的白苧歌应看作是吴地民歌的代称。《雁门集》中有不少歌谣体的诗,通俗自然,质朴明快,正是萨氏注意吸取民歌营养的结果。

第二,萨都剌具有严肃、刻苦、谦逊的创作态度。他随时注意观察生活,选取题材,捕捉画面。"五月江南好风景,行人马上不从容"(《青松林》)、"出城自谓身无事,冲雨看山未是闲"(《金陵道中遇雨》)都是诗人在刻苦的创作实践中得到的感受。令人感动的是诗人在一次大病之中,仍不放弃写作实践,"吟诗思苦家人骂，捣药声高邻舍闻"（《病中夜坐》），萨都剌真可谓把诗歌创作看成第二生命了。

萨都剌写作态度十分严肃，"挥毫落纸龙蛇动，愧我无能才思薄"（《柬龙江上人》），对别人的才思敏捷他佩服，但对自己有"无能才思薄"的自知之明，这样就不致粗制滥造，而是用"吟诗思苦"去创作。

萨氏也善于听取有益的批评意见。不少材料上都记载着他拜虞集为"一字师"的佳话。萨都剌的《送笑隐住龙翔寺》中有一联诗是："地湿厌闻天竺雨，月明来听景阳钟。"虞集认为诗虽好，但"闻""听"二字意思重复了。马祖常也提出同样的意见。后来，他见到虞集，又谈到这联诗。虞集说唐诗有"林下老僧来看雨"的句子，不如把"厌闻"改作"厌看"，意不重复，音韵上也更好一些。于是萨氏表示叹服拜为一字之师。创作态度谦虚，也应是诗人取得成就的一个原因。

必须看到，萨都剌毕竟隶属于地位优越程度仅次于蒙古人的色目人，而且出身于"累著勋伐"的世家，这种阶级烙印在作品当中也时有体现。如中进士后"宫花压帽金牌重，舞妓当宴翠袖轻，……小臣涓滴皆君赐，唯有丹心答圣明"（《赐恩荣宴》）的踌躇满志，"九重应有平徭诏，日听将军奏凯还"（《送管监司陞广西宣慰使》）所表现出的对广西起义者的仇恨，以及向往参禅炼丹的颓废情绪、官场上的庸俗赠答等等。这些都是《雁门集》的阶级局限。

第五辑

满族古代文学

本辑概述

　　本辑收录了史树青、李寿冈和曹驼撰写的满族古代文学研究论文及介绍性文章。这些文章分别发表在《文物》《湘潭大学学报（哲学社会科学版）》及《读书》上。史树青对曹雪芹和永忠小照的真伪考证辨析翔实可靠，对伪作书画辨析提供重要的参考；李寿冈根据纳兰性德的生平详细剖析《纳兰词》之谜，将词与作者生平互证，揭开一些不为人知的隐情；曹驼结合当时实际，对公案小说和《儿女英雄传》的评价也有重要的学术意义。

　　满族古代文学在新中国成立前就广受关注，本辑收录文献可以证明这一点。

曹雪芹和永忠小照辨析

史树青

史料解读

　　该史料为论文,原载《文物》1978 年第 5 期。史树青对曹雪芹和永忠小照的真伪进行考证辨析。作者受托鉴别陆厚信所绘曹雪芹小照单页真伪,想到永忠小照而作这篇短文。小照前半是"雪芹先生"小像,有陆厚信署款题字五行;后半为尹继善七绝两首。尹继善的诗和字应当是真迹无疑,但是小像和题字粗劣且称呼欲盖弥彰,可能是书画商人为了牟利后加的。尹继善的两首诗证明上面的小像不是曹雪芹,根据尹继善的生平考证可知该小照是"伪画真跋"中的先有真跋、后补伪画。无独有偶,永忠小照是真像伪款。永忠是康熙帝的曾孙,才华横溢,作品中涉及《红楼梦》中的问题,是红学家经常引用的资料。永忠小照有尊照和诸家题诗,据考证冷枚的题款为伪署,其他题跋有真有伪。材料的搜集和辨析工作是科研工作的起点,我国伪作书画历史较久,作伪技术更是层出不穷。但是假的终归是假的,只要细心调查就可分辨。书画鉴定不是一门神秘的学问,在正确的理论指导下就能进行理性鉴定。该史料的价值,一是证明曹雪芹生活在满族语境,二是满族诗人永忠的出场,二者并置,对还原清晚期旗人文学生活现场,具有启发意义。

原文

　　陆厚信所绘曹雪芹小照单页，是近年来很为《红楼梦》研究者所瞩目的一件文物，现藏河南省博物馆①。1977 年 11 月，我在参加外地一次会议后路过郑州，承博物馆同志以原件见示，并要我为之鉴定真伪。这篇短文就是想到的一些意见。

　　小照为单开册页，前后背纸有粘连痕迹，可以看出原是整本册页中的一开。全开纵 47、横 51.4 厘米，为一张相连的整纸，中有折线，四周无纸绢镶边。前半为"雪芹先生"小像，有陆厚信署款题字五行；后半为尹继善七绝两首（图一）。陆厚信的题字和尹继善的诗，周汝昌同志已在他介绍这幅小照的文章中全文录出。为了便于说明问题并省读者翻检之劳，这里再抄一遍：

图一　"雪芹先生"小照、尹继善题诗

　　雪芹先生洪才河泻，逸藻云翔。尹公望山时督两江，以通家之谊，罗致幕府。案牍之暇，诗酒赓和，铿锵隽永。余私忱钦慕，爰作小照，绘其风流儒雅之致，以志雪鸿之迹云尔。云间艮生陆厚信并识。

　　万里天空气沉寥，白门云树望中遥。风流谁似题诗客，坐对青山想六朝。

---

① 此照曾在《文物》1973 年第 2 期发表，但由于发表时诗画分开，大小亦不一律，易给读者造成并非一纸的感觉。

久住江城别亦难，秋风送我整归鞍。他时光景如相忆，好把新图一借看。

望山尹继善。

尹继善的诗和字，为真迹当无疑义。此二诗见于《尹文端公诗集》卷九，题目是《题俞楚江照》。"雪芹先生"小像和题字，墨色浅淡上浮，书法、图章均极粗劣，"风流儒雅"四字又经挖改。背纸上面贴有虎皮宣纸长签，题"清代学者曹雪芹先生小照。藏园珍藏。"(图二)"藏园"为近代著名古籍收藏鉴定家傅增湘的别号。姑不论字迹与傅增湘书法不类，就说把曹雪芹封为"清代学者"，大名鼎鼎的傅增湘也决不至于如此不学，这真是欲盖弥彰。由此可以初步断定，这一开册页除了尹继善的题诗以外，其他皆有意伪作，伪作时间约在本世纪二十年代到四十年代"新红学派"盛行时期。

图二　伪作傅增湘题签

然而仅凭墨色的浮透,辩者可以有见仁见智之说;书法和图章的工拙,对一位生疏的画家来说,更不是判别其作品真伪的有力依据。即使是冒名为傅增湘的题签,也可以认为是书画商人为了牟取高利而后加的,不足以有损"雪芹先生"小照的可靠性。这就需要我们举出进一步的证据来。

证据在尹继善的两首诗上。二诗见《尹文端公诗集》,题目是《题俞楚江照》,仅易"江城"为"金陵"。按俞瀚字楚江,浙江绍兴人,幼孤,寄于舅氏,后赘于岳家。曾流落京师,由内务府金辉荐于尹继善。俞瀚能诗,在南京和著名诗人袁枚过从甚密。他的生平事迹,从袁枚《随园全集》、沈大成《学福斋文集》、李斗《扬州画舫录》等有关的诗文和记载中,可以看到一个轮廓。此人在尹继善幕中,其身分似是一位"绍兴师爷"。

诗题说是《题俞楚江照》,题诗的对脸又为一幅小像,粗一看,此像为俞瀚(楚江)是没有疑问的了。但是陆厚信题字又明明写着"雪芹先生",这是疑问之一;诗的内容和图中景物对不上号,这是疑问之二。对这两个疑问,周汝昌同志作了考订,结论是"诗、画并非一事","此画绝不容被说成是俞瀚的像"①。这个意见是中肯的。

然而往下去,周汝昌同志又断然地作出了"这幅小像不是曹雪芹,还有哪个"的推论。这一推论说对了事情的一半,即小像的作者要画的确是曹雪芹;但是,另一半也是更重要的一半,这幅像并非出于尹继善同时代画家之手,而是后人所作的赝品。

据《清史列传·尹继善传》,尹氏曾四督两江。初任、三任为期仅一、二年,皆在春天离任。次任、四任皆在九月结束,次任为乾隆八年二月至十三年九月,四任的时间更长,共十余年,止乾隆三十年秋。这两首诗中有"久住江城"、"秋风送我"等字面,可见当为第二次或第四次离任时作。按《尹文端公诗集》十卷,是由袁枚在尹继善死后编订的,嘉庆五年由尹子庆保刊行。书中虽未说明编辑体例,但稍加考察,就可以看出是一部按年编次的诗集。这两首《题俞楚江照》,

---

① 《红楼梦新证》,人民文学出版社 1976 年版,页 790、792。

稍前有《乙酉暮春与双有亭河干话旧漫赠》,稍后有到京后所作的《丙戌主试春闱和壁间旧韵赠裴叔度少农、陆凫川少宰并柬诸同事》。袁枚是尹氏门下清客,和尹子庆保也很熟悉,庆保请袁枚整理尹继善遗诗,可以认为诗集的编年是比较准确的。于此可知,这两首诗是尹继善第四次离任时所作,即作于乾隆三十年乙酉(1765年)秋日,时年七十一岁。而曹雪芹的卒年,无论壬午(1762年)或癸未(1763年),都在尹作之前。所以判定尹氏此二诗与曹雪芹毫无关系。

小像所绘既非俞瀚,而曹雪芹又卒于尹继善题诗之前,结果就剩下了一条:小像是后人伪作的假古董。

在书画作伪的许多方法中,"伪画真跋"是其中之一。这种方法又分两种情况,一是先有真跋,后补伪画;一是本为伪画,由于题跋人缺乏鉴别能力,以伪当真,题跋满纸,皆是妄言①。这幅"雪芹先生"小照属于前者的一个特例。推想当时的情况,这一开册页应是整本册页的一页。这整本册页的所有者是俞瀚,前有他自己的小照,而且是一幅整开的有云树、青山作为背景的小像②。图后各开有诸家的题咏。尹继善为了表示谦逊,题诗在一开的后半开,前半开成为空白。又由于尹的官位、名望和行辈都很高,在俞瀚所交往的朋友中无人肯在尹前题字,所以这半开空白纸就长期留存下来,为后世的作伪者造成了可乘之机。作伪者把这开册页从整册中取出,利用前半开白纸补画了"雪芹先生"的小像,冒名陆厚信所作,并加了一段识语,遂使观者眼花缭乱,以为尹诗既是真迹,陆画当然也是真像无疑了。

无独有偶。上面的情况属于伪画真跋,另外还有一幅为《红楼梦》研究者感兴趣的永忠小照,却是真像伪款、题跋有真有伪。

永忠字良甫,又字敬轩,号臞仙,生于雍正十三年(1735年),卒于乾隆五十八年(1793年)。他是康熙第十四子胤禵的孙子,多罗贝勒弘明的儿子,能诗,善

---

① 请参看拙作《鉴别书画应注意的几点》,载《文物参考资料》1954年第1期。
② 一般说,"画像"只是画一个人像,"小照"则点缀背景。尹诗称《题俞楚江照》,应该是有背景的,诗中"白门云树"、"坐对青山"即为图中景物而非泛语。

画,工书,著有《延芬室集》等,《清史稿》有传①。

《延芬室集》是永忠的编年诗集,对于考订清史,了解当时满族上层文人的思想和生活都有相当重要的价值。集中虽无直接和曹雪芹的唱和,但直接涉及了《红楼梦》问题。作于乾隆三十三年(1768年)的《因墨香得观〈红楼梦〉小说吊雪芹》七绝三首手稿,以及这三首诗上其叔父弘旿的批语,都是《红楼梦》研究者经常引用的资料。

永忠小照卷,我于1959年在北京前门外北京特种工艺品公司仓库发现,后归中国历史博物馆。当时我介绍吴恩裕同志往观,他曾有短文记述②(图三)。

此小照卷为设色行乐图,绢本,纵46.7、横121.5厘米。绘永忠在敞轩端坐,手把书卷,一僮献如意,一僮献剑,轩外一僮抱琴、一僮端茶而来,旁有双鹿双鹤,相当传神地表现了这位"天潢贵胄"的闲适生活。永忠貌清癯,符臞仙之号。图前端上边有楷书署款"吉臣冷枚敬绘",下钤"冷枚"白文篆书方印(图四)。此卷曾经重装,前有桂馥引首:"臞仙宗室将军二十五岁尊照。"后有储麟趾、吴应毂、永璥、钱维乔、吴观岱、钱坫、永奎、成桂诸家题诗,又有吴大澂题引首:"延芬室主人玉照。"

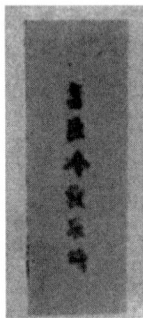

图三 永忠小照　　　　　图四 伪作冷枚题款

---

① 永忠的生平事迹,请参看侯堮《觉罗诗人永忠年谱》,载《燕京学报》第十二期,1932年。
② 见《有关曹雪芹十种》所附《考稗小记》,中华书局1963年版。作者对本文中所说的一些伪款伪跋似未细辨。

小照确是永忠的真像,但冷枚署款则为伪作,前后题跋,有真有伪,时代次序,十分混乱。

冷枚是焦秉贞的弟子,康熙时著名画家,《国朝院画录》著录他和其他画家合写的"康熙万寿图",作于康熙五十六年(1717年),属于他最后期的作品。从"康熙万寿图"下及永忠小照的绘制时间乙酉年(乾隆三十年,1765年),已有四十八年,其时冷枚早已不在人世,又何由为永忠作画?而且冷枚的署款浅淡上浮,图章、印色俱极粗劣,显系后添的伪款。

在题咏的诸家中,储麟趾的题诗给我们的启示很大。他是乾隆四年进士,官至宗人府府丞,应该是由于职务而和永忠相识的。他的题诗跋语中有"乙酉孟冬十月"纪年,由此考出了上述冷枚的题款为伪署。储诗前端引首图章仅存一个"轩"字,由此可以看出图卷经过剪裁改装,被裁掉的是画幅和储诗之间的一部分,可能有画家的署款和早于储的题咏。其他人的题咏,吴应毂、永瓗、钱坫、永奎、成桂皆是真迹,而桂馥、钱维乔、吴观岱、吴大澂诸人题字则是伪作。例如桂馥题称"臞仙宗室将军三十五岁尊照",实则永忠时年三十或三十一岁,这不仅可从永忠的生年可以推算,而且钱坫诗的第一句就是"三十登坛孰敢先",可以为证。钱维乔的四言诗有"碧梧泠泠"之句,"泠"应是"冷"字之误,作"泠泠"既失碧梧之意,又与声韵不合("冷"、"青"属下平声九青,"泠"则属上声二十三梗)。吴观岱是清末画家,民国初年尚在,吴大澂是光绪时人。当然,有的同志可以认为这卷小像在后来经这两个姓吴的看过,因而有他们的题字。否,从两者的隶书和桂馥的隶书看,皆出一人之手,他们的图章也是后人伪刻的。

任何科学研究工作都是以搜集材料和辨析材料作为起点的。这种材料辨析的工作,在古代文献的领域里就是考订,在文物领域里,就是我们常说的鉴定。在大量历代传世文物的鉴定中,书画鉴定是一项比较复杂的工作。这是因为这类文物易于伪作,作伪的历史比较久,牵涉的有关问题也比较多。

我国历史上摹仿和伪作书画,自晋唐宋明以来,所在多有,其专为牟利骗人,则自宋代开始。宋人仿古和作伪的书画,往往乱真;下及明清,作伪的技术更是日新月异,层出不穷。有关的书画评论和笔记中关于这方面的记载也比比皆是。本文所举的两幅小照，永忠小照的几处作伪比较拙劣，"雪芹先生"小照就做得比较隐蔽，作伪者的心思不可谓不巧。然而"作伪心劳日绌"，假的终归是假的，只要稍为认真细心地作一些调查，马脚就立刻露出来了[①]。还有一个小小的例子，1952年北京历史博物馆从琉璃厂收购到一批解放前专用于作伪书画的图章，大多是用寿山石仿刻的书画名家或收藏家印记，有的几可乱真，为数达一千余枚。其中远自米芾、赵孟頫，近至吴昌硕、齐白石，应有尽有。据售者倪子久说，这些石章是清朝和民国以来伪作书画的人长期使用的，有不少还是当时名家所仿刻。北京的情况如此，苏州、上海等地也就可想而知了。

书画鉴定这门学问，长期以来为封建地主和资产阶级文人说得十分神秘。其实，真知出自实践，过去之所以缺乏这方面的系统著作，除去故弄玄虚之外，还有一个重要原因是没有能在正确的理论指导下，把感性认识上升为理性认识，于是书画鉴定就好像只能凭借经验而不可捉摸了。解放以来，已故的张珩同志所写的《怎样鉴定书画》，篇幅虽然不大，却总结了不少有益的经验，在这方面做了一个很好的开端。

书画鉴定的意义，我们不必夸大，但也决不能轻视它，因为它的任务是"去伪存真"，属于材料辨析工作的一个部分。研究工作如果缺乏这一步，所得出的结论就有"空中楼阁"的危险。这篇小文所以不惮其烦地举出了很多细节，一方面固然因为这幅"曹雪芹小照"曾经在《红楼梦》研究者和文物界引起过一阵风波，而为不少人所关注，另一方面也就是企图说明文物鉴定工作的重要性和所需要具有的态度——细心认真和实事求是，任何草率从事和先入为主的态度都是要不得的。

[①] 有的《红楼梦》研究者可以在考订敦敏《懋斋诗抄》是否编年的问题上做许多文章，但对这部《尹文端公诗集》的编次却未做应有的考察，这可能是出于先入为主的缘故。

《纳兰词》之谜

李寿冈

史料解读

　　该史料为论文,原载《湘潭大学学报(哲学社会科学版)》1979 年第 3 期。李寿冈详细剖析《纳兰词》之谜。满族词人纳兰性德为大学士之子,家境优渥,广有才名,《金缕曲》是其唯一不属于婉约风格的代表作,评价很高,但是其中还有很多费解之处。有人将纳兰性德比作贾宝玉,可是他死后百余年,家族才走向衰落;还有一些天才论和宿命论的解释,同样难以服众。《纳兰词》仍然成谜,本文试图从三个方面讨论这个问题。首先,《纳兰词》充满无限哀愁的原因之一,是纳兰性德有一段伤心的恋爱史,有许多作品为证;其次,《纳兰词》充满仇恨的原因是纳兰性德有一段惨痛的家史,家族及其部落曾惨遭屠杀的经历,一直被他牢记并体现在词中;最后是纳兰性德的身世很可能有难言之隐,词中隐隐透露出别有家世之意,据考证,纳兰在五岁被满洲骑兵掳至明珠膝下是有可能的。纳兰在其他词中还多次提到明代在北京的陵墓,这与他公开的身世不符,只有是被掳的明代汉儿身份才能合理解释这类作品。这三个方面的考证,可以集中到他是个虽托身贵族门第但身世别有隐情的汉人,所以他的词是凄婉哀愁的悲歌。该史料对纳兰性德身世族属的讨论颇有价值。

纳兰性德，原名成德，字容若，生于公元 1654 年（顺治 11 年），死于公元
1685 年（康熙 24 年），满洲正黄旗人。他的《纳兰词》共收词 341 阕。在清初词
人中，他的成就虽不及朱彝尊和陈维崧，但名气很大。

他父亲明珠官至大学士，擅权纳贿，家财巨富。纳兰本人十八岁中举，廿三
岁中进士，官至正三品的一等侍卫。由于他出身贵盛，少年科第，既擅文词，又
娴骑射，结交的都是当时的名流学者，所以广通声气，享有盛名。特别是早期
"红学"的索隐派，认为《红楼梦》中的贾府就是纳兰家，而贾宝玉就是影射纳兰，
金陵十二钗就是影射纳兰家结交的一班名士。因此，伴随《红楼梦》的广泛流
传，纳兰也成了更多读者所瞩目的人物。

纳兰应顾贞观的求请，通过他父亲明珠，设法使因科场重案充军宁古塔的
吴兆骞获赦回来，这件事得到同时很多文士的赞扬，连同纳兰赠顾贞观的《金缕
曲》这阕词盛传于当时，为很多诗话、笔记所收载。这词是纳兰的重要代表作：

"德也狂生耳！偶然间缁尘京国，乌衣门第。有酒惟浇赵州土，谁会成生此
意？不信道遂成知己。青眼高歌俱未老，向尊前拭尽英雄泪。君不见，月如水。

共君此夜须沉醉。且由他蛾眉谣诼，古今同忌。身世悠悠何足问，冷笑置
之而已。寻思起从头翻悔。一日心期千劫在，后身缘恐结他生里。然诺重，君
须记。"（《金缕曲·赠梁汾》）

此词一出，"都下竞相传写"，评价很高，说是"得苏（轼）辛（弃疾）之遗"，慷
慨悲凉，堪称绝唱。捉摸这词的立意，是回答顾贞观的求请而作，肯定了相互间
的深厚友谊，表示对吴的同情，作出一定负责援助的诺言。但这词前人并没有
明确的注释，还有费解之处。一、李贺诗"买丝绣作平原君，有酒惟浇赵州土"，
是写对平原君的倾倒。纳兰借用半联，当然是表示对顾甚至包括对吴的倾倒。
但为什么要说"谁会成生（指纳兰成德本人）此意"，他对汉族文士有什么不可理
解的深意？二、"身世悠悠何足问"，除了叹惜顾和吴的身世之外，是否包括纳兰
自己？三、纳兰"缁尘京国"，出身"乌衣门第"，为什么是"偶然间"的事，是自谦

还是别有深意？总之,纳兰的身世似有难言之隐,这是一个谜。

除了《金缕曲》这仅有的一阕属于不同的风格以外,纳兰所有的词都属于婉约的风格。顾贞观评价说:"纳兰所为乐府小令,婉丽凄清,使读者哀乐不知所主。"陈维崧评价说:"哀感顽艳,得南唐二主之遗。"诚然,在纳兰的341阕词中,粗略统计,用"愁"字共90次,"泪"字65次,"恨"字39次,其余"断肠"、"伤心"、"惆怅"、"憔悴"、"凄凉"等词触目皆是,真是页页言愁,篇篇寄恨。对照纳兰的出身大富大贵家庭,少年得志的遭遇,实在不应该有这么多的愁和恨。纳兰的词情真意挚,感人至深,并不是无病呻吟的"为赋新诗强说愁"。对于《纳兰词》,对于纳兰其人,更感到是一个谜。

这个谜,前人也作过一些猜测。有人把纳兰比成"无故寻愁觅恨"的贾宝玉,认为纳兰也遭到抄家籍没,其家庭有一个由盛转衰的经历。其实纳兰死的时候,他父亲明珠正在首席大学士任上,正是纳兰家鼎盛时期。1688年明珠罢免大学士,仍得到康熙皇帝的保全,改任内大臣,"权势未替"。纳兰的兄弟揆叙官至左都御史。终康熙之世,纳兰家始终安富尊荣。后来因触忤权相和珅,纳兰家确实被抄,但已经是在乾隆朝后期,距纳兰之死有百把年了。有人说,纳兰是预感到家庭的危机,有人说,纳兰感觉到了他父亲政治上即将遭到的风险,有人说,纳兰是处在满清王朝由盛转衰的末世:诸如此类,都不符合事实。因为纳兰不必为身后百年的抄家发愁,他父亲仕途的升降只是常情,并没有特大风险,而他生存的时代正是满清王朝走向稳定、经济上升的时期。

有人则从纳兰本身找解答。为《纳兰词》作序的杨芳灿说:"先生貂珥朱轮,生长华阀。其词则哀怨骚屑,类憔悴失职者之所为。盖其三生慧业,不耐浮尘,寄思无端,抑郁不释。韵澹疑仙,思幽近鬼。年之不永,即兆于斯。"大意说,纳兰太聪明了,忍受不了人间的尘秽,所以无缘无故发愁。另一个作序的吴绮说:"成子资本神仙,虽无妨于富贵,而身游廊庙,恒自托于江湖。……才由骨俊,疑前身或是青莲;思自胎深,想竟体俱成红豆也。"大意说,纳兰由于具有神仙气质,即使出身富贵,在朝廷作官,但总是把自己放在平民地位。他的才华和思想,是先天胎里带来的,使人设想他是李白转生,是天生的情种。况周颐则说,纳兰"天分绝高"，"其所为词，纯任性灵"。周之琦认为，纳兰是"南唐李重光（后主煜）后身也"。这种天才论和宿命论的解释，我们是无法同意的。

王国维说："纳兰容若以自然之眼观物，以自然之舌言情。此由初入中原，未染汉人风气，故能真切如此。北宋以来，一人而已。"他用近代的文艺理论来解释，认为纳兰的创作方法是自然主义的。而这种创作方法是汉人所缺乏的，由于纳兰是初入中原的满人，没有受过汉人影响，所以成为北宋以来唯一的写得这么真切的词人。此说虽把纳兰抬得很高，但说他未染汉人风气却不能使人信服。因为纳兰运用词这种体裁来创作，和他的婉约缠绵的风格，证明他不仅不是没有受汉人影响，相反是受影响很深。

总之，《纳兰词》之谜，并没有得到合适的解答。本文试图从三个方向来谈谈这个问题。

首先，纳兰有一般伤心的恋爱史，这是《纳兰词》充满无限哀愁的原因之一。据《小说闲话》所引《赁庑剩笔》：纳兰恋爱着一个女子，有婚姻之约，后来此女选入宫庭，两相隔绝。后纳兰想方设法，化装成喇嘛入宫，由于宫禁森严，虽然见到面，但没有能够交谈，怅然而别。并引纳兰的六阕《减字木兰花》为证：

"晚妆欲罢，更把纤眉临镜画。准待分明，和雨和烟两不胜。　莫教星替，守取团圆终必遂。此夜红楼，天上人间一样愁。

烛花摇影，冷透疏衾刚欲醒。待不思量，不许孤眠不断肠。　茫茫碧落，天上人间情一诺。银汉难通，稳耐风波愿始从。

相逢不语，一朵芙蓉着秋雨。小晕红潮。斜溜鬟心只凤翘。　待将低唤，直为凝情恐人见。欲诉幽怀，转过回阑叩玉钗。

从教铁石，每见花开成惜惜。泪点难销，滴损苍烟玉一条。　怜伊太冷，添个纸窗疏竹影。记取相思，环珮归来月下时。

断魂无据，万水千山何处去？没个音书，尽日东风上绿除。　故园春好，寄语落花须自扫。莫更伤春，同是恹恹多病人。

花丛冷眼，自惜寻春来较晚。知道今生，知道今生那见卿。　天然绝代，不信相思浑不解。若解相思，定与韩凭共一枝。"

此词第一阕原有副标题《新月》，但不妨看作完整的一组词。结尾用了韩凭的典故。传说韩凭是春秋时宋国的大夫，他的妻子被宋康王夺去。夫妇俩以死来反抗，终于都自杀了。两人的墓上各长一株树，枝叶相纠连，他们化为一对鸳鸯栖息在树上。一说他们化为了一双蝴蝶。纳兰如果不是泛泛采用这个典故，而是立意要说明这个恋爱悲剧造成的原因，那就只能解释为指选进宫的事件。词中两用"天上人间"，显然是把"天上"比喻皇宫内苑了。综合全组词来看，一、二写别后的想念，表示了"守取团圆"，"稳耐风波"的信誓。三写相见的情状，是在宫禁森严下瞥见一面，"欲诉幽怀"而不可得的苦衷。四、五、六写事后的追忆。活用了"环珮空归月夜魂"这句杜诗，与"知道今生那见卿"对看，可见不是一般的别离。以纳兰家的权势赫奕、纳兰本人的才华声誉而言，除非是选入宫庭才可能有此阻隔。所以相隔如"万水千山"，"没个音书"，惟有祝愿她"莫更伤春"，并且始终相信她能"定与韩凭共一枝"。纳兰在这里写出了缠绵悱恻的情愫，倾吐了誓死不肯分离，坚贞不渝的爱情。《赁庑剩笔》的传说并非无因。纳兰情感真挚而深切，决不是一个到处拈花惹草的人，那么，他的词里所怀念的当是同一对象。且看《画堂春》：

"一生一代双人，争教两处销魂。相思相望不相亲，天为谁春！　　浆向蓝桥易乞，药成碧海难奔。若容相访饮牛津，相对忘贫。"

这里用了裴航，嫦娥和牛郎织女的典故，裴航经过蓝桥，向一个老太婆讨水解渴，结果娶了仙女云英。似乎说，求婚本是容易的，可是嫦娥服了药飞升了，自己却象后羿一样去不了"碧海"。假若允许我到天河边相见，甘心过贫贱生活。但"满眼春风百事非"，这位失去的恋人终于玉殒香消了。且看《摊破浣沙溪》：

"林下荒苔道韫家，生怜玉骨委尘沙。愁向风前无处说，数归鸦。　　半世浮萍随逝水，一宵冷雨葬名花。魂是柳绵吹欲碎，绕天涯。"

这里用了谢道韫的名字，是借指有林下风致的才女。可怜的是"玉骨委尘沙"、"冷雨葬名花"，连那苦苦的相思也被死亡所剪断，悠悠生离变成绝望的死别。魂象柳绵一样破碎了，共"一枝"的设想也不可能实现。这无可补偿的缺陷,镕铸在《纳兰词》里,变成无限的哀愁,是很自然的事了。

其次,纳兰氏有一段惨痛的家史,这是《纳兰词》充满愁恨的又一个原因。且看纳兰的两阕词:

《南歌子·古戍》

古戍饥乌集,荒城野雉飞。何年劫火剩残灰!试看英雄碧血满龙堆。玉帐空分垒,金笳已罢吹。东风回首尽成灰。不道兴亡命也岂人为!

《满庭芳》

堠雪翻鸦,河冰跃马,惊风吹度龙堆。阴燐夜泣,此景总堪悲。待向中宵起舞,无人处,那有村鸡。只应是金笳暗拍,一样泪沾衣。 须知今古事,棋枰胜负,翻覆如斯。叹纷纷蛮触,回首成灰。剩得几行青史,斜阳下,断碣残碑。年华共混同江水,流去几时回。

两次提到的"龙堆",在今新疆,这里借指边塞。混同江即松花江,是女真族各部落的故地。古戍的劫火残灰,指过去部落被征服,村寨遭到烧杀的遗迹。对部落"兴亡"、"胜负"、"翻覆"的历史,纳兰是感到十分沉痛的。那些"英雄碧血"、夜泣的"阴燐",正是纳兰家所属部落的祖先,怪不得纳兰倾泻了大量的"悲"、"泪"。据《清史稿·杨吉砮传》:海西女真四部中有个叶赫部,姓纳喇氏(即纳兰氏,或译那拉氏),其贝勒褚孔格为哈达部所杀,明朝所赐贡敕七百道也被夺去。褚孔格的孙子杨吉砮(或译养汲弩)兄弟不得已一度臣服于哈达部万汗(或译王台),但总没忘记复仇。明将李成梁应哈达部请求,设伏诱杀了杨吉砮兄弟子侄,进兵围攻叶赫部,斩首一千五百余级。杨吉砮的儿子纳林布禄继任贝勒,又要进攻哈达部以报世仇,仍被明军击败。他转而联络建州女真,以妹许婚努尔哈赤(即满清①建国的始祖),但终于发生矛盾。纳林布禄联合海西女真其余的乌拉、辉发、哈达三部九姓之兵来攻击,被努尔哈赤击败。纳林布禄死后,其弟金台石(或译金台什)继任贝勒,与努尔哈赤为敌。努尔哈赤先后征服乌拉(或译兀喇)部、叶赫部,金台石被杀,其子尼雅哈(或译倪迓韩,即纳兰容若

---

① 编者注:"满清"应为"清朝",后同。

的祖父)归降被编入满洲八旗,授职佐领。一般只了解到,叶赫纳喇氏属于满洲八旗上三旗,是皇帝的亲信部队,明珠的姑祖母是努尔哈赤的正妃,后称高皇后,是康熙皇帝的曾祖母,明珠深得康熙的宠任。但在部落的兴亡史上,纳兰的曾祖,高祖及其部落曾惨遭屠杀。叶赫的复仇观念很强烈,这种烙印一定深深铭刻在纳兰的思想里头,成为一种不敢明言的隐痛。又如《浣沙溪·小兀喇》:

桦屋鱼皮柳作城,蛟龙鳞动浪花腥,飞扬应逐海东青。 犹记当年军垒迹,不知何处梵钟声,莫将兴废话分明。

兀喇即乌拉,海西四部中最强的部落,居住松花江南畔,从事渔猎生产,与叶赫部同一命运,先后被建州女真所征服。此词的桦树屋、鱼皮衣裤、柳条篱作城、出没浪花的渔舟、作为狩猎工具的禽鸟海东青,勾画了海西女真的生活特征。然而,部落被攻破,这种朴素安定生活消逝了。只留下当年军垒的遗迹,唤起了词人的兴亡之感。刚一提到就咽住了,不能说得太分明啊!在今天看来,部落的由分到合,是历史的必然趋势,用不着为它欣幸或悲愁。但纳兰家作为历史舞台的脚色,作为部落战争的牺牲者,当然久久不能忘怀,于是凝成作品中的愁恨。又如《浣沙溪》:"一抹晚烟荒戍垒,半竿斜日旧关城,古今幽恨几时平!"这个主题在《纳兰词》里写得不很多,不很分明,但没有写出来的痛苦,必然比写出来的还要深重。至于纳兰的大量写男女之情的作品,是否继承《离骚》美人香草的传统手法,寄托着政治上"幽约怨悱不能自言之情",知人论世,还可以作进一步的探索。

最后,纳兰的身世是否还别有难言之隐呢!且看《采桑子·塞上咏雪花》写的:"非关癖爱轻模样,冷处偏佳,别有根芽,不是人间富贵花。"此处如果不是单纯的咏物,而是别有寄托的话,那么,纳兰在这里否定了富贵家庭的出身,宣称他的家世是"别有根芽"的。再看《雨零铃·种柳》:

横塘如练,日迟帘幕,烟丝斜卷。却从何处移得,章台彷佛,乍舒娇眼。恰带一痕浅照,锁黄昏庭院。断肠处,又惹相思,碧雾蒙蒙度双燕。 回阑恰就轻阴转、背风花,不解春深浅。托根幸自天上,曾试把霓裳舞遍。百尺垂垂,早是酒醒,莺语如剪。只休隔梦里红楼,望个人儿见。

　　此词似乎是借"种柳"来写身世。横塘在今南京秦淮河南堤一带，泛指江南，可能指原来出生的地方。"移"和"锁"正指迁徙、不自由的遭遇。为之"断肠"的，是南来的双燕。"背风"的柳花太弱小了，不解恩情的深浅，就是说不愿接受这种"恩"。"托根天上"，可能指移植于纳兰家成为皇室近臣。现在舞够了，觉醒了，在如梦的贵家楼阁里，想望的伊人几时得见！是否可以假设，纳兰原是南方汉族幼儿，被收养于旗人纳喇氏，虽然这段经历记得很清楚，但在大富大贵的明珠膝下，作者不敢也不能说出，这就成为积压在内心深处的悲苦，成为倾泻在作品中的叹息和眼泪。如果此说成立，开头所引《金缕曲》中的"身世悠悠"，"谁会成生此意"就可以从这方面找得解答。

　　年幼的汉族俘虏成了满洲的贵胄，这是可能的吗？满洲旗兵进军关内，曾大量掳掠汉人作为战利品。《清史稿·世祖纪》顺治十三年上谕："满洲家人皆征战所得"，十五年上谕："今大军所至，有来归者，加意拊循，令其得所"。十五年正是纳兰五岁的时候，被掳是可能的。《广虞初新志·江南丁藩伯还妇记》："一禆帅从某地战胜归，戏（同麾）下多妇人。"又《徐娘传》："刘司李欲之官，买妾以行，入内城西华门外人市，盖军士俘获子女在焉。"一个小武官都有很多俘获，俘获的子女公开在人市出售，可见汉人掳入旗下是大量的很自然的事。据《清史稿·艺术传》：名画家恽格，即恽南田，十三岁时在福建为总督陈锦（汉军正蓝旗人）的兵掳去，被陈锦妻子收养为儿子。可见幼儿被掳、被收养是可能的事。当然，这只是一个可能，今天无法找出文字记载。然而，纳兰的词里却有更多值得寻绎之处。且看下列诗词：

　　"马首望青山，零落繁华如此。再向断烟衰草，认藓碑题字。　　休寻折戟话当年，只洒悲秋泪。斜日十三陵下，过新丰猎骑。"（《好事近》）

　　"高峰独石当头起，冻合双溪水。马嘶人语自西东，行到断崖无路小桥通。

　　朔鸿过尽音书杳，客里年华悄。又将丝泪湿斜阳，多少十三陵树暮云黄。"（《虞美人》）

　　"角声哀咽，襆被驮残月。过去华年如电掣，禁得番番离别。　　一鞭冲破黄埃，乱山影里徘徊。蓦忆去年今日，十三陵下归来。"（《清平乐》）

"巂周声里严关峙,匹马登登,乱踏黄尘,听报邮签第几程。　　行人莫话前朝事,风雨诸陵,寂寞鱼灯,天寿山头冷月横。"(《采桑子·居庸关》)

"汉陵风雨,寒烟衰草,江山满目兴亡。白日空山,夜深清呗,算来别是凄凉,往事最堪伤!想铜驼巷陌,金谷风光。几处离宫,至今童子牧牛羊。　　荒沙一片茫茫。有桑干一线,雪冷雕翔。一道炊烟,三分梦雨,忍看林表斜阳。归雁两三行。见乱云低水,铁骑荒冈。僧饭黄昏。松门凉月拂衣裳。"(《望海潮·宝珠洞》)

这里多次提到十三陵、天寿诸陵、汉陵,都是指明代在北京昌平的陵墓。康熙为了收人心,曾多次去谒陵,纳兰一定随驾也去过。但一个新朝贵公子,对明陵为什么有那么多悲哀?"折戟话当年"、"莫话前朝事"、"满目兴亡"、"往事最堪伤",这类怀念前朝、深表沉痛的词,在《纳兰词》中还有不少。只有明朝的遗民,才能写出这种哀以思的亡国之音。这和纳兰的公开的出身家世是不相称的,只有承认纳兰是被掳、被收养的汉儿,才能合理解释这类作品,才能解开《纳兰词》之谜。

以上提出的三点,似乎是互相排斥的,特别是叶赫纳喇氏后裔和汉人被收养说不能同时成立。但如果假定的汉人说是成立的,纳兰对叶赫部落的关注和悼惜也可以得到解释。建州女真之征服叶赫部,关系到统一女真诸部,关系到进兵中原、取代明朝。纳兰是熟悉叶赫部兴亡史的汉人,既关心混同江畔的"当年军垒",又哀悼天寿山头的"风雨诸陵",不但并不矛盾,而且是很自然的事。纳兰如果是被掳的汉人,那么,那失去的恋人当然也是汉族女子了。且看他的《齐天乐·上元》:

"阑珊火树鱼龙舞,望中宝钗楼远。靺鞨余红,琉璃剩碧,待属花归缓缓。寒轻漏浅,正乍敛烟霏,陨星如箭。旧事惊心,一双莲影藕丝断。　　莫恨流年似水,恨消残蝶粉,韶光忒贱。细语吹香,暗尘笼鬓,都逐晓风零乱。阑干敲遍,问帘底纤纤,甚时重见?不解相思,月华今夜满。"

这里的"一双莲影",就是前文所引的"一生一代一双人";寻常的分离如果是藕断丝连的话,而他们的诀别是"藕丝断"。从希望重见的"帘底纤纤"来看,显然这是个汉族女子。满人不缠足，是无所谓"帘底纤纤"的。而这一场惊心的旧事，正发生在"火树鱼龙"、"陨星如箭"的上元之夜。一对汉族小儿女，在"细语吹香"的相依相偎生活中，互相爱恋。可是在这个上元之夜，遇到战乱被冲散了，于是构成悲惨的恋史。这是根据词意捉摸出来的故事情节，似乎不是穿凿附会之谈。问题是这个汉族女性有选进宫的可能吗？回答是肯定的。据《清史稿·后妃传》：顺治曾选汉官女备六宫，康熙妃嫔中有陈氏、王氏，张氏、石氏、袁氏、刘氏、高氏、卫氏、董氏等十三人之多，其中必有汉人。汉女作宫婢，不是绝不可能的事。在《金菊对芙蓉·上元》一词中，纳兰又写道："追念往事难凭，叹火树星桥，回首飘零。但九逵烟月，依旧胧明。楚天一带惊烽火，问今宵可照江城？小窗残酒，阑珊灯炧，别自关情。"这上元的灯火，是纳兰忆念最深的往事。对于楚天的烽火，对于江城，为什么"别自关情"呢？这与原籍东北、后迁北京的叶赫纳喇氏子弟实在没有关联，如果是江南的汉族儿郎，饱经战争的离乱，当然别有怀抱、无限关情了。所以说，这三个方面的考证探索，可以集中到最后这一点上，纳兰虽然托身贵族门第，有一个仕宦得意的经历，但他的身世别有隐恫，原来是一个"别有根芽"的被收养的汉人，所以象个孤臣孽子，遗老羁囚，所写的是一派凄婉哀愁的悲歌。这里对《纳兰词》之谜试作解答，并赋《减字木兰花》云：

　　纳兰往矣，愁恨人间殊未已。看碧成朱，十载词坛有禁区。　　东风惠我，且向花丛添一朵。今日红楼，百族骈阗竞上游！

公案小说和《儿女英雄传》

曹 驼

史料解读

　　该史料为有关公案小说和《儿女英雄传》的介绍和评价,原载《读书》1979 年第 9 期。曹驼简要对公案小说和《儿女英雄传》进行评价。《中国小说史简编》反对将《三侠五义》《儿女英雄传》等评为反动小说,作者认为不无道理,但并不全面。例如《三侠五义》,包公廉洁公正、不畏权贵,在一定范围内能顾念人民的疾苦,是封建社会百姓理想的官员,但是这样的官员仍是为封建统治阶级的利益服务,与反封建势力是对立的。到全国解放的今天,对于类似剧本应吸取经验古为今用,既不全盘肯定也不全盘否定。《儿女英雄传》是封建社会崩溃前企求复兴的小说,与《红楼梦》有对立也有相通之处,但《儿女英雄传》的艺术性和社会价值并不低,不能全盘否定。

原文

　　南开大学中文系编、人民文学出版社今年出版的《中国小说史简编》,在"近代小说"这个部分中,把《三侠五义》、《施公案》、《彭公案》、《儿女英雄传》等评为反动小说而予以否定。我认为这个评语是有道理的,但并不全面。

　　先说《三侠五义》这一类书。为什么《简编》的评语是有道理的呢?

象包公这类"清官"，当然是效忠皇帝、维护封建统治的。而且，封建统治下的人民，主要是农民，指望着包公这样的"清官"，就看不见封建统治阶级之作为一个阶级压在他们头上，误认为这样的"清官"就可以拯救他们于水深火热之中。书中所谓"侠"、"义"，都是维护封建统治阶级的利益，而与一部分反抗封建统治的所谓"盗"、"贼"对立的。我们有充分理由说，包公这样的"清官"有其欺骗性，虽然我们也反对四人帮那种论调，说什么贪官要比清官好。如果我们认为这类公案小说并不反动，就无法理解封建统治阶级对它们的赞赏了。

但是我们同时也要看到，包公这类"清官"，廉洁清正，不去阿谀权贵，敢于"太岁头上动土"的形象，的确是封建社会中人民，主要是农民的想望。当时的人民并不先进，所以才去指望"清官"。这些"清官"在一时、一定范围内能顾念人民的疾苦，减轻他们一点苦难，就受到他们的感激。这一点，从整个反封建斗争的历史发展上看，也不应当抹杀或忽视。

至于在全国解放以后的今天，这类公案小说或"包公戏"之类的剧本，又有着不同的一些意义。我们不赞成歌颂封建统治，应当"推陈出新"，避免那种歌颂，而强调那些"清官"的能够为人民做好事，敢于同权贵作斗争，目的是"古为今用"，告诉我们的干部：封建时代的"清官"尚且可以做到的好事，为什么我们的干部不能做到？这并不等于否定封建社会中公案小说之维护封建统治阶级和"清官"的欺骗性。

再说《儿女英雄传》。这部小说不同于公案小说。它是处于封建社会崩溃的前夕，企求这个社会能够复兴起来的一部小说。它和《红楼梦》是对立面。《红楼梦》所要破坏的，它要树立起来。《红楼梦》所要否定的，它要肯定。在这个意义上，说它反动，并不为过。但是在我看来，它和《红楼梦》也有其共通之处。《红楼梦》要补天，《儿女英雄传》也是要补天，不过补天的途径不同。《红楼梦》有新的思想，《儿女英雄传》却没有，所以它远远赶不上《红楼梦》。然而，《儿女英雄传》的作者也是个失意的地主阶级知识分子，他的理想，在书中明显地表现为反动，但书中所反映的现实，也不是毫无认识价值的。更何况它的艺术性并不低，有些文采，可供借鉴。因此也不宜于简单地予以否定。

其他少数民族古代文学

本辑概述

　　本辑收录了吴晗、陈宗祥和邓文峰撰写的 2 篇研究论文及 1 篇赵吕甫撰写的方志校释文章。这些文章分别发表在《人民文学》《西南师范学院学报》《南充师范学院学报》上，涉及敕勒歌演唱者家族、南诏史及多民族共同创造的经典作品《白狼歌》。其中，吴晗关注到了敕勒歌歌唱者家族的命运，赵吕甫对《云南志》进行逐字逐句的校勘和考释，陈宗祥和邓文峰对现有资料进行梳理和比较研究，对认识氐羌族的历史具有重要的参考价值。而对书面化的《白狼歌》的研究则展示了古代多民族文学共同创造的特征，具有重要现实意义。

　　本时期其他民族古代文学研究史料较少，这种情况既受制于本时期少数民族古代作家文学史料的匮乏，也决定于其他少数民族作家（书面）文学尚不发达且发展极不平衡的客观历史。但是，诸如在近、现代已经取得重要进展的辽金文学研究，在本时期却出现了断档，这种现象值得思考。

敕勒歌歌唱者家族的命运

吴　晗

史料解读

　　该史料为论文,原载《人民文学》1962年第9期。吴晗在文中对敕勒歌歌唱者家族的命运进行了介绍。敕勒歌原文是鲜卑语,记录时译为汉字,歌唱者是斛律金,他擅长骑射、善于用兵、具有丰富的军事经验,是东魏杰出的军事将领,也被取东魏而代之的齐国皇帝重视。斛律金的两个儿子都是当时的名将,大儿子斛律光被称为"落雕都督",以军功积官至上将军并袭父爵,身处高位却不结党营私、不参与政事、言简意赅、作风严肃优良且深得士兵信服。但是由于拒绝皇帝未封赏就解散军队的要求触犯了皇帝,再加上对昏庸无能的皇帝宠信祖珽、穆提婆等人专擅政事有所不满而被记恨。碍于斛律光在边境经营防御之功,加上他多年的威望,突厥和周人不敢来犯,陷害他的人只得造谣说斛律光要造反。祖珽等人趁机将斛律光及其族人杀害,周武帝才得以发兵灭齐。历史上的忠臣良将和帝王都有不可调和的矛盾,虽然其父子的事迹鲜有人记得,但是敕勒歌永远在文学史上熠熠生辉。

原文

《敕勒歌》是歌唱我国北部朔漠风光的绝唱，歌词是这样的：

敕勒川，阴山下，天似穹庐，笼盖四野，天苍苍，野茫茫，风吹草低见牛羊。

原歌是用鲜卑语唱的，记录时译为汉字，歌唱人是敕勒部名将斛律金。

斛律金（公元四八八——五六七）生性质直，不识汉字。原名敦，官做大了，要用汉字签署文件，嫌敦字难写，才改名为金。可是写金字也还是有困难，同事司马子如教他，金字像个房子，照房子那样画就行了，才学会了写这个字。

斛律金擅长骑射，善于用兵，具有丰富的军事经验。他一看尘土，就能知道敌军骑兵、步兵多少，一嗅土地，就可判断敌军距离远近。北魏封为第二领民酋长，秋天到京师朝见，春天回到部落，号为雁臣。后来跟鲜卑化的汉人军事首领高欢打仗，立下很多战功。公元五三五年，北魏分为东西魏。五三七年西魏宇文泰率李弼等十二将攻东魏，东魏高欢将兵二十万迎击，渡黄河，涉洛水，两军会战于沙苑。西魏兵少，东魏兵争先进击，无复行列，西魏李弼等帅铁骑拦腰截击，东魏兵中绝为二，全军崩溃。高欢还想收兵再战，派人拿兵簿到各营点兵，无人答应，回来报告说：部队都跑了，兵营全空了！高欢还不肯走，斛律金说："军心离散，不能再打了，得赶紧撤到河东！"高欢还据鞍不动，斛律金就用马鞭赶马，这才撤退。这一仗丧失了八万甲士，要不是斛律金坚决主张撤退，几乎要全军复没。

公元五四六年九月，高欢率大军进围西魏重镇玉璧（今山西稷山县西南），西魏名将韦孝宽坚守不下。高欢用尽一切攻城之术：断水源，起土山，凿地道，用攻车，烧城楼。孝宽随机防御，东魏苦攻了五十天，士卒战死和病死的七万人，高欢弄得智力交困，气得生病，只好解围撤兵。回师后军队中讹传韦孝宽以定功弩射中高欢。西魏知道了，也趁机会造谣，发布命令说："劲弩一发，凶身自殒。"东魏军心越发不安，高欢只好勉强起来，和诸大臣将领见面，叫斛律金唱《敕勒歌》，这个须发斑白的老将军，用苍劲高昂的音调，唱出这首质朴，自然，优美的歌词。唱完了，所有的人都被这首歌的情调迷住了，不出一声。高欢也用鲜卑话和唱了一遍,哀感流涕。

五四七年正月,高欢病死。临死前吩咐儿子高澄:敕勒老公斛律金生性迨直,可以依靠。你所用的汉人很多,有说这老公坏话的,千万不要相信。五四九年八月,高澄正准备作皇帝,在密室议事时被俘虏的奴隶刺杀,弟高洋继位,五五零年废了东魏皇帝,自立为帝,国号为齐。五五七年西魏宇文觉也废了西魏皇帝,自立为帝,国号周。

高洋篡魏称帝,他母亲很不赞成。高洋派人征求斛律金的意见,斛律金亲自来见高洋,竭力反对。高洋不顾一切,还是作了皇帝,封斛律金为咸阳郡王,以功升右丞相,迁左丞相。高洋晚年昏暴,任意杀人,有一次忽然骑着马,手执长稍,三次奔向斛律金,要刺杀他,斛律金挺立不动,高洋只好作罢。五六七年斛律金死,年八十。

斛律金有两个儿子,长子光,字明月,次子羡,字丰乐,都是当时名将。两人从小就跟父亲学习骑射,每次出去打猎,回来后斛律金检查猎得鸟兽,小儿子猎得的多,却总是挨打,大儿子猎得虽少,却被夸奖。旁人看了不懂,就问为什么这样不公平,斛律金说:明月猎得虽少,他射的鸟总是背上中箭,丰乐不然,是随处下手的,猎得虽多,不如他哥哥远矣。有一次叫子孙一起练习射箭,看完以后,斛律金禁不住哭了,说:明月丰乐用弓不如我,诸孙又不如明月丰乐,我这一家一代不如一代,看来要衰落了。斛律光有一回跟皇帝打猎,天上有大鸟飞扬,斛律光引弓一射,正中其颈,大鸟盘旋落地,形如车轮,细看原来是个大雕,当时称为落雕都督。

斛律光(公元五一五——五七二)长得马面彪身,不多说话,也不轻易发笑,以军功积官到大将军,父死袭爵咸阳郡王,拜左丞相。在东魏和西魏,北齐和北周的战争中,他多次领兵作战,军营未定,不入幕帐休息。有时整天不坐,不脱盔甲,打起仗来,总是在前敌指挥。士卒有罪,只用杖挝背,从不乱杀人,以此士卒都乐意服从指挥,勇敢作战。他从青年时代参加军队,从未打过败仗,深为北周将士所畏惮。居家严肃,虽然官位很高,门第极盛,一家里一个女儿作了皇后,两个女儿作了太子妃,娶了三个公主,子弟都封侯作将军,却生性节俭,不营财利，杜绝贿赂，门无宾客，平时很少和朝士交谈，也不肯干预政事，有会议时，总是最后发言，讲的都有道理。五七〇年周军围洛阳，斛律光率步骑三万大破周军。第二年又大破周韦孝宽军于汾水，得了四个周军要塞，凯旋回邺城，大军还在路上，齐帝高纬便下令把军队解散，斛律光认为军队刚打了胜仗，还没有慰劳赏赐就散了，很不好，写了报告，请求仍让军队回京，一面整队前进，驻营近郊待命。高纬知道大军已到郊外，心里很疑忌，派人召见了斛律光，同时遣使慰劳，解散军队。这样，斛律光就触犯了皇帝。统治阶级内部的矛盾由此一步一步地深化了。

高纬是个极端昏庸无能的皇帝，宠信小人祖珽，穆提婆等专擅政事，政治腐烂，贿赂公行。祖珽品德卑劣，朝野不齿，斛律光很讨厌他，有一次远远看到就骂：多事乞索小人，又要做什么坏事？又曾和诸将说："以往边境消息，军事处分，政府经常和我们商量。自从这个盲人（祖珽眼睛坏了）掌管了国家机密以后，就全不商量了，怕会误国家大事！"斛律光有一次在朝堂，垂帘而坐，祖珽不知道，骑马经过，斛律光大怒说："此人敢如此无礼！"又一次，祖珽在朝房高声说话，斛律光恰巧走过听见了，又大发脾气。祖珽知道斛律光生气，就用钱买通斛律光的家奴，家奴告诉他，从祖珽当权以后，斛律光经常叹气，说盲人当权，国家要完了！祖珽由此下了决心，要害斛律光。

穆提婆也恨斛律光，他求娶斛律光的庶出女儿，斛律光不答应。高纬赐给穆提婆晋阳一片田地，斛律光说：这片土地从高欢以来都栽植饲料养马，要是给了人，军事上不便。高纬又赐给穆提婆邺城的清风园，这个园子原是公家种菜的，穆提婆租给了别人，公家没有菜吃了。斛律光说："此菜园赐提婆是一家足，若不赐提婆，便百官足。"话传出去了，穆提婆越发恨死，便和祖珽勾结，专等机会陷害斛律光。

斛律羡从五六四年任都督幽州刺史，当着抵御突厥入侵的军事任务。他把边境二千多里间，凡险要处或斩山筑城，或断谷起障，设立了五十多个军事据点。又兴修水利，导高梁河的河水北合易京，会于潞河，灌溉田地，公私都受到利益。在州养马二千匹，部曲三千，突厥人很害怕他，称为南面可汗。他生性谨慎梗直,因为家门太贵盛了,不但不骄傲,反而时常忧虑,怕出事故。五七〇年上书皇帝请求解职,不许。这年封荆山郡王。

在齐、周两国交兵对峙,战争不断的情况中,高洋在位初期,军力强大,周人怕齐军在冬天偷渡黄河,常在冬月椎黄河冰。到高湛时,政治紊乱,凿黄河冰的不是周人,而是齐人了。只是靠着有斛律光这样名将,经常在边境经营军事据点,统军防御,才能勉强支持。北周名将韦孝宽要拔掉这个前进的障碍,便编造了谣言:"百升飞上天,明月照长安。""高山不推自崩,槲树不扶自举。"派间谍到邺城传播,街上小孩到处歌唱。祖珽趁机会对高纬说:百升是斛,明月是斛律光小字。斛律家累世大将,明月声震关西,丰乐威行突厥,女为皇后,男娶公主,谣言很可注意。又使人诬告斛律光要造反。并叫一个丞相府的小官密告,上次斛律光西征凯旋时,不肯散军,原来是要造反的,只是皇帝派人去慰劳、下诏解散,才没有成功。现在他经常和兄弟丰乐,儿子武都处有信息往还,阴谋起事。外边的谣言和祖珽的阴谋,就决定了斛律光家族的命运。五七二年六月,祖珽叫高纬赐斛律光一匹骏马,第二天斛律光到宫中道谢时,力士刘桃枝从后面扑击,斛律光挺立不动,回过头来说:刘桃枝常作如此事,我不负国家!桃枝和力士三人用弓弦绞杀斛律光,这年斛律光五十八岁。同时派使臣到幽州杀斛律羡和他的五个儿子,光子武都镇守外地,也被杀害。

斛律光死后,祖珽派郎官邢祖信抄没他的家产。祖珽问抄了什么东西,祖信说:得弓十五张,宴射箭一百,贝刀七口,赐稍二张。祖珽又厉声问还有什么,祖信说:得枣子枝二十束,凡是奴仆和人斗殴的,不问曲直,就用以杖之一百。祖珽满面羞愧,只好大声说:朝廷已加重刑,郎中何可分雪?邢祖信出来时,人家说他太直了,祖信说:好宰相都死了,我何惜余生!

周武帝听见斛律光死了,极为高兴,下诏大赦境内。五七七年周军灭齐,占领邺城时,追封斛律光为上柱国崇国公,周武帝还指着追封诏旨说:"此人若在,我怎么能到邺城!"

斛律金家族的命运,也代表着封建帝王统治下良将忠臣的命运,统治阶级内部的矛盾,在任何时候都是不可调和的。唐朝的郭子仪只是因为一味退让,不过问国事，才幸免于祸；宋朝的岳飞一心要恢复中原，迎还二帝，结果就非死不可。

一千三百九十年过去了，斛律金父子的事迹似乎也不大被人知道了，但斛律金所唱的《敕勒歌》，却在我国文学史上，永保其灿烂的光辉。

一九六二年七月二十六日

唐樊绰《云南志·蒙舍诏》校释

赵吕甫

史料解读

该史料为方志校释文章，原载《南充师院学报》1979 年第 2 期。赵吕甫对唐樊绰《云南志·蒙舍诏》进行了校释。唐樊绰《云南志》是今存最早和最重要的南诏史，但原书讹脱舛误之处仍多，难于通读。赵吕甫撰著《云南志校释》，本文是其中先行发表的一篇：《蒙舍诏校释》。赵吕甫对樊绰的著作逐字逐句进行校勘和考释，引经据典来支撑自己的观点，对于有争议之处小心求证，根据现有证据提出推论，翔实且可信度高。《蒙舍诏》不独有历史价值，也具文学价值，这是选辑该史料的本意。

原文

编者按：唐樊绰《云南志》是今存最早和最重要的南诏史。自清人从《永乐大典》中辑录付印以后，学者相继校订，但原书讹脱舛误之处仍多，难于通读。赵吕甫同志撰著《云南志校释》，对樊著作了较详细的校勘和考释。现征得作者同意，将其中《蒙舍诏校释》一篇先予发表，以供学习中国古代史的同志参考。

蒙舍，一诏也。居蒙舍川，

〔校〕吕甫按：《新唐书·南诏传》"川"字作"州"，川谓地名，州谓郡名。《续校》云："蒙舍川即蒙舍州。"

在诸部落之南，故称南诏也。

〔释〕《新唐书·南诏传》云："蒙舍诏在诸部南，故称南诏。"《桂海虞衡志》
云："蒙舍诏在诸部最强，故号南诏。"《滇史略》云："唐始称南诏，因蒙氏吞五诏，
居永昌、姚州之间，地在五诏之南，故曰南诏。"

姓蒙。

〔释〕吕甫按：蒙氏家族究属何种民族，自来论说纷纭，莫衷一是。两《唐书·
南诏传》、《唐会要》卷九九、《册府元龟》卷九五六俱谓乌蛮之别种。曹树翘《滇
南杂志》谓："盖哀牢之蒲种也。"冯甦《滇考》又谓："不过苗獠一种耳。"徐嘉瑞
《大理古代文化史》则谓："又有蒙蛮，想即南诏之所由来也。"闻宥《哀牢与南诏》
谓："是怒人。"泰国达吗銮拉查奴帕《暹罗古代史》谓是泰族。英哈威《缅甸史》
谓是掸人。中国科学院民族研究所云南少数民族社会历史调查组《白族简史简
志合编》谓是白族。惟凌纯声《唐代云南的乌蛮与白蛮》、马长寿《南诏国内的部
族组成和奴隶制度》、刘尧汉《南诏统治者蒙氏家族属于彝族之新证》、方国瑜
《彝族简史长编》、李绍明《巍山文物与南诏历史》等则皆谓为彝族，亦以此说最
有理据，读者可自参览。

贞元中，献书于剑南节度使韦皋，自言本永昌沙壹之源也。

〔校〕吕甫按："壹"字原作"壶"。考南诏蒙氏家族本哀牢夷之苗裔，而哀牢
夷之始祖据《后汉书·西南夷列传》引应劭《风俗通》、《华阳国志》卷四、《太平寰
宇记》卷一七九、《太平御览》卷三六引《益部耆旧传》、《滇载记》、《白古通记》、胡
蔚本、阮元声本《南诏野史》俱作沙壹，因为改正。

〔释〕吕甫按：蒙氏自称为永昌沙壹之后，沙壹乃古哀牢夷始祖，首见于《后
汉书·南蛮西南夷传》，知其说流传甚古。其后白文《白古通记》一书言之尤详，
又知其传说本流行于白族间，非范晔所臆造者也。《通记》云："天竺阿育王第三
子骠苴低子曰牟苴，一作蒙迦独，分土于永昌之墟。其妻摩黎羌名沙壹，世居哀
牢山下。蒙迦独尝为渔，死池水中，不获其尸。沙壹往哭之，见一木浮触而来，
妇坐其上，觉安。明日视之，触身如故。遂时浣絮其下，感而孕，产十子。他日，
浣池边，见浮木化为龙，人语曰：'为我生子安在？'众子惊走，最小者不能走，陪

龙坐，龙因舐其背而沉焉。沙壹谓背为九，谓坐为隆。名曰九隆。……九隆长而黠智，尝有天乐随之，又有凤凰来义种五色开花之样，众遂推为酋长。时哀牢山有酋波息者，生十女，九隆兄弟娶之。厥后，种类蔓延，分据溪谷。是为六诏之始。……五子蒙苴笃，生十二子，五贤七圣，蒙氏之祖。原书作者未详。自杨慎《滇载记》、《万历云南通志》、查继佐《罪惟录》以及明清方志竞相征引以后，蒙氏家族起源始稍稍可得而言。其记载虽多神话成分，要不失为传世彝族古史之最足供参考者也。

南诏八代祖舍龙，

〔校〕吕甫按："龙"字原本作"庞"，《旧唐书·南诏传》同《新唐书·南诏传》作"龙"。考之彝族《杞彩顺宗谱》《杞绍兴宗谱》并作奢傍，彝文写作 ⱴⴳⴸⴱⵡ，奢傍即舍龙之同音异写，作"龍"字者，当因俗书"龍"字作"龙"而为浅人所妄改者也，今订正。

生龙迦罗，

〔校〕吕甫按："龙加罗"原本作"龙独罗"，依蒙氏族俗父子连名制，"龙"字当为"龙"字之讹误。又《新唐书·南诏传》省去"龙"字作"独逻"，《旧唐书·南诏传》作"迦独庞"乃"庞迦独"之倒植。彝文张兴癸、杞彩顺，杞绍兴三世系《宗谱》皆作"傍加独"与《旧唐书》本传相合。独罗为一声之转。依父子连名制，当以作罗或逻字为朔。又邵远平《续宏简录》《南诏野史》并以龙伽独为舍龙之别名，失之。

〔释〕吕甫按：龙独罗，彝文张兴癸、杞彩顺、杞绍兴三世系《宗谱》俱作 ⱬⴹⵦⴸⵕⴻ，音傍加独，见刘尧汉《新证》。

亦名细奴罗。

〔校〕吕甫按：细奴逻，新旧《唐书·南诏传》同。惟《旧唐书》本传以细奴逻为庞迦独之子则误甚。《滇载记》、《白古通记》并作细奴罗，《南诏野史》作细农罗，《续宏简录》、顾炎武《肇域志》又并作细农罗，"奴"与"农"当为同音字之异写，而"罗"与"逻"则音同互用。

　　〔释〕吕甫按：细奴逻，彝文张兴癸、杞彩顺、杞绍兴三世系《宗谱》俱作
〔彝文〕，音细诺罗，独逻作〔彝文〕，音独罗。《滇载记》云："蒙氏始兴
曰细奴罗，九隆五族牟苴笃之二十六世孙也。耕于巍山之麓，数有神异，孳牧繁
息，部从日盛，代张氏立国，号曰封民。蒙氏伪称南诏，实唐贞观三年也。迁居
珑玗图山（今蒙化）。及高宗时，遣子入侍，朝命授奴罗以巍州刺史，死，谥高祖，
又称奇王。"《白古通记》云："当唐贞观世。张乐进求蒙舍酋细奴逻强，遂逊位
焉。蒙氏者，乌蛮别种也。永徽四年，细农罗遣使入朝。上元元年，子罗晟炎
（原讹炎晟）立。"两《唐书·南诏传》《唐会要》卷九九俱只泛言唐高宗时入朝，冯
甦《滇考》则谓在永徽六年，《南诏野史》上卷又谓在永徽四年。诸说岐出，不明
其所本。又《蒙化县志稿》卷二云："巍宝山在昔南诏奇嘉王细奴逻耕处也。《嘉
庆一统志》卷四九六云：巍宝山（蒙化）厅城南二十里，《明统志》，一作巍山。峰
峦高耸，昔蒙氏细奴逻牧之地。"蒙化今巍山彝族回族自治县。又李京《云南志
略》谓细奴罗"城蒙舍之陇玗图而都之，国号大蒙"。《南诏野史》上卷则云："细
奴逻，高宗庚戌永徽元年建都蒙舍川于峣峿山（今蒙化厅西）北三十五里，筑峣
峿城。"《读史方舆纪要》卷一一八云："龙峿图山在蒙化城西北三十五里。初，蒙
氏旁伽独者，以唐贞观间将其子细奴逻自哀牢而东迁居其上，部从日盛。高宗
时，细奴逻入朝，授巍州刺史，筑城高三丈，周四百余丈居之，自称奇王，号蒙舍
诏。"又冯甦《滇考》谓细奴罗死于高宗上元元年六七一年。《云南志略》谓细奴
罗在位凡二十一年。又南王诏奉宗《南诏国史图》谓细奴逻妻名浔弥脚。

　　当高宗时，遣首领数诣京师朝参，皆得召见，赏锦袍锦袖紫袍。细奴逻生逻
盛炎，又名逻晟。

　　〔校〕吕甫按：原本无"又名逻晟"，《新唐书·南诏传》同。又《旧唐书·杨国
忠传、南诏传》《滇载记》俱无"炎"字。《通鉴考异》卷一十三依《旧唐书》两传及
窦滂《云南别录》作"逻盛"。向达《校注》卷三即从《考异》刊去"炎"字而作"逻
盛"。今按：逻盛炎之长子名炎阁，依蒙氏族父子连名制，此处逻盛炎之"炎"字
不应芟除。且南诏十四代主舜化贞中兴二年敕王奉宗等绘制之《南诏国史图》
亦作罗盛炎，是知"炎"字绝非衍文。《南诏野史》之作"逻盛炎，又名逻晟"，必有

所据，非故为调停之论。兹依《野史》增补"又名逻晟"四字。

〔释〕吕甫按：逻盛炎又名罗晟，彝文杞彩顺、杞绍兴两《宗谱》并作ꃅꏂ，音罗慎。李京《云南志略》云："子罗晟立，是为兴宗王，始用三军。景云元年，御史李知古请兵伐南诏，南诏臣服，知古增置郡县而重赋之，诸部皆叛，杀知古以其尸祭天。罗晟在位三十七年。"冯甦《滇考》云："上元元年，……子逻盛炎嗣，恭俭能治国。垂拱五年，朝京师，赐金带锦袍归国。……太极元年，逻盛炎死。"胡蔚《南诏野史》上卷云："逻盛炎又名逻晟，伪谥世宗兴宗王。唐高宗甲戌上元元年即位，四十岁。上张建成为相。明年，盛炎临朝。玄宗壬子先天元年，……是年，盛炎卒，在位三十九年。"又云："永徽癸丑四年，遣罗盛炎入朝。"据诸书推之，罗盛炎当生于贞观七年，六三七年。

逻盛炎生炎阁及盛逻皮。

〔校〕四库馆臣校云："案《唐书》，炎阁为逻盛炎长子，盛逻皮之兄。"

〔释〕吕甫按：此处原本作"炎生盛逻皮"，《旧唐书·南诏传》、《通鉴》卷二一四并只言逻盛生盛逻皮而无炎阁，《新唐书·南诏传》则谓逻盛炎生炎阁及盛逻皮，而炎阁死于开元初。《通鉴考异》卷三十云："《新传》云，蒙氏父子以名相属。细奴逻生逻盛炎，逻盛炎生炎阁。武后时，逻盛炎身入朝，妻方娠，生盛逻皮，喜曰，我又有子，虽死唐地足矣。炎阁立，死。开元时，弟盛逻皮立，生皮逻阁，授特进，封台登郡王。炎阁未有子时，以阁逻凤为嗣。及生子，还其宗，而名承炎阁，遂不改。按逻盛炎之子盛逻皮，岂得云以名相属？既有炎阁，岂得云我又有子，虽死唐地，足矣？今从旧《南诏传》及《杨国忠传》、《云南别录》。"向达《校注》卷三云："蒙舍诏既以名相属。则逻盛炎生盛逻皮，盛逻皮生阁罗凤，不能谓为以名相属。如《新唐书》所说，则逻盛炎生二子，长名炎阁，次名盛逻皮，炎阁尚可云以名相属，盛逻皮则不见相属之迹。至于盛逻皮生子皮逻阁，皮逻阁生子阁罗凤，以阁罗凤嗣炎阁为孙辈，岂可为嗣？又阁罗凤自承其父皮逻阁之名，岂得云名承炎阁？《新唐书》于南诏世系多承《蛮书》之说，是以两书乖谬之处相同，而俱无以自解。其症结俱在逻盛炎一代。后来为调停之论者如《南诏野史》则以为逻盛炎又名逻晟，于是以下之盛逻皮或晟逻皮俱可以豁然贯通矣。《通鉴》出逻盛之名，置逻盛炎、炎阁于不论，下接盛逻皮、皮逻阁。揆之以名相属之例，似更合理。温公于樊绰书外，袁滋、韦齐休、窦滂、徐云虔诸人纪述云南之书俱曾寓目，则其所勘定，必非漫无依据。因据其言改定樊氏所述细奴逻以下谱系。于逻盛炎删'炎'字，'盛逻皮生'四字下阁罗凤三字上补'皮逻阁皮逻阁生'七字。"吕甫按：《考异》《校注》之说似辩而其实未安，何则？盖逻盛炎闻盛逻皮生喜曰："我又有子。"既云"又"，则已不只盛逻皮一人可知。《新传》以炎阁为盛逻皮兄，殆非无据。又阁罗凤于炎阁为孙辈，固不能称养子，不知《樊书》之"盛逻皮生阁罗凤"、"炎阁未有子，养阁罗凤为子。阁罗凤复归蒙咩"之"阁罗凤"皆为"皮逻阁"之讹。炎阁无子，故养其弟之子皮逻阁为嗣也。考温公、向氏之所以误从《旧书》《云南别录》乃缘于考核未精而擅剔炎阁一代所致耳。《通鉴》卷二五二云："卢携奏称：如此，则蛮益骄，谓唐无以答，宜数其十代受恩以责之。"胡三省注云："南诏之先曰细奴逻，高宗朝，遣使入朝，生逻盛炎，逻盛炎生炎阁，炎阁死，弟盛逻皮先，盛逻皮生皮逻阁，玄宗赐名归义，于卅元间合六诏为一，而国始强。归义子曰阁罗凤，阁罗凤子曰凤伽异，凤伽异子曰异牟寻，异牟寻子曰寻阁劝，寻阁劝子曰劝龙晟，劝龙晟弟曰劝利，劝利弟曰丰祐，丰祐死而酋龙立。自细奴逻至酋龙十三代，中间凤伽异未立而死，而丰祐、酋龙与唐为敌，是受恩十代也。"据此，则炎阁一代固未可轻疑也。若谓盛逻皮于逻盛炎名不相属，则又不知南诏父子联名，皆以长子之名相承，余子则否，如皮逻阁之长男阁逻凤以名相属，余子如诚节、崇道、成进等则皆不相属足证。是以未可因逻盛炎、盛逻皮之名不相属而擅剔炎阁一代也。故《通鉴》卷二四三胡三省注云："南诏父子连名，其先细奴逻，生逻盛炎，逻盛炎生炎阁，炎阁死而立其弟盛逻皮，盛逻皮生皮逻阁，皮逻阁生阁罗凤，阁逻凤生凤伽异，凤伽异生异牟寻，异牟寻生寻阁劝，寻阁劝生劝龙晟、劝利，皆连名也。"炎阁固未可芟除必矣。《新传》述南诏世系本于《樊志》，今因据以增补如此。

炎阁立，死。

〔校〕吕甫按：此四字原本无，今据《新唐书·南诏传》《通鉴》卷二五二胡三省注补出。

盛逻皮生皮逻阁

〔校〕四库馆臣校云：“按《唐书》盛罗皮下，尚有皮逻阁一代，此本盖有脱文。”吕甫按：馆臣说是，原本作“盛逻皮生阁罗凤”据新旧《唐书·南诏传》《通鉴》卷二五二胡三省注、《白古通记》《滇载记》《南诏野史》诸书，阁罗凤乃盛逻皮之孙，其间尚有皮逻阁一代，原本“阁罗凤”三字当系“皮逻阁”之讹，今据诸书改正。

皮逻阁生阁罗凤。

〔校〕吕甫按：原本无此七字，今据新旧《唐书·南诏传》《通鉴》诸书增补。

当天后时，逻盛炎入朝。

〔校〕吕甫按：原本无“炎”字，今据上下文及新旧《唐书·南诏传》、《通鉴》诸书增补。

其妻方娠，行次姚州，生盛逻皮，逻盛炎闻而喜曰：

〔校〕卢文弨云：“炎字衍。”吕甫按：卢说非是，说已详上，今不删除炎字也。

“吾且有子承继，身到汉地，死无憾矣。”

〔释〕吕甫按：《旧唐书·南诏传》云：“武后时，（逻盛）来朝，其妻方娠。逻盛次姚州，闻妻生子曰：吾且有子，死于唐地足矣。”

既而谒见，大蒙恩奖，敕鸿胪安置，赐锦袍金带、缯彩数百匹，归本国。开元初卒。其子盛逻皮立，朝廷授特进，台登王知沙壹州刺史。

〔校〕吕甫按：“壹”字原讹作“壶”今依前校改。

〔释〕吕甫按：盛罗皮，彝文杞彩顺、杞绍兴两《宗谱》并作 ꒡꒰ꉙ꒦ꇑꓨ，音慎乐皮。《旧唐书·南诏传》云：“开元初，逻盛死，子盛逻皮立。”《新唐书·南诏传》云：“开元时，弟晟逻皮立，生皮逻阁。授特进，封台登郡王。”李京《南志略》云：“晟罗皮立，是为太宗，王始得意于六诏。……开元二年，遣其相张建成入朝，元宗厚礼之，赐浮屠像，云南始有佛书。在位三十七年。”冯甦《滇考》云：“太极元年，……子晟罗皮嗣，……开元十五年，晟罗皮死。”今按：晟罗皮以开元元年立，十五年死，在位实有十五年，李京称为三十七年恐误。

晟逻皮卒，子逻阁立，二十六年，诏授特进，封越国公，赐名归义。会有破洱河蛮之功，策授云南王，赐紫袍金钿带七事。

〔校〕吕甫按：自"晟逻皮卒"以下四十六字原本无，下文"长男阁罗凤授特进"云云迳接于"知沙壹州刺史"句之后，一似阁罗凤乃晟逻皮之长男，而无皮逻阁一代。然考之《旧唐书·南诏传》称开元二十六年诏授皮逻阁特进，封越国公，《唐会要》卷九九亦云："开元二十六年，封其子皮逻阁越国公。"《册府元龟》九六四制文亦有"西南蛮都大酋帅特进越国公赐紫袍金钿带七事，归义挺秀西南，是称酋杰"之语，而《南诏德化碑》又明谓"王姓蒙，字阁罗凤大唐特进、云南王越国公开府仪同三司之长子也"，南诏惟皮逻阁曾授唐越国公之封爵，则阁罗凤不应称为晟逻皮之长男，"长男阁罗凤……"句以上必有脱文，此其一。又《旧传》称皮逻阁立，赐名曰归义，《新传》亦云："天子诏晟皮逻阁名归义"，《唐会要》卷九九亦谓皮逻阁赐名归义，李京《云南志略》亦云："子皮逻阁立，……赐名归义。"《通鉴》卷二一六云："天宝七载，是岁，云南王归义卒，子阁罗凤嗣。"胡三省注云："南诏王父子相继，其子必以父号下 字冠于己所号之上。归义本号皮逻阁，帝赐名归义。其子号阁罗凤，是以阁字冠其号之上也。"而本书卷四第①条又明言"及归义卒，子阁罗凤立"，本卷第④条亦有"后蒙归义隔泸城，……长男阁罗凤自请将兵"云云，此条后称"七载，蒙归义卒，阁罗凤立"，明归义乃皮逻阁之赐名，而非晟逻皮之锡号，阁罗凤实是皮逻阁之长男。则下文"长男阁罗凤……"句之前必有脱文。再以"七载蒙归义卒"句观之，脱文中又必有叙及赐名归义之事，此其二。又《旧传》云："其后破洱河蛮，以功策授云南王。"《新传》云："归义已并群蛮，……又以破洱蛮功，驰遣中人册为云南王，赐锦袍金钿带七事。"《通鉴》卷二一四云："开元二十六年九月戊午，册南诏蒙归义为云南王。"又《通鉴考异》卷廿四引《云南事状》云："中书奏：玄宗册蒙归义为云南王，其子阁罗凤降于吐蕃，其孙异牟寻却归朝廷，自请改云南王，赐号南诏。"司马君实疑《云南事状》即其时卢携奏草。《唐会要》卷九九云："其后以破西洱蛮功，敕授云南王。"《白古通记》云："赐姓〈姓字衍〉名蒙归义，册为云南王。"阮元声《南诏野史》云："开元十八年，灭五诏〈按此有误〉自称云南王。"按胡本《野史》谓皮逻阁自称云南王，虽于诸史传无徵，然《册府元龟》卷九六四固有《封西南大酋帅蒙义为云南王制》，《南诏德化碑》所举皮逻阁之全衔，亦有云南王一封号，则皮逻阁曾受唐册封云南王之事，当无可疑。本条下文称阁罗凤立袭封云南王，既言"册袭"知南诏受封云南王一名号，不自阁罗凤始，皮逻阁云南封王事似不当缺略，"长男阁罗凤……"句之前必脱落皮逻阁生事之文，不应迳接于"知沙壹州刺史"句之后，此其三。职此三者，爰据诸书补出四十六字。

长男阁罗凤授右领军卫大将军兼阳瓜州刺史。

〔校〕吕甫按：原本作"授特进兼阳瓜州刺史"，考《南诏德化碑》，阁罗凤初受唐封为右领军卫大将军兼阳瓜州刺史，非以特进兼刺史，此必有所阙略，因据碑文补"右领军卫大将军"七字。又"阳"字原讹"杨"，今据《德化碑》《新唐书·南诏传》、冯甦《滇考》、胡蔚本《南诏野史》上卷、阮元声《南诏野史》、《通鉴》卷二一六、《元史地理志》《读史方舆举要》卷一一八订正。

加左领军卫大将军。

〔校〕吕甫按：此八字原本无，据《德化碑》补出。

寻拜特进都知兵马大将。

〔校〕吕甫按："寻拜""都知兵马大将"八字原本无，今依《德化碑》增补。

次男诚节蒙舍州刺史。

〔校〕吕甫按："诚节"二字原本作"成节度"三字，其意殊不可通解。考《南诏德化碑》及本书卷五条⑩俱作诚节，知原"度"字殆因传钞者习见"节度"一词所妄附益者，今特芟去。又原"成"字校改为诚。

次男崇道江东刺史，

〔校〕吕甫按：原本无"道"字，今据《德化碑》补出。

次男诚进，双祝州刺史。初，炎阁未有子，养皮逻阁为子，

〔校〕吕甫按。"皮逻阁"原本作"阁罗凤"，阁罗凤于炎阁为孙辈，不当称为养子，阁罗凤殆为皮逻阁之误，因改正。

皮逻阁复归蒙咩，故名承炎阁，后亦不改。

〔释〕《新唐书·南诏传》云："开元末，皮逻阁逐河蛮，取大和城，又袭大厘城守之，因城龙口。……天子诏赐皮逻阁名归义。当是时，五诏微，归义独强，乃

厚以利啖剑南节度使王昱，求合六诏为一。制：可。归义已并群蛮，遂破吐蕃，
浸骄大。天子亦为加礼。又以破洱蛮功，驰遣中人册为云南王，赐锦袍金钿带
七事。于是从治大和城。天宝初，遣阁罗凤子凤伽略入宿卫，拜鸿卿，恩赐良
异。七载，归义死。"吕甫按：《旧唐书·南诏传》、《唐会要》卷九九、李京《云南志
略》诸书俱有开元二十六年封越国公事。又冯甦《滇考》云："开元十五年，盛罗
皮死，子皮逻阁嗣。使清平官张罗皮从巂州都督张审素击诸蛮，破之，拔昆明及
盐城，以功封罗皮为永昌郡都督。"《滇史略》云："皮罗阁承父志，欲并吞五诏，遂
与张建成谋之。建成曰：'蒙嶲，越析，远隔异壤，欲越三浪而取之，势难。且二
诏强，未易服。宜先假通好，后引强兵力攻三诏。三诏归我，二诏不足平矣。'皮
罗阁深然其计。建成又曰：'六诏同为唐臣，非请于朝，顿废之，惧见讨，今剑南
节度使王昱好利。先略宝货，必为我请。然后动兵，无不济也。'乃令人齐金宝
厚赂王昱，密求合六诏为一。朝廷许之。"又《通鉴》卷二一四、《册府元龟》卷九
八四并系唐册皮罗阁事丁开元二十六年九月戊午，《元龟》载其制文云："古之封
建，誓以上河，义在酬庸，故无虚授。西南蛮都大酋帅特进越国公赐紫袍金钿带
七事。归义挺秀，西南是称，酋杰仁而有勇，孝乃兼中、怀驭众之长人材，秉事君
之劲节。瞻言诸部，或有奸人潜通犬戎，敢肆虿蜂。遂能躬抃申胄，总率骁雄，
深深入长躯，左萦右拂。凡厥丑频，当时诛剪。戎功若比，朝庞宜加。俾膺胙土
之荣，以励扞城之士，复遣中使李思敬斋册书往册焉。"

天宝四载，阁罗凤长男凤伽异，

〔校〕吕甫按："伽"字，《通鉴》同，新旧《唐书·南诏传》作迦。

入朝宿卫，授鸿胪少卿。

〔校〕吕甫按：新旧《唐书·南诏传》作鸿胪卿。

〔释〕吕甫按：《德化碑》云："长男凤伽异，时年十岁，以天宝初入朝，授鸿胪
少卿。"《滇载记》云："后（皮罗阁）加其孙凤伽异入朝，唐授鸿胪少卿，妻以宗女，
赐乐一部，南诏于是始有中国之乐。"凤伽异入唐时间，《旧唐书·南诏传》、冯甦
《滇考》并系在天宝四载，《南诏野史》谓在五载，失之。又《野史》谓"赐龟兹乐一
部"。

七载,蒙归义卒。阁罗凤立,朝廷册袭云南王。

〔释〕《德化碑》云:"天宝七载,先王(皮罗阁)即世,皇上念功旌孝,悼往抚存。遣中使黎敬义持节册袭云南王。"阮本《南诏野史》云:"唐天宝八载,阁罗凤即位,年十九。改元长寿。以段忠国为相。是年唐遣黎敬义封为云南王。"胡本《南唐野史》卷上云:"阁罗凤,唐元宗天宝戊子七载即位,年三十六岁。唐遣中使黎敬义持节册凤袭封云南王。"李京《云南志略》云:"禅其子阁罗凤,是为武王,改元建钟。云南改元始此。"吕甫按:阁罗凤,阮氏《野史》、张道宗《记古滇说》并云:"石刻作觉罗凤。"又阁罗凤即位应依《德化碑》、《通鉴》卷二一六定在天宝七载,《滇载记》、《白古通记》、阮氏《野史》系在八载,失之。又阁罗凤即位时,年三十六岁,阮氏《野史》作十九岁,亦误。又据李家瑞《用文物补正南诏及大理的纪年》考证,阁罗凤卒年应从《新唐书·南诏传》大历十四年之说,阮氏系在十一年,胡氏系在十三年,皆误。又阁罗凤在位凡三十二年,胡氏推定为三十年,亦误。

以伽异为卿,

〔校〕吕甫按:"以"字原本作"矣",今依《渐西本》改作"以"。《滇系》卷七之五引作"又以"二字。又"为"字原本无,兹据诸书补出。又原作"大卿",《德化碑》《南诏野史》《滇考》俱作"上卿",考《唐六典》鸿胪寺有卿一人,少卿一人,并无大卿、上卿,知《德化碑》《野史》《滇考》及此处俱有误,因删去"大"字。

兼阳瓜州刺史。

〔释〕《德化碑》云:"因册(凤伽异)袭次,又加授上卿兼阳瓜州刺史都知兵马大将。"吕甫按:《通鉴》卷二一六以其事系在天宝七载,冯甦《滇考》系在八载,失之。又凤伽异兼阳瓜州刺史,两《唐书·南诏传》、冯甦《滇考》、胡本《野史》、阮氏《野氏》、《通鉴》、《续宏简录》、《元史·地理志》并同,原作杨字误。

阁罗凤攻石和城,

〔校〕吕甫按:"石和城"原本讹作"石桥城",考《新唐书·南诏传》、《南诏德化碑》、诸葛元声《滇史略》以及本卷第①、第⑦两条俱作"石和",知"桥"字必为"和"误,因依校订。

　　擒施谷皮，讨越析，枭于赠，西开寻传，南通骠国。及张乾陀陷姚州，鲜于仲通战江口，遂与中原隔绝。阁罗凤尝谓后嗣悦归皇化，但指大和城碑，及表疏旧本，呈示汉使，足以雪吾前过也。

　　〔释〕吕甫按：《新唐书·南诏传》云："七载归义死，阁罗凤立，袭王。……初，安宁城有五盐井，人得煮鬻自给。玄宗诏特进何履光以兵定南诏境，取安宁城及井。复立马援铜柱，乃还。鲜于仲通领剑南节度使，卞忿少方略。故事，南诏尝与妻子谒都督过云南，太守张乾陀私之，多所求乞，阁罗凤不应。乾陀数诟靳之，阴表其罪。由是忿怨反。发兵攻乾陀，杀之，取姚州及小夷州凡三十二。明年，仲通自将出戎、巂州，分二道进，次曲州、靖州。阁罗凤遣使者谢罪，愿还所虏，得自新，且城姚州。如不听，则归吐蕃，恐云南非唐有。仲通怒，囚使者，进薄白崖（原作崖）城，大败引还。阁罗凤敛战赀，筑京观，遂北臣吐蕃。吐蕃以为弟。夷谓弟钟，故称赞普钟。给金印，号东帝。揭碑国门，明不得已而叛。尝曰：'我上世世奉中国，累封赏，后嗣容归之。若唐使者至，可指碑澡祓吾罪也。'"《德化碑》云："又越巂都督张乾陀尝任云南别驾，以其旧职风宜，表奏请为都督。而反诳惑中禁，职起乱阶。吐蕃是汉积仇，遂与阴谋，拟共灭我，一也。诚节王之庶弟，以其不忠不孝，贬在长沙。而被奏归，拟令向我，二也。崇道蔑盟构逆，罪合诛夷，而却收录与宿，欲令仇我，三也。应与我恶者，咸遭抑屈，务在我下，四也。筑城收质，缮甲练兵，密欲袭我，五也。重科直白，倍税军粮，征求无度，务欲敝我，六也。于时驰表上陈，屡申冤枉，望上照察。降中使贾奇俊详复，属竖臣无政，事以贿成，一信乾陀，共掩天听，恶奏我将叛。王乃仰天叹曰：'嗟我无事，上苍可鉴。九重天子，难承咫尺之颜。万里忠臣，岂受奸邪之害。'即差军将杨罗颠等连表控告。岂谓天高听远，蝇点成瑕，虽有腹心，不蒙衿察。管内酋渠等皆曰：'主辱臣死，我实当之。自可齐心戮力，致命全人。安得知难不防，坐招倾败。'于此差大军将王毗、双罗、时牟苴等扬兵送檄，问罪府城。自秋毕冬，故延时序。尚停王命，冀雪事由。岂意节度使鲜于仲通已统大军，取南溪路下；大军将李晖从会同路进；安南都督王知进自步头路入。既数道合势，不可守株。乃宣号令，诫师徒，四面围攻，三军齐奋。先灵冥佑，神炬助威，天人协心,军群全拔。乾陁饮鸩,寮庶出走。王以为恶止乾陁,罪岂加众,举城移置,犹为后图。即便就安宁,再申衷恳。城使王克昭执惑昧权,继违拒请。遗大军将李克铎等帅师伐之,我直彼曲,城破将亡。而仲通大军已至曲、靖。又差首领杨子芬与云南录事参军姜如之赍状披雪。往因张卿谗构,遂令蕃汉生猜。赞普今见观衅浪穹。或以众相威,或以利相导。倘若蚌鹬交守,恐为渔父所擒。仗乞居存见亡,在得思失。二城复置,幸容自新。仲通殊不招承,劲至江口。我又切陈丹款,至于再三。仲通拂谏,弃亲阻兵,安忍吐发,唯言屠戮。行使皆被诋呵。仍前差将军王天运帅领骁雄自点苍山西,欲腹背交袭。于是具牲牢,设坛墠,叩首流血曰:'我自古及今,为汉不侵不叛之臣。今节度背好贪功,欲致无上无君之讨。敢昭告于皇天后土。'史祝尽词,东北稽首。举国痛切,山川黯然。至诚感神,风雨震沛。遂宣言曰:'彼若纳我,犹吾君也。今不纳我,即吾仇也。断军之机,疑事之贼。'乃召卒伍,捆然登埤。谓左右曰:'夫至忠不可以无主,至孝不可以无家。'即差首领杨利等于浪穹参吐蕃御史论若赞。御史通变察情,分师入救。时中丞大军出陈江口。王审孤虚,观向背,纵兵亲击,大败彼师。因命长男凤伽异、大军将段全葛等于邓迁和多拒山后赞军。王天运悬首辕门,中丞逃师夜遁。军吏欲追之,诏曰:'止。君子不欲多上人,况敢凌天子乎。'既而合谋曰:'小能胜,大祸之胎,亲仁善邻,国之宝。'遂遣男铎传、旧大酋赵佺邓、杨传磨侔及子弟六十人,赍重帛珍宝等物,西朝献凯。属赞拒仁明,重酬我勋效。遂命宰相倚祥叶乐持金冠、锦袍、金宝带、金帐状安扛伞鞍银兽及器皿珂贝珠毯衣服驰马中鞍等,赐为兄弟之国。天宝十一载,正月,一日,于邓川册诏为赞普钟南国大诏。授长男凤伽异大瑟瑟告身、都知兵马大将。凡在寮官,宠幸咸被,山河约誓,永固维城。改年为赞普钟元年。二年,汉帝又命汉中郡太守司空龚礼、内使贾奇俊帅师再置姚府,以将军贾瓘为都督。金曰:'汉不务德,而以力争,若不速除,恐为后患。'遂差军将王兵各绝其粮道。又差大军将洪光乘等神州都知兵马使论绮里徐同围府城,信宿未逾,破如拉朽。贾瓘面缚,士卒全驱。三年,汉又命前云南郡都督兼侍御李宓、广府节度何履光、中使萨道悬逊,总秦陇英豪,兼安南子弟,顿营坨坪,广布军威。乃舟楫备修,拟水陆俱进。遂令军将王乐宽等潜军袭造船之师,伏尸遍毗舍之野。李宓犹不量力,进逼邓川。时神州知兵马使论绮里徐来救,已至巴跞山。我命大军将段附克等内外相应,竞角竞衡。彼弓不暇张,刃不及发,白日晦景,红尘翳天。流血成川,积尸壅水。三军溃衄,元帅沉江。诏曰:'生虽祸之始,死乃怨之终。岂顾前非而亡大礼。'遂收亡将尸,祭而葬之,以存恩旧。"

凤伽异先死。大历十四年,

〔校〕吕甫按:"十"字原夺,兹据新旧《唐书·南诏传》、《滇载记》、《通鉴》、《南诏野史》增补。

阁罗凤卒。伽异长男异牟寻继立,

〔释〕《新唐书·南诏传》云:"大历十四年,阁罗凤以凤伽异前死,立其孙异牟寻以嗣。"吕甫按:阁罗凤于大历十四年卒,异牟寻亦于其年即位,中间并无凤伽异继立之事,《旧唐书·南诏传》、《通鉴》、《滇载记》、《白古通记》、《滇考》、《滇史略》、《南诏野史》等俱同然一词。独李京《云南通志略》云:"凤伽异立,是为悼惠王。改元长寿,从都鄯阐,在位十一年,殊误,不足信从。"

生寻梦凑,一名阁劝。异牟寻每叹地卑夷杂,礼仪不通。

〔校〕吕甫按:"仪"《滇击》卷七之五引本书作"义"。

隔越中华,杜绝声教。遂献书檄,寄西川节度使韦皋。韦皋答牟寻书,申以朝廷之命。牟寻不谋于下,阴决大计,遂三路发使,

〔校〕吕甫按:《内聚珍本》"发"字作"奉"。

冀有一达:一使出安南,一使出西川,

〔校〕吕甫按:"西川"《旧唐书·南诏传》讹作"两川"。

一使由黔中。

〔校〕四库馆臣校云:"按此五字本脱,据《唐书》补入。"

贞元十年,三使悉至阙下。朝廷纳其诚款,许其归化。节度恭承诏旨,专遣西川巡官崔佐时亲信数人,

〔校〕"判官",四库馆臣校云:"按《唐书》作巡官。"吕甫按:《唐书》是,今据改正。

趋云南，

〔校〕吕甫按：唐又称南诏为云南，此云"越云南"，摛词未安，"越"殆为"趋"之讹，因订正。

与牟寻盟于玷苍山下。誓文四本：内一本进献，一本异牟置于玷苍山下神祠石函内，一本纳于祖父等庙，一本置府库中，

〔校〕吕甫按："置府库中"两《唐书·南诏传》作"沉于西洱河"，与此微异。

以示子孙，不令背逆，不令侵掠。贞元十年以尚书祠部郎中兼御史中丞袁滋、内给事俱文珍、刘幽岩入云南，持节册南诏异牟寻为云南王，为西南之蕃屏牟寻男阁劝已后继为王。

〔校〕四库馆臣校云："按'贞元十年以尚书'云云，至'后继为王'五十八字与独锦蛮事不相涉，以文义推之，疑为《八诏篇·蒙舍》条下之文，当在'不令侵掠'句后，错简于此。"吕甫按："贞元十年"以下五十八字原在卷四独锦蛮条之末，显有错误。兹依馆臣校意移置于此。

〔释〕（甲）《新唐书·南诏传》云："异牟寻有智数，善抚众，略知书。……异牟寻立，悉众二十万入寇，与吐蕃并力，一趋茂州蹦文川扰灌口；一趋扶、文掠方维白坝；一侵黎、雅、叩邛关。令其下曰：'为我取蜀为东府，工伎悉送逻娑城，岁赋一缣。'于是进陷城，聚人率走山。德宗发禁卫及幽州军以援东川，与山南兵合，大败异牟寻众，斩首六千级，禽生捕伤甚众。颠踣崖峭，且十万。异牟寻惧，更从苴咩城，筑袤十五里。吐蕃封为日东王。然吐蕃责赋重数，悉夺其险，立营候。岁索兵助防。异牟寻稍苦之。……（郑回）说异牟寻曰：'中国有礼义，少求责，非若吐蕃惏刻无极也。今弃之复归唐，无远戍劳，利莫大此。'异牟寻善之。稍谋内附。然未敢发。亦会节度使韦皋抚诸蛮有威惠，诸蛮颇得异牟寻语白于皋，时贞元四年也。皋乃遣谍者遗书吐蕃疑之，因责大臣子为质。异牟寻愈怨。后五年，乃决策遣使者三人异道同趋成都，遗皋帛书曰：'异牟寻世为唐臣。曩缘张乾陁志在吞侮，中使者至，不为澄雪，举部惶窘，得生异计。鲜于仲通比年举兵，故自新无由。代祖弃背，吐蕃欺孤背约。神州都督论舌使浪人利罗式眩惑部姓，发兵无时，今十二年，此一忍也。天祸蕃廷，降衅肖墙，太子弟兄流窜，

近臣横污。皆尚结赞阴计，以行屠害。平日功臣无一二在。讷舌等皆册封王。小国奏请，不令下连，此二忍也。又遣讷舌偪城于鄙，弊邑不堪。利罗式私取重赏，部落皆惊，此三忍也。又利罗式骂使者曰：'灭子之将，非我其谁？子所富当为我有。'此四忍也。今吐蕃委利罗式甲士六十侍卫，因知怀恶不谬，此一难忍也。吐蕃阴毒野心，报怀搏噬，有知偷生、实污辱先人，幸负部落，此二难忍也。往退浑王为吐蕃所害，孤遗受欺。西山女王见夺其位，拓拔首领并蒙诛割。仅固志忠身亦丧亡，每虑一朝，亦被此祸，此三难忍也。往朝廷降使招抚，情心无二。诏函信节，皆送蕃廷。虽知中夏至仁，业为蕃臣，吞声无诉，此四难也。曾祖有宠先帝，后嗣率蒙袭王。人和礼乐，本唐风化。吐蕃诈绐百情，怀恶相戚。异牟寻愿竭诚自新，归颖天子。请加戍剑南、西山、泾、原等州安西镇守，扬兵四临。回纥诸国所在侵掠，使吐蕃势分力散，不能为强。此西南隅不烦天兵，可以立功云。且赠皋黄金丹砂。皋护送使者京师。使者奏异牟寻请归天子，为唐藩辅。献金示顺革。丹，赤心也。德宗嘉之，赐以诏书。命皋遣谍往觇。皋令其属崔佐时至羊苴咩城。时吐蕃使者多在，阴戒佐时衣牂牁使者服以入，佐时曰：'我乃唐使者，安得从小夷服。'异牟寻夜迎之，设位陈燎。佐时即宣天子意。异牟寻内畏吐蕃，顾左右失色，流涕再拜受命。使其子阁劝及清平官与佐时盟点苍山。载书四：一藏神祠石室，一沉西洱水，一置祖庙，一以进天子。乃发兵攻吐蕃使者杀之。刻金契以献。遣曹长段、南罗、赵伽宽随佐时入朝。初，吐蕃与回鹘战，杀伤甚，乃调南诏万人。异牟寻欲袭吐蕃，阳示寡弱，以五千人行，许之。即自将数万踵后，昼夜行，大破吐蕃于神川。遂断铁桥，溺死以万计。俘其五王。乃遣弟凑罗栋、清平官尹仇宽等二十七人入献地图方物，请复号南诏。帝赐赉有加，拜仇宽左散骑常侍，封高溪郡王。明年，夏六月，册异牟寻为南诏王。以祠部郎中袁滋持节领使，成都少尹庞颀副之，崔佐时为判官，俱文珍为宣慰使，刘幽岩为判官。赐黄金印，文曰：'贞元册南诏印。'滋至大和城，异牟寻遣兄蒙细罗勿等以良马六十迎之。金镀玉珂，兵振铎夹路陈。异牟寻金甲蒙虎皮，执双铎鞘。执矛千人，卫大象十二引于前，骑军徒军以次列。诘旦，授册。异牟寻率官属北面立，宣慰使东向，册使南向，乃读诏册。相者引异牟寻去位，跽授册印,稽首再拜。又授赐服备物。曰:'开元、天宝中,曾祖及祖皆蒙册袭王,自此五十年。贞元皇帝洗痕绿功,复赐爵命,子子孙孙,永为唐臣。'因大会其下,享使者。出银平脱马头盘二,谓滋曰:'此天宝时先君以鸿胪少卿宿卫,皇帝所赐也。'有笛工歌女皆垂白,示滋曰:'此先君归国时,皇帝赐胡部龟兹音声二列,今丧亡略书,唯二人故在。'酒行,异牟寻坐奉觞滋前,滋授觞曰:'南诏当深思祖考成业,抱忠竭诚,永为西南藩屏,使后嗣有以不绝也。'异牟寻拜曰:'敢不承使者所命。'滋还。复遣清平官尹辅酋等七人谢天子,献铎鞘、浪剑、郁刀、生金、瑟瑟、牛黄、虎魄、毡、纺丝、象、犀、越睒统伦马。"又《册府元龟》卷六五三云:"袁滋为祠部郎中兼御史中丞充册南诏使,及远还,以清平官尹辅酋来朝。又得先后没蕃将卫景升、韩演等三人,并南诏所获吐蕃将帅俘四百至京。南诏异牟寻上表陈谢,册命及颁赐正朔,仍请击吐蕃并献方物。"同书卷九七六云:"贞元十年,九月,辛卯,南诏使蒙凑罗栋及清平官尹求宽来献铎槊、浪人剑及吐蕃印八钮。凑罗栋,异牟寻之弟也。既朝,召于麟德殿,赉赐甚厚。十一年,四月,壬戌,赠南诏异牟寻弟罗栋右常侍。初,牟寻令栋入朝,还国,卒于道,故追赠焉。癸亥,以南诏谢册使尹辅酋为检校太子詹事兼中丞,余皆授官有差。甲子,下敕书及赠帛赐南诏异牟寻及子各(阁)劝、清平官郑回、尹求宽等各一书(书左始引中书三官宣奉行复旧制)也。"吕甫按:袁滋等使南诏事之经过附录①条④记述尤为详审,读者可自参览,兹不转录。又《丽江木氏宦谱》云:"普蒙普王继父(刺具普蒙)职,贞元三年,南诏云南王异牟寻内附,犹结吐蕃。唐疑之寻命王引出吐蕃酋长若干,诣大理点苍山庙,设酒既醉,悉斩之。"计杀吐蕃使者事不见两《唐书》传、《通鉴》,似未足信从。(乙)《旧唐书·南诏传》:"及异牟寻立,又令(郑回)教其子寻梦凑。……其明年正月,异牟寻使其子阁劝及清平官等与佐时盟于点苍山神祠。……阁劝即寻梦凑也。……元和三年,十二月,以异牟寻卒发朝卒日。四年,正月,以太常少卿武少义充吊祭使,仍册牟寻之子骠信苴蒙阁劝为南铸仍三命铸'元和册南诏印'。"《唐会要》卷九九云:"元和三年十一月,以南诏异牟寻册元废朝三日。辛末,以谏议大夫段平仲兼御史中丞持节充册立南诏及吊祭使,仍命铸元和册南诏印。司封员外郎李逢吉副之,至四年正月,以太常卿武少义兼御史中丞充册立及吊祭使。先是,谏议大夫段平仲充使,朝廷以为谏官不合离阙,因罗平仲使,议遂有是行。册异牟寻之子骠信苴蒙阁劝为南诏王。"吕甫按:据李家瑞《用文物补正南诏及大理国的纪年》考证异牟寻即位时应是二十五岁,在位三十年,死时应是五十五岁。又寻阁劝即位于元和三年,诸书无异词。惟《滇载记》作"贞元十五年立",差错颇大。即位时年三十一岁,诸书俱同。又《新唐书·南诏传》谓寻阁劝即位之明年死,胡蔚《南诏野史》亦云元和四年十一月王卒,在位一年。阮元声《南诏野史》作元和四年庚午王薨,庚午乃己丑之误,其余记载皆同。

臣咸通四年正月,奉本使尚书蔡袭意旨,令书吏写蛮王异牟寻誓文数本,并书牒系于车弩上。臣切览牟寻誓文立盟极切。今南蛮子孙违负前盟,伏料天道必诛,容臣亲于江源访觅其誓文,

〔校〕吕甫按:"亲"字原本作"视",不可通,今依《知不足斋本》校正。

续俟写录真本进上。

〔校〕吕甫按:四库馆臣校云:"异牟寻誓文,今附《樊书》卷末,而此云待访觅续写者,盖其初作此篇时,尚未得誓文,故所言如此。其后访觅附入,而此本未及刊削,遂前后互异其说耳。"向达《校注》卷三云:"原本此段颇有矛盾,既云令书吏写蛮王异牟寻誓文数本于车弩上飞入贼营矣,而后又云容臣亲于江源觅其誓文云云,是原本脱误尚不止此也。"今按馆臣向氏两说皆不确当。益咸通四年书吏所写诸本誓文俱已射入南诏军营,未留副本。五年绰呈《云南志》时,故云"容访觅写录真本进上",迨六年绰于安南耆老借得誓文及赵昌奏状后,始另表补奉进上,见附录①第③条绰,述,知此段文字并无脱误,犹存樊氏进本旧观。而今本《云南志》末所载之誓文,乃唐史臣附入者也。时书已进上,绰自莫能刊削,非前后互异其说耳。

《白狼歌》研究述评

陈宗祥　邓文峰

史料解读

　　该史料为论文,原载《西南师范学院学报》1979年第4期。陈宗祥和邓文峰根据现有资料和调查对《白狼歌》研究的学术小史进行述评。《白狼歌》是我国多民族共同创造中华文化的典型反映。《白狼歌》共有三首。由于记载都是夷语汉译,多版本之间还有矛盾之处,存在诸多谬误有待考证。明清时期开始从歌辞、地望探讨和"夷语"汉字记音三方面进行研究。白狼部落的驻牧地区广泛,众说纷纭。丁文江用比较语言学的方法对《白狼歌》进行研究,认为其本源是彝语,杨成志的调查支持丁文江的说法,马长寿另辟蹊径认为白狼语与嘉戎藏语最近。王静如首先使用隋唐切韵音构拟了古音,将西南诸语族的语言加以整理并比较研究,有最终得出正确结论的可能。英人陶玛士研究南语时提到的相关观点纯属主观臆测,不值得借鉴。自20世纪20年代始,《白狼歌》的研究受到广泛关注,因为《白狼歌》对了解氐羌族的过去以及后来走向提供了更多信息,但是后来的考证、研究有较多错漏,需要搜集证据重新进行。作者认为,白狼歌需要用切韵的方法进行解读,并且需要走出书斋实地调查。过去词对词的研究结果不理想,民族语言比较研究需要与民族学和民族史结合起来。

原文

我们伟大的祖国是个统一的多民族国家。悠久辉煌的祖国文化，是国内各兄弟民族自古以来共同缔造的。著名的《白狼歌》就雄辩地反映了这种情况。

远在公元前，我西南兄弟民族中曾有个强大的白狼部落生息活动于今雅安、西昌地区一带。后汉明帝永平（58—75年）中，白狼王唐菆一行，自笮都（今雅安地区）来到当时祖国的首都洛阳，在明帝举行的宴会上唱出了颂歌三首，热情洋溢地抒发着赞颂伟大祖国的衷情，充分地传达了各族人民团结友爱，共同建设祖国的强烈愿望。颂歌三首有歌辞四十四句，每句都有白狼语的汉字记音。这是由当时"颇晓其言"的犍为郡掾田恭，"讯其风俗，译其辞语"的。刘珍将其辑入《东观汉纪》，刘宋范晔又将译文收载于《后汉书·笮都夷传》。唐代李贤注《后汉书》时，复将"夷言"汉字记音补入。这就是历代传颂的著名的《白狼歌》。这篇朴质优美的歌辞在丰富多采的民族文学宝库中必将永远放射出夺目的异采。

此后，宋王欣若、杨亿等的《册府元龟》[①]，郑樵《通志》，明《永乐大典》、《嘉定府志》，清《云南备徵志》……等均转录此歌。十九世纪末叶，威烈氏（wylie）将《后汉书》译成英文，《白狼歌》也就流传于全世界了。

着手研究《白狼歌》是在明、清时代开始的。前人研究《白狼歌》大体可分为三类：一为歌辞的校勘。二、对白狼部落的地望进行探讨。三、以歌辞的"夷言"汉字记音与我国西南少数语言进行对比研究，以便找出白狼部落的后裔民族。现在将研究情况介绍如下：

一、歌辞的校勘

传抄了一千九百余年的《白狼歌》，特别是"夷言"记音的汉字不可能没有错误的。清末王先谦曾以《东观汉纪》辑本、官本、《通志》本互校，得出的结果是：

---

① 《册府元龟》中华书局影印本第十二册，卷九九六，外臣部四"谬译"项内。

"异字方言，转译难明，声读今古有异，《东观记》又仅存辑本，无从定其得失矣。"①在三十年代曾有人进行《校考》，把有些原来是正确的字，反而改错了。如出现四次的"多"的注音"邪"字，错改为"那"字。第5句"徵衣随旅"的"徵"字，却误改为"微"字。第39句译文"木薄发家"的"木"字是个明显的错误，但是《校考》②并没有把这个传抄笔误订正。解放后出版的《历代各族传记会编》，以及中华书局新出版的点校本《后汉书》所记的《白狼歌》译语和"夷言"记音的汉字，仍沿用旧的错字，没有加以订正。这主要是由于没有广泛地深入地涉猎各种版本，加以互校的统故。

二、地望的探讨

白狼部落的住牧地区，自然是大家所关注的。根据晋常璩《华阳国志》、宋乐史《太平寰宇记》、明顾祖禹《读史方舆纪要》等书的记载，白狼部落的活动地区，大致可以肯定为邛崃山以西的广大地区，其中心地当在今四川汉源一带。但后来的研究者却提出了不少新的说法。如清人黄沛翘《西藏图考》的巴塘说③，江应梁、岑仲勉等的凉山地区说④、丁骕的青海玉树说⑤，向达的云南丽江说⑥……等等，要皆着眼于白狼部落的迁徙分布上面。白狼部落是个人数众多的大部落，其分布活动的地区一定是很广泛的。容待专章进行探索，共同讨论。

三、本语的研究

为了找出白狼部落的后裔民族，运用比较语言学的方法对此歌作比较深入

---

① 清王先谦：《后汉书校补》。

② 董作宾曾著有《白狼王歌诗校考》一文，我们没有看见此文。仅见于他的《读方（国瑜）编么些文字典甲种》前成都华西大学中国文化研究所《studiaSerica》第一集 P959—66。

③ 清人黄沛翘《西藏图考》卷二（光绪十二年）。

④ 江应梁：《凉山夷族奴隶制度》页五前广州珠江大学丛书本。岑仲勉：《白族族源试探》《中山大学学报》1962年3期。

⑤ 丁骕：《白兰羌与白兰山》前《西南边疆》第14期。

⑥ 向达：《蛮书校注》页三四七。

的研究,首推丁文江氏。他在 1920 年开始了这项研究工作,此后产生了一系列的探索《白狼歌》本语的文章。这些论述是不完备的,甚至于是错误的。逐步的朝着正确的方向进行摸索,前后经历了五十多年,是付出了艰苦的大量劳动的。现在我们就按照诸家论述的质量,一一分述于下:

具有明显的错误是吴承仕的论点①。他说白狼语不是少数民族语言,一定"必然是汉语"。这个论点已有王静如予以驳斥,认为是过早的把汉语与少数民族语言归纳在一起。"白狼"是西南少数民族中一个部落,的确不可能说汉语。吴承仕的论点是不能成立的。

一九四一年,丁骕发表《白狼语汇订》②一文。本文不是把《白狼歌》的汉字记音进行一番校订,而是把全部译文与"夷言"汉字记音,以"辞对辞"的方法进行归纳,把全部辞汇划分为几类。例如:有译文数见可考订无误的十九字;借汉字十七字;仅见一次不可证明者为七十一字等等。但是,并没有运用比较语言学方法,与白狼语进行比较;对《白狼歌》本语没有任何发明,因此也没有评述的必要。

认真的用少数民族语言与白狼语进行比较是丁文江创始的。一九二〇年,他根据法国神甫邓明德(Paul Vial)的《倮㑩》(Les LoLos)一书所记的彝语词汇,和《云南通志》所记的爨语与白狼语进行对音,他自己认为有二十一个词汇相近。因此断定白狼语为彝族先民的语言③。以后他得到邓明德的《㑩法文字典》,又重作比较,把研究成果发表在《爨文丛刻》序言里。他还推测白狼部落已有写下来的白狼文,才又由田恭译为汉语的。关于文字问题虽然在芦山县发现几块巴蜀图画文字的印章④。但是在阿坝藏族自治州岷江流域石板墓发现的双耳黑陶敊上刻画有类似彝族文字数十个。另外,在理县朴头公社东汉晚期砖室墓,其中随葬的双耳黑陶敊的耳肩上也发现文字。既然雅安专区的北邻发现两

---

① 吴承仕:《白狼慕汉诗本语略释》前《中大季刊》一卷二期。
② 丁骕:《白狼语汇订》前《边政公论》第一卷第五期。
③ 丁文江:《漫游散记》前《独立评论》第 34 期,《爨文丛刻》1936 年 1 月,商务印书馆。
④ 陆德良:《四川芦山县发现战国铜剑及印章》《考古》1959 年第 8 期。

汉时代的民族文字,因此不排除在雅安地区也有发现白狼文字的可能性。

最后,丁氏认为《华阳国志》所说的"青羌"就是彝族的先民,并据此推论彝族与羌人相近,原来大概是从西北来的。他又对彝族进行了体质测量,另有专论说明彝族来自西北。我们认为材料是不够的,需要增添更多的证据。待深入钻研后,这个族源问题是可以迎刃而解的。

一九三一年杨成志先生发表《云南倮㑩族的巫师及其经典》一文,支持丁文江《白狼歌》本语为彝语的说法。一九四〇年八月,有人发表《读方编么些文字典甲种》一文①。在第三节他强调么些(纳西族)语远承白狼语系。他用么些文字典中的词汇与 29 个白狼语辞汇进行比较。他自己认为与彝语相同者 21 个词,与纳西语相同者 24 个词。因此强调白狼语与纳西、彝语同属一系。他认为"倮让"就是"倮㑩"。他也支持丁文江白狼语为彝语的说法。在研究方法上与丁文江基本相同,并没有什么特殊的发明。

一九四〇年七月马长寿先生发表《四川古代民族历史考证》②一文。在评论拉克帕里(Terrien de lacouperie)彝族起源于西北,以及邓明德(paul vial)的彝族出自藏族的说法外,也否定丁文江的说法。他认为彝族与羌人的接触,最多也只能在雅州地区,四川西北并无彝族。因而否定丁氏所谓白狼唐菆为彝族先民的说法。他强调说:"由语言之见地,吾人已证明其为嘉戎古国。"马先生既否定白狼语为彝语的说法,也否定彝族先民来自西北。关于后一论点也在他的其他著作中出现,暂不必加以评论。但是他的白狼语为嘉戎语是个新的说法,将白狼本语列入藏语支的确是创见。他推测,"楼薄"部落即嘉戎藏族自称〔Ka ru pú〕的译音。白狼、楼薄并列,白狼也应与嘉戎藏族有关系。据此,他自《白狼歌》的"夷言"汉字记音中,选出"习见无误"的词汇四十三个字。又自他搜集的《四川民族语言问题格》中撷出理县杂谷脑、大小金县的嘉戎语,凉山越嶲彝语,理县蒲溪沟羌语,及松潘县附近的藏语与三十七个白狼语词汇进行比较(其中有六个词汇不见于上述各族语言之中)。他自己认为:嘉戎语有 30 个,凉山彝

---

① 　见第 48 页注③(编者注:即本书第 461 页注②)。

② 　马长寿:《四川古代民族历史考证》前《青年中国季刊》第一卷第四期 1940 年 7 月。

语有 24 个，理县羌语有 19 个，松潘藏语有 9 个词汇与白狼语相近。因此断定白狼语与嘉戎藏语最相近。独辟新说，是很值得我们重视的。

但是，比较深入的进行研究的是王静如先生。他在一九三〇年发表《东汉西南夷白狼慕汉歌诗本语译证》一文[①]付标题为"与西夏、西藏及印支语之比较研究"。文章的份量比较大，共分五个章节：一、白狼语言与西夏、西藏语言之比较。二、白狼语与台藏单语族各语系之比较。三、白狼即偻让（偻让即 HLou-Sou），夜郎即 No-sou 说。四、白狼语与 HLan-so 语之比较。五、结论。他首先说藏族、西夏与白狼部落在历史传说方面都接近。因此采用藏语、十二、三世纪的西夏语与白狼语进行比较。虽然知道记音汉字有错误，并没有广泛的参考版本，加以校订。除了一些译文与记音汉字相同的字，他误认为汉语借词不加构拟外，其余的记音汉字均用隋唐切韵音构拟了古音。这在《白狼歌》研究方面的确迈出了一步。丁文江、马长寿等都没有做这一步工作。

以白狼语与西夏语、藏语比较研究以后，他说："西夏语言因为他是汉字注音，并且他已失去复辅音及附韵声母，虽然他很和白狼语相合，但他在与白狼古语比较和趣味上就远不及藏文古语，所以西夏、白狼语的比较不必详述，只认得它确与白狼语有密切关系罢了。"因此，由于"趣味"关系，他把重点移向与藏文的比较研究，而把自汉译音探求白狼本语的目标，就轻轻的放过了。

在第二章，以藏彝、侗傣语族的语言与白狼语进行比较。他参考了劳佛的《西夏语研究》和《印度语言调查》的词汇资料[②]，比较了"人、百、日、赐、母、父、食、来、家、子孙、我"等十一个词汇。又得出新的结果，认为"白狼语与彝语支最接近，但也与藏语支有密切关系，但或不及彝语支。"[③]他由西夏语转到藏语，又转到彝语支，仍没有排除彝语支的老框框，可以说事倍功半了。

---

① 王静如：《东汉西南夷白狼慕汉歌诗本语译证》《西夏研究》第一集。前中央研究院专刊，1930 年北京出版。

② 劳佛（B.Laufer）：《西夏语研究》（The Sishia language）1916 年 TP.Vol.XⅦ.格里尔森（Sir Grierson）：《印度语言调查》（linguistic Survey of India）第一卷第二部分《语言比较词汇》（comparative vocabulary）1928 年加尔各答出版。

③ 原文作"么些保倮语支"，兹改为"彝语支"。

第三章主要是构拟"偻"字为〔klou〕音,而 gni 彝语称"白"为〔hlou〕,花苗称"白"为〔kleou〕及〔kleeu〕。因此推测"偻"就是白狼的"白"意。而"让"〔nziang〕则与"狼"音相近,白狼也就是"偻让"。〔no-sou〕的 sou 是"让"的音变。因此,他说"偻让"就是〔hlou-sou〕的译音,也就是"白人"的意思,这是似是而非的。他又提出与白狼遥遥相对的"夜郎",认为"郎"与"狼"相同,也是 sou 的记音。难解的"夜"字或许是 no sou 的 no,应译为"黑"。各以黑、白区别各部族的。关于"夜郎"的说法是难于令人相信的。但是以"偻"为 HLou 或 kLou 的记音,其意为"白",是可从的。至于"让"构拟为〔nziang〕,读成阴声,不读鼻音韵尾〔-ng〕,就成为〔nzia〕或〔nia〕,正是彝语、纳西语、普米语"黑"的意思。"偻让"本意就是白人、黑人的意思,也合乎译文"蛮、夷"两个族类的含义了。

第四章主要是从《中国非汉语言汇编》①中找到住在雅州一带的 HLan-sou 族的语言,提出十八个辞汇又与白狼语进行比较。认为两者音位有相同点,因此认定 Hlan-sou 正是白狼古名 Klou-sou 的音变。我们认为这项比较研究是很有希望的。因为 Hlan-sou 族既住牧于雅州,地点与"筰都"相近。Hlan-sou 与 Hlou-sou 或 Klou 的音读相似。深入的摸索下去,自然可能得出正确结论的。

最后,王静如先生在结论中说,他有意"将西南所有诸语族的语言加以整理,以便改造他的推论"。这也是我们所期待的。

英人陶玛士(F.W.Thomas)在研究敦煌的用藏文字母写的"南"语(Nam)时②也参考了王静如的论文,也对《白狼歌》研究有所评述,兹译出 61 页有关《白狼歌》研究的论述数节于下:

"现在也许可以认为,从命名制的若干实例来看,南语就是一种在族源上接近藏族的"南"人的语言,是一种羌语方言。可惜惟一认定的羌语文献却是上面提到的简短的《白狼歌》。此歌的文字和记音也是很不令人满意的。藏缅语词序本与汉语不同,而四字句歌词中的各个单音节词却是汉语词序,其语感也是

---

① 《中国非汉语言汇编》(Language Des peuples non chinois Dela chine)。

② 陶玛士(F.W.Thomas):《南语(nam)》1948 年英国牛津大学出版。此书正由玉文华先生和我们进行逐译。

很不自然的。很显然，此歌是用汉文拟就，再尽可能地用夷人自己的等义词填入，然后当作夷人可能要说的话而强加给夷人的。

公元一世纪的汉语发音或汉字读音完全不能确定，自易影响着记音汉字的读音。因而公元 12—13 世纪的西夏语和藏语语源学上的关系在大多数场合是非常不清楚的。因此，这三首小歌是很难有助于说明问题的。

有两种情况使《白狼歌》对早期羌语的研究实际上是无用的。情况之一是多数熟知的（古代羌语）词汇是用汉字记音的，但这种困难，由於时间的关系和中国语言学者的工作精谨，比在《白狼歌》研究中要少得多。"

陶玛士并没有对《白狼歌》进行任何研究的。不过在研究"南"（Nam）语时，参考了王静如的论文而已。首先，他认定白狼语是古代的羌语，而德国人傅吾康（Francke）却说此歌为"氏族的颂歌"[①]。他们认白狼语为古代的氏羌语是可供参考的。其次，陶玛士认为汉语与藏缅语词序不同，而且有感于《白狼歌》的语感不自然。他认为《白狼歌》先有汉语框框，然后再用白狼语填入的。对于陶玛士这个说法我们是不同意的。如果有先行用汉语拟就的《白狼歌》，那么再用白狼语的等义词汇进行"填词"，结果必然是译文与汉字记音完全相符的。例如，第 5 句"闻风向化"的记音"微衣随旅（攘）"的"微"必有"闻"意，"衣"音必有"风"音。但是在西南少数民族语言中却找不到的。这又作怎样解释呢？陶玛士不知道保留下来的白狼语绝大部分是习用的口语，而译者田恭为了凑成四字句，有时仅译用一个辞汇的个别音节。例如：第 13 句"愿主长寿"，译者为四言体所限仅对译其四个主要音节罢了。陶玛士的这个论点纯属主观臆测的。

最后，陶玛士对"夷言"汉字记音，很不满意。他认为《白狼歌》的"夷言"全部是汉字记音，已成了不可克服的困难，因而《白狼歌》对早期羌语研究也就成了无用之物了。这话过于轻率了。我们认为，随着汉语音韵学研究的进展，汉字古音问题是会得到解决的，汉字注音的材料将会得到全面利用的。就目前来说，我们也是有一定的根据来进行汉字古音的构拟的。结论过于武断了。

---

① 　德人傅吾康（offo Francke）：《中国通史》（geschichte des Chinesischen Reiches）页一五八。

解放后，四川省民族事务委员会在一九六三年十月，召集成都各大学及科研单位四十多位学者，讨论有关凉山彝族历史和社会性质的问题时，尚有人引用《白狼歌》中有 21 个词汇和彝语相同，来说明彝族出自古代氐羌部落。此外，《辞海》试行本的民族分册也把《白狼歌》列为专条。由上述不完全的资料可知，自本世纪二十年代开始，《白狼歌》的研究是引起了不少人的关注的。

四、几点认识

《白狼歌》是一份历史、语言学上的珍贵史料，是探讨我国西南兄弟民族历史的重要钥匙，这已为学术界所公认。通过对此歌的深入研究，无疑地将会对氐羌族的分布、迁徙、族源、族系等一系列疑难问题提供重要的解决线索，从而为解决氐羌族的社会发展史问题赋予了更大的可能性。自本世纪二十年代以来，《白狼歌》引起了学者们的高度重视和持续的研究，决不是偶然的。

从上述简单的评价，可见要对《白狼歌》研究作出突破，必须逐步克服种种障碍：这主要是文字传抄的错讹，记音汉字古音的构拟，本语线索的探求，有关各民族语言词汇的搜集整理以及对音的方法等等。

订正文字传抄的错讹，前人做的工作不多，因此我们必须重新试作，并写成《校勘记》，另行发表。

《白狼歌》的最足珍视之处在于它有完整的汉字"夷言"记音。但由于汉字不是拼音文字和汉语的古今音变，不运用音韵学知识对那些记音汉字进行古音构拟是行不通的。只有王静如先生用了"去汉未远"的隋唐《切韵》音进行了古音构拟。并据以进行对音研究。在实践中，他往往引用上古音读以资论证，似已感到《切韵》音不足以全面地说明问题。我们认为，在两汉古音尚存在争论的时候，按一般的汉语史分期方法，用公认的上古（先秦时期）音系，并适当地参照《切韵》音对注音汉字进行古音构拟，是比较恰当的。

再者，如果不以较长时间走出书斋，进行实地调查，就很难突破"词对词"对音的老办法，和摆脱白狼语为彝语支语言的老框框的。我们是在一九六一年于西昌开始研究《白狼歌》的：经历了文字校勘、用上古音拟测注音汉字音读，进而与彝语、纳西语的各地方音进行比较，但是都得不到彻底的解决。于是根据史料上的线索，转向普米族（旧称西番族）的语言进行调查。结果也不是理想的。一九六三年秋季经人指出，我们所调查的资料是普米族流行的普通话，也叫做"嘎巴"话，是不会解决问题的。应该调查一种比较古老的土话，就是木里藏族自治县第二区大坝乡的波波、叶叶、泥珠等村落和脊谷生生队的"玉姆"〔yu mr 或 yu mi〕话①。据说解放前这几个村落到木里向统治阶级完粮的时候，不许说"玉姆"土话，必须说当地流行的"嘎巴"话，否则就要挨打。承他介绍，我们认识了大坝乡波波村的党夏组同志。通过交谈，我们得到了整句习用的口语，在对比研究之后，发觉与白狼语是非常接近的。

从而更使我们深入理解李贤《注》早已声明《白狼歌》译文是"重译训诂为华言"的。因此，译文必然是直译，又有意译的。加之两种语言又存在语法上的歧异，"记音汉字"不可能全是与"译文汉字"逐字对注，如第 23 句"寒温时话"与注音"貌浔泸离"，按照排列顺序上下逐字对看，音义全部不合；第 5 句"闻风向化"的情况更为突出。此句的汉字记音是"徵衣随旅（攘）"。若硬要以"徵"为"闻"，以"衣"对"风"等等，是绝对不能解决问题的。"徵衣随旅"是"我们都来学习"的整句记音。这原是玉姆土话一句习用的口语，而当时田恭却站在最高封建统治者的立场上把它译成了封建气味十足的"闻风向化"了。

由此可知，"词对词"不是个妥善的方法，是不能解决问题的，而过去的研究的结果很不理想，自然白狼语为彝语支的老框框也就无法打破。由于采用"词对词"的方法，在选择词汇方面就有很大的歧异。有人说，选出了"习见无误"的词 43 个。有人说，找到了"数见可考订无误"的 19 个字。还有 21 个和 29 个的说法。但是，根据我们反复对音的实践，在整个歌辞中，找到直译的词只有 25 个，双音节词有 8 个。对比之后，前人对于有些该选的词没有选出来，不该选的却提出来了。如第 10 句"屈伸悉备"的"屈伸"是"横竖"的意思，并不是直译，应

---

① 普米族说玉姆话的区域是很小的。据说后所的大村、大坪子、拉叶村等和长白乡的固札、菊曼、幹哈等村，和桃子乡也有说玉姆话的。

该剔除。这样各家所选用的直译词必然要相应减少。现在把各家用的少数民族语言的辞汇和我们调查的玉姆土话词汇一并排列出来,就很容易说明问题了。

《白狼歌》直译词汇与各民族语对照表

	意义	原注音	古音拟拼	普米族玉姆话	凉山彝语	gni彝语	纳西语	嘉戎藏语
1.	大	提,是	dia	tɕiɛ,ta	(a)ie	—	—	(ka) tie
2.	天(人)	冒	mau	mr	muə mi	mou	mlu	(la) mu
3.	意(思想)	踰	diwa	siatia	—	—	—	—
	合(一样)	稍	tsau	tˢa	—	—	—	—
4.	不,无	莫	mɑk	ma	ma,ɑ	ma	mr	ma
5.	向化(学习)	随旅	ziwalia	ziwrrɛi	—	—	—	—
6.	见	唐、砀	dang	tong	muə,xə	—	du	(ka) nəm tsuə
7.	多	邪	zia	ər	na	—	—	(ta) mi na
8.	赠	毗	biei	biɛkɛn	bi	bi		bi
9.	布	缤	puɑ	pəriɛ	—	—	pv	kɷ pu
10.	甘美(甜)	推泽	túəi deɑk	tɛ tˢa	—	—	—	(ti) tθiɛ
11.	昌乐	拓拒	tɑ́k giɑ	zgia	—	—	—	—
12.	蛮夷	偻让	lo niɑng	lo ȵia	no so	—	—	(ka) ru (ka) lʒ
13.	贫薄	龙洞	lìwong dong	long stong	—	—	—	—
14.	主(王)	雒	lɑk	lapukʌ	ɕie pùə	—	kʌ́	—
15.	日	且	tsiɑ	tˢr	gə buo	tche	ȵi	(ka) iam
16.	人	蔺	giwən	kúɛn	—	—	—	(ta) ri mi
17.	冬	综	Tsong	tsong	tsûi			(ka) ri tʃui
18.	雪	藩	plwan	pə	wuə v	va v	be v	(ta)biɪbav
19.	夏	作	tsɑk	tsie	m̩ ni			ba tsia,v ba tθiæ
20.	人	补	puɑ	pa				
21.	有(存在)	推	túəi	te	tˢyə			duo nuo
22.	远	受	Ẑiəu	ˢan	(a)səv			(ka)tɕiɛ
23.	万	万	miwan	mɛ			vav	mɯv
24.	荒服(那边)	荒服	xuɑng biuk	xong biɛ				

25. 墝墭	怜怜	lian lian	lien liɛn				
26. 皮	犎	liei	rt				
27. 食	坐	dzua	tsɤ	dziə ɣ	dzaᵥ	dzɸᵧ	(ka)zəoɪzaᵥ
28. 肉	苏	sa	Sɤ	səᵥ	ɕoᵧ		
29. 盐	蠱	tsʼa	tsʼɛ	tsəᵥ	tsʼaᵧ	tsɛᵥ	tsʼa ᵥ
30.(五)谷	沐	mak	ɕuo mei				
31. 归(去)	路	lak	la				
32. 高山	偷狼	tó laŋ	sta roŋ	bwə			(ta)wurɪ ri ʼə ᵥ
33. 百	理	liə˙	riɛ	xa			ba ri ia ᵥ
34. 宿(夜)	潌	liek	ɕɛ	tɕl			tsia ri ᵥ

　　由上表可以看出，自认为凉山彝语与白狼语有 24 个辞汇相近，实际上只有 8 个。丁文江比较的 21 个 gni 彝语，也只有七个可以成立。所谓同于么些语者二十四词也不过只有 8 个相近。马长寿认为同于嘉戎藏语的有 30 个词汇，实际数字只有十四个。数字偏高，这就更能说明白狼语是属于藏语支的，原来归属彝语支的老说法是可以打破的。

　　3.如果民族语言的比较研究不与民族学、民族历史结合起来搞的话，是很难收效的。斯大林说："要了解语言及其发展的规律，就必须把语言同社会发展的历史，同创造这种语言，使用这种语言的人民的历史密切联系起来研究。"因此，在调查《白狼歌》本语时，我们参考了历史资料，进行了民族情况的调查。在凉山彝族、云南纳西族中没有找到自称"白狼"的部落。反之，纳西族称九龙、冕宁、石棉诸县的西番族为〔ba loŋ〕，疑"白狼"即〔ba loŋ〕的记音。而且在冕宁县西的泸宁区，县南的森荣公社仍有自称〔balamin〕或〔balamr〕的公社成员。这就更促使我们从普米族〔旧称西番族〕的语言中探索白狼本语的信心了。这都说明民族语言的研究应与民族学、民族历史紧密的配合，是绝对的必要。也只有这样才有助于问题的解决的。

后　记

　　从国家社科基金重大项目"新中国少数民族文学研究史（1949—2009）"获准立项至今，正好是岁星绕太阳一周的时间，也是生肖轮回的一个完整周期。这12年，少数民族文学史料的阅读和整理，成为我生活的一部分。本书是这些史料重新整理和研究的成果，也是国家社科基金重大项目"新中国少数民族文字文学史料整理与研究"的阶段性成果。

　　本书的史料搜集整理涉及1949—1979年间少数民族文学各学科领域，史料形态多样，分布空间广阔，留存情况复杂，涉及搜集、整理、转换、校勘、导读撰写诸多方面，难度之大，可以想见。因此，在本书即将付梓之际，特向为此付出了大量心血和努力的学界师长、同仁以及团队成员致以谢意。

　　感谢朝戈金、汤晓青、丁帆、张福贵、王宪昭、罗宗宇、汪立珍、钟进文、阿地力·居玛吐尔地、李瑛、邹赞、刘大先、吴刚、周翔、包和平、贾瑞光等学界师长和同仁的悉心指导和鼎力支持。

　　感谢宛文红、王学艳、陈新颜、杨春宇以及各边疆省（自治区）图书馆的大力支持。特别要感谢大连民族大学图书馆宛文红12年来持续、有力的支持和帮助。

　　感谢团队各位成员的参与和付出。参加史料解读撰写和修改的有：王莉（33篇）、丁颖（29篇）、韩争艳（39篇）、苏珊（35篇）、邱志武（43篇）、李思言（38篇）、邹赞（42篇）、王妍（25篇），王微修改了古代作家（书面）文学卷的史料解读和概述初稿。撰写史料解读和部分概述初稿的有：王潇（71篇）、包国栋（58篇）、王丹（89篇）、张慧（65篇）、龚金鑫（16篇）、雷丝雨（85篇）、卢艳华（58篇）、王雨琹（39篇）、冯扬（35篇）、杨永勤（15篇）、方思瑶（15篇）。王剑波、王思莹、并蕊校对了部分史料原文。

　　李晓峰撰写了全书总论、各卷导论，审阅、修改了全书本辑概述和史料解读，并重写了各卷部分本辑概述和史料解读。

　　由于种种原因，许多整理出来并已经撰写了解读的史料（图片）未能收入书中，所以，团队成员撰写的篇目数量与本书实际的篇目数量存在出入。史料学是遗憾之学，相信，未收入的史料定会以其他方式面世。

　　再次对多年来关心、支持我和本课题研究的各位师长、同仁、家人表示衷心感谢。

李晓峰

2024 年 11 月 12 日于大连